Tobias Friedrich
DER
FLUSSREGEN
PFEIFER Roman

Tobias Friedrich

DER
FLUSSREGEN
PFEIFER

Roman

C. Bertelsmann

*Für Barbara und Wolfgang Friedrich,
weil sie es, verdammt noch mal, verdient haben*

Die Fliegen kommen sofort. Sie setzen sich auf Haut und Haare, Kleidung und Schuhe, sie fliegen in den Mund und surren nervtötend in den Ohren. Ohne die beiden Neuankömmlinge an seiner Seite aus den Augen zu verlieren, verscheucht der Wärter die Insekten mit monotonen Wischbewegungen. Der kleinere der Häftlinge tut es ihm gleich. Der andere lässt die Fliegen gewähren.

Sie treten einen langen Marsch durch die mit Stacheldrahtzäunen und hohen Mauern umgebene flirrende Steppe an, vorbei an Dutzenden sich gleichender, geometrisch aufgereihter Wellblechbaracken. Melde sprießt überall dort aus dem Boden, wo die Erde nicht knochentrocken ist, mit Kieseln, Schotter, Überresten von Stachelkopfgras. Die Bewohner der Baracken halten inne. Sie stieren den drei durch die Hitze schreitenden Männern aus dem Schatten der Häuser hinterher, wenden an den Beeten ihre Köpfe, Jäter, Harke und Schaufel reglos in der Hand haltend, oder treten aus Hütten hervor und wischen sich geistesabwesend ihre verschmutzten Hände an Lappen und Hosenbeinen ab, während hinter ihnen in den Fenstern weitere Gesichter auftauchen.

Das ist es also. Das Monster. Der Mann, vor dem sich Joseph Goebbels fürchtet. Der in Arabien friedliche Bauern erhängen ließ, der eine Horde Eingeborener in Indonesien ohne erkennbare Gründe der Justiz ans Messer lieferte und selbst seine eigenen Landsleute bedenkenlos in den Tod schickte. Der lebende

Schlangen aß, Whiskey in Form von Pillen vertilgte und über die seltsamsten Waffen und Maschinen verfügte, die die Welt noch nicht gesehen hatte. Gleichwohl, so erzählt man sich im Lager, hatte es dieses Mysterium zu Doktorwürden gebracht, sah das britische Königreich – in diesen Zeiten! – in ihm den würdigen Träger eines Ordens Ihrer Majestät. Und nicht zuletzt ist dies jener Mann, der, so wie er jetzt stoisch und konzentriert durch das Lager schreitet, eigentlich längst tot sein sollte, aber der doch, wenn auch ausgezehrt und mitgenommen, noch immer unverkennbar lebendig ist.

Der Gefangene äußert sich zu all den Anschuldigungen und Vermutungen nicht. Er schweigt. Sieht nicht einmal den Lagerkommandanten an, als dieser ihn in seinem Büro erst ruhig und aufmerksam befragt, dann ungeduldig, am Ende fast bittend und es schließlich aufgibt. Ob ihm wenigstens der Name Makeprenz etwas sage? Ob sein Spiel als Spion nicht endlich ein Ende haben müsse, Ehre hin, Vaterland her?

Das Monster schweigt, seine Wimpern bewegen sich nicht. Erst als sie ihn abführen, hält der Gefangene im Türrahmen des Offiziersbüros inne.

»Wayang Kulit ...«, flüstert er ausdruckslos, an niemanden gerichtet. Lediglich das.

Dann dreht er sich um, und als würde ihm bewusst, dass nichts auf der Welt ihn auch nur eine Handbreit von dem Pfad hat abbringen können, den sein Leben nun einmal genommen hatte, hebt er für den bereits wieder mit anderen Aufgaben beschäftigten Kommandanten kaum merklich seine Stimme.

»Kann ich meine Puppe wiederhaben?«

TEIL EINS

*Hielt die Luft in meinen Lungen tagelang
Sah mich als eine unter vielen Wellen an
Als ich begriff, ich war des Meeres Untertan –
Es begann*

BIRKENBLUT

Wo er mit den Leichenteilen hinwolle.
Die Räder des Eisenbahnwaggons polterten unter ihnen und ließen ihre Beine erzittern. Noch bevor Oskar antworten konnte, machte der Mann eine abfällige Geste und war im nächsten Abteil verschwunden. Als wären es junge Katzen, schob Oskar seine Rucksäcke zusammen, hockte sich in dem überfüllten Abteil neben ihnen auf den Boden und legte schützend seine Arme über sein Gepäck. Nein, Leichenteile waren das ganz sicher nicht. In der richtigen Reihenfolge zusammengesetzt, waren sie viel mehr das Einzige, was ihn und Karol am Leben erhalten würde. Hoffentlich.

In Kassel musste er umsteigen, dann ein zweites Mal in Stuttgart, bis er müde und hungrig um 14 Uhr 33 in Ulm ankam. An jeder Station hievte er seine drei Taschen aus den Gepäckablagen, zog die Kanister, die Kisten und die beiden Rucksäcke unter den Bänken hervor und zerrte alles Stück für Stück auf den Bahnsteig. Die Menschen gingen an ihm vorbei, manche starrten ihn misstrauisch, andere mitleidig an. Er hörte, wie jemand einen Witz über Gepäck machte. *Gepäck*, dachte Oskar und stopfte eine herausgefallene Dose Sardinen zurück in einen der Rucksäcke. *Wäre ich die Figur in einem Roman, würde man wohl eher von Habseligkeiten sprechen.*

Die Ulmer Innenstadt wirkte auf ihn sonderbar still und leer. Der Nachmittag war hell, klar. Einer, an dem man im Park Enten füttern, spazieren oder Eis essen gehen könnte. Oskar schwitzte unter seiner Last. Die Rucksäcke und Taschen hatte er, zwei an jeder Seite, über seine Schultern gehängt, die kleinen Kisten klemmten unter seinen Oberarmen, die Kanister baumelten an weißen, angespannten Fingern. Er kam nur in Trippelschritten voran. Das dadurch entstehende Klappern seiner Schuhe auf dem Kopfsteinpflaster hallte von den Wänden der zu beiden Seiten dicht gedrängt stehenden Fachwerkhäuser wider. Er schielte nach Händen, die Gardinen beiseiteschoben, und bemühte sich, sanfter aufzutreten und gleichzeitig größere Schritte zu machen, um die professionelle Aura eines Expeditionsleiters oder Archäologen zu erwecken, dem nur durch einen dummen Zufall sein Gepäck tragender Kuli abhandengekommen war.

Vor einem Schuhgeschäft sah er eine Tageszeitung liegen, die jemand verloren haben musste und die der Wind nachlässig durchblätterte. Oskar wartete auf den richtigen Moment, setzte einen Fuß zwischen die Seiten und beugte sich vor. Er brauchte ein paar Sekunden, bis er die Meldung gefunden hatte. Dann entdeckte er sie.

»Sieh mal einer an«, murmelte er.

»Gregor Hradetzky gewinnt Rhein-Main-Wettfahrt.«

Das sogenannte Wunderkind hatte die Konkurrenz ein weiteres Mal in die Schranken gewiesen.

»Pff.«

Oskar hob den Blick und betrachtete sein Spiegelbild in der mit Parolen beschmierten dunklen Scheibe des Ladens. Neben dem mit weißer Tünche gepinselten Wort »Itzig« sah er einen schmächtigen, krumm stehenden Kerl, bepackt wie ein Esel, der ihn skeptisch anschaute. Glatt rasiert war sein im Dunkel stehender Zwilling, die Haare zurückgekämmt über einem schlanken Gesicht, angehenden Geheimratsecken und suchenden Augen. Einzig das von seinem Vater geliehene, etwas zu große cremefarbene Hemd mit der blau aufgestickten Krone über dem Herzen strahlte so etwas wie Souveränität aus. Nach dem Hochgefühl und der Aufbruchsstimmung, die Oskar eben noch in sich gespürt hatte, fahndete er in dem Antlitz seines Doppelgängers in der Fensterscheibe vergeblich. Er seufzte und schlurfte langsam, stöhnend weiter. Im gleißenden Sonnenlicht erreichte er eine Eisenbahnbrücke und überquerte die Donau. Sein Magen knurrte, doch er verbot sich, jetzt schon eine der Dosen zu öffnen oder auch nur einen Pfennig der zehn Reichsmark anzutasten. Auf der anderen Seite kam er an einem Schild mit der Aufschrift »Jahnufer« vorbei. Nach zweihundert Metern ließ er die Taschen fallen und blieb schwer atmend neben dem sandigen Kieselweg auf einer Grasnarbe direkt neben einer Treppe stehen, deren Betonstufen zum Fluss hinunterführten. Er betrachtete die Innenseiten seiner Hände. Sie waren feucht und rosa von den in das Fleisch schneidenden Riemen.

Den Inhalt seiner Taschen, Rucksäcke und Kanister fand er genau so vor, wie er ihn am vergangenen Abend in dem Geräteschuppen in Övelgönne verstaut hatte. Er legte die Bootshaut flach auf den Boden, den Vordersteven daneben, klappte die am Dollbord befestigten Schrägstäbe nach hinten und hängte den Spant in die Bodenleisten und an den Dollbordstäben ein. Schlafwandlerisch kümmerte er sich anschließend um die vordere Trittbodenhälfte und schob den ersten Teil des Gerippes in die Haut. Nachdem er mit dem hinteren Teil ähnlich verfahren war, hob, drückte, schraubte und drehte Oskar und kümmerte sich um die Süllränder, bevor er die Trinkwassertanks prüfte und sie mit Reißverschlüssen an den Innenseiten der Segeltuchhaut befestigte.

Er versuchte sich zu beeilen, um vor Einbruch der Dunkelheit noch ein paar Kilometer zurückzulegen, als er bemerkte, dass jemand hinter ihm stand. Ein Junge mit einem Glasauge gaffte ihn vom Kieselweg aus an. Aus dem Mund des Kindes ragte der Stängel eines Lutschers, den er von rechts nach links und wieder zurück wandern ließ.

Als Letztes sicherte Oskar den Sitz mit dem Hakenwinkel. Zwanzig Minuten nachdem er mit der Montage begonnen hatte, lag vor ihm auf dem Rasen neben dem staubigen Uferweg sein einsatzbereites Faltboot, das seine Schwester vor Jahren in einem Anfall sorgloser Einfältigkeit *Sonnenschein* getauft hatte.

Obwohl er genau wusste, dass dies nicht der Fall war, prüfte er alles noch einmal, um zu sehen, ob er irgendetwas vergessen hatte. Er schritt das fünf Meter vierzig lange Boot ab, beugte sich hier und da über das schmale Modell 540-G und griff in den Einstieg. Plötzlich hielt er inne. Die angenietete Leiste unter dem Trittbodenbrettchen griff nicht richtig. Sein Sitz würde sich hin- und herbewegen, noch bevor er die erste Brücke passiert hätte.

Der Junge hinter ihm steckte sich einen weiteren Lutscher in den Mund. Beim Aufstehen wurde Oskar schwindelig. Seit der dünn bestrichenen Schmalzstulle, die er sich gestern Abend mit Karol geteilt hatte, hatte er nichts mehr zu sich genommen. Er rieb sich die Nase und ging auf das Kind zu.

»Ich brauch deinen Lutscher.« Er zeigte auf sein Boot. »Nehm dich dafür 'ne Runde mit: bis da vorne und wieder zurück.«

Der Junge schüttelte den Kopf und ließ den Stiel des Lutschers wandern.

»Ist ein Zweisitzer von Pionier. Ich habe es mit einem Freund umgebaut. War ziemlich aufwendig. Hab damit schon Rennen gewonnen.«

Der Kleine warf einen Blick auf das Faltboot, während sein Glasauge gleichgültig die Donau anstarrte. Dann sah er den Fremden an und verneinte stumm.

Oskar fiel Karols Trick mit den Händen ein. Vorsichtig ging er vor dem Jungen auf die Knie.

»Ich mach dir einen Vorschlag. Eine Wette. Wenn ich es schaffe, dir die Hände umzudrehen, ohne sie zu berühren, gibst du mir deinen Lutscher. Wenn ich es nicht schaffe, bekommst du von mir zehn Reichsmark.«

Oskar konnte Karols Schmirgelpapierlachen hören. Er fragte sich, ob seine Mutter und sein Vater es wohl genauso lustig fänden, dass er ihr Geld, seine gesamte Barschaft für die Reise, derart leichtfertig aufs Spiel setzte. Aber mit einem defekten Boot loszufahren kam nicht infrage. Keine halben Sachen.

Er holte zum Beweis den Schein hervor, glättete ihn auf seinem Bein, legte ihn vor die Füße des Kindes auf den Kiesweg und setzte vorsichtig die Spitze seines Schuhs darauf, damit er nicht wegflog. Der Junge zögerte. Er wendete den Lutscher in seinem Mund, schielte einäugig auf das Geld und zog etwas Rotz hoch. Dann nickte er.

»Sehr gut. Die Regeln sind ganz einfach. Alles, was du tun musst, ist, deine Hände vor mir auszustrecken.«

Das Kind gehorchte.

»Nein, nicht so. Andersrum«, korrigierte ihn Oskar.

Als der Junge die Hände wendete, steckte Oskar den Schein ein, nahm dem Kleinen den Lutscher ab und ging zurück zu seinem Boot. Nach ein paar Schritten blieb er stehen. Er betrachtete die klebrige Kugel, seufzte, zog sie vom Stiel, machte kehrt und gab sie dem Einäugigen zurück.

Vor der *Sonnenschein* kniend, knickte er den Stiel, zwirbelte ihn zweimal um die eigene Achse, klemmte ihn tief zwischen Leiste und Brettchen und überprüfte alles auf seine Festigkeit. Dann zog er das Faltboot die Stufen hinab ans Wasser. Er inspizierte seine Taschen und verstaute ein Gepäckstück nach dem anderen im Körper des Bootes. Das Ersatzpaddel schob er in einen eigens dafür genähten Schaft, den Feldstecher in ein mit einer Kordel verbundenes Säckchen, und nachdem er etwas Dreck von der Linse des Mikroskops für die Mineralienfunde geblasen hatte, fand er auch dafür einen Platz.

Schließlich vergewisserte er sich, dass die Schokolade, das

getrocknete Dosenfleisch und die Kondensmilch auf der Zugfahrt keinen Schaden genommen hatten. Er wickelte sie in seine Ersatzkleidung – eine Hose, zwei Unterhosen, ein Hemd, zwei Paar Strümpfe, eine Jacke sowie Karols Krawatte – und stopfte alles in die Messingkanister. Zum Schluss tastete er vorsichtig nach der in einem Stoffbeutel steckenden Mauser-Pistole, schob sie tiefer in eine der Kisten und platzierte diese im Heck des Faltboots neben den leeren Stabtaschen. Er klopfte zweimal gegen die Außenhaut, blickte auf und sah den spitz zulaufenden Hals des Ulmer Münsters auf der anderen Seite des Flusses in den blauen Himmel emporragen.

Noch kann ich zurück, dachte er. *Umkehren. Zum Bahnhof. Mich in den Zug setzen und eine andere Lösung finden.*

Karol würde heute Abend mit Lieselotte im Hoppe sitzen und ein Glas Langsamer Selbstmord, Jungfrauenmilch fünfzehnjährig oder Rattenblut auf ihn trinken, was alles nichts anderes war als Himbeersaft mit Kümmel und einem beliebigen Schuss Alkohol. Oskar stützte die Hände in die Hüfte und betrachtete sein Boot. Die Donau dahinter floss träge und dunkel dahin.

Er holte tief Luft und stieg ein.

Der Kleine beobachtete, wie Oskar sein Paddel ins Wasser stieß. Als der Junge sich zum Gehen wandte, bemerkte er ein gefaltetes Stück Papier auf dem Rasen. Er hob es auf und öffnete es. Es war eine herausgerissene Anzeigenseite. Er überflog die Überschriften der Annoncen:

»Panther-Klopfer für jugendliche Elastizität«, »Charakterbeurteilung gegen Einzahlung von einem Franken siebzig auf ein Postscheckkonto der Luzerner Stadtbank«, »Flasche Birkenblut gegen Haarausfall, 30 Pfennige«.

Am Fuß der Seite war eine der Anzeigen mehrmals mit einem Bleistift umkreist worden:

»Arbeiten auf Zypern – Anstellung in einer Kupfermine sofort möglich – Bezahlung auskömmlich. Schreiben Sie uns oder melden Sie sich bei Interesse in unserem Büro.
Cyprus Mines Corporation in Skouriotissa.«

Der Einäugige kratzte sich im Nacken und schaute dem Mann hinterher, der sich – bereits ein ganzes Stück flussabwärts – in hoher Geschwindigkeit von ihm entfernte, den Blick fest auf die erste Biegung geheftet.

REISETAGE

Ich beginne nun mein Tagebuch. Ich verließ Hamburg am 13.5.1932 und kam am 14.5. in Ulm an. Ich machte das Boot klar und fuhr los. Erste Übernachtung im Zelt. Ich erreichte Passau am 23.5. und fühle mich jetzt völlig allein.

In der Pfandleihe, in der er seinen Feldstecher versetzte, sagte man Oskar, zwei Straßen weiter gebe es einen Krämerladen, dort werde er Kondensmilch bekommen. Sein Rücken tat ihm weh vom Paddeln und den ersten ungemütlichen Nächten auf hartem Erdboden. Sein Po war wund, und er spürte jede Sehne in seinen Waden. Auf dem Weg kam er an einem Gasthaus vorbei. Er eilte zwischen dunkler Vertäfelung zum Tresen, bestellte ein Bier und bedeutete der Wirtin, dass er Wasser lassen ginge. Auf der Toilette sah er in den Spiegel und erschrak über die Augenringe, die sich in seinem Gesicht abzuzeichnen begannen. Die Wirtin klopfte an die Tür. Er kehrte in den Gastraum zurück, sie stand bereits mit einem zu zwei Dritteln gefüllten Glas da und hielt es ihm entgegen.

»Kann ich mit einem Dresdner Schilling bezahlen?«, fragte er leise.

»Hab i's g'wusst. Raus mit dia. Bettler und Juden ham kahn Zutritt. Raus, schleich di, Jesses-Mare.«

Wieder zurück auf dem Wasser, stellte sich Oskar vor, er sei Charlie Barr. Träumte sich in dessen Rekordfahrt über den Atlantik im Jahr 1905 und wich imaginären Brechern aus. Er setzte Segel, sah Masten vor sich aufragen und spuckte in den Wind.

Er wusste, wie man Schotterbänke umfuhr und dass hinter Brückenpfeilern durch die Teilung des Wassers bedrohliche Stromschnellen entstanden. Wie Barr es aber mit dem Drei-Mast-Schoner *Atlantic* von New Jersey zum Leuchtfeuer bei Lizard Point an der Küste von Cornwall in nur zwölf Tagen über ein Weltmeer geschafft hatte, war ihm, wie jedem anderen, ein Rätsel. In den Legenden über die Rekordfahrt kamen die Menschen zu den unterschiedlichsten Schlüssen. Einig war man sich über dreierlei: Barr wusste mit dem Begriff »Angst« wenig anzufangen, er verlangte von seiner Mannschaft, sich bei der Arbeit bis an den Rand der Bewusstlosigkeit zu verausgaben, und seine Detailversessenheit wurde in manchen Zirkeln als Krankheit interpretiert.

Oskar war seit Kindertagen fasziniert von den großen, legendären Pionieren der Seefahrt, und auch über das Leben des schmächtigen Schnurrbartträgers hatte er jeden verfügbaren Schnipsel gelesen. Neben Barrs nautischen Leistungen war ihm vor allem der frühe Tod des Schotten im Gedächtnis geblieben, der den Segler mit nur sechsundvierzig Jahren nach einem Herzinfarkt in den Armen seiner Frau ereilte. Inmitten seiner Träumereien von Barrs großer Liebe – wie diese wohl ausgesehen haben mochte, ob sie womöglich sogar noch lebte und zwischen den Strömungs- und Windkarten ihres Gatten ein einsames Dasein in der Nähe des Lizard Lighthouse fristete – fiel Oskar der Zweck seiner eigenen Reise ein. Er rief sich innerlich zur Räson und paddelte kräftiger.

In Linz überzeugte er den Rezeptionisten eines Hotels, kostenfrei seinen Bruder Heinrich anrufen zu dürfen, den er um eine Geldanweisung bat. Als nach zwei Wochen zwanzig Reichsmark eintrafen, kaufte er sich für die Hälfte der Summe eine Mandoline. Abends saß er in seinem Zelt, auf das ein warmer Juniregen knatterte, und versuchte, sich an die Melodien jener Lieder zu erinnern, die sie immer im Hoppe spielten. Doch so wenig er in seinem Stammlokal dazu hatte tanzen können, so wenig konnte er nun die Akkorde von *Amalie geht mit'm Gummikavalier* heraufbeschwören.

Also nahm er unter dem Trommeln der Tropfen Lieselottes Geschenk in die Hand, ein Büchlein mit Sprüchen ihres Lieblingsautors, das sie ihm am Bahnhof zugesteckt hatte. Es war ein kleiner, vergilbter Band, dessen Umschlag die kreidigen Umrisse von Mark Twains Konterfei auf hellblauem Untergrund zeigte. Er blätterte zu ihrer Widmung auf der leeren Seite vor den Verlagsangaben. »Vergiss nicht das Zurückkommen. Ich warte im Hoppe, deine Liesel«.

»Vielleicht bin ich am Buß- und Bettag schon wieder da«, hatte er ihr am Bahnhof, sich auf das heruntergezogene Zugfenster lehnend, gesagt. Sie hatte gelacht. »Wäre ja das erste Mal, dass du dich an der Religion orientierst.« Als er jetzt nachrechnete, kam ihm ein halbes Jahr für sein Unterfangen sehr ambitioniert vor. Aber unmöglich war es nicht.

Lieselotte. Oskars Vater, der zwei Worte vorzog, wenn drei genügten, war über sie ins Schwärmen geraten, hatte seinem Sohn eine baldige Heirat ans Herz gelegt. »Mensch, die Liesel, die ist großzügig, offenherzig ist die und freundlich. Solltest du dir sichern. Klug ist sie auch. Feste Haare, runder Busen, was willst du denn mehr?«

Oskar schnitt ein sichelförmiges Stück aus einem Apfel und erinnerte sich an das, was Lieselotte ihm im Hoppe einst offenbart hatte, an ihrem Stammplatz direkt neben der großen Fensterfront, die zur Elbe wies. »Viel zu sagen hast du ja nicht. Aber wenn du den Mund aufmachst, bin ich immer bestens amüsiert.« Als Lieselotte ihn später hinter den Bootshäusern geküsst hatte, glaubte er zunächst, sie wolle ihn hochnehmen und würde jeden Moment ihre Freundinnen herbeirufen, um sich über ihn lustig zu machen.

Doch niemand kam. Stattdessen schlich sich etwas Verklärtes in ihren Blick, und nach wenigen Augenblicken entfuhr es ihr, dass es schon unter Umständen irgendwie sein könne, dass sie ihn vielleicht liebe.

»Schatztruhe« nannte Lieselotte ihn, weil es ihr so vorkam, als würde er eigentlich irgendwo auf dem Grund des Hafens hausen, nie wirklich anwesend sein, lieber alleine für sich, die Gegenwart anderer, selbst ihre, mehr dulden als sie suchen. Zweisamkeit liege ihm im Grunde nicht. Insgeheim hoffe sie, so hatte Liesel angefügt und dabei versucht, ihrer Stimme einen heiteren Klang zu verleihen, sie würde ihn eines schönen Tages sprichwörtlich öffnen können und etwas Glänzendes, von ungeheurem Wert zutage fördern. Bis dahin müsse sie sich wohl damit zufriedengeben, eine schön anzusehende Truhe vor sich zu haben und den Glauben an deren Verheißung nicht zu verlieren. »Ich vertraue auf deine treuherzigen Augen, Oskarlein.«

Oskar wusste nicht, ob er Lieselotte liebte. Aus dem einfachen Grund, weil er mit dem Begriff *Liebe* nichts verband. Die Liebe war wie eine Maschine, deren Mechanik er nicht verstand, sosehr er sich auch bemühte. Er war Mitte zwanzig und ahnte, mit der richtigen Anleitung würde sich auch ihm eines Tages erschließen, was die Menschheit daran so aus der Fassung geraten ließ. Lange, so viel war ihm klar, würde er nicht mehr warten können.

Der Regen wurde schwächer. Oskar griff nach dem magnetischen Kompass und fragte sich, wie man wohl beschaffen sein müsste, aus welchem Holz geschnitzt, um ein Haudegen wie Kapitän Franz Romer oder Charlie Barr zu werden. Lag es diesen Kerlen in den Genen? Waren es Gabelungen in ihrem Leben, zufällig eingeschlagene Wege, die aus normalen Männern jene Verrückten machten, die erst Ruhe gaben, wenn sie den Naturgewalten wenigstens ein Mal auf außerordentliche Weise die Stirn geboten hatten? Eines war gewiss: Weder Barr noch Franz Romer hatten ein elektrotechnisches Büro betrieben, und keiner von beiden war mit diesem aufgrund mangelnden Geschäftssinns und einer in Schieflage geratenen nationalen Wirtschaft pleitegegangen. Alexander

Mackenzie, der eine Passage vom Athabascasee in Kanada bis zum Pazifik in einem Birkenrindenkanu erkundet hatte, hatte sich nicht mit Ankerwickelei abgegeben und Teigelkamp seine Fahrten auf europäischen Gewässern nicht mit dem Verkauf neuzeitlicher Leuchtreklamen finanziert.

Oskar strich mit den Fingern über die Seekarten und den Küstenführer, schlug den *Nautischen Almanach* auf und blätterte durch die Navigationstafeln. Erst als er den ölig-holzigen Geruch eines der Dollbordstäbe einsog, fühlte er sich besser.

Bevor er sich schlafen legte, schlich er noch einmal nach draußen vor sein Zelt und prüfte die reparierte Traverse.

Am nächsten Tag, während er auf der grün schimmernden Donau auf die Ortschaft Grein zuhielt, dachte Oskar über zwei von Mark Twains Sprüchen nach, die er am Vorabend gelesen hatte.

Der Amerikaner war folgender Meinung:

»In zwanzig Jahren wirst du enttäuschter sein von den Dingen, die du nicht getan hast, als von denen, die du getan hast.«

Obwohl Oskar sich vorgenommen hatte, täglich nur eine der Weisheiten des Schriftstellers zu lesen, um das Vergnügen an seiner einzigen Lektüre so dünn wie möglich auf das Brot seiner Reisetage zu streichen, war er beim Blättern auf eine weitere gestoßen, die seine Aufmerksamkeit erregte:

»Das Geheimnis des Vorankommens ist das Anfangen.«

Das gefiel ihm. Er paddelte schneller und nahm sich vor, Mark Twains Erkenntnisse fortan als Leitfaden für seine Reise zu nutzen.

Er spürte, wie sich seine Muskeln an die Strapazen gewöhnten. Die ersten Stunden jedes Tages im Boot waren mühsam, doch schien sich sein Körper immer besser mit der anstrengenden Routine abzufinden und sich darauf einzustellen, und mit jedem morgendlichen Aufbruch kam er schneller in Schwung.

Er genoss, wie friedlich alles um ihn herum war. Kein Vergleich zu Hamburg, wo sie zuletzt selbst das U-Bahn-Personal mit Waffen ausgestattet hatten. Er fuhr an Klatschmohn vorbei, an Pappelalleen und Ahorn, golden schimmernden Getreidefeldern. Er paddelte an Weinbergen und Wiesen mit gelbem Kreuzkraut entlang.

Als es zu dämmern anfing, überkam Oskar ein seltsames Gefühl. Wie wenig Interesse seine Eltern und Geschwister vor seiner Abfahrt an seiner Unternehmung gezeigt hatten! Sie hatten sie weder als besonders wagemutig noch als verrückt erachtet, ihn weder dumm noch einfallsreich genannt. Sie nahmen seine Idee zur Kenntnis, hatten ihm auf Nachfrage murrend die zehn Reichsmark in die Hand gedrückt und eine gute Reise gewünscht.

Was, wenn ich einen Unfall habe, wenn ich ertrinke?

Er überlegte, wie wohl seine Beerdigung vonstattengehen würde. Trotz größter Anstrengung konnte er nur wenige Mitglieder seiner Familie am offenen Grab erkennen. Lieselotte würde da sein. Wenn sie freibekäme im Betrieb. Er hatte sie noch nie weinen sehen, und selbst auf dem Friedhof, über seinen Sarg gebeugt, hatte sie in seiner Vorstellung keine rot geränderten Augen. Auch Karol wäre dabei, natürlich, würde irgendeinen Spruch klopfen: »Stirb, solange sie noch weinen« oder etwas dergleichen. Vielleicht käme Erich vorbei, andere würden den Termin verschlafen. Er dachte nach, und als ihm nach wenigen Minuten keiner dieser anderen einfiel, verdrängte er den Gedanken wieder. Bis ihm klar wurde, dass sich niemand die Mühe machen würde und auch nicht über die Mittel verfügte, seine Leiche am Ufer der endlosen Donau suchen zu lassen, um sie anschließend nach Hamburg zu überstellen. Nicht einmal Karol. Schon gar nicht Karol. Sobald der auch nur drei Groschen in der Tasche hätte, würde sich der Schatten ihres Gläubigers, des alten von Stäblein, über ihn legen, und der herzlose Tyrann würde ihm die Kröten abnehmen. Bei dem Gedanken daran wurde Oskar schlecht.

Als er am Abend sein Zelt aufbaute, fragte er sich, wieso Karol der einzige Mensch war, den er wirklich gut kannte. Wie wenig er von dem Leben seiner Geschwister wusste. Wie wenig er im Grunde Lieselotte durchschaute. Auf einmal hasste er sich dafür, sich nicht öfter und genauer erkundigt, sie nicht nach diesem oder jenem gefragt zu haben. Er sann über seine Eltern nach und darüber, dass er einem Fremden auch über sie nichts Näheres hätte erzählen können. Weihnachten sangen sie gelangweilt Lieder; sein Vater schnitt sich ab und an im Wohnzimmer die Fußnägel; der Tonfall seiner Mutter wurde süßlich, sobald sie Wilhelm Lindemann singen hörte, was so gut wie nie vorkam. Das war's. Schließlich versuchte Oskar, seine Konzentration wieder auf die vor ihm liegende Strecke zu lenken, und ihm wurde klar, wie wenig er auch sie studiert hatte. Zu wenig. Romer und Barr hätten es anders gemacht.

Als er fertig war, stand er vor seinem Zelt und starrte ins Leere, deprimiert darüber, wie wenig er überhaupt von der Welt wusste.

STÄBLEIN

In seinem Haus, einem Prachtbau in Rufweite der Außenalster, standen Schnaps, Kaffee, Gebäck und gutes Geschirr auf dem langen Esstisch. Rauchwolken schwebten ineinander. In aller Seelenruhe befreite Gernot von Stäblein mit seiner Zunge Essensreste aus den Zwischenräumen seiner Zähne. Seine Gäste debattierten derweil lautstark über Politik, hier und da wurde die Unterhaltung von explodierendem Gelächter oder dem Klirren von Untertassen garniert.

Konstanty registrierte, dass die meisten der acht oder neun Freunde, Geschäftspartner und Günstlinge seines Vaters den direkten Blickkontakt mit dem Industriellen mieden. Er hingegen hatte einige Mühe, seinen Erzeuger nicht andauernd anzustarren, so fasziniert war er davon, dessen Mimik zu studieren. Konstantys Freund Walter Schwencke, ein groß gewachsenes, dürres Gerippe, war auf einen Sprung vorbeigekommen, saß neben ihm am Tisch – ein wenig zusammengesunken, um nicht aufzufallen – und nippte an seinem Kaffee. Keiner von beiden wagte es, sich in die Unterhaltung einzumischen.

Die Männer sprachen über den geplanten Demonstrationszug der SA quer durch die Altonaer Altstadt. Ein älterer Herr mit weißen, wild vom Kopf abstehenden Haaren ergriff das Wort und wedelte mit krummem Zeigefinger durch seinen Pfeifenqualm.

»Das gibt Blut, Blut und noch mal Blut.«

»Sollen sie sich doch erschlagen«, fuhr ihm ein adrett frisierter Jungspund in Uniform dazwischen, ein Emporkömmling der Partei, wie Konstanty wusste.

»Wer übrig bleibt, kriegt die Stimmen der Arbeiterschaft. So sieht's doch aus.«

Erst einmal sei er sehr gespannt, stöhnte der Alte, wie die Kommunisten auf den Aufmarsch reagieren würden.

»Da werden sie in Klein-Moskau schön blöd aus der Wäsche schauen«, murmelte jemand.

»Die Sozi und die Kozi«, sang Hans von Tschammer und Osten leise vor sich hin, ein kauziger, kleiner Militär, den Konstanty von vielen derartigen Nachmittagen im Hause seiner Eltern kannte und von dem er annahm, dass er hinter seiner freundlichen Fassade nicht arm an Abgründen war.

»Ich würde sogar mitmarschieren«, sagte der Jüngling und griente, »aber Helene will mich an dem Tag ihrer Tante vorstellen.«

»Hab gehört, die SA will Handgranaten mitnehmen.«

»Na dann ...«

»Männer, lehnt euch einfach zurück und genießt die Keilerei.«

Alle redeten durcheinander, bis ein genervtes Schnaufen erklang und es still wurde am Tisch. Gernot von Stäblein hielt schützend eine Hand vor den Mund, um mit der anderen endlich den Störenfried aus seinem Mund zu ziehen.

»Keine Bange«, erklärte er träge, seinen Zahnspaltenfund auf den Boden bröselnd, »in Altona wird sich einiges ändern, meine Herren. Die Handgranatenanschläge werden die Kommis schnell vergessen. Bei dem vielen Geld, das wir in die Sanierung des Viertels stecken! Schauen wir mal, wer danach noch da wohnt.«

Nach einer respektvollen Pause setzten die Männer ihre Unterhaltung fort. Von Stäblein verschränkte die Arme, wobei er eine Hand dazu nutzte, sein Gesicht darauf abzustützen, seine Finger reichten bis zum Jochbein. Wurde ihm langweilig, musterte er die

Männer der Runde, zog eine Braue hoch oder schüttelte gelassen eine neue Zigarette aus der vor ihm liegenden Packung.

Selbst durch den Tabaknebel konnte Konstanty am anderen Ende des Tisches das Rasierwasser seines Vaters riechen. Moschus, dick und süß. Angeblich, so hatte Konstanty es im Lateinunterricht gelernt, stammte der Name des Duftstoffes von dem indischen Wort für Hoden ab; eine Theorie, die seiner Ansicht nach gut zu der Tatsache passte, dass sein alter Herr mit dem Zeug seinen Altmännergeruch übertünchte.

Walter tuschelte ihm etwas zu, aber Konstanty war zu beschäftigt damit, jede Bewegung seines Vaters zu beobachten. Wie er sich jetzt auf der Lehne abstützte, einen Arm leicht inwendig gedreht, sodass ein rechter Winkel in der Beuge entstand; wie er dabei mit den Fingern der freien Hand etwas Unsichtbares zerrieb; das Kratzen seiner bis zur Schläfe rasierten Haare; die Position der fest zwischen Zeige- und Mittelfinger eingeklemmten Zigarette; er registrierte jede Regung in dem bis auf einen mathematisch exakt gestutzten Oberlippenbart glatten Gesicht und jeden Ton seiner markanten Stimme; den Bleistiftmund, der seitenlange Befehle mit einem einzigen Zucken anzuordnen vermochte. Konstanty hatte sich seit jeher gefragt, wie dieser Mann ohne Lippen es schaffte, seine Mutter zu küssen. Die Antwort, so erkannte er beim Abgleich seiner Erinnerungen mit seinen Vermutungen, war simpel: Sie küssten sich nicht. Und hatten sie je?

»Hörst du mir überhaupt zu?«, zischte Walter im Flüsterton. »Die ganze Brauerei, ich werde bald die ganze verdammte Brauerei von meinem Vadder übernehmen.«

»Aha.«

»Und ob. Und dann bring ich den Laden auf Vordermann. Werbung, Plakate, ein paar richtig irre Aktionen. Mein Alter ist da zu blöd für. Ich hab schon Ideen, aber der richtig große Knaller fehlt mir noch.«

Konstanty griff nach einer leeren Cognacflasche, schüttelte sie, damit sein Vater merkte, dass er sich um Nachschub kümmern wollte, wartete dessen affirmierenden Skalpellblick ab und bedeutete dann Walter, ihm ins Wohnzimmer zu folgen.

»Das ist ganz wunderbar«, sagte Konstanty, als sie die Schiebetür hinter sich geschlossen hatten. »Du bekommst die Brauerei, und ich habe von meinem Vater nicht einmal die Fingernägel geerbt. Stattdessen nichts als mütterliche Anatomie.«

Walter pfiff eine kleine Fanfare.

»Kerl, du hast einen messerscharfen Intellekt, goldene Haare und Wangenknochen für Filmplakate. Wenn du deinen Charme richtig einsetzt, öffnen sich dir alle Türen. Und du kannst dich ausdrücken wie kein Zweiter. Du redest wie gedruckt. Von dir geht eine magische Anziehungskraft aus. Ich würd's nicht sagen, wenn's nicht die Wahrheit wäre: Dir vertraut man. Dich werden sie in der Partei für die ganz großen Ansprachen engagieren, wirst schon sehen. Ich würde sofort mit dir tauschen.«

»Ach ja? Nimmst du dann auch die schmalen Schultern? Die käsig blasse Haut und die dünnen Waden?«

»Dafür hast du eine einmalige Stimme.«

Walter strahlte seinen Freund an, um seinem nicht ernst gemeinten Lob mehr Wirkung zu verleihen.

»Arschloch.« Konstanty öffnete die Glasvitrine und schob ein paar Flaschen Weinbrand beiseite. »Mach dich nur lustig über meine Stimme. Du hast gut lachen, Walter. Du hast die Pubertät mit einem warmen, nach Kontrabass klingenden Instrument verlassen.« Er zog einen Delamain aus dem Schrank und hielt ihn neben einen Camus. »Dieser entsetzlich dünne akustische Faden, an dem meine Worte hängen, ist für mich und schon gar für einen durch und durch mit Potenz gepolsterten Mann wie meinen Herrn Vater nur schwer zu ertragen.«

Walter griente und klatschte langsam Beifall.

»Die Reden der Nation, ich sage es ja.«

»Von wegen.« Konstantys Wangen glühten. »Ich versuche

lediglich, meine Verachtung für die Menschheit auszudrücken. Daran ist mein Alter vermutlich auch schuld.« Kurz vor der Tür blieb er stehen. »Deine Brauerei. Viel wichtiger. Natürlich können wir die auf Vordermann bringen. Gib mir ein paar Tage, mir fällt schon was ein.«

Als sie mit dem Alkohol zurückkamen, rückte der Jungspund gerade seinen Stuhl ab, stand auf und hob erst das Kinn und dann sein Glas.

»Nun wollen wir mal angemessen anstoßen und feiern«, erklärte er mit falscher Emphase, und Konstanty wandte sich Walter zu und rollte mit den Augen. »Stahlindustrieller, Besitzer Dutzender Immobilien, Adliger, stolzer Hamburger Nationalsozialist – und nun auch noch Mitglied im Präsidium des Reichsstandes der deutschen Industrie. Gratuliere, Gernot!«

Der Weißhaarige, von Tschammer und Osten und die anderen stimmten mit ein, prosteten anerkennend dem Gastgeber zu oder bekundeten brummend ihre Ehrfurcht.

Walter verabschiedete sich kurz darauf, und Konstanty harrte mit einem Glas Cognac im Schoß dem Ende der Zusammenkunft. Dem Fortlauf der Konversation schenkte er keine Beachtung, schreckte erst wieder auf, als sein Vater kräftig seine Zigarette ausdrückte und den letzten Qualm ausstoßend in den Raum plapperte: »... nur ein paar Kontorhäuser in der Innenstadt. Und einem Kommunisten Geld wegzunehmen, ist ein schönes Oxymoron, findet ihr nicht auch?«

In die muntere Zustimmung hinein stand er auf, die Gäste gehorchten und taten es ihm gleich.

»Wo wir schon von dem Pack sprechen«, fuhr von Stäblein über dem allgemeinen Stühlerücken in süffisantem Tonfall fort, »Konstanty, was macht dein Lieblingsprojekt, der kreative Marxist?«

»Also«, Konstanty räusperte sich heiser und versuchte, beim Sprechen an Teer zu denken, »er sagt, er werde bald Arbeit finden, um die laufende Miete zahlen zu können. Aber ich werde Maßnahmen ...«

»Ich habe meinem Sohn das Eintreiben von Schulden eines besonders flamboyanten linken Charakters übertragen«, schnitt ihm Gernot von Stäblein das Wort ab. »Steht gleich doppelt bei mir in der Kreide, Betrieb futsch, und seine eigene Miete kann er auch nicht begleichen. Aber ideenreich wie ein Jude. Hat seinen ehemaligen Geschäftspartner mit einem *Faltboot* losgeschickt«, er betonte das Substantiv, »auf dass er irgendwo im Mittelmeer das Geld beschaffe. Und dreimal dürft ihr raten, wer auf diesen Schwachsinn hereingefallen ist.«

Die Männer verharrten mitleidig blickend in ihren Positionen.

»Ich habe die Sache im Griff«, erwiderte Konstanty. »Und auch schon weitere Ideen.«

Von Stäblein bleckte die Zähne.

»Also genau das, was uns gerade noch fehlte.«

»Ich habe diesem Kretin Ärger gemacht.«

Ein blubberndes Lachen entfuhr seinem Vater.

»Wie sieht das denn aus, wenn du Ärger machst?«

Die Gäste setzten ihre Hüte auf und schlüpften in ihre Jacketts.

»Ich habe ihm gesagt, wir könnten seine Kellerwohnung jederzeit an jemand anders vermieten. Ihn rauswerfen. Das hat ihn beeindruckt.«

»Es sprach zu euch: der König des Konjunktivs. Meine Herren, es war mir ein Vergnügen, ich geleite euch noch hinaus.«

Murmelnd verließen die Männer das Esszimmer. Konstanty stützte sich mit ausgestreckten Armen und finsterer Miene auf einem Stuhl ab. Im Vorbeigehen sah ihn Gernot von Stäblein ausdruckslos an.

»Du bist nicht fest genug, Konstanty. Wenn du nicht aufpasst, landest du irgendwann mit gebrochenem Kiefer in einem Graben.« Er winkte von Tschammer und Osten zu sich. »Hans. Hans, komm doch mal, bitte. Benötigst du bei dir im Büro vielleicht ...«, er zögerte, »jemanden, der dir ein bisschen zur Hand geht?«

Noch bevor Konstanty protestieren konnte, sicherte von Tschammer seine Unterstützung zu, schenkte Vater und Sohn ein aufmunterndes Lächeln und verabschiedete sich.

»Vater«, zischte Konstanty, »ich brauch den nicht. Ich habe einen perfekten Plan geschmiedet.«

»Ah, einen Plan. Ist das eine Drohung? Du weißt, ich hasse es, wenn du dich dumm anstellst.«

»Merkwürdig, ich dachte immer, du verabscheust es, wenn ich mich zu klug anstelle. Gib mir etwas Zeit, dann wirst du schon sehen.«

Gernot von Stäblein prüfte die Wetterlage jenseits der Fenster und seufzte.

»Mangels Alternative – stattgegeben.«

Er musterte seinen Sohn, dann folgte er seinen Gästen.

Konstanty schlich zurück zum Esstisch und steckte die angefangene Packung Zigaretten ein.

»›Stattgegeben‹«, flüsterte er sich selbst zu und starrte lange auf den Aschenbecher. »Von Tschammer und Osten. Wieso eigentlich nicht?« Dann rieb er mit einem Schuh Schmutz vom anderen und nickte. »Ihr werdet alle noch auf mein Klosett kommen, Wasser saufen.«

BEDINGUNGEN

Heuriger. Die Antwort sei immer *Heuriger*, erklärte ihm der Wirt und ließ sein Geschirrtuch auf die Schulter schlappen. »Gehst zm Heurigen, setzt di in n Heurigen und trinkst ahn Heurigen.« Er stellte das Bier vor Oskar ab und fügte hinzu: »Außer, trinkst Bier.«

Hinter der Fensterscheibe versickerte das letzte Licht eines kristallenen Sommertages in der aufkommenden Dunkelheit, und Oskar holte die Briefe hervor, die er den ganzen Tag lang zum Schutz in einem der Messingkanister aufbewahrt hatte. Er riss den ersten auf.

Er war von Lieselotte. Sie schrieb, wie sehr sie ihn vermisse, dass sie ihn liebe. »*Wirklich*«, schrieb sie. Zum Beweis zierten ausgemalte Herzen und Blumen den Rand des Papiers. Ansonsten erging sie sich in langatmigen Berichten über ihre Arbeit in dem Papierwarenladen in Ottensen und lästerte über ein paar merkwürdige Gestalten, die das Hoppe zusehends als Austragungsort politischer Schnauzereien kaperten.

Karols Brief war schmutzig, von blauen Schlieren überzogen. Der Umschlag roch merkwürdig.

Hamburg, 15. Juli 1932

Spargel,

ich habe hervorragende Neuigkeiten. Aber zunächst: Wie machst du dich? Bist hoffentlich noch bei Gesundheit und guten Mutes. Wie du mir empfohlen hast, schicke ich dir den Brief nach Wien.

Die erste gute Nachricht ist: Ich habe wieder Arbeit! Bei Erich. Ja, Weißdorn. Hat wohl Mitleid mit mir. Stehe jetzt jeden Tag auf dem Fischmarkt und verkaufe Reeperbahn-Gaunern und betrunkenen Seeleuten von der Unterelbe Hühneraugenmittel und Harzer Kanarienvögel. Läuft blendend. Solltest du mal eine Angorakatze oder ein Yorkshire-Fettschwanzschaf brauchen, sag Bescheid. Wer kauft so was?, hab ich Erich gefragt. Hauptsache, sie kaufen, meinte er. Ich nehme an, er stiehlt die armen Kreaturen irgendwo und besorgt sich den Rest, indem er Ewerführer oder Kaiarbeiter besticht. Soll mir alles recht sein. Jetzt, mit Gehalt, ist bald auch wieder feste Nahrung drin.

Du hast geschrieben, dass du dir Sorgen um mein Liebesleben machst. Zu Recht. Denn jetzt, wo ich nicht nur pummelig bleiben werde, sondern auch noch dieser entsetzliche Aalgeruch an mir klebt, werde ich wohl erst recht keine Frau aus der Nacht fischen. Momentan locke ich höchstens Mückenweibchen und verdorbene Kapitäne aus Finkenwerder an.

Wo wir schon davon sprechen: Lieselotte lässt ausrichten, das Geschäft, in dem sie arbeitet, ginge Krebsgang. Sie wird dir bestimmt schreiben. Also meine famose Anstellung bekommt sie nicht! Wer gibt schon derartige Pfründe auf?

Du bist zur richtigen Zeit aufgebrochen, Osse. Je näher die Wahlen kommen, desto ärger schlagen sich die Leute die Köpfe ein. Die SA ist beängstigend gut organisiert. Ganze Trupps mit

Fahrrad fahrenden Nazis dringen hier jetzt in Siedlungen ein und verprügeln alle, die nicht bei drei auf dem Baum sind. Überall, wo keine KP- und SP-Genossen sind, schlagen sie zu. Feuern blaue und rote Leuchtkugeln ab und scharfe Munition.

Ein Cousin zweiten Grades hat versucht, mich für die »Eiserne Front« zu begeistern, aber ich habe ihm abgesagt. Die Braunen werden die Wahlen verlieren. Wenn ich sie vorher trete, erreiche ich nur das Gegenteil.

Genug! Kommen wir zu den famosen Entwicklungen.

Deine Fahrt wird sich bald doppelt lohnen. Stell dir vor, ausgerechnet unser Gläubiger wird uns retten! Ja, der olle von Stäblein, beziehungsweise sein Sohn. Den solltest du kennenlernen, ist echt 'ne Marke.

Ich muss dazu etwas ausholen. Die Fliegerin Elly Beinhorn wird demnächst von ihrer Weltreise nach Deutschland zurückkehren. Weißt du noch, wie ich dir im Hoppe von ihren Etappen vorgelesen habe? Es soll jetzt ein Riesenspektakel geben. Einen Empfang. Die Rede ist davon, dass sie ein höllisches Preisgeld für ihre Tour erhält. Ganz Deutschland ist kirre, richtiggehend verrückt nach ihr, die Zeitungen sind total aus dem Häuschen.

Jetzt pass auf: Gernot von Stäbleins Filius, ein nationalsozialistischer Halsabschneider wie sein ekelhafter Herr Papa, kam neulich eigens zum Fischmarkt gedackelt und meinte, er hätte eine Idee für mich, eine Möglichkeit, wie wir unsere Schulden bei ihnen auf einen Schlag begleichen könnten.

Wenn das klappt, musst du auf Zypern keinen Handschlag mehr machen!

Es soll ein Wettrennen veranstaltet werden. Eine große europäische Wettfahrt. Der Gewinner wird der Öffentlichkeit als das männliche Gegenstück zu Elly Beinhorn präsentiert!

Da es keine andere Sportart gibt, die nach Abenteuer riecht und die gleichzeitig die Neugier der Menschen weckt, wäre das Faltbootfahren perfekt für ein solches Rennen geeignet, sagte von Stäbleins Sohn. Alle Welt sei derzeit auf Seen und Flüssen unterwegs.

Aber das Beste kommt erst noch: Offensichtlich hat der Mann die Kontakte seines Vaters genutzt und einen hochrangigen Nazi namens Hans von Tschammer und Osten für die Idee begeistern können. (Nein, den Namen habe ich mir nicht ausgedacht, und es ist tatsächlich nur eine Person.) Tschammer sei bereit, einen Empfang wie bei der Beinhorn zu organisieren. Außerdem ist der *Völkische Beobachter* als Presseorgan und ein Schirmherr mit dabei, die Brauerei Schall & Schwencke. Halt dich fest: Die stiften ein Preisgeld von zehntausend Reichsmark!

Und wer soll am Ende der große Held sein und die Kohle einsacken? Richtig: Oskar Speck. Denn natürlich ist das Ganze ein abgekartetes Spiel. Der kleine Nazi hat dafür gesorgt, dass die Strecke Ulm–Zypern auserkoren wurde. Es muss eine gewisse Anzahl an Stempeln im Pass vorgewiesen werden (bitte achte darauf, diese zu bekommen!), und dann soll offiziell der beste Mann gewinnen. Natürlich weiß niemand, dass du einen riesigen Vorsprung hast.

Den Wettaufruf, der gestern im *Völkischen Beobachter* erschien, lege ich meinem Brief bei. In wenigen Wochen wird Schall & Schwencke einen Zwischenstand veröffentlichen, der dich als Erstplatzierten ausweisen wird. Damit alles glaubhaft wirkt, wird dafür gesorgt sein, dass immer wieder mal ein paar Namen deiner Konkurrenten genannt werden.

Oskar hob sein Glas aus einer kleinen, kreisrunden Pfütze und bedeutete dem Kellner, dass er ein weiteres wolle. *Riesenspektakel, Preisgeld, Völkischer Beobachter.* Er musste an seinen Vater denken.

Als er klein war, sieben oder acht Jahre alt, hatte ein Onkel bei einem der seltenen Familientreffen in großer Runde unvermittelt von ihm wissen wollen, was er später einmal werden wolle. »Besonders«, hatte Oskar wie aus der Pistole geschossen geantwortet, »ich möchte ein besonderer Mensch werden.« Noch während das Lachen der Umstehenden abebbte, hatte ihm sein Vater – ein Mann, der lebenslang als Verwaltungsarbeiter gewirkt hatte – erklärt, die Specks seien keine besonderen Menschen, noch nie gewesen und würden es auch niemals sein.

»Ein besonderer Mensch steht in der Zeitung oder auf Podesten und Bühnen, erfindet Medizin oder denkt sich komplizierte Maschinen aus. Wir Specks sind Schattengewächse, Oskar.«

Er blätterte zur nächsten Seite des Briefes.

Warte, warte, Osse, ich weiß, was du jetzt sagen wirst. Kann dich förmlich auf das Briefpapier stöhnen hören. Und du hast recht. Ich finde es genauso furchtbar. Aber ich fürchte, hier muss ich über meinen bolschewistischen Schatten springen und über deinen nicht-bolschewistischen gleich mit. Du weißt, Dinge wie Miete, Schulden oder Eigentum lehne ich ab, aber dieses Mal müssen wir wohl mitspielen.

Ich sage es dir besser gleich: Die weiteren Bedingungen werden dir noch weniger behagen, denn Stäblein 2 verlangt für sich die Hälfte des Preisgeldes. Der Mann von der Brauerei, ein Kerl namens Walter Schwencke, streicht eintausend ein. Und du behältst die restlichen vier Mille. Die Bastarde. Aber immerhin vier schöne Tausender, was? Wie ich dir immer sage, Spargel: Auch in der Hölle gibt es einen Tisch am Fenster.

Überleg doch mal, viertausend Reichsmark. Das ist kein Schmutz. Wir können diesen Sklaventreibern alles bezahlen, sind unsere Schulden los, und für dich bleibt noch ein erkleckliches Sümmchen übrig. Ich beanspruche nichts. Du weißt, ich halte mich von Geld fern, bringt nur Ärger.

Bitte sei mir nicht böse, dass ich dich wie ein Rennpferd angepriesen und mitgespielt habe. Mir blutet selbst das Herz, und eine Parteikarriere ist mir, sollte je jemand davon erfahren, wohl auch versperrt. Ich musste annehmen, ohne dich zu fragen. Ich möchte auf keinen Fall bis zum Sankt-Nimmerleins-Tag diesem Aasgeier Kohle schulden.

Sieh es mal so: Du musst nicht mehr in der Mine arbeiten und kannst direkt aus Zypern mit dem Dampfer zurückkommen. Und dann überlegen wir uns, was wir Neues aufziehen.

Handschlag?

Ich muss jetzt aufhören. Die Kernseife ruft. Du glaubst gar nicht, wie sehr ich jeden Tag nach Teer, Essig und Melasse und allen erdenklichen Meerestieren stinke.

Ach, Osse, wer hat dieses Leben nur erfunden? Und wieso ist es den Schlimmsten von uns vorbehalten, die Spielregeln aufzustellen?

Lass uns das machen. Dann sehen wir weiter.

Dein »dicker« Freund Karol

PS: Was macht der geheime Blick? Hast du schon was gefunden? Ist unsere einzige Hoffnung auf Unabhängigkeit.

Oskar vergrub sein Gesicht in der letzten Seite des Briefes, drückte sie mit beiden Händen gegen Nase und Wangen und schüttelte den Kopf.

»Handschlag.«

Du gutgläubiger Idiot. Was bleibt mir denn anderes übrig?

KCHH

Hüte flogen durch die Luft, die Menschen johlten und riefen ihren Namen, als die Frau an Deck trat. Jemand hatte eine Tröte dabei, die er ausgiebig quaken ließ und die in einen Wettstreit mit einer energisch angekurbelten Drehorgel trat. Eine Traube Zeitungsreporter drängelte sich mit Fotoapparaten bewaffnet um das Ende des Fallreeps. Der Jubel schwoll ein weiteres Mal an, als sie winkte und dabei über das ganze Gesicht strahlte, sichtlich gerührt von den Tausenden, die sich ihr zu Ehren versammelt hatten. Eine Schar Möwen verharrte am makellos blauen Himmel, schien aus Respekt vor dem Anlass in der Bewegung zu verharren. Das tiefe, kilometerweit vernehmbare Tuten des Schiffshorns ließ Elly Beinhorn kurz zusammenzucken, dann stieg sie langsam, der Menge entgegen, hinab.

Gero Nadelreich widmete sich derweil, am Saum der Menschenmasse stehend, seiner Taschenuhr, hauchte den Glasbeschlag an und wischte anschließend mit seinem Taschentuch darüber. Er rümpfte die Nase über den Gestank aus salzigem Tran und beißendem Tang. Und immer ging an der Küste ein lästiger Wind. Seine Frau Bertha stand neben ihm, lehnte sich auf ihre Zehenspitzen. Doch ihr Interesse galt nicht der mit dem Dampfer *Cape North* aus Salvador da Bahia eingetroffenen Weltreisenden.

»Kchh. Wo ist das Kind denn jetzt schon wieder?«, rief sie stöhnend über ihre Schulter ihrem Mann zu.

Nadelreich roch die Fahne seiner Gattin. Ihre trägen Lider und das stets nach dem Vorglühen in ihrer Sprache auftauchende vokallose, akustische Signal hatten ihn bereits vor Stunden in Kenntnis gesetzt.

»Keine Sekunde kann man sie aus den Augen lassen. Ich frage mich, wie meine Schwester das ausgehalten hat. Kchh.«

»Wir haben sie schon oft aus den Augen gelassen, und sie hat nie Scherereien gemacht.«

»Also hör mal, wir waren ja mit ihr auch noch nie außerhalb von Ingolstadt. Jetzt sind wir einmal am Meer, und schon ist die Rübe ausgebüchst.«

Bertha Nadelreich drehte der Menge den Rücken zu und nahm einen Schluck aus ihrem Flachmann. Ihr Mann tat, als müsse er sich ein wenig umsehen.

»Lass ihr etwas Auslauf, Bertha. Sie hat gerade erst die Schule abgeschlossen. Ich bin ganz froh, dass sie mal ein paar Schritte ohne uns macht. Bisher hat sie die meiste Zeit in ihrem Zimmer gesessen. Immer mucksmäuschenstill. Gerade vor ein paar Tagen erst habe ich wieder das Fotoalbum aufgeschlagen auf ihrem Schreibtisch entdeckt.«

»Man möchte meinen, dass jemand nach drei Jahren den Tod seiner Eltern verwunden haben sollte, findest du nicht?«

»Sie war sechzehn, Bertha.«

»Jetzt ist sie es nicht mehr. Nachdem meine Mutter an der Spanischen Grippe gestorben ist ...«

»Deine Mutter ist nicht an der Spanischen Grippe gestorben.«

»Fang nicht wieder davon an. Jedenfalls habe *ich* mich schnell wieder gefangen.«

»Mit Abstrichen«, murmelte Gero Nadelreich in seinen Hemdkragen und rieb sich die Hände.

»Ein Autogramm ergattern zu wollen ist zwecklos.« Gili zwängte sich zwischen zwei Hafenarbeitern aus der unruhigen Menge. »Aber ein Foto hab ich, wahrscheinlich verwackelt. Sollen wir gehen?«

»Das war's? Deswegen sind wir so weit gefahren?« Bertha Nadelreich wischte sich ein paar Konfettischnipsel vom Kostüm. »Kchh.«

Schweigend gingen sie am Wasser entlang zurück zum Auto, der Lärm der Menschen gerann hinter ihnen zu einem Summen. Alle paar Meter blieb Gili stehen und machte eilig ein Foto von einem der vor Anker liegenden Frachtsegler oder einer Schute, und Bertha sagte auf einmal: »Wir Frauen gehören nun wirklich überall hin, aber nicht an das Steuer eines Flugzeugs in Hunderten Metern Höhe über fremden Kontinenten.«

»Unterrock-Piloten«, beeilte sich ihr Mann zu sagen, um Gili zuvorzukommen. Er zwinkerte ihr zu. Dann deutete er auf das Ende des Piers. »Da vorne haben wir geparkt. Die Kiste strahlt wie ein mächtiger Vogel, findest du nicht? Ich hoffe, die Möwen haben mir das Dach nicht verkotet.«

»Wo gehören wir denn deiner Meinung nach hin?«, fragte Gili, kniff ein Auge zusammen und spähte durch den Sucher ihrer Kamera.

»Also, man muss schon sagen, eigentlich hat sie gemogelt, die Beinhorn«, umging Bertha die Antwort. »Sie ist in Berlin gestartet und dann Richtung Osten geflogen, bis sie es nach Südamerika geschafft hat. Aber da fehlt ja die halbe Welt. Auf einem Dampfer auf dem Sonnendeck liegend, komme ich auch um den Globus.«

»Onkel Gero, kannst du ihr erklären, was mit einer offenen Klemm L 26 mit 80-PS-Argus-Motor möglich ist und was nicht?« Gili wusste es selber nicht, war aber stolz, sich die Modellbezeichnung gemerkt zu haben, die sie in einem Artikel der *Bild der Woche* entdeckt hatte. »Ach übrigens, ich würde gerne den Pilotenschein machen. Das Geld meiner Eltern dürfte dafür ja reichen.«

»Muckel«, seufzte ihre Tante, »diese Beinhorn hatte mehr Glück als Verstand. Das kann man nicht so mir nichts, dir nichts nachmachen.«

»Wie wär's, wir suchen dir eine Stelle in Ingolstadt in der

Fabrik? Dann verdienst du bald dein eigenes Geld.« Gero Nadelreich versuchte, aufregend zu klingen. »Ich kenne den Prokuristen.«

Sie waren bei dem schwarzen Renault Monaquatre angekommen, und Gili lehnte sich mit dem Rücken an die Hintertür, legte den Kopf auf die Dachkante, als suche sie etwas am Himmel.

»Was soll ich in der Fabrik?«, fragte sie, und dann leiser: »Denen kann ich nicht helfen.«

»Du liest doch so gern. Wir könnten uns mal beim *Anzeiger* erkundigen.«

Gero Nadelreich klopfte seine Taschen nach seiner Brille ab.

»Und dann?«, schaltete sich Bertha ein, die sich eine Salem angezündet hatte, die sie in eine Zigarettenspitze drückte. »Soll sie dort als Leserin anfangen?«

Ihr Mann öffnete ihr die Beifahrertür, umkurvte die Front des Fahrzeugs, setzte sich hinter das Steuer und stöhnte. »Natürlich kann sie da als Frau nicht einfach so anfangen. Aber ich glaube, Gili kann ein bisschen schreiben. Hast du mal einen ihrer Schulaufsätze gelesen? Womöglich suchen die gerade eine Sekretärin.«

Bertha holte tief Luft, und auf der Rückbank rutschte Gili so nah wie möglich an die Tür heran.

»Können wir von was anderem sprechen?«

»Muckel«, sagte Bertha, »das Beste ist, du heiratest einen gescheiten Ingolstädter Mann. Was ist mit diesem netten jungen Kerl, der dich neulich mal abgeholt hat?«

»War Gott sei Dank nur eine kurze Romanze. Aber kein Grund zum Heulen. Sein Abschiedsbrief enthielt mehr Rechtschreibfehler als Vorwürfe.« Gili sah aus dem Fenster. »Was, wenn ich überhaupt nicht in Ingolstadt bleiben will?«

»So?«, fragte Bertha spitz. »Wo willst du denn hin?«

Der Renault rumorte, als Gero Nadelreich ihn in Bewegung setzte.

»Ingolstadt hat alles zu bieten, was du dir nur wünschen kannst«, rief er über den Motorenlärm hinweg. »Außerdem haben wir deinen Eltern versprochen, dass wir für dich sorgen.«

»Red doch keinen Blödsinn«, zischte Bertha. »Als hätten Maria und Gerhard das Zugunglück geplant. Wir haben es *uns* versprochen, Gili.« Sie zog lang an dem Perlmutt der Zigarettenspitze. »Vorgenommen.«

Gili sah aus dem Fenster auf das Wasser. Nadelreich gab acht, nicht zu stark zu beschleunigen. Der Wagen röchelte, tuckerte langsam die Hafenstraße entlang, an deren Flanken immer noch Menschen Richtung Pier strömten.

»Wenn ich das Gaspedal nicht überstrapaziere, können wir bis Ingolstadt richtig Geld sparen. Ich habe das mal ausgerechnet. 1,5 Liter, 25 PS ...«

Bertha rauchte.

»Das sind, warte mal, bei der Kilometerzahl von ...«

»Ich würde gern etwas von der Welt sehen. Was erleben«, sagte Gili mehr zu sich selbst als an Onkel und Tante gerichtet.

»Bitte?«

»Flausen im Kopf«, sagte Bertha, klappte die untere Hälfte des Fensters auf und schmiss ruckartig ihren Zigarettenstummel hinaus.

Der Lärm im Wagen wuchs mit der Geschwindigkeit.

»Ingolstadt hat alles ...«

»Gero, das hast du bereits gesagt.«

»Lässt du mich bitte ausreden?«

»Wenn es der Sache hilft.«

»Von dir habe ich noch keinen gescheiten Vorschlag gehört.«

»Kchh. Das war ja klar. Vergessen hast du meinen Vorschlag, wie immer.«

»Was habe ich?«

»Heiraten.«

»Bitte?«

»Sie soll heiraten.«

Etwas klapperte.

»Das ist alles, was dir dazu einfällt?«

»Es ist das Vernünftigste.«
»Sieh sie dir doch an. Dazu müsste sie erst mal ...«
»Sie ist hinausgefallen.«
»Was?«
»Sie ist weg.«

Gero Nadelreich stieg in die Bremsen, und die Hintertür schlug erneut gegen den Rahmen.

»Muckel«, rief er und lief auf die ein Stück hinter dem Wagen gekrümmt am Boden liegende Gili zu, während Bertha hinter ihm herschlenderte und sich dabei am Ohrläppchen zog.

Gili öffnete die Augen, blickte den Himmel und dann ihren Onkel an, der prüfend seine Hände um ihren Kopf spreizte und nicht wusste, ob und wie er sie berühren sollte.

Sie richtete sich langsam auf, stützte sich mit einer Hand auf dem Asphalt ab und betastete die Platzwunde an ihrer Stirn. Dann blinzelte sie ihren Onkel an.

»Können wir jetzt von was anderem reden?«

DAS ERSTE GESPRÄCH

»Herr Speck? Sind Sie wach?«

Zu laut. Er brauchte einen Moment. Nickte. Hustete. Er wendete seinen Kopf dem kleinen Tischchen neben seinem Bett zu, sah den darauf liegenden zusammengefalteten Zettel.

Er ist noch da. Er ist immer noch da. Und es ist immer noch wahr.

Dann atmete er langsam aus, sank zurück und begann, mit einer Hand seine Stirn zu kneten.

»Haben Sie noch Fieber?«

Die Stimme des Mannes dröhnte.

»Ja«, antwortete er leise.

Der Fragesteller wandte sich mit einem süßlichen Grinsen der Frau zu, die er mitgebracht hatte.

»Dann solltest du besser gleich anfangen, bevor er zu müde wird. Doktor Nowack sagt, er darf derzeit höchstens eine Stunde pro Tag sprechen.«

An der Decke des Krankenzimmers drehte leise quietschend ein Ventilator seine Runden. Hinter seiner Hand hervor linste Oskar auf seinen Besuch. Neben einer Frau, die wiederholt versuchte, mit verkniffenen Lippen eine Strähne aus ihrem Gesicht zu pusten, stand an seinem Bettende ein schnell und vehement sprechender Kerl, der Oskar an jene Luftballon-Männlein erinnerte, die seine Mutter an Kindergeburtstagen immer zu knoten pflegte.

Er war nicht besonders groß, hatte kräftige Unterarme und einen nahezu perfekt runden Kopf. Über einer ausgebeulten, kurzen Hose trug er ein buntes Hemd, Hosenträger und einen Hut, wie ihn die Einheimischen bevorzugten, verziert mit einem rundherum verlaufenden Schweißrand, die Silhouette eines Gebirges.

»Entschuldigen Sie, dass wir Sie hier so überfallen. Ich hoffe, Dr. Nowack hat uns angekündigt. Gunther Makeprenz mein Name. Ich bin der Präsident des Deutschen Klubs, und das hier ist Fräulein Baum.« Er legte eine Hand auf ihren Unterarm. »Sie wird das Gespräch mit Ihnen führen und alles aufschreiben, was sie ihr erzählen wollen. Ihr können Sie das alles anvertrauen. Die ganze ... Diese Angelegenheit. Später können wir – wenn nötig – alles ins Reine übertragen. Aber wir dachten, vielleicht notiert sie besser erst mal alles mit Bleistift. Wie Sie sehen: Papier, Spitzer – alles vorhanden. Na, sagen Sie mal was.«

Ein Verband hüllte in dicken Bahnen Oskars Kopf ein und umschloss ein Ohr, und mehr als ein mattes »Ja« konnte er der seltsamen Emphase des Besuchers nicht entgegensetzen.

Die junge Frau löste sich sanft aus dem Griff des Präsidenten und umarmte Kladde und Lederetui. Sie sah ihn skeptisch an, als er weitersprach.

»Ganz schön irre Geschichte. Dr. Nowack hat ein bisschen berichtet. Wirklich verrückt. Er sagte, die Dinge seien wohl etwas aus dem Ruder gelaufen.« Makeprenz deutete ein Lachen an, und für einen kurzen Augenblick sah er aus wie ein glückliches Kind. »Verstehen Sie? Als ob Gregor Hradetzky einen Albtraum gehabt hätte oder so. Kennen Sie den? Der Kerl ist eine Berühmtheit. Seit Jahren spricht die ganze Welt von ihm. Hradetzky hier, Hradetzky da. Der ›König des Wassers‹. Im Klub schwärmen sie von ihm.«

Oskar sah aus dem Fenster.

»Was hat Nowack Ihnen über mich erzählt?«

Makeprenz schielte zu der jungen Frau hinüber, kratzte sich an der Backe.

»Nun ja, er sagte, es handele sich um eine ungeheuerliche Geschichte. Nowack meinte, bei dem Anschlag seien Ihre sämtlichen Aufzeichnungen abhandengekommen. Die Operation an Ihrem Ohr ist wohl erfolgreich verlaufen, aber Sie haben eine längere, wie drückte er sich aus ...?«

»Rekonvaleszenz«, half ihm die Frau leise.

»Richtig, danke, das haben Sie vor sich. Der Kopf sei ziemlich lädiert, und die Hände, er habe so etwas noch nicht gesehen. Wie getrocknete Büffelhaut, sagte er, glaube ich. Seiner Meinung nach brauchen Sie wohl noch etwas Zeit. Wäre alles etwas viel.« Er lehnte sich auf das Bettgestell: »Doktor Nowack sagt, Sie hätten sich furchtbar darüber aufgeregt, dass die Holländer Ihr Boot zerstört haben. Und heute Morgen kam dann wohl ein Brief ...«

Oskar versuchte, nicht hinzusehen.

»Und anschließend hätten Sie nach jemandem verlangt, der unverzüglich Ihre Erinnerungen zu Papier bringen könne, bevor Sie etwas vergessen. Und deswegen stehen wir jetzt hier.« Makeprenz sah besorgt auf Oskars in Mullbinden steckende Hände. »Wenn ich das richtig verstanden habe, wollen Sie Ihre Erlebnisse für irgendeine Frau zusammenfassen.«

Oskar konnte sich nicht mehr beherrschen, schielte schließlich doch auf den Zettel neben seinem Bett.

»Nicht irgendeine. Aber: Ja.«

»Ich bin mit dem Doktor schon länger befreundet, nach zwei Jahren kennt man hier jeden Nachtwächter«, erklärte Makeprenz. »Daher hat er *mich* gefragt, ob mir jemand einfiele, der Ihnen helfen könne. Und Fräulein Baum wohnt seit Kurzem bei uns im Klub und war so nett, ihre Dienste anzubieten. Sie wird gerne für Sie ein paar Notizen machen.«

»Keine Notizen«, flüsterte Oskar.

»Bitte?«

»Es muss alles detailliert aufgeschrieben werden. Die ganze Geschichte. Von vorne. Keine Notizen.«

Makeprenz sah seine Begleitung an, die mit einem Schulterzucken ihre Bereitschaft signalisierte. Dann sagte er: »Bevor ich es vergesse: Die Tommys wollen Sie auch noch mal sprechen. Sobald Sie sich besser fühlen.« Einen Moment lang zögerte er. »Sagen Sie, wollen Sie eigentlich in der Stadt bleiben? Ich meine, mir ist alles recht. Aber der ganze Aufruhr mit dem Anschlag, die Engländer, die Holländer, wir im Klub dazwischen, dazu die politische Situation. Das könnte alles höchst unangenehm werden.«

Das Quietschen des Ventilators.

Als niemand etwas sagte, klopfte Makeprenz zweimal sachte mit der Faust auf das Bettgestell. »Tja, dann lass ich Sie mal allein.«

Die Tür fiel ins Schloss, die junge Frau zog sich den einzigen Stuhl des Zimmers heran und setzte sich neben das Bettende.

Nebenan heulte jemand leise und jämmerlich. Sie blickte sich um.

»Haben Sie kein Gepäck?«

Ihre Worte klangen vorsichtig.

Oskar legte die Stirn in Falten, versuchte umständlich, sich in eine bessere Position zu bringen.

»Lassen Sie mal. Ich kümmere mich darum. Wir finden Ihre Siebensachen schon.«

Sie schlug einen Block auf, holte einen Bleistift aus ihrer Tasche und sah ihn herausfordernd an.

»Also gut, legen wir los. Der Nowack sagt, es ginge um eine Reise. Sie seien in Ulm aufgebrochen. Mit einem Faltboot.«

Er nickte, sie schrieb.

»Wann war das?«

»Zweiunddreißig.«

»Genauer?«

Er stutzte.

»Neunzehnhundertzweiunddreißig.«

Kurz grinste sie ihn an. Er war sich nicht sicher, meinte aber, eine Lücke zwischen ihren Schneide- und Backenzähnen gesehen zu haben.

»Im Frühjahr, Mai.«
»Wo wollten Sie hin?«
»Nach Zypern.«
»In Ihrem Faltboot?«
»Ja.«
»Nach Zypern?«
»Eigentlich war es gar nicht *mein* Faltboot. Gehörte mal meiner Schwester.«

Wieder die Zahnlücke. Es war ihr rechter Eckzahn, der fehlte, ein schwarzes Loch an seiner statt.

»Sie hat es mir geliehen. Als wir noch sehr jung waren. Eine Dauerleihgabe sozusagen.«

Neben dem Ventilator war nur das Schaben ihres Bleistifts zu hören. Sehr langsam griff er nach einer auf seinem Nachttisch stehenden dampfenden Tasse Bandrek, pustete und nippte daran. Dann bemerkte er seinen Fauxpas und bot seinem Gast ein Glas Wasser an.

»Nein, danke. Das ist in der Tat ungewöhnlich. Was war denn der Grund für den Aufbruch?«

Oskar massierte sein nicht verbundenes Auge und ertastete das glatte Stück Haut auf seiner Wange, die Hautinsel in seinen Bartstoppeln. Seine Stimme war rau und kraftlos, zähflüssig die Sprache.

»Schulden. Zu hohe Schulden. Karol, mein bester Freund, und ich, wir hatten unseren Betrieb verloren. Ein Ingenieurbüro.«

»Verstehe. Aber das erklärt noch nicht …«

»In Hamburg herrschte Chaos. Keine Aussicht, an Geld zu kommen. Auf Zypern gab es damals die Gelegenheit, in einer Mine zu arbeiten. Also bin ich los. Die Donau entlang.«

»Ist das denn möglich? Mit einem Faltboot von Ulm bis nach Zypern?«

Er überlegte. Trotz Ventilator war es heiß in dem Zimmer. Im Hof rief eine Frau etwas Unverständliches.

»Nein. Aber ich habe das damals nicht hinterfragt. Karol hat vor meiner Abreise gemeint, ich würde ohnehin viel früher zurückkehren. Höchstens halbe Strecke, hat er gesagt.«

»Ihr Freund hatte Zweifel?«

»Im Gegenteil. Er war überzeugt, ich hätte das nötige Geld schon vorher zusammen.«

Sie sah ihn fragend an.

»Der geheime Blick.«

»Verstehe ich leider immer noch nicht.«

Er ließ seinen Kopf auf das Kissen sinken, betrachtete die abblätternde, pistaziengrüne Farbe der Decke.

»Karol hat immer gesagt, ich hätte ›den geheimen Blick‹. Könne wertvolle Steine erkennen. Andere könnten das nicht.« Vorsichtig strich er mit den Mullbinden-Händen sein Laken glatt. »Als Sechzehnjährige haben wir mal in der Nähe von Goslar nach Gold gesucht, und ich hab etwas Ferberit gefunden. Seitdem war Karol der festen Überzeugung, ich hätte einen sechsten Sinn für Edelmetalle, würde sie geradezu anziehen. Er sagte, ich würde bestimmt schon nach ein paar Tagen fündig werden, und dann wären wir aus dem Schneider. Er hat sich schon immer eine einfache Welt gewünscht.«

Das Heulen nebenan schraubte sich zu einem dünnen Jaulen empor. Sie wartete, bis es abebbte.

»Und? Haben Sie etwas gefunden?«

Für einen Moment schien er außer Atem zu sein.

»Es ist alles ganz anders gekommen. Doch dazu muss ich Ihnen von dem Wettbewerb erzählen. Und von May und Fischer. Und dann natürlich auch von Neweklowsky.«

Auf dem Flur hinter der Tür war ein leises Scheppern zu hören. Er schluckte.

»Vielleicht wäre alles ganz anders gekommen, wenn ich nicht einen großen Fehler begangen hätte.«

ROMER

Panisch schmiss Oskar das K weg. Mit einem Mal war er hellwach. In der Spritzdecke war ein Knick, jemand hatte sich an der *Sonnenschein* zu schaffen gemacht und den Einstieg nicht ordentlich geschlossen. Am Ufer war niemand zu sehen. Nur eine dürre Rauchsäule, die zwischen den geschwärzten Wackersteinen in den hellen Vormittag aufstieg.

Er schlug die Spritzdecke zurück, wühlte im Heck und im Bug der *Sonnenschein* und schloss die Augen. Das Paddel war weg.

»*Time Magazine*«, fluchte er. Gebückt schlich er um das Boot herum, untersuchte es auf Löcher. »Negri, Romer, Karl Marx, diese Mistkerle.«

Er lief zum Zelt zurück, zerrte eine Kiste beiseite und fand das Ersatzpaddel unter seiner Jacke. Erleichtert atmete er aus. Er warf einen Blick auf die Uhr. Wie lange waren sie schon fort? Und wieso hatte er sich dazu hinreißen lassen? Wie hatten sie ihn nur so aus der Reserve locken können?

Beim Zusammenpacken ging er alles noch einmal durch.

Am späten Nachmittag des Vortags war er angekommen. Es war brütend heiß, selbst für Anfang August. Gerade als er sein Boot auf eine einsame Landzunge kurz vor Bratislava zog, hörte er eine Stimme. Von der schieren Tatsache überrascht, drang die Bedeutung der Worte zunächst nicht zu ihm durch. Seit Wien hatte er keine Menschenseele getroffen, mit niemandem gesprochen. Seine Begleiter waren am Himmel treibende, graue Krähen, in Nestern sitzende Störche, Enten und Schwäne, die in Ufernähe dösten, oder über ihn hinweghuschende Sumpfvögel. Auch hatte er sich stark auf den Flusslauf konzentrieren müssen, auf den Schwemmsand und die immer wieder auftretenden Schotterablagerungen. Weidenbestandene Inseln, den Horizont verwischendes, schwankendes Gras hatten seine Aufmerksamkeit ebenso gefordert wie die sich verzweigenden Wasserläufe und schlammigen Fluten. Nur in dem gelegentlich hinter Bäumen hervordringenden Klirren von Kutschgeschirr hatte er Menschen aus Fleisch und Blut vermuten können.

»Soll ich dir helfen?«, wiederholte der Mann, ein korpulenter Kerl von vielleicht fünfundzwanzig Jahren, der, ihm den Rücken zugewandt, in einen Busch pinkelte. Er hatte muskulöse Waden, breite Schultern und einen offenen, freundlichen Gesichtsausdruck. Als er näher kam, fielen Oskar gleich drei Dinge an dem Fremden auf, die in dieser Umgebung seltsam deplatziert wirkten: ein am Zeigefinger der rechten Hand steckender goldener Siegelring, die Unversehrtheit seiner nagelneuen Sportschuhe sowie seine mit reichlich Pomade zu einem schwarzen, nassen Block gestriegelten Haare.

»Nein danke, es geht schon.«

»... sagte der Rollstuhlfahrer, als er an der Treppe stand.«

Der Mann hatte ein Lachen, das nicht echt, aber laut war. Er packte die *Sonnenschein* am Bug und zog sie übertrieben kräftig auf das gelbe, schüttere Gras, sodass Oskar ins Stolpern kam. Es roch nach gebratenem Fleisch. In der Nähe musste jemand ein Festmahl zubereiten, und dem Fremden fiel auf, wie Oskar das Odeur in tiefen Zügen durch die Nase einatmete.

»Hungrig, was?«

»Ich hab seit Tagen nur Dörrpflaumen und Beeren gegessen.«

»Theo macht gerade Abendessen. Kannst gerne was abhaben.«

Er deutete auf eine kleine Rauchwolke, die hinter dem tief hängenden Ast einer Silberweide hervorquoll. Dann reichte er Oskar die Hand, zog sie jedoch schnell wieder weg, als dieser den Gruß erwidern wollte, und strich stattdessen lässig damit an seinen glänzenden Haaren entlang.

»Spaß muss sein«, sagte er zwinkernd. »May, Henri May. Wie der Wonnemonat, nur mit Ypsilon.«

Zweige knisterten in der Glut.

»Herrlich hier draußen.« May schmatzte und rülpste leise. »Wenn man sich so umsieht, fragt man sich, wieso die Menschheit je damit angefangen hat, Städte zu bauen, oder?«

Sie saßen zusammen um ein Lagerfeuer und aßen Rindfleisch und Kartoffeln. Mays Kamerad, ein Amerikaner mit schwarzer Hornbrille, der perfekt Deutsch sprach und sich als Theo Fischer vorstellte, hatte ausreichend davon zubereitet. Es schmeckte besser als alles, was Oskar zwischen die Zähne bekommen hatte, seit er volljährig war, und er versuchte, es nicht zu schnell hinunterzuschlingen. Die Luft war auch jetzt am Abend noch angenehm. Sie hatten die Boote – die *Sonnenschein* und die zwei brandneuen Modelle der Firma Klepper von May und Fischer – wie einen kleinen Wall um das Lagerfeuer postiert. An den Zelten der beiden Männer, die so groß waren, dass man darin aufrecht stehen konnte, hingen mehrere Petroleumlampen. Oskar hatte sein Zelt etwas abseits aufgebaut, damit es nicht zu einer näheren Inspektion einlud. Es war längst starr vor Dreck und nahm sich im Vergleich zu den Prachtexemplaren seiner Gastgeber aus wie ein Muli neben zwei Rennpferden. May und Fischer hatten sogar einen Ersatz-Klappstuhl dabei, und so kam Oskar das erste Mal seit Wochen in den Genuss, nicht im Schneidersitz, auf Knien oder im Liegen ein Essen zu sich zu nehmen.

Während sie aßen, sprach May unaufhörlich.

»Also, wenn ihr mich fragt ...«, begann er und klärte Oskar und

Theo Fischer darüber auf, dass Deutschland eine Bolschewisierung drohe; er zog einen gewagten Vergleich mit einem Aufstand in Brasilien und bezweifelte, dass die ausländische Presse recht habe, wenn sie meine, die Papen-Schleicher-Regierung sitze fester im Sattel denn je. »Und jetzt die Zetkin? Reist eigens aus Moskau an, um den Reichstag zu eröffnen. Muss das sein?«

Nur leise drang unter Mays Worten das stete Rauschen der Donau zu ihnen herüber.

»Kennst du dich aus mit Politik?«, fragte May auf einmal und spuckte trocken ein winziges Stück Fleisch aus.

Oskar verneinte stumm. Im Gegensatz zu Karol interessierte er sich nicht für Staatskunst. »Da kannst du doch ohnehin keinen Einfluss drauf nehmen«, hatte er ihm immer wieder versucht zu erklären. Für ihn lag die Sache so: Politik war eine Ansammlung undurchschaubarer Prozesse, gelenkt von einigen wenigen, torpediert von einigen anderen und kritisiert von dem Rest, der noch weniger Ahnung davon hatte als die handelnden Personen; mit dem stets gleichen Ergebnis der größtmöglichen Unzufriedenheit auf allen Seiten. Wer sich in diesem Irrgarten verlief, kam nie wieder heraus, und wenn, dann geistig gebeutelt, korrumpiert oder mit den Füßen zuerst.

»Aha«, sagte May und schmatzte. »Kannst du kochen? Du könntest uns eine Weile begleiten und den armen Theo mal ablösen in der Freiluftküche.«

»Eigentlich kann ich nur Boot fahren. Außerdem hab ich eine festgelegte Route. Leider.«

»Aha«, antwortete May erneut. »Dann fahren wir morgen wenigstens mal ein kleines Rennen. Wenn du nur Boot fahren kannst.« Er musterte die *Sonnenschein* und schenkte Oskar einen kondolierenden Blick. »Aber mit dem Gerippe siehst du keine Sonne.«

May fing an, einen Kaffee zuzubereiten, und erzählte dabei, welche Wettkämpfe er bereits gewonnen hatte, welche mitunter anstrengenden Auswirkungen dies auf seinen Bekanntheitsgrad in seiner Heimatstadt Dortmund habe und wie brillant er in Form sei. Außerdem ließ er in Nebensätzen fallen, dass er sowohl mit dem Sportfunktionär Carl Diem als auch mit Max Schmeling und den Gebrüdern Ullstein bestens bekannt sei.

»Aber jetzt schlage ich ein neues Kapitel auf«, sagte er und schraubte den achteckigen Kaffeekocher zu. »Rate mal, wo wir losgefahren sind.«

Oskar zuckte mit den Achseln.

»Donaueschingen! Haben schon ein ganzes Stück hinter uns. Wir fahren die Donau in ihrer gesamten Länge ab, bis zum Schwarzen Meer. Bis auf Demir Kap und ein paar andere unbefahrbare Stellen werden wir uns ausschließlich auf dem Wasser fortbewegen. Wird eine Riesengeschichte. Zwei Jahre habe ich mich vorbereitet. Der Scheiß-Hradetzky kann einpacken, wenn ich mit ihm fertig bin.« Er deutete mit einer Tasse auf seinen Kollegen. »Theo arbeitet für das *TIME Magazine*, wenn dir das was sagt. Er begleitet mich und macht einen Artikel daraus. Sechs Seiten, Theo? Acht?«

Er zwinkerte ihm zu, und sein Partner schüttelte belustigt den Kopf.

Als sie beim Alkohol angekommen waren, über dessen Vorhandensein sich Oskar inzwischen längst nicht mehr wunderte, machte sich Henri May eine Weile über Pola Negris fünfzehnte Ehe lustig und ließ sich schließlich erneut über die Unruhen in den Städten aus.

»Die Nationalsozialisten müssen an die Macht, dann ist Schluss mit der ganzen Scheiße. Dann wird es ein Ende haben mit den Kommunisten. Lächerlichen Ideologien nachhängen, herumpöbeln, Läden plündern und auf dem Heimweg die Internationale pfeifen, das können die Brüder. Aber weißt du, wie viele Menschen auf Karl Marx' Beerdigung waren? Elf!«

»Besser elf, die weinen, als hundert Heuchler«, sagte Oskar.

»Oh, du hast ja doch eine Meinung. Gefällt mir, der Spruch, muss ich mir merken.«

Der Amerikaner nutzte eine kurze Pause in Mays Monolog, um Oskar zu fragen, was ihn an diesen Ort verschlage.

»Ich bin auf dem Weg nach Zypern.« Er stocherte mit einem Ast im Feuer herum, worauf ein paar Funken ins Dunkel flohen. »Ich will da arbeiten.«

May hob die Augenbrauen.

»Was machst du dann hier in einem Faltboot?«, fragte Fischer und reichte Oskar ein Glas mit Schnaps.

»Danke. Na, nach Zypern fahren. Mit dem Boot.«

May und Fischer tauschten Blicke, die sie nicht tauschen mussten, weil sie identisch waren.

»Wieso nimmst du nicht den Zug?«, erkundigte sich Fischer ernsthaft besorgt.

»Er ist bankrott, wie alle«, murmelte May und blickte betroffen in sein Glas.

Oskar streckte sich.

»Ein guter Freund von mir sagt immer: Das Geld ist ja nicht weg, es gehört nur jemand anderem.«

Mays Gelächter prasselte über das Feuer, und für einen winzigen Augenblick dachte Oskar, der Dortmunder würde sich tatsächlich über Karols Einlassung amüsieren.

»Dein Freund ist ja ein richtiger Spaßvogel. Leider ist Schlagfertigkeit kein Beruf, was? Hör mal, wenn du Geld brauchst, sag Bescheid. Ich mag so Spinner wie dich.« Er klackerte mit den Fingernägeln gegen sein Cognacglas und setzte eine nachdenkliche Miene auf. »Lass mal überlegen. Am besten du paddelst zurück nach Wien und nimmst von dort aus einen Zug nach Tirana. Nee, Moment, warte mal, noch besser, du fährst gleich nach Athen. Oder du ruderst bis Belgrad und nimmst von dort die Eisenbahn. Wenn dein Pionier-Schlitten das schafft.«

»Danke, aber ich brauche kein Geld.«

»Das haben schon ganz andere vor dir behauptet. Kennst du Kapitän Franz Romer?«

»Was hat Romer mit meiner Reise zu tun?«

»Du hast doch vorhin gesagt, du kannst nur Boot fahren. Das mag ja stimmen. Aber man steht nicht einfach Dienstag auf und sagt: Heute rudere ich mal nach Zypern. Da gab's vor dir ganz andere, die *wirklich* nur rudern konnten. Mussten! Die konnten gar nicht anders. Sagt dir der Name Vito Dumas etwas? Von Arcachon bis nach Buenos Aires in einhundertundzwanzig Tagen. Einhandsegler, mit einer Ketsch unterwegs. Nicht von Pappe. Das ist die Kragenweite, von der wir hier reden. Meinetwegen auch Hradetzky. Dumas, Romer, Hradetzky – Männer, die nichts haben und alles aufs Spiel setzen und die sich mit ihrem bloßen Willen in die Geschichtsbücher eintragen. Wenn du kein Geld hast, nichts außer deinen Händen, dann musst du schon ein Romer sein. Der hatte nichts. Aber der war ein Ass.«

»Franz Romer«, begann Oskar so gelassen, wie es ihm möglich war, und blickte dabei zwischen Fischer und May ins Dunkel, »hat über ein Sondermodell von Klepper verfügt. Sein Segel war fünf Quadratmeter groß, er hatte mit Karbidgas gefüllte Kenterschläuche, eine Fußlenzpumpe und ein Sehrohr, damit er selbst in seinem verschlossenen Boot und bei schwerem Wellengang die Umgebung erkunden konnte.« Es folgte eine kurze Kunstpause. »Aber sonst hatte er nichts, das stimmt.«

Einen Augenblick lang war May überrascht. Dann pustete er etwas Blütenstaub von seinem Ärmel und erklärte ungerührt: »Er war verdammt gut vorbereitet. Man muss sich gut vorbereiten, mein Lieber.«

»Aha, dann ist Kapitän Romer auf seiner Weiterfahrt von den Karibischen Inseln nach New York ›gut vorbereitet‹ verschollen. Das wird ihn beim Untergehen über die Dummheit hinweggetröstet haben, dass er im Hurrikanmonat September aufgebrochen ist.«

Eine unangenehme Pause entstand, in der sich Oskar innerlich beim Kapitän entschuldigte.

»Jetzt sei nicht gleich beleidigt«, lenkte May ein.

Irgendwo im Dunkel maunzte eine Eule.

»Ich werde bis Widin fahren«, sagte Oskar und beobachtete, wie das Feuer knackend einen Zweig brach. »Das liegt in Bulgarien, falls dir das etwas sagt. Und dann um Demir Kap. Weiter bis Corabia, Giurgiu und Konstanza, die Donau durch bis zum Schwarzen Meer. Dann hinab bis zum Bosporus, um die Südwestküste der Türkei, und von Anamur aus setze ich nach Zypern über. Und bevor du fragst: Die Route ist kein Zufall. Ich bin der Führende eines Wettrennens der Brauerei Schall & Schwencke. Es geht um die größte Faltbootfahrt unserer Tage. Zehntausend Reichsmark werde ich dafür einstreichen. Also noch mal, vielen Dank für das Angebot mit der Zugfahrkarte. Aber ich fahre in meiner *Sonnenschein* nach Zypern und auf dem Sonnendeck eines Dampfers zurück nach Deutschland.«

Oskar trank einen Schluck, stellte fest, dass sein Glas leer war und setzte es seufzend auf dem Boden ab.

»Sagtest du nicht, du bist pleite und du willst auf Zypern arbeiten?«

»Wenn du mir nicht glaubst ...«

Er nestelte an seiner Hosentasche, zog die gefaltete Bekanntmachung der Brauerei heraus, die ihm Karol geschickt hatte, und reichte sie dem Dortmunder.

May studierte die ganzseitige Anzeige, besah sich kurz die Rückseite und gab das Blatt an Fischer weiter.

»Du willst mit dieser Nussschale übers Meer? Das ist blanker Selbstmord.«

May hatte sich ein R aus einer Packung Russisch Brot genommen, zeigte damit auf die *Sonnenschein* und biss verächtlich in den Buchstaben.

Oskar erwog, Fischer zu fragen, ob das *TIME Magazine* nicht lieber einer Unternehmung wie der seinen eine Reportage widmen wolle, entschied sich dann aber dagegen und antwortete lediglich: »Das lass mal meine Sorge sein.« Die drei Männer saßen noch ein paar Minuten beisammen und verabschiedeten sich dann zur guten Nacht. Sie waren gerade vom glimmenden Feuer aufgestanden und auf dem Weg zu ihren Zelten, da drehte sich Henri May noch einmal zu Oskar um.

»He. Irre Sache mit dem Wettbewerb. Ich wünsch dir viel Glück. Und dass du nicht untergehst.«

Oskar nickte. Es tat ihm leid, dass er sich auf den Streit eingelassen hatte. Er versuchte, versöhnlich zu klingen.

»Wenn schon untergehen, dann dort, wo man auch sinkt.«

Er war bereits fast eingeschlafen, als er Schritte vor seinem Zelt hörte.

»Ksst. Sorry, 'schuldigung«, flüsterte jemand vor dem Eingang.

Oskar lupfte die Plane und sah in die zusammengekniffenen Augen Theo Fischers, der ohne Brille kleiner und jünger wirkte. Wortlos hielt der Amerikaner ihm eine Tüte mit dem restlichen Russisch Brot sowie eine kleine silberne Dose entgegen. Er hob den Deckel, deutete auf drei belegte Brote, ein großes Stück Käse und einige Überreste des Fleisches. Mit einem »Good luck, man« verschwand er in der Nacht.

Als Oskar alles verpackt und in der *Sonnenschein* verstaut hatte, wischte er sich den Schweiß von der Stirn. Er sah den Fluss hinab und dann ein weiteres Mal auf seine Uhr. Er kniff die Augen zusammen, holte aus und verpasste sich eine schallende Ohrfeige. Und weil es sich so gut anfühlte, gleich noch eine.

NEWEKLOWSKY

Am dritten Tag nach der Begegnung mit May und Fischer war die Donau kurz hinter Gran so breit, dass es Oskar schwerfiel, weiterhin nach am Ufer festgezurrten neuen Klepper-Booten Ausschau zu halten. Es war windstill und heiß, und um sich vor dem salzigen Schweiß zu schützen, der in seinen Wimpern hängen blieb, zerriss er ein schwarzes Tuch, in das zuvor sein Werkzeug eingewickelt war, und band sich einen Teil davon um die Stirn, den verbliebenen um den Hals.

Er hat sich aufgerichtet wie eine Viper, als er von dem Geld hörte.

Zu beiden Seiten tauchten Berge auf.

Und was bitte willst du tun, wenn du die beiden siehst, wenn du sie wirklich einholst? Was mit deiner alten Sonnenschein ohnehin nicht passieren wird.

Irgendwo spielte jemand Geige. Auch Zimbeln meinte er zu hören.

Reiß dich zusammen, eigentlich war er ganz freundlich. Der Amerikaner sogar richtig nett. Du bist derjenige, der hier betrügt. Du und Karol. Ihr seid die Betrüger.

Er fuhr schneller.

Sie haben dir ein Paddel geklaut, na und? Heutzutage beklaut jeder jeden. Es war ein Streich.

Um sich abzulenken, versuchte Oskar, an Lieselottes Busen zu denken.

Sein Magen knurrte bereits eine Weile, als er am frühen Nachmittag am Fuße einer mächtigen Bergkette an einer Kieselbank anlegte. Er erinnerte sich an ein Buch, das er einst gelesen hatte und in dem es hieß, in den bergigen Regionen Osteuropas wimmele es nur so von Füchsen. Also nahm er die Mauser-Pistole und steckte sie sich wie ein Wildwestheld in den Hosenbund. Geduckt schlich er bergan durch Büsche und spähte nach Tieren, wartete, lauschte und kletterte dann weiter. Er hatte eine Idee. Zunächst vorsichtig, dann etwas kräftiger begann er zu pfeifen. Auf wahllose, akzentuierte Töne folgten monotone, lang gezogene, dann wieder kurze, wendige Melodien und schließlich ein hohes Tirilieren.

Während er lief, hielt er Ausschau nach Treibholz, hob abgebrochene Äste auf und platzierte sie auf Felsvorsprüngen, um sie auf dem Rückweg einzusammeln. Wehmütig dachte er an den Weißfisch, der ihm am Vormittag fast von alleine ins Boot gesprungen, dann aber vom Süllrand der *Sonnenschein* abgerutscht war.

Eine sanfte Benommenheit spürend, strich Oskar unter Tannen und Eichen immer weiter bergauf, pflückte ein paar Wildblumen, beschloss, sie später an die *Sonnenschein* zu binden, und pfiff dabei gedankenverloren vor sich hin. Er stieß auf ein mit tiefem Gras bewachsenes Plateau und meinte, ein zweites ein gutes Stück weiter oben am Hang zu erkennen. Der Weg wurde beschwerlicher, er musste seine Hände benutzen. Er sah über seine Schulter auf den immer kleiner werdenden Fluss unter sich. Versuchte, sich von seinem Hunger abzulenken. »Das Geheimnis köstlich geräucherten Fuchsfleisches«, stöhnte er im Tonfall eines elitären Chefkochs, pfiff ein paar Töne und griff nach einer Wurzel, um sich festzuhalten, »ist die Uhrzeit, zu der man das Tier fängt. Nicht vor vierzehn Uhr, aber auch nicht nach ...«

Ein Schuss fiel. Dann ein weiterer. Er blieb stehen, griff nach seiner Pistole, prüfte sie und stellte fest, dass er vergessen hatte, sie zu laden. Geduckt schlich er zu einer breiten Schwarzkiefer, linste hinter ihr hervor, konnte aber nichts erkennen außer einem riesigen, dicht gewachsenen Gebüsch, das sich in Richtung des zweiten Plateaus erstreckte. Weitere Schüsse folgten. Sie klangen seltsam dünn und wurden schnell hintereinander abgefeuert. Oskar kroch bergauf, drückte die Zweige auseinander und wusste für einen Moment nicht, ob er halluzinierte. In der Mitte der Lichtung saß ein älterer Herr an einem Holztisch und hackte auf eine Schreibmaschine ein. Vor ihm waren zwei Stapel Papier aufgetürmt und mit Steinen beschwert, daneben erkannte Oskar eine Tasse und ein angebissenes belegtes Brot. Mit steifen Zeigefingern schoss der Mann ungelenk weitere Buchstaben auf sein Manuskript. Ab und zu kniff er die Augen zusammen, hob den Kopf und blickte angestrengt durch eine schmale Brille, die auf einer gerümpften Nasenspitze saß. Dabei kräuselte er die Oberlippe und offenbarte eine Zahnreihe, die aussah, als wäre sie aus Holz. Oskar konnte förmlich hören, wie ihm Karol bei diesem Anblick ins Ohr prusten würde. Er machte ein paar vorsichtige Schritte, und noch bevor er in Gesprächsnähe war, äußerte sich der Mann, ohne von seiner Maschine aufzuschauen.

»Der Flussregenpfeifer, nicht wahr?«

Oskar legte den Kopf schief.

»Sie sind der junge Mann mit dem Boot. Ich habe Sie schon auf dem Wasser gesehen«, sagte der Alte ruhig und wie selbstverständlich, ganz so, als sei Oskar zu einem lange verabredeten Vorstellungsgespräch bei ihm auf diesem Stück Rasen erschienen. »Ihre Art zu paddeln ist eher unkonventionell, aber interessant. Sie kommen schnell voran. Noch so eine Ähnlichkeit mit dem Pfeifer.«

Oskar sah sich um und erkannte, dass man von hier oben ein gutes Stück der Donau überblicken konnte.

»Guten Tag«, sagte er, da ihm nichts anderes einfiel.

Erst jetzt hob der Fremde seinen Blick, musterte Oskar kurz und musste lächeln. Mit seinem Kaiser-Wilhelm-Bart und der kleinen, silbern umrandeten Brille wirkte er greiser, als er vermutlich war.

Er trug einen weißen Anzug mit Weste, und auf allen Kleidungsstücken fanden sich vereinzelt Kaffeeflecken, Haare oder Spuren von Tinte.

»Verzeihung«, sagte der Mann, »ich komme nicht so häufig mit Menschen in Kontakt, da wird man seltsam. Mein Name ist Ernst Neweklowsky. Ich habe Sie hier noch nie gesehen.«

Oskar stellte sich ebenfalls vor, und Neweklowsky sprach weiter, während er zwischendurch immer wieder auf sein Manuskript spähte.

»Würden Sie hier oft entlangrudern, wäre mir das aufgefallen. Ich kenne die Donau in- und auswendig, nicht nur das Stückchen hier. Sie ist mein Lebenswerk, wenn Sie so wollen.« Er stand auf und setzte sich mit einer Pobacke auf die Ecke seines Tisches. »Ich klassifiziere den Fluss, katalogisiere ihn, bin ihn schon zigmal entlanggefahren.« Neweklowsky griff hinter sich, nahm die Blechtasse vom Tisch und zeigte Oskar die darin schwimmende Brühe. »Ich kenne ihre Färbungen, die Zollstationen, jegliche Art der Schifffahrt und alle Wasserfahrzeuge auf ihr. Strudel, Untiefen, die Gebräuche und Sorgen der Schiffer. Fragen Sie mich ruhig: nach Bootstypen, Traglast, Tonnage der Donauschiffe. Kinder wollen von mir immer etwas über die Unglücksfälle hören, über die Morde und Selbstmorde auf der Donau. Ich kann Ihnen sogar erzählen, welche Strafe Schiffsköche erwartet hat, die auf der Donau zu viel Salz in die Suppe gaben.«

Oskar wusste nichts zu erwidern, stattdessen meldete sich bei der Erwähnung der Suppe sein leerer Magen mit einem gut vernehmlichen Grollen.

»Ich schreibe das Buch«, sagte Neweklowsky.

»Sie schreiben das Buch.«

»Jawohl. Ich werde der Welt ein umfassendes Kompendium über diesen Fluss hinterlassen. Das erste. Die Donau bietet alles, was unseren seltsamen Planeten ausmacht, auf dem wir dahinvegetieren. Sie ist ein Mikrokosmos der Menschheit. Eine Petrischale des

Seins. Das muss dokumentiert werden. Jemand muss sich darum kümmern, und ich behaupte, das Schicksal hat mich dazu auserkoren. Über eintausendfünfhundert Seiten habe ich bereits geschrieben.« Neweklowskys Augen glühten. »Aber ich bin längst noch nicht am Ende angelangt!«

Oskar nickte lächelnd.

»Ich muss zugeben, dass sich mein niedergeschriebenes Wissen auf jenen Bereich beschränkt, den man die ›Obere Donau‹ nennt. Wobei niemand wirklich sagen kann, ob damit die geografische Strecke von der Quelle bis zum Wasserfall von Gönyü gemeint ist, hydrologisch betrachtet die tausendundzehn Kilometer bis zum Zufluss der March, oder der völkerrechtlich abgegrenzte Bereich bis zum Eisernen Tor. Sie tun kund, wenn ich Sie langweile?«

Etwas Spitzbübisches machte sich auf Neweklowskys Gesicht breit.

»Sie wissen nicht zufällig, ob es hier Füchse gibt?«, fragte Oskar. »Oder etwas anderes, das man jagen kann?«

Sein Gegenüber stieß etwas Luft durch die Nase.

»Nehmen Sie es mir nicht übel, aber die Tiere in freier Wildbahn warten nicht unbedingt auf einen wie Sie, um sich fangen und braten zu lassen. Aber Moment mal ...«

Er wandte sich um, träufelte eine braune Flüssigkeit aus einem kleinen Fläschchen auf das angenagte Brot und reichte es Oskar.

»Zervelatbrot«, sagte er, während er damit begann, in einer großen Ledertasche zu wühlen. »Mit Suppenwürze kriegt man das runter.« Er fuhr fort zu graben, murmelte Unverständliches in seinen Bart und zog schließlich einen Beutel hervor. »Na bitte. Etwas Brot, ein Rest Streichwurst, zwei Kartoffeln, eine Zwiebel, etwas Tee. Mehr kann ich leider nicht bieten. Aber es dürfte Sie über die nächsten ein oder zwei Tage bringen.«

Oskar bedankte sich.

»Und was ist mit Ihnen?«

»Ich strecke meine Füße heute Abend wieder unter einem wohl gedeckten Tisch in einer Blockhütte aus.« Er sah Oskar über den Brillenrand an. »Wo geht's für Sie hin?«

Oskar fasste in knappen Worten zusammen, weswegen er unterwegs war, ohne auf Details einzugehen.

»Ein Wettrennen im Faltboot nach Zypern? Gütiger! Was stehen Sie hier mit mir herum und vertrödeln Ihre Zeit mit der Suche nach Wild? Kommen Sie, ich zeige Ihnen etwas.«

Sie brachen zusammen auf, den Berg hinab zum Ufer. Auf dem Weg berichtete Neweklowsky Oskar von Abteien, Kirchen, Klöstern und Ruinen der Donau, von versunkenen Inseln, Burgen und Schlössern. Er zwirbelte seinen Bart und erzählte von Raubrittern, die im zwölften Jahrhundert Ketten über den Fluss gespannt hatten, um Schiffe auszurauben, und wie sie anschließend die Besatzungen ertränkten.

»Es gibt Leute, die glauben«, sagte er schwer atmend und hielt sich an einem Ast fest, »dass auf der Donau Geister hausen. Das ist natürlich Unfug. Aber unmöglich ist es nicht.«

»Haben Sie zufällig in den letzten vierundzwanzig Stunden zwei andere Faltbootfahrer diese Stelle passieren sehen?«

»Die Konkurrenz, was? Heute waren Sie der einzige Ruderer auf diesem Teil der Donau, aber gestern sind zwei Männer in, soweit ich erkennen konnte, ganz ähnlichen Booten vorbeigekommen. Jetzt schauen Sie schon wieder aus wie der Vogel.«

»Welcher Vogel?«

»Der Flussregenpfeifer. Wirklich, diese Ähnlichkeit. Hätten Sie mehr Zeit, könnten Sie am Ufer auf ihn warten. Irgendwann würde er erscheinen. So ein kleiner Vogel ist das. Hält sich an Flussläufen und Bächen auf. Blassgelbe Beine, gelb geränderte Augen und schwarze Ringe um Kopf und Hals.«

Oskar griff unweigerlich nach seinem Stirnband und half Neweklowsky, über einen großen Stein zu klettern.

»Sogar sein Pfeifen klingt ähnlich. Wie diese winzigen melancholischen Melodien, die Sie vorhin von sich gaben – das waren doch Sie, der gepfiffen hat? Allerdings meldet sich der Flussregenpfeifer weniger am Tag als in der Dämmerung und bei Nacht. Er macht etwa so: ›Diuu‹ oder ›Piuu‹, bei Erregung ein aufgebrachtes ›Gigigi‹.« Neweklowsky blieb einen Moment stehen und holte Luft. »Ein Zugvogel ist das, das dürfte doch auch auf Sie zutreffen. Im Sommer verlässt er seine europäischen Niststätten und zieht gen Süden. Der Flussregenpfeifer rennt, als hätte er Räder unter seinen Krallen. Man könnte meinen, er würde vor etwas davonlaufen. Achten Sie mal auf ihn, Sie finden ihn immer in Wassernähe. Hier, im asiatischen Raum, sogar in Indonesien und Australien soll es ihn geben. Sie sind doch noch jung, auch so ein Nestflüchter.« Mit einer Geste bedeutete er Oskar, weitergehen zu wollen. »Jetzt sagen Sie bloß noch, Sie sind nicht sehr gesellig.«

Oskar zog das Stirnband nach unten, sodass es, wie das andere, um seinen Hals hing.

»Wenn ich schon einen Experten hier habe, was halten Sie von meiner Streckenführung? Bis nach Konstanza und dann südwärts, Richtung Zypern?«

Neweklowsky schwieg, schnaufte beim Gehen.

»Über das Schwarze Meer? Das ist nicht der kürzeste Weg. Sie könnten eine Menge Zeit sparen, wenn ...« Er machte eine Wischbewegung mit der Hand. »Aber das ist Wahnsinn. Vergessen Sie, was ich gesagt habe.«

Sie erreichten das Ufer und Neweklowsky erklärte ihm, welches Wetter zu erwarten war, nun, da die Wolken in Richtung der Karpaten zogen. Dann deutete er auf das gegenüberliegende Ufer.

»Sehen Sie das? Die Kormorane da drüben. Sie fischen an den flachen Stellen des Flusses. Das ist ein Warnsignal für niedrigen Wasserstand. Achten Sie darauf, wenn der Fluss enger wird.« Er trat vor die *Sonnenschein* und wurde nachdenklich. »Mit einem Faltboot nach Zypern. Enorm. Sie sind ein Glückspilz. Das klingt nach einem Rekord für die Ewigkeit. Wo doch nichts auf dieser

Welt für ewig ist, nicht wahr? Kontinente nicht, Länder und Städte ... Wer weiß schon noch, dass Bratislava einst Prešporok hieß?«

»Ihr Buch wird dem Zahn der Zeit schon standhalten«, versuchte Oskar, ihn aufzumuntern.

Neweklowsky klopfte ihm auf die Schulter.

»Natürlich«, sagte der Bärtige, und beide wussten, dass keiner von ihnen das glaubte.

»Schicken Sie mir ein Exemplar, wenn es fertig ist?«

Oskar riss zwei leere Seiten aus seinem Tagebuch, notierte auf einer die Adresse seiner Eltern und erhielt im Gegenzug auf der anderen die Anschrift des Forschers.

»Sie sollten aufbrechen, um noch vor der Dunkelheit ein geeignetes Plätzchen zu finden.«

Oskar hatte sich bereits verabschiedet, die *Sonnenschein* zurück ins Wasser geschoben und stand mit einem Bein in der Öffnung, als er sich zu Neweklowsky umdrehte.

»Was haben Sie vorhin gemeint, als Sie sagten, ich könnte Zeit sparen?«

Ein Kormoran stieg kreischend aus dem Wasser auf.

»Ach, das war ein Hirngespinst. Ich will Ihre wunderbare Wettfahrt nicht zunichtemachen.«

»Kommen Sie.«

Neweklowsky seufzte.

»Südlich von Widin führt ein Fluss namens Vardar auf direktem Wege ins Mittelmeer, mündet bei Saloniki. Den erreichen Sie nur über Land. Aber das ist nicht das eigentliche Problem, daher vergessen Sie es besser wieder.«

»Worin besteht das Problem?«

»Auf dem Vardar ist noch nie ein Mensch mit einem solchen Boot gefahren. Zu gefährlich, Herr ... Viel zu gefährlich. Denken Sie nicht einmal daran. Es wäre das Ende Ihrer Reise.«

»Nur mal rein theoretisch: Wie viel Zeit könnte ich sparen?«

»Lieber Flussregenpfeifer, schlagen Sie es sich aus dem Kopf. Allein die Stromschnellen! Außerdem wären Sie dann erst im Mittelmeer. Sie müssten über die dodekanischen Inseln, über offene See. Ein Zeitgewinn, aber Wahnsinn.«

»Wie viel Zeit würde ich einsparen?«

Neweklowsky gab sich Mühe, ungeduldig zu klingen.

»Das kann ich Ihnen nicht sagen. Man müsste das mal genau ausrechnen, aber es macht keinen Sinn. Es war nur so dahergeplappert.«

Oskar zog die Mauser aus seiner Hose und richtete sie mit gespieltem Ernst auf die Brust des Donauforschers.

»Wenn Sie schätzen *müssten*?«

Neweklowsky nahm seine Brille ab, hauchte eines der Gläser an und rieb es mit seinem Ärmel trocken. Dann sah er Oskar müde an.

»Mindestens elf Wochen.«

DAS ZWEITE GESPRÄCH

———

»Entschuldigen Sie, ich bin spät dran. Gunther, also Herr Makeprenz, hat mich aufgehalten. Es gibt scheinbar immenses Interesse an dem Angriff auf Sie. Gunther war ganz schön baff. Ich ...«

Oskar saß aufrecht in seinem Bett, legte einen Finger auf den Mund, bedeutete ihr zu schweigen.

Sie lauschten dem Klagegesang im Nachbarzimmer, dem nölenden Heulen eines Mannes. Oder einer Frau, die Verzweiflung in der Stimme machte eine genaue Bestimmung unmöglich, sie war mehr leiernder Ausdruck einer seelischen Qual als eine Reaktion auf physische Schmerzen. Durch die Wand hörten sie, wie eine der Schwestern den Raum nebenan betrat und die wimmernde Person streng zurechtwies. Dann war Ruhe.

»Du lieber Himmel, geht das hier die ganze Zeit so?«

Oskar nickte.

»Unheimlich«, sagte er nachdenklich. »Wie im Irrenhaus. Wenn ich das Morphinderivat nehme, geht's. Aber länger als drei Stunden am Stück schläft hier auf der Etage niemand.«

»Soll das heißen ...?«

»Ja, auch nachts. Wie ein Schlosshund.«

»Das meine ich nicht. Wissen Sie nicht, wo Sie sind?«

Oskar fuhr mit der Zunge über seine Lippen.

»Nicht so wichtig. Machen wir erst mal weiter mit Ihren Erlebnissen im hinteren Bereich der Donau.«

»Moment. Was meinen Sie damit? Wir sind im Militärhospital. Ich bin hier operiert worden.«

Sie wischte sich eine Haarsträhne aus der Stirn und sagte leise: »Das Militärhospital ist nebenan, Herr Speck. Ein Haus weiter. Wahrscheinlich waren Sie da unterm Messer.«

Die Tür des Nachbarzimmers wurde geräuschvoll geschlossen.

»Das hier ist die psychiatrische Anstalt der Stadt. Sie sprechen heute schon viel sicherer und schneller als gestern, merken Sie das auch?«

Oskar schlug die Bettdecke zurück. Er richtete sich auf, und ein dunkler Schmerz waberte durch seinen Kopf. Schwankend ging er zum Fenster, hielt sich am Kippverschluss fest. Dann wurde ihm schwindelig. Benommen kehrte er zum Rollbett zurück und setzte sich auf den Rand.

»Wie viele Geschwister haben Sie?«, fragte sie fröhlich.

Er sah sie entgeistert an.

»Wenn ich Ihre Geschichte aufschreiben soll, benötige ich ein paar Hintergrundinformationen.«

Langsam knetete er seine Nasenwurzel.

»Seppel, Heinrich, Elli ... Und noch ein paar andere. Namen habe ich vergessen.«

Sie wartete auf ein ironisches Lächeln, aber es blieb aus.

»Hat Ihre Familie Sie während Ihrer Reise unterstützt, Geld geschickt?«

»Vier-, fünfmal, irgendwann hat das aufgehört.«

»Aber ... wovon haben Sie die ganze Zeit über gelebt?«

Er überlegte, ganz so, als hörte er die Frage zum ersten Mal.

»Ich habe sehr schnell einen Blick dafür entwickelt, wo ich etwas zu essen bekomme, wo ich was verdienen kann. Ich habe bei der Ernte geholfen oder ein paar Tage beim Hausbau. Aber immer wieder haben mir Menschen auch etwas geschenkt. Brot, Suppe oder ein Stück Leder, mit dem ich ein Loch in der Bootshaut vernäht habe, einen Hut, wenn ich einen brauchte. Später habe ich

Vorträge gehalten und für Zeitungen kurze Berichte über meine Erlebnisse geschrieben. Die Ergebnisse habe ich meist gar nicht mehr gesehen, weil ich weitergefahren bin.«

Eine Krankenschwester kam mit einem zusammengefalteten Laken über dem Arm herein, bemerkte den Gast, entschuldigte sich und machte auf dem Absatz kehrt.

»Und Ihr Freund Karol?«

Er schlüpfte zurück unter die Bettdecke, verzog angestrengt die Mundwinkel und rückte sich den Verband zurecht.

»Als ich aufgebrochen bin, hat er in einem Kellerloch unter einem Restaurant namens Chop Shuey in der Nähe des Hamburger Hafens gewohnt. Ein furchtbar heruntergekommener Winkel der Welt. Karol hatte kein Geld. Noch nie. Und ich auch nicht. Im Grunde konnte man unsere Situation damals ganz einfach zusammenfassen: Wir hatten nichts, wir wussten nichts, und wir konnten nichts. Das war die Ausgangslage.«

Ihre Zahnlücke wurde sichtbar.

»Sie kannten sich schon länger?«

»Wir sind zusammen zur Schule gegangen. Eine meiner ersten Erinnerungen ist, wie ich mit ihm unter den Bäumen der Palmaille um die Wette laufe. Wir haben unsere ersten Zigaretten zusammen gepafft. Er ist dabei geblieben. Und wir sind oft Boot gefahren, auf der Elbe.«

»War wohl 'ne schönen Zeit.«

Er senkte die Lider.

»Ja, war's. Wir haben nächtelang im Café Hoppe gesessen, diskutiert. Karol mehr als ich. Das Hoppe lag an der Strandpromenade in Övelgönne, die Bootshütten direkt daneben. Das war unser zweites Zuhause. Meist waren wir die Letzten, die gegangen sind. Sind dann durch die Nacht gelaufen, bis morgens, zum Hafen, an den Akkordarbeitern von der Vulkanwerft vorbei. Die kamen da immer müde von ihrer Nachtschicht, mit Grograusch und vom Werftstaub schwarzen Gesichtern. Und wir aus dem Hoppe hatten

genauso einen sitzen. Karol hatte immer einen frechen Spruch auf Lager für die Jungs. Dem konnte eh keiner böse sein, mit seinem einwangigen Lächeln. Ich habe Hamburg geliebt, wollte nie weg.«
Das Kratzen des Bleistifts auf Papier.
»Aber dann mussten Sie.«
»Ja. Mit unserem Gläubiger war nicht zu spaßen. Ein Mahnbrief nach dem anderen. Ich habe den Kerl nie kennengelernt, Karol hat sich um diese Sachen gekümmert. Und dann habe ich in einer Zeitschrift die Anzeige der Kupferminengesellschaft entdeckt. Ich sehe Karol noch vor mir, wie er mir auf dem Kopfsteinpflaster vor dem Chop Shuey zum Abschied in die Schulter boxt, um mir Mut zu machen. ›Zeig's ihnen, Spargel‹, hat er gesagt. Dann ist er die Treppe runter und war weg.«

Ein kurzer Hustenanfall schüttelte Oskar.

»Wir waren bei Neweklowsky. Haben Sie auf ihn gehört? Welche Route haben Sie gewählt?«

Vorsichtig rutschte er im Bett ein Stück nach oben, lehnte sich mit dem Oberkörper an das Kopfende des Gestells.

»Dank Neweklowsky ist mir überhaupt erst aufgefallen, wie absolut dämlich dieser Wettbewerb war, auf den wir uns eingelassen hatten.«

»Warum?«

»Um auf den Vardar zu wechseln, hätte ich von Widin aus ein paar Hundert Kilometer über Land reisen müssen. Nach Skopje. Genau wie Neweklowsky es mir erklärt hatte. Aber ich wusste ja nicht mal, ob das nach den Statuten erlaubt war, ob es überhaupt Regeln gab. Womöglich würde die Brauerei die ganze Sache abblasen, wenn sie Wind davon bekäme. Ich wusste nicht, ob ich mich beeilen musste, ob May und Fischer wirklich in die Sache eingestiegen waren. Ich habe damals überlegt, ob ich Karol von den beiden erzählen sollte, hab mich dann aber nicht getraut.« Er atmete aus. »War zu feige.«

»Also hören Sie mal. Niemand, der von Ulm aus mit einem

Faltboot nach Zypern aufbricht, ist ein Feigling. Nicht ganz dicht vielleicht. Aber auf keinen Fall feige.«

Von draußen drang das meckernde Zwiegespräch eines Molukkenhuhns mit einer Wachtel in das Zimmer.

»Jedenfalls hat am Ende die Vernunft gesiegt. Ich habe mir gesagt: Du fährst die Route zum Schwarzen Meer und basta, und dann gen Süden, so wie du es geplant hast. Aber kaum hatte ich mich entschieden, tauchte eine andere absurde Idee in meinem Kopf auf. Ich war zu viel allein, da kommen einem die merkwürdigsten Dinge in den Sinn.«

Sie hörte auf zu schreiben, sah ihn erwartungsvoll an.

»Karol hatte recht. Es gab nur einen Ausweg aus dem Schlamassel, so unwahrscheinlich es auch war.«

»Gold.«

Er nickte.

»Es war wie eine Manie. Ich konnte auf einmal an nichts anderes mehr denken. Für ein paar Tage habe ich sogar an Karols Prophezeiung geglaubt und überall glitzernde Steine gesehen.« Er atmete schneller. »In Budapest war die Donau noch ganz weiß von ausgespültem Sediment, da war nichts zu erkennen. Dahinter nur Weiden mit Ziegen und Pusztapferden, alles grün. Trotzdem habe ich bei jeder Rast gesucht. In braunem Tiefland, an grünen Hügeln. Zwischen Felsen. Und gleichzeitig viel zu hastig, weil ich nicht wollte, dass sich der Vorsprung von May und Fischer weiter vergrößert.«

»Haben Sie unterwegs jemanden gefragt, wo Sie fündig werden könnten?«

»So was erzählt Ihnen niemand. Schon gar nicht, wenn Sie ein Fremder sind. Ohnehin bin ich kaum jemandem begegnet, der Deutsch oder Englisch gesprochen hat. Da gab es höchstens ein paar Fischer, die in ihrem Boot saßen und mit einer Butschka auf die Wasserkante schlugen, um Fische vom Grund anzulocken. Die hätten mir nicht weiterhelfen können.«

»Und?«

Wieder rückte er den Verband an seinem Kopf zurecht.

»Ich hatte keine Ahnung. Nicht die leiseste Ahnung hatte ich. Ich bin an Novi Sad vorbeigefahren, durch Belgrad und an der Festung von Golubac entlang. Faszinierende Gegend, aber ich hatte keine Augen dafür. Und dann bin ich zu einem Stück der Donau gekommen, das die osmanischen Türken Demir Kap nennen. Das Eiserne Tor. Ich erinnerte mich, dass Henri May und Theo Fischer die Stelle aufgrund der gefährlichen Wasserströme auslassen wollten. Also paddelte ich in Ufernähe entlang, um auf verdächtig aussehende Steine zu achten, als ...«

SCHLAMM

■■■ der Fluss unter ihm deutlich an Selbstbewusstsein gewann. Ihm war, als würde die Donau anfangen zu summen, eine anschwellende Klage anstimmen. Sie war auf einmal dunkel, modrig. Aus dem hellgrünen Wasserweg war ein grimmiger, düsterer Strom geworden, der die *Sonnenschein* schnell mit sich zog. Oskar blickte sich um, plötzlich war das Ufer in beide Richtungen mindestens einhundert Meter von ihm entfernt. Steile, in den Himmel ragende Felshänge versperrten den Blick auf alles, was dahinter liegen mochte. Er hielt eine Hand in das Wasser, spürte den Widerstand des Flusses, seine Kälte. Achtzig Meter tief seien die Wassermassen am Eisernen Tor, so hatten es ihm zwei Bauern erklärt und dabei ängstlich ihre Brauen hochgezogen.

Oskar linste auf den über seinem Becken festgezurrten Anschnallriemen.

Die *Sonnenschein* glitt wie an einem Seil gezogen dahin. Umkehr oder Anlegen waren unmöglich. Das Wasser zischte an beiden Seiten in sein Faltboot, die kurze Hose klebte an seinen Beinen. Oskar spürte, wie sein Geschlecht in der Kälte schrumpfte, da erwischten ihn die ersten größeren Strudel mit mehreren Hauptschnellen. Das Wasser schlug krachend gegen sein Boot, seine Schultern, die Ohren. Sein Puls begann zu rasen. Mit hastigen Paddelschlägen hielt er die schlingernde *Sonnenschein* auf Kurs. Zwischen dem Knarzen des Gestells hörte er sein eigenes Stöhnen. Mit einem plötzlichen Ruck wurde der Sog des Wassers ein weiteres Mal stärker, der Gurt drückte gegen seinen Bauch, und er versuchte, durch das bedrohlich peitschende Wasser etwas zu erkennen.

Er hatte das Paddeln beherrscht, bevor er lesen konnte. In Hamburg hatte Oskar an Hunderten von Nachmittagen wie ein Besessener das Faltbootfahren geübt. Es war etwas gewesen, das ihm gehörte, dem sich niemand anderes so ausgiebig gewidmete hatte. Karol war der Unterhaltung und der Zweisamkeit wegen auf ein paar Touren mitgekommen, eine Passion für das Bootfahren hatte er aber nie entwickeln können. Oskar hingegen hatte stets den Schwierigkeitsgrad erhöht, sobald er sich sicher sein konnte, der Beste seines Bezirks, der Stadt, der weiteren Umgebung zu sein. Mit Steinen gefüllte Beutel hatte er sich um die Arme gebunden, sich am Ölhafen Finkenwerder die Hände an den Tauen schmierig gerieben, nur um mehr Mühe mit dem Paddel zu haben; er war mit einer Augenbinde gefahren und hatte mit bloßen Händen gerudert. Selbst bei strömendem Regen und unter hellen Blitzen hatten ihn seine Geschwister auf Elbe oder Alster gefunden. Jede dieser Herausforderungen war ihm damals vorgekommen, als träfen zwei Hunde aufeinander. Man hatte sich beschnuppert, miteinander gespielt, geknurrt und gebellt und manchmal wurde auch gebissen. Doch ernsthaft Schaden hatte dabei niemand erlitten.

Daran dachte er jetzt, als er sich seinem Gefühl nach am Anfang des Verdauungstraktes der Donau befand. Er schätzte, dass er mit mindestens dreißig Stundenkilometern dahinstürmte. Er schlug mit den Paddelblättern auf Schaum spuckende Kronen und versuchte, mit dem Werkzeug in seinen Händen nach tiefen Stellen zu fahnden. Der Fluss unter ihm drückte das Wasser wütend in die Außenhaut der *Sonnenschein*. Überspülte das Boot in wilden Strudeln, immer mehr davon floss hinein. Die Spritzdecke war an einer Stelle abgerissen, hing, nur noch von einem Haken gehalten, wie ein Lappen über Bord. Oskar presste sein Rückgrat gegen die Lehne, sein Hemd schmatzte, war von kaltem Wasser durchtränkt.

Er wuchtete seine Knie rechts und links gegen die innere Bordwand, verschluckte sich am Fluss, hustete und konnte kaum noch erkennen, wo er hinfuhr. Er betete, dass die Außengummierung des Doppelbodens halten würde.

Auf einmal merkte er, wie ihm das Boot wieder gehorchte. Er musste lachen. Er stieß das Paddel kräftiger ins Wasser. Ein so tief empfundenes Gefühl des Triumphes breitete sich in ihm aus, dass er für einen Moment annahm, er könne dem Fluss Befehle erteilen, nicht nur über den Kurs seines Bootes, sondern über den Verlauf der Donau entscheiden. Er lockerte den Druck seiner Füße auf die Pedale, deren Drähte vom Boden der *Sonnenschein* zu einem am Heck angebrachten Ruder führten. Und dann, nur für einen Moment, kaum länger als man braucht, um jemanden zu schubsen, vernachlässigte er diese zusätzliche Steuerung, um mit einer Fußspitze dem Holzkasten mit seiner Mandoline nachzuspüren. Sofort schabte das Boot über mehrere Meter Länge gegen einen aus dem Nichts auftauchenden Felsen.

Hektisch und mit kräftigen Paddelschlägen versuchte Oskar, die taumelnde *Sonnenschein* durch eine nicht enden wollende Armada an Strudeln zu manövrieren, doch das Boot wackelte und drehte sich in den Flanken des Wassers, als wäre es von Geistern besessen. Direkt vor ihm tauchte ein weiterer massiver Stein auf. Er wich aus, ein riesiger Schwall Wasser peitschte über ihn hinweg und begrub das Faltboot unter sich, drückte die *Sonnenschein* unter die Wasseroberfläche. Ein dunkles Gurgeln umschloss ihn. Kaum konnte er wieder atmen, senkte sich das Boot in die Tiefe und fiel nach einigen Stromschnellen senkrecht eine Wasserwand hinab. Inmitten des Getöses hörte er ein lautes Krachen.

Seinem Empfinden nach musste er sich irgendwo an der Grenze zwischen Rumänien und Bulgarien befinden, als er die *Sonnenschein* hinter einer Felsspalte auf eine matschige Einbuchtung schob. Er sackte zu Boden, kippte mit dem Gesicht in den Schlamm, schmeckte seifigen Schleim auf seiner Zunge und biss beim Schlucken auf einen Kieselstein. Mit letzter Kraft spuckte und hustete er alles aus. Eine Weile blieb er so liegen, die Arme ausgebreitet, der Atem schwer, die Augen geschlossen, die Nasenlöcher von Schlick verklebt. Als er die Augen wieder öffnete, erkannte er in wenigen Metern Entfernung die Umrisse eines umgefallenen Baumes, der ins Wasser ragte. Seine Krone drückte die Zweige eines Busches nieder, und direkt daneben sah er im ausgehenden Licht des Tages etwas reflektieren. Glitzern. Erneut musste er husten. Seine Knochen taten weh, er konnte nicht aufstehen, fixierte mit den Augen das Funkeln, erwartete, dass es verschwand. Doch das Gegenteil war der Fall. Jetzt schien es sogar noch heller zu schimmern.

Als das Licht der untergehenden Sonne tiefer zwischen den Zweigen hindurchfiel, rappelte sich Oskar mühsam hoch, kroch auf das blinkende Etwas zu, knickte um und schlug sich das Knie an einem Stein auf. Die Luft blieb ihm weg, und er erinnerte sich an das, was ihm Karol einst eingetrichtert hatte: *Im Kurveninneren eines Flusses ist Gold zu finden, Spargel. Unter großen Steinen zum Beispiel. In Felsritzen, an großen Bäumen oder Sträuchern musst du gucken, direkt am Ufer. Je stärker die Strömung, desto kleiner das Gold.*

Man könne darauf beißen, hatte Karol gesagt.

Oder seinen Fingernagel hineindrücken und so Spuren hinterlassen, um festzustellen, ob es auch tatsächlich Gold sei.

Es passte.

Alles passte genau.

LOCH

»Zahncreme. Taubennester. Goldfische im Glas.«
Karol dachte die Wörter mehr, als dass er sie sprach, geschweige denn ausrief. Die wenigen Leute, die jetzt noch unterwegs waren, liefen an dem Stand vorbei. Den meisten von ihnen konnte man die Sorgen ansehen, als säßen sie ihnen auf den Schultern. Drei arabische Männer, Heizer, wie Karol vermutete, blieben kurz stehen. Einer zeigte auf eine Putzbürste, ein Zweiter machte eine Bemerkung, und alle drei gingen lachend weiter, ohne Karol zu beachten.

Er nahm einen Zug von seiner Zigarette und sah hinüber zu den Matrosen auf den Schmeißnetzbooten, die sich ebenfalls auf den Feierabend vorbereiteten, und dann zur Basilika der Fischauktionshalle. Lange Wolkenbänke brachen das Spätnachmittagslicht über dem Hafen. Es war nicht mehr viel los um diese Uhrzeit. Er rieb sich mit dem Handrücken seine Nase und blies Rauch aus. Als die Heizer weg waren, rief er ein letztes Mal und nun laut: »Pekingenten! Verdammte Barchentbeinkleider! Astern in der Augenfarbe meiner Mutter!«

Ein mächtiger Mann mit Schiebermütze und münzgroßen, dunklen Augenringen blieb stehen, ließ seinen Blick über die Ware gleiten. Er hatte riesige Hände, und Karol fragte sich, ob der Kerl Klavier spielen könnte, ohne mit den Fingern zwischen den Tasten stecken zu bleiben.

Der Riese unterdrückte ein Rülpsen, nickte in Richtung einer der Tische und fragte: »'s kosten die Stiefelbänder?«

Seine Stimme war dunkel und ausdruckslos.

»Drei Pfennige. Wenn du fünf nimmst, 'n Groschen. Wir haben ...«

Der Große unterbrach ihn, indem er die Hand hob.

»Ganz schön dünn. Sind die auch fest?«

»Fest? Damit kannst du 'ne Barkasse bis zum Baakenhafen ziehen.«

Der Mann nickte, hob drei Finger.

»Drei Stück, sehr wohl, der Herr.« Karol zog eine der dreieckigen Papiertüten vom Haken. Er klemmte sich die Zigarette zwischen die Lippen, packte die Bänder ein und nuschelte: »Die ganz große Bestellung. Bittschön.«

Nachdem er den Stand zusammengepackt hatte, kaufte er sich eine Aalsuppe, schlürfte sie hastig hinunter und machte sich auf den Weg, den Hafen entlang in Richtung Chinesenviertel. Das Orange auf den Häuserwänden wurde dunkler.

In seinem Kellerzimmer warf er sich auf die durchgelegene Matratze, die rostigen Spiralen jauchzten auf, und er zündete sich eine Zigarette an. Durch die zwei kleinen vergitterten Fenster, die zum Hinterhof wiesen, drang gerade noch genug Licht, um zwei blasse Parallelogramme auf dem Estrich entstehen zu lassen. Karol aschte auf einen Teller, der auf dem Boden neben dem Bett stand, und betrachtete das an der Wand hängende Gemälde, das ihm ein Russlanddeutscher zwei Wochen zuvor auf dem Markt geschenkt hatte. Der Mann hatte es selbst gemalt, und es zeigte die Moika, wie sie in kräftigem Rot, Blau und Grün, in Gelb- und Brauntönen in einem Bogen durch Sankt Petersburg floss. Eine knallrote Barkasse trieb in der Mitte, am Ufer waren Schollen befestigt, und Karol stellte sich jedes Mal, wenn er das Bild ansah, vor, wie er auf dem breiten Gehweg an der langen Seite der Flussbiegung entlanglief, zu einer Verabredung in einem der dahinter liegenden, in dicken, dunklen Strichen gemalten Häuser. Er legte gedankenverloren den Kopf schräg und fummelte dabei an einem Pickel an seinem Kinn herum.

Er überlegte, ob er sich aufraffen und ins Hoppe gehen sollte. Doch er hatte keine Lust. Ohne Oskar fühlten sich die Abende dort seltsam fremd an, als wäre das Lokal nur halb gefüllt. Auch Lieselotte und ihre Freundinnen konnten da wenig helfen. Und seit Erich sein Chef war, hatte sich auch ihr Verhältnis verändert. Er wollte nicht auch noch abends mit ihm an einem Tisch sitzen.

Ein dumpfes Geräusch unterbrach seine Gedanken. Zunächst klang es wie entfernter Donner. Doch schon im selben Moment kamen zwei Männer herein – Klopfen und Eintreten waren eine Handlung –, und der kleinere von beiden baute sich vor Karols Bett auf.

»Bleiben Sie ruhig liegen, Herr Gerlich, keine Umstände. Vorne am Eingang bei der Treppe stößt man sich leicht den Kopf. Da könnten die Gelben ruhig mal ein Schild anbringen.«

Konstanty von Stäblein deutete auf seinen Begleiter, einen Koloss, der sich die Stirn rieb, machte aber keine Anstalten, den Mann vorzustellen. Das war auch nicht nötig. Karol erkannte ihn sofort. Konstanty sah sich um.

»Schön haben Sie es hier.«

»Reklamationen nehmen wir nicht an, von Schuhbändern schon gar nicht.«

Der Riese reagierte nicht und begann, gelangweilt ein paar Bücher zu inspizieren, die in dem einzigen Möbelstück des Zimmers standen, einem schief zwischen den Fenstern lehnenden Regal.

»Keine Sorge. Laszlo ist mit seinem Kauf sehr zufrieden, es wird aber auch allerhöchste Eisenbahn.«

Konstanty zeigte auf die ausgeleierten, knöchelhohen Stiefel seines Kompagnons, deren Laschen sich ohne die Senkel wie schlafende Betrunkene nach vorne beugten.

»Ich habe ihn gefragt, wieso er drei gekauft hat, und Sie glauben nicht, was er gesagt hat: Man wisse nie, wann man noch mal eins gebrauchen kann. Ein dürres Stiefelband! Laszlo, wirklich. Solange dir kein drittes Bein wächst.«

Er kicherte. Dann strich er sich mit beiden Händen übers Gesicht, bis er sie wie zum Gebet flach aneinandergelegt vor seinem geschürzten Mund zusammenführte.

»Wo fang ich an?«, sagte er mit seiner Kinderstimme. »Herr Gerlich. Ich denke, man tritt Ihnen nicht zu nahe, wenn man annimmt, dass sich Ihr Herz nicht nennenswert verdunkelt, sobald Sie abends den Fischmarkt verlassen, nein? Kein Gramm Trübsal, nicht wahr? Wie auch, man wohnt fast umsonst, und der Vermieter ist so großzügig, die angehäuften Schulden zu stunden. So lässt's sich leben, was? Aber man kann nicht immer nur nehmen, Herr Gerlich. Genau wie Ihr paddelnder Freund. Der kann sein Glück vermutlich kaum fassen. Gondelt auf Kosten anderer durch die Welt und lacht sich halb tot dabei.«

Karol fuhr sich durch seine borstigen Haare und drückte seine Zigarette am Bettgestell aus, ohne seine Gäste zu beachten.

»Da kennen Sie ihn aber schlecht. Osse amüsiert sich bestimmt nicht. Der nimmt das wahnsinnig ernst.«

Laszlo griff nach einem Blumentopf auf dem Fensterbrett und besah sich dessen Unterseite.

»Genau das ist einer der Gründe, weswegen wir hier sind«, sagte Konstanty. »Sie haben nämlich recht: Ich kenne Ihren Freund nicht. Das heißt, ich muss Ihrem Urteil vertrauen und weiß noch nicht einmal, wie der Mann überhaupt aussieht. Meinem Freund Walter Schwencke von der Brauerei geht es nicht anders, und auch Herr von Tschammer und Osten hat sich schon nach ihm erkundigt. Das bringt mich ein bisschen in eine prekäre Situation, wenn man bedenkt, wie viel Geld und Prestige an Ihrem rudernden Kollegen hängt. Ganz nebenbei, und das muss Sie nicht kümmern, ich erwähne es aber dennoch, hat Tschammer mir eine Stelle in seinem Stab versprochen, wenn alles gut geht. Aber eben nur, wenn! Sie wissen ja, es soll eine fulminante Parade geben, Glanz und Gloria, und, und, und. Eine Menge Holz. Also wären Sie so gütig, uns ein Foto von Herrn Speck zu überlassen?«

Karol beobachtete aus den Augenwinkeln, wie der Riese lustlos in einer mit Krempel gefüllten Obstkiste kramte, die auf ein paar Büchern abgestellt war. Unter der Kiste erkannte Karol das Fotoalbum, in das er neben Ansichtskarten und Bildern aus seiner Kindheit auch Fotografien gelegt hatte, die ihn und Oskar vor den Bootshütten beim Hoppe zeigten. Lieselotte hatte sie im vergangenen Winter geschossen, und es waren die einzigen, die er von seinem Freund besaß.

Träge stöberte Laszlo in der Kiste.

»Deswegen sind Sie extra hergekommen?«

»Unter anderem.«

»Aha.«

»Also?«

»Also was?«

»Das Foto, Herr Gerlich.«

»Hab keins, tut mir leid.«

Konstanty zog eine Zigarette aus einer Schachtel und schüttelte auch für Karol eine hervor.

»Nehmen Sie«, sagte er, als Karol nicht reagierte. Der Angesprochene gehorchte, der Gast gab ihm und sich Feuer und blies beim Sprechen den ersten Zug aus. »Also gut, ffff, kein Foto. Schade. Wäre wichtig gewesen. Elly Beinhorn macht, wenn sie sich schminkt, optisch was her, da sollte Ihr lieber Oskarfreund nicht hintenanstehen. Deutscher Held und so. Der muss schon taugen. Na, seine Zähne wird er ja noch haben, oder?«

»Was?«

»Man sagt: Wie bitte? Gute Zähne sind wichtig, Herr Gerlich. Schauen Sie sich mal die Fotos der Berühmtheiten aus den Filmen an.«

Laszlo lächelte und schnaufte, bis ihm auffiel, dass man seine Zähne dabei sehen konnte.

»Zeigen Sie mal Ihre.«

Konstanty deutete mit dem Kinn auf Karol.

Der zog an seiner Zigarette und ließ den Rauch aus einem Spalt im Mundwinkel ausströmen.

»Laszlo«, fuhr Konstanty fort, »hatte neulich Streit mit jemandem und musste ihm am Ende seine Schneidezähne entfernen.« Er wandte sich an den Riesen, ohne Karol aus dem Blick zu verlieren. »Beide. Oder, Laszlo?«

Sein Freund hob entschuldigend die Schultern.

»Du hast sie dem Mann nach vorne herausgebrochen, nicht wahr? Nach oben geklappt. Mag man sich gar nicht vorstellen, was das für Schmerzen sind.«

»Am besten geht's mit 'nem Faden oder 'ner kräftigen Schnur«, brummte Laszlo und zog mit seinen Fäusten an zwei unsichtbaren Enden.

»Unangenehmes Thema«, sagte Konstanty, leckte sich die Lippen und tippte Asche auf den Boden. »Ich muss noch einmal auf die Brauerei, auf Schall & Schwencke, zurückkommen. Darüber wollte ich mit Ihnen nämlich eigentlich sprechen, Herr Gerlich. Aber erst mal«, er reichte Karol die Hand, »ich bin der Konstanty. Also komm, lass uns die Stimmung hier mal etwas aufwärmen.«

Karol beugte sich vor und erwiderte den Gruß wortlos.

»Mein Freund Walter, Sohn von Heinrich Schwencke, einem der Gründer von Schall & Schwencke, erzählte mir vorhin von der Konkurrenz deines Kollegen. Da haben sich inzwischen eine ganze Reihe von Menschen aufgemacht, wie es scheint. Na klar, bei zehntausend Reichsmark schaut jeder mal, ob das blöde Faltboot im Keller noch schwimmt. So war das ja auch geplant. Soll alles seinen Gang gehen. Aber schon irre, wer da so aus seinem Loch hervorgekrochen kommt. Ein Paddler aus München hat ein Blatt mit seinen Reisestempeln geschickt und Fotos, auf denen er – auf jedem einzelnen – ein Getränk der Brauerei in die Höhe hält. Krebst irgendwo in Österreich rum. Ein anderer hat gefragt, ob er ein Kanu anstelle eines Faltboots nutzen dürfe. Sogar eine Frau aus Bielefeld hat geschrieben, sie hätte die ersten Stationen schon hinter sich. Der musste man leider mitteilen, dass Frauen nicht teilnehmen dürfen. Schmeckt sie dir? Ist eine Reval.«

Karol schlug, auf seinem Bett liegend, ein Bein über das andere, wischte sich mit den Fingern über seinen Mund und sah Konstanty ausdruckslos an.

Der Riese hob derweil Karols Jacke von einem Stuhl, befühlte sie, legte sie wieder zurück und klopfte anschließend mit einem Feuerhaken gegen die Füße des kleinen Holzofens.

»Und dann gibt es da noch diesen Dortmunder, der steif und fest behauptet – und schreibt, er könne das mit Stempeln belegen –, dass er bereits kurz vor dem Schwarzen Meer sei.«

Konstanty legte die Stirn in Falten und schob seine Unterlippe zu einem Flunsch.

»Kann das sein? Ist da was schiefgegangen?«

Laszlo setzte sich auf den Stuhl und taxierte das Gemälde, als Konstanty weitersprach.

»Wechseln wir lieber noch mal das Thema. Diese Wohnung.«

»Dieses Loch, meinen Sie.«

»Bitte, *Du*. Ich gebe ja zu, der Raum ist günstig. Aber bedenk mal den Standort und die Nähe zur Arbeitsstelle. Eigentlich müsstest du viel mehr bezahlen. Ich kenne die Lage und bin kein Unmensch. Wir fangen mit zwanzig Reichsmark Zulage an und sehen mal, wie es läuft.«

»Wie bitte?«

Karol zwickte die Glut von der Zigarette ab und richtete sich auf.

»Na also, mit der Höflichkeit klappt es doch schon ganz gut. Jetzt werd nicht hysterisch. Ich habe mir schon gedacht, dass du nicht begeistert sein wirst. Und herumliegen hast du das Geld natürlich auch nicht.«

»Das ... Das geht nicht.«

»Das habe ich auch erst gedacht, als du damals mit dieser Zypern-Idee angekommen bist. Jetzt schau nicht so. Ich kann dich eigentlich ganz gut leiden. Im Gegensatz zu meinem Vater übrigens. Der hätte euch die ganze Sache von vornherein nicht zugebilligt. Der würde einem Kommunisten nicht mal glauben, wenn der ihm mittags sagt, dass es zwölf Uhr ist.«

Konstanty lehnte sich auf das Bettgestell, ließ Rauch aus seinen Nasenlöchern quellen und dachte nach.

»Weißt du was? Wir machen das anders. Keine Mieterhöhung. Aber dein Freund *muss* als Erster durchs Ziel fahren. Er muss! Und du musst dafür Sorge tragen. Verstehst du? Schaffst du das?« Und als Karol erneut nicht antwortete: »Wo ist er gerade?«

Karol setzte sich auf den Bettrand und stützte sich vornüber gebeugt auf seine Beine.

»Müsste schon vorbei sein am Schwarzen Meer.«

»Müsste? Er muss, Gerlich! Er sollte. Ich denke, in zwei Monaten ist das zu schaffen, nach Zypern. Jeder Tag, den er ab jetzt unterwegs ist, kostet euch zusätzlich zehn Reichsmark. Kommt er in zwei Monaten als Erster an, müsst ihr also von euren viertausend sechshundert an mich abgeben. Natürlich nur, wenn er gewinnt. Sollte er verlieren, schuldet ihr mir euren *und* meinen Anteil, neuntausend Reichsmark, zahlbar eine Woche nach Ende des Wettbewerbs. Und ich könnte mir vorstellen, dass in so einem Fall Walter auch seine tausend haben will.«

»Das ist doch sein eigenes Geld!«

»Ich denke, ich habe unsere Position deutlich gemacht.«

Karol nickte.

»Ach, eins noch. Da du kein Foto von deinem Freund hast, kannst du ihn mir vielleicht wenigstens beschreiben.«

Karol wendete den kalten Zigarettenstummel in seiner Hand. Ihm war schlecht.

»Oskar. Was soll ich Ihnen da beschreiben? Ist ein feiner Kerl.

In einer Menge würde er nicht weiter auffallen, mittelgroß, straßenköterbraune Haare, immer zurückgekämmt. Gutmütiges Gesicht.«
»Wesensmerkmale?«
»Ist 'n stiller Mensch. Aber wenn Sie ihn genau ansehen, wissen Sie Bescheid. Der hat was Entschlossenes. Seinen eigenen Kopf.« Ein Anflug von Wut schlich sich in seinen Tonfall. »Und für mich wird der alles tun, keine Sorge.«

Auf dem Weg nach draußen streifte Konstanty im engen Kellerflur versehentlich mit seinem Mantel an der dreckigen Wand entlang, schnalzte mit der Zunge und strich sich den Putz vom Stoff. Dann wandte er sich Laszlo zu.
»Ich weiß nicht, ob er das mit den Zähnen verstanden hat. Ich kann einfach nicht so gut erklären. Könntest du ihm das vielleicht noch mal ...?«
Laszlo nickte, zog die Tüte mit den Stiefelbändern hervor und kehrte um. Konstanty inspizierte erneut den Mantel, seufzte leise und ging langsam in Richtung der vier krumm gemauerten Stufen, die zur Eingangstür hinaufführten. Dort angekommen, blieb er einen Augenblick lang im Rahmen stehen, spürte den ersten Herbstwind, der das Ende des Sommers ankündigte. Er dachte an die Bäume im Garten seiner Eltern, deren Blätter den Boden golden und weinrot schimmern ließen. Bis eine säuerliche Erinnerung an demütigende Urlaube mit seinem Vater in ihm aufstieg. Eine plötzliche Wehmut. Er hob das Kinn und schloss die Augen und hörte, wie der Kommunist ein dünnes, gequältes Stöhnen von sich gab.

NIS

Heute ist der 27. November 1932. Erster Advent. Zu Hause werden sie Lebkuchen essen. Ich sitze in einem winzigen Zimmer und sehe durch ein Fenster Serebrowitschs Steingarten beim Dunkelwerden zu. Kaue dabei auf klebrigen Resten von Hefe, Öl, Anis und süßen Mandeln herum, aus denen Serebrowitsch sein Brot backt. Tagsüber schleife ich Zement für fünfundzwanzig Dinar.

Hätte ich nur auf Neweklowsky gehört.

Habe vor Wochen Heinrich meine Funde geschickt. Er soll alles einem Gutachter vorlegen. Meine einzige Hoffnung. Es muss Gold sein, Herrgott, es muss einfach.

Bei meiner Ausrüstung lag ein Handbuch von Pionier. Die Firma sitzt in Bad Tölz. Ich habe sie angeschrieben und um Hilfe ersucht. Ganz höflich. Habe ihnen alle Ersatzteile gelistet, die ich dringend für die Weiterfahrt brauche. Brauche alles sofort, habe ich geschrieben. Sonst ist sie zu Ende, meine Fahrt. (Das habe ich ihnen nicht mitgeteilt.)

Nachtrag: Ganz vergessen festzuhalten, wie ich hier gelandet bin. Fasse also das Wichtigste zusammen.
Ich wollte über das Schwarze Meer fahren, ostwärts. In Widin, Bulgarien, habe ich in einer Lagerhalle auf einer Landwirtschaftsmesse gearbeitet. Ich hatte kein Geld mehr, also habe ich bei einem rumänischen Händler namens Cedrin angeheuert und mir gleichzeitig andauernd Sorgen

gemacht, um wie viele Kilometer der Vorsprung von May und Fischer mit jeder vergehenden Stunde anwachsen würde.

Als Cedrin mir am Ende der Messetage meine fünfundzwanzig Lewa und fünfzig Stutinki Lohn ausgehändigt hat, fragte er, ob ich nicht zufällig nach Skopje müsse? Würde bei ihm nur zwanzig Stutinki kosten. Und auf einmal kam es über mich. Skopje! Direkt am Vardar. Eine Abkürzung von elf Wochen! Alles andere, was mir Neweklowsky erzählt hatte, war wie weggeblasen. Fuhr also mit. Was ich nicht wusste, war, dass noch zahlreiche andere, sonderbare Figuren mit mir hinten auf Cedrins Laster sitzen würden, alles mürrische, betrunkene Männer und Frauen, denen ihr Leben abhandengekommen war.

Einer von ihnen sprach mich und die anderen in einem Englisch aus Stacheldraht an, wollte wissen, ob wir Terroristen seien, der Ustascha oder der IMRO angehören würden, Slowenen oder Muslime seien. Er fragte, wer Serbe, Kroate, Bulgare, Montenegriner oder Mazedonier wäre, wer Einwohner der Region Vojvodina, Ungar, Slowake, Rumäne, Roma, Sokci, Russine, Bunjewatze oder Italiener. Die Leute gerieten über die Frage in Streit, fingen an, sich auf der Ladefläche zu prügeln, und keine Stunde später saßen wir alle in einem Gefängnis in Nis. Es dauerte zwei Tage, bis ich entlassen wurde, und weitere achtundvierzig Stunden, bis ich in Skopje ankam, wo ich natürlich sofort mein Boot aufgebaut habe, um auf dem Vardar Richtung Saloniki die verlorene Zeit aufzuholen.

Das war Anfang Oktober. Wenig später lernte ich Serebrowitsch hier in Veles kennen. Meinen Vermieter. Denn Neweklowsky sollte recht behalten: Der Vardar warf mich und die Sonnenschein hin und her wie ein buckelndes Pferd. Das Ergebnis sind drei gebrochene Spanten, mehrere gerissene Nähte an den Reißverschlüssen im Bootsinneren, ein zerborstenes Ersatzpaddel (das von May gestohlene hatte ich gerade erst in Belgrad durch ein neues ersetzt), ein defektes Pedal und ein Leck im Boot. Verbandszeug auch aufgebraucht, und keinen Bissen Nahrung mehr im Gepäck.

Jetzt sitz ich hier. Warte. Und warte.

Lieselotte hat geschrieben. Sie sagt, ein Blick auf den Kalender würde ihr bestätigen, dass der Buß- und Bettag kaum mehr drei Wochen entfernt liegt, ob sie sich darauf einstellen soll, mich als künftigen Ehemann auf Lebzeiten pensionieren zu müssen. Erich hätte sich ihr eklig und unsittlich im Hoppe genähert. Sie hat etwas Geld und eine Packung Chinin geschickt sowie einen Övelgönner Stadtwimpel.

Muss zusammenfassen, Tinte geht zur Neige.
Weihnachten.
Paket von Pionier eingetroffen. Aber sämtliche Gewässer der Gegend zugefroren. An Fortsetzung der Fahrt nicht zu denken.

Auch von Heinrich Post. Hat Knickerbocker-Hose, Strümpfe, Stutzer und eine Postanweisung über hundert Dinar beigelegt. Schreibt, bei meinen eingesandten Steinen handele es sich tatsächlich um Gold, allerdings um eine von Fachleuten »Narrengold« genannte Eisen-Schwefel-Verbindung, chemisch gesprochen Pyrit. Außerdem: Vater und Mutter gehe es nicht gut. Doch noch seien ja genug Geschwister vor Ort, die sich kümmern.

Sitze hinter Serebrowitschs Haus, baue meine renovierte Sonnenschein zusammen. Starre beim Zusammensetzen immer wieder auf eine Meldung der Zeitung, in der die Ersatzteile eingewickelt waren. Ein Pottwal hat sich vor der westkolumbianischen Küste in einem Telegrafenkabel verfangen und ist ertrunken.

Neujahr.
Kurz vorm Schlafengehen. Habe noch mal die Verleimung und die Kautschukbeschichtung für die Haut des Unterschiffs geprüft. Denke viel an den Wal. Oder sagen wir, ich versuche es. Denn eigentlich denke ich nur an eine Sache.
May und Fischer werden gewinnen, und Karol wird nie wieder ein Wort mit mir sprechen.

ELS

Zurück
Es gibt kein Zurück
Keine Rettungsmission fürs Glück
Kein »So jetzt aber doch nicht«
Und »So wollt ich's nicht, ehrlich«

Kein »Kann ich's noch mal sehen
und noch mal durchgehen?«
Noch einmal durchleben
und dann wieder abgeben
bei der unfreundlichen Kassiererin
die um Punkt sechs nach Hause geht
mich nie anlächelt, immer nur ansieht
Denn sie weiß ...

Es gibt kein Zurück
Keinen, der sich noch mal bückt
und aufhebt, was zu Bruch ging
was eben noch zusammenhing
und jetzt in bunten Scherben
so schön irrsinnig da liegt
in meinem Kopf wie auf 'ner Rennbahn
entlangfährt und nie abbiegt

bis die Reifen dünn gefahren
alles hinter mir, in Jahren
und ich denk, ich werd verrückt

Es gibt kein Zurück

Die Zigarette ausgedrückt
und der Rauch längst verflogen
Alles andere wär gelogen
und falsch ausgedrückt

Keine Kavallerie, die kommt
und alles wieder geraderückt
Keine Kavallerie, die kommt
und all das etwas geraderückt

Nichts, was einfach unpassiert
keine Blume ungepflückt
und kein Unglück plötzlich Glück
Es gibt kein
Zurück

Gili saß in ihrem Zimmer im ersten Stock am Schreibtisch und starrte auf die Straße, ihre Finger reglos auf der Tastatur der Schreibmaschine. Dann betrachtete sie lange das Gedicht, das sie letzte Nacht geschrieben hatte, dachte an die Sanftmut ihres Vaters. Alles, um sich vor ihrer eigentlichen, von Onkel Gero verordneten Aufgabe zu drücken.

Sie hauchte in ihre Hände. Es war kalt, und ihr Onkel hatte ihr am Vormittag langatmig erklärt, dass sich das Heizen nicht mehr lohne, das Frühjahr sei in vollem Schwung, nur eine Frage der Zeit, dass es wärmer würde. Viel Kaffee könnte helfen. Doch da Gero Nadelreich nie vergessen hatte, wie Gili in den ersten Wochen in ihrem Haus ihre Tasse immer nur halb austrank, billigte er ihr neuerdings nur noch eine halbe zu. Gili hatte über zwei Jahre gebraucht, um zu erkennen, dass aus nahezu jedem von Gero Nadelreichs Sätzen, aus jeder seiner Taten der Geiz winkte wie ein Kind von einem Karussell. Unten im Wohnzimmer hörte ihr Onkel gerade eine Operette, pfiff die Melodien mit. Selbst das Radio, aus dem die Musik strömte, hatte er einem Cousin zweiten Grades abgeschwatzt, ohne eine Mark zu entrichten, und das, obwohl er als Bauzeichner nicht schlecht verdiente.

Tante Bertha hatte sich hingelegt. Offiziell war Migräne die Ursache. Doch Gili konnte inzwischen die leeren, vollen und halb vollen Flaschen nach Tonarten unterscheiden, wenn Geros Frau auf wackligen Füßen über sie stolperte. Sie versuchte, ihrer Tante bestmöglich aus dem Weg zu gehen, blieb in ihrem Zimmer, tat so, als würde sie sich mit der Nähmaschine einem Kleid widmen, indem sie gelegentlich auf das Pedal trat, um das Gerät singen zu lassen; oder sie verließ das Haus, erledigte den Einkauf und wartete auf den einen Einfall, der sie aus dieser Stadt würde hinausführen können. Onkel Gero hatte ihr vor einem Dreivierteljahr versprochen, das Farbband der alten Urania zu wechseln, dann aber mit spitzen Fingern ein paar Buchstaben getippt und heiser gewitzelt: »Wer braucht schon Konsonanten?«

Sie starrte auf das leere Blatt vor sich, ihr Atem wurde schwerer. Schließlich riss sie es aus der Schreibwalze, zerknüllte es und feuerte es zu den anderen, die den Boden ihres Zimmers in eine Landschaft aus kleinen Papierfelsen verwandelten. Sie spannte ein neues ein und tippte, so schnell sie konnte. Tippte und tippte. Zwei-, dreimal wischte sie sich wütend eine Strähne aus dem Gesicht, dann zog sie auch dieses Blatt heraus und lief damit ins Erdgeschoss.

»Na, Mädchen«, rief Nadelreich, als er sie sah. »Was ist los?«

Wortlos hielt sie ihm das Ergebnis ihres Anfalls entgegen. Er nestelte seine Brille hervor, sah einen Moment lang besorgt über den Brillenrand hinweg ihre roten Wangen an und begann dann zu lesen.

Werte Herren des Ingolstädter Anzeigers (verehrte Dame, die diesen Brief entgegennehmen und öffnen wird, entschuldigen Sie, dass ich Sie hiermit unterschlage), mein Onkel sagt, ich solle für Sie einen Artikel schreiben, bei dem die Geschwindigkeit, mit der ich ihn tippe, mehr zählt als sein Inhalt. Die Anschläge pro Minute seien wichtiger als alles, was ich zu sagen hätte. Es sei leider Gottes nun einmal so. Meine Tante Bertha meint, ich solle heiraten.

Onkel Gero schlug vor, in besagtem Artikel könne ich mich doch über die berühmten Orte der Stadt auslassen oder über etwas anderes, das mir am Herzen liegt.

Nun verhält es sich leider so, dass mir weder der Pfeifturm noch der Scherbelberg, der Taschenturm oder der Pimpfenbrunnen etwas bedeuten. Diese Namen geschwind und fehlerfrei zu Papier bringen kann ich indes wohl.

Nehmen wir also an, Sie schätzen mein Talent zur eiligen Erledigung von Schreibarbeit, auch wenn ich es selbst nicht tue. Dann erhalte ich also eine Stelle im Sekretariat. Ich arbeite still vor mich hin, erscheine jeden Tag pünktlich, gehe abends nach Hause und finde sicherlich auch irgendwann einen jungen Mann mit Manieren und einer eigenen Meinung. (Obgleich Ingolstadt wahrlich nicht für sich reklamieren kann, ein Sammelbecken preisträchtiger Junggesellen zu sein. Die meisten müssten mit der Hose schon an einem Güterwaggon hängen bleiben, wenn sie es weiter als bis nach Buxheim in die eine oder Manching in die andere Richtung schaffen wollten.)

Ich werde arbeiten, meinem Mann eine gute Frau sein, einen Schubkarren voll Kinder bekommen und zufrieden darüber sein. Die Kinder erziehe ich zu anständigen, unauffälligen Wesen, versorge meinen Mann, bis dieser mit einer anderen anbändelt und darüber hinaus. Den Kleinen erzählen wir davon besser nichts. Die gehen zur Schule und werden schließlich ihrerseits arbeiten, natürlich in Ingolstadt, und das

Mädchen (Cordula, sagt mein Mann, wäre ein schöner Name) wird wie ich eine gute Ehefrau darstellen. Sonntags besuchen sie uns, mein Mann stirbt vor mir, und dann werden die Besuche seltener, während ein merkwürdiger Husten mich immer regelmäßiger durchrüttelt. Das Beste, so sagt mein Jüngster, da die anderen nicht mehr kommen, wird sein, ich gehe ins Spital, wo ich mit zwei Zimmergenossinnen darum konkurriere, wer zuerst verendet.

Darf ich noch eine Frage stellen? Sollte man sich überhaupt jemandem als Spieluhr andienen, wenn man gar nicht gespielt werden mag? Sollte man stur ein staubiges Tagwerk verrichten, selbst wenn man sich etwas ganz anderes wünscht? Wenn man etwas mit mehr Wucht möchte? Auch wenn man gar nicht genau weiß, was das ist, dieses Etwas? Muss man es dann nicht wenigstens suchen? Sollte man nicht loslaufen, um es so schnell wie möglich zu finden? Es zumindest probieren?
    Jetzt sind es doch einige Fragen.

Ich möchte ehrlich sein. Eine so konkurrenzlos öde Arbeit möchte ich nicht verrichten. Es tut mir leid.
    Und ach, Ingolstadt. Auch an dir liegt mir nichts, schon gar nicht am Herzen. Ich mag auch nicht heiraten. Und weißt du, Tante Bertha, und wissen Sie, verehrter Leser, verehrte Leserin, ich bin auch kein guter Fang. Würd lieber selber fangen. Anfangen wenigstens.
    Nur eben nicht hier.

Hochachtungsvoll,
XXXXXXXXXXXXXxxxxxxxxxxx
                      xxxxxxxxxxxxxxXXXXXXXXX
              X
        xxxXXXXXXXXXxxxxxxx

Nadelreich strich mit Daumen und Zeigefinger über sein Kinn. Er faltete das Papier zweimal und steckte es in seine Jacketttasche. Dann verstaute er seine Brille, ging hinüber zur Anrichte und machte das Radio aus. Als er Gili wieder ansah, wirkte er, als sei ihm ein Geist erschienen.

Gili traute sich nicht, etwas zu sagen, sie hatte ihren Onkel noch nie so ernst erlebt.

»Verstehe«, sagte er schließlich.

Er füllte zwei Gläser mit Weintraubenbrand, kehrte zu seiner Nichte zurück, gab Gili ein Glas, stieß seines gegen ihrs und kippte den Alkohol hinunter.

»Die SA hat gestern das Verlagsgebäude des *Anzeigers* gestürmt«, sagte er und goss sich nach. »Das hat sich also ohnehin erledigt. Da erscheint erst mal keine Zeitung mehr.«

Er trank auch das zweite Glas in einem Zug, stellte es auf den Tisch und drehte es vorsichtig einmal um die eigene Achse.

»Ich hätte eine Idee. Aber sie wird einen guten Teil deines Erbes kosten und deiner Tante nicht gefallen.«

»Kchh«, machte Gili, und sie mussten beide grinsen. »Raus mit der Sprache, wie heißt die Lösung?«

»Els.«

»Els?«

»Els.«

AXIOS

Vier Tage nachdem Oskar Veles verlassen hatte, passierte er am 16. März 1933 auf einem ruhigeren Abschnitt des Vardar, den die Einheimischen in jenen Graden Axios nannten, die mazedonisch-griechische Grenze. Kurz dahinter schlug er am frühen Abend sein Lager auf.

Er stand vor seinem Zelt, die Hände in die Hüften gestemmt, und betrachtete den Himmel, der ihm besonders friedlich vorkam. Auf der anderen Seite des Flusses führten die parallel zum Wasser verlaufenden Schienen der transkontinentalen Eisenbahnlinie Richtung Sonnenuntergang, bevor die Gleise einen Bogen machten und über einer baufälligen Brücke aus seinem Sichtfeld verschwanden. Nur vereinzelt hingen Wolken am makellos tiefblauen Firmament, das sich zum Horizont hin gelblich färbte. Er hatte ihn erst nicht bemerkt, doch als ein Vogel lauthals kreischte und andere mit einstimmten, hob Oskar den Kopf und sah einen riesigen Schwarm Schwalben, der weit über ihm durch die Luft strich. Einem plötzlichen Impuls folgend, winkte er den Vögeln zu, betrachtete seine winkende Hand und ließ sie wieder sinken. Er schaute den Schwalben hinterher und dachte an Lieselotte. Er vermisste sie. Ihre hemdsärmelige Art. Er vermisste Karol, seinen Humor und die end- und meist sinnlosen Gespräche, die sie führten, um den ernsten Dingen des Lebens aus dem Weg zu gehen. Die Schwestern Elli und Grete vermisste er, ihr trotziges Lachen und die wippenden Zöpfe, Mutter und Vater und selbst Heinrich und Seppel. Er überlegte und war sich selbst jetzt, kurz nach seinem erneuten Aufbruch, sicher, eines bei seiner Unternehmung weit mehr unterschätzt zu haben als alles andere. Mehr als die schmerzenden Muskeln, den steifen Nacken oder die tauben Beine, mehr als die Frage nach der nächsten Mahlzeit oder das ihn bei aller Müdigkeit überkommende sexuelle Verlangen, von dem Karol schon vor der Abreise gesprochen hatte und das er empfahl, wie er sich ausdrückte, »mit einer Partie Fünf-gegen-einen« zu erledigen. Es war das Alleinsein, das Oskar zusetzte. Die Stille. Er war immer schon gerne für sich gewesen. Aber hier draußen war das Unausweichliche der Einsamkeit erdrückend. Weniger Schmerz denn Leere. Ein Loch in ihm, das sich anfühlte wie ein Tunnel.

Er fragte sich, ob Schwalben im Flug miteinander sprachen. Oder genügte es ihnen, eine andere Schwalbe hinter oder neben sich zu wissen? Wieder fiel ihm Neweklowsky ein, der ihn mit dem Flussregenpfeifer verglichen hatte.

Während er dastand und in den Himmel sah, zog er winzige Hautfetzen von seinen Lippen, und ihm fiel auf, dass dies längst zu einer Angewohnheit geworden war, die ihm half, schärfer zu denken. Sich besser zu konzentrieren. Sein Blick wanderte vom Himmel zum Wasser, und er atmete lange aus. Er hatte den Brief bei Serebrowitsch liegen lassen. Karol hatte sich für die Fotos bedankt und gleichzeitig gefordert, Oskar solle endlich mal eines von sich selbst schicken, in möglichst heroischer Pose, auch das Boot müsse zu sehen sein. Der junge von Stäblein und die Brauerei, hatte er versichert, würden den Wettbewerb am Köcheln halten und einmal pro Monat einen Bericht veröffentlichen, in dem die spektakulärsten Fehlversuche der anderen beschrieben wurden. »Werd nur nicht faul, Spargel«, hatte er insistiert. Und mit keinem Wort May und Fischer erwähnt. Oskar nahm dies als gutes Zeichen.

Auf der anderen Flussseite ratterte ein Zug vorbei. Er fuhr behäbig und hatte endlos viele Waggons. Das Prasseln des Metalls verwob sich mit dem Rauschen des Wassers. In der Kurve schließlich wurde das Lärmen der Schienen und Räder zu einem Gesang, zu einer Melodie. Wieso hatte er Lieselotte im Hoppe nie einen Tanz gewährt? Ihr nie zugestanden, ihm wenigstens die Grundzüge der Kunst beizubringen, wie man sich im Takt bewegt? Immer hatte er nur zugesehen, ihr mit seinem Mona-Lisa-Lächeln von seinem Stuhl aus zugenickt. Wobei es doch ganz offensichtlich war, wie fürchterlich viel Spaß es machte. Und was war lächerlicher: ungelenk herumzuhüpfen oder es sich schämend zu versagen? Der Tag war nur noch ein winzig glühender Strich am Ende des Himmels, längst unterwegs zu anderen Städten und Ländern. Jetzt, weit weg vom Hoppe, würde er mit ihr tanzen. Wenn sie neben ihm stünde. Langsam würden sie sich im Kreis drehen und wiegen. Gleich hier am Ufer. Zu den Liedern des Flusses.

In der Nacht träumte er vom Verliebtsein. Davon, wie Lieselotte noch viel verliebter in ihn war als in Wirklichkeit. Wie sie in einem Raum voller Menschen – war es eine Feier? – immer wieder zu ihm herüberkam, ihn von hinten umarmte, streichelte, ihm ihre Liebe versicherte. Es war eine andere Lieselotte, weniger beherrscht, eher von einer ausgelassenen, erobernden Art, die seine reservierte gutmütig ausglich. Die Lieselotte seines Traumes war erhaben und warm, entspannt, führend und nachsichtig. Sie mochte ihn so, wie er war, stellte keine Ansprüche an ihn, bedrängte ihn nicht, sondern liebte ihn einfach. Bedingungslos.

Stetig und ruhig paddelte er die kommenden zwei Tage und Nächte den Axios hinab, ließ seinen Körper die ewig gleichen Bewegungen vollführen, hielt höchstens für ein kurzes Nickerchen an. Der einäugige Mond blickte auf ihn herab, blaues Gras tuschelte an beiden Seiten des Ufers, Tiere zirpten, schlugen lautlos mit ihren Federn und ließen ihr Fell verstohlen von Blättern und Zweigen streicheln. Der Strom unter ihm wisperte seine endlosen Verse, und die Frühlingsnacht kurz vor Kastanas war warm und mild.

Dann spürte er es.

Zuerst veränderte sich die Luft. Es wurde frischer. Er genoss den Wind, eine Brise wie an den Bootshütten in Övelgönne. Gänsehaut breitete sich auf seinen Armen aus. Sein Rückgrat fühlte sich an, als stünde es unter Strom.

Und irgendwann konnte er es riechen.

Das Meer.

DAS DRITTE GESPRÄCH ...

Als Oskar erwachte, wusste er ein paar Herzschläge lang nicht, wo er sich befand. Die schmalen, blickdichten Vorhänge waren zugezogen, irgendwo ein winziger Spalt Licht, als läge er in einem Sarg mit enormen Ausmaßen, dessen Deckel sich gerade schloss. Schließlich erinnerte er sich. Noch im selben Moment erfüllte ihn neue Panik.

In die Irrenanstalt haben sie dich gebracht. Die denken von dir, dass du verrückt bist. Und vielleicht bist du es ja. Vielleicht ist es nicht nur die Malaria. Du bist nichts mehr, Mensch, du bist eingesperrt, besitzt nichts mehr, und es ist vorbei. Unwiderruflich. Es ging lange genug. Alles geht irgendwann einmal zu Ende. Hier, in diesem Raum endet es für dich. Aber was dann? Was jetzt? Noch bin ich am Leben. Ich lebe noch immer.

Schwer atmend schob er die Bettdecke beiseite und richtete sein unversehrtes Auge auf die geschlossene Tür und den Lichtspalt am unteren Ende. Ihm war, als habe er nachts etwas auf dem Flur gehört. Eine Wache vermutlich, die sie vor seiner Tür postiert hatten.

Du bist paranoid, total plemplem.

Er stand auf und schlich zur Zimmertür, im Takt des Blutes in seinen Schläfen. Vorsichtig öffnete er sie, lugte in beide Richtungen. Der Flur war stechend hell. Es war niemand zu sehen. Gerade als er umdrehen wollte, entdeckte er einen leeren Stuhl, drei oder vier Meter links den Gang entlang. Ein aufgeschlagenes Buch lag mit dem Gesicht nach unten darauf. Schritte im Treppenhaus. Eilig zog er sich zurück, schlüpfte unter die Decke und schloss die Augen. Er war schweißgebadet. Das Blut in seinem Kopf pochte noch immer. Die Türklinke wurde gedrückt.

»Oh, Entschuldigung.«

Die Stimme von Fräulein Baum. Schon wandte sie sich wieder zum Gehen.

»Kommen Sie herein, ich bin wach.«

Sie zögerte, dann ging sie zum Fenster, schob die Vorhänge beiseite, ließ Luft herein und drehte sich zu ihm um.

»Sie sehen furchtbar aus. Aber auch ein bisschen besser. Erschöpft.«

Wer hat sie beauftragt? Kommt sie wirklich von diesem Makeprenz? Von den Holländern? – Hör auf damit.

Sie steuerte auf ihren angestammten Platz zu und ließ ihn dabei nicht aus den Augen.

»Wollen Sie mir sagen, was los ist?«

»Bitte? Oh, ich ... Ich müsste mich langsam wieder um Arbeit kümmern.«

»In Ihrem Zustand? Da hab ich eine bessere Idee.« Sie setzte sich und glättete das mit Blumen gemusterte Kleid über ihren Oberschenkeln. »Was halten Sie davon, wenn ich Ihre Geschichte, als Nebenprodukt sozusagen, in einen Artikel verwandele? Ich wollte Ihnen das gestern schon erzählen: Gunther Makeprenz sagt, die *Berliner Illustrirte Zeitung* hat sich beim Deutschen Klub gemeldet, da der Verlag keine Adresse von Ihnen hat. Er meinte, das Blatt würde gerne einen Artikel über den Anschlag drucken. Aus Ihrer Sicht erzählt. Abenteuerberichte sind derzeit wohl sehr gefragt. Die würden gut zahlen, meinte er. Wir könnten halbe-halbe machen.«

»Danke, ich denke darüber nach«, murmelte er und starrte die Decke an. »Also gut, ich habe drüber nachgedacht, einverstanden.«

Die Lücke zwischen ihren Zähnen. Während sie weitersprach, kühlte sie ihr Gesicht mit den zu einem Fächer gebogenen Seiten ihrer Unterlagen.

»Darf ich Ihnen etwas verraten, ohne dass Sie petzen?«

»Klar.«

»Gunther glaubt Ihnen Ihre Geschichte nicht. Der denkt, Sie sind plemplem. Aber wie es scheint, hat der Angriff auf Sie hohe Wellen geschlagen. Hier in der Gegend, aber auch in der Heimat. Das sollten wir ausnutzen.«

»Ich möchte nicht, dass die Eingeborenen wegen mir Ärger bekommen.«

Sie stutzte.

»Werden sie nicht. Da finden wir schon einen Weg.«

»Was macht dieser Makeprenz eigentlich beruflich? Ich meine, den Deutschen Klub zu betreuen ist doch keine ausfüllende und Geld bringende Sache. Er war gestern kurz hier. Ohne Grund. Kam mir fast so vor, als wollte er Freundschaft schließen. Aber vielleicht wollte er auch nur prüfen, ob was dran ist an dem, was ich Ihnen erzähle. Auf seinen Beruf angesprochen, meinte er, er würde die deutsche Kultur an diesem gottlosen Ort aufrechterhalten.«

»Ober ist der. War er zumindest früher mal. Der oberste Ober oder so, sagt er. Und mangels Alternativen haben sie ihm wohl den Posten beim hiesigen Deutschen Klub angeboten. Mit Kultur hat der so viel am Hut wie ich mit Quantenphysik.«

Sie neigte ihren Kopf und deutete mit dem Finger auf seine Wange.

»Haben Sie das schon mal Doktor Nowack gezeigt?«

Er fasste sich an die münzgroße kahle Stelle zwischen den Barthaaren.

»Das Loch im Bart? Nowack sagt, man nennt das Alpo…, Alopezie oder so ähnlich. Nichts Schlimmes. Was meinten Sie, zahlt die Berliner Dings-Illustrierte?«

»Ich wollte erst Ihre Meinung abwarten, bevor ich mit denen

über Geld spreche. Aber ich werde schon einen akzeptablen Preis erzielen, keine Bange. Geschicktes Verhandeln hat mir meine Mutter beigebracht. Wenn ich das Personal unten richtig verstanden habe, planen die heute noch ein paar Tests mit Ihnen, wir haben also nur eine halbe Stunde. Ich würde gerne mit dem Meer weitermachen.« Sie summte leise eine monotone Melodie, während sie mit dem Bleistift an ihren Zeilen entlangfuhr. »Sie sagten gestern, Sie sind bei Saloniki in ihrem engen, schwer bepackten, lädierten, gerade erst geflickten Faltboot, das vermutlich nicht zu diesem Zweck gebaut wurde, aufs offene Meer hinausgepaddelt. Wie würden Sie dem geneigten Leser erklären, warum man Sie darum beneiden sollte?«

Er überlegte.

»Tja. Wie beschreibt man Glück? Vielleicht ist es wie Verliebtsein.« Er sah sie fragend an. »Stellen Sie sich vor: Sie paddeln auf einem friedlichen, von der Schneeschmelze überfluteten Fluss in die riesige, klare, tiefblaue Ägäis. Es war das Schönste, was ich bis dahin erlebt hatte.«

Er spürte die Malaria. Den dick-warmen Atem des Sommers, der in jede Ritze der Psychiatrie drang und seine Konzentration störte.

»Hatten Sie nie Angst vor dem Meer?«

Wieder musste er nachdenken. Aus der Ferne erklang das Geräusch einer Krankenwagensirene.

»Oder anders gefragt: Was war der größte Unterschied zwischen Ihren Fahrten auf den Flüssen und dem Paddeln auf offener See?«

»Der Unterschied«, wiederholte er und spürte, wie sein Gesicht glühte, »ist erst mal gar nicht so groß. An normalen Tagen. Aber wehe, das Wetter ist gegen Sie. Dann vergleichen Sie ein Pfeifen mit einem Orchester. Einen Zahnstocher mit einem Schwert.«

»Lassen Sie hören.«

Ihre Stimme klang, als würde sie am liebsten vor Freude lachen. Etwas störte ihn, doch er fuhr fort.

»Zunächst ist da die Sonne. Auf dem Meer ist sie das reinste Krematorium. Nach dem ersten Tag im Mittelmeer war meine Haut feuerrot. Ich musste mich mit einem selbst gebauten Verdeck aus einem Stück Zelttuch schützen und mir einen nassen Lappen in den Nacken legen, um weniger zu schwitzen und weniger Flüssigkeit zu verlieren. Und ich habe schnell gemerkt, dass ich meine Rudergewohnheiten ändern musste. Sie haben recht: Die *Sonnenschein* war nicht für den Einsatz auf dem Meer gebaut, war zu schmal für große Wellen. Ich musste mit den Füßen steuern. Das Boot hatte Pedale, die über feste verzinkte Stahlseile mit einem Ruder am Heck verbunden waren. Außerdem hatte ich ein kleines Segel dabei, das ich aufgezogen und an einer Schnur gehalten habe. Mein Körper war in ständiger Anspannung, ich musste fortwährend paddeln oder die Segelleine festhalten.« Er machte es in der Luft über der Bettdecke vor, einen verzweifelten Ausdruck auf dem Gesicht. »Am wichtigsten war, das Ruder am Heck unter Wasser zu halten, um große Brecher zu umschiffen. Im Grunde war es akrobatisches Segeln. Bei Gegenwind kam ich zeitweise nur zweieinhalb Kilometer pro Stunde voran.«

»Wie konnten Sie feststellen, wie schnell Sie waren?«

»Ich habe während der Fahrt eine leere Konservendose genommen und sie gerade über das Segel in die Luft geworfen. Und dann habe ich die Sekunden gezählt, die sie benötigt hat, um hinter dem Heck herunterzufallen.«

Sie nickte und notiert das Gesagte.

»Wie viele Stunden sind Sie täglich gefahren?«

Mit einem Mal wusste er, was ihn störte. Oder nein, nicht *störte*, es war eher, als forderte es ihn heraus, es gefiel ihm auf eine seltsame Art. Ihre Stimme. Sie kratzte. Nicht heiser, eher als würden Körner auf ihren Stimmbändern liegen. Als wäre sie ständig kurz davor, sich zu räuspern.

»Von morgens bis abends. Solange ich konnte. Wenn es zu heiß war, bin ich nachts gefahren.«

»Wie haben Sie sich orientiert?«

»Ich bin an der Küste entlanggefahren. Hab mich vom Schatten der Bäume, von Tempeln oder Kirchtürmen leiten lassen. Ich war nur selten so weit auf See, dass ich die Küste aus den Augen verloren hätte. Und wenn ich sie doch mal verlassen musste, zwischen zwei weit entfernt liegenden Inseln oder wenn es zu dunkel war, hatte ich meinen Kompass.«

»Verstehe. Was ist aus ...?«

Es klopfte. Doktor Nowack, ein schlanker, braun gebrannter Mann mit entspannten Gesichtszügen stand im Türrahmen und tippte auf seine Armbanduhr.

»Noch fünf Minuten, bitte«, sagte sie.

Nowack nieste, hob seine Hand und ging.

»Also gut, beeilen wir uns. Was wollte ich sagen? Ah ja: Haben Sie eigentlich je erfahren, was aus diesen beiden Männern wurde? May und Fischer?«

Sein Blick wanderte von dem abblätternden Putz der Wände zu dem schräg an der Decke hängenden Ventilator und blieb schließlich im dichten Grün der Büsche jenseits des Fensters hängen.

»Es hat eine Weile gedauert, aber irgendwann hatte ich sie tatsächlich aus meinem Kopf verdrängt. Erst an einem sehr merkwürdigen Abend im Deutschen Konsulat von Athen fielen sie mir wieder ein. Ich hatte einen kleinen Umweg genommen, da man mich eingeladen und mir ein dringend benötigtes Honorar zugesagt hatte, wenn ich mich bereit erklären würde, einer Gruppe von deutschen Exilanten von meinen Erlebnissen zu berichten.«

Die Sirene des Krankenwagens schnitt in seine letzten Worte, und unter dem Fenster hörte man nach der abrupt folgenden Stille das Schnurren des eilig vorbeifahrenden Transports.

»Wie würde man diesen Abend betiteln? Welche Überschrift würden Sie ihm geben?«

Er kratzte sich am Arm.

»Telefon.«

»Wieso das?«

»Nein, vielleicht doch besser Fílippos.«

»Das verstehe ich noch weniger. Wer ist das?«

»Ich habe an jenem Tag einen Begleiter bekommen. Jemand, der fortan mit mir im Boot saß. Und der hieß Fílippos.«

FÍLIPPOS

Als sich die Flügeltüren zum Speisesaal öffneten und Konsul Wegener eiligen Schrittes und mit offenen, ausgestreckten Armen hereinkam, hatten sich die Gäste bereits um die festlich gedeckte Tafel versammelt. Vereinzelt murmelte man sich die letzten Worte eines Gespräches zu. Oskar, der sich eigens für den Anlass rasiert hatte, kannte niemanden und ordnete zum sechsten Mal sein Besteck neu. Bei seiner Ankunft hatte er darum gebeten, telefonieren zu dürfen. In einem Telegramm an Karol hatte er seinem Freund angekündigt, er werde sich an jenem Abend bei dessen Mutter melden, der einzigen Person mit Telefon, die sie beide kannten. Doch dann sagte man ihm im Konsulat, die Leitung sei defekt, man werde aber den Abend über gerne versuchen, eine Verbindung herzustellen.

»Entschuldigen Sie, entschuldigen Sie«, rief der Konsul, schritt um den langen Tisch herum und begrüßte jeden Gast einzeln mit Nennung des Namens und einem festen Händedruck. »Freue mich, freue mich sehr ... Wie schön, dass Sie kommen konnten ... Endlich wieder ... Oh, Sie sehen gut aus.«

Eine angenehme Wärme ging von dem Gastgeber aus. Oskar fand, er hatte eine gewisse Ähnlichkeit mit Hans Albers. Als der Konsul bei ihm ankam, wollte Oskar ihn bitten, keine lange Rede halten zu müssen, doch kaum ließ der falsche Albers seine Hand los, zuckten seine Augenbrauen auch schon dem nächsten Gast entgegen.

Am Ende seiner Runde stellte sich Konsul Wegener an die Stirnseite des Tisches, rieb sich die Hände, deutete auf die mit Samt verkleideten und mit Gemälden behangenen Wände und erklärte: »Ich freue mich, Sie alle hier begrüßen zu dürfen. Einige von Ihnen sind mit diesen Zusammenkünften vertraut, die ich einmal im Quartal ausrichte, andere sind zum ersten und wenigstens eine Person ist vermutlich auch zum letzten Mal hier, haha.«

Seine Stimme verlor sich etwas in dem hohen Saal. Erst jetzt fiel Oskar eine große, in seinem Rücken auf einem Stativ stehende Karte auf, die die Umrisse und die Topografie Europas und die an den Kontinent anschließenden Meere zeigte.

In rascher Abfolge stellte Wegener die Teilnehmer des Abendessens vor, seinen erwachsenen Sohn, eine Handvoll Freunde, vier Mitarbeiter des Konsulats, drei Geschäftsmänner, die mit ihren Frauen erschienen waren, zwei griechische Lokalpolitiker, die dem Vernehmen nach der deutschen Sprache mächtig und ebenfalls mit ihren Gattinnen anwesend waren, der amerikanische Botschafter sowie eine adlige Witwe und ein pensionierter deutscher Professor, dessen Berufsjahre vor Kurzem an einer Athener Universität zu einem Ende gekommen waren.

»Wie Sie wissen, warte ich bei jedem meiner Abende mit einem besonderen Gast auf.« Wegener räusperte sich und sah Oskar an. »Der ein oder andere wird sich an den Artisten des Zirkus Bodoni erinnern und so mancher vielleicht mit Schrecken an den Gründer der Esperanto-Schule. Aber ...«, Wegener hob die Hand über das amüsierte Gemurmel, »heute habe ich – verzeihen Sie das Wortspiel – einen Leckerbissen für Sie: Oskar Speck.«

Die Gesellschaft wandte sich dem Hamburger zu, und Oskar spürte ein unangenehmes Glühen in seinem Gesicht.

»Dieser junge Mann ist der Führende eines Wettbewerbs, den unser Reichssportführer Hans von Tschammer und Osten letztes Jahr ins Leben gerufen hat. Herr Speck ist aussichtsreicher

Kandidat für nicht weniger als die Nachfolge der großen Elly Beinhorn. Jedoch fliegt er nicht von Land zu Land, nein, er paddelt. Hören Sie sich das an: Er ist von Ulm aus die Donau entlang, den Vardar hinab bis nach Saloniki und nun die Küste Griechenlands hinunter bis zu uns gerudert. Und zwar in einem Faltboot.«

Erstauntes Raunen hob an, der Konsul nickte zufrieden.

»Wohin ihn die Reise noch führen soll, erzählt Ihnen und euch der Abenteurer am besten selbst.«

Der erste Gang wurde serviert. Livrierte Diener schwärmten mit Tellern aus und servierten cremige Suppen, während Oskar den Anwesenden Unternehmung und Ziel schilderte und gleichzeitig versuchte, sich ebenfalls etwas von der Suppe einzuverleiben, um das Knurren seines Magens einzudämmen. Anschließend regte Wegener seine Gäste dazu an, Fragen zu stellen.

»Entschuldigen Sie, Herr Speck.« Die Worte zitterten. Sie kamen von der alten, adligen Dame, einer zierlichen, ausgemergelten Frau mit hochgesteckten Haaren und Unmengen Schmuck an Hals, Ohren und Armen. »Wie können Sie sich bei dieser Hitze sportlich betätigen? Sie müssen doch auf dem Meer verdursten. Oder trinken Sie etwa Meerwasser?«

»Nein«, sagte Oskar und schluckte hastig einen Löffel Suppe hinunter, »Salzwasser ist nicht gut für den Körper. Ich habe Fünf-Gallonen-Trinkwassertanks in meinem Boot. Aber um meine Vorräte zu schonen, wende ich oft kleine Steine in meinem Mund. Das regt den Speichel an und hilft, den Rachen nicht austrocknen zu lassen.«

»Und was essen Sie auf offener See? Schmieren Sie sich Brote?«

Eine heitere Unruhe entstand, bevor Oskar antwortete.

»Auf dem Meer in einem Faltboot können Sie sich kein Essen zubereiten. Würde ich aufhören, das Boot zu manövrieren, würde ich sofort zurücktreiben oder Gefahr laufen umzukippen. Also beschränke ich mich auf Sardinen, Corned Beef oder Kondensmilch, Konserven. Mit einem Schraubendreher aufstoßen, schnell einsaugen und weiter. In den Buchten gibt's auch mal Makrelen oder kleine Tintenfische. Die Inselgriechen sind überaus nett zu mir. Ich werde oft eingeladen, bekomme Brot, Feigen und Käse geschenkt.«

Der Konsul verschränkte zufrieden die Arme vor der Brust.

»Aber es gibt auch lange Hungerphasen, Hunger, wie ich ihn bislang noch nicht gekannt habe. In einigen Buchten muss ich vor Erschöpfung und Durst haltmachen und auf schlechtes Wetter warten, bis ich Regenwasser in leeren Dosen sammeln und den Rest in meine Tanks und Feldflaschen füllen kann.«

Respektvolles Flüstern setzte ein, untermalt von einem leisen Wimmern. In die aufkeimende Verwunderung über den ungewohnten Laut fragte der Professor a.D., ein kahler Herr mit einem großen, dunklen Leberfleck auf der Stirn, ob denn so ein Boot einem derart immensen Unterfangen gewachsen sei.

»Die *Sonnenschein*«, antwortete Oskar und merkte, wie er es auf einmal genoss, darüber zu sprechen, »verfügt über eine Gummihaut aus sieben Schichten und ein mit Indanthren gefärbtes Baumwollverdeck. Sie hat schon ein paar Jahre auf dem Buckel, aber eine robuste Außengummierung und feste Nieten, Steven- und Heckbeschläge.«

Oskar musste an seine Schwester denken, die von den Eigenschaften des Bootes nicht die leiseste Ahnung, es ihm aber dennoch einst vermacht hatte. Er war plötzlich gerührt über ihre Naivität und Großzügigkeit. Wie konnte jemand von seinem Blut nur dieses zu Boot gewordene Glück nicht erkannt haben? Fast hätte er die anschließende Frage des Professors überhört.

»Aber wie in Gottes Namen wollen Sie denn von hier aus nach Zypern kommen?« Der Mann fragte leise, aber dafür umso eindringlicher. »Zwischen uns und der Insel liegen etliche Kilometer offene See!«

Konsul Wegener schaltete sich ein.

»Genau zu diesem Zweck habe ich dort drüben etwas aufbauen lassen. Herr Speck, wenn ich Sie bitten dürfte.«

Gemeinsam standen Sie vor der Karte, und Wegener hielt einen Zeigestock, während Oskar seinen Plan darlegte. Der Konsul tippte auf die Inseln Andros und Rhodos, deutete auf Kastelorizo und die Südküste der Türkei.

»Die heikelste Überfahrt wird wohl die von Anamur nach Zypern. Fünfundvierzig Seemeilen, über achtzig Kilometer.«

»Sind Sie schon einmal aus Ihrem Boot gefallen?«, fragte ein untersetzter Angestellter des Konsulats keck.

»Nein, ich habe einen Anschnallriemen.«

»Selbst wenn«, mischte sich die Ehefrau eines Geschäftsmannes, ein Glas Wein schwenkend, ein, »dann schwimmt der junge Mann eben zu seinem Boot zurück und fährt weiter.«

Erneut unterbrach ein Winseln die Unterhaltung.

»Jetzt ist aber gut«, erzürnte sich die ausgemergelte Alte und blickte streng unter die mit einem langen Tischtuch versehene Tafel. Dann schnaubte sie missmutig und holte ein kleines, flauschiges Bündel hervor. Der Welpe schlüpfte ihr aus der Hand, wackelte davon, legte sich vor Oskar auf das Parkett, fing an zu knurren, zu winseln und wedelte wie von Sinnen mit dem Schwanz. Die Dame stand auf und fasste sich an die Stirn.

»Entschuldigen Sie. Ich habe Fílippos auf dem Weg hierher auf einem Markt entdeckt. Ein Händler wollte ihn loswerden. Er hat gesagt, er würde ihn eine Klippe hinunterwerfen. Aber sehen Sie ihn sich doch an: so hübsch, knochenbraun und eine süße schwarze Schnauze. Tapsig wie ein frisch geschlüpftes Alpaka-Lama. Haben Sie schon mal ein Alpaka ...?«

»Fílippos?«, fragte der Konsul.

»Ja, wie mein Großvater. Mir ist so schnell nichts Besseres eingefallen, und jede Kreation auf Gottes Erdboden muss doch einen Namen haben.«

»Ist das ein Kangal?«, fragte Wegeners Sohn, ein rothaariger

Jugendlicher, dessen wulstige Lippen zu seinem lümmelhaften Temperament passten.

Die Alte zuckte mit den Schultern.

»Ich weiß nur, dass ich ihn nicht behalten kann. Ich bin nicht mehr wendig genug, um ständig mit ihm draußen zu sein.«

»Darf ich Ihnen zu Ihrem neuen Familienhund gratulieren«, sagte der amerikanische Botschafter süffisant dem Konsul zugewandt.

»Daraus wird nichts. Ich reagiere allergisch auf Hundehaare.«

»Ich nehme ihn.«

Alle Köpfe wandten sich Oskar zu, der neben dem hechelnden Tier hockte, es streichelte und dabei versuchte, sich dem Lecken des Hundes zu widersetzen.

»Wissen Sie, wie groß die Viecher werden?«, blaffte Wegeners Sohn mit forschem Blick. »Anatolische Hirtenhunde sind im ausgewachsenen Zustand groß wie Bären. In ein paar Monaten versenkt das Tier Ihr Boot, wenn es eine Pfote hineinsetzt.«

Er lachte zynisch.

»Bis dahin«, beschwichtigte der Konsul, »ist Herr Speck längst bei der Siegerehrung auf Zypern.«

»Entschuldigung!« Eine Frau erschien hinter einer der Flügeltüren. »Die Leitung ...«, sagte sie in Oskars Richtung, »sie steht jetzt. Wir haben Herrn Gerlich am Apparat, beeilen Sie sich besser.«

»Spargel? Hallo?«

Karol bellte die Worte in die Muschel. Seine Stimme war untermalt von einem grässlichen Rauschen, als führten das Meer und alle Flüsse, die zwischen ihnen lagen, parallel ihre eigenen Gespräche.

»Karol, Mann, wie lange hab ich deine Stimme nicht gehört? Du bist es wirklich. Was macht Hamburg, was treibst du so?«

Oskar merkte, wie unsicher er klang, vor Freude, vor Kummer, vor Einsamkeit, Sehnsucht, Angst.

Karol lachte, kehlig, wie immer.

»Du gondelst in der Welt herum und fragst *mich*, was ich mache? Eigentlich sitze ich die ganze Zeit da und schmöke, Osse.«

»Gut«, antwortete Oskar, da er sich außerstande sah, mehr zu sagen.

»Junge, die Leitung ist ein Albtraum.«

»Allerdings, du klingst, als würdest du lispeln. Erzähl mal, was gibt's Neues?«

»Na, du hast Nerven. Die haben mir gesagt, das Gespräch könnte jederzeit unterbrochen werden.«

»Komm schon. Warst du zuletzt mal im Hoppe?«

»Klar. Ich bin jeden Abend mit einem Porter mit Sekt am Tresen verabredet. Die Jungfrauenmilch hab ich hinter mir gelassen, Osse. In der großen weiten Welt trinkt man Nikolaschkas, Golden Slipper oder Cincinnati-Cocktails. Stimmt doch, oder?«

»Hast du Lieselotte getroffen?«

»Fehlt sie dir etwa? Du wirst doch jetzt nicht verweichlichen?«

»Nein«, sagte Oskar leise. »Ich muss nur aufpassen, dass ich nicht als alter einsamer Mummelgreis ende, das ist alles. Erzähl mal ein bisschen vom Hoppe.«

Oskar hörte das Zischen eines Streichholzes und Karols Atem. Die Verbindung war wirklich miserabel, und doch meinte Oskar, ein winziges Zittern in der Stimme seines Freundes zu vernehmen, als dieser den Rauch auspustete.

»Clara hat ihr drittes Kind bekommen und ist damit so überfordert wie ein Einbeiniger mit einem Hindernislauf. Erinnerst du dich noch an die Kruse? Sigrid? Die Blondine, der man den Othmarschen-Mord nachgesagt hat? Versucht jetzt jedem, der es nicht hören will, einen Zaubertrank aus Fischbrühe und Absinth anzudrehen. Soll bei Männern den Schwanz und bei Frauen die Oberweite vergrößern. Ihre Freundin, diese Dunkle mit dem schiefen Pagenschnitt, hat mir erzählt, sie habe davon probiert und ihr Busen sei daraufhin zum schönsten der Welt angeschwollen. Hätten ihr Dutzende von Seemännern und seriöse Geschäftsleute aus Übersee bestätigt.« Karol inhalierte am anderen Ende tief und blies erneut Rauch aus. »Also nehm ich ihre Hand und sag: ›Schätzchen, deine Mäuseschlafsäcke können nicht mal mit den Möpsen vom dicken Klaus aus Niendorf konkurrieren.‹«

Oskar lehnte mit der Stirn gegen das Fenster, wischte sich mit dem Handrücken Tränen vom Jochbein. Der Raum um ihn herum war dunkel, nur das schmale Licht, das durch den Türspalt zum Speisesaal fiel, erhellte den Fischgrätenboden trichterförmig. Das Haus des Konsuls lag an einem Hang. Während Oskar auf die leuchtende abendliche Athener Innenstadt blickte und die schlafenden Schiffe des in einiger Entfernung liegenden Hafens, ahmte sein Freund täuschend echt Konrad Lohrmann nach, den krächzenden Barmann des Café Hoppe.

»Hör mal«, unterbrach ihn Oskar und kniff mit den Schneidezähnen etwas Haut von seiner Lippe, »ich bin mir nicht mehr ganz so sicher, ob ich gewinne. Es gibt da zwei Männer, die ich unterwegs getroffen habe. Ich wollte dir schon davon schreiben, aber ... Jedenfalls haben die schnellere Boote und ... Ich bin so ein Idiot, Karol. Ich habe denen von dem Wettrennen erzählt.«

Einen Augenblick lang war nur das Rauschen der Leitung zu hören.

»Mach dir da mal keine Gedanken, Spargel. Du bist der schnellste Fahrer der westlichen Hemisphäre. Schneller als Hradetzky. Außerdem weiß ich doch längst von den beiden Spaßvögeln. Von Stäblein hat's mir erzählt. Da kannst du beruhigt sein. Die sitzen irgendwo bei Istanbul fest, Bursa, glaube ich. Ein Bekannter seines Vaters, der in der Gegend als Diplomat arbeitet, hat die beiden ausfindig gemacht. Hatten wohl Schwierigkeiten mit dem Meer, die Jungs. Für die ist der Wettkampf vorbei, Osse, mach dir keine Sorgen.«

»Wenn du meinst. Was macht deine Stelle? Hast du das Geschäft mit den Ständen von Erich schon übernommen?«

Karols heiseres Lachen.

»Erich Weißdorn. Das ist schon ein Gangster, was?«

»Was meinst du?«

»Komischer Kerl, finde ich, na, was soll's.«

»Verstehe ich nicht.«

Karol blies Rauch aus.

»Was ist los, sag schon«, insistierte Oskar.

»Die Pfeife hat mich entlassen. Oder sagen wir entlassen lassen. Ein Kumpel von ihm hat mir die frohe Kunde überbracht. Angeblich, weil ich Zahncreme zu günstig verhökert habe. Na ja, soll er alleine glücklich werden mit seinem Krempel.«

»Ach du Scheiße. Und jetzt?«

»Jetzt muss ich irgendwie den kleinen Stäblein becircen, dass er mir mein schönes Königreich bei den Chinesen nicht unterm Hintern wegzieht. Egal jetzt. Schluss damit, sag mir lieber, was du alles erlebst. Wie ist sie so, die schöne, weite Welt? Ist sie so, wie wir zwei kleinen Spinner uns das immer vorgestellt haben? Alles groß und schön? Glänzend wie Pudding?«

»Ja«, sagte Oskar matt, »glänzend wie Pudding. Hab schon ein paar schöne Strände gesehen.«

Seine Stimme gehörte ihm nicht.

»Und der geheime Blick, Osse? Was macht der geheime Blick?«

»Du, ich glaube, ich habe wirklich was gefunden. Ich schicke es in den kommenden Tagen Seppel. Heinrich traue ich nicht mehr.«

»Sehr gut«, johlte Karol, etwas zu laut, um glaubhaft zu wirken. »Ich wusste es, ich hab's gewusst. Siehst du, wir brauchen diesen blöden Wettbewerb gar nicht. Aber wart's ab, den gewinnst du trotzdem.«

»Ich an deiner Stelle wäre sauer auf mich.«

»Bist du verrückt? Denk so was nicht mal, hörst du? Das mit diesen zwei Komikern, wie heißen sie noch ...?«

»May und Fischer.«

Etwas knackte.

»Vergiss sie einfach. Das tanzt sich glatt.«

»Sehe ich genauso. Ich werd schon gewinnen. Und dann komme ich wieder, und dann sollen sie uns kennenlernen.«

»Genau«, sagte Karol, »dann sollen sie uns kennenlernen. Wir ...«

Die Leitung war tot.

Oskar ließ den Hörer sinken, hörte wie aus weiter Entfernung das Surren, das aus der Muschel strömte. Ein Zweig pochte leise gegen die Scheibe.

Als er wieder den Saal betrat, rutschte ihm Fílippos entgegen, schaffte es nicht mehr rechtzeitig, auf dem Parkett abzubremsen, und schlitterte gegen sein Bein. Er nahm den Hund auf den Arm und versuchte erneut, dessen aufmüpfiger Zunge auszuweichen.

»Sie kommen gerade rechtzeitig«, sagte der Konsul und griff nach einer Kiste auf der Anrichte. »Wir haben ein Geschenk für Sie. Bitte sehr.«

»Ein Ösfass«, sagte Oskar müde, immer noch in Gedanken bei Karol. »Vielen Dank. Zum Auslenzen. Kann ich gebrauchen. Die Bilge der *Sonnenschein* hat schon auf der Donau genug Wasser getragen. Musste immer mit 'nem Schwamm ausösen.«

»Mmh!« Der amerikanische Botschafter genehmigte sich gerade einen Schluck, als er – ein miserabler Schauspieler – einen Laut von sich gab, um Oskars Aufmerksamkeit zu gewinnen. »Als Sie gerufen wurden vorhin, fragten wir uns, was Sie machen, wenn Sie mit dem Hund kentern? Wenn Sie zwischen den Inseln bei hohem Seegang umkippen?«

»Das habe ich Ihnen doch gesagt«, schaltete sich die alte Dame mit ihrer wackelnden Stimme ein, »Herr Speck wird sich Fílippos schnappen und mit ihm an Land schwimmen.«

»Auf offener See?«

Der Botschafter ließ einen zischenden Laut hören.

»Nein«, sagte Oskar, »das geht leider wirklich nicht.« Er wendete das Ösfass in seinen Händen. Dann sah er Fílippos an und lächelte. »Wenn wir zwei kentern, war's das für uns. Ich wollte das vorhin schon erwähnen: Ich kann nicht schwimmen.«

... DAS DRITTE GESPRÄCH

»Sie konnten nicht schwimmen?«
»Kann ich bis heute nicht.«
»Das ist ein Witz, oder?«
Er schüttelte den Kopf.
Sie sah ihn prüfend an. Notierte es.
»Und was für Steine hatten Sie gefunden?«
»Das war eine Lüge. Ich habe Karol nie angelogen. Aber in dem Moment musste es sein. Ich wollte ihm nicht mit einer weiteren schlechten Nachricht kommen, egal, wie nichtig sie gewesen sein mochte.«
»Lügner«, murmelte sie, notierte das Wort und unterstrich es doppelt.
Als sie aufschaute, sah sie Oskar Speck zum ersten Mal lächeln.
»Also gut. Es tut mir leid, aber wir müssen unser Gespräch vertagen. Auch wenn es mich sehr reizt zu erfahren, wie Ihre letzte Etappe nach Zypern verlief.«
Beim Zusammenpacken hielt sie inne.
»Ach, eine Frage haben Sie noch nicht beantwortet. Hatten Sie nun Angst vor dem Meer, oder nicht?«
»Nein.«
Sie nickte anerkennend und wandte sich zum Gehen.
»Das heißt, nicht, bis ich auf Zypern zusteuerte.«

KREUZE

12. August 1933, 3 Uhr 27, nachts: *Ich sitze nun seit siebenundzwanzig Stunden in meinem kleinen Boot, hundemüde, alles völlig durchnässt.* Zyperns Küste kann nicht mehr weit entfernt sein, aber es scheint unmöglich zu landen.

Einen Moment lang war die See ruhiger, holte Luft und bereitete ihren nächsten Angriff vor. Am Himmel stand eine düstere Wand aus Wolken, deren Rand der Mond von der anderen Seite nur mühsam illuminierte. Um ihn herum das ewig gleiche »Klick-klackedi« der im Bootsinneren herumschwimmenden Gegenstände. Oskar überlegte, wie er die Überfahrt in seinem Notizbuch festhalten würde. Selbst in seinen Gedanken klang er panisch und atemlos.

Feindselige Wellen. Bleistiftregen und ein unangenehmer Schirokko vom afrikanischen Festland her. Widerlich hohe Luftfeuchtigkeit tagsüber, jetzt nachts entsetzliche Kälte.

Er spuckte ins Meer, wischte sich Wasser aus dem Gesicht, merkte, wie er fror und gleichzeitig schwitzte.

Ständig schwappt die Brühe ins Boot, keine Zeit auszulenzen.

Fílippos zitterte zwischen seinen Knien. Sein ehemals vogelfedergleiches Fell hing wie eine durchtränkte Jacke an dem winzigen Körper. Oskar sah, wie der junge Hund ihm immer wieder den Kopf zuwandte, sich zu versichern schien, dass alles seine Richtigkeit hatte: die Dunkelheit, das Hin- und Hergeschaukel, Sturm, Gischt, Regen, Kälte.

»Mach dir keine Sorgen, Fili«, keuchte er tonlos. »Ist alles gut. Alles bestens.«

Oskar griff nach dem durchweichten Holz des Paddels und ertappte sich nach wenigen Stößen dabei, wie er beim Rudern vor Anstrengung knurrte.

Wenn wenigstens die Müdigkeit nicht wäre.

Er verpasste sich eine Backpfeife, die ihm zwanzig Sekunden schenkte. Um sich von seinem Hunger abzulenken, formulierte er Heiratsanträge an Lieselotte. Sie schwebten durch seinen Kopf und verflogen, sobald ein Brecher besonders hart gegen das Boot krachte.

Im Tal zweier Wellen tastete er am Boden der *Sonnenschein* um seine Waden herum. Vor drei oder vier Stunden, als es schon dunkel, aber die See noch ruhig war und seine Streichhölzer noch trocken, hatte ihm sein Kompass mitgeteilt, wie weit er und der Kangal durch die Strömung abgetrieben worden waren. Jetzt war der Kompass unauffindbar, schwamm irgendwo im Bauch des fünf Meter langen Gefährts.

Als er es nicht mehr aushielt, fingerte er hektisch die letzte Sardine aus einer Dose, die er für genau diesen Fall in seine Hosentasche gesteckt hatte. Er war dabei, sie sich eilig in den Mund zu stopfen, da bemerkte er, wie Fílippos sich bettelnd die Schnauze leckte. Oskar ächzte, überließ dem Hund das tote Meerestier. Der schleckte daran, schnappte nach dem Hering und wendete ihn zweimal in seinem Maul, bevor ihm das glitschige Ding entkam und ins Wasser fiel. Der Anatolische Hirtenhund sah dem toten Fisch erwartungsvoll hinterher und schenkte dann seinem reglos das Geschehen verfolgenden Herrchen denselben Blick.

Der Wind wurde, obwohl Oskar das kaum möglich schien, ein weiteres Mal stärker, drohte zu einem Sturm anzuschwellen. Zerfaserte Schaumkronen bedeckten die See, Brecher spülten im Sekundentakt über die Außenhaut. Oskar hatte Mühe, das Faltboot im Gleichgewicht zu halten, während das Wasser in der *Sonnenschein* stetig anstieg. Sollte er je umkippen und hinausfallen, so hatte sein Vater ihm einst eindringlich vermittelt, müsse er schnellstmöglich wieder Herr des eigenen Kahns werden. Zunächst gelte es, das Boot aufzurichten, ein Bein über das hintere Teil des Decks zu schieben, sich emporzuziehen, nach vorne zu robben, um dann wieder in die Sitzöffnung einsteigen zu können. Im Hamburger Hafen oder auf der Alster mochte diese Notfallübung eine veritable Lösung darstellen. Doch Oskar hatte schon vor Monaten erkannt, was das Meer mit einer derart schmalen, langen, mit sechsundzwanzig Kilo Eigen- und über zweihundertfünfzig Kilo Fremdgewicht gefüllten schwimmenden Rinde anstellte, wenn es wütend wurde. Sollten sie umkippen, würden sie ertrinken, bevor er seinen Gurt lösen und sich aus dem schweren Ding befreien könnte. Er spürte, wie der Puls in seinem Kopf hämmerte. Ein Blitz stieß wie ein leuchtender Zollstock am Horizont ins Meer und verschwand.

Auf einmal tauchte in der Ferne, am anderen Ende der Nacht, eine unscharfe Erhebung auf. Felsen, besetzt mit goldenen Lichtknöpfen. Fílippos wimmerte. Der Sturm zerrte an dem Boot, die Gischt drosch ihnen jetzt direkt von vorne entgegen.

»Ganz ruhig«, rief Oskar. »Wir müssen jetzt ruhig bleiben. Schau mal, da vorne. Das muss das Kap Kormakitis sein. Halbe Stunde, Stunde vielleicht. Wenn wir keine Landungsstelle finden, fahren wir einfach drum herum.«

Seine Muskeln fühlten sich an wie Bindfäden, an denen jemand von beiden Enden zog.

Dort, wo die Lichter sind, ist Land, ist Schlaf, ist Trockenheit.

Zögerlich wich die Nacht vor dem Tag zurück, Löcher traten in der dunkelgrauen Decke des Himmels auf, und über den Wellen konnte Oskar hohe, kantige Felsen erkennen. Keiner davon zum Anlegen geeignet. Mit letzter Kraft navigierte er die *Sonnenschein* in einem Bogen um das Kap, als er merkte, dass das Boot ihm nicht mehr gehorchte. Er fahndete nach der Ursache, bis er das gerissene Ende der Steuerleine in der Hand hielt. Der Gedanke, in diesem

Sturm allein mit dem Paddel die Richtung bestimmen zu müssen, verursachte ihm Magenschmerzen.

In der zweiunddreißigsten Stunde auf See dachte Oskar das erste Mal daran, aufzugeben. Das Paddel aus der Hand zu legen und zu warten, bis nach wenigen Augenblicken alles vorüber wäre, die Wellen über ihm und dem Hund zusammenfielen und die See sie beide verschlucken würde wie zwei Regentropfen, die niemand vermissen würde.

Ist gar nicht schwer. Lass es einfach geschehen. Lass los. Mach schon, Oskar. Es ist nur Wasser. Jetzt. Komm.

Doch auf einmal wurde es still um Hund und Herr, ganz so, als wäre dem Sturm die Lust an dem ungleichen Kampf vergangen. Die See wurde ruhiger. Oskar lehnte sich mit einem Arm auf den Einstieg, besah sich taub sein durchtränktes Boot, den ihn ungläubig anstarrenden Fílippos und musste plötzlich lachen, so laut, dass der Kangal zusammenzuckte.

Hülfe, Hülfe, so hülft mir doch.

Als Oskar fünfzehn oder sechzehn war, hatten ihn ein paar Jungs vom Othmarschener Christianeum am Ufer der Alster entdeckt, wie er gerade die *Sonnenschein* in den Fluss stoßen wollte. Er, der auf einer Realschule mit Mechanik statt wie sie mit alten Sprachen beschäftigt war, der statt mit Freunden seine Tage lieber allein in einem Boot sitzend verbrachte und der trotz allem zu blöd war, simples Brustschwimmen zu lernen. Die Kerle postierten sich neben dem Boot – »Ach nee, wen haben wir denn da?« –, pufften sich gegenseitig in die Rippen, und als er seine Füße in den Fluss setzte, brach es aus einem von ihnen heraus: »Na, Speck, haben sie dich reingelegt und heute nasses Wasser reingekippt?« Sie mussten Luft holen vor Lachen. Einer verbog seine Beine zu einem X und setzte eine weinerliche Miene auf: »Ach Gottchen, der Fluss ist mindestens dreißig Zentimeter tief, ich geh unter. Hülfe, Hülfe, so hülft mir doch.«

Das Boot war immer noch halb mit Wasser gefüllt. *Nur des-*

wegen, dachte Oskar, *sind wir noch nicht gekentert.* Unter den ersten rosafarbenen Streifen, die durch die Wolkendecke brachen, lenkte er das Faltboot auf eine Landzunge zu.

Er verfiel in einen immer langsamer werdenden monotonen Rhythmus aus Paddeln und Stöhnen, hielt für ein Mindestmaß an Erholung die Augen bei jedem zweiten Stoß geschlossen. Als er zwischendurch aufsah, blieb sein Blick am Morgenrot hängen. Ihm fiel eine luminöse, diffuse, unheimliche Stelle am Himmel auf. Ein glänzendes Flimmern. Er kniff die Augen zusammen. Es waren zwei leuchtende Kreuze, und ihr Anblick erregte ihn auf eine merkwürdige Weise. Er hielt darauf zu, doch als er ein weiteres Mal aufschaute, waren sie verschwunden. Bereits eine halbe Stunde nach Sonnenaufgang hatte eine unangenehme Hitze den Wind abgelöst, und jede nicht von Stoff bedeckte Stelle seiner Haut stand in Flammen. In immer kürzer werdenden Abständen fielen ihm jetzt die Augen zu, und um elf Uhr vormittags, am zweiten Tag auf See, klappte sein Kopf einfach vornüber.

Ein Stoß weckte ihn auf. Es war ein im Meer treibender Baumstamm, der, nur wenige Meter von einem Felsenriff entfernt, mit ihnen kollidierte. Klatschend rollten ein paar Brandungswellen über das Riff, überzogen es mit weißem Schaum, und hinter dem Schaum tauchte sie ohne Vorwarnung auf. Eine Bucht. Ein Sandstrand, der aussah, als wäre er eben erst erfunden worden. Nach ein paar Stößen ließ Oskar sein Paddel senkrecht ins Wasser gleiten und stieß auf Grund. Er starrte den Strand an und tat – nichts. Trieb sanft in der *Sonnenschein* dahin. Eineinhalb Tage lang hatte er sich nichts sehnlicher gewünscht, als aussteigen zu können, doch jetzt sah er sich außerstande, etwas zu unternehmen. Hemd und Hose klebten nasswarm an Beinen, Bauch, Rücken, Armen. Er saß in dem Faltboot, paralysiert, seine Augäpfel schmerzten, die Lider brannten, doch er saß nur da und blickte auf den ihn grell anstrahlenden Sand, auf weiß blühende Meeresnarzissen, Zypressen und Olivenbäume, auf die vor den Hängen aufragenden riesigen Kiefern und Eichen.

Irgendwann begann er damit, in einer umständlichen Prozedur erst den Hund, dann nach und nach den Inhalt seines Bootes und schließlich die *Sonnenschein* selbst ans Ufer zu bringen. Kaum war alles erledigt, fiel Oskar – ein kippender Turm Bauklötze – in den heißen, weichen Sand. Schatten huschten über die orangefarbenen Innenseiten seiner Lider. Er spürte Speichel aus dem Mund rinnen, flüssigen, salzigen Rotz aus der Nase und Meerwasser aus den Ohren fließen. Sandkörner knirschten zwischen Zunge und Zähnen. Raum und Zeit zwei summende Fliegen. Oskar hörte nicht mehr, wie Fílippos aufgeregt anfing zu bellen.

DAS VIERTE GESPRÄCH

»Sagten Sie nicht, es wäre unmöglich, von Ulm aus mit einem Faltboot Zypern zu erreichen?«

»Ja.«

Sie wartete auf eine Erklärung.

»Man braucht nicht eins, sondern anderthalb Boote. Ich habe es dank der Ersatzteile geschafft, die ich in Mazedonien bei Serebrowitsch erhalten habe.«

Sie sah ihn mit gespielter Verachtung an.

»Wie ging es weiter?«

»Ich hatte Glück, dass mich ein Grieche namens Oréstis am Strand gefunden hat. Er hat mich, Fílippos und mein Boot auf einem Karren zu seiner Familie in ein Bergdorf namens Lagoudera gebracht. Ich habe nichts davon mitbekommen. Oréstis und seine Familie haben sich rührend um mich gekümmert. Ich weiß nicht, was ohne sie passiert wäre.«

»Sie hatten also gewonnen.«

»Ja, ich habe Zypern tatsächlich als Erster erreicht. Ich hatte meinen Teil erledigt und war endlich befreit von diesem elenden Wettbewerb.«

Oskar rückte das Wasserglas auf seinem Nachttisch zurecht.

»Wann haben Sie Karol darüber informiert?«

»Ich hatte ihm bereits aus Antalya einen Brief geschickt, ihm erklärt, wann ich auf Zypern ankommen würde, damit er es gleich unserem Vermieter und der Brauerei mitteilen konnte. Auch Lieselotte und meiner Familie habe ich geschrieben, sie sollten mir ihre Post zum Deutschen Konsulat nach Larnaka senden.«

»Was war mit der Kupfermine?«

Er schüttelte belustigt den Kopf.

»In einem Loch in der Erde zu arbeiten kam für mich nicht mehr infrage. Ich wusste ja nicht mal, ob die Firma überhaupt noch Arbeiter suchte.«

»Eins verstehe ich nicht. Wenn Ihre Reise dort zu Ende ging, wie sind Sie dann hierhergekommen?«

Nebenan begann der Geisteskranke – es schien doch ein Mann zu sein –, erneut sein Jammerlied zu singen.

»Können wir das woanders besprechen? Ich würde gerne mal nach unten in den Garten. Mal wieder an die frische Luft und in eine andere Umgebung. Ich muss nachdenken, und hier kann ich das nicht.«

»Ab Mittwoch, sagt Doktor Nowack.«

»Oder ins Café Taman.«

Er klang plötzlich verändert.

»Einen Moment. Gab es denn auf Zypern keine große Feier? Die Brauerei und dieser Tschammer von Osten wollten doch ...«

»Natürlich gab es die, und was für eine. Zwei oder drei Wochen nachdem Oréstis mich gerettet hatte, sind wir zusammen nach Larnaka gefahren. Er wollte mir die Stadt zeigen, hatte mir eine Auftragsarbeit beschafft, ich sollte für eine Fabrik eine Reihe Schreibmaschinen reparieren. Und als ich zum deutschen Konsulat ging, lag tatsächlich eine Einladung zur Siegerehrung für mich bereit. Sie sollte ein paar Tage später, am 21. August 33 stattfinden. Die Brauerei hatte dafür eigens ein riesiges Schiff angemietet. Also sind Oréstis und ich ein paar Tage in der Stadt geblieben. Er hat mir sogar einen billigen Anzug gekauft und keinen Pfennig dafür akzeptiert.«

Das Jaulen nebenan wurde lauter.

»Haben Sie den Gewinn noch auf Zypern bekommen? Das Geld?«

»Erst mal habe ich am Tag der Siegerehrung zwei weitere Briefe erhalten.«

»Von wem?«

»Einer war von Lieselotte, der andere von Karol.« Er setzte sich auf den Rand des Bettes, mit dem Rücken zu ihr, legte den Kopf in den Nacken. »Ich würde jetzt wirklich gerne ins Taman.«

Sie legte den Bleistift auf ihren Schreibblock.

»Was zum Teufel ist auf Zypern passiert?«

MACEDONIA

Auf dem Foto waren an die vierzig Personen zu sehen. Hinten waren sie auf Bänke geklettert, vorne saßen die Jüngsten und die Ältesten auf Stühle drapiert, dazwischen standen sie ungelenk in zwei lose ineinander verflochtenen Reihen. Die Männer trugen Anzüge (zwei hatten sich einen Frack besorgt), die Frauen gemusterte Röcke oder Kleider mit weißen Spitzenkrägen; den Kindern hatte man entweder Pullunder oder ordentlich zugeknöpfte Hemden mit Hosenträgern verordnet. Eingerahmt wurde die Gesellschaft von der Mauer eines Backsteinhauses und linker Hand von den Ästen einer sich schräg ins Bild lehnenden Linde.

Auf einem Poller im Hafen von Larnaka sitzend, musterte Oskar die Fotografie in seinen Händen wie einen zertretenen Käfer. Für einen Augenblick vergaß er die unerträglich heiße Septembersonne, vergaß die Ekzeme und Pusteln, die sich in den letzten Wochen an seinem Po gebildet hatten. Er vergaß, dass ihm weder seine Eltern noch Seppel oder Elli geschrieben hatten, und sogar Karols Brief ließ er gedankenverloren und ungeöffnet in seiner Gesäßtasche verschwinden.

Auf dem Foto thronte Lieselotte in der Mitte der Gesellschaft in einem eleganten, hellen Kleid. Sofort musste Oskar an den wohligen Duft ihrer venezianisch braunen Haare denken. Auf dem Bild wurden sie seitlich von einer großen Spange gehalten, aus deren Mitte ein Strauch ovale Federn ragte, die das Gesicht einer älteren

Dame in der zweiten Reihe verschneiten. Unter dem Blumenstrauß in Lieselottes Schoß ergoss sich ihr Kleid wie ein Schwall Milch bis auf den Boden, wo es schließlich in einer vor der versammelten Gruppe verschütteten Stoffpfütze mündete.

Bei näherer Betrachtung sah Oskar, was ihm zunächst nicht aufgefallen war, was aber die Stimmung der Fotografie maßgeblich färbte. Keiner der Feiernden, weder die Angehörigen noch die Freunde oder deren Kinder, nicht eine Person lachte. Niemand freute sich oder bekundete auf andere Weise eine dem Anlass angemessene Gemütsregung. Auch die Braut nicht. Doch aus all dem versammelten Trübsinn stach die Miene des Bräutigams besonders hervor: Seine hohe Stirn, die dunklen Augenhöhlen, aus denen er einen rätselhaft schaurigen Blick entließ. Der in einem Smoking gefangene Mann hielt auf dem Foto Lieselottes Hand fest, als drohe sie weggeweht zu werden.

Oskar kannte Erich Weißdorn als einen Freund aus dem Hoppe, als Karols ehemaligen Arbeitgeber, aber auch als eine schattenhafte Figur, dessen Charakter er nie ganz hatte ergründen können. Erich war ein Mann, dem es schwerfiel, sich zu positionieren, eine Meinung zu haben und diese offen zu vertreten. Seine Geschäfte absolvierte er im Verborgenen, hinter dem Rücken der anderen. Und selbst auf diesem Foto schien sein unmöbliertes, finsteres Gesicht sein Unwohlsein über eine Hochzeit zu verraten, die ein für ihn ungewöhnlicher Schritt ans hellste Tageslicht war. Darüber hinaus zeugte jener Schritt davon, dass er einem Freund die Frau stahl.

Und die Frau sich stehlen ließ.

Als Oskar in den Umschlag fasste, fand er eine kleine Karte, auf der nur zwei Worte standen. Und für einen winzigen Moment fragte er sich, ob er versehentlich die Postsendung erhalten hatte, die eigentlich einen entfernten Cousin Lieselottes oder einen alten Freund aus Kindheitstagen erreichen sollte, jemanden jedenfalls, dessen künftige und eigentlich unwichtige Gewogenheit sie sich nur anstandshalber mit einer solchen, auf das Wesentliche reduzierten Information vergewissern musste.

Habe geheiratet.

»Oskar, come, ship is waiting.«

Oréstis tippte ihm auf die Schulter. Der drahtige Grieche, dessen schwarz glänzende Locken sich jedes Mal zu freuen schienen, wenn er sprach, deutete mit seinem Kopf ans Ende des Piers. Oskar schmiss Lieselottes Foto mitsamt der Karte ins Hafenbecken und trottete ihm hinterher.

Sie bahnten sich einen Weg durch die laut debattierende Menschenmenge am Hafen. Ein Mittelmeerdampfer der Lloyd-Triestino-Reederei war am Vormittag eingelaufen und hatte mehrere Hundert Reisende ausgespuckt, die sich nun orientierungslos am Kai im Kreis drehten und abwechselnd Fremdenführern, Hotelvermittlern, Taschendieben oder Chauffeuren in die Arme liefen.

»Taxi ride« – »Two Schilling, Sir?« – »Ninety, friend, ninety Piaster ...«

Sie waren bis zum Marktplatz direkt am Hafen vorgedrungen, als Oréstis stehen blieb und auf einen riesigen Passagierdampfer mit drei kunstvoll verzierten Aussichtsplattformen deutete, der etwas außerhalb der Hafengemäuer vor Anker lag. Motorboote flitzten zwischen dem Schiff und einem Steg hin und her.

»*Macedonia!*« Oréstis strahlte. »Your ceremony. Award!«

Auf dem Schiffsdeck hatten sich vor dem Achtersteven Rembetiko-Musiker aufgebaut, die mit Gitarren, Baglamas, einem Akkordeon, Geigen und Bouzoukis traurige Lieder anstimmten, bis ein Matrose zu ihnen trat, ihrer Sprache offenkundig nicht mächtig, und sie ungelenk gestikulierend aufforderte, etwas Munteres zu spielen. Oskar und Oréstis schlenderten unter den vom Bug bis zum Heck gespannten Lichterketten entlang, vorbei an großen, auf dreibeinigen Stativen stehenden Jupiterlampen, die mit ihren grellen Zyklopenaugen auf die oberen Decks, den Schornstein und die Masten zielten. Um sie herum plätscherten Gespräche vor sich hin, Gläser klirrten, und übertriebenes Lachen flackerte auf. Überall waren Menschen, überall Stände und Händler, die sonst am staubigen Hafen ihre Waren anboten und sich nun auf den Decks aneinanderreihten.

Während Oréstis auf an Bändern hängende, gerupfte Vögel und an Bindfäden aufgezogene Meerestiere zeigte, unter ihnen, wie er stolz erklärte, der begehrte Tintenpolyp, überlegte Oskar, wie er Lieselotte antworten würde, ob er ihr überhaupt schreiben sollte. Irgendwann würde er sie im Hoppe treffen. Vermutlich mit Erich. Der Gedanke lähmte ihn. Ein Schuhmacher zog ihn am Ärmel, bot ihm einen langschaftigen Stiefel an.

Du weißt es doch längst: Du kehrst nicht nach Hamburg zurück.

Sie kamen an einer fahrbaren Garküche vorbei, in der kleine Fleischstücke über einem Holzkohlenfeuer brieten, und Oskar fragte sich, ob er Karol würde überreden können, nach Zypern überzusiedeln. Es würde ihm gefallen. Natürlich würde es das. Wie oft hatten sie sich an weit entfernte Strände, auf die Straßen und in die Cafés von Städten mit exotischen Namen geträumt. Hatten aussichtslos Seemannsgarn gesponnen, wer zuerst eine Spanisch sprechende oder nur mit einem Lendenschurz bekleidete Frau finden würde und mit welcher Geschäftsidee sie auch im Ausland alles auf den Kopf stellen könnten. Und wozu sonst hatte er in den letzten Tagen all seine Erkundigungen eingeholt?

Er gab Oréstis, der sich heiter mit einem zwischen Türmen aus Kunsthandwerk und Stoffballen sitzenden Schneider stritt, ein Zeichen, dass er im Schiffsinneren die Toilette aufsuchen wolle. Vorsichtig drängelte er sich durch die Menge, »Entschuldigung, excuse me«, als ihn jemand von hinten ansprach. Ein rundlicher älterer Herr mit streng gestutztem Resthaar und dick umrandeter Nickelbrille stellte sich als John Hagenbeck vor. Er sei der Halbbruder des Hamburger Tierparkbesitzers, selbst Händler exotischer Exemplare aus der Tierwelt und froh, jemanden gefunden zu haben, der Deutsch spreche.

»Ich bin auf der Insel, um mir ein paar Gnus für meine Revue anzusehen. Nächstes Jahr soll es durch Europa gehen. Wo kommen Sie her?«

»Ich bin auch aus Hamburg«, sagte Oskar ungeduldig.

Er wollte vor der Ehrung in Ruhe Karols Brief lesen, aber Hagenbeck ließ ihn nicht gehen.

»Na, sieh einer an. Ich wohne inzwischen auf Ceylon, bin nur zwei Wochen hier.«

Ein Ober mit Tablett schlängelte sich zwischen ihnen hindurch.

»Und was machen Sie hier?«

»Ich bin mit meinem Faltboot nach Zypern gekommen. War eine Art Wettfahrt.«

John Hagenbecks Gesicht leuchtete auf.

»Dann wird der ganze Zinnober hier Ihretwegen veranstaltet! Gratuliere.«

Über ihnen läutete jemand die Schiffsglocke.

Die Gespräche verstummten, und der Kapitän der *Macedonia* stellte sich für alle Gäste gut sichtbar an die Reling des ersten Sonnendecks. Die goldenen Knöpfe an seinem Jackett glänzten, an den Epauletten hingen kleine Kordeln. Vor ihm war ein rundes Mikrofon aufgebaut.

»Meine Damen und Herren, Ladies and Gentlemen, Axiotimi kyries ke kikeriki, oder wie das hier bei Ihnen heißt.«

Der Kapitän, ein Mann aus Bahrenfeld, erklärte, zwei Dolmetscher seien eigens erschienen, um für die Anwesenden alles Folgende sowohl ins Griechische als auch ins Englische zu übersetzen. Er erläuterte das Ausmaß der sportlichen Leistung, die an diesem Abend zu würdigen man zusammengekommen sei, rekapitulierte die Regeln des Wettstreits, stellte ihn in eine Reihe mit der

Weltumrundung Elly Beinhorns, ließ verlauten, dass man organisatorische Pannen mit der Kurzfristigkeit der anberaumten Feier entschuldigen müsse, und erklärte, eine weit größere Ehrung sei alsbald in Berlin geplant.

Nervös überlegte sich Oskar, was er sagen würde.

»Begrüßen Sie deshalb nun mit mir den Sieger der Wettfahrt von Deutschland nach Zypern.«

Ein Mann mit einer Rührtrommel begann, einen langsam anschwellenden Wirbel zu spielen, und Oskar suchte den Aufgang zum Sonnendeck.

»Heißen Sie den größten Abenteurer unserer Tage willkommen: Herrn Henri May!«

Zwei Konfettikanonen schossen Papierschnipsel in den Abend, die Menge johlte und applaudierte. Ein sichtbar ausgeruhter May erschien hinter dem Kapitän und winkte den Gästen zu, ehe er seine Hände als Zeichen seiner Dankbarkeit über seinem Kopf verschränkte.

»Entschuldigen Sie«, rief John Hagenbeck Oskar über den Jubel zu, »aber wer ist das?«

Weitere Menschen drängten vom Bug des Schiffes unter das Sonnendeck, und Oskar musste sich am Fallreep festhalten, um nicht umzufallen. Er zog Karols Brief hervor, riss ihn auf und wendete das Blatt in seinen Händen. Eine aufkommende Brise zog daran.

Nur langsam beruhigte sich das Volk auf dem Dampfer, ein schlaksiger Mann ergriff das Wort und reckte eine kleine Kiste in die Höhe.

»Guten Abend, mein Name ist Walter Schwencke, und hier in meinen Händen halte ich nicht weniger als zehntausend Reichsmark! Die Brauerei Schall & Schwencke ist stolz, mit diesem Geld den deutschen Helden Henri May auszeichnen zu dürfen.«

Die Übersetzung erfolgte und erneut erklang tosender Jubel.

Oskar –

Nie zuvor hatte Karol ihn so angesprochen. Nicht persönlich und nicht in einem Brief.

> ... irgendwas ist furchtbar schiefgelaufen. Von Stäblein war gerade bei mir und sagte, der Dortmunder habe Zypern erreicht. Vor dir! Er gab mir vierundzwanzig Stunden, um unsere Schulden zu bezahlen. Ich schreibe dir vom Bahnhof aus. Ich werde verschwinden. In die ländliche Bedeutungslosigkeit. Nehme meine Mutter mit, es ist zu gefährlich. Ich habe nicht viel Zeit.
>   Lass uns den Kontakt einstellen. Zeig diesen Brief niemandem. Es tut mir so leid.
>
> Dein bester Freund Karol
>
> PS: Geh nicht zu der Siegerehrung! Auf keinen Fall gehst du da hin, verstehst du? Und verlier meinen Schlips nicht, Osse. Adieu.

»Es tut mir leid, wenn ich das falsch interpretiert habe. Ich wollte Sie nicht kränken.«
    Oskar sah Hagenbeck verständnislos an, hörte ihn kaum.
    Der Kapitän animierte die Leute zu einem dreifachen »Hipp, hipp, hurra«. Und dann erklärte May auf dem Sonnendeck, man könne im Anschluss Postkarten mit zwei Motiven erwerben – eine mit seinem Konterfei, die andere mit ihm vor seinem Klepper-Boot. Gerne werde er diese signieren, ein hölzernes Modell seines Faltboots könne ebenfalls bestaunt und, ja, auch angefasst werden, bevor er es einem Museum in München spenden würde.
    John Hagenbeck verschränkte die Arme vor seiner Brust und verfolgte nachdenklich das Geschehen über ihnen.

»Sagten Sie nicht, dass es sich um eine Wettfahrt mit Faltbooten handelte?«

Oskar wischte einen Konfettischnipsel von seiner Nase.

»Ja. Henri May war mit einem Partner unterwegs. Mit zwei Klepper-Booten. Entschuldigen Sie mich. Ich muss auf die Toilette.«

Hagenbeck rief ihm hinterher: »Besuchen Sie mich mal auf Ceylon. Ist wunderschön dort.«

Schwankend bewegte sich Oskar in Richtung einer der Eingänge zum Schiffsinneren. Er hörte noch, wie Theo Fischer auf dem Sonnendeck erläuterte, dass der Chefredakteur des *TIME Magazine* ihm zwei Seiten mehr als die geplanten acht für einen Artikel zugebilligt habe, und er sah, dass Henri May währenddessen hinter ihm stand und gähnte.

Als Oskar zurückkam, hatte ein kräftiger Wind eingesetzt. Wellen ließen das Schiff sanft schaukeln. Die Ehrung war vorbei, die Gäste hatten sich wieder auf den diversen Decks der *Macedonia* verteilt. Auch Hagenbeck war verschwunden. Ein griechischer Kellner, der ein Tablett mit Sekt, Ouzo und Cognac balancierte, glitt an ihm entlang und fragte auf Englisch, ob Oskar zugreifen wolle, doch der Angesprochene reagierte nicht. Stattdessen eilte Oréstis zu dem Ober, tippte ihm auf die Schulter, griff ein Glas Ouzo und prostete seinem deutschen Freund besorgt zu.

Neben ihnen wurde es laut.

Der Kapitän und Henri May schlenderten gemächlich über das Deck, im Schlepptau eine vielköpfige Entourage aus wichtigen Gästen der Oberschicht, ein paar Mitgliedern des Militärs sowie einem Mann, in dessen Brusttasche diverse Wimpel steckten. Das mächtige, rote Kinn des Kapitäns warf am Hals eine Reihe Falten, die Hände hielt er hinter seinem Rücken verschränkt. Er hörte dem Dortmunder zu, der neben ihm lief und dabei die Gewinnerkiste mit dem Geld in den Händen wendete.

»... natürlich nicht einfach. Der Türke ist von ganz anderem Schlag. Die Brüder muss man zu nehmen wissen. Wenn Sie sich mit denen fraternisieren, sind Sie ruckzuck deren Diener. Ich habe es gerade schon zu Walter gesagt: Der Ton macht die Musik. Klare Ansagen.«

Sie waren beinahe an Oskar vorbei, als Henri May plötzlich stehen blieb, sich nach ihm umdrehte und stutzte.

»Hab ich doch recht gehabt. Das ist ja eine herrliche Überraschung. Ich wusste, dass ich dich vorhin schon vom Sonnendeck aus gesehen hatte. Ich hatte bei der Brauerei angeregt, dich einzuladen. Walter fand die Idee hervorragend. Bist du gerade angekommen?«

May wartete die Antwort nicht ab. Er sah sich nach dem großen, hageren Mann mit den Wimpeln um und winkte ihn zu sich.

»Walter, das is'n Ding, hier hast du deinen Zweitplatzierten. Da machen wir nachher noch 'n Foto. Und ein Kasten Freibier sollte auch drin sein, oder?«

Henri Mays Lachen. Nicht echt, aber laut.

Der Mann von der Brauerei winkte zum Zeichen seiner Zustimmung entspannt ab, doch als er Oskar ansah, registrierte der etwas Konzentriertes, Feindseliges in seinem Blick.

»Das ist Oskar Schreck, der Zweite«, erläuterte May, dem Kapitän zugewandt. »Den haben wir in ... Österreich war es, glaube ich, getroffen. Theo weiß so was immer besser. Wir haben ihn damals zu uns ans Lagerfeuer gesetzt und erst mal durchgefüttert. Unter Ruderbrüdern muss man sich unter die Arme greifen, auch wenn man Konkurrenz ist. Wie geht's dir?«

Er gab dem Hamburger einen Klaps auf die Schulter.

Oskars Kinn zitterte. Er sah Theo Fischer an, der hinter May stand und seinem Blick auswich. Ihm fiel ein, was ihm Mark Twain zwei Tage zuvor von den Seiten des Büchleins aus geraten hatte:

»Freundlichkeit ist die Sprache, die die Tauben hören und die Blinden sehen können.«

»Ich ...«, begann Oskar tonlos, während sich das Wort »Zweitplatzierter« aufgespießt vor seinen Augen drehte.

»Entschuldigen Sie, aber ich muss Einspruch erheben.«

John Hagenbeck, der in zweiter Reihe stand, hatte sich eine Zigarre angesteckt und brachte sie durch Paffen zum Glühen. Der gesamte Pulk drehte sich zu ihm um.

»Oder ... Eigentlich möchte ich nur eine Frage stellen.«

»Wenn es nicht zu lange dauert«, sagte May und versuchte, entspannt zu klingen.

»Hagenbeck mein Name. Vermutlich werden Sie das ruckzuck erklären können, und ich möchte Ihre Feier auf keinen Fall stören. Aber eines verstehe ich nicht.« Der Tierhändler paffte. »War es bei diesem Wettbewerb erlaubt, Teile der Strecke mit einem Motorboot zurückzulegen?«

Ein unruhiges Murmeln wanderte durch die Menschentraube, zwei Männer lachten verstohlen.

»Was soll das heißen?«, fragte Walter Schwencke und machte einen Schritt nach vorne.

»Diese Herren«, Hagenbeck deutete auf May und Fischer, »sind in einem Motorboot nach Zypern gekommen.«

»Sie sind ja nicht recht bei Trost«, konterte May.

Walter Schwenckes Tonfall klang nun nüchtern, interessiert: »Woher wollen Sie das wissen?«

»Nun, ganz einfach«, sagte Hagenbeck, putzte sich einhändig mit einem Taschentuch die Nase und verstaute es in seiner Hosentasche. »Ich war mit den beiden Herren zusammen an Bord dieses Motorboots.«

»Das ist doch absurd.« Henri May verzog das Gesicht. Dann sah er sich Hagenbeck genauer an. »Moment mal, ich habe Sie doch vorhin gesehen, wie Sie mit Oskar gesprochen haben. Sie sind befreundet. Soll das ein Komplott werden?«

Hagenbeck ließ sich nicht aus der Ruhe bringen.

»Womöglich haben Sie mich auf dem Boot nicht wahrgenommen. Aber eine Verwechselung ist ausgeschlossen. Vor zwei Wochen haben Sie und Ihr Freund sich von Kastelorizo aus von einem Motorsegler auflesen und zwei Kilometer vor der zypriotischen Küste in ihren Booten absetzen lassen. Ich hatte mir seinerzeit nichts dabei gedacht, hatte vermutet, es habe mit dem Tidenhub zu tun oder dass Sie den Tag mit etwas Sport beenden und die Gelegenheit nutzen wollten. Es waren einige Menschen an Bord.«

Walter Schwencke verfolgte den Disput aufmerksam.

May versuchte, seine Contenance zu wahren, und wandte sich Oskar zu.

»Hast du dir diesen Schwachsinn ausgedacht? Soll das witzig sein? Du bist mir ein schlechter Verlierer, wirklich. Ihr könnt ja versuchen, das zu beweisen, viel Spaß.«

»Das wird nicht nötig sein«, sagte Oskar leise.

May starrte ihn reglos an.

»Ich werde deinen Sieg nicht anfechten, deinen Rekord.«

»Das will ich auch hoffen.«

»Ich werde stattdessen einen neuen aufstellen. Noch bevor Sie alle«, er deutete vage in die Runde, »zurück in Deutschland sind, werde ich mit meinem Faltboot bereits den Euphrat hinabfahren. Ich habe mich erkundigt. Die Behörden verweigern einem die Passage durch den Suezkanal, also geht es nur gen Osten. Und wenn die Sache tatsächlich mit Elly Beinhorn mithalten soll …« Er nickte Schwencke zu. »Vielleicht erweitern Sie den Wettbewerb? Vielleicht auch nicht. Mir ist es egal. Ich muss noch ein paar Schreibmaschinen reparieren, dann fahre ich weiter.«

Erneut setzte Unruhe ein, während sich Oskar, der Ohnmacht nahe, fragte, wie er diese Sätze in aller Seelenruhe hatte aussprechen können.

»Das ist gar nicht mal so dumm«, sagte Walter Schwencke, blickte amüsiert auf Oskar herab und adressierte anschließend May. »Der Fairness halber frage ich den Sieger ganz offiziell: Haben Sie etwas dagegen, dass wir das Geld wieder in den Topf werfen und eine *richtig* große Sache daraus machen? Die Brauerei, das sage ich hier und heute zu, legt noch mal fünftausend Reichsmark obendrauf.«

Henri May hauchte einen Lacher.

»Von mir aus. Wenn Herr Scheck sich weiter der Lächerlichkeit preisgeben will.« Er machte eine gelangweilte Geste. »Gegen einen neuen Rekord habe ich nichts einzuwenden. Größer als Beinhorn, hervorragend. Darf man fragen, wo auf unserer Reise der finale Akkord erklingen soll?«

Die Geräusche der Gruppe waren verebbt. Entfernt hörte man die Wellen plätschern. Alle, May, Fischer, Hagenbeck, Walter Schwencke, der Kapitän und sein Gefolge, Oréstis, der in einem Bissen verharrte, im Halbdunkel stehende Militärs sowie gut zwei Dutzend Schaulustige, Frauen, Männer, sogar zwei Kinder, alle blickten sie auf Oskar und erwarteten eine Antwort.

Auf Deck rollte ein paar Meter weiter ein Glas.

Der Hamburger schluckte, seine Augen wanderten von einem zum anderen.

»Ich ...«, sagte er, als sein Blick bei Hagenbeck hängen blieb. »Ich fahre mit meinem Faltboot nach Ceylon.«

NIRGENDWO

Die Überfahrt nach Syrien in der *Sonnenschein* dauerte achtundvierzig Stunden. Dreiundneunzig Meilen über offene See. *Noch ein Rekord*, dachte Oskar, *der so viel wert ist wie der heißeste Tag auf Erden. Welcher Mensch wird sich je an so etwas erinnern?* Auf dem Meer verlor er seinen Kompass, als er Fílippos davor bewahrte, aus dem Boot heraus- und einem fliegenden Fisch hinterherzuspringen. Oskars Hände waren blau und taub, als der Hund und er in Latakia an der Küste Syriens ankamen.

Nun saß er mit dem Kangal auf der hintersten Bank eines klapprigen Busses, der sie von Latakia nach Meskene zum Euphrat brachte. Sein Plan sah vor, einmal auf dem Fluss angekommen, in der *Sonnenschein* bis zum Golf von Persien zu paddeln und von dort die Küste Britisch-Belutschistans und Indiens entlang hinab nach Ceylon. Sein Gepäck, die Taschen, Rucksäcke und Kanister waren mit den Sachen der anderen Fahrgäste auf das Dach geschnallt. Die Hitze briet den Bus die gesamte Strecke über erbarmungslos, weswegen einige Oberfenster auf Kipp standen. Das laute Getöse in der Kabine, der aufwirbelnde Staub, der zwischen Oskar, Fílippos und den anderen Leuten hin und her flog, und die blendende Sonne machten Oskar müde. Er spürte vom Fahrtwind lauwarmen Schweiß im Nacken, auf dem Rücken und an seinen Armen. Draußen war die Landschaft in Licht gehüllt. Hügel, Felder, Sand, Kiesel, Steppe, Einöde. Tausend Ockertöne verschmolzen.

Fílippos, der Oskar inzwischen bis zu den Knien reichte, saß aufrecht neben ihm. Er hielt seine Schnauze in den Wind, seine Augen zufriedene schmale Schlitze. Oskar hatte ihm sein schwarzes Stirnband, das Flussregenpfeifer-Tuch, um den Hals gebunden. Jedes Mal, wenn er Fílippos ansah, diesen von einem kleinen, flauschigen Ball zu einem selbstbewussten Hund heranwachsenden Kerl, erhellte sich seine Miene.

Oskar war – er konnte nicht genau benennen, warum – glücklich.

»He, Fílippos, ich bau dir eine Hundehütte, groß wie eine Garage.« Er beugte sich über den Kangal. »Fílippos City, nur für dich.«

Der Hund hechelte. Die gesamte Fahrt über lag Oskars rechte Hand auf seinem Rücken, kraulte, streichelte ihn, versicherte ihm seine Zugehörigkeit.

Der Fahrer griff nach einer kleinen, verbeulten Tischglocke, ließ sie klirrend läuten und rief den Namen der nächsten Stadt, Sarakeb.

Oskar beugte sich vor, flüsterte Fílippos ins Ohr.

»Ich hätte mich gerade noch mal gerettet, hat dieser Schwencke gesagt.« Fílippos rührte sich nicht. »Von dem Preisgeld würde nicht viel übrig bleiben, meinte er. Aber das ist mir egal. Ich will sein Geld nicht.«

Ein Mitreisender kippte auf dem Sitz vor ihnen schlafend gegen das Fenster.

»Das hättest du sehen sollen, Fili. Je länger ich dem Schwencke von der geplanten Route erzählt habe, desto begeisterter war er. Und selbst May, der falsche Fuffziger, hat Gefallen daran gefunden. Walter Schwencke hat ihm sogar noch tausend Reichsmark als Entschädigung ausgehändigt. Hat gesagt, die würde er mir am Ende abziehen.«

Oskar sah durch die Fenster, wie ein paar schmutzige schwarze Schafe mit Schlappohren im Schatten einer Lehmbausiedlung kauerten.

»Immerhin haben wir ein bisschen Zeit gewonnen«, murmelte er. Der Hund hatte sich hingelegt, seinen Kopf in Oskars Schoß. »Jetzt müssen wir nur noch überlegen, wie wir Karol finden, während wir nach Ceylon fahren. May und Fischer haben natürlich nicht gewartet. Sind gleich am nächsten Tag los. Was hätte ich tun sollen, Fili? Ich hatte versprochen, die Schreibmaschinen zu reparieren, und ich halte meine Versprechen. Ist doch egal. Haben sie eben einen Vorsprung. Was macht das schon? Und bessere Boote.« Fílippos gähnte. »Darum kümmern wir uns morgen, oder?«

Der Bus fuhr eine Kurve und der Fahrer begann, eine arabische Melodie zu singen.

Unter dem Boot huschten dunkle, fußgroße Fische entlang, als Oskar am 6. Oktober 1933 am Ufer des oberen Euphrat kurz vor Aqabah nach einem Schlafplatz Ausschau hielt. Links von ihm und Fílippos lagen trockene, vor Feldgrillen leise knisternde Getreidefelder. Am Ufer standen dicht an dicht mannshohe Halme, kurz über der Wasserlinie ausgebleicht. Je weiter sie kamen, desto mehr versperrten sie die Sicht auf das Hinterland. Rechter Hand gab es nichts als Staub, buckelige Hügel.

Oskar bemerkte, wie es kühler wurde, wie der Wind den Fluss streichelte und symmetrische Muster auf der Wasseroberfläche erschienen. Hinter einer tief ins Wasser ragenden Ansammlung grüner Buschtrauben erkannte er eine winzige Bucht. Er paddelte kaum noch, ließ das Boot von der Strömung treiben, genoss die blassen Farben des nahenden Abends und strich über Fílippos' Fell, der seinen Kopf auf den Bug der *Sonnenschein* gelegt hatte.

»He, Fili.« Oskar passte seinen Tonfall der Umgebung an, sprach ruhig, als würde er jemanden sanft wecken. »Ich habe noch mal über den Namen für deine Hütte nachgedacht. Was hältst du von ...«

Er legte für einen Augenblick das Paddel aus der Hand und beschrieb mit den Händen ein Schild.

»Fílippinen? Dann würdest du auf den Fílippinen wohnen.«
Ein merkwürdiges Blatt schwamm vor ihnen im Fluss. Oskar streckte seine Hand aus und zog ein braun bedrucktes Stück Papier aus dem Wasser. Es war ein Geldschein, und noch ehe er ihn genauer betrachten konnte, sah er bereits einen weiteren und gleich noch einen.

Fílippos bellte, und Oskar bemerkte auf einer Anhöhe am oberen Ende der kleinen Bucht die Spitze eines großen Zeltes. Langsam manövrierte er das Boot zum Ufer. Er sah sich um, bedeutete seinem Hund mit einem Finger auf den Lippen, ruhig zu bleiben, und zog die *Sonnenschein* auf festen Boden. Er erinnerte sich daran, dass der Busfahrer ihn vor allzu offensichtlichen Lagerplätzen gewarnt hatte. Das Zelt konnte nur von Ausländern stammen, die unterwegs waren, ohne auf die lokalen Gepflogenheiten Rücksicht zu nehmen. Vom Ufer aus erkannte er lediglich die zurückgeschlagene Plane des Zelteingangs. Oskar nahm seine Mauser-Pistole, hielt Fílippos am Halsband fest und schlich in geduckter Haltung die Böschung hinauf.

Nach acht Schritten ließ er den Hund los.

May sah er als Erstes. Rücklings ausgestreckt auf dem Boden, wie eine erstarrte Spinne lag er da, die Arme und Beine in ungelenken Winkeln vom Körper abstehend. Sein Kopf befand sich neben einem Stein, den ein großer Spritzer Blut zierte. Die Augen des Dortmunders stierten schmutzig, ohne jeden Ausdruck, in Richtung des Flusses. Das ehemals glänzend schwarze Haar war ein Strauß verstaubter Strähnen, der Mund ein endloser Vokal, in dem ab und zu neugierige Fliegen landeten. In die Mitte seines an den Armen ordentlich hochgekrempelten Hemdes hatte eine Salve Schüsse mehrere große Löcher gerissen, die den Blick auf eine Brust mit dunkelrot verklebter Behaarung freigaben. Henri Mays Füße waren ihrer Schuhe beraubt und deuteten auf einen umgekippten Klappstuhl, der neben Fischers zertretener Brille am

Zelteingang lag. Oskar tippte mit dem Fuß gegen eine aus elegantem Leder gefertigte Brieftasche neben Mays Leiche. Die Fächer waren leer.

Vorsichtig inspizierte er die Umgebung, doch außer dem Toten schien niemand hier zu sein. Er spähte ins Zelt, in dem es chaotisch aussah, und lief einmal um das Lager herum. Dann entdeckte er eine weitere Spur aus Blut. Schmale, in den Sand gezogene Schlieren führten weg vom Tatort und parallel zum Euphrat einen winzigen Pfad entlang. Oskar folgte ihnen. Fílippos pinkelte an eine der Zeltstangen, schnüffelte an Büschen und dem Blut und trottete hinter ihm her. Nach circa fünfzig Metern endete die Spur. Oskar blickte sich um, rief Fischers Vornamen. Der Kangal stöberte mit seiner Nase an einem Grasbüschel und verschwand im Dickicht, das zum Fluss hinabführte. Oskar sah seinem Hund hinterher. Plötzlich ließ er die Pistole fallen, rutschte den an dieser Stelle steiler abfallenden Abhang hinunter und stürzte in den Euphrat. Wild mit den Armen rudernd manövrierte er sich quer durch das an dieser Stelle eng verlaufende Gewässer in Richtung einer kleinen Flussinsel. Als er den Halt unter seinen Füßen verlor, wurde er einige Meter vom Wasser mitgezogen. Er bekam ein paar lange Halme zu greifen und spürte wieder glitschigen Boden unter seinen Sohlen. Mühsam arbeitete er sich gegen den Strom zu dem Amerikaner vor. Fílippos bellte, traute sich aber nicht hinterher.

Als er über ihm stand, berührte Oskar Fischer behutsam an den Schultern. Die linke Gesichtshälfte des Reporters verschwand unter einer mit Ameisen übersäten Kruste aus getrocknetem Blut, genau wie ein löffelgroßes Einschussloch in seiner Hose und ein weiteres in seiner Brust. Für einen winzigen Moment dachte Oskar, Theo Fischer würde ihn ansehen, bis er sich aus dessen Blickfeld schob und bemerkte, dass der Journalist noch immer denselben Punkt im Nirgendwo fixierte.

Eine halbe Stunde später kamen sie. Oskar saß nass, verschmutzt und müde auf dem Klappstuhl vor dem Zelt, außer Atem vom Transport Fischers, der neben seinem ehemaligen Reisegenossen auf dem Boden lag. Filippos kauerte beleidigt daneben, da Oskar ihm verboten hatte, sich eingehender mit den Leichen zu beschäftigen. Eine Gruppe arabischer Polizisten auf Pferden trieb vier in lange schmutzige Gewänder gekleidete Gestalten vor sich her, offensichtlich den Schauplatz des Verbrechens suchend. Einer der Mörder war ein Junge von vielleicht vierzehn Jahren, der einem der Älteren wie aus dem Gesicht geschnitten schien. Fischers kobaltblaue Jacke, Mays Schuhe und sein Siegelring waren nur einige der Besitztümer, die Oskar unter jenen Gegenständen erkannte, welche die Angreifer in einem ebenfalls von May entwendeten kleinen Koffer bei sich führten und von deren Herkunft Oskar den Gesetzeshütern berichten konnte.

Die Polizisten übersetzten das mit wilden Gesten untermalte Gezeter der Araber. Demnach hatte May den Beduinen auf Gedeih und Verderb keine Esswaren abkaufen wollen, auf denen Läuse herumkrabbelten, hätte sie verhöhnt und ausgelacht. Die Männer, erklärten die Beamten lapidar, würden noch in derselben Woche gehenkt werden, nur der Jugendliche könne mit einer lebenslangen Haftstrafe rechnen. Oskars Versuch, sie von der Sinnlosigkeit des Urteils zu überzeugen, wurde mit stummer Abwehr begegnet. Bevor die Polizisten mit den Delinquenten verschwanden, bat Oskar darum, seine Landsleute an Ort und Stelle begraben zu dürfen. Darüber hinaus wollte er ihre Sachen nach Adressen der Familie durchsuchen, um wenigstens kurze, ein wenig geschönte Mitteilungen an ihre Angehörigen senden zu können. Auch an Walter Schwencke plante er in der nächstgrößeren Stadt ein Telegramm zu schicken, selbst wenn es sein letztes Geld kosten sollte.

Beim Schaufeln der Gräber (sogar eine teure Schippe war Teil von Mays extravaganter Ausrüstung) erinnerte sich Oskar an eine von

Karols Geschichten, die davon handelte, wie dessen Vater Rudolf 1918 im Zuge von Marschall Fochs Hunderttageoffensive bei Saint-Quentin umgekommen war, wie ein Militärkamerad ihm entgegen der strikten Anweisung seines Vorgesetzten mit den Händen ein Grab ausgehoben, wie er ihn eilig und unter Beschuss bestattet hatte und dass der Freund seines Vaters sich am liebsten selbst dazugelegt hätte. Es war das einzige Mal, dass Karol beim Erzählen die Pointen ausgegangen waren wie ein Gewürz. Mit glasigen Augen hatte er dagestanden, die Pausen in seinen Sätzen wurden länger, und schließlich hatte er der Geschichte mit einem »Naja, so war das jedenfalls« rasch ein Ende gesetzt.

Während er buddelte – Oskar war wichtig, dass es zwei getrennte Gräber waren – fielen ihm ein paar seltsam geschnittene blaue Scherben in die Hände. Als zwei weitere auftauchten, ließ er die Arbeit ruhen und betrachtete sie näher. Er rieb die Stücke an seiner Kleidung sauber, pustete Staub ab und steckte sie in seine Hosentasche, um sie später in eine eigens für derartige Funde freigeräumte kleine Blechkiste zu legen.

Er sah seinen Hund an, der neben ihm im Gras vor sich hin dämmerte.

»Schon seltsam, oder? Da fahren wir zwei an so vielen Gegenden vorbei, sehen und treffen so viele Menschen. Und wir wissen nichts von ihnen. Mit welchen Wünschen sie nachts einschlafen. Ob sie arm und verzweifelt sind, oder verliebt. Ob die Ernte dieses Jahr schlecht war, ein Freund im Krankenhaus liegt oder sie sich mit ihren Nachbarn auf ein großes Fest vorbereiten. Ob die ihre Kinder schlagen oder die Frauen. Ob die ihre Männer betrügen. Ob sie einsam sind.«

Die Luft war diesig und selbst jetzt, mitten am Tag, seltsam schal und dunkel. Wenn es je ein trübes, mattes Licht gab, das am liebsten gar nicht existieren wollte, so verschwendete es sich an diesem Nachmittag am Himmel über dem Mann und seinem Hund, einen Tag bevor ihr gemeinsamer Weg zu Ende war.

SCHOKOLADE

Fehleisen und Rickel strichen nervös um Konstantys Stiefel herum. Er hielt die beiden weißen Schäferhunde an kurzer Leine und überprüfte dabei die Makellosigkeit seiner Zähne in dem dunklen Spiegel eines der Fabrikfenster. Dann steckte er sich eine Zigarette in den Mundwinkel und fuhr sich mit der freien Hand über die glatt rasierten Wangen. Er reckte den Hals und betrachtete die mit dicker Litze eingerahmten Zahlen des Kragenspiegels.

»Findest du den Fummel nicht etwas übertrieben?«

Walter Schwencke stand, die Hände in seiner Anzughose vergraben, die schlaksigen Arme aufgrund der Kälte eng an den Körper gepresst, hinter ihm auf dem Bürgersteig und sah die Straße hinab.

»Nicht im Geringsten. Bis vor Kurzem waren mir Uniformen völlig schnuppe.« Konstanty wandte sich seinem Freund zu. »Aber schau dir das an. Der schwarze Binder, die schwarze Kappe mit dem Totenkopf und der Kokarde, schwarze Reithose. Glänzende Reitstiefel und das Koppelzeug. Das macht schon was her.«

Alle paar Sekunden blickte Konstanty auf seine Uhr und anschließend skeptisch auf die Wolkendecke. Der Novemberwind nahm zu, schon bald würden die ersten Tropfen fallen, und dann wäre seine Aufmachung binnen Minuten nur noch halb so eindrucksvoll. Er leckte seine aneinandergelegten Finger und strich zwei ausgescherte, widerspenstige Haarsträhnen an seiner Schläfe glatt.

»Hör mal, Konstanty« – Walter kratzte sich an einer Augenbraue – »ich weiß ja, weswegen wir hier sind, aber so langsam muss dieses Wettrennen wirklich zu einem Ende kommen. Meine Werbeaktionen greifen noch nicht so wirklich. Vielleicht war ich da ein bisschen zu großzügig und optimistisch. Und die Krise hat die Firma ganz schön mitgenommen. Die zusätzlichen Kosten dieses Rennens machen uns richtig zu schaffen. Obendrein hat mein Alter jetzt auch noch Herzprobleme.«

Konstanty legte seinen Kopf auf halb acht.

»Was redest du da? Deine modernen Reklameaktionen sind für unsere Sache vollkommen uninteressant. Und egal, wie Specks Fahrt ausgeht, einen Teil des Geldes wirst du behalten, und der Name eurer Fabrik wird in jeder Zeitung stehen, von Kiel bis Buenos Aires. Dann produziert ihr flüssiges Gold. Die Reise taucht jetzt schon überall auf, weißt du doch.«

»Jaja, natürlich. Aber eben nur seine Reise. Von Schall & Schwencke kaum ein Wort.«

»Außerdem bist du ja selbst schuld. Du hast die Fortführung des Wettbewerbs gutgeheißen. Ich sehe dich nach deiner Rückkehr aus Zypern noch glühen vor Begeisterung, was für einen entschlossenen Blick dieser Speck gehabt hat.«

Walter strich sich sichtlich unwohl über seine Stirn.

»Die Familie von diesem May hat angedroht, unsere Firma zu verklagen.«

»Ph«, Konstanty zuckte mit den Schultern.

»Und deinem werten Herrn Vater musste ich zusichern, dass *er* die zusätzlichen fünftausend Reichsmark erhält. Er sagt, sonst würde er uns ebenfalls vor den Kadi zerren. Kannst du nicht noch einmal mit ihm sprechen?«

»Du kennst ihn ja«, murmelte Konstanty und sah auf seine Armbanduhr.

14.54 Uhr. Er hatte seinen Vater für kurz vor drei bestellt, und da dieser in seinem Leben noch nicht eine Sekunde zu spät gekommen war, bog er auch jetzt um die Ecke in die Lagerstraße, wie immer in einen feinen Anzug gehüllt, eine halbe Nummer zu groß, um die außer Form geratene Figur zu verdecken, in der Rechten eine Aktentasche.

Konstanty griff seinem Freund mit beiden Händen an den Kragen und rückte ihn gerade.

»Das wird alles gut ausgehen. Jetzt reiß dich zusammen. Du kennst dein Stichwort?«

Walter nickte träge.

Als Gernot von Stäblein seinen Sohn erreicht hatte, schmatzte er einmal knapp.

»Also? Was soll das?«

»Wart's ab, du wirst zufrieden sein.«

»Worüber? Dass wir deinetwegen weiterhin viel Geld verlieren?«

Sein Blick verminte das Gebiet zwischen ihm und Walter Schwencke, der gezwungen lächelte.

»Wenn du auf die Schulden des Kommunisten anspielst«, sagte Konstanty und ließ seine Stimmlage in ein besonders feines Falsett aufsteigen, »der liebe Walter hat mir gerade eben noch einmal versichert, dass das Geld in trockenen Tüchern ist. Aber es kommt noch besser, es wird noch einen Schnaps obendrauf geben.«

Gernot von Stäbleins Schuhe knirschten.

»Also, der Speck«, schaltete sich Walter vorsichtig ein, »unser Faltbootfahrer, ist auf dem Weg in den Persischen Golf. Das mit der Konkurrenz hat sich gewissermaßen von alleine erledigt. Wir müssen nur noch den besten Zeitpunkt für das große Finale der Rekordfahrt bestimmen. Sogar mein Vater ist über den Werbeeffekt ganz aus dem Häuschen.«

»Was ist das überhaupt für ein Brimborium? Hast du die SS-Klamotten geklaut? Und die Köter?«, schnarrte von Stäblein und schob mit dem Bein eines der Tiere beiseite.

»Vater, ich bin seit Monaten Mitglied der Partei und vor ein paar

Wochen der 4. SS-Standarte Schleswig-Holstein beigetreten. Da darf man sich bei der Firma Boss so einen eleganten Zwirn bestellen. Die Kosten dafür muss man selber berappen, aber schau mal.« Er knöpfte seine Uniform auf, wölbte den Innenteil hervor und deutete auf eine Schutzmarke. »Hier steht's: SS-Dienstrock, Hersteller und Mitgliedsnummer des Trägers, NSDAP-Reichszeugmeisterei-Nummer, alles da. Und meine beiden Hübschen hier sind keine Köter, sondern weiße Deutsche Schäferhunde. Jemand mit Geschmack sieht das. Weißt du, wie ich sie genannt habe?«

»Oh, lähmende Spannung, wie denn?«

Konstanty deutete auf das Backsteingebäude hinter ihnen.

»Wir stehen vor der Schokoladenfabrik Holsatia, Ottensens stolzer Hersteller der besten Süßigkeiten Deutschlands. Und bevor sich die Firma umbenannt hat, hieß sie Fehleisen und Rickel.«

Die Hunde hoben ruckartig synchron ihre Köpfe.

»Du hast die Tölen nach einer Schokoladenfabrik benannt?«

»Exakt. In weiser Voraussicht der Bedeutung, die dieser Name bald haben wird.« Er stellte sich auf die Zehenspitzen. »Ah, da kommt ja auch schon Hans.«

Gernot von Stäblein blickte ungläubig auf den auf sie zueilenden Mann.

»Seit wann duzt du Tschammer?«

Über ihnen donnerte es.

Die vier Männer gelangten durch eine Einfahrt in den Hinterhof der Fabrik. Konstanty läutete, ohne hinzusehen und als handelte es sich um sein eigenes Unternehmen, eine schrill ertönende Klingel neben einer Werkstür und band, während er weitersprach, Fehleisen und Rickel an einer Regenrinne fest.

»Dieser Ort hat Historie. Der glorreiche Verein Schwarz-Weiß-Rot unterhielt hier ein Waffenlager, das schon vor zehn Jahren zum Dienst an unserer Sache genutzt wurde. Das allein wäre natürlich noch keine Begehung wert.«

»Da sind wir uns wohl einig«, sagte Gernot von Stäblein, der sich verdrießlich von der Fabriktür abwandte, hinter der dumpfer Lärm zu hören war.

»Gernot, nu mach mal nicht so ein Gesicht«, maulte Tschammer ironisch. »Dein Sohn ist gerade dabei, sich in die große Politik einzuschalten. Wir sprechen hier von einer steilen Karriere. Der kann – das hat er wohl von dir – die Leute für sich gewinnen. Mensch, der Junge hat Charisma, das musst du ihm zugestehen, ob du willst oder nicht. Und gebildet ist er obendrein. So, Konstanty, mir werden langsam die Pfoten kalt.«

Wie auf Befehl öffnete ein Mann die Tür, Konstanty nickte ihm zu und wies seine Begleiter an, ihm zu folgen. Sie liefen durch das Getöse der Fabrikhalle, in der Arbeiter in Blaumännern Waren von einem Fließband nahmen, und gelangten in einen kleineren Raum, in dem sich Pakete stapelten. Eines davon stand halb geöffnet auf einem Tisch in der Mitte des Zimmers. Konstanty schloss die Tür, um seine Stimme nicht unnötig anheben zu müssen.

»Ich habe euch drei hierherbestellt«, begann er und genoss jedes Wort, »weil ihr bei der Geburtsstunde dieses außergewöhnlichen Rekordereignisses dabei wart, an jenem Nachmittag bei uns im Wohnzimmer. Vater, ich bin dir zu Dank verpflichtet. Und, Hans, du bist ein Meister, wenn es um die großen Geschichten unserer Zeit geht. Da hast du wirklich den richtigen Riecher.«

»Nun mal langsam«, wehrte Tschammer halbherzig ab, »du verdienst hier das Lob. Dein Sohn, Gernot, ist schon ein ausgekochter Lümmel. Ich hatte ihm eine Stelle im Fachausschuss besorgt, doch was macht der Mann? Denkt sich diese wahnsinnige Wettfahrt aus. Ich musste sie nur noch aus der Taufe heben.«

Walter sah verstohlen Konstanty an, der bei Tschammers Bericht keine Miene verzog, ihm stattdessen ungerührt weiter zuhörte.

»Und jetzt will dieser Teufelskerl Oskar Speck bis hinter Indien fahren. Das ist natürlich ausgemachter Blödsinn. Das hat übrigens auch Joseph gesagt. Er meint, bis nach Arabien, das klingt nach

Tausendundeine Nacht, wunderbar, aber er will den Mann spätestens zu Hitlers Geburtstag Unter den Linden sehen, mit Lorbeer und Girlanden.«

Konstanty kam Gernot von Stäblein zuvor, der bereits den Mund geöffnet hatte.

»Einen Moment, Vater. Hans hat mir die frohe Kunde von Joseph ...«, er zögerte, »... also von Doktor Goebbels schon letzte Woche überbracht. Ich habe mir bereits Gedanken gemacht, wie wir unseren Oskar zurückholen.«

»Der Reichspropagandaleiter«, erklärte von Tschammer und Osten, »hat vorgeschlagen, wir sollten diesen Speck mit etwas Schokolade locken. Ich finde das gar nicht so abwegig. Gute, deutsche Schokolade.«

»Und da, lieber Vater, komme ich wieder ins Spiel. Zwar verfüge ich über kein so immenses Netz an Kontakten wie du, aber ich bin gerade dabei, mir mein eigenes aufzubauen. Zufällig kenne ich den Neffen des Schokoladenfabrikanten. Erst dachte ich mir: Na, was kann der mir schon nützen? Wir können ja einfach Schokolade kaufen. Aber dann hatte ich eine famose Idee, die dem Spektakel um unseren heldenhaften Heimkehrer die Krone aufsetzen wird.«

»Du hast uns in dieses Lager bestellt, um uns zu sagen, dass du jemanden kennst, der Schokolade herstellt?«

Gernot von Stäblein, der sich nach der Erwähnung Joseph Goebbels' in Zurückhaltung geübt hatte, wies mit seinem kleinen Finger auf seinen Sohn.

»Quatsch. Vater! Ich habe natürlich einen grandiosen Plan: Speck selbst hat Walter per Telegramm mitgeteilt, dass er bis Bandar Abbas fahren wird und dann gedenkt, eine Pause einzulegen, um Geld zu verdienen. Dorthin entsenden wir einen Vertrauten und geben diesem gleich noch einen Präsentkorb mit. Lebensmittel, einen Tropenhelm, ein Segel mit Hakenkreuz, na, ein schönes Sammelsurium eben. Und dann wird die größte Abenteuerfahrt der Geschichte von einer Fotografie mit Symbolcharakter gekrönt.

Heutzutage muss man alles festhalten, Vater, sonst hat es nicht stattgefunden. Deswegen habe ich dich gebeten, hierher mitzukommen. Du kennst doch diesen Schulte, den Fotografen, von dem du immer erzählst, der andauernd geschäftlich in der Gegend zu tun hat. Der muss unser Bote, unser Pheidippides, werden. Nur sollte er bei seiner Ankunft natürlich besser nicht tot zusammenbrechen. Er wird Oskar Speck das Paket von uns überreichen und ihm die Heimkehr, die Parade und das Treffen mit Adolf Hitler persönlich schmackhaft machen. Sag Schulte, er wird Teil eines historischen Ereignisses sein! Und das wichtigste Objekt unserer Sendung wird Oskar Speck in die Kamera halten und später erneut, wenn wir ihn in Berlin der Öffentlichkeit präsentieren.«

Konstanty griff in das Paket auf dem Tisch und zog, so langsam er konnte, ein in Gold-, Rot- und Brauntönen gehaltenes glänzendes Etwas hervor. Es war eine in buntes Silberpapier eingewickelte Büste Adolf Hitlers. Die erstaunlich originalgetreue Abbildung des Führers thronte zwischen den Männern auf Konstantys Handfläche.

Gernot von Stäblein sah abwartend Tschammer an, dessen Augen sich verengten.

»Ein Meisterwerk«, seufzte Konstanty. »Die Mitarbeiter hier arbeiten unter strengster Geheimhaltung. Niemand darf davon wissen. Ich wollte unser Treffen abwarten, aber schon in einer halben Stunde kann ich per Kurier ein paar Exemplare Herrn Doktor Goebbels zukommen lassen.«

»Du Tor«, rüffelte ihn Gernot von Stäblein schnaufend, »weißt du, wie heiß es in Süd-Vorderasien ist?« Er hob die Hände. »Nichts gegen Doktor Goebbels' Vorschlag, aber Schokolade, egal in welcher Form und egal in welcher Jahreszeit, dorthin zu schicken ist doch blanker Unsinn.«

Konstanty lächelte mitleidig und nickte in Richtung seines Freundes.

»Walter.«

»Keine Sorge, Herr von Stäblein. Schall & Schwencke wird an dieser Stelle, neben der gesicherten finanziellen Unterstützung, mit modernsten Hilfsmitteln arbeiten. Wir haben gerade einen erstaunlichen Kühlkoffer der Firma Pepsi getestet, der uns aus Amerika zugesandt wurde. Eine sogenannte Eisbrust mit Abflussschale. Darin wird nichts schmelzen, so viel ist sicher.«

Tschammer nahm die Hitlerbüste an sich. Da er aus dem Weltkrieg eine gelähmte rechte Hand davongetragen hatte, benötigte er beide Hände, um sie zu wenden und zu drehen. Mit äußerster Behutsamkeit befreite er sie von dem Stanniol, ganz so als wolle er dem Staatsoberhaupt dabei nicht wehtun, und besah sich anschließend die Struktur der essbaren Figur. Den fein in die Schokolade gekerbten Scheitel und den mit einem kaum spürbaren Wulst unter der Nase geformten Schnurrbart. Er wurde ernst, schüttelte den Kopf.

»Nein«, flüsterte er tonlos. »Nein, das hätte ich nicht gedacht. Das ist gut. Das ist unglaublich gut. Joseph wird begeistert sein. Ich kann es mir nicht anders vorstellen.«

Er gab Konstanty einen Klaps auf die Backe und griente.

»Wenn das klappt, verspreche ich euch dreien bei der Parade einen Platz direkt neben dem Führer, Joseph und mir.«

Hans von Tschammer und Osten strahlte Gernot von Stäblein an, hielt Hitler anerkennend unter die Zimmerlampe, führte ihn langsam zu seinem offenen Mund und brach dann dem Führer genüsslich mit seinen Zähnen das Genick.

ADIEU

Gero Nadelreich war nur noch ein Punkt.
 Gili war die Handtasche, in der sich ihr Bargeld, ihr gesamtes verbliebenes Erbe befand, vom Arm und auf das Deck gerutscht. Dann hatte jemand versehentlich dagegengetreten. Und als sie zwischen den Füßen der Umstehenden nach dem Henkel der Tasche gefahndet, ihn schließlich gepackt, das Geld in einer Ecke nachgezählt hatte und wieder zurück ans Schanzkleid geeilt war, war ihr Onkel nur noch ein Getreidekorn unter vielen anderen am Hafen von Triest verstreuten Körnern.

Gili hielt sich an der Reling fest, und ihr war, als würde jemand Türen und Fenster zu ihrem Körper öffnen. Das Atmen fiel ihr schwer, so rasch füllte sich ihre Lunge mit Luft. Der Sauerstoffgehalt hier auf dem Meer war so viel höher als an Land. Ihr Brustkorb platzte förmlich. Sie freute sich, dass sie ihren Koffer, ihr einziges Gepäckstück, mit der Urania statt mit weiteren Röcken und Hemden mit Hohlsaum aus Bambergseide gefüllt und zwei Extrafarbbänder statt drei zusätzliche Paar Socken mitgenommen hatte. An ihrem zukünftigen Wohnort, so hatte Gero Nadelreich gemutmaßt, werde es wohl keine Farbbänder geben.

Ihr Vater kam ihr in den Sinn. Stünde er jetzt neben ihr, würden sie sich vermutlich zusammen eine Maschine ausdenken, die den Körper vor dem Hyperventilieren bewahrt. Ihre Mutter, mit Bleistift und Block bewaffnet, das Haar wild und ungekämmt in alle

Richtungen ausbrechend, würde mit einem zufriedenen Ausdruck die fantasievollsten Passagen der Spinnereien von Mann und Tochter festhalten.

Sie sah auf das Unterdeck, ließ den Blick über die nur spärlich besetzten Sonnenstühle gleiten. Die *Victoria* lag schwer im Wasser. Gili stellte sich die tief unter ihr in der See wühlende riesige Schiffsschraube vor, wie sie sich abmühte, alle Passagiere des Schiffes schnellstmöglich weit weg zu bringen.

Neben ihr stand ein elegant gekleideter Asiate. Unter dem weißen Anzug erkannte sie eine braun gemusterte Weste, seine Schuhe glänzten. Dann fiel ihr auf, dass der Mann sie mit kummervoller Miene ansah. In einem feinen Strahl blies er den Rauch eines inhalierten Zigarettenzugs zur Seite.

»Haben Sie eine für mich?«, fragte Gili, als sie ihn bemerkte.
»A cigarette?«

Überrascht kramte der Mann in einer seiner Anzugtaschen nach der Packung. Als er ihr Feuer gab – es brauchte im Fahrtwind drei Versuche –, bemerkte sie seinen staunenden Blick.

»Komisch, was? So ein junges Ding wie ich, alleine auf so einem Schiff. Und dann qualmt die auch noch.«

Der Asiate machte ein interessiertes Gesicht. Gili konnte nicht erkennen, ob er sie verstand. Sie lehnte sich mit den Armen auf die Reling und sah aufs Meer hinaus, auf die in der Ferne verschwindende italienische Stadt.

»Ich rauch schon seit zwei Jahren, aber natürlich nicht in Gegenwart von Bertha und Gero. Meine Tante hätte mir die Zichten nur weggeschmaucht und mein Onkel einen Herzinfarkt bekommen. *Was das kostet, Mädchen*«, äffte sie ihn nach.

Der Asiate beugte sich mit rätselnder Miene zur Seite, hatte das Gesagte offensichtlich weder akustisch noch inhaltlich erfasst.

Eine Weile standen sie schweigend und rauchend nebeneinander.

»Sie kennen nicht zufällig eine Elisabeth Schwolla, ansässig in

Jakarta, Indonesien?«, fragte sie plötzlich, und als er nicht zu verstehen schien, dringender: »Schwolla, Elisabeth Schwolla?«

Der Asiate schüttelte den Kopf, und Gilis makelloses Lächeln ließ ihre mächtigen Schneidezähne erscheinen.

»Sie verstehen die ganze Zeit, was ich sage, und machen sich einen Spaß daraus, was?«

Der Mann hob die Brauen, als wollte er ihr mitteilen: »Nun ja, da könnte was dran sein.«

»Ich hoffe ...«, Gili sah verdrießlich die Zigarette an. »Mein lieber Mann, kräftiges Kraut haben Sie da. Ich hoffe, im asiatischen Raum weiß man schreibende Frauen mehr zu schätzen als in Deutschland. Mein Onkel hat sich die Lippen fusselig geredet, um ein paar Leute zu überzeugen, dass ich Talent habe. Aber da hieß es immer: Die ist ja noch grün hinter den Ohren, keine gescheite Ausbildung, wir haben hier zehn Männer, die den Posten besetzen können. Wissen Sie, was, ich bin ganz froh, dass es so gekommen ist. Jetzt fahre ich zu Elisabeth Schwolla ...« Sie stockte. »Els, um Gottes willen, Onkel und Tante haben mir eingetrichtert, ich solle sie ja Els nennen. Ich fahre also zu Els, und dann schauen wir mal. Ist nicht ganz das Abenteuer, was ich mir mal für mich ausgemalt habe, aber man nimmt, was man kriegen kann, oder?«

Sie suchte nach etwas, woran sie die Zigarette ausdrücken konnte, und der Asiate fummelte eine kleine silberne Dose aus seiner Westentasche hervor und klappte den mit einem Scharnier in der Mitte unterteilten Deckel auf.

»Meine Güte, Sie sind ausgerüstet. Au-pair, jetzt fällt mir der Begriff wieder ein. Au-pair soll ich dort sein. Bei Els.«

Über ihnen dröhnte das Schiffshorn, und beide erschraken und lachten.

»So wild drauf, diese Quer- oder Großtante, oder wie man so jemanden nennt, kennenzulernen, bin ich gar nicht. Ich würde viel lieber an einem der Häfen aussteigen und mich umsehen, was erleben.«

Sie wandte dem Meer den Rücken zu und lehnte sich, abgestützt auf ihre Ellenbogen, auf das Geländer.

»Port Said, Bombay, Colombo, Singapur – das sind Städtenamen! Die kann man geradezu schmecken, finden Sie nicht? Da denkt man doch gleich an Gewürze, bunte Gassen, fabelhafte Sonnenuntergänge. Els treibt wohl Handel da unten. Eine Geschäftsfrau ist das, hat Onkel Gero gesagt. Und *Au-pair* klingt französisch, das macht doch was her. Vielleicht bringt mir Tante Els ja bei, wie man Geschäfte tätigt? Dann verhandle ich am Hafen mit Zulieferern, fahre zu Lagerhallen und anschließend ins Büro mit Blick auf einen Palmengarten. Sind Sie schon viel rumgekommen? Oder reden Sie da nicht so gern drüber?«

Die Sonne erschien hinter einem der Schornsteine, und Gili kniff ein Auge zu.

»Utara«, sagte der Asiate und beugte sich ein wenig steif vornüber. »Don't speak much German, sorry, but I understand a little. Little bit.«

»Na schön. Wir werden uns in den nächsten drei Wochen wohl des Öfteren treffen. Wenn Sie meinen Englischwortschatz aufstocken, bringe ich Ihr Deutsch auf Vordermann. Was sagen Sie?«

Utara sah sie freundlich an.

»Wo wollen Sie hin? Where you ...?«

»Indonesia. Bandung.«

»Dann werden es wohl eher *vier* gemeinsame Wochen. Vermutlich nehmen wir dasselbe Schiff in Singapur. Darf ich fragen, was Sie dort beruflich machen? Work?«

»I'm the chief editor of an English paper«, sagte Utara, und nun hörte Gili deutlich seinen asiatischen Akzent.

»Da bin ich ja ein Glückskind. Jetzt muss ich Sie nur noch überzeugen, dass ich schreiben kann. Denn schreiben würde ich am liebsten. Viel lieber als ein Geschäft führen.«

Skepsis lag in Utaras Miene.

»Not a very good paper. Not important.«

»Na, Sie sind ja selbstbewusst. I am übrigens Gili Baum.«

Utara hatte kurze schwarze Haare auf dem Handrücken. Bei der offiziellen Begrüßung spürte sie, wie weich seine Haut war.

Dem traue ich nicht weiter, als ich ihn werfen kann.

Sie hielt ihre Tasche noch etwas fester. Das Geld darin vermittelte ihr ein gutes Gefühl und machte sie zugleich nervös, es beruhigte und beunruhigte sie im selben Maße. Sie stellte sich vor, wie Utara es ihr nachts entwendete, wie er sich anschlich und es in eine seiner vielen Jacketttaschen stopfte.

Utara lächelte.

DAS FÜNFTE GESPRÄCH

Mit dem Schwung der aufgehenden Tür brach es aus ihr hervor.

»Ich habe brillante Neuigkeiten für Sie.«

Zwei Finger an die Nasenwurzel drückend, lag er im Bett, die Augen geschlossen, knurrte leise.

Sie blieb im Türrahmen stehen.

»Na prima. Und ich hatte schon befürchtet, dass Sie sich nicht freuen würden.«

»Freuen würde mich eine Ladung Chinin von der Größe eines Backsteins. Diese Kopfschmerzen bringen mich noch um. Die Schwester spricht nur Boso Suroboyoan. Ich habe hier noch keinen …«

Der Rest des Satzes war Schlurren und Stöhnen.

»Haben die Ihnen was gegeben?« Sie bemerkte die Kisten und Taschen, die neben seinem Bett standen. »Oh, Ihre Sachen sind gekommen.«

»Jabisaufmeinboot.«

Ihre Schultern sanken. Ein Hundeblick.

»Es tut mir so leid. Ist wirklich eine Gemeinheit, dass die Holländer es vernichtet haben. Was ist mit diesem Hersteller, Pionier, könnten Sie die nicht fragen, ob sie Ihnen ein neues schicken?«

Er schluckte, schien nur schwer Luft zu bekommen.

»Die Pionier-Werft ist vor Monaten abgebrannt. Ein Mann von

der Versicherung hat mir geschrieben. Ich hatte bereits vor einiger Zeit wegen neuer Stabtaschen und Querspanten angefragt.«

»Dann treiben wir eben ein anderes auf.«

Erheitert atmete Oskar durch die Nase aus.

»Hier gibt es weit und breit keine Faltboote, nichts dergleichen. Vielleicht besser so.«

Sie blickte enttäuscht auf die Taschen.

»Haben Sie schon nachgesehen, ob noch alles da ist?«

Mühsam reckte er sich, schielte auf das Gepäck, nickte und nahm wieder seine ursprüngliche Position ein.

»Eigentlich wollte ich Sie zu einem Spaziergang einladen. Ich habe die Erlaubnis, Sie für eine Stunde zu entführen.«

Als eine Reaktion ausblieb, trat sie vorsichtig an das Ende des Bettes.

»Wir können das auch auf morgen verschieben. Sie sollten allerdings wissen, dass die *Berliner Illustrirte Zeitung* statt nur eines Artikels jetzt zwei abdrucken möchte, in zwei aufeinanderfolgenden Wochen, und mit etwas Glück bekommen wir auch noch einen Beitrag im *Lokalanzeiger*.« Sie wartete, verscheuchte mit ihrer Kladde eine Fliege von ihrem Gesicht. »Die *Illustrirte* möchte schon bald die ersten Ergebnisse sehen. Eigentlich müssten wir weiterarbeiten.«

Er rieb sich die Stirn und zeigte blind auf einen seiner Messingkanister.

»Da, der erste dort, öffnen Sie ihn und suchen Sie nach einem dunkelbraunen Karton. Darin befinden sich meine Aufzeichnungen. Können Sie ruhig lesen. Nehmen Sie sich etwas aus den Jahren 1933 bis 35 heraus. Wo wir stehen geblieben waren. Fotos müssten Sie dort auch finden.«

Müde verfolgte er ihre Suche, sah ihre Beine, ihren Po, den beim Bücken darüber gespannten Rock. Ihm wurde warm, er versuchte sich zu konzentrieren.

»Achten Sie auf die Eintragungen aus Belutschistan. Sir Norman Carter. Porbandar.«

In dem verwaisten, weitläufigen Innenhof der Psychiatrie setzte sie sich mit seiner Kiste auf eine Bank unter einen Rosenapfelbaum, dessen Äste die Sonne abwehrten, die an der höchsten Stelle des Himmels angekommen war. Längliche Blätter des Baumes bedeckten um sie herum den hellbraunen Kies, dazwischen der dunkle Matsch einiger heruntergefallener Rosenäpfel.

Die Unterlagen sahen vergilbt und mitgenommen aus. Sandkörner rieselten aus der Bindung der Bücher und Hefte. Sie roch Salzwasser und abgestandene Luft. Ein kleines Insekt krabbelte aus den Seiten. Das Gros des Materials war ordentlich sortiert und unterlag einer gewissen Chronologie, wie sie bei einer ersten Durchsicht feststellte. Sie fand einen ihm gewidmeten, ausgeschnittenen Artikel des *Völkischen Beobachters* vom Dezember 1934 und einen getippten Polizeibericht der Stadt Khambhat, in dem das Wort »Spy« dreifach unterstrichen auftauchte und an dessen Fußende sie einen handschriftlichen Vermerk entdeckte:

»Wenn du stets die Wahrheit sagst, brauchst du dir nie etwas zu merken. M.T.«

Vorsichtig spähte sie in Bücher und Notizhefte, in Umschläge und Mappen. Sie sah sich im Innenhof um, bevor sie eine dicke Kladde aufschlug, auf der das Wort »Tagebuch« stand. Dann blätterte sie zu einem Datum des von ihm erwähnten Jahres 1933 und begann, an einer Stelle zu lesen, die mit Ausrufezeichen markiert war.

Wieso bloß habe ich nie schwimmen gelernt? Sie haben auf uns geschossen. Ich weiß nicht, wer oder warum. Es passierte abends. Filippos und ich trieben in der Dunkelheit dahin, als wir plötzlich ein Knallen hörten, als würde jemand weit hinter uns große Steine auf Beton werfen. Ich flüsterte Fili zu, er solle stillhalten. Aber er jaulte auf einmal, sprang an mir empor und taumelte den Bug entlang, ganz so als hätte er einen epileptischen Anfall. Dann tapsten seine Pfoten ins Nichts und er klatschte rücklings in den Euphrat.

Nach zwei weiteren Schüssen war Ruhe. Ich schlüpfte sofort ins Wasser. Nichts als schwarze Tinte, die Fußsohlen des Universums, alles, nur nicht mein getreuer Hund. Also versuchte ich es. Klemmte mit den Fingern meine Nase ab und ließ mich hinabsacken. Das Wasser war tief und furchtbar kalt, und ich glitt starr wie ein Stein hinunter, schaffte es einfach nicht, mich zu bewegen, bekam stattdessen Panik und tauchte schnell wieder auf.

Hülfe, Hülfe, so hülft mir doch.

Wie recht diese Angeber doch hatten. Ich bin zu nichts zu gebrauchen.

Der Euphrat hatte Filippos verschluckt, als hätte es ihn nie gegeben.

Ich hörte Männerstimmen, habe mich tot gestellt und gewartet.

An die anschließende Fahrt in der Nacht und an die nächsten Tage habe ich kaum eine Erinnerung.

Auf den Seiten danach folgten ein paar unzusammenhängende Passagen, belanglose Beschreibungen der Natur und einiger Bauern. Erst auf der vierten Seite nach dem Eintrag über den Überfall veränderte sich der Ton seiner Schilderungen wieder.

Nach einer furchtbaren Fahrt über den berüchtigten Chor Musa, von Hunger und Durst fast in den Wahnsinn getrieben, traf ich einen Monat später auf die ersten Perser. Ich wurde dort von den beiden Wachtpolizisten auf das Freundlichste aufgenommen und konnte mich, nach Wochen üblen Hungerleidens, an Reis mit Huhn gütlich tun. Bekam hierbei einen erschreckenden Eindruck von der Armut der dortigen Bevölkerung. Ein gerade anwesender Dorfbarbier verschlang, nachdem ich meine Mahlzeit beendet hatte, die von mir sauber abgenagten Knochen.

Sie blätterte ein paar Seiten weiter.

Besonders schlimm ist nach wie vor der Schrecken des Alleinseins und der Hilflosigkeit: ausgeliefert der sturmzerwühlten See in absoluter Finsternis. Gepeinigt vom Fieber, kämpfend mit der Müdigkeit, unfähig, auch nur einen Muskel meines Körpers zu benutzen. Ich verbringe Stunden voller Wut über mich selbst und solche der tiefsten Verzweiflung, in denen ich mein Boot, mein Abenteuer, meine Situation und mein ganzes Leben verfluche. Wieder habe ich nach der zwölften oder dreizehnten Stunde auf dem Wasser Kreuze gesehen.
Lebe stumm und allein. In meiner eigenen, abgeschotteten Welt.

Beim Umblättern entdeckte sie ein paar Fotos von Sturm- und Seeschwalben, Aufnahmen von Küstenabschnitten und mächtigen Felsen, die zwischen die Seiten gesteckt waren. Sie fragte sich, ob die Holländer vor der Auslieferung des Gepäcks alles durchgesehen hatten. Manche der Fotos waren verwackelt, auf anderen waren bestimmte Stellen mit Kreuzen und Kreisen markiert.

Langsam sondierte sie die Aufzeichnungen, bis sie ganz hinten auf zwei Fotos stieß, die offensichtlich nicht auf der Reise geschossen wurden. Sie besah sich das erste, auf dem ein Mann und eine Frau – Specks Eltern, wie sie vermutete – hintereinanderstehend, die Hände auf das Endstück eines römischen Geländers gelegt, in die Kamera schauten, als beäugten sie ein Pendel, das gerade von einem Hypnotiseur einen leichten Stoß versetzt bekommen hatte.

Manche Menschen, dachte sie, *können mit einem einzigen Gesichtsausdruck vermitteln, wie unglücklich sie sind, wie frustriert darüber, dass sie kein Glück der Welt zu fassen bekommen, und wie sie das Glück deshalb als solches verachten.* Die zwei Personen auf dem Bild vor ihr, so befand sie, gaben dabei ein ganzes unwohles Leben preis.

Etwas länger betrachtete sie das zweite Foto, auf dessen Rückseite jemand dick »K und ich bei Cuxhaven« und darunter »nicht gekentert, nicht aufgegeben« gekritzelt hatte. Es war an einem Strand aufgenommen und zeigte den Mann, den sie die letzten Tage hier in der Psychiatrie besucht und befragt hatte, als Jungen von vielleicht elf oder zwölf Jahren. Ein Paddel aufrecht in seiner rechten Hand haltend, stand er neben einem kräftigen, untersetzten und ungefähr gleichaltrigen Kerl, der einen ungemein selbstsicheren Eindruck vermittelte und Haare wie Besenborsten hatte, von denen ihm eine Strähne in die Stirn hing. Hinter ihnen lag ein Zweisitzer-Kajak, das schräg auf dem nassen Sand platziert war, damit es, wie sie annahm, ganz auf das Bild passte. Kerzengerade standen die Jungen Seite an Seite, mit dem rührenden Ernst ehrlicher Erschöpfung auf ihren Gesichtern. Auch sie schauten beide direkt in die Kamera und hielten sich verschworen an den Händen, wie es nur zwei können, die gar nicht wissen, wie sehr sie sich lieben.

Sie musste schlucken, so eingenommen war sie von der Intimität dieses vergangenen Moments. Sie beschloss, alles Weitere am nächsten Tag mit ihm selbst zu besprechen, und verstaute das Tagebuch in ihrer Tasche, um es später auf ihrem Zimmer im Klub in Ruhe zu lesen. Als sie die Kladde mit den restlichen Dokumenten zurück in den großen Karton legte, fiel ihr ein verschnürtes Bündel auf, das sie in der Kiste übersehen hatte. Sie öffnete die Schnur und blätterte durch Briefumschläge, je einer von Seppel und Heinrich, zwei von Elli Speck. Dazu ein paar Zeilen auf einer Karte der Mutter: Wieso er nicht wiederkomme? Mit Deutschland gehe es bergauf. Dahinter fand sie ein paar offizielle Sendungen der Altonaer Kreditbank sowie ein weiteres, dünneres Postbündel, das mit einer Paketschnur zusammengebunden war.

Sie blickte über ihre Schulter, hinauf zu dem zum Hof hin offenen Gang im ersten Stock, der zu seinem Zimmer führte. Dann holte sie tief Luft und schnürte auch dieses Paket auf.

Alle Briefe waren an ein und dieselbe Person adressiert.

Sie fahndete nach Datumsangaben und zog schließlich eines der Schriftstücke aus seinem Umschlag.

SCHRBEN

Jask.
Golf von Oman. 25. VIII. 34

Karol,
mir geht es absolut nicht mehr gut. Habe alle Augenblicke entsetzliche Fieberanfaelle. Esse immer Chinin, aber auch damit muss man aufhoeren, wenn der Schaedel zu sehr brummt. 47 Grad im Schatten. Die Lufft ist zum Schneiden. Ich schlafe nachts nackt auf dem Dach einer Pension. Nenne dort eine Bastmatratze und ein Moscitonetz mein eigen.

Die Beamten hier (gibt nur Polizei, Bank, Post) arbeiten alle in noetigster Unterwaesche, 4-5 Std, langer haelt e s niemant aus.

Habe 9 Kilo abgenommen. Immer Fieber. Tippe dir dies im dem Britischen Konsulat.

Weisst du, was ich am meisten vermisse? Wie du mich zum Lachen bringst. Habe das gemerkt, als ich vor einigen Monaten einen Landsmann traf. Einen Fotografen. ausgerechnet aus Hamburg, she r unsympathisch. Nachts traeume ich von Kartoffelbrei.

Gibt nicht viel gutes zu berichten. Ein deutscher Militararzt sagte mir, ich haette Malaria. Wechselfieber! Verabreichte mir etwas mit rostiger Injektionsspritze. Weisst du, w as er gesagt hat? »Die Anopheles-Muecke hat schon ein paar deutsche Kaiser auf ihrem Gewissen, die macht auch vor Uebermuetigen wie Ihnen keinen Halt.« Er riet mir immer eine Zwiebel bei mir zu haben, um mit dem Vitamin C Skorbut zu vermedin. Er sagte, in dieser Verfassung wuerde ich es nicht mal bis ins naechste Dorf schaffen, geschweige denn nach Ceylon. Soll er sehen.

Klima im Golf furchtbar. Delirium, staendiger Durst.
Von Fao nach Bushir haette ich unter normalen Umstaenden 8 Tage benoetigt, infolge schweren Seegangs brauchte ich 35!
Aus meinem Zelt wurden mehrere silberne Pengoemuenzen geklaut, die ich aus Ungarn aufgehoben hatte, sowie mein Fuellfederhalter. Disput mit persischen Beamten hat mich zudem 300 Kran gekostet.

Die Reaktion der *Sonnenschein* ist mit all dem Gepaeck und den Behaeltern erheblich schlecchter als bei einem Einer. Vom vielen Hochheben durch die Wellen und von den Stoessen mit dem Bug in Sand und Kiesel beim Landen ging mein treues Faltboot schliedsslich kaputt.
Habe bei Pionier wieddr Material bestellt. Fabelhafte Antwort! Sie wollen meine Reise in einem Prospekt erwaehnen!!! Musste also in Bandar Abbas laenger warten als geplant und habe einen Vertrag mit der Zollbehoerde ueber elektrische Arbeiten abgeschlossen. Um es kurz zu machen: Wurde reingelegt, die haben die Bedingungen nicht eingehalten, kaum Geld. Gerichtsverfahren wurde aufgeschoben, Richter drei Monate im Urlaub! Bei Rueckkehr vom Gerichtsgebaeude bin ich zusammengebrochen. Wieder schwere Malaria. War

gezwungen 4 Monate dort zu bleiben. Nichts los, nichs zu machen. Bis dieser deutsche Fotograf ankam. Schluete Schulte oder so. War sehr seltsam. Arrogant war er, hatte aber dennoch ein Geschenk fuer mich dun einen Brief. Sagte, er kaeme von Goebbels. Spinner! Seppel schreibt eubrigens nun kaum mehr, zuletzt als er sagte, meine blauen Schrben vom Euphrat waeren kein Lapislazuli. Haette mich geirrt. Heinrich schickt kein Geld mehr. Wenn es mir nicht so schlecht ginge, haette ich ihm einen geharnischten Brief geschrieben. Was weiss der schon?

Mutter findet das alles sinnlos. Wenn sie mich nur sehen koennte, Karol. Vielleicht wuerde sie dann anders darueber deknen. Aber meine Kamera ist kkaput. Am liebsten wuerde ich dich zu ihr schicken, damit du ir erzaehlen kannst, dass meine Reise Sinn macht. Das macht sie doch, oder?

Brauche auch Tinnte und Medizin und eine SChachtel Munition, da ich meine verloren habe.

Und das Essen, Karol. Seit 14 Tagen nur Datteln. Habe versucht tarpune zu fischen und die krankhafte Vorliebe der Beduinen fuer stark gesuessten Tee uebernommen, auch Opiumrauchen probiert. Wuerde dir gefallen, alter Junge. Sehr sogar

Wusstest du: Man muss sehr lange mit dem Wetter rudern, um irgendwann gegen das Wetter rudern zu koennen.

Ist dann wie ein Hochgefuehl ueber kilometertiefer Schwaerze.

H - O - C - H - G - E - F - U - E - H - L

Bisweilen kommen mir meine Gedanken auf dem Meer laecherlich vor. Ich eroerterte elementare, unloesbare Fragen der Menschheit, verfalle in ein Noergeln, frage mich nach dem Sinn meiner Unternehmung Mache mir Sorgen um meinen Kopf.

Bin sehr allein, Karol.

In meinen Gedanken spukts!

Ich weiss nicht einmal, ob dein schoener Wettbewerb noch laeuft. Ob es noch Geld gibt. Habe nichts mehr gehoert von diesem Schwencke. Und wen kann ich fragen?

Wo bist du?

Habe mich in meinen Pausen mit dem Pantheismus beschaeftigt. Er besagt, dass es keinen Gott gibt (gut, dass wusstest du schpn laenger), sondern dass er in allem ist, in der Natur, im Menschn. Habe versucht es den Leuten hier klarzumachen, alles Glaeubige hier, strenge Muslime. Blickten mich nach wenigen Saetzen fragend an. Gebe meist schnell auf, hebe meine Haende und rufe »Allah, Allah« und ernte freudiges Nicken und Zustimmung.

Morgen Aufbruch Richtung Belutschistan!

Ach, Karol …

Mein Gehirn streikt. Weiss nicht mehr viel.

Nur: Je weiter ich komme, desto weiter moechte ich!!!

Dein auch bester Freund Oskar

PS.. Dieser Fotografenheini in Bandar Abbas, der wollte, dass ich mit ihm nach Deutschland komme. Aber vielleicht habe ich das auch nur im Fiebr gehoertEr wollte mir eine Kiste geschmolzener Schokolade andrehen. Schenkte mir verzweifelt einen Helm. Und ein Segel, immerhinHab ihm gesagt, ich haette Malarai.

Da ist er weggelaufen.

Ich rief ihm hinterher, er solle mich mal zuum Lachen bringen

ERREGUNG

Ich liebe dich, Konsty. Wirklich. Dich und Oswald. Na gut, Oswald noch etwas mehr.«

Konstanty sah aus dem Fenster. London war grau und verregnet und ekelhaft. Diana gähnte.

»Ist das Leben nicht wunderschön gerade jetzt? Die Empfänge, die Dinner, die Tanzabende und Jagden.«

Die vierundzwanzigjährige blonde Engländerin stützte sich auf ihren Ellenbogen.

Konstanty lag neben ihr im Bett und rührte sich nicht.

»Formidabel«, nuschelte er.

Die Stiefel quietschten unter der Decke.

»Jetzt kann ich sie ja ausziehen«, stöhnte Diana und griff unter das Laken. »Ich habe fast deine Größe.«

Auch den Dienstrock, den sie offen über ihrer nackten Haut getragen hatte, legte sie ab, hängte ihn sorgfältig auf einen Bügel an ihrer Rollgarderobe und schlüpfte zurück zu Konstanty.

»Mach dir doch nichts draus«, flüsterte sie und strich ihm auf der Bettdecke über die Hüftgegend. Sie hatte sich ihre Augenbrauen so nachgezogen, dass es, egal aus welchem Blickwinkel, aussah, als würde sie ihr Gegenüber von oben betrachten.

»Darum geht's nicht«, sagte Konstanty kaum hörbar. »Es ist Tschammers Degradierung, die ich nicht ertragen kann. Nicht ertragen *will*.«

Er sprang aus dem Bett, schnappte sich ein Handtuch, wand es um seine Taille und trat ans Fenster. Am Eaton Square herrschte turbulenter Verkehr. Doch durch die doppelte Verglasung hörte man nicht mehr als ein Murren und Brummen.

»Wie kann ich dich nur aufheitern? Habe ich dir schon erzählt, was Unity gerade macht? Du weißt schon, meine verrückte Nazi-Schwester. Vermutlich die einzige Britin, die dem Faschismus noch mehr verfallen ist als ich, abgesehen von Oswald natürlich. Sie sagt, es wäre ihre Religion. Jedenfalls ist gestern erst wieder ein Brief von ihr aus München eingetroffen. Stell dir vor, sie hat endlich mit Hitler gesprochen, wenn auch nur kurz. Ich bewundere ihre Ausdauer. Über ein Jahr wohnt sie jetzt dort, lernt Deutsch im Mädcheninternat – fleißiger als ich übrigens –, wartet über Monate nahezu jeden Tag in der Osteria Bavaria, weil der Führer dort des Öfteren zum Mittagessen hingeht. Dann erkennt er sie, grüßt flüchtig, und jetzt hat er sie endlich an seinen Tisch gebeten. Er soll so nett sein, schreibt sie. Unglaublich charmant. Und natürlich hat er ihr Essen bezahlt.«

Auf der Straße sah Konstanty einen dieser doppelgeschossigen Busse anhalten, auf seiner Flanke eine große Cognac-Werbung. Er leckte an einem Finger und entfernte einen Fleck auf der Fensterscheibe, sprach gedankenverloren.

»Diana Mitford. Wieso pirscht Unity sich so unwürdig an den Führer heran? So wie die Dinge liegen, müsstet ihr doch längst mit Hitler den Urlaub verbringen: Deine Schwester und du, ihr stammt aus gutem Hause. Unity becirct andauernd Putzi Hanfstaengl, Hitlers Auslandspressechef. Du hast eine Affäre mit Oswald Mosley, dem Chef der British Union of Fascists. Und hat der nicht gerade bei Mussolini vorgesprochen?«

»Urlaub mit dem Führer ... Oh, wouldn't that be lovely. Aber hier in England halten sie Oswald für einen Verbrecher. Ist er natürlich nicht. Genauso wenig wie Hitler einer ist. Im Grunde wollen beide dasselbe. Ich wünschte nur, er hätte so begeisterte Anhänger wie

Adolf und würde nicht nur von diesen betrunkenen Hooligans verehrt.«

Konstanty fuhr herum, setzte sich auf die Heizung und lehnte sich ans Fenster.

»Nichts gegen die Hooligans, Liebste. Ich habe ein paar der Kerle neulich auf einer BUF-Veranstaltung kennengelernt. Die sind roh, aber korrekt. Ich würde mit ihnen nicht das Bohr'sche Atommodell besprechen, aber die stehen ihren Mann, so was kann man immer gebrauchen.«

»Ach, hätten wir doch nur längst einen Faschismus wie Deutschland. Stattdessen versinken wir in Dreck und Arbeitslosigkeit, während es bei euch und in Italien herrlich bergauf geht. Aber auf Oswald hört niemand. Noch nicht jedenfalls.«

»Schläfst du noch mit ihm?«

»Ich will ihn sogar heiraten!«

»... sprach die angehende Ehefrau zu ihrem Liebhaber.«

Sie schlug die Decke zurück und wanderte durch den Raum.

»Na und? Er betrügt mich doch auch. Macht sogar Urlaub mit anderen Frauen. Die Zeitungen sind voll davon, wie du dir vorstellen kannst. Er sagt immer: Zufallslieben sind erlaubt. Was bleibt mir anderes übrig, als es zu akzeptieren? Immerhin habe ich noch dich! Aber Oswald und ich, wir lieben uns wirklich. Liebe kann man nun mal nicht erklären.«

»Ich werde es dir erklären.« Konstanty zog einen dicken Ring mit Reichsadlerprägung auf das vordere Glied seines Zeigefingers und begann, ihn mit dem Daumen zu drehen. »Unity und du, ihr wollt euch mit den Mächtigen schmücken. Das ist alles. Ist ja auch nicht verboten. Ich glaube, du verwechselst einfach Erregung mit Liebe.«

»Es ist Erregung *und* Liebe, Darling. Wer kann sich einer so großen, starken Sache schon entziehen? Außerdem willst du dir damit doch nur selbst ein Kompliment machen. Und warte mal. Hast du mir nicht erzählt, dass du am liebsten den Posten von diesem Tschammer von Osten hättest?«

»*Von* Tschammer *und* Osten, und das ist was anderes. Das wäre nicht mehr als eine gerechte Belohnung für eine geniale Idee.«
Seinen nächsten Satz wisperte er gedankenverloren vor sich hin.
»Und Rache so süß wie Baumkuchen.«
»Ich liebe deine Stimme. Dieses Seidige.«
Konstanty besah sich müde seine Fingernägel.
»Tschammer hätte ich längst hinter mir gelassen. Stattdessen soll ich euch Engländern die Olympiade schmackhaft machen und Artikel über deutsche Sportler anbieten wie saures Bier. Ein vollkommen sinn- und aussichtsloses Unterfangen.«
»Oh, Unity und ich würden gerne neben Hitler in einem eurer schönen Stadien sitzen. Ach Konstanty, das mag ich so an dir, du bist immer ehrlich und sagst einem deine Meinung ins Gesicht. Wir sind uns da sehr ähnlich. Und gleichzeitig bist du herrlich zart. Hast du noch eine dieser Tabletten für mich?«
Der Deutsche durchsuchte seine Hose, zog das schmale Pillendöschen mit dem rot-blauen Etikett heraus und warf es ihr zu.
Sie schüttelte sich zwei kleine Pillen in die Hand, steckte sie in ihren Mund und spülte das Pervitin mit einem Schluck aus der Champagnerflasche hinunter.
»Hab ich dir je erzählt, dass Unity mit Zweitnamen Valkyrie heißt? Mein Großvater fand, etwas aus der nordischen Mythologie, das gleichzeitig an Wagner erinnert, würde fantastisch passen. Und jetzt stell dir vor, sie wurde in Kanada in einem Ort namens Swastika gezeugt. Das Schicksal weiß besser Bescheid als wir alle.«
»Hört euch die kleine Engländerin an. Dann war es wohl dieses ach so wundervolle Schicksal, das mich zum Pressewart für den deutschen Sport im Ausland gemacht hat. Oder war es doch dieser Tschammer, der mich nach London versetzt hat, um mir einen mitzugeben?«
»Oh dear, here we go again. Wann hast du mir zum ersten Mal davon erzählt? Das ist schon über ein Jahr her. Geht es immer noch um diesen Ruderer?«

Konstanty bejahte, indem er tief einatmete.

»Die Geschichte lässt dich nicht los, was? Wir Engländer sind da pragmatischer. Wenn etwas nicht klappt – und es klappt nie etwas ...« Sie strich ihre Hände gegeneinander, als würde sie sie von Mehl befreien, und klatschte anschließend einmal. »Dann sagen wir: Fuck it. Das musst du auch machen, Darling. Fuck it, forget it.«

»Ich kann nicht aufgeben, das ist eine Frage der Ehre.«

»Können dir nicht die Leute helfen, die das damals mit dir geplant haben?«

»Zündest du mir bitte eine an? Es war *mein* Plan, Diana. Mein alter Freund Walter ist inzwischen pleite, mein Vater spricht nicht mehr mit mir, obwohl *sein* dusseliger Kollege zu dumm war, Speck ein einfaches Geschenk zu übergeben. Und Tschammer wartet schön ab, bis ich vielleicht doch noch etwas aus dem Hut zaubere. Der ist nicht blöd. Ein Opportunist erster Kajüte.« Diana reichte ihm die brennende Zigarette. »Nicht mal die Hunde konnte ich mitnehmen.«

»Was ist erster Kajute?«

»Sagen wir einfach, er unterstützt nur Unternehmungen, deren einziger Nutznießer er selbst ist.«

»Opportunisten gibt es überall. Im Zuge der Olympiade wirst du dich profilieren können. Du bekommst doch sicher alle wichtigen Informationen aus Deutschland.«

Konstanty kniff die Augen zusammen, die ihm vom aufsteigenden Rauch brannten, während er aus der Gesäßtasche seiner Hose einen gefalteten Zettel holte und ihn Diana auf das Bett warf.

»Bitte schön. Siedend heiß aus der Waschküche des Sports in Berlin: Alle Sportarten, die sie 1936 auf die Bühne bringen wollen, dazu ein paar der Athleten, die bereits dafür trainieren. Qualifikationsabläufe, Zeitpläne, et cetera perge, perge. Liest sich so spannend wie die Speisekarte eurer Milk Bars.«

Diana überflog das Dokument.

»Das ist doch großartig! Bist du noch in Kontakt mit Tschammer?«

»Ich habe ihm geschrieben, dass ich unseren Ruderer zurückhole, egal, was kommt. Er antwortet knapp, aber er antwortet.«

»Wieso fährst du nicht einfach los und holst ihn?«

Konstanty blies erheitert Rauch aus.

»Ich kann hier nicht weg. Tschammer hat mich mit Arbeit zugeschüttet. Der will, dass ich mich hier *beweise*. Es ist, als würde ein Fluch auf mir liegen. Aber ich werde nicht aufgeben. Ich weiß, das ist eine Riesengeschichte, und ich werde derjenige sein, der sie groß macht.«

Dianas heitere Stimmung war einer geschäftigen gewichen.

»Wo ist dieser Speck jetzt?«

»Auf dem Weg nach Indien. Walter hatte er schon auf Zypern erzählt, dass er bis nach Ceylon will. Zu einem gewissen Hagenbeck, den er bei der Siegerehrung kennengelernt hat. Der ist in Hamburg kein Unbekannter. Tierhändler.«

»Hast du eine Ahnung, wann er dort ankommt?«

»Nein. Anscheinend ist er andauernd krank. Malaria. Das hat er zumindest dem nichtsnutzigen Fotografenfreund meines Vaters erzählt. Aber das hält ihn wohl nicht davon ab weiterzufahren. Laut meinen Berechnungen wird er irgendwann im Frühjahr oder im Sommer nächsten Jahres dort ankommen. Wenn der Idiot nicht vorher verreckt.«

»Vielleicht gibt er bald auf?«

»Der? Niemals. Dieser Irre scheint ehrgeiziger und ausdauernder zu sein als ich, und das will was heißen.«

»Wenn er so ehrgeizig ist, dann musst du ihn auch bei seinem Ehrgeiz packen.«

»Und wie soll ich das bitte anstellen – von hier aus?«

Diana holte einen cremefarbenen Damenanzug mit extra breitem Kragen und einen Glockenhut aus dem Schrank und winkte Konstanty zu.

»Na los, zieh dich an.«

»Wo gehen wir hin?«

»Hast du ein bisschen Geld übrig?«, fragte sie, und als er nicht verstand: »Für Speck!«

Er drückte seine Zigarette in einem Aschenbecher mit Biedermeierverzierung aus und schlüpfte in seine Hose.

»Mit etwas Glück kann ich was bei der Deutschen Hilfsgemeinschaft lockermachen.«

»Wonderful. Ich werde ein wenig recherchieren. Du musst Geduld haben. Wir werden Oskar Speck zurückholen.«

»Wärst du noch so nett und verrätst mir, wie?«

»Sag du's mir, du bist doch der Sportreferent.«

»Pressewart, und ich interessiere mich für Sport wie für Ausschlag an den Beinen, jetzt sag schon.«

Diana legte Lippenstift auf.

»Wusstest du, dass Hitler keinen Lippenstift mag? Unity und ich wären sonst schon beim Reichsparteitag zu ihm vorgelassen worden.«

»Diana!«

»Ich gebe dir einen Tipp: Du hast mir die Lösung zu deinem Problem gerade vorhin auf das Bett geworfen.«

»Bitte?«

»Deine Stimme ist *so* süß.«

Er holte theatralisch mit einer Hand aus.

»O.k., o.k. Das Geld brauchen wir für die Rückreise und als zusätzlichen Anreiz.« Sie nahm einen zusammengefalteten Schirm und ließ ihn ein paarmal in ihre Handfläche klatschen, um Konstanty zur Eile zu treiben. »Unser Köder wird ein kleines, vollkommen wertloses Blatt Papier sein.«

Konstanty machte seinen Hemdkragen zu.

»Kennst du das Wort degoutant? Du hast wirklich ein degoutantes Gespür für den falschen Zeitpunkt, um Rätselraten zu spielen. Wo gehen wir eigentlich hin?«

»Ich brauche jetzt einen Horse's Neck. Wir feiern heute. Stoßen auf meinen Plan an. Im Claridge's gibt es eine Gesellschaft, Lord Louis Mountbatten soll anwesend sein.«

»Ich verlasse das Haus nicht, bevor du mir nicht sagst, was du vorhast.«

»Schade, ist ein toller Plan.«

Konstanty stöhnte.

Sie machte einen Satz auf ihn zu, legte ihre Hände auf seine Wangen.

»Also gut, im Taxi.«

»Ich hasse dich.«

»Ich liebe dich.«

CARTER

Seine Hand zitterte und in ihr die Blechtasse und in der Blechtasse der Urin. Er schloss die Augen, atmete durch, öffnete sie wieder und musste aufstoßen. Oskar tastete nach seinem trockenen Mund. Ein Loch in einem der Wassertanks und eine undurchdringliche Dünung hatten dafür gesorgt, dass ihm seit ein paar Stunden schlecht war vor Durst.

Die *Sonnenschein* torkelte müde zwischen den Wellen, und er führte die Tasse langsam zum Mund. Setzte an. Er merkte, wie sich seine Lippen öffneten, spürte das kalte Blech. Er stieß erneut auf, schloss die Augen, nippte und hatte Mühe, die Flüssigkeit hinunterzuschlucken. Dann streckte er – die Augen immer noch geschlossen – seinen Arm aus und kippte das warme, gelbe Sekret in den dunklen Ozean.

Er war seit über vierzig Stunden auf dem Wasser, als an der Küste Lichter auftauchten. Die Sonne war fast verschwunden, und er hielt auf die glühenden Pünktchen zu. Während er ruderte, versuchte Oskar sich vorzustellen, wie er auf dem Rücken in einem vom Frühling eroberten englischen Garten lag, ein paar Krocketschläger lose um ihn herum im Gras verteilt. Vor seinem geistigen Auge türmten sich Tomatenpüree, feine Mettwurst und Stangenspargel auf einem Teller in seinem Schoß. Das Klappern seiner Zähne wurde zum Klacken der Krocketkugeln und die phosphoreszierende

Gischt zu Wasser, das aus einem Gartenschlauch spritzend seine Haut kühlte. In Wahrheit spürte er weder seine Arme noch seine im ewigen rechten Winkel unter ihm ausgestreckten, eiskalten Beine. Erst spät erkannte er die Lücke zwischen den Felsen, den ersehnten Strand, an dem er landen konnte.

Fast wäre ihm die *Sonnenschein* in der Brandung umgekippt, doch er drehte sie rechtzeitig, löste den Riemen von seinem Bauch, glitt ins Wasser und legte sich mit dem Oberkörper über die Mitte des Faltbootes. Er bemerkte kaum, wie zwei junge Männer in die Wellen sprangen und ihm halfen, das Boot an den Strand zu ziehen.

Die *Sonnenschein* auf ihren Schultern, liefen sie die Bucht entlang, niemand sagte ein Wort. Nur das dumpfe monotone Stampfen ihrer Schritte war zu hören, bis ihr Klang von Lauten überwuchert wurde, die Oskar nicht zuordnen konnte, ein Donner, wie von einer Decke umhüllt. Sie umrundeten einen Felsen und erreichten die angrenzende Bucht. Unvermittelt blieb Oskar stehen, um zu erfassen, was er sah.

Über Dutzenden Fackeln und Leuchtfeuern, die zwischen Johannisbrotbäumen, Öl- und Fächerpalmen errichtet worden waren, wehte eine unüberschaubare Menge Wimpel von an Pfählen gespannten Leinen im Wind. Darunter standen, sprachen, liefen, riefen, tranken und gestikulierten erwachsene Menschen und Kinder, allesamt in prächtige Kleider und bunte Farben gehüllt. Weiter hinten, am Saum des Strandes, kurz vor einem Wald, erkannte er neben einem großen Steinbau vornübergebeugte Rikschas. Er blinzelte. Holzkohledunst drang an seine Nase und vernebelte seine Sinne. Der Geruch ging von Hookahs aus, Wasserpfeifen, deren Messing-Rauchsäulen, Schläuche und Tabakköpfe vor seinen Augen zu tanzen begannen. Oskar spürte, wie seine Beine nachgaben.

Ein drahtiger, uniformierter Mann – wie lange stand er schon neben ihm? Eine Minute, fünf, neun? – stellte sich als der englische

Gouverneur Sir Norman Carter vor. Der Brite verwies auf in Kaftane gewickelte Männer, zwei Maharadschas, zu deren Ehren man hier in Hawke's Bay ein großes Fest veranstalte.

Carter bat ihn, ihm zu folgen. Er wisse genau, wer er sei, habe von seiner Reise gehört, jeden Bericht gelesen, dessen er habhaft werden konnte. Sofort habe er gewusst, wer da lande, als seine Bediensteten ihm von dem näher kommenden Punkt auf dem Meer berichteten. Ob es stimme, fragte Carter, dass er sich nur von Whiskeypillen und Biskuits ernähre? Der Brite schwärmte von Ereignissen, an die Oskar sich nicht erinnern konnte, offensichtlich waren Gerüchte in Umlauf. Er wurde mit Männern mit glänzend welligen Haaren bekannt gemacht. Überall sah er lange Vollbärte, in die Zöpfe geflochten waren, sah Turbane. Ein Mann in Anzug und mit gemusterter Fliege schoss Fotos von der Gesellschaft. Oskar wollte ihn etwas fragen, etwas Wichtiges, vergaß aber noch im gleichen Augenblick, was es war, da ihn ein Tiger aus einem Käfig heraus anfauchte. Dann hörte er, wie Carter ihm etwas zurief, doch es klang, als hätte ein Zweijähriger zu ihm gesprochen.

»Ich sagte, Sie dürfen jetzt nicht aufgeben, nur weil Sie kein Geld mehr dafür bekommen.«

Oskar sah den Briten müde an.

»Hat man Ihnen das nicht gesagt? Diese Brauerei, der Sponsor Ihrer Wettfahrt, ist pleitegegangen. Die ganze Geschichte scheint zu platzen.«

Konnte das sein? Hatte er das wirklich gerade gesagt? Es kam Oskar vor wie ein Traum. Der Cockney-Akzent des Gouverneurs war kaum zu verstehen, seine konturlosen Silben verschmolzen mit den Klängen der Tablas, Sarangis und Violinen, die ein paar Männer in unmittelbarer Nähe zur Hand genommen hatten.

Der Gouverneur führte ihn in ein großes Zelt, in dem es nach Sandelholzöl und Kupfer roch. Auch die Maharadschas und ihr Gefolge kamen mit ihnen. Jemand zündete eine Shisha an, und das fruchtige Aroma setzte Oskars Magen zu. Carter ließ Wein ins Zelt bringen, nannte einen Jahrgang und die Art der Trauben. Gläser wurden geholt, von Kennerhand eingegossen und an die Umstehenden verteilt. Als Oskar an der Reihe war, konnte er das ihm angebotene Weinglas nicht entgegennehmen. Seine Hände waren zu Krallen geworden. Geformt und versteinert durch das Paddel, das er zwei Tage und Nächte lang mit ganzer Kraft festgehalten hatte. Den Gouverneur schüttelte ein Lachkrampf. Oskar versuchte behutsam, seine Finger gerade zu biegen, was Carter nur noch mehr zu faszinieren schien.

Als alle wieder in ihre Gespräche vertieft waren, überlegte Oskar, was die Pleite von Schall & Schwencke für Karol bedeutete. Zahlen und mögliche Szenarien drehten sich in seinem Kopf.

Er saß auf einem riesigen Kissen und war kurz davor, wegzunicken, doch Carter brachte immer neue Gäste in das Zelt, stellte den Hamburger zwei indischen Freunden vor, die ihm anboten, ihm jeden Monat fünfundzwanzig Rupien zu schicken, so lange, bis er angekommen sei, ganz gleich, wohin es ihn verschlagen würde. Jemand anders sicherte ihm einen Artikel in der Zeitung *The Times of India* zu, und ein weiterer versprach, ihm zu Ehren eine Ausstellung in einem Kuriositätenkabinett in Apollo Bunder, dem Hafen Bombays, zu arrangieren, wo die *Sonnenschein* ein paar Wochen lang in einem Schaufenster stehen könne.

Oskar musste sich an einer der hinter ihm aufragenden Zeltstangen festhalten, um nicht vor Müdigkeit und Erschöpfung umzufallen, als ihm wieder in den Sinn kam, was ihn eine halbe Stunde zuvor beschäftigt hatte.

Er winkte Sir Norman Carter zu sich und flüsterte ihm etwas ins Ohr. Carter lachte und klatschte zwei Kulis herbei. Sie verschwanden und hatten kurz darauf den Fotografen vom Strand im Schlepptau. Oskar stellte sich neben Carter und die Maharadschas unter einen Baldachin, einige Kissen wurden um sie herum drapiert, und schließlich bat Carter die Männer, ihre Weingläser zu heben. Blitze erhellten den Raum, Oskar versuchte, entschlossen und hellwach auszusehen, hegte jedoch Zweifel, ob ihm das gelang. Alle jubelten, tranken und begannen neue Gespräche. Oskar bedankte sich beim Fotografen für den ihm ausgehändigten Film, bat den indischen Journalisten, alle Artikel an die Adresse seiner Eltern in Hamburg zu senden, und noch in dem Moment, da der ihm dies zusagte und der Fotograf das Zelt verließ, sank der Hamburger auf eines der Kissen und schlief, er hörte Carter ein weiteres Mal lachen, sofort ein.

DAS SECHSTE GESPRÄCH

Kurz bevor ihre locker geschlossene Faust gegen den abblätternden weißen Lack der Tür klopfte, hörte sie die Männerstimmen. Sie spähte in beide Richtungen den Gang hinab und legte vorsichtig ihr Ohr an das Holz.

Ein Mann sprach in perfektem Oxford-Englisch, so ruhig und reserviert, dass sie lediglich den Klang seiner Stimme vernahm. Ein zweiter Brite ergriff das Wort, sagte etwas von Konsequenzen und, wenn sie richtig verstand, von Arbeitslager und Hinrichtung.

»No, no, please ...«

Speck.

Seine weiteren Proteste gingen in sich kreuzenden, dumpfen Sätzen unter. Dann ein Akzent.

»Wir machen morgen eine letzte Untersuchung, ab übermorgen acht Uhr sind Sie ein freier Mann.«

Schritte. Mit einem Ruck wurde die Tür geöffnet. Sie zuckte zusammen.

»Oh, Entschuldigung«, sagte Dr. Nowack und schob sich mühsam lächelnd an ihr vorbei. Der Arzt schwitzte.

Gili blieb im Türrahmen stehen.

Der Faltbootfahrer saß in Hemd und Hose aufrecht auf dem Bettrand, frische Verbände waren um Kopf und Hände gewickelt. Am Fenster lehnte mit verschränkten Armen Gunther Makeprenz. Am Fußende des Bettes verharrten zwei Uniformierte, denen die

Anspannung in die Gesichter geschrieben stand. Als sie gingen, nickten sie Gili Baum knapp zu.

»Wer waren die Herren?«

»Ein britischer Offizier und sein Adjutant, Vertreter der englischen Regierung oder des Militärs, so genau habe ich es nicht verstanden. Es ging um den Mordanschlag auf mich.«

»Oskar hat sich sehr ehrenwert dafür eingesetzt, dass seine Peiniger eine möglichst geringe Strafe erhalten. Die Gesichter der Tommys hättest du sehen sollen. Aber wir haben ihnen gesagt, dass es wichtig ist. Das solltest du auch in deinen Artikel für die *Berliner Illustrirte* einarbeiten.«

»Na klar. Wäre es arg schlimm, wenn ich dich und deine besondere Freundschaft zu Herrn Speck in dem Artikel erst im zweiten Absatz erwähne?«

»Oh, sieh einer an. Die kann ja die Krallen ausfahren.« Er brummte belustigt. »Spaß beiseite. Ich stamme doch auch von Tom Sawyer ab. Meinst du, ich latsche am Arsch der Welt herum, weil mich jemand hier vergessen hat? Oskar und ich, wir suchen beide das Abenteuer.« Mit einem Ruck wandte er sich wieder dem Hamburger zu. »Du solltest allerdings nicht außer Acht lassen, dass die Engländer ihre ganz eigenen Interessen verfolgen. Und den Käsköppen würde ich auch nicht trauen. Von den Einheimischen ganz zu schweigen, aber das brauche ich dir ja nicht zu erzählen.«

»Hast du noch Fragen?« Gili Baum sah Gunther Makeprenz an, die Brauen nach oben gezogen. »Ich würde gerne mit Herrn Speck weitermachen. Er kann mir wahrscheinlich am besten selbst erzählen, wie der Angriff verlaufen ist.«

Makeprenz erwiderte ihren Blick.

»Natürlich, Mädchen. Macht ihr mal weiter mit dem Artikel. Das Ding muss ja fertig werden.«

Im Gehen wischte er sich mit einem Stofftaschentuch Schweiß von der Stirn, drehte sich im Türrahmen noch einmal um und verabschiedete sich, indem er seine Finger in Augenhöhe ein paar unsichtbare Tasten spielen ließ.

»Kackstelze«, flüsterte Gili, als er weg war. »Seit wann ist er so vertraut mit Ihnen?«

»Ich habe ihn nicht darum gebeten. Er war die letzten Tage immer mal kurz zu Besuch und scheint seine Meinung über meine Fahrt geändert zu haben. Ich glaube fast, er will mein Freund sein. Vielleicht hat Nowack ihn überzeugt.«

Gili stellte ihre Tasche auf das Fensterbrett und begann, konzentriert etwas darin zu suchen.

»Sagen Sie, wo wir schon bei dem Anschlag sind: Ich würde Sie bitten, das nicht zu reißerisch in dem Artikel zu verarbeiten. Das klingt vielleicht komisch, aber die Männer tun mir irgendwie leid.«

»Keine Angst, das kriege ich hin. ... Er muss hier doch irgendwo sein, heiliger Bimbam«, fluchte sie leise vor sich hin.

Vorsichtig begab Oskar sich in einen Schneidersitz. Beobachtete sie, wie sie in ihrer Tasche wühlte. Nach allem, was er wusste, war sie allein hier, am Ende der Welt. Und strahlte das Selbstbewusstsein einer einsamen Königin aus. Die mit anderen nur belanglos plaudern kann, weil niemand ihr geheimnisvolles Wissen besitzt. Die eine kleine, melancholische Wahrheit kennt, unverständlich für herkömmliche Menschen. Sie trug kein Wangenrot, keine Ohrringe. Der fehlende Zahn, das Kratzen in ihrer Stimme. Die wahllos über ihr Gesicht und ihre Arme verstreuten Sommersprossen. Eine winzige Asymmetrie in ihren Augen, die linke Iris verschaffte ihr manchmal ungewollt einen Silberblick. Eine herrliche anatomische Ungenauigkeit.

All das.

Er griff nach einem auf seinem Nachttisch liegenden Handspiegel. Zugekleistert mit Mullbinden, aus denen ein paar Haarsträhnen ausbrachen, ramponiert und müde blickte er auf sich zurück.

»Na also.«

Sie hob zum Zeichen ihres Fundes den Bleistift in die Höhe, blies sich eine Strähne aus der Stirn und drehte sich zu ihm um, konzentriert ihre Unterlagen studierend.

»In Ihren Aufzeichnungen schreiben Sie von Depressionen. Sie seien zwar an traumhaften Orten entlanggefahren, doch vieles sei Ihnen eintönig erschienen. Ich habe mich erkundigt, nachgelesen in der hiesigen englischen Bibliothek. Ihre Gefühle des Alleinseins auf dem Wasser und Ihre verminderte Konzentrations- und Leistungsfähigkeit, die Sie in Ihren Unterlagen beschreiben, sind vollkommen normal. Auch die beeinträchtigte Wahrnehmung. Man nennt das ...«, sie blätterte um, »Hypnagogene Halluzination. Antriebslosigkeit, Depressionen, Angstzustände und erhöhte Reizbarkeit sind durchaus häufige Begleiterscheinungen.«

»So«, gab er schwach lächelnd zurück.

»Ich erwähne das nur, damit Sie sich keine Sorgen machen.«

»Haben Sie je von dem Medina-Wurm gehört?«

Sie sah ihn skeptisch an.

»Ist dünner und kleiner als ein herkömmlicher Regenwurm, weniger durchsichtig, eher weiß. Der kommt als Larve über das Trinkwasser in den Körper. Vom Magen aus wandert er durch das Gewebe des Menschen. Da bilden sich so Geschwüre, die enorme Schmerzen verursachen. Abszesse oder Entzündungen sind oft die Folge, während der Wurm immer weiter, manchmal bis in die Füße zieht. Dort bricht er dann durch die dünner werdende Haut und man muss ihn mit einem Stäbchen, um das man ihn wickelt, jeden Tag ein kleines Stück weiter aus dem Bein, dem Schenkel oder dem Fuß herausziehen. Eine unappetitliche Angelegenheit.«

Ihre Miene changierte zwischen Ekel und Empathie.

»Und diesen Wurm, diesen Medina-Wurm, den haben Sie gehabt?«

»Nein.«

Aus ihren Augen schossen Pfeile.

»Aber ich dachte, es könnte Sie interessieren.«

Sie setzte sich und musterte ihn. Die Luft im Raum war dick und warm, und ihr Blick wanderte zum Ventilator an der Decke.

»Kaputt«, sagte Oskar, ohne sie anzusehen.

»Ich habe Ihre Schilderungen des Festes bei den Maharadschas und Gouverneur Carter gelesen.« Ihre Stimme klang jetzt sanft, das Kratzen darin war kaum zu vernehmen. »Wie ging es weiter? Sie schrieben, Carter hätte Ihnen erzählt, dass der Wettbewerb eingestellt worden sei.«

»Ja, ich hatte mir so etwas schon gedacht, aber zu diesem Zeitpunkt war mir das egal. Ich hatte mich längst entschlossen. Ich wollte nach Ceylon, egal wie.«

»In Ihren Notizen stand, Sie hätten kein Geld und nichts zu essen gehabt.«

»Nachdem ich von Carter aufgebrochen bin, habe ich mich wochenlang nur von Austern ernährt, die ich selber gefangen habe. Indische Fischer hatten mir das beigebracht. Anfangs fand ich das großartig, mondän. Nach drei Tagen hasste ich die Dinger – morgens, mittags, abends: nichts als Austern.«

Er erzählte ihr von Bombay und wie er dort hofiert wurde. Von den Geschäftsleuten, die ihn überall einluden. Davon, dass er binnen weniger Tage, aber leider auch nur *für* ein paar Tage eine lokale Berühmtheit war. Dass die Menschen im Restaurant von den Nachbartischen aus verfolgten, wie er seine Gabel zum Mund führte, und dabei zeitgleich selbst ins Unsichtbare bissen.

»Was war das Schlimmste, was Sie erlebt haben?«

»Die Malaria. Ich hatte andauernd damit zu kämpfen, konnte nur fahren, wenn sie ein paar Tage mal etwas nachließ. Im Golf von Khambhat, auf dem Weg nach Surat, hatte ich einen Tidenhub von fünfunddreißig Fuß, schwierigste Wasserverhältnisse. Gekentert bin ich zum ersten Mal bei schwerer Brandung an der Porbandar-Küste, ein zweites Mal vor Goa und dann noch mal am Kap Komorin, wo ich einen Teil meiner Ausrüstung verloren habe.«

Sein Atem wurde schwerer. Er stand auf und ging zum Fenster, fuhr sich über den Mullturban und durch die wenigen frei liegenden Haare am Hinterkopf. Sie wartete, wollte gerade etwas sagen, als er fortfuhr.

»Eigentlich ist die Welt gar nicht so schlecht. Es hat immer jemanden gegeben, der mir geholfen hat. Inzwischen hatte sich meine Geschichte wie ein Lauffeuer in Indien verbreitet. An den meisten Stränden hat bei meiner Ankunft eine Ansammlung von Menschen auf mich gewartet. Wie einen Heilsbringer haben sie mich teilweise behandelt. Nach mir gegrapscht haben sie, um zu prüfen, ob ich echt sei. Im Hospital von Porbandar hat mich der Leibarzt des Maharadschas kostenlos behandelt. Die Leute haben die *Sonnenschein* bestaunt und geglaubt, es wäre ein U-Boot, mit dem ich tauchen und fliegen kann.«

Mit einem Ärmel wischte er Schweiß aus dem Gesicht, hörte ihren Bleistift, der eifrig mithielt.

»Und was habe ich von zu Hause gehört? Nichts. Und wenn, war es Seppel, der mich einmal in einem Brief süffisant gefragt hat, was ich bei den dreckigen Indern wolle. Mit Deutschland gehe es vorwärts, meine Arbeitskraft könne man gut gebrauchen. Er hat geschrieben, meine Mutter sei verzweifelt, habe mich schon aufgegeben. Ich erinnere mich, wie ich klatschnass, abgemagert und wütend am Strand von Mangalore im Regen auf und ab gelaufen bin und sich die Leute nach dem Mann umgedreht haben, der über Heuchler und Biertischpatrioten geflucht hat.«

Sein Blick schweifte ab.

»Dabei habe ich Menschen getroffen, die durch mich zum ersten Mal von Deutschland gehört haben, die mich gefragt haben, wie sie so sind, die Menschen in Deutschland. ›Sind sie lustig, die Deutschen?‹, haben sie gefragt. ›Sind sie nett? Stark und freundlich?‹ Und ich wusste nicht, was ich sagen sollte. Die Leute dort haben zum ersten Mal ein Faltboot gesehen, und für eine Stunde oder auch nur für ein paar Minuten hatte ich Freunde. Richtige Freunde. Engere, als ich in über zwanzig Jahren in Hamburg hatte –

Karol einmal ausgenommen. Es gab Wildfremde, die mich bei sich haben übernachten lassen, die mir, ohne Fragen zu stellen, ihr Motorrad geliehen haben, wenn ich dringend etwas besorgen musste, die mir Vogelnestsuppe, Schildkröteneier, Krabbencurry gaben, Betelnüsse, Haifischflossen, burmesische Zigarren, Mangos, Bananen oder Papayas, Palmwein und indonesischen Reisschnaps oder ihren einzigen Bleistift, damit ich mir Notizen machen konnte. Ich habe Kinder getroffen, die mir mit Masullabooten zu Hilfe gekommen sind, als ich in der Brandung gekentert bin, mich unter wildem Geschrei auf einen Tragstuhl gehievt und ans Ufer gebracht haben, wo bereits ein paar freundliche Palankinträger und Menschentrauben auf mich gewartet haben. Frauen sind aus dem Nichts aufgetaucht und haben mir mit Papier oder Flickzeug ausgeholfen oder nur fest meine Hand gedrückt, weil sie mehr einfach nicht hatten. Diese Leute haben mich vorbehaltlos gemocht, angelächelt und damit etwas zum Ausdruck gebracht, was ich in den Briefen von zu Hause nicht ein einziges Mal gelesen habe.«

»Haben Sie das Ihrer Familie mitgeteilt?«

»Nein. Wo hätte ich da anfangen sollen? Es war aussichtslos. Trotzdem war es mir wichtig, dass meine Mutter die Fotos mit Carter und den Maharadschas zu sehen bekommt. Ich dachte, wenn sie das sieht, wird sie mich verstehen. Mit einem Schlag wird sie alles begreifen. Ich hatte Schwierigkeiten, die Bilder entwickeln zu lassen. Die ganze Sache hat ewig gedauert. Ich habe sechs oder sieben Städte abklappern müssen, bis ich ein Geschäft gefunden habe, das imstande war, mir zu helfen. Ich war fast auf den Tag genau drei Jahre unterwegs, als ich durch die Adamsbrücke nach Talaimannar gepaddelt bin, zum westlichsten Punkt Ceylons. Von dort aus habe ich Anfang Mai 1935 die Bilder nach Hause geschickt mit dem Hinweis, dass ich nicht untergegangen sei. ›Nicht untergegangen, nicht aufgegeben‹, habe ich geschrieben. Dass alles gut sei und ich Deutschland ein wenig in die Welt hinaustragen würde. Ich bin kein guter Schreiber. Und ich habe Tage gebraucht, bis ich den Brief so formuliert hatte, dass er nicht nach einer Kränkung klang. Wissen Sie, ich kann wirklich gut zanken, aber in diesen Brief habe ich jede Unze Freundlichkeit gelegt, die ich aufbringen konnte. Ich wollte unbedingt, dass die verstehen, was mit mir geschah, wie die Menschen in jenen Breitengraden zu mir waren. Wie Menschen auch sein können.«

Er setzte sich auf die andere Seite des Bettes, den Rücken ihr zugewandt. Im Zimmer war es dämmrig geworden. Während sie schwiegen, fiel Gilis Blick auf eine Kerze auf seinem Nachttisch, doch etwas hielt sie davon ab, sie anzuzünden.

»Einen Tag nachdem ich den Brief mit den Fotos zur Post gebracht hatte, habe ich ein Telegramm von meinem Vater erhalten. Er teilte mir mit, dass ich nicht mehr schreiben müsse. Keine weiteren Angaben. Ach doch. Ein Satz. Warten Sie, ich glaube, ich kriege ihn noch zusammen: ›Mit den besten Wünschen für dein ferneres Wohlergehen, Vater.‹«

Sie legte ihre Mappe zur Seite. Ihre Stimme klang belegt.

»Sie müssen mir das alles nicht erzählen, wenn Sie nicht wollen. Wir brauchen das nicht für den Artikel.«

Er nickte.

»Keine Ahnung, wieso ich Ihnen das sage. Ich habe darüber noch mit niemandem gesprochen.« Er beugte sich langsam vor und betrachtete seine Füße. »Ich habe überhaupt noch nie jemandem so viel über mich erzählt.«

»Auch nicht Karol?«

Er drehte sich wieder ihr zu, und ein milder Ausdruck erschien auf seinem Gesicht.

»Karol musste ich nie etwas erklären. Er war der einzige Mensch, den ich nie begrüßt und nie verabschiedet habe. Wenn wir uns getroffen haben, haben wir eben da weitergemacht, wo wir beim letzten Mal aufgehört hatten. Eine offizielle Begrüßung hätte sich merkwürdig angefühlt. Oder lange Erklärungen, wie man sich fühlt oder was einen gerade beschäftigt. Wir wussten es meist ohnehin.«

Für einen kurzen Moment sah er ihre Zahnlücke.

»Auf jeden Fall war ich dann drei Monate bei Hagenbeck. Auf Ceylon. Hab mich auskuriert.«

»Es gibt ihn nicht wirklich, oder?«

»Hagenbeck?«

»Karol, er existiert nicht, hab ich recht?«

Oskar zog ein Stück Papier zwischen Bettgestell und Matratze hervor.

»Sie haben das Bündel Briefe gesehen, stimmt's? Ich hatte vergessen, dass ich sie in dem Karton verstaut habe. Nein, er existiert nicht. Nicht mehr jedenfalls. Er hat sich erhängt. Seine Mutter hat es mir geschrieben.«

Er hielt den Zettel hoch, und sie erkannte ein Telegramm.

»Und bevor Sie fragen: Ja, sie ist die Frau, für die ich das alles festhalten möchte. Nicht für andere, für mich oder meine Familie. Aber Karols Mutter soll wissen, wie die ganze Sache abgelaufen ist. Das bin ich ihr schuldig. Ich weiß nicht mal, wo er begraben liegt.«

Draußen vor dem Fenster zirpten Grillen im Chor.

»Oskar Speck«, sagte Gili, »du hast ein Talent dafür, mir traurige Geschichten zu erzählen.« Sie sah sich in dem dunklen Zimmer um. »Bei all dem, was Nowack und Gunther mir erzählt haben, hatte ich mir etwas anderes vorgestellt.« Dann schob sie schnell hinterher: »Aber es ist viel besser, als ich dachte. Ich hoffe, es stört dich nicht, wenn ich dich jetzt doch duze?«

Er schüttelte den Kopf.

»Ich muss immer noch oft an ihn denken. Karol hat Leben in jeden Raum gebracht, den er betreten hat, und damit das Gegenteil von dem bewirkt, was passiert, wenn ich irgendwo auftauche. War echt 'ne Marke. Er hat mit mir das Ingenieursbüro aufgemacht, obwohl er immer Architekt werden wollte. Hat mir andauernd von diesem oder jenem Baustil vorgeschwärmt. Mir wird ganz schlecht, wenn ich mich daran erinnere, wo er leben musste.«

Das tiefe, schwermütige Heulen einer Dampflok war zu hören, gefolgt von dem Pochen ihrer Maschinen.

»Das letzte Lebenszeichen von ihm war die Nachricht, die er mir nach Zypern geschickt hat. Dann ist er anscheinend mit seiner Mutter aus Hamburg geflohen. Keine Ahnung, wohin. Bis vor ein paar Wochen hatte ich nichts mehr von ihm gehört. Ich vermute, seine Mutter hat in irgendeinem Zeitungsbericht von meinem Aufenthaltsort gelesen.« Er holte tief Luft. »Nachdem er verschwunden war und sich nicht mehr gemeldet hat, habe ich mir einfach vorgestellt, dass alles normal ist. Hab ihm weiter geschrieben. Ganze Nachmittage damit verbracht, mich mit ihm im Boot zu unterhalten. Ich wusste ja, was er geantwortet hätte.« Er ahmte Karols Tonfall nach. »›Mit einem Bein gehst du noch lang nicht nach Hause, Osse!‹«

Etwas juckte unter seinem Verband. Mühsam schob er hinter seinem Ohr zwei Finger darunter und begann, sich zu kratzen.

»Hast du eigentlich eine Frau?«

Sie fragte, während sie zwei Blätter zum Vergleich nebeneinanderhielt, so desinteressiert, als erwartete sie keine Antwort.

»In Semarang wollte mich mal eine junge Einheimische heiraten. Lala. Eine schöne Frau.« Er sah sie an. »Aber um deine Frage zu beantworten: Nein.«

»Hab ich das richtig verstanden: Hat Doktor Nowack vorhin gesagt, dass du übermorgen entlassen wirst? Wir müssen uns aber noch mal treffen, ich muss noch von deinen letzten Stationen erfahren, und ich brauche noch ein paar Details für die Artikelserie.«

»Wir können uns im Café Taman treffen, hinten am Hafen.«

»Hast du schon eine Unterkunft?«

Er zuckte mit den Schultern.

»Du könntest vielleicht bei Sugar unterkommen. Er hat ein Haus, und soweit ich weiß, wohnt er dort allein.«

Er nickte nachdenklich.

»Wer ist das?«

»Oh, Sugar ist fesch! Der erste Mann, den ich kennengelernt habe, der mich nicht hintergehen oder ausrauben wollte. Ein sogenannter Bandleader. Ich gehe jetzt. Übermorgen zwölf Uhr im Taman? Verrätst du mir noch, wohin du von Ceylon aus fahren wolltest? Von dem Überfall habe ich ja schon erfahren. Aber dazwischen fehlen mir noch ein paar Stationen.«

Er überlegte.

»Ich wollte zurück nach Deutschland.«

»Bitte? Wieso denn das?«

Er kratzte sich ein weiteres Mal.

»Ich *musste*! Wegen Hradetzky.«

GLOBUS

"Aaarrh!«

John Hagenbeck kniete im Gras, seine Hände umschlossen den eigenen Hals direkt über dem weißen Stützkragen, das Gesicht glomm dunkelrot, eine Zigarre klemmte zwischen den Fingern der rechten Hand. Oskars Gastgeber war für die schwülwarme Temperatur ungewöhnlich festlich gekleidet: Leinenanzug, Hemd, inklusive Stecktuch, Schlips, Taschenuhr mit goldener Kette, und sogar ein Panamahut schmückten den Tierhändler. Schweißtropfen glitten die Bügel seiner Brille hinab. Sein Stock lag neben ihm im Gras.

Senta Hagenbeck, Oskar sowie Hagenbecks Freund, der Paläoanthropologe Eduard Stein, saßen mitten im weit verzweigten Garten des Zoologen an einem mit Tee, Kaffee und Aggala-Bällchen gedeckten Tisch. Ein paar Katzensprünge entfernt von der Villa, deren Erker, Giebel und dorische Säulen fragmentarisch durch die unzähligen Mangrovengewächse zu erkennen waren. Heiter blickte die kleine Runde auf den Tierhändler herab.

Hagenbeck lockerte seine Hände und richtete sich auf.

»Zweifelsohne der Höhepunkt meines Films *Darwin*. 1919 im Zoologischen Garten von Hamburg gedreht, obgleich er im Golf von Bengalen spielt. Kommt mir vor, als wäre es bereits eine halbe Ewigkeit her, liegt aber nicht mal sechzehn Jahre zurück. Wissen Sie, was ein Jammer ist? Meine Idee, dass ein Gorilla eine Frau verschleppt, wurde mir vor zwei Jahren geklaut. Ein Mann aus Florida – wie hieß er noch? – hat daraus in Amerika einen immensen Kassenschlager gemacht.«

Zwei Bandikuts verfolgten sich piepsend und raschelnd im Busch neben ihnen.

»Herr Speck, wie geht es Ihnen heute?«, nutzte Senta Hagenbeck die seltene Redepause ihres Gatten und legte dabei fürsorglich ihre Hand auf Oskars.

»Ganz gut, danke.« Oskar versuchte, sein Gesicht einem der Sonnenstrahlen auszusetzen, die durch die Bäume stachen, damit Hagenbecks Frau seine gelbe Hautfarbe nicht sah. »Sehr gut sogar.«

»Wenn ich übersetzen darf«, mischte sich Eduard Stein ein. Er spitzte die Lippen unter seinem Kinnbart, und seine neurodermitisch geränderten Augen blinkten wie Warnsignale. »Oskar kann wieder Nahrung zu sich nehmen, und es ist nicht davon auszugehen, dass er euer schönes Anwesen mit seinem Tod belastet. Aber als geheilt, Senta, kann man den Mann nun wirklich nicht betrachten. Die Malaria ist dabei, sich langsam zurückzuziehen. Gut für mich. Dann kann ich noch ein paar Partien Pahada Kolya mit ihm spielen. John findet derlei Späße ja leider kindisch.«

»Merian C. Cooper«, platzte es plötzlich aus Hagenbeck heraus, »Cooper, ich bin mir ganz sicher. So hieß der Glückspilz, der aus meinem Gorilla diese alberne King-Kong-Figur gemacht hat.«

»Hagenbeck, reiß dich zusammen, wir sind längst woanders«, wies ihn seine Gattin zurecht und wandte sich wieder Oskar zu. »Im *Ceylon Observer* ist übrigens ein ausführlicher Artikel über Sie erschienen, und jemand sagte mir, dass auch in diesem indischen Blättchen, *The Statesman*, etwas stehen würde. Daraus sollten Sie Kapital schlagen. Ihre Fahrt ist ein absolut einmaliger Rekord!«

»Ich glaube, du kannst beruhigt sein, Senta.« Stein holte eine kleine Dose aus seiner Hosentasche und rieb sich etwas Salbe unter ein Auge. »Sobald Herr Speck zurück in Deutschland ist, wird sich die Presse auf ihn stürzen.«

»Ich bin mir sicher, mein werter Halbbruder kann Ihnen behilflich sein«, erklärte John Hagenbeck.

»Das ist sehr nett«, sagte Oskar und wusste nicht, wen von den dreien er in diesem Moment ansehen sollte. »Aber ich werde nicht nach Deutschland zurückkehren.«

»Entschuldigen Sie, so hat mein Mann das natürlich nicht gemeint. Sie können hierbleiben, solange Sie wollen«, versicherte ihm Senta Hagenbeck.

Oskar bekam einen langen, hässlichen Hustenanfall.

»Danke, aber ich möchte Ihnen nicht zur Last fallen. Für ein oder zwei Wochen nehme ich das Angebot gerne an, aber dann fahre ich weiter.«

Hagenbeck seufzte.

»Und ich hatte gehofft, es sei ein Witz, als Sie mir gestern davon erzählt haben. Ich hätte Sie nie in die Bibliothek lassen dürfen.«

Oskar hielt einen Arm in die Höhe, damit der Blaue Tiger, der darauf gelandet war, weiterfliegen konnte, doch der Schmetterling tat ihm den Gefallen nicht.

»Könntet ihr uns bitte aufklären?«

Senta Hagenbeck hatte ihren Tonfall mit einer Prise Bestimmtheit gewürzt.

»Der junge Mann hat sich vor ein paar Tagen in unserer Bibliothek die Zeit vertrieben und hat dort den Globus entdeckt, du weißt schon, den handbemalten hölzernen aus Frankreich. Als ich dazustieß, tasteten seine Finger gerade auf den hellen Stellen vor Indonesien herum ...«

»Sie wollen mit der *Sonnenschein* nach Indonesien?«

Eduard Stein konnte nur mühsam ein Lachen unterdrücken.

»Nein«, sagte Oskar ernst, »nach Australien.«

Stein kicherte und bedeckte dabei seine Lippen mit einer Hand, bevor er sich fing und über seine Fingerspitzen hinweg besorgt fragte: »Aber doch nicht etwa wirklich mit Ihrem kleinen Faltboot?«

»Womit sonst?«

»Herrlich! Darauf trinken wir«, sagte Senta Hagenbeck und hob ihre Teetasse, »aber natürlich werden wir Ihnen das ausreden.«

Der Schmetterling flatterte von Oskars Arm, und der Hamburger spürte in der rechten Tasche seiner Khakihose Seppels Telegramm.

»Noch ein oder zwei Vorträge, dann habe ich genug Geld für eine Weiterfahrt. Mein Bruder hat mir mitgeteilt, dass der deutsche Devisenkommissar jede weitere Geldsendung ins Ausland verboten hat. Er wird mir daher nichts schicken können.«

Die in Seppels wenigen Worten angeklungene Erleichterung und das lapidare »Viel Glück«, das ihm sein Bruder sandte, verschwieg Oskar.

Senta Hagenbeck schlug den Männern vor, einen kleinen Spaziergang zu unternehmen, und die Gruppe lief auf dem rotsandigen Weg entlang, der durch den zu Hagenbecks Anwesen gehörenden Kokospalmenhain führte, vorbei an üppig sprießenden Frangipaniblüten. Es roch nach Regen.

»Das hätten Sie doch auch früher sagen können. Natürlich werden wir Sie unterstützen, ich bitte Sie.«

»Selbstverständlich«, grummelte ihr Mann und blickte, einen Gedanken abschätzend, gen Himmel. »Und dennoch: Ich halte es für töricht, ja geradezu aberwitzig, sollten Sie weiterrudern. Ich bin ein Freund der Abenteurer, aber während eines Sturms an der Westküste Australiens sind vor Kurzem zweihundert Perlenfischer ertrunken. Nur ein Beispiel.«

»Sie haben vergessen«, entgegnete Oskar, der bereits wieder Müdigkeit in sich aufkommen spürte, »wie viel Zeit ich hier bei Ihnen zum Lesen habe. Ihr ganzes Repertoire an Zeitungen. Auf Formosa wurden neulich mehrere Tausend Menschen bei einem

Erdbeben getötet. Wo, frage ich Sie, ist es also gefährlicher, zu Land oder zu Wasser?«

Hagenbeck hatte einen Daumen im Hosenbund eingehakt und paffte nachdenklich an einer Zigarre.

»Vor drei Tagen ist der Kreuzer *Emden* hier eingelaufen. Der Kapitän hat mir erzählt, man sei im asiatischen Raum derzeit sehr antideutsch eingestellt, ist Ihnen das bewusst? Ich habe das Segel gesehen, das man Ihnen in Bandar Abbas geschenkt hat. Das große Hakenkreuz darauf wird Ihnen nicht gerade dienlich sein.«

»Bei Wind schon.« Er fuhr sich mit der Hand über die Haare. »Ich weiß ja, was Sie meinen. Und natürlich zieht es mich nicht zu den hart gekochten Eiern und Krebsen zurück, die ich andauernd in mich hineinstopfen musste, bevor ich auf Ceylon gelandet bin. Und den Joghurt aus Büffelmilch, den Ihr Koch zubereitet, könnte ich auch noch eine Weile vertragen. Aber ich werde fahren.«

»Und wieso Australien?«, fragte Senta Hagenbeck und spähte nach einem in den Bäumen krakeelenden Malkoha.

Oskar musste einen Augenblick nachdenken, bevor er ihr antwortete.

»Das sage ich Ihnen, wenn ich angekommen bin.«

Hagenbeck blickte besorgt drein, und seine Stimme passte sich seinem Gesichtsausdruck an.

»Bisher haben Sie Glück gehabt, das wissen Sie. Aber vor Ihnen liegen vielgestaltige Gefahren, die Sie, mit Verlaub, nicht einschätzen können. Von Cuddalore bis Madras hat der Commissioner von Orissa das Sagen, ein charakterlich schwieriger Zeitgenosse, an dessen Küste Sie entlangrudern müssen. In den Sundarbans bekommen Sie es mit Tigern und giftigen Schlangen zu tun, im brackigen Wasser in Landnähe lauern Ihnen die ungeheuerlichsten Krokodile auf. Die Malaria wird Sie einholen, Überfälle sind keine Seltenheit, und von den Gefahren des Monsuns muss ich Ihnen ja nicht erst berichten. In dem Meer, in dem Sie dort paddeln, sind Sie nicht mehr als ein Spielball der Natur.«

Eduard Stein duckte sich unter einer Moskitowolke hindurch.

»Erzähl ihm von dem Brief, John.«

»Sie wissen, wo die Olympiade nächstes Jahr stattfinden wird?«

»In Berlin, glaube ich.«

»Korrekt. Die größte, beste, schönste soll es werden, Sie kennen ja den Jargon. Deutschland will scheinbar alles bisher Dagewesene übertrumpfen. Das heißt auch: mehr Disziplinen. Basketball, Feldhandball, Polo und so weiter. Und für jede neue olympische Sportart suchen sie wie verrückt nach Deutschen, die den anderen Nationen überlegen sind. Überall auf der Welt sehen sie sich um! Die Nazis verlieren nämlich nicht so gerne und schon gar nicht auf eigenem Boden. Gestern ist ein Schreiben aus dem Büro des Pressewarts für den deutschen Sport im Ausland eingetroffen. Adressiert an Sie.«

Oskars Stirn lag in Falten.

»Denn dreimal dürfen Sie raten, welche Sportart ebenfalls zum ersten Mal als olympische Disziplin zugelassen ist. Ich sage es Ihnen: Rudern. Tausend Meter, zehntausend Meter, im Kanu und im Faltboot.«

»Natürlich!«, jubelte Senta Hagenbeck. »Wer, wenn nicht Sie, ist dafür prädestiniert, eine Goldmedaille für Deutschland zu holen? Hagenbeck, du Bandit, wieso hast du Herrn Speck den Brief nicht ausgehändigt?«

»Weil ich ihn gerne noch hierbehalten würde. So viele freundliche Deutsche treffen wir in diesen Breitengraden nicht. Aber wenn es ihn ohnehin weiterzieht ... Geld lag dem Schreiben übrigens auch bei. Bargeld! Stellen Sie sich das mal vor. Ein erkleckliches Sümmchen für die Vorbereitung.«

»Gibt es nicht so etwas wie eine Qualifikation für die Spiele?«, fragte Oskar und stellte mit Erstaunen fest, wie sich Neugier in ihm ausbreitete.

Fang nicht an zu spinnen. Würde Romer das machen? Hätten Barr und Dumas das gemacht?

Ohne dass er es wollte, tauchten Bilder von einem Podest mit drei unterschiedlich hohen Stufen vor ihm auf, er selbst auf der obersten stehend, einen golden gefärbten Lorbeerkranz schräg über seiner Brust, rauschender Applaus um ihn herum.

Romer! ... Barr! ... Wen interessieren die heute noch? Verschollen der eine, vergessen der andere.

»Man kann den Braunen vorwerfen, was man will«, antwortete Stein, »aber gründlich sind sie. Auf diese Frage sind sie vorbereitet. Sie können auch unterwegs ein Qualifikationsrennen fahren. Nahezu überall! Es gibt keine Regel, die festlegt, wo man sich qualifizieren muss.«

»Und nicht zuletzt«, sagte Hagenbeck, »verdienen Sportler gutes Geld. Geld, von dem Sie und ich nur träumen können. Denken Sie an Max Schmeling. Das hat auch der Pressewart – wie hieß *der* jetzt wieder? – in dem Brief hervorgehoben. Ich meine, er hätte sogar eine Ehrung bei Hitler persönlich erwähnt. Ich muss nachschauen.«

Oskar kam Karol in den Sinn und wie der immer all seine Sorgen mit der An- oder Abwesenheit von Geld erklärt hatte. Und hatte er nicht auf fürchterliche Weise recht behalten?

»Das ist wirklich nett von Ihnen. Aber ich habe mir vorgenommen, nach Australien zu paddeln.«

»Aber ...«

Eduard Stein suchte nach weiteren Argumenten.

Sie erreichten das große, hochherrschaftliche Haus des Tierhändlers und seiner Frau. Senta Hagenbeck baute sich vor Oskar auf, legte ihre Hände auf seine Schultern, sah ihm tief in die Augen und drehte sich dann zu den beiden anderen Männern um.

»Ich glaube, das kannst du vergessen, Hagenbeck.«

»Wirklich schade.« Ihr Mann klang resigniert. »Ihr Name würde in einem Atemzug mit Helden wie Schmeling genannt werden. Mit Gregor Hradetzky oder Tennis-Baron Gottfried von Cramm. Ach was, mit Ihrer Geschichte im Rücken und einer Medaille wären

Sie bedeutender als alle zusammen. Aber was verstehe ich schon von Ihren Gedanken?«

Die Gruppe suchte Schatten auf der überdachten Veranda. Alle atmeten erleichtert auf, als sie sich der sengenden Sonne entziehen konnten.

Senta Hagenbeck öffnete die knirschende Verandatür, und die Männer folgten ihr. Eduard Stein hielt Oskar die Tür auf, doch der war im Säulengang stehen geblieben.

»Sagten Sie bedeutender als Hradetzky?«

KRKUK

Pak führte einen kurzen Tanz unter einem Waringinbaum auf, um sie zu erheitern. Er zeigte ihr kleine unbeholfene Tricks, schlug einen Purzelbaum und erzählte Witze ohne Pointe.

Gili besah sich das Schauspiel, mal zuckte ihr Mund, mehr nicht. Dasni hingegen, die neben ihr saß, grinste übers ganze Gesicht. Außer Atem hielt Pak sich an einem der Äste des Baumes fest, die weit entfernt vom Stamm aus luftigen Höhen wie Ströme klebrigen Teigs auf den Boden hingen. Er rief ihr etwas auf Javanisch zu, wie: »Wir Hökerer müssen zusammenhalten. Soll ich dir ein paar Leute mit Gamelan besorgen, um dir Freude zu machen?« Er sprach langsam, da er wusste, seine Kollegin verstand immer nur Bruchstücke dessen, was er ihr mitteilte. Dann machte er eine wegwerfende Handbewegung. »Ihr Totoks seid komisch.«

In diesem Moment kamen drei Männer die Straße entlang, ihrer Physiognomie nach genau jene Totoks, jene aus Europa Zugereisten, vielleicht sogar Orang Putih, weiße Europäer, die kaufkräftigste Kundschaft. Eilig begann Pak, seine Probiertasse zu suchen, das Batiktuch und den Feuerwerkskörper.

»Kopi Tubruk«, rief er und hielt den Männern erwartungsvoll den Blechbecher entgegen, »strong coffee, starker Brühkaffee.«

Die deutsche Übersetzung hatte Gili ihm beigebracht. Doch noch bevor er das weitere Angebot ihres Straßenstandes feilbieten konnte, waren die in weißen Anzügen Flanierenden bereits an ihnen vorbei, ohne ihn auch nur eines Blickes zu würdigen.

»Dasni«, sagte er und legte seine Waren zurück, »pass einen Moment lang auf, ich werde mit Gili Kreteks holen gehen.«

Sie liefen in Richtung Markt, wo deutlich mehr los war. Wo es schwieriger war, einen Standplatz zu ergattern und sich die Menschen fast über den Haufen rannten. Frauen mit gebündeltem Feuerholz auf dem Kopf kamen ihnen entgegen.

»Wir müssen uns beeilen«, sagte Pak, jetzt auf Englisch, »sonst kommt deine Tante zurück, und ich will nicht, dass Dasni ihr erklären muss, wie wenig wir heute eingenommen haben.«

Gili schämte sich für die Frau, die rein formal über einige Ecken mit ihr verwandt war, und bekräftigte dies mit einem Laut der Resignation.

»Sie ist bestimmt ein netter Mensch«, fuhr Pak fort, »sie muss auch sehen, wo sie bleibt.«

»Pak, du bist zu gut für diese Welt, eindeutig.«

Gili versuchte, ihm die Aussage ins Javanische zu übersetzen, doch gelang ihr das so wenig, dass Pak kein Wort verstand und nur über sie lachte.

Es roch nach Muskat, Kokosnussöl und Bratfett, als sie bei den Arabern und Chinesen ankamen, die neben diversen Gerichten eine wilde Mischung aus Schmuck, Gemüse und Getöpfertem anboten. Andere Stände waren vollgestopft mit Eisenwaren, Lacken, geräucherten Enten, Seide und Pangsit, den schmackhaften Teigtaschen, und Gili hätte sich gerne alles genau angesehen, Dinge in die Hand genommen und den Händlern tief in die Augen geschaut. Aber jeder ihrer Gedanken endete bei ihrer Tante.

Dann erreichten sie den Pasar Gelap, den Schwarzmarkt Jakartas, den sich der größere Pasar Senen Markt einverleibt hatte. Gili sah auf ihre Uhr.

»Jetzt müssen wir uns aber wirklich beeilen.«

»Sind gleich da. Ich bekomme die Nelkenzigaretten von Krkuk fast umsonst, da lohnen sich zweihundert Meter mehr. Das ist ein toller Kerl. Der besorgt dir alles. Der hat sogar ein Telefon! Stell dir das mal vor, hier auf dem Markt, einen nagelneuen Apparat. Türkis!«

Gili sah den Jungen, der vielleicht fünfzehn oder sechzehn Jahre alt sein mochte, mitleidig an. Wie er konzentriert, dünn wie ein Schlauch, neben ihr herlief, immer einen freudigen Ausdruck auf dem Gesicht, immer etwas Schmutz in den dunkelbraunen Haaren und angetrieben von einem rührenden Mut der Verzweiflung.

Pak war ein Waisenkind, das den Großteil seiner Kindheit bei einem emigrierten englischen Ehepaar verbracht hatte, weswegen er auch weniger zurückhaltend war als gleichaltrige Einheimische, nicht gebunden an jene strikten Bräuche und Sitten, wie die anderen. Als das Pärchen aus Gloucester in ihre Heimat zurückging, ließ es Pak in Jakarta, ohne sich weiter um ihn oder seine Zukunft zu kümmern. Er war keine dreizehn Jahre alt gewesen, als Els ihn entdeckt und in ihre Armee von Händlern eingegliedert hatte.

Denn nichts anderes war Els: die Generalin einer Armee.

Die kleine Frau, die, so hatte es Gero Nadelreich einst erzählt, aus dem Westfälischen stammte, hatte auf Gili in den ersten Tagen nach ihrer Ankunft einen fragilen Eindruck gemacht. Kaum eins fünfundsechzig groß, bedachte Els alles und jeden mit einem sorgenvollen Blick. Kräftezehrende Arbeiten delegierte sie, stöhnte selbst bei kleinen Missgeschicken anderer unheilvoll auf und hatte für nahezu jede Anforderung im Leben eine Regel parat, an die man sich halten musste. Nur auf Gilis Drängen hin hatte Els sich bereit erklärt, ihr eines Nachmittags die üppig bewaldete Gegend zu zeigen, die ihr Haus in Sukabumi umgab. Und als sie an einem herrlichen Wasserfall vorbeikamen und Gili sie auf das Spektakel ansprach, sah Els sie lediglich fragend an, ganz so, als hätte sie das Schauspiel vorher nie bemerkt. Mit der Zeit wurde Gili klar, dass Tante Els keineswegs faul oder schwach war. Doch die ältliche

Dame steckte all ihre Energie ausschließlich in Geschäftliches, verbarrikadierte sich oft stundenlang in einem Zimmer ihres Hauses, wo sie unermüdlich Pläne für ihre Stände ausarbeitete. Schon bald erinnerte Gili nicht nur Els' strenger, grauer Zopf an ein aus Drähten und Kabeln zusammengesetztes Wesen, das Tag und Nacht mit Strom versorgt zu werden schien.

Ihre Verkäufer, die für sie die Märkte der westlichen Inselseite versorgten, behandelte Els wie Sklaven. Lediglich Gili nuschelte sie stets »Meine kleine Babu, meine kleine Babu« zu, in einem wohlwollenden, aber gleichzeitig nichtssagenden Tonfall. Gili verpflichtete sie dennoch dazu, auf die Märkte mitzugehen, ob sie wollte oder nicht. Darüber hinaus musste sie für Els das Essen bereiten, ihre Schuhe instand halten, Näharbeiten verrichten, das Lehmhaus fegen und Wäsche waschen. Es hatte Monate gedauert, bis Gili herausfand, dass »Babu« der indonesische Begriff für Dienstmädchen war.

Gili und Pak wichen einem Mann aus, der ein Tragejoch mit Körben durch die Menge jonglierte.

»In diesen Teil des Marktes kommen die Menschen, die an Guna Guna glauben«, klärte Pak sie auf, »an Zauber und schwarze Magie.«

Er zog Gili in eine kleine Gasse, lupfte nach wenigen Metern einen Vorhang und versuchte, eilig sein Geschäft mit Krkuk abzuwickeln. Der Mann mit den Nelkenzigaretten trug einen Anzug in der Farbe von hellen Eierschalen; nicht ganz so weiß wie jene, die den Männern der Oberschicht vorbehalten waren. Auf Gili machte er einen äußerst blasierten Eindruck. Und als hätte der Asiate ihren Gedanken erraten, schielte er mitten in den diskreten Verhandlungen mit Pak voller Verachtung zu ihr herüber. Erst kurz bevor er sich wieder dem untertänigst auf ihn einredenden Jugendlichen zuwandte, ließ er Gili ein kaum wahrnehmbares Lächeln angedeihen, ein Lächeln, das keineswegs Freundlichkeit, sondern ausschließlich Überlegenheit suggerierte.

Als Pak auf dem Weg aus der Gasse schüchtern anmerkte, er

müsse Krkuk für die Zigaretten lediglich ein paar Gefallen tun, tat Gili ihm den Gefallen und fragte nicht weiter nach.

»Hörst du das?«, fragte sie stattdessen.

»Ich höre alles Mögliche hier, was meinst du?«

Sie zog den Jungen in Richtung eines kleinen Platzes, von dem aus Musik erklang. In einer Ecke hatte sich eine Big Band aufgebaut und spielte gerade die letzten Takte eines Liedes.

»Das ist Swing!«, rief Gili und schob sich mit Pak an einigen Zuschauern vorbei nach vorne.

»Gili, wir müssen zurück.«

Pak war sichtlich nervös.

»Ja, gleich.«

Eine Trompete schraubte sich in schwindelerregende Höhen, und ein ekstatisch sein Klavier traktierender Mann sang: »Rhythm is our busineeeees.« Er hämmerte mit dem Ellenbogen einen letzten absichtlich dissonanten Akkord in die Tasten und verbeugte sich, wie der Rest seiner Band, ruckartig.

»Rhythm is our business, meine Damen und Herren. Mein Name ist Sugar Cane Siwaletti, das ist die Elephant Coco Big Band. Wenn Sie uns wiedersehen wollen: Wir spielen nächste Woche auf dem Jubiläumsfest des Autohändlers Cayo Hasim und eine Woche darauf im Tegalsari Schwimmbad. Kommen Sie und bringen Sie noch jemanden mit, wir würden uns freuen.«

»Das war umwerfend, findest du nicht? Warte mal, ich muss wissen, wann die genau im Tegalsari sind. Keine Ahnung, wie ich das Els beibringe, aber ...«

Schon war sie verschwunden, selbst das besorgte »Gili, wir müssen los«, das Pak ihr hinterherrief, konnte sie nicht abhalten. Angeregt plauderte sie mit dem Pianisten, und erst als Pak – da er nicht wusste, wie er höflich auf sich aufmerksam machen sollte – wild mit den Fingern schnippte, kam sie zu ihm zurück.

»Was für ein netter Kerl. Man muss ja vorsichtig sein, aber der sieht wirklich treuherzig aus, verdammt noch mal.«

Sie trabten zurück, und als sie sich ihrem eigenen Stand näherten, sah Gili schon von Weitem ein Becak, eine der Fahrrad-Rikschas der Stadt, und ihr wurde mulmig zumute.

Tatsächlich war Els gerade dabei, die zarte Dasni am Ohrläppchen zu ziehen und sie auszufragen. Pak stürmte auf beide zu, ließ eine Entschuldigung nach der anderen hören.

»Wie viel?«, fragte Tante Els zornig auf Deutsch, denn Pak kannte das Wort längst.

»Tidak ada uang«, sagte er, und selbst Gili verstand, dass er ihr damit erklärte, sie hätten an diesem Tag bisher kein Geld eingenommen.

Die zierliche, deutsche Einwanderin stieß ein »So, so, so« zwischen ihren Lippen hervor und begann, Pak Schläge gegen seine Brust zu verabreichen. Zunächst sah es nach einer kurzen Abrechnung mit ihm aus, doch gleich darauf flogen ihre kleinen, hutzeligen Fäuste wie Steine durch die Luft, und Pak hielt sich schützend die Arme vors Gesicht.

»He, jetzt warte doch mal.« Gili ging dazwischen, versuchte, beruhigend auf Tante Els einzureden und zu beiden Seiten Armlängen zwischen sich, Els und Pak zu bringen. »Das ist alles meine Schuld. Ich habe vorhin ein paar Musikanten zugehört. Wir wären doch sonst längst zurück und hätten schon mehr verkauft.«

Gerade besah sie sich Paks Kopf, wollte herausfinden, ob er etwas abbekommen hatte, da erwischte Els' Faust Gili von der Seite. Die Knöchel der Verbitterten trafen ihr Gebiss, und ein feuriger Schmerz breitete sich unter ihrer Lippe aus.

Ihre Tante beachtete das Ergebnis ihres Aufruhrs nicht weiter. Sie nahm zwei Batiktücher vom Boden, schmiss sie auf Dasni und schickte eine javanische Böswilligkeit hinterher. Dann stieg sie in das Becak, dessen Fahrer die ganze Zeit über bereitwillig gewartet hatte, und ließ sich abtransportieren.

Gili sah aus, als wollte sie einen Fisch imitieren. Dann öffnete sie ihren zu einem O geformten Mund und spukte einen Zahn in ihre Handfläche, erkundete mit der Zunge das Loch.

Sie betrachtete das herausgebrochene Stück, sah dann Dasni, Pak und wieder den Zahn an. Unter einer Batikdecke holte sie ihre Handtasche hervor und ließ ihn hineingleiten.

Schließlich fixierte sie Pak erneut.

»Was kostet ein Telefongespräch bei Krkuk?«

TUAN

Wieso musste er ausgerechnet jetzt daran denken?
Der breite Strand der Sera-Bucht von Lakor lag vor Oskar in der gleißenden indonesischen Nachmittagssonne, unberührt, offen. Zu beiden Seiten erstreckten sich dicht unter der Wasseroberfläche schillernde Korallenriffe, bildeten so etwas wie eine Einfahrt. Hüfttief im Meer stehend, legte er seine Hand auf die nasswarme Außenhaut der *Sonnenschein* und genoss den friedlichen Anblick der Palmen und des dichten Dschungels, der hinter dem weißen Sand im sanften Wind raschelte. Das Meer um ihn herum strahlte in einem blendend hellen Blau. Um seine Beine sah er zahllose kleine Fische kreisen, und unter seinen Füßen konnte er spüren, wie fein und weich die Sandkörner waren.

Und doch drängte sich ihm das Bild eines deutschen Beamten auf. Der mit einem Klemmbrett bewaffnete Mann hatte vor mittlerweile zwei Jahren am Ende eines Parcours gestanden, den die Einheimischen eigens für ihn, Oskar Speck, im Hlagwa-See im Norden Ranguns für das Qualifikationsrennen zur Olympiade abgesteckt hatten. Oh, wie sie gejubelt hatten. Geschrien, geklatscht und gejohlt. Bis der Mann vom Olympischen Komitee etwas auf sein Formular gekritzelt, kurz den Kopf geschüttelt, Oskar eine gute Reise gewünscht hatte und zwischen dem eingefrorenen Lächeln der Burmesen verschwunden war. Wie sollten die freundlichen Asiaten auch verstehen, dass das angespannte Weißgesicht in seinem wie von Magie bewegten Boot zwar fantastisch schnell gewesen war, doch aufgrund der tropischen Temperaturen, die in Rangun selbst um sechs Uhr früh vorherrschten, einfach zu langsam, um sich in Berlin mit einem Gregor Hradetzky messen zu dürfen.

In den vergangenen Tagen waren ihm immer wieder die unterschiedlichsten Protagonisten seiner Reise eingefallen, Nebendarsteller, die ihm zur unmöglichsten Zeit in den Sinn kamen und von denen er sich fragte: Wo sind sie jetzt? Was machen sie gerade? Jetzt, in diesem Moment? Neweklowsky, der womöglich immer noch an seinem Kompendium schrieb, oder Oréstis. Ganz zu schweigen von der ewigen Ungewissheit, wie es Karol wohl erging: Wo er gerade war? Ob sie nach so langer Zeit noch genauso vertraut miteinander sein würden wie früher? Die Tatsache, dass ein Aufeinandertreffen in nächster Zeit in weiter Ferne lag, deprimierte ihn, räumte innerlich alles beiseite und hinterließ eine unvergleichliche Leere. Er versuchte sich damit zu trösten, dass sein bester Freund im aufstrebenden Deutschland vermutlich längst mit einem anderen, sein Leben stetiger führenden Kerl ein neues berufliches Glück und bei seinem charmanten Humor bestimmt auch eine Frau gefunden hatte.

Aber vielleicht musste er auch deshalb an das missglückte Qualifikationsrennen für die Olympischen Spiele und all die Menschen aus seiner Vergangenheit denken, weil seine Reise nun tatsächlich bald zu Ende sein würde. Unwiderruflich.

Behutsam schob er das Faltboot Richtung Ufer, seine Beine glitten durch den warmen, kaum spürbaren Strom, und jeder wallende Unterwasserschritt vergrößerte seine Wehmut. Wie jeden Tag, jeden Morgen und jeden Abend der letzten Wochen dachte er daran, was kommen würde, wenn er am letzten Strand anlegen würde. Keine sechshundert Seemeilen südöstlich von ihm erstreckte sich die australische Küste. Zu weit, um die verbliebene Distanz mit einer durchgehenden Überfahrt oder selbst in zwei

Etappen zu bewältigen. Dennoch meinte er, den neuen Kontinent bereits sehen, nach ihm greifen zu können.

Natürlich, der Beginn der Zyklonsaison rief ihn zur Eile, jeden Tag ermahnte er sich, nicht zu lang an einem Ort zu verweilen. Doch so kurz vor dem Ziel wollte er auf riskante Passagen verzichten, stattdessen über kleine Inseln wie Saumlaki an der Südküste Neu-Guineas entlangfahren, bis er kurz vor Daru auf ein Eiland namens Saibai übersetzen würde, eine Insel, kaum fünf Kilometer südlich von Neu-Guinea gelegen, aber offiziell Teil von Australien. Auf seiner Karte kennzeichneten graue und weiße Schlieren die Route, so oft war er mit den Händen und schlecht beziehungsweise gar nicht geschnittenen Fingernägeln darübergefahren.

Und das wäre es dann. Das Ende seiner Reise.

Gemächlich zog Oskar sein Boot durch das Wasser an Land und erinnerte sich daran, wie er sich Jahre zuvor in Ulm in dem Schaufenster begutachtet, wie er seinerzeit ausgesehen hatte. Jung und naiv. Er überlegte, wie sein Urteil ausfallen würde, könnte er sein damaliges Ich neben sein jetziges stellen. Seit Wochen hatte er in keinen Spiegel geblickt. Wie weiß die Haut in den Falten um seine Augen sein musste. Ob er bereits älter aussah als er war, vorzeitig verwelkt und verschlissen? Ein Mummelgreis vor seiner Zeit? Und somit, so kam es ihm wieder in den Sinn, für die Frauenwelt auf ewig verloren.

Am 13. November 1937 ist alles vorbei.

Für seine Ankunft hatte Oskar unter großem Aufwand einige Pressevertreter, zwei Sportreporter internationaler Agenturen, einen deutschen Reisejournalisten und einen Mitarbeiter eines australischen Magazins nach Saibai bestellt, die das Ereignis, auf den Tag genau fünfeinhalb Jahre nach dem Aufbruch aus Ulm, festhalten sollten.

Noch siebzehn Tage.

Akkurat geplant hatte er das alles. Wie Romer oder Barr es getan hätten. Wie Alexander MacKenzie. Keine halben Sachen.

Der Sand unter seinen Füßen war heiß, das Innere eines Ofens, doch er zog die *Sonnenschein* ohne zu zucken an Land. Auch das Jucken seiner Beine, die abwechselnd oder gleichzeitig von Stichen und Bissen der Sandflöhe, Zecken und Moskitos in Mitleidenschaft gezogen wurden, spürte er unter dem wohligen Gefühl des warmen Nachmittags kaum noch.

Somerset, Queensland. Den Namen des Ortes hatte er auf der Karte im Norden Australiens entdeckt. Das klang nach etwas. Würde sich gut auf Visitenkarten machen.

Er ließ sich auf den brennenden, weichen Boden fallen und blickte in einen makellosen Himmel. Der Wind war weitergezogen. Keine Wolke, kein Vogel, nicht der leiseste Atemzug der Natur war zu spüren. Der wievielte Strand war es? Er begann zu rechnen und ließ es kurz darauf wieder sein.

Er musste an Hagenbeck und seine Frau denken. Obwohl der Nachmittag mit dem Ehepaar und Eduard Stein bereits über zweieinhalb Jahre zurücklag, erinnerte er sich oft daran. Nichts von dem, was der Tierhändler prophezeit hatte, war eingetreten. Lediglich die Aversion gegenüber Deutschen seitens einiger Behörden machte Oskar immer öfter zu schaffen. An andere Malaisen wie die wiederkehrende Malaria hatte er sich gewöhnt, wie man den Tonfall eines zickigen Reisebegleiters nach einer gewissen Zeit nicht mehr wahrnimmt.

Hinter ihm ertönte ein Kreischen, und als er sich umdrehte, sah er eine Gruppe Kakadus am Saum des Waldes entlangfliegen.

Im Sommer 1936 hatte er jede englischsprachige Zeitung gemieden, in der er etwas über den Ausgang des Ruderwettbewerbs bei den Olympischen Spielen in Berlin hätte lesen können. Hatte die Augen zusammengekniffen, nur um nicht die markante Abfolge der Buchstaben H, R und A und Z, K und Y lesen zu müssen. Der Österreicher hatte gewonnen, das war so sicher wie das Amen in der Kirche. Oskar geißelte sich dafür, dass – ob er wollte oder nicht – immer wieder Hradetzkys strahlendes Gesicht vor ihm auftauchte, mitsamt einem ganzen Bouquet an um seinen Nacken baumelnden Medaillen. Und er, Oskar Speck, hatte derweil zwar in paradiesischen Orten wie Penang, Lumut oder Malaysia angelegt. Doch die Welt schien inzwischen andere Interessen zu haben. Das olympische Komitee, die Redakteure der Sport- und Reiseseiten, der Abenteuerrubriken, die Leser und Radiohörer ebenso wie Freunde und Familie, sogar Karol, alle schienen sie ihn vergessen zu haben.

Er suchte in der Sitzöffnung der *Sonnenschein* nach seinem Ernstfallbeutel, lockerte dessen Schlinge und schüttelte den Inhalt auf. Im Frühjahr 1937 – keine sechs Monate war das her – hatte er in Bandung Achat gefunden. In den Wochen danach waren außerdem Baryt, Kalifeldspat und Magna-Erze, Andalusit und Schleifgranat in dem Beutel gelandet, der jetzt wohltuend schwer in seinen Händen lag. Kenner hatten ihm glaubhaft vermittelt, dass die Mineralien viel wert seien. Hatten bei ihrer Begutachtung anerkennend Daumen und Zeigefinger aneinander gerieben. Andere Menschen besaßen Aktien oder ein eigenes Haus. Diese Steine waren besser als all das. Sie waren der Grundstein für sein nächstes Leben, das in siebzehn Tagen beginnen würde.

Ein Haus in Somerset. Ein Haus, gebaut mithilfe des geheimen Blickes, Karol. Wer hätte das gedacht?

Er würde anständige Fotos von seinen Souvenirs machen, von dem riesigen Muschelhorn aus der Andamanensee, dem Kriegsschmuck des Häuptlings, von dessen Armreif und der kleinen Trommel der Molukken. Von der Pillendose in der Form einer englischen Grenadiermütze, die ihm der Commissioner von Orissa augenzwinkernd zugesteckt hatte und in der sich statt Medizin Whiskey befand. Auch das Stück getrocknete Schlangenhaut würde er ablichten, das ihm ein Honig-Tagelöhner in den Sundarbans nach dem Verzehr einer gebratenen Krait geschenkt hatte. Und dann würde er jemanden finden, der seine Geschichte aufschrieb.

Das wird mein Olympia. Meine Medaille. Das hat Hradetzky nicht.

In Somerset würde er sich außerdem an die vielen Andenken erinnern, die man nicht in den Händen halten konnte. Die Sonnenuntergänge im Mergui-Archipel oder die Sonnenaufgänge von Cox's Bazar in Bangladesch. Die schönen Wochen in Surabaya, dieser aufregenden, im Wachstum begriffenen Stadt, die er erst vor wenigen Wochen verlassen hatte.

Und sobald ich die Malaria auskuriert habe, werde ich Karol ausfindig machen. Vielleicht ist er ja immer noch untergetaucht. Ich werde ihn finden, unsere Hamburger Schulden begleichen, und dann sollen sie uns kennenlernen. Das wird sich alles regeln lassen. Ich bringe das alles in Ordnung.

Er untersuchte ein Stück abplatzende Hornhaut an seiner rechten Handwurzel, ließ Sand durch seine Finger rieseln und fragte sich, ob man auch befreundet sein konnte, wenn sich der Kontakt nur auf wenige Briefe beschränkte, wie es bei ihm und John Hagenbeck der Fall war. Ob es noch jemanden auf dieser Welt gab, dessen einzige Freunde ein Verschollener sowie ein Mann im Winter seines Lebens waren? Ein Phantom und ein Mann, den er nur zweimal getroffen hatte und der jetzt Gott weiß wo und auf welchem Kontinent nach exotischen Tieren suchte?

Gab es jemanden auf der Welt, der keinen einzigen Freund hatte? Nicht einen? Dessen Freund die Einsamkeit war?

Diesem scheinbaren Widerspruch nachsinnend, bemerkte Oskar, dass er Hunger hatte. Er griff erneut in den Sand, ließ ein paar Körner rieseln.

Jedes Sandkorn ein Tag, an dem ich mit knurrendem Magen eingeschlafen bin. Noch einer, und noch einer ...

Schon begann sein Magen zu schmerzen. Müde wühlte er in der *Sonnenschein* und zog einen der Messingkanister hervor. Als er ihn öffnete, fiel sein Blick auf das Buch von Mark Twain. Der Rücken der Fibel mit den Sprüchen war nahezu aufgelöst, wurde nur noch durch Leimreste und ein paar Fäden gehalten.

Nicht mehr viele. Er musste lächeln. *Vielleicht vier oder fünf.*

Er schlug das schmale Werk auf, blätterte zu einer Seite mit Eselsohr und las:

»Um Freude voll auszukosten, brauchst du jemanden, mit dem du sie teilen kannst.«

Oskar sah sich um. Der Satz deprimierte ihn, also suchte er nach einem anderen, den er noch nicht kannte.

»Alles, was du brauchst, ist Ignoranz und Zuversicht, und der Erfolg ist dir sicher.«

Mark Twain war ein Genie. Er legte das Buch weg, fischte blind eine kleine Dose aus dem Kanister und öffnete sie vorsichtig. Er nahm eine faulig-dunkelrosa schimmernde Salakfrucht in die Hand, dazu ein würfelförmiges Stück Abfall, von dem er nicht mehr wusste, was es war, das aber an seinem Fundort, einem Strand in Ost-Timor, einen essbaren Eindruck gemacht hatte. Außerdem war da noch ein Stück Baumrinde, von dem ein Fischer auf Kisar behauptet hatte, es sei gut für die Magensäfte. In der hintersten Ecke des Kanisters entdeckte er eine Pappschachtel. Vorsichtig zog er den Deckel hoch und spähte den Bruchteil einer Sekunde lang hinein, bevor er ihn eilig wieder zuschlug. In der Schachtel befand sich die faustgroße Entsprechung einer Ameisenkolonie, die Oskar am Vorabend auf Tepa von einer alten Frau im Tausch gegen drei Zigarettenstummel ergattert hatte. Der Ekel, den er bei seinem ersten Verzehr von Ameisen unter der grinsenden Aufsicht eines Markthändlers auf Java empfunden hatte, war längst dem nüchternen Verlangen nach Nahrung und Proteinen, egal welcher Form und Farbe, gewichen. Er stellte die Schachtel neben das Boot und legte den Mark Twain auf deren Oberseite, damit die Insassen nicht entkamen. Der heiße Sand und die Sonne würden bald ihre Wirkung tun. Warme Ameisen schmeckten besser als kalte.

Es wurde bereits dunkel, als Oskar das Boot für die Nacht vorbereitete. Er stopfte den Beutel mit seinen Steinen und einen weiteren mit einigen Medizinfläschchen in das Heck. Anschließend aß er die Frucht, das namenlose Etwas und nagte die Hälfte der Baumrinde ab. Dann zog er sich für die Nacht um, tauschte Khakihose gegen Sarong und lenkte seinen Blick auf den Wald und den Himmel. Wenn es nur regnen würde.

Die Plane, um möglichst viel Regenwasser zu sammeln und ...

»Ingalischma?«, flüsterte jemand hinter ihm.

Er fuhr herum und musste sich auf der *Sonnenschein* abstützen, so sehr hatte ihn der Ureinwohner überrascht.

»Ingalischma?«, fragte der nur mit einem Lendenschurz bekleidete Mann erneut, und ein Wangenmuskel zuckte in seinem Gesicht, während er sprach. *Ein Tic*, dachte Oskar und hob die Schultern, da er nicht wusste, welche Auskunft von ihm erwartet wurde.

»I speak English, yes.«

Die Einheimischen der Inseln, so viel hatte Oskar in den vergangenen Monaten gelernt, waren von ihrem Wesen her misstrauisch, aber in den meisten Fällen zuvorkommender und warmherziger als Menschen, die das Wort »Manieren« buchstabieren konnten: Die Menschen auf Alut hatten ihn mit lebhaftem Handelsinteresse beeindruckt und jene von Posik mit ihren fortschrittlichen Jagdmethoden, die sie ihm mit Begeisterung beigebracht hatten. Die Bewohner der indonesischen Inseln und der Arufasee waren aufdringlicher als vergleichbare Völker, auf die er im Laufe der letzten Jahre gestoßen war, doch es handelte sich stets um Menschen, die die Bedeutung eines Lächelns kannten. Ihm war vollkommen klar, wie man mit ihresgleichen umzugehen hatte.

Bevor Oskar etwas sagen konnte, machte der stoisch dreinblickende Mann ein paar Schritte rückwärts, dann drehte er sich um und verschwand flinken Fußes im Busch.

Immer sind es die männlichen Ureinwohner, die einen ansprechen. Muss ich morgen aufschreiben, bevor ich es vergesse, dachte Oskar wenige Minuten später, ausgestreckt in seinem Boot liegend. *Kommt alles ins Buch.*

Die Frauen. In Deutschland, so überlegte er, hatten sie vermutlich alle längst geheiratet. Heinrich und Seppel, von denen er seit Ewigkeiten nichts mehr gehört hatte. Auch Elli hatte sich sicher einen feschen Mann aus Altona geschnappt, und Lieselotte zog bestimmt schon mehrere Kinder groß. Selbst dem Barmann des Hoppe traute er zu, mit Sigrid Kruse oder ähnlich leichtem Treibgut den Hafen der Ehe angesteuert zu haben. Mit dreißig, resümierte er, träge in der *Sonnenschein* liegend, war man entweder nicht mehr zu haben, obdachlos oder tot. Bevor er der Frage nachhängen konnte, ob er in die zweite Kategorie gehörte, war er eingeschlafen.

»Tuan! Tuan!«

Ein Inselbewohner mit einem besonders hohen Haarschopf kniete neben seinem Boot und begann, mit einer leisen, sanften Stimme zu ihm zu sprechen. Missmutig schob Oskar sich in eine aufrechte Position und sah den Mann finster an. Um ihn herum standen nun rund zwanzig weitere Inselbewohner. In ihren Händen Speere, Säbel und Macheten.

Mühsam machte er ihnen auf Englisch klar, wie sehr er den Schlaf benötige.

Er versuchte, sich an wenigstens drei oder vier Vokabeln der Inselsprache zu erinnern, war aber noch zu benommen.

»At five I leave the island. Five in the morning«, sagte er, zeigte die Uhrzeit mit einer Hand und wies in Richtung des Ozeans. »Let me sleep, please.«

Die Insulaner sahen ihn ausdruckslos an. Wie auf ein Zeichen rückten sie näher an sein Boot heran.

»Pistol ada.«

Jetzt wurde es Oskar zu bunt. Er zog die Mauser aus einem seiner Beutel und drehte sie zur Seite, sodass das Licht des Mondes auf Halfter und Kolben fiel. Die Pistole war nicht geladen. Aber klare Ansagen, so hatte man es ihm in Malaysia beigebracht, verfehlten bei den Inselvölkern selten ihre Wirkung. Sofort wichen die Männer ein paar Schritte zurück.

Nur der Kniende blieb neben Oskar hocken und murmelte weiter unverständliche Silben. Oskar legte die Waffe neben sich und spürte noch im selben Augenblick den Würgegriff des Anführers, der dabei ein furchterregendes Grunzen von sich gab. Während Oskar versuchte, sich aus der Umklammerung zu lösen, zogen ihn die Männer aus dem Faltboot. Sein Sarong blieb im Tumult am Sitz der *Sonnenschein* hängen. Eilig begannen sie, seinen nackten Körper zu erkunden. Überall spürte er ihre langen Finger, sie umfassten seine Schultern, glitten an seinen Oberschenkeln, den Knöcheln und Fußsohlen entlang und zogen an seinen Haaren. Er kniff die Pobacken zusammen, als sie ihn auf dem Boden herumdrehten. Sandige Hände krabbelten an ihm herab, ergriffen sein Glied und prüften mit Kneifen und Heben der Haut sein Fleisch.

Zwei besonders kräftig gebaute Insulaner zwangen ihn auf die Knie und hielten ihn an der Stirn fest, sodass er unweigerlich in den Himmel schauen musste. Einer der Angreifer trat vor ihn, zeigte ihm ein Messer und zog es vor dem eigenen Hals von links nach rechts, wohl um ihm zu bedeuten, was sie vorhatten.

Es ist nur ein Spaß, ein Missverständnis, eine Mutprobe, irgendein absurder Brauch, den man als Eindringling durchlaufen muss. Sie erwarten, dass ich reagiere. Sie erwarten ein Zeichen von mir.

»God!«, rief er, und gleich nochmals, den Vokal weiter ausdehnend. »Goooood!«

Die Männer sahen sich fragend an.

»God. You understand?«

Er deutete mit seiner Nase gen Himmel. Die Köpfe der Indios folgten stumm seinem Zeichen.

»God is in us all. There is no god, you know? We are all one, we belong together. God – is – in – everything. Gott ist in allem.«

Die Eingeborenen zeigten keinerlei Regung.

»Ingalischma«, sagte der Anführer erbost und tippte seinen Finger auf Oskars Brust.

Mit der Wucht eines ins Wasser stürzenden Ankers traf Oskar die Erkenntnis, dass er einen Fehler begangen hatte.

»Nein. Nein, um Himmels Willen, ich bin kein Engländer. Ich bin keiner von der Regierung der Inseln. Kein Engländer, versteht ihr? I'm deutsch, ich bin Deutscher. Wurst, Schwarzbrot, Sauerkraut, deutsch, Herrgott noch mal.«

Schnell legten die Männer ihm Hand- und Fußfesseln aus getrockneter und gezwirbelter Büffelhaut an, straffe, harte Leinen, die sofort tiefe Kerben in seine Haut schnitten. Ein paar der Insulaner zogen an seinen Haaren, und ein spitzer Schmerz strömte von seiner Schädeldecke in Brust und Rücken und von dort in den Rest seines Körpers. Aus den Augenwinkeln sah er, wie sich die übrigen Buschleute an der *Sonnenschein* zu schaffen machten. Einer von ihnen hatte den Ernstfallbeutel in der Hand, zog desinteressiert die Steine heraus und warf einen nach dem anderen ins Meer.

Ohne Vorwarnung begannen zwei Ureinwohner, auf ihn einzutreten. Oskar krümmte sich und versuchte, die Misshandlung so reglos wie möglich über sich ergehen und sich kein Leid anmerken zu lassen. Doch plötzlich traf die Faust einer der Männer sein linkes Ohr und ein zweiter Schlag sein Jochbein. Ein glockenklarer Ton ummantelte einen Schmerz, der an den Innenseiten seines Schädels abprallte. Dann verlor er das Bewusstsein.

Als er wieder zu sich kam, hörte Oskar auf seinem linken Ohr nichts mehr. Nichts, außer einem hellen Pfeifen. Die Männer waren verschwunden. Neben sich sah er einen Felsvorsprung und einige Meter weiter das Ufer und die *Sonnenschein*. Hinter ihm raschelte etwas im Busch. Ein Wollkuskus trödelte umher, während über ihnen ein Schwarm Fledermäuse in mathematischen Bewegungen durch die Luft schwirrte.

Oskar bemerkte an seiner Wade ein Stück lose Büffelhaut und schaffte es unter andauerndem Umfallen, sich zu befreien. Vor ihm im Sand entdeckte er sein Tagebuch, wenige Schritte daneben das offene und leere Tintenfass, etwas weiter eine Socke und seinen Kompass. Er steckte alles in einen der herumliegenden leeren Messingkanister und schob diesen in sein Boot. Auch das Paddel fand er, senkrecht im Sand steckend, hinter einem Felsen.

Obwohl sich sein Kopf anfühlte als würde darin ein Krieg toben, versuchte Oskar, die *Sonnenschein* ins Wasser zu schieben. Ihm wurde schwarz vor Augen. Aus dem Wald hinter ihm drangen Geräusche. Stimmen, Gejohle, fast klang es wie Gesang, das konnte er selbst mit seinem einen, gesunden Ohr hören. Im Buschwerk leuchteten Flammen auf.

Wenige Augenblicke später stand er hüfttief neben seinem Boot im Meer, genau an jener Stelle, an der er zwölf Stunden zuvor angekommen war. Eilig zog er sein Gefährt weiter, hievte sich zur Einstiegsöffnung, blickte dabei noch ein letztes Mal zum Waldrand und ... ließ sich wieder zurück ins Wasser gleiten.

Am oberen Ende des Strandes, kurz bevor ein Trampelpfad in den Dschungel führte, lag Karols schwarze Krawatte.

»*Aber vergiss nicht, Spargel, erst anziehen, wenn du einen wichtigen Sieg eingefahren hast. Bringt sonst Unglück.*«

Er schloss einen Moment lang die Augen. Fluchend und schwer atmend watete er durchs Wasser, zog die *Sonnenschein* an Land, lief den Strand hinauf und griff nach dem Geschenk seines verschollenen Freundes. Das Bücken verursachte ihm Schwindel, er fiel in den Sand, spürte die feinen Körner auf Zunge und Zähnen und blieb einen Moment lang liegen. Er wartete, bis hinter dem Flimmern vor seinen Augen wieder Baumwipfel auftauchten.

Das dumpfe Dröhnen der Stimmen war jetzt direkt hinter ihm, mischte sich mit dem hellen Ton in seinem Schädel zu einem bizarren Zirpen. Beim Aufstehen spürte er, wie die Adern an seinen Schläfen hervortraten. Sah das Meer vor seinen Augen wanken.

Mehr taumelnd als laufend gelangte er zurück zum Wasser, schob sein Faltboot vor sich durch die heranrollenden Wellen, ließ sich gegen die Brandung fallen, die Krawatte fest umklammert.

Hinter ihm schrie jemand, Füße klatschten ins Meer, so nah, dass er es nicht wagte, sich umzudrehen. Mühsam wuchtete er seinen Körper in die Sitzöffnung des Faltbootes, griff nach dem Paddel und begann zu rudern. Während der ersten Schläge ins Wasser kam es ihm vor, als würde er keinen Zentimeter vorankommen. Dann hörte er einen dumpfen Aufprall. Einer der Inselbewohner schlug mit der Hand auf das Heck der *Sonnenschein*, versuchte sich festzuhalten. Obwohl er damit gerechnet hatte, zuckte Oskar vor Schreck zusammen, schrie auf. Mit aller Wucht, die er aufbringen konnte, hieb er das Paddel nach hinten und traf seinen Verfolger, ein schauderhaft saftiges Geräusch verursachend, mit der Kante des Ruderblattes im Gesicht. Der Inselbewohner kippte rückwärts um und verschwand im Meer.

Während Oskar Zug um Zug aus der Bucht herausglitt, schwollen die Schreie der restlichen Meute in seinem Rücken zu schierer Raserei an. Dutzende stürzten hinter ihm in das Wasser.

»Ruhig, Spargel«, hörte er sich sagen, »das tanzt sich glatt.«

Ein Speer prallte an der Seite des Bootes ab, weitere versanken neben ihm in der Bucht, als er – jetzt schneller – in den anbrechenden Morgen paddelte. Das Fiepen in seinem Ohr bohrte sich durch seinen schmerzenden Kopf.

Die nächste Insel, auf der er womöglich einen Arzt finden würde, so viel wusste er noch, war Sermata. Vierzig Kilometer entfernt. Bei ruhiger See vielleicht dreizehn Stunden.

TEIL ZWEI

All die Wasser trugen uns so fern, so weit
War weder letzte Welle, noch war ich Geleit
Und sahen wir einen Mast auf See, kam seine Zeit
In Ewigkeit

HITLER

Wie dünne Bindfäden fielen die Regenschleier über Konstantys Gesicht. Die Allee der Rotten Row war selbst bei diesem Wetter malerisch. Geradlinig zog sie sich ein ganzes Stück am Hyde Park entlang. Träge Enten watschelten umher. Ein Mann in verschlissener Kleidung verkaufte mit gezwungenem Frohmut geröstete Erdnüsse.

Konstantys Laune hingegen war erneut an einem Tiefpunkt angelangt. Wieso stand er überhaupt hier? Wieso tat er sich das wieder und wieder an? Natürlich kannte er die Antwort. Unfähig war er, sich aus dem Gewühl der englischen Metropole zurück an die Pforten der wichtigen Politik, nach Berlin oder München zu arbeiten. Nicht einmal einen Termin mit dem deutschen Botschafter Joachim von Ribbentrop, den die Presse hier nur Brickendrop nannte, hatte er für sich nutzen können.

Stattdessen seit drei Jahren die Treffen mit Diana, alle paar Wochen. Ihr Enthusiasmus hatte auf ihn eine ebenso anziehende Wirkung wie ihre erotische Ausstrahlung, wie ihre Position in der gehobenen Gesellschaft, wie ihre blauen Augen, wie ihr hübsches Lächeln, ihre dreckige Fantasie, ihre Kontakte und ihr Willen, sich immer wieder und in allen Belangen weit aus dem Fenster zu lehnen.

Er sah sie in der Ferne auf ihn zukommen. Die Trippelschritte, die winkende Hand, alles wie immer.

Wenige Meter neben ihm stand ein Junge mit Schiebermütze und ließ ein Jo-Jo auf- und abschnellen.

Das Spielzeug bin ich. Und der Junge ist Diana.

Was würde sie ihm dieses Mal erzählen? Hatte er nicht schon genug Trivialitäten über sich ergehen lassen? Die ganze Geschichte ihrer Scheidung von diesem Guinness-Erben. Wie gern sie seinerzeit mit ihm in Cheyne Walk gelebt hatte. Dass sie ihm sein geliebtes Crêpe de Chine und ein paar Gemälde gelassen hatte und dafür die Cheyne-Walk-Möbel mit zum Eaton Square nehmen durfte. Jeden Spleen ihrer fünf verrückten Schwestern und ihres Bruders. Warum alle in ihrer Familie mehrere Spitznamen hatten; ihre seien Cord und Honks und Nard, nur Unity würde sie Nardy nennen. Diesen ganzen Blödsinn hatte er ertragen wie ein Pferd einen aufwendigen Hufbeschlag. Nur um zwischendurch ein paar Stück Zucker in Form von Neuigkeiten aus München oder Berlin ins Maul gestopft zu bekommen.

Diana war noch immer gute fünfzig Meter entfernt, schien aber geradezu auf ihn zuzutanzen.

Wie zuversichtlich sie die ganze Zeit über war. Selbst nachdem ihr großartiger Plan mit der Olympiade gescheitert war. Doch da ihm nichts anderes übrig blieb, hoffte er weiterhin, Unity und Diana würden ihn geradewegs zu Hitler führen, ein Umweg über Tschammer würde ihm erspart bleiben.

Ein übel riechender Mann mit einem Bauchladen stupste Konstanty an, um ihm einen Aufzieh-Popeye aus Blech anzudrehen, und er machte einen wütenden Schritt zur Seite.

Seine Hoffnung war nicht ganz unbegründet, schließlich hatte Hitler tatsächlich Gefallen an Unity gefunden, und Diana war durch sie ebenfalls des Öfteren am Tisch des Führers in der Osteria gelandet. Die englische Presse hatte sogar schon über einen Eifersuchtsanfall von Eva Braun berichtet. Als Diana vor einigen Wochen Oswald Mosley heimlich in Goebbels' Haus auf Schwanenwerder geheiratet hatte (Hitler war Trauzeuge), hatte Konstanty angenommen, das Ende ihrer Liaison wäre besiegelt. Doch zur Überraschung aller bestand Mosley darauf, weiterhin seine Affären haben zu dürfen, und so sah Diana keine Notwendigkeit, die ihre einzustellen.

Und da stand sie auch schon vor ihm. Vom Regen war ihr Make-up etwas verschmiert, was sie nur noch aparter aussehen ließ.

»Scheißwetter«, sagte Diana und strahlte. »In England ist immer Scheißwetter. So nennt man das doch bei euch, oder?«

»›Meinen Frau Gräfin nicht auch, dass dies ein rechtes Scheißwetter sein dürfte?‹«

Sie sah ihn fragend an.

»Darf man eigentlich gar nicht laut aussprechen«, erklärte Konstanty, »stammt vom elenden Tucholsky. Eine Edelfeder, aber auch eine verirrte Seele. Hat glücklicherweise im Exil sein gerechtes Ende gefunden, diese infame Ratte. Wie geht es dir, mein Herzblatt?«

Diana presste ihre Lippen, so fest es möglich war, zusammen und schien vor Freude zu platzen.

»Ich habe so gute Neuigkeiten für dich. Komm, lass uns ein Stück flanieren. So gute Nachrichten, gleich mehrere. Aber erst mal: Hast du das Pervitin dabei?«

Er gab ihr eine Dose und ermahnte sie, sich beim Genuss zu mäßigen.

»Ja klar. Schmeiß einer Löwin ein Stück saftiges Fleisch hin und sage ihr, sie möge sich das einteilen.«

Trotz des Regens waren viele Leute unterwegs an diesem Tag, und Diana zog sich ihren Hut etwas tiefer ins Gesicht.

»Ich habe keine Lust, erkannt zu werden. Wie du ja sicher mitbekommen hast, bin ich inzwischen in London eine *bête noire*. Gäbe es Oswald nicht, würde ich vermutlich schon in München wohnen. Ich verstehe nicht, wieso sie ihn in England so hassen. Selbst Bernard Shaw findet ihn inzwischen unmöglich. Schau mal.«

Sie wühlte in ihrer Manteltasche und holte eine klobige Pfeife hervor. Konstanty nickte.

»Exaltiert seid ihr Mitfords, das muss man euch lassen.«

»Sieh sie dir doch genau an.«

Er nahm die Pfeife in die Hand, betrachtete sie von allen Seiten, gab sie ihr zurück und zog die Mundwinkel nach unten.

»Schön. Etwas merkwürdige Form.«

»Man merkt, dass du nicht im Großen Krieg warst. Wenn du sie auf den Kopf stellst, wirst du es erkennen.«

Diana klappte an einem kleinen Haken einen Abzugshahn und auf der Innenseite einen Sporn aus und zeigte Konstanty die im Pfeifenkopf sitzende Trommel mit Patronen.

»Ich will keine Überraschungen erleben. Übrigens: Adolf will Unity in München eine Wohnung besorgen. Er meint, die jüdischen Vormieter würden nach Übersee ziehen.«

»Das sind ja ganz wunderbare Nachrichten.«

»Jetzt warte es doch ab. Zunächst mal: Ich habe neulich in Berlin jemanden kennengelernt, der weiß, wo Oskar Speck ist. Sein Name ist Egon Lex, er ist Redakteur der *Illustration* oder *Illustrierten* oder so, ich habe es mir irgendwo aufgeschrieben, und er kommt demnächst nach London. Ich habe ihm natürlich befohlen, sich mit dir zu treffen.«

»Wo ist er?«

»Noch ist er in Berlin ...«

»Nein, Speck natürlich, Himmelherrgott.«

»Das weiß ich doch nicht. Lex wird es dir erzählen.«

Hinter den Nieselschwaden tauchte in einiger Entfernung Marble Arch auf.

»Aber das ist ja längst nicht alles. Neulich hat Adolf für Unity und mich eine seiner ›kleinen Gesellschaften‹ abgehalten. In der Reichskanzlei. Wir haben ihn jetzt schon wirklich oft getroffen, aber für mich wird das nie zur Normalität werden. Und ich glaube, es war das erste Mal, dass ich für einen Moment mit ihm allein in einer Ecke des Raumes stand. Da dachte ich: Jetzt oder nie!«

Sie spannte einen Schirm auf, begann schneller zu laufen und zog Konstanty mit sich.

»Komm, wir halten da vorne ein Taxi an. Ich will heute unbedingt noch zu Lyons. Von ihrem Tee kann man süchtig werden.«

Bevor sie die Straße erreichten, hielt Konstanty sie zurück.

»Was hat er gesagt? Was hast *du* ihm erzählt?«

»Ich habe ihm, so schnell und so straff ich konnte, von Speck berichtet. Musste mich beeilen; er ist immer von so vielen Leuten umgeben. Ich habe ihm vorgeschwärmt, dass ich den Mann kennen würde, der Speck zurückholen will. Wie großartig das doch sein würde, habe ich gesagt. Und alles, was es brauche, sei Geld.«

»Und?«

»›Wunderbar!‹, hat er gerufen. Und: ›Das ist doch was für den Hans, das machen wir.‹ Ich habe nachfragen müssen, und er sagte, Hans von Tschammer und Osten sei gerade zum ... warte ... wie sagte er gleich ... Staatssekretär im Reichsministerium des Innern befördert worden. Jetzt schau nicht so. Ich habe ihn davon abbringen können und gesagt, das sei doch mehr eine Abenteuergeschichte als Sport. Aber wir bräuchten Geld.«

Sie zwinkerte übertrieben oft und schnell, um Konstanty zu versichern, welche Mittel sie bei dem Gespräch eingesetzt hatte. Dann legte sie ihm eine Hand auf den Arm.

»Er wird es uns geben, Konstanty. Nenn mir die genaue Summe, und ich sehe, was sich tun lässt. Die Operation kann beginnen. Es ist alles klar, nichts kann mehr schiefgehen. Wir holen deinen Oskar Speck zurück. – Oh! Da drüben ist eins.«

Wild mit einem Arm rudernd, winkte sie das Taxi heran.

»Wir bekommen Geld vom Führer«, murmelte Konstanty.

»Amazing, isn't it? Don't waste it! Du musst jetzt schnell alles vorbereiten.«

Konstanty rührte sich nicht.

»Ich schwöre dir, ich bringe diesen Speck um, wenn das alles vorbei ist und ich ihn nicht mehr brauche. Wie kann ein einzelner Mensch einen aus so großer Entfernung derart malträtieren?«

Diana machte ein paar Sätze Richtung Straße. Konstanty hörte sie nur beiläufig weitersprechen.

»Aber bis dahin darf dem bloody bastard nichts passieren. Am Ende verliebt er sich gerade in eine Inselschönheit, haha.«

TAMAN

Er kam sich albern vor mit dem Verband um seinen Kopf. Immer wieder sah er sich verstohlen um, ob die Menschen, so wenige sich um diese Uhrzeit auch auf den Straßen tummelten, ihn beobachteten.

Surabaya war ihm noch gut von seinem ersten Aufenthalt in Erinnerung, als er die Stadt auf dem Weg zu seinem australischen Ziel für einige Wochen zu seinem Zuhause auserkoren hatte.

Bedächtig schlich Oskar durch die Straßen, genoss für einen Augenblick die wärmende Sonne, seine Hände in den Taschen der kurzen Khakihose. Er folgte dem Kali Mas, dem Goldenen Fluss, einem Nebenarm des Brantas, der, so hatte es ihm ein Einheimischer erzählt, bei Kepung entsprang und bis hierher, in die Innenstadt von Surabaya, führte, wo er wenige Hundert Meter weiter im Hafen in die Meerenge von Madura mündete.

Er schlenderte durch den Stadtteil Darmo mit seinen zunächst schlichten, später vornehmen Häusern, penibel gepflegten Gärten und eindrucksvollen Granitbalustraden. Betrachtete die geschwungene Glasmalerei auf einer hohen, schmalen Eingangstür, die mattgrünen Schachtelhalme der Kasuarinen, die sich kraftlos vor der Straße verbeugten und ihn an nasse Haarschöpfe erinnerten. In ihnen nisteten kleine Feenseeschwalben, flogen mit ihren eng sitzenden, weißen Mänteln über seinen Kopf und erfüllten die Luft mit süßlichem Pfeifen.

Sein lädiertes Ohr spielte ihm Streiche. Ab und zu drehte er sich erschrocken nach einer polternden Tram, einem quietschenden Fahrrad oder einem Auto um, deren Geräusche sich auf den breiten Straßen mit dem Hufeklappern der Pferde oder dem Rascheln der Rikschas vermischten. Surabaya kam ihm wie eine verblasste Postkarte vor, in der man leben, sich treiben lassen konnte.

Er hatte das Hospital so früh wie möglich verlassen, seine wenigen verbliebenen Sachen geschultert und war ohne besonderes Ziel losgezogen. Jetzt atmete er die Düfte der Stadt ein, die Maisblattzigaretten, den herben Geruch der Champakablüten und die süßen Gewürze der Priems aus Betel, Sirih, Tabak und gelöschtem Kalk. Er spürte, wie sein Körper die Wärme aufsaugte, wie er die Freiheit genoss. Doch unter dieser Wonne kroch eine merkwürdige, ihm unbekannte Aufregung durch seinen Magen, gefolgt von dem zermürbenden Gedanken an die vernichtete *Sonnenschein*.

Jedes Mal, wenn er an seine Flucht von Lakor dachte, wanderte ein dumpfer Schmerz unter seiner Augenbraue entlang. Die ganze Fahrt nach Sermata über – fast ein Jahr war das her – hatte er ein monströses Dröhnen in seinem Kopf gespürt. Dort konnte man ihm nicht helfen. Also musste er am darauffolgenden Tag weiterfahren nach Babar, zu einer Insel, die noch einmal achtzig Kilometer entfernt lag. Achtzig Kilometer, die er wie in Trance paddelte. Doch selbst auf Babar hatte es keinen Arzt für ihn gegeben. Immerhin nahm ihn eine Fähre mit nach Saumlaki, zum Missionshospital der Tanimbarinseln. Wochen später verlegte man ihn in das Militärkrankenhaus auf Ambon, wo ihm die Ärzte eröffneten, dass sein Trommelfell geplatzt war, er müsse sofort operiert werden, sich anschließend ausgiebig erholen. Und weitere sieben Monate später brachte man ihn nach Surabaya, da eine zweite Operation unumgänglich war. Boot und Ausrüstung waren derweil in Saumlaki geblieben. In die Psychiatrie wurde später nur sein Gepäck geschickt. Das Boot, so erklärte man ihm, sei von den holländischen Behörden sicherheitshalber zerstört worden.

Im Norden der Stadt, unweit des Hafens, wo die Straßen lang und breit wurden, tauchte vor ihm das Café Taman auf, eine Bar, die er bei seinem ersten Aufenthalt entdeckt und liebgewonnen hatte. Der Nachmittag flirrte so hell, als würde in der Luft feinster goldgelber Staub schweben. Dennoch setzte er sich wenige Meter vom strahlenden Blau entfernt in den spärlich besuchten Gastraum des Cafés, der, länglich und eng, zur Hälfte von einem Holztresen okkupiert war. Hinter einigen winzigen Metalltischen der Jahrhundertwende schimmerte eine löchrige Steinwand in unzähligen Siena- und Sandtönen. Oskar mochte die Schlichtheit des Ortes, so unfertig und gleichgültig, sich nie wirklich um Kundschaft oder das Leben da draußen kümmernd.

Er saß, trank Kaffee und las zum vierten Mal einen Artikel auf der letzten Seite einer englischen Zeitung. Es ging um die Erfindung eines Franzosen namens Michel André, die dort mitsamt ihrem Schöpfer abgebildet war. Oskar schüttelte den Kopf. Monsieur André versank auf einem Foto bis zur Hüfte in einer Seifenkiste und diese wiederum in einem See. Präsentiert wurde das weltweit erste Unterwasserauto. Das letzte Bild der Serie zeigte ein aus dem Tümpel ragendes, periskopisches dünnes Rohr, aus dem nahezu durchsichtiger Dampf entwich und das ein zittriges V auf dem Wasser hinter sich herzog.

»Nein, danke! Höchstens was Kaltes, Erfrischendes.«

Sie sagte dies, ohne eine Miene zu verziehen, ohne ihn auch nur anzusehen, und pflanzte sich auf den Stuhl ihm gegenüber.

Gili Baum räusperte sich, um ein Kratzen aus ihrer Stimme zu entfernen, das sich nicht beseitigen ließ, begann in ihrer Handtasche zu wühlen, in der sie den dahinschmelzenden Rest ihres Erbes mit sich herumtrug, und reichte Oskar einen zerknitterten Geldschein.

Er starrte sie an. Etwas in ihm implodierte, und für einen Moment nahm er an, Gili, der Kellner, die anderen Gäste und vermutlich selbst Bewohner auf dem asiatischen Festland könnten die Erschütterung hören und spüren. Er zwang sich zu sprechen.

»Ich würde dich gerne einladen, für die ganze Mühe, aber ...«

»Mach dir keine Sorgen. Noch habe ich etwas Geld. Und du übrigens bald auch wieder, sobald der Verlag bezahlt.« Sie sah sich um. »Guten Geschmack hast du. Ich bin noch nicht so lange in Surabaya, kannte ich nicht, das Taman.«

Sie wedelte nachdrücklich mit der Geldscheinhand, und Oskar gehorchte.

Ohne sie aus den Augen zu verlieren, ging er zum Tresen, bestellte und beobachtete, wie sie in einer einzigen Bewegung ein kleines Päckchen aus ihrer Tasche holte, eine Zigarette herausschüttelte und diese in ihren Mund steckte. Umständlich entzündete sie ein Streichholz, hielt es an die Zigarette, löschte mit einer kleinen Drehung des Handgelenks die Flamme und warf den verkohlten Stummel in einen Aschenbecher, während der erste Qualm aus ihrem Mund kroch. Er roch den Nelkenduft.

»Oh, Zitronenlimonade«, sagte sie respektvoll, als er mit zwei Gläsern zum Tisch zurückkehrte, ganz so, als habe ihr ein Kind ein Geschenk überreicht. Dann betrachtete sie ihre wieder erloschene Zigarette, wandte sich dem Kellner zu und signalisierte ihm, dass sie neue Streichhölzer benötigte. Bevor sie ihre Tasche auf den Boden stellte, zog Gili eine große Papiertüte heraus, deren Inhalt sie auf dem Metalltisch ausstreute. Sie nahm sich eines der gebogenen und zu Dreiecken geschnittenen Kokosnussstücke und forderte Oskar auf, sich zu bedienen. Stumm lehnte er ab, versuchte, sie wenigstens hin und wieder nicht anzustarren.

Als wäre es aus Eisen, verzog sie bei dem ersten Bissen auf ein hartes Stück Kokosnuss ihr Gesicht.

»Ich bin froh, dass sie dich rausgelassen haben aus dem Kasten. Ich finde die Psychiatrie gruselig.«

Mit einem Mal hielt sie inne und nahm das Dreieck aus ihrem Mund, sah ihn besorgt an.

Oskars Magen war ein Schwarm Vögel. Er sah, wie sie etwas sagte.

»Hast du immer noch Kummer, oder was ist los?«

Er schüttelte benommen den Kopf, fühlte sich gleichzeitig krank und so gesund wie noch nie, konnte die Plötzlichkeit seiner Erkenntnis kaum begreifen. Was auch immer er für Lieselotte einst empfunden hatte, es war lediglich die Ahnung eines Gerüchts, das auf einer Verwechslung beruhte. Und Gili Baum das, was die Welt aus der Fassung geraten ließ.

»Doch zu früh entlassen worden, was?«

»Bitte? Nein, alles in Ordnung. Ich bin nur ... Die Hitze ...«, sagte er und faltete verlegen eine Ecke der Papiertüte.

»Nun ja, besser als zu Hause.«

Sie biss laut knackend ab und er nickte. Sprach.

»In Hamburg hat mich mein Vater jedes Jahr gefragt, woran man erkennt, dass in Deutschland Sommer wird.« Er wartete kurz. »Sein Arsenal an Witzen war ziemlich überschaubar. Jedes Jahr derselbe Spruch. Und jedes Jahr die gleiche Antwort: ›Der Regen wird warm.‹«

Gili sah sich nach dem Kellner um.

»Wo bleibt der denn?«

»›Der Regen wird warm.‹«

Sie betrachtete die kalte Zigarette.

»Hab ich verstanden.«

Ein paar Augenblicke saßen sich beide schweigend gegenüber, von draußen hörte man die Räder einer Straßenbahn.

Gili lutschte an einem Stück Kokosnuss und ließ ihren Blick auf Oskar ruhen, bis dieser nervös zur Seite schaute.

»Der Mordanschlag wird der Höhepunkt des Artikels. Wahrscheinlich wollen die dann gleich noch eine Abenteuerserie.«

»Mir ist alles recht. Ich brauche Geld. Ich hänge hier ziemlich in der Luft. Du kannst die Geschichte übrigens auch gerne reißerisch aufziehen. Und was Karols Mutter angeht: Ich werde ihr einen Brief schreiben. Ich muss nur noch die richtigen Worte finden.«

»Hast du noch ein paar Details auf Lager?«

Oskar überlegte, versuchte, klar zu denken, und berichtete ihr von der verhängnisvollen Nacht des Überfalls, betonte dabei immer wieder, dass es sich genauso gut um ein Missverständnis gehandelt haben könnte und wie sinnlos er die Machtdemonstration der westlichen Welt an diesen friedlichen Orten fand. Dann leerte er sein Glas und sah sie unverwandt an.

»Eigentlich habe ich gar keine Lust mehr, über meine Reise zu sprechen. Kannst du mir nicht zur Abwechslung mal etwas von dir erzählen?«

Sie nickte kaum merklich. Knackend verschwand ein weiteres Stück Kokosnuss hinter ihren Zähnen.

»Komm, lass uns ein bisschen herumlaufen.«

Träge und schlammig schob sich der Kali Mas neben ihnen voran. Sie kamen an merkwürdig geformten Bündeln von Treibgut vorbei, die im Schilf des Ufers schwammen. Stumm führte Oskar sie zum Taman Wisata Park. Sie gingen an Blumenrohrbeeten entlang und sahen dem irisierenden Gespinst einer Sprinkleranlage zu. Elstern zogen in der Nähe über sonnenbeflecktem Gras und unter riesigen Platanen ihre Bahnen.

»Was machst du hier eigentlich, in Surabaya?«

Einen Moment lang sah es so aus, als würde sie die Frage brüskieren.

»Das, was mir passiert. Anders kenne ich es gar nicht.«

»Alle Deutschen, die ich bislang außerhalb der Heimat getroffen habe, haben immer mit aller Kraft versucht, ihr deutsches Leben im Ausland fortzusetzen. Alte Gewohnheiten aufrechtzuerhalten und so. Meist wollen sie sogar die Einheimischen von der Richtigkeit ihres Lebensstils überzeugen. Ordnung, Logik, Regeln, Gehorsam und so. Wie daheim.«

»Mein Leben« – sie schien müde, als sie das sagte – »folgt der Logik eines fallenden Blattes. Aber das macht nichts. Heute bin ich hier und gehe mit dir spazieren. Nächste Woche schreibe ich eine lange Artikelserie, die wir nach Deutschland verkaufen. In einem

Monat bin ich womöglich in Hongkong. Können wir über etwas anderes reden?«

Als sie den Lotusteich hinter sich gelassen hatten, fuhr ein Becak dicht an ihnen vorbei, und der Fahrer hatte großen Spaß daran, die drei heulenden Töne seines Klaxons erschallen zu lassen. Oskar wartete, bis er außer Sichtweite war.

»Bist du eine richtige Autorin? Eine Journalistin?«

»Ich versuche es.«

»Und jetzt hat Makeprenz dich gezwungen, meine komische Reise zu Papier zu bringen. Tut mir leid.«

Sie schenkte ihm einen kurzen, überraschten Blick und schüttelte den Kopf.

»Muss es nicht. Mir gefällt deine Geschichte. Sie hat so was schön Rätselhaftes. Du müsstest doch eigentlich längst die größte Sensation seit der Erfindung von Penicillin sein. Es müsste Bücher und Filme über dich geben.«

Sie hatten den Park verlassen, und Gili beobachtete Oskar aus den Augenwinkeln, als sie in die Handelsstraße Kembang Djepoen einbogen.

»Ich hab mal einen burmesischen Produzenten getroffen, der einen Film über mich drehen wollte. Aber erst hat er mir eröffnet, der Streifen müsste auch von den Flussgebieten des Landes handeln, und am Ende ließ er mir ausrichten, die Menschen dort hätten für Kinokultur nichts übrig.«

»Was ist mit deinen Mineralienfunden?«

»Der geheime Blick, was?«

»M-mh«, sie kaute bejahend auf einem Stück Kokosnuss.

Oskar blieb auf der Red Bridge stehen und deutete auf die engen Gassen und Sträßchen um sie herum, auf eine Menschentraube vor dem Lokal Stam & Weyns und in Richtung Tinplein.

»Das hier ist übrigens Chinatown.«

»Ist manchmal gar nicht so einfach, etwas aus dir herauszukriegen.«

»Gili, ich hab keinen geheimen Blick. Sosehr ich mir das auch wünschen würde. Ein Mitarbeiter der Tin Mines of Burma hat mir vor Monaten gesagt, meine Funde aus Mergui, vermeintliche Weißgold-Proben, hätten keinen kommerziellen Wert, wären nichts anderes als Blei. Doktor Hamza bin Haji Taib, ein Fachmann, den ich in Singapur getroffen habe, hat mich scherzhaft gefragt, was ich mit dem verbogenen und wertlosen Eisen und Zinn in meinem Boot wolle. Nicht mal die Indios, die mich überfallen haben, haben geglaubt, dass meine Steine für eine Kette oder Handschmuck taugen würden. Mein Boot ist weg, ich habe kein Geld, besitze nichts, und niemanden interessiert es, ob ich einen Rekord breche oder ein Stück Balsaholz.«

»Außer der *Berliner Illustrirten*. Und wenn die Artikelserie erst mal erschienen ist, wird sich das Blatt wenden, glaub mir.«

Er nickte und schaute auf einen kleinen, von Seepocken gesäumten Pier, auf dem eine Eingeborene in einem ausgebleichten Sarong hockte und Wäsche auf einen Stein schlug.

»Ja, vielleicht. Vielleicht, wenn ich tatsächlich bis nach Australien weiterfahren würde. Ich habe mal nachgerechnet. Fünfzigtausend Kilometer wären es dann insgesamt. Ulm bis Australien. Womöglich würde es dann jemanden interessieren. Aber ohne Boot, ganz ehrlich ...«

»Du willst doch nicht etwa aufgeben?«

»Zunächst brauche ich mal einen Platz zum Schlafen.«

»Und genau darum kümmern wir uns jetzt.«

Gili pfiff mit zwei Fingern ein Becak herbei.

KONFETTI

Das Sonnenlicht warf seine Spätnachmittagsstrahlen schräg durch Sugar Cane Siwalettis Wohnzimmer und auf Oskar, der kerzengerade auf dessen Sofa saß und an seinem Verband zupfte. Der Hamburger bedeutete Gili mit einer Geste, sie möge sich neben ihn setzen, doch sie schüttelte nur kurz den Kopf und schlenderte stattdessen zu einem Bücherregal, zog eine Taschenbuchausgabe von Jack Londons *The Turtles of Tasman* heraus.

»Du kannst gerne hier bleibe, solange du magst.« Sugar, der mit dem Rücken zu seinem Instrument auf einem Klavierhocker lümmelte, unterstrich seinen freundlichen Tonfall mit einem wohligen, runden holländischen Akzent. »Auf deine Bett hast du ja schon Platz genomme.« Es klang wie »chenomme«, mit hartem ch. »Und keine Bange: Das Zimmer ist zwar das Zentrum von meine Häuschen, aber dich wird hier niemand störe. Ich wohne allein hier und bin viel unterwegs, niet waar?«

»Das ist sehr nett von dir. Ich werde dir natürlich was dafür zahlen, sobald ...«

Sugar wies den Vorschlag mit einer empörten Miene ab.

»Fühl dich wie zu Hause, Oskar.«

»Wie zu Hause. Besser nicht.«

Auch Gili verglich stumm das sich ihr bietende Bild mit ihrem trostlosen Zimmer im Deutschen Klub, wo ihr Blick auf eine fensterlose Wand des Oranje Hotel fiel.

Dann sagte sie stolz: »Sugar hat heute einen Auftritt im Hellendoorn. Er ist ein landesweit bekannter Musiker.« Sie stellte London zurück ins Regal. »Das bist du doch, oder?«

Der dunkelhäutige Bandleader knetete seine ölverschmierten Hände.

»Sagen wir lieber, ich wäre gerne Musiker. Richtest du die Frage an meine Vater, würde er sagen, ich sei Verkäufer bei K.K. Knies. Dem Klavierhersteller, die haben einen Laden hier in der Stadt. Meine Schwester meint, ich sei ein Clown. Ein Clown, der schwindsüchtige holländische Jugendliche versucht die Tonleiter beizubringen. Und meine Mutter würde ihre Arme verschränken.« Mit gespieltem Ernst ahmte er sie nach. »›Der Junge ist eine verwirrte, heranwachsende Mischling mit tausend aufgeschreckte Libellen im Kopf.‹ Sie redet immer so ... geschwolle, sagt man bei euch, glaube ich.«

Das Zimmer war unordentlich, doch in Gilis Augen verbreitete das ganze Haus eine Aura der Freiheit und des Hedonismus, von der sie fasziniert war. Auf dem Teppichboden lagen verstreut Notenblätter, zwei Jacken und einige Teller. Vor dem Klavier standen zwei leere Weinflaschen, und unter einem Stuhl war Werkzeug ausgebreitet. Nur die Wände schmückten ordentlich eingerahmte Drucke, alte Gemälde und Fotos, von denen, so vermutete Gili, Sugars Familie herablächelte. Abhängig davon, wo man sich gerade befand, schwebte der Geruch von Zimt, Wachs oder Motoröl durch das Haus.

Sie sah aus dem Fenster und deutete auf ein Motorrad, das zwischen ein paar Pinien, Teak- und Eukalyptusbäumen abgestellt war.

»Was ist damit?«

»Das ist meine Ariel Square Four. Gerade repariert. Aber ich kann sie nicht mal ausprobieren. Ich habe zurzeit jede Tag Proben für eine Silvesterveranstaltung im Simpang Club. Ist nicht mehr so lange bis dahin. Und wichtig. Geld, verstehst du?«

Gili wandte sich an Oskar.

»Sagtest du nicht, du bist in Indien mal Motorrad gefahren?«

»Ja, aber das ist schon Jahre her.«

»Also abgemacht, Oskar, ab heute wohnst du hier. Darauf müssen wir anstoßen.« Sugar eilte in seine Küche und kam mit drei Gläsern und einer Flasche zurück. »Strohrum. Brennt wie ein Gewürz.«

Der Pianist zog eine Packung Streichhölzer aus der Hosentasche und zündete den Alkohol an. Alle drei nahmen sich ein Schnapsglas, hielten es kurz in die Höhe, dann legten sie ihre Hände auf die Flammen, knallten ihr Glas auf den Couchtisch und kippten den Fusel hinunter.

Auf der Terrasse am Eingang des Hellendoorn zog Oskar Gili am Arm.

»Mit dem Verband kann ich da unmöglich rein.«

»Das schaffst du schon, Großer.«

Durch den Gastraum des zum Club gehörenden Restaurants liefen sie hinter Sugar her, und Oskar erkannte Gunther Makeprenz, der vornübergebeugt an einem der Tische saß und mit höchster Konzentration einem Mann zuhörte, der allein aufgrund seiner Aufmachung unter den fast ausnahmslos in weiße Anzüge gekleideten Gästen auffiel. Er trug ein dosenförmiges Käppi, eine randlose Brille sowie eine leuchtend rote Jacke ohne Kragen, und während er sprach, wippte unter seinem Kinn ein länglicher, dünner Bart. Gili zog Oskar weiter, hinter eine große Flügeltür in einen langen, durch goldene Bögen dreigeteilten Saal mit strahlendem Parkett und wilden Wandmalereien, die die Pflanzenwelt der Insel zeigten. An der Stirnseite der Halle spielte eine vielköpfige Band.

Im Publikum war niemand, der nicht verkleidet war. Alle hatten ihr Gesicht geschwärzt, übertrieben geschminkt oder mit einer Maske verhangen. Die beiden Deutschen schlängelten sich durch Piraten, Affen, mit Rüschen verzierte Prinzessinnen und unter schneiendem Konfetti bis zu einem freien Tisch durch, während Sugar von der Bühne hinter einem Klavier sitzend einen brandneuen amerikanischen Swing-Song namens *Don't be that way* ankündigte. Nach wenigen Takten hüpften falsche Spanier, unechte Schotten und zwei als Tiroler verkleidete Männer an Oskar und Gili vorbei, die Kabarettclowns Pierrot und Pierret schlugen gemeinsam mit einer Horde Matrosen eine Schneise zwischen sie. Jemand legte ihnen hawaiianische Leis aus Orchideen um den Hals und forderte die beiden merkwürdigen Europäer, die sich als Sekretärin und Kriegsversehrter kostümiert hatten, auf, mit ihnen durch den Saal zu tanzen. Gili mussten sie nicht lange bitten, doch Oskar verzog sich an einen Tisch, versuchte, seine Protokollantin im Auge zu behalten und gleichzeitig mühsam im Takt zu wippen.

Es war bereits nach Mitternacht, als eine neue Combo die Bühne betrat und mit Ukulelen und Marimbas sanfte Klänge anschlug, und Oskar wunderte sich, wie schwärmerisch und wohlwollend die Menge darauf reagierte. Er beobachtete Gili, die vor Begeisterung glühte und ihn zu sich winkte. Gerade als er aufstehen wollte, ließ sich Makeprenz mit schweren Lidern und übertriebener Erschöpfung auf den Stuhl neben ihm fallen.

»Wusstest du, dass Surabaya ›tapfer in der Gefahr‹ bedeutet? Die Araber haben vor vierhundert Jahren den Islam mit Feuer und Schwert auf der Insel eingeführt. Und was haben sie damit erreicht, was machen die Herrschaften heute? Nichts als javanische Rokokofürsten, Schattenfürsten sind das, alles Scheinmoslems.«

»Bitte?«

»Ich habe da drüben einen Mann kennengelernt, mein lieber Scholli. Der hat Ahnung! Nein, wirklich. Siti heißt der. Toller Kerl. Ganz anders als unsereins. Ich bräuchte mal ein gutes, deutsches Bier. Um in Laune zu kommen, muss man hier ganz schön erfinderisch sein. Ich habe mir gestern eine richtig wuchtige Bowle aus Mangos und Kokosnüssen gebraut, da läuft's dir heiß die Hacken hoch. Ein Sack Kokosnüsse kostet hier umgerechnet nur zwei Pfennige.«

Die Band stimmte ein langsames Lied an. Gili kam zu ihnen herüber.

»Ich leg jetzt ein wenig Erdbeer auf die Wangen und dann würde ich gerne noch mal tanzen.«

»Vergiss mal die Erdbeeren«, sagte Makeprenz, nahm einen Schluck Tuak, stellte den Palmwein auf dem Tisch ab und hielt ihr mit einem »Gnä' Frau« einen angewinkelten Arm hin.

Oskar beobachtete die beiden, wie sie sich vergnügt im Takt wiegten, als Sugar an ihren Tisch zurückkehrte, sich mit einem kleinen Kamm seine Haare zurechtstriegelte und ein Glas befüllte.

»Hat es dir gefalle?«

Der Hamburger reagierte nicht, verfolgte das Geschehen auf der Tanzfläche.

»Oje. Verstehe. Wie schlimm ist es?«

Erst jetzt bemerkte er Sugar.

»Schlimm.«

»Sehr schlimm?«

»Schlimmer.«

»Wie lange kennt ihr euch?«

»Etwas über eine Woche. Und eigentlich kennen wir uns gar nicht.«

»Schlimm.«

»Nein, es ist wirklich schlimmer: Sie wird in ein paar Wochen nach Hongkong verschwinden.«

»Da musst du eine Lösung finde, niet waar?«

Oskar versuchte zu lächeln, doch es gelang ihm nicht.

»Wenn ich sie ansehe, bin ich wie gelähmt. Ich würde sie sofort heiraten, hier und jetzt. Aber ich weiß nicht einmal, was diese Frau denkt. Wenn du eine Idee hast, bitte.«

»Erst mal müssen wir das Wasser in die richtige Richtung fließen lassen, bevor wir die Brücke bauen.«

Ruckartig stand Sugar auf, drängelte sich zu einer als Greta Garbo verkleideten Frau durch, die allein mit ihrem am Kabel abgeschnittenen *Menschen im Hotel*-Telefonhörer in der Nähe der Bühne stand, zog sie mit sich und hängte sie bei Makeprenz unter. Dann kehrte er mit Gili zurück zu ihrem Tisch.

»Kommt, ich will euch etwas zeigen.«

Sugar schaltete die Lichter seines Ford Eifel aus und führte Gili und Oskar einen der Stege entlang. Myriaden von Motten umschwärmten die schummrigen Laternen von Surabayas Hafen. Der abendliche Lärm um Tunjungan, die geschäftige Hauptverkehrsader der Stadt, war nur noch ein entferntes Summen in ihrem Rücken. Draußen auf dem Meer tuckerte ein Fährboot über die ruhige See, grüne und rote Lichter schimmerten durch die Rauchschwaden der Dampfmaschine. Weit dahinter lag schwer ein riesiger Dampfer im Wasser.

Über dem Meer ist die Nacht tiefer, dachte Oskar, als sie am Ende des Steges angekommen waren, wo nur noch das Licht einer Öllampe in der Kabine eines kleinen, am Steg vertäuten Lastkahns flackerte. *Weit weg, da draußen.*

»Das«, Sugar breitete feierlich seine Arme aus, »ist der Western Fairway. An jeder Seite des Hafens befindet sich eine Zitadelle zur Verteidigung, Fort Menari und Fort Piring. Seht ihr die? Ich komme oft nach Auftritte hierher.«

Der Stolz über die Errungenschaften des indonesischen Militärs war dem Musiker deutlich anzuhören. Er erklärte, er sei froh über die Generationen an sorgfältiger Kolonialisierung. Sie hätten der Stadt Prosperität, Frieden und eine unumstößliche Sicherheit gebracht.

Hinter ihnen kletterte ein Kuli aus einem am Bug bunt bemalten Pinisi, auf seinen Schultern zwei schwere Körbe balancierend, die gleichzeitig nach Stockfisch und Kokosnuss dufteten.

Sugar setzte sich auf den Rand des Steges, und Gili und Oskar taten es ihm gleich. Sie beobachteten ein paar Schwalben, die über das dunkle Wasser streiften. Der Musiker hatte eine aus dem Hellendoorn entwendete Bierflasche und eine Packung Nelkenzigaretten mitgebracht und bot Gili eine an, gab ihr Feuer. Dann nahm er einen Schluck und reichte das Bier weiter.

»Es ist jede Abend das Gleiche hier«, erklärte er. »Meine glühende Zigarette, ein paar merkwürdige dunkle Gestalte, die Vögel, die Schiffe. Wie sagt man bei euch? Das wächst an mein Herz. Aber an manche Tagen würde ich gerne auf so einem Dampfer an der Reling stehe, die Insel hinter mir lasse und mich auf Amerika freuen.«

Mit einem empörten Gesichtsausdruck gab Gili Sugar einen Schubs.

»Fang nicht schon wieder an. Du bist ein Musiker. Ein Bandleader sogar! Und natürlich wirst du nach Amerika fahren. Genau an so einer Reling stehen und aufs Land schauen. Und deine Familie wird genau hier sein, wo wir jetzt sitzen, und sie werden dir mit verweinten Augen und Taschentüchern in der Hand hinterherwinken.«

Sugar blickte verschämt zu Boden.

»Und wir schlagen dann neidisch die Zeitung auf«, ergänzte Oskar. »›Sugar Cane Siwaletti – Star des Boardway, an drei Nächten hintereinander ausverkauft.‹«

»An fünf Nächten«, jubelte Gili heiser, »und es heißt Broadway, Mensch.«

»Nein, nein, nein! Aufhören. Das wird niemals geschehe.« Sugar schüttelte verlegen den Kopf. »Wie soll jemand, der seine Kindheit auf einer Zuckerrohrplantage in Bondowoso verbracht hat, am Broadway landen, he?«

Er erzählte ihnen von seinen Eltern, einem javanischen Vater und einer niederländischen Mutter, die ihn auf eine gute holländische Schule geschickt hatten, wo er mehrere Sprachen, darunter Deutsch und Englisch, lernte. Berichtete von ihrem Betrieb, der jahrelang wuchs und gedieh und seine Eltern zu reichen Leuten machte, bevor es im Zuge der Wirtschaftskrise bergab ging. Sugar beklagte, wie skeptisch die Eltern seine Vorliebe für amerikanischen Jazz beäugt hatten.

»Ich hätte ihnen gerne mal erklärt, dass ich jedes Mal Gänsehaut bekomme, wenn ich Sonny Greer oder Kenny Clarke im Radio spielen höre. Wie warm mir ums Herz wird, wenn Sidney Catlett – Big Sid Catlett! – über das Fell einer Snaredrum streichelt oder Cab Calloway wie Samt zum Ploppen von eine Kontrabass singt. Aber das wäre aussichtslos gewesen.«

Ein einziges Mal, beim Abendessen, erzählte Sugar, habe er ihnen geschildert, was es ihm bedeute, wenn der Pianist Duke Ellington mit geschmeidigen Fingern ein paar seiner Sorgen zum Klingen brachte. All seinen Mut habe es ihn gekostet, seinen Eltern an jenem Abend zu beichten, dass er, Henk Siwaletti, von allen Sugar Cane genannt, plane, genau dieses Kunsthandwerk ebenso perfekt zu beherrschen und sein gesamtes Leben dem Ziel, einmal in Amerika in einem echten Jazzclub zu spielen, unterzuordnen gedenke.

Er legte seine Lippen an die Öffnung der Bierflasche und blies einen tiefen Ton darauf.

»Und dann hat mich meine Schwester daran erinnert, dass ich als Clown arbeite, niet waar? Und das stimmt, leider. Ich arbeite als Clown, um etwas dazuzuverdiene. Ich bin eine traurige Clown, mehr niet.«

»Was ist daran verkehrt?«, fragte Gili und erntete einen verstörten Blick.

»Ich glaube niet, dass der große Duke Ellington jemals als Clown gearbeitet hat.«

»Vielleicht nicht, aber bestimmt als Barmann, Zeitungsverkäufer oder Vertreter. Niemand schlüpft in die Rolle seines Lebens wie in ein Paar Hausschuhe. Du brauchst Ausdauer.«

»Ich kenne die begabtesten Gitarriste, und alle haben Ausdauer.

Aber die sind inzwischen geschickter darin, in einer Hotellobby den Koffer von eine Reisende zu stehlen als den neueste Swing-Hit zu spiele. Die meisten geben irgendwann auf.«

»Das mit dem Aufgeben lässt du mal schön bleiben. Und du, Herzchen?« Gili stupste Oskar an. »Du willst doch sicher auch noch mal deine Finger in Richtung der Sterne strecken. Makeprenz hat mir erzählt, dass jetzt auch andere Zeitungen von dem Überfall und deiner Reise berichten: *Die Deutsche Wacht*, das *Hamburger Fremdenblatt*, sogar das *Journal de Genève*, hat er gesagt. Wirklich, ihr seid mir ein paar Heinis. Es muss mal jemand ein bisschen Schwung in euch bringen. Wieso machen wir nicht morgen zusammen einen Ausflug mit deiner Ariel?«

»Da passen nur zwei Persone drauf. Außerdem muss ich proben, Gili.«

Stumm schauten sie dem Ozeandampfer hinterher.

Oskar beobachtete Gili, wie sie inhalierte, Rauch ausstieß und ihr Haar schüttelnd von einem Insekt befreite. Nie hatte ein Mensch schöner und bewundernswerter geraucht und sein Haar geschüttelt.

»Was war das für Musik«, fragte er schließlich, »die vorhin von der anderen Combo gespielt wurde? Sie klang so fremd. Gar nicht javanisch.«

»Oh, das«, sagte Sugar. »Derzeit gibt es kaum eine Vergnügungsveranstaltung in Surabaya, die ohne Lieder aus Hawaii auskommt. Die Menschen hier träume von Honolulu.«

Leise gluckste das Wasser unter ihnen.

»Honolulu. Tatsächlich«, wiederholte Oskar. Er sah zu, wie Gili an ihrer Zigarette zog und nachdenklich aufs Meer blickte.

Es ist ganz egal, wie schön der Ort ist, an dem man lebt, dachte er. *Sehnsucht ist eine Währung, mit der jeder sein Dasein bezahlt.*

PENG

Langsam glitten sie an der Kenjeran Bucht, ein paar Kilometer außerhalb Surabayas, entlang. Die Ariel knurrte zufrieden unter ihnen, und Oskar spürte Gilis Busen an seinem Rücken. Er hoffte, dass sie sein Schlucken nicht bemerkte, dass sein Hemd nicht übermäßig verschwitzt war und sie nicht die ganze Zeit auf sein unförmiges Pflaster am Kopf starren würde, das Doktor Nowack ihm am Morgen anstelle der Mullbinden verpasst hatte. Er hoffte, sie würde stattdessen die Reisfelder betrachten, die an ihnen vorbeiflogen, die Wildnis und das rot lodernde Alang-Alang-Gras. Gili hielt mit einer Hand einen eleganten, sich wie das Blatt einer Palme um ihren Kopf schmiegenden Hut fest, den an einer Seite eine große Schleife schmückte, die nun wild im Wind tanzte. Sie spürte, wie die kurzen Puffärmel ihres weißen Sommerkleids flatterten.

Hinter dem Dunst eines qualmenden Lagerfeuers tauchte in einem Fluss eine Horde junger Männer und Frauen auf, javanische Jugendliche, die, auf Gäulen sitzend und bis zu den Oberschenkeln im Wasser watend, an einer Pferdeschwemme teilnahmen.

»Du wolltest mir von dir erzählen«, rief Oskar über seine Schulter, als die Jugendlichen hinter einer Reihe Ölpalmen verschwanden.

»Gute Idee!« Gilis kratzige Stimme war direkt neben seinem Ohr. »Vielleicht kannst du etwas schneller fahren, damit ich noch lauter schreien muss?«

Oskar spürte Schweiß in seinem Nacken, auf seiner Stirn. Auf der Gegenfahrbahn kamen ihnen zwei Chinesen entgegen, die klapprige Gerobaks zogen.

Eine Weile fuhren sie, ohne zu sprechen, ohne auch nur auf etwas zu deuten. Dann verschwand die Welt hinter einem Wald, der Weg wurde zu einer gespenstischen, schmalen Allee, die das Röhren des Motorrads dämpfte.

»›Bei einem Zugunglück auf der Strecke Plattling-Regensburg wurden vier Personen getötet und sieben verletzt‹«, rief Gili.

Oskar wendete seinen Kopf zur Seite, um ihr zu signalisieren, dass er zuhörte.

»Schau auf die Fahrbahn, sonst landen wir noch in der Kautschukplantage. Jedenfalls, das war die Schlagzeile. Über dem Artikel in der Zeitung.«

Oskar wich einer am Wegesrand liegenden Sisal-Agave aus und drosselte das Tempo, um jedes einzelne ihrer Worte zu verstehen.

»War ein Mittwoch. Der 30. Januar 1929. Das Letzte, woran ich mich erinnern kann, ist, wie sich zwei Männer auf dem Bahnsteig über Leo Trotzki streiten. Danach ist alles weg. Tage später bin ich in einem Straubinger Krankenhaus aufgewacht, wo man mir gesagt hat, dass meine Eltern bei dem Zugunglück ums Leben gekommen sind. Ich hatte eine Gehirnerschütterung, eine gebrochene Rippe und Quetschungen.«

Jenseits der Plantagen führte der Weg einen Hügel hinauf. Dämmriger Urwald wurde von kleinen Seen unterbrochen. An einem Fluss lenkte Oskar die Ariel für eine Pause an das Wasser. Ein paar am Ufer stehende Javaner drehten sich zu ihnen um. Sie waren damit beschäftigt, einen Jungen in einer Korbfähre an einer Rotang-Liane über den Fluss zu ziehen.

»Wo geht unsere Reise eigentlich hin?«, fragte Gili, als sie abstieg.

Oskar zuckte mit den Schultern, deutete zögerlich mit dem

Finger in Richtung einer Schneise, die die Fahrbahn neben dem Fluss darstellte, dann nach rechts, ließ seine Hand ein wenig kreisen.

»Dachte ich mir«, sagte sie, bückte sich zum Motorrad und drehte an einem Schalter unter dem Tank. Dann rieb sie ihre Hände, pflückte eine Hibiskusblüte und setzte sich mit Oskar an das Ufer. »Ich kenne die Zeitung in- und auswendig. Die Titelseite, die Überschriften, den Bericht über das Zugunglück, aber auch alle anderen Beiträge drum herum. Die Geschichte von zwei so armen Räubern zum Beispiel, die einen Tunnel in den Tresorraum einer Disconto-Gesellschaft am Berliner Wittenbergplatz gegraben haben. So viel Arbeit. Und dann hat man sie am Ende doch geschnappt.«

Sie begann, weitere Blüten und Halme in ihrer Nähe zu pflücken.

»Meine Eltern und ich waren zusammen auf dem Weg zu einem Vorstellungsgespräch. Ich war drauf und dran, in einer kleinen Redaktion anzufangen. Zumindest dachten wir das alle. Und da es das erste Mal war, dass ich die Stadt verließ, wollten sie mich zu dem Gespräch mit dem Verlagsleiter begleiten.« Sie warf etwas Gras ins Wasser, nahm ihren Hut ab und wendete ihn in den Händen. »Nach dem Unfall konnte ich mich wochenlang nicht entscheiden. Also entschieden andere für mich und schickten mich mit dem Erbe meiner Eltern zu meinem Onkel und meiner Tante. Die haben zu der Zeit in Ingolstadt gelebt. Und dort bin ich dann ein paar Jahre geblieben.«

»Wie lange?«

»Bis vierunddreißig.«

»Genauer.«

Er lächelte und sie lächelte zurück, verstand.

»Neunzehnhundertvierunddreißig.«

»Dann hätten wir uns begegnen können. Ingolstadt war eine meiner ersten Stationen. Aber wie bist du nach Jakarta gekommen?«

»Eine Tante meiner Tante lebt hier, und ich wollte unbedingt weg aus Ingolstadt. Also haben sie mich zu ihr verschifft. Bezahlt habe natürlich ich die Überfahrt.«

»Wie hat es dir dort gefallen?«

Sie bleckte die Zähne und deutete auf die Lücke.

»Hast du ja vermutlich schon bemerkt. Ob du's glaubst oder nicht, das war Els.«

Harsch rupfte sie einen Tamarindenwedel ab und sah dem einheimischen Jugendlichen hinterher, wie er in ruckartigen Bewegungen über den Fluss gezogen wurde.

»Ist schon erstaunlich, wie das äußere Abbild manchmal das Innere widerspiegelt, oder? Mir fehlt immer irgendetwas. Wie jetzt gerade mein Zahn. Was ist mit dir? Boot weg, Ohr kaputt, pleite, nehme ich an? Die Welt steht dir offen, was?«

Oskar beobachtete, wie Gili den Wedel behutsam auf das Wasser setzte und wie er eilig davongetragen wurde.

»Manchmal«, sagte er, »kommt es mir so vor, als wäre das Leben ein Ball, der einem zugeworfen wird. Entweder man lässt ihn abprallen und bleibt mit nichts zurück, oder man fängt ihn und muss dann zusehen, was man mit ihm anstellt.«

»Das sehe ich anders. Meiner Ansicht nach hast du viele Möglichkeiten. Du kannst den Ball prall aufpusten. Oder du kannst mit ihm spielen, ihn hochwerfen und sehen, was passiert.«

»Ich sag dir, was passiert. Er kommt zu dir zurück und ist immer noch derselbe Ball, den du hochgeworfen hast.«

»Vielleicht, aber immerhin hast du ihn geworfen, oder? Geworfen und dabei in den Himmel geblickt.« Sie hielt ihre Hand in den Fluss. »Ich weiß, dass du deinem Boot und deinem Plan hinterhertrauerst. Aber ich lass mir da schon was einfallen, wart's ab.«

»Woher hast du den Hut?«

Gili hatte ihn wieder aufgesetzt und tastete danach, als habe sie ihn bereits vergessen.

»Oh, das ist ein Lély. Ein Erbstück. Das war der Lieblingshut meiner Mama ›Eine Marcelle-Lély-Kreation‹«, imitierte sie ihre Mutter mit gespielter Hochachtung. »Mit einem Innenfutter aus Crêpe marocain. Sie hat sich nie etwas gegönnt, aber Papa hat ihr den mal zum Geburtstag geschenkt. Ich halte ihn in Ehren. Ist das einzig teure Kleidungsstück, das ich besitze, und ich werde es vermutlich noch auf dem Sterbebett tragen. Schwarz, passt doch. Wollen wir weiter? Der Junge hat es ja nun über den Fluss geschafft.«

Oskar willigte ein. Er ging zur Ariel, griff nach dem Lenker, kuppelte aus und trat zweimal durch. Nichts. Gili stand mit verschränkten Armen daneben.

»Ich fürchte, bevor du nicht den Benzinhahn öffnest, wird sie dir kaum gehorchen.«

Erneut fasste sie unter den Tank, und Oskar sah, wie sie an einem kleinen Metallhahn drehte.

»Wenn du den nach dem Ausschalten nicht schließt, fließt Benzin in Richtung Vergaser. Muss man immer dran denken, sonst läuft er in den Fahrpausen zu.«

»Ah ja, ich erinnere mich.«

»Tust du nicht. Komm, steig auf, jetzt fahre ich mal.«

Weder Gili noch Oskar hatten Lust, nach Surabaya zurückzukehren. Am Rand einer Pisangfarm fragten sie einen Eingeborenen nach dem Weg in die nächste Stadt, und er zeigte ihnen, wie sie nach Banyuwangi kamen. In einer nur spärlich von chinesischen Lampen beleuchteten Gaststätte setzten sie sich an einen Tisch mit Blick auf das Wasser. Oskar sah sich um. Bis auf einen greisen Mann am Nachbartisch waren sie die einzigen Gäste. Ernüchtert zeigte er Gili die Barschaft in seinen Händen, und sie beschlossen, sich ein Gericht zu teilen.

Gili bestellte eine Rawon-Suppe und bat die Bedienung, ausreichend würzigen Keluak beizumischen.

»Wie ist die Sache mit deiner Tante ausgegangen?«, fragte Oskar, als er an dem Tee nippte, den eine zweite, sich mehrfach verbeugende Frau soeben zusammen mit einer Schale Nüsse und Porzellanlöffeln gebracht hatte.

»Ich bin zu dem einzigen Menschen geflohen, den ich kannte: Utara, dem Redakteur einer kleinen englischen Zeitschrift, für die ich dann erst mal Kleinanzeigen gesetzt habe. Doch als er seine Arbeit verlor und mir sagte, er müsse als Jaga Malam, als Nachtwächter, arbeiten, Dinge verkaufen, unter anderem sein Sofa, und wir müssten künftig wie Bruder und Schwester in einem Bett schlafen, bin ich gleich wieder geflohen und stand um zwei Uhr nachts auf der Straße. Am nächsten Tag habe ich mir ein eigenes Zimmer gemietet. Aber auch das hat man mir kurze Zeit später wieder gekündigt. Der Eigentümer der Wohnung sagte mir, er könne die Wohnung, wenn er sie an eine Frau vermiete, auch gleich einem Hund anbieten.«

Die Suppe wurde serviert, dazu gelber Lauch und Ananas.

»Hört sich an, als hättest du mit Männern nicht die besten Erfahrungen gemacht.«

»Ach, Els war auch eine Schlange. Aber es stimmt schon. Die Welt ist voller Gauner, Hochstapler und Betrüger. Alle durchdrungen von Egoismus und Neid und Gier. Egal, wie nobel jemand auf den ersten Blick erscheint. Ihr Männer habt daraus eine richtige Wissenschaft gemacht und seid in erstaunliche Höhen vorgestoßen, das sag ich dir.«

»Sind immer die Männer, die die Welt in Flammen setzen, oder«, erwiderte Oskar leise, und es war keine Frage.

»Ja. Aber die Frauen benehmen sich derart, dass man die Welt in Flammen setzen möchte.«

Er schwieg und sah ihr zu, wäre ihr am liebsten gegenüber und gleichzeitig neben ihr gesessen.

»Wie auch immer«, fuhr sie fort und pustete in die Suppe auf ihrem Löffel, »seitdem schlage ich mich mit Arbeit in den Deutschen Klubs auf Java und Artikeln für ausländische Zeitungen herum, nehme, was ich finden kann. Seit ein paar Wochen bin ich so etwas wie das Mädchen für alles im Deutschen Klub Surabaya. Ein spießiger Verein, aber was soll ich machen?«

»Ihn verlassen.«

Sie sah ihn an und leckte sich den Zipfel eines Spinatblattes von den Lippen.

»Wahrscheinlich hast du recht.«

»Ich kenne dich ja noch nicht so lange, aber du scheinst deinen eigenen Kopf zu haben und ...«

»Schön wär's. Ich wäre gern so eine starke Persönlichkeit wie Elly Beinhorn. Was diese Frau erlebt, wo sie überall hinfliegt. Immer setzt sie sich durch, bekommt, was sie will, macht, was sie will. Hast du von ihr gehört?«

Um von dem Thema abzulenken und nicht an Karol denken zu müssen, fragte Oskar, was es mit Hongkong auf sich habe.

»Utara hat mir ganz am Anfang, als ich noch in seiner Redaktion gearbeitet habe, mal die Adresse von jemandem in Hongkong gegeben. Angeblich der Herausgeber einer Zeitung, der eine wie mich gut gebrauchen kann. Aber ich weiß nicht, mein Vertrauen in die Versprechungen von Männern liegt irgendwie im Sterben.« Sie schob die Suppe zu ihm herüber. »Den Rest kannst du haben.«

»Und wie geht es bei dir weiter?«

»Momentan verprasse ich die letzten Überbleibsel meines Erbes. Das Geld vom Klub reicht nicht. Und dein Artikel wird mich auf Dauer leider auch nicht retten. Weiß der Himmel, was kommt. Können wir über etwas anderes reden?«

Gili stand auf, beugte sich zu dem Alten am Nebentisch, um ihn um Feuer zu bitten, und sprach dabei weiter.

»Was ist mit dir? Was wirst du jetzt machen?«

Der runzelige Mann, wie von der Dunkelheit erfunden, kraulte seinen langen, dünnen Bart, zog an seiner aus Djagongblättern gefertigten Zigarre, musterte Gili und reichte ihr zum Anzünden seinen Stumpen. Dann begann er, leise auf Javanisch zu schimpfen. Sie setzte sich zu ihm, hörte sich die Litanei an und sah sich geduldig alle Gegenstände an, die der Alte nach und nach aus einer Tasche zog. Als er endlich Luft holte, legte sie ihm eine Hand auf die Schulter, schien ihm auf Javanisch ihr Mitgefühl auszudrücken und kehrte mit einer kleinen Papiertüte zu Oskar an den Tisch zurück.

»Was hat er gesagt?«

»Ich habe nicht alles verstanden, aber es ging um alte Sagen, übergroße Elefanten, sprechende Tiere, allerlei Götter, genau habe ich es nicht durchschaut.« Sie zog an ihrer Kretek, pustete den Rauch zur Seite und schielte zu dem Alten hinüber, der wieder zu einem leisen, elliptischen Singsang zurückgekehrt war.

»Gibt es eigentlich etwas, das du nicht kannst?«

»Hach, eine ganze Menge, aber seit ich auf Java bin, habe ich viel gelernt, sauge auf, was ich kann. Tante Els hat, ohne es zu wissen, mein Durchhaltevermögen gestärkt. Und die Männer, mit denen ich zu tun hatte, haben mich dazu animiert, immer etwas klüger zu sein als andere.«

»Was ist in der Tüte?«

»Eine ziemlich misslungene Version einer Wayang Kulit, einer Lederpuppe. Hier, ich schenk sie dir. Er verkauft die Dinger und hatte zufällig eine dabei. Soll eine Frau mit einem kleinen Vogel darstellen. Normalerweise sind sie flach, und man benutzt sie fürs Schattenspiel. Die hier sieht eher aus wie eine Voodoo-Puppe mit zwei Kochlöffeln. Aber bei der Erwähnung des Vogels musste ich an Neweklowsky denken und den Flussregenpfeifer. Könnte doch ab sofort dein Glücksbringer sein.«

»Danke. Aber wie sollen wir jetzt unser Essen bezahlen?«

Sie zuckte gelangweilt mit den Schultern.

»Entschuldigun?«

Ein Asiate in einem feinen, hellen Anzug war an ihrem Tisch

aufgetaucht. Er hielt seine Hände vor seinem Bauch gefaltet, die Schatten unter seinen Augen verliehen seinem Gesicht etwas Geheimnisvolles.

»Enschudigun«, wiederholte er, »ich Inhaber von Lokal.«

Oskar sah Gili mit einem Ausdruck an, der besagte: *Siehst du, jetzt haben wir den Salat.*

»Ich habe mit angehört, wie Sie sprechen Deutsch. Mein Name Peng. Peng Long. Ich Chinese, Geschäft-Mann und Kongressabgeordneter. War früher lange in Deutschland. Wenn ich nicht täusche, Sie sind Oskar Speck.«

Der Fremde deutete auf eine Zeitung und einen Artikel mit einem Foto von Oskar bei seiner ersten Ankunft im Hafen von Surabaya vor knapp einem Jahr.

Gili lehnte sich mit verschränkten Armen zurück und strahlte Oskar an.

Long erklärte, wie sehr ihn Oskars Fahrt beeindruckte. Er sagte, was er hier gelesen habe, sei fantastisch, und es sei eine Ehre, ihn kennenzulernen, seine Frau selbstverständlich ebenso. Er werde in wenigen Tagen ein großes Fest veranstalten. Ob sie ihm wohl den Gefallen täten, dort zu erscheinen?

»Sie würden machen große Freude, wenn komma«, sagte Long und verbeugte sich.

»Kommen«, korrigierte Oskar ihn sanft.

»Sie komma? Großartig, großartig. Große Freude meinerseits.« Der Chinese verbeugte sich viermal. »Oh, das Essen ich bezahle, Sie sind meine Gäste.«

Auf dem Heimweg glitt die Ariel Square Four über schmale, von hohem Buschwerk umschlossene und nur vom Mond beschienene Wege. Gili steuerte das Motorrad, den Blick auf den Lichtkegel vor ihnen auf der Fahrbahn gerichtet, und beide hingen ihren Gedanken nach.

- *Irgendetwas wird mit ihm nicht stimmen. Ist doch immer so. Irgendwann wird er sein wahres Gesicht zeigen.*
- *Vielleicht sollte ich in den kommenden Tagen nach Tulungagung fahren, zu den Marmor-Fundstellen. Ich könnte nach einem besonders schönen Stück für Gili suchen.*
- *Was Mutter wohl von ihm halten würde?*
- *Nein! Ein kleines Präsent aus einem der Warungs, von den Straßenständen, das ist es. Das ist viel passender für jemanden wie sie.*
- *Vater würde er, glaube ich, gefallen. Wie der mir immer eingebläut hat, ich solle mir später mal einen Mann suchen, der Prahlerei nicht nötig hat.*
- *Australien kann ich mir jedenfalls abschminken. Dafür kann ich Zeit mit Gili verbringen, vielleicht sollte ich es mal so sehen. Wenn ich nur Karol um Rat fragen könnte. Sie fühlt sich so weich und vertraut an, Karol.*
- *Diese Eigenschaft sei fast so wichtig wie Humor, hat er immer gemeint: »Menschen, die die Kunst des Lachens beherrschen, sind unbesiegbar, Gili.«*

Sie hörte die Stimme ihres Vaters, als würde er neben ihr stehen.

Auf einmal schaltete sie beim Fahren das Licht aus und wies Oskar mit einem Nicken auf die hellen und die nicht so hellen Sterne hin, und von beiden Sorten, so kam es Oskar vor, waren auf einmal mehr am Himmel zu erkennen, als es dafür auf Erden Zahlen gab. Dicht und lichtern, ein unendliches, spektakulär weit illuminiertes Netz.

Gili verlangsamte das Tempo und tastete in ihrer Tasche nach einer Zigarette, die sie sich in ihre Zahnlücke steckte, ohne sie anzuzünden. Das Husten der Ariel war zu hören, das Zischen und Kratzen beiseitegeschleuderter Kieselsteine. Im warmen Fahrtwind kniffen beide ihre Augen zusammen.

LEX

Das Pub war um diese Uhrzeit noch fast leer. Es roch muffig, nach Aschenbechern, feuchter Kleidung und den Geistern des Vorabends. Am Ende des Tresens saßen zwei stämmige Gestalten auf Barhockern und glotzten ihr Guinness an, in einem Nebenzimmer spielte jemand lustlos Klavier. Konstanty hob sein leeres Bierglas und bedeutete dem Barkeeper, ihnen zwei volle zu bringen.

Er versuchte, so desinteressiert wie möglich auszusehen, damit der Berliner Journalist neben ihm endlich Ruhe gab. Seit einer halben Stunde plapperte dieser Idiot bereits über London und die Engländer im Allgemeinen. Wieso ihm das Bier doch etwas schlechter schmecke als jenes in Deutschland. Dass ihm der englische Adel deutlich blasierter erscheine. Und wie respektlos die Presse mit allen Deutschen umgehe. Dabei galoppierte der mit seiner randlosen Brille wie eine zweitklassige Version von Himmler aussehende Kerl quer durch ein Gehege des Nichtssagenden. Es kam Konstanty so vor, als hätte dieser Egon Lex einige Jahre gesammelt, um seine wässrigen Erkenntnisse nun alle auf einmal bei ihm loszuwerden. Dabei war er ausnehmend freundlich, sprach sanft und hatte gleich zu Beginn klargemacht, dass er die Zeche für sie begleichen werde.

»›Step off right foot first.‹ Haben Sie das gesehen, an den Untergrundbahn-Ausgängen? Bei allem Stolz halten die Tommys ihre eigenen Leute wohl für zu doof, von der Rolltreppe zu steigen.«

Konstanty holte tief Luft und zündete sich eine Zigarette an. Wenige Meter neben ihrem Tisch vertrieben sich zwei Männer mit Schnurrbärten die Zeit mit einer Partie Billard, leises Klacken von Kugeln untermalte ihr Gespräch.

»Sind schon merkwürdige Zeiten, was? Aber ich könnte das nicht. Wie Sie, hier in diesem Moloch mit den ganzen Milchgesichtern leben.«

»Ganz so ...«

»Sie sollten mal zu uns nach Berlin kommen. Was meinen Sie, was da gerade los ist!«

Der glatzköpfige Barkeeper stellte zwei frische Biere vor ihnen ab und nahm die leeren Gläser mit sich.

Konstanty startete einen neuen Versuch.

»Diana sagte, Sie ...«

»Diana! Die hätte ich ja fast vergessen. Das ist 'ne Braut. Gut, das muss man ihnen lassen: Ab und zu schlüpft auch den Engländern ein Küken durch, das wirklich 'ne Wonne ist. Haben Sie bei der schon mal ...?«

Lex legte seinen Daumen zwischen Zeige- und Mittelfinger, wackelte damit.

»Diana sagte, Sie hätten Kenntnis darüber, wo sich Oskar Speck gerade aufhält?«

Egon Lex sah einen Moment verwundert aus, als sei ihm plötzlich nicht mehr klar, weswegen sie sich im Blue Post getroffen hatten.

»Der Speck, ja klar. Klar wissen wir, wo der ist.«

»Wären Sie so freundlich, mir ...«

»Er wurde ja leider überfallen.«

»Wie bitte? Überfallen? In Indien?«

»Wie kommen Sie denn darauf? Der Mann ist auf Java. Indonesien! Er wurde von Eingeborenen malträtiert. Liegt derzeit im Hospital.«

»Auch das noch. Haben Sie Kontakt zu ihm?«

»Derzeit nicht, nein. Das heißt, ein bisschen. Wir haben wirklich Glück gehabt.«

»Wir?«

»Na, die *Berliner Illustrirte*, die Zeitschrift, für die ich arbeite. Entschuldigen Sie, wenn man so lange dabei ist wie ich, wird die Redaktion irgendwann zur Familie. Auf jeden Fall hatten wir Glück, weil wir mit der Frau im Briefwechsel stehen, die Specks Geschichte für uns aufschreibt.«

Drei Bälle knallten auf dem Billardtisch gegeneinander.

»Moment mal, welche Frau, welche Geschichte?«

»Wer die Dame genau ist, kann ich Ihnen nicht sagen. Aber sie lebt ebenfalls auf Java und wird die Autorin unserer Abenteuerserie über Speck sein. Eine Deutsche. Mein Chefredakteur ist noch skeptisch, aber ich weiß, die Reihe wird durch die Decke gehen.«

»Wann soll sie denn starten, diese Reihe?«

»Eigentlich warten wir nur noch auf die Übermittlung des ersten Teils.«

»Haben Sie seine Adresse?«

»Specks? Nein.«

»Die der Frau?«

»Na, hören Sie mal, ein guter Journalist gibt doch seine Quellen nicht einfach so preis. Ich arbeite gerade daran, Speck zurück nach Deutschland zu holen. Wenn er wieder hier ist und von mir gemolken wurde, kann ich Ihnen gerne ... Was ist? Was ist los? Hab ich was verpasst?«

Konstanty hatte seinen Kopf in einer Hand vergraben, den Arm auf dem Tisch lehnend. Er kicherte vor sich hin.

»Gemolken«, wiederholte er, und es klang so heiser, dass Egon Lex das Wort fast nicht verstanden hätte.

»Ich sag das so flapsig, aber Sie wissen, was ich meine«, entschuldigte sich der Journalist.

Konstanty klatschte sich zur Erholung zweimal gegen die eigene Backe.

»Sehen Sie die zwei Kerle da am Tresen?«

Lex rieb sich die Hände an seinen Hosenbeinen.

»Ja, wieso?«

»Schwarzhemden nennt man die. Gehören zur British Union of Fascists.«

»Ah, welche von uns!«

»Nein«, sagte Konstanty. »Welche von mir. Wenn Sie zurück in Berlin sind, schicken Sie mir ein Telegramm mit der Adresse der Frau und anschließend einen Brief mit allen weiteren Informationen, die Sie zu Speck haben. Und diese Rückholaktion können Sie sich natürlich abschminken. Unterlassen Sie das einfach, ist besser so.«

»Sie drohen mir?«

»Schon wieder falsch. Ich befehle es Ihnen. Und wenn Sie denken, dass Sie jetzt nur Ja zu sagen brauchen und in Berlin dann machen können, was Sie wollen, muss ich Sie leider enttäuschen. Ich bin bestens vernetzt. Bis ganz nach oben. Sie können sich also gern widersetzen und hier erfahren, wie Themsewasser schmeckt, oder nächste Woche Ihren letzten Blick der Spree widmen.« Er kratzte sich an der Backe. »Oder willfährig und fügsam meinem Wunsch nachkommen.«

Die beiden Billardspieler hatten eine Pause eingelegt, unterhielten sich und rieben Kreide auf das Leder an der Spitze ihrer Queues.

Egon Lex sank gegen die Lehne der Bank, auf der er saß.

»Dass ich hier in so einen Hinterhalt, in so einen Verrat hineinlaufe ...«

Konstanty sah ihn konziliant an.

»Jedes Land der Erde ist auf Untreue und Verrat gebaut. Sie können wahllos Ihren Finger in das Buch der Geschichte setzen und finden nichts als Verrat. Ob in England oder Deutschland. Beim fränkischen König Sigibert oder im Großen Krieg. In Groß Schneen oder Berlin. In Hamburg musste ich nicht mal das Haus verlassen, um in den Genuss zu kommen.« Er klopfte Lex auf die Schulter. »Ich gehe jetzt auf die Toilette. Und wenn ich wiederkomme, ist Ihre Sitzbank kalt.«

VOCK

Peng Longs Zahnreihen waren in Öl getauchtes Elfenbein. Kaum hatte er Gili und Oskar im Vestibül seiner feudalen Villa in Semarang entdeckt, ging er mit ausgestreckten Armen auf sie zu.

»Willkommen!«, rief er. »Willkommen in meinem bescheidena Haus.«

Seine lautstarke Begrüßung zog die Aufmerksamkeit einiger Gäste auf sich, doch Long ignorierte ihre Blicke, nahm sanft Gilis Arm und führte sie und Oskar durch sein Heim, einen ausladenden Bau im klassizistischen Stil. Oskar, der sein Pflaster unter einem Hut versteckte, musste an Karols Beschreibungen von Sanssouci denken. Trotz seiner eigenen Ahnungslosigkeit auf dem Feld war er sich sicher, dass die Potsdamer Schlösser in Sachen menschlicher Bescheidenheit in eine ähnliche Kategorie gehörten.

Auf der Rückseite von Peng Longs Haupthaus eröffnete sich ihnen ein schier endloser Garten, in dem zahlreiche blassrot und gelb gestreifte Sonnenschirme aufgestellt waren. Auf dem gesamten Anwesen verteilt standen Menschen, redeten und tranken, aßen, lachten. Long stellte Gili und Oskar im Vorbeigehen einige seiner mit wichtigen Titeln und exklusiven Stoffen ausgestatteten Gäste vor. Unter ihnen befanden sich der Geschäftsführer des Kaufhauses Tjijoda, der ägyptische und der finnische Botschafter sowie ein landesweit bekannter Autohändler, der Oskar begrüßte, als kenne er ihn seit Kindertagen, und der prompt dessen Meinung zu seinem Anzug der Marke Brooks Brothers einholte.

In einer Ecke des Gartens hatte sich eine Menschentraube versammelt, vereinzelt brandete Jubel und ein lang gezogenes *Ooh* oder *Aah* auf.

»Bitte«, sagte Long, »ich muss leider zurück und neue Gäste empfangen. Bitte, genießen Sie Darbietung unserer Schausteller, die dort drüben Schattenspiele aufführen. Später auch Marionettentheater, mit Puppen aus Mandalay. Macht viel Vergnügen.«

Sie blickten Long hinterher, wie er auf seinem Rückweg durch den Garten an verhüllten Tempeltänzerinnen vorbeilief, die märchenhaft reich aussehende Chinesen umgarnten, welche ihrerseits das Treiben mit professioneller Reglosigkeit goutierten. Long genoss das Spektakel, grüßte die Männer mit Nicken und knappen Gesten mit seiner flachen Hand.

»Was machen wir hier?«, fragte Oskar und begutachtete skeptisch die Schattenspiele. »Wir gehören hier doch gar nicht hin.«

»Natürlich nicht.« Gili schnalzte mit der Zunge. »Genau deswegen sind wir ja da.«

»Gekomma«, sagte Oskar, ohne eine Miene zu verziehen.

»Und überhaupt: Wo gehören Leute wie wir denn deiner Meinung nach hin?«

Oskar stupste sie in die Seite und zeigte ihr einen grau melierten Mann in Uniform, der Gili vage bekannt vorkam und der in einer Traube weiterer Uniformierter stand, die sich um – konnte das sein? –, doch, die sich tatsächlich um ein Fahrrad scharten.

»Das ist der englische Offizier, der mich im Krankenhaus befragt hat. Long scheint die Hautevolee der Insel *und* die wichtigsten Beamten zu kennen.«

Schon winkte der Brite die beiden zu sich, und Oskar erkannte jetzt auch seinen Adjutanten, der den Älteren bei dem Verhör in der Psychiatrie begleitet hatte.

»Mr. Speck, wie wunderbar, Sie hier zu treffen, was für ein

günstiger Zufall. Wir haben wichtige Neuigkeiten für Sie«, begann der Engländer in makellosem Deutsch. »Und Sie waren die eifrige Autorin, right?« Er schüttelte Gilis Hand und hielt sie fest. »Das letzte Mal, als wir uns sahen, hat sich Ihre Begleitung sehr ehrenwert für die Insulaner eingesetzt, die ihn fast umgebracht hätten. Ich schätze, Sie kennen die Geschichte.«

Gili nickte ernst. Der Offizier ließ ihre Hand los, deutete in die Runde, stellte den japanischen Botschafter vor und einen Mann namens Antonius Vock, der seit ein paar Monaten den holländischen Behörden in Surabaya vorstand.

»Auch Mister Vock ist mit Ihrer Geschichte vertraut, Mr. Speck. Wir waren gerade dabei, sein neues Fahrrad zu bestaunen. Can you imagine, er ist sogar zu dieser Feier damit gefahren! Quite the sportsman, I must say.«

Vock, ein stattlicher, athletisch aussehender Mann mit kurz gewelltem, rotblondem Haar, zeigte mit verlegenem Stolz auf eine nagelneue Ledertasche, die groß und glatt wie eine Plane in dem gleichschenkligen Dreieck des Rahmens angebracht war.

»Sonderausstattung. Gibt es nur auf der Insel. Ist ein Militärvehikel.« Er setzte seine Worte bedächtig, verfügte über eine dunkle, Autorität ausstrahlende Stimme. Stolz berichtete er davon, wie gerne er Rad fuhr, ja wie geradezu lebenswichtig die Fortbewegung auf zwei Rädern für ihn geworden sei.

»Das ist mir etwas peinlich, aber ich bin der Einzige, der ein solch modernes Rad hier fahren darf. Seit es vor unserem Haus steht, halten die Leute jeden Tag an und fragen mich danach. Als wäre es das Ausstellungsstück in einem Museum!«

»Sehr schnieke«, sagte Gili. »Neu?«

»Nagelneu, ich fahre seit drei Monaten jeden Tag damit. Auch heute. Ich lebe in Surabaya, hatte aber heute in Pati zu tun. Das sind fast achtzig Kilometer bis hierher, mit nur einer Pause. Sehen Sie, der Gepäckträger, so stabil. Ich wollte nächste Woche meine Frau darauf mitnehmen. In das Pie Oen Die Theater. Helen und ich lieben *Madame Butterfly*. Unser absolutes Lieblingsstück. Ich hatte sogar schon meine Frau übersprochen ...«

»Überredet«, korrigierte ihn Gili, und Vock verbeugte sich leicht.

»... überredet, auf dem Gepäckträger in ihrem guten Kleid dorthin zu fahren.« Sein Gesicht verfinsterte sich. »Aber leider, leider ausverkauft. Keine einzige Karte mehr zu bekommen, nicht mal mit meinen Beziehungen.«

»Im Prinzip waren die Neger, die Sie überfallen haben, Mr. Speck, bereits tot, als ich Sie in der Psychiatrie besucht habe«, kehrte der englische Offizier ohne erkennbaren Grund zu seinem ursprünglichen Thema zurück, und sowohl sein Assistent als auch Vock und der Japaner hoben überrascht die Brauen. »Die Molukken-Inseln stehen unter britischer Herrschaft, mir obliegt es, hier jährliche Inspektionen durchzuführen, und ich will verdammt sein, wenn ich in der Region nicht für Recht und Ordnung sorge. Für mich sind Sermata oder Lakor nicht anders als Leicester oder Norwich.«

Irgendwo im Garten begannen ein paar Musiker javanische Volkslieder zu spielen. Gili, gelangweilt von dem militärischen Aufbäumen des Briten, schaute sich um, und gerade als sie ihre Aufmerksamkeit wieder dem schmucken Holländer widmen wollte, erkannte sie in einiger Entfernung eine grauhaarige Frau, die sie schon eine Weile zu fixieren schien. Reglos stand die ältere Dame im Eingang eines kleinen Pavillons, einen Ellbogen mit einer Hand abstützend, in der anderen ein Getränk. Fast unmerklich nickte sie Gili zu und hob dann ihr Glas.

»Doch dank Ihrer Intervention«, hörte Gili den englischen Beamten weiterreden, »habe ich die Todesstrafe für den Stammeshäuptling und fünf seiner Männer umgewandelt. Sie erhalten nun sechs Jahre Arbeitslager, zwei weitere Eingeborene zwei Jahre und ein etwas jüngerer sogar nur ein Jahr. Und noch etwas: Das Britische Empire möchte Sie für Ihren Einsatz mit einem Orden auszeichnen. Glauben Sie mir, diese Ehre wurde bislang weniger Deutschen zuteil, als in eine Rikscha passen.«

Eine Gruppe traditionell gekleideter Tänzer huschte an ihnen vorbei. Sie trugen hoch aufragende Kronen aus Gold, aus deren Mitte Blumen sprossen, sodass es anmutete, als stünden ihre Köpfe in bunten Flammen.

Der Engländer schmunzelte gedankenverloren und strich sich mit Daumen und Zeigefinger über seinen Schnurrbart.

»Mr. Vock und ich, wir sprachen vorhin bereits über Sie, und er sagte mir, seine Landsleute würden Ihnen die Südpassage nach Australien verweigern. Ein Jammer, dass Ihr Abenteuer auf diese Weise enden muss.«

»Interessant. Davon weiß ich nichts«, sagte Oskar und hoffte, dass er nicht so beleidigt klang, wie er sich fühlte. »Irgendwie ein sinnloses Verbot. Die Holländer haben schließlich mein Boot zerstört.«

Antonius Vock, der gerade in ein Sandwich gebissen hatte, krümmte sich, musste erheitert husten und hielt sich die Hand vor den Mund, um nichts auszuspucken. Mühselig kaute er zu Ende, sein Kiefer mahlte und schmatzte, während die Runde auf eine Erklärung wartete.

»Das tut mir leid, da muss sich jemand einen Scherz erlaubt haben. Ihr Boot ist wohlbehalten.«

»*Entschuldigung?* Wo ist es? Wann kann ich es abholen?«

»Gar nicht.« Mit sichtlichem Unbehagen erkannte der Holländer, dass es ein Fehler gewesen war, die *Sonnenschein* zu erwähnen. »Es ist leider ... Wie sagen Sie Deutsche: Beschlag genommen. Und ... also ... unsere Büros sind nicht sonderlich geräumig, daher habe ich alle Taschen und Kisten mit zu mir nach Hause genommen. Glauben Sie mir, ich hätte es auch gerne anders.«

Die Lüge über die Trophäe, die sich der Holländer einverleibt hatte, schwebte zwischen den Anwesenden wie ein übler Geruch.

»Wenn ich ohnehin nicht weiterfahren darf, warum behalten Sie dann mein Boot?«

»Wir haben uns erkundigt. Ein neues Boot ist sehr kostspielig. Und wir haben leider den Befehl zu verhindern, dass Sie in Versuchung geführt werden.«

»Ich werde nicht in Versuchung geführt. Und ich möchte auch kein anderes Boot haben, ich will ... Ich würde gerne meine *Sonnenschein* zurückhaben. Was muss ich dafür tun?«

Vock überlegte.

»Nichts. Es tut mir leid. Gedulden Sie sich. In zwei Jahren endet meine Amtszeit, dann ist die Angelegenheit das Problem meines Nachfolgers. Wie sagt man auf Deutsch? Neues Spiel, neue Chance.«

»Nein, nein, nein ... hören Sie, es muss einen Weg geben.«

»Sorry. Nichts zu machen. Ich fürchte, der Befehl kommt von ganz oben«, sagte Vock, plötzlich spröde und offiziell. »Unsere Regierung ist sehr vorsichtig. Vielleicht glaubt sie, Sie sind ein Spion.«

»Ich bin so sehr ein Spion, wie Sie ein Polarforscher sind.« Hilfesuchend wandte sich Oskar dem Engländer zu. »Können Sie bei den Holländern nicht ein gutes Wort für mich einlegen? Ich würde sogar auf den Orden verzichten, wenn ...«

Ein ungehaltener Ausdruck erschien auf dem Gesicht des Briten, die Stimmung in der kleinen Runde drohte zu kippen, doch noch bevor Vock antworten konnte, zog der japanische Botschafter eine braune Tasche hinter seinem Rücken hervor. Er verbeugte sich, öffnete deren Reißverschluss und überreichte Oskar eine Sechzehn-Millimeter-Kamera. In gebrochenem Englisch erklärte er, sein Volk wolle die Reise des großen Abenteurers ebenfalls honorieren. Dies sei modernste Technik, mit der er doch bitte so viele schöne Momente wie möglich auf seinen weiteren Wegen festhalten solle. Oskar blickte irritiert auf den schwarzen Kasten in seiner Hand. Schon eilte der Gastgeber – »Sie komma, bitte« – auf ihn zu, um ihn einem Mitarbeiter der Hafenverwaltung vorzustellen, der sich für seine Reise interessiere. Der englische Offizier und sein Adjutant nutzten den Augenblick, um sich zurückzuziehen, Vock lenkte sein Fahrrad in Richtung eines Unterstands und auch der Japaner entschuldigte sich.

Binnen Sekunden blieb Gili allein zurück. Gelangweilt sah sie sich um und entdeckte drei Kleinkinder in winzigen Anzügen, die von einem Bediensteten in das Haus geführt wurden. Mit einem Finger begann sie, die Eiswürfel in ihrem Getränk umzurühren, während das kleinste der Kinder eine Spielzeugyacht fallen ließ. Ein anderes trat im Laufschritt darauf und leises Heulen ertönte zwischen dem Gemurmel der Gäste.

»Bevor Sie wieder in Beschlag genommen werden ...«

Die sanfte Stimme gehörte der Unbekannten vom Pavillon, die hinter Gili aufgetaucht war und ihr nun eine Visitenkarte entgegenhielt. Gili versuchte etwas zu sagen, doch die Frau verlor keine Zeit und schüttete mit Schwung ihre gesammelten Gedanken über sie aus.

»Nehmen Sie! Und wundern Sie sich nicht. Der Name darauf gehört meinem Mann, Paul Kupfer. Er ist Diplomat. Schwirrt hier irgendwo herum und schüttelt Hände. Als Frau schickt es sich in diesem Land nicht, eigene Gedanken, geschweige denn eine eigene Karte zu haben, das werden Sie ja wissen. Der Peng sagte mir, Sie stammen aus Deutschland und sind neben mir, wie es aussieht, die einzige Frau auf dieser Veranstaltung, die sich auch als solche zeigen darf oder nicht zur Dienerschaft zu zählen ist. Ich musste die Gelegenheit beim Schopf packen. Ich möchte Sie nicht lange stören, wollte Ihnen nur rasch mitteilen, dass wir Sie gerne einmal in unserem Haus begrüßen würden. Es gibt nicht viele Landsleute auf Java. Zumindest wenige, die man als erträglich einstufen kann. Sind ja alle etwas verrückt dieser Tage, finden Sie nicht auch? Wir könnten eine Tasse Tee trinken oder diesen seltsamen Kaffee mit der vielen süßen Kondensmilch, den die Einheimischen zu sich nehmen. Sie können auch deutschen Filterkaffee haben. Wir sind gut bestückt.« Ihr letzter Satz klang angriffslustig, dann spürte Gili zwei in Netzhandschuhen steckende Hände, die ihre umschlossen. »Mein Name ist Lydia, Lydia Kupfer.«

»Gili Baum, freut mich.«

Eine Ader. Eine winzige Ader unter dem rechten Auge dieser Frau verriet Gili, dass Lydia Kupfer ein ehrlicher Mensch war. Sie hatte eine angenehme Ernsthaftigkeit, eine seltene Verbindlichkeit an sich. Die vor ihr stehende Frau, so kam es ihr vor, durchschaute die Welt, ohne dass sie darüber reden, damit prahlen musste. In ihrem Gesicht meinte Gili Humor, Kultiviertheit und Anstand auszumachen. Und obwohl sie all das in einem einzigen Moment empfand, fehlten ihr die Worte.

»Sie kennen hier niemanden, was?«, übernahm Kupfer und deutete mit dem Glas auf die Anwesenden.

Gili schüttelte den Kopf.

»Seien Sie froh. Ich kenne sie alle. Ich weiß, welche Farbe die Handtaschen ihrer Frauen haben, ob sie das heimische Essen vermissen und wer von den Herrschaften mit Hämorrhoiden zu kämpfen hat. Wo sie wohnen, welche kulturellen Vorlieben sie haben. Die Gattinnen, egal welcher Herkunft, scheinen in mir so etwas wie einen Kummerkasten zu sehen.«

»Dann treffen Sie all diese Leute bestimmt schon an Silvester in der Oper wieder. Wenn dort Frauen zugelassen sind.«

»*Madame Butterfly*, du liebes bisschen, ja. Vielleicht biete ich dem Theater an, als Souffleuse einzuspringen. In Indonesien lieben sie Puccini. Jedes Jahr führen sie den Krempel Ende Dezember auf, und jedes Jahr muss ich mich da blicken lassen. Die Geisha besetzen sie stets hervorragend, aber Pinkerton verkörpert ein ums andere Mal ein neuer unglückseliger indonesischer Tropf, der auch mit der schicksten Uniform keinen amerikanischen Leutnant in sich findet. Mein Mann sieht das ganz ähnlich. Wir haben uns schon die schlimmsten Krankheiten ausgedacht, um unserem Schicksal wenigstens dieses Jahr zu entgehen. Sie haben nicht zufällig

Interesse?« Sie lächelte verlegen. »Ganz so schlimm, wie ich es geschildert habe, ist es nicht.«

Gili kramte in ihrer Handtasche und hielt Lydia Kupfer ein paar Scheine entgegen.

»Kindchen, das ist reizend, aber wenn eine von uns Geld zahlen müsste, dann bin ich es. Heute ist mein Glückstag, ich habe die Karten sogar dabei.« Lydia Kupfer holte zwei kleine Papptickets hervor und faltete Gilis Hände darum.

»Sie wissen wirklich, wo all diese Leute wohnen?«, fragte Gili, und ihre Augen verengten sich zu Schlitzen.

»So wahr ich hier stehe«, sagte Kupfer und kippte den Rest ihres Getränks hinunter.

»Dann haben Sie auch die Adresse von dem schicken Herrn Vock?«

Lydia Kupfer musterte sie mit gesenktem Blick.

»Na, Sie sind mir ja eine. Ich dachte, Sie und Herr Speck …?« Sie hob die Hände. »Das geht mich gar nichts an. Herr Vock wohnt mit seiner Gattin in einem dieser schönen neuen Häuser am Dokweg, bei den ganzen Marinebauten, südlich vom Oedjoengweg, Sie wissen schon. Hausnummern gibt es da nicht, aber sie erkennen seinen Bau an dem orangefarbenen Baldachin. Rechnen Sie sich nicht zu viele Chancen aus. Seine Frau hat die Gene einer ägyptischen Göttin, und zwischen die beiden passt kein Blatt Pergament, auch wenn sie sich manchmal angiften wie schlecht gelaunte Skorpione. Ach, ich rede schon wieder zu viel. Schön, Sie kennenzulernen«, flüsterte Kupfer und deutete mit dem Kopf hinter Gili. »Ich will Sie nicht weiter behelligen. Das starke Geschlecht macht sich für die Rückkehr bereit. Melden Sie sich bitte, wir würden uns freuen.«

»Komm, wir gehen ein bisschen spazieren«, sagte Oskar, um dessen Oberkörper jetzt an einem langen Träger die Kamera des japanischen Botschafters hing, und er zog Gili an einem Ober vorbei, der Getränke und penibel auf Schalen und Tellern arrangierte Speisen auf einem Tablett durch die Menge balancierte. Gili wandte sich Lydia Kupfer zu, um sich von ihr zu verabschieden, doch sie war bereits verschwunden.

Schweigend liefen sie unter Kirschbäumen entlang, sahen an einer Hauswand eine Schar von Kulis stehen, die mit angespannten Gesichtern auf einen Wink ihrer Herrscher warteten.

»In was für einer Welt leben wir eigentlich?«, zischte Oskar schließlich etwas zu laut.

Ein paar Gäste drehten sich zu ihnen um. Gili bedeutete ihm, leiser zu sprechen und weiterzugehen. Hinter einer von goldroten Mohurbäumen gesäumten Wiese gelangten sie zu einem schmalen Fluss, an dessen Ufer Gili die kleinen Schiffe liegen sah, von denen das Kind eines mit ins Haus nehmen wollte. An einer Brücke blieb Oskar stehen.

»Holländer gegen Deutsche, Deutsche gegen Engländer, Engländer gegen Portugiesen, Insulaner und Japaner, Japaner gegen Chinesen und Javaner ... So geht das immer weiter. Was habe ich damit zu tun? Nichts. Ich will nur mein Eigentum. Ich besitze nur ein Boot, aber nicht mal das geben sie mir. Stattdessen eine Medaille. Am liebsten hätte ich dem Offizier gesagt, was die Insulaner von seinesgleichen halten. Ich hätte ihm sagen sollen, wie grässlich sie die ständigen Inspektionen ihrer Inseln finden. Wie Vieh werden sie dabei behandelt. Aber die Langnasen nehmen einfach weiter alles mit, worauf sie Lust haben, sogar ihre Frauen. Jetzt ist denen eben mal die Hutschnur geplatzt, und ich war der bedauernswerte Besucher aus der anderen Welt, der genau dann bei ihnen aufgekreuzt ist. Nur dass diese armen Kreaturen ins Gefängnis kommen, und mir hängen sie eine Medaille um. Und mein Boot ...?« Er benutzte seine Hände, um seine Wut zu unterstreichen: »Ich möchte nur von A nach B. A nach B. A, B, nichts weiter. Wie kann man dagegen etwas haben? Es ist nur eine Reise, gottverdammt, eine sportliche Leistung, eine Schnapsidee meinetwegen, aber völlig harmlos. Wäre ich zweihundert Kilometer weiter südwestlich geboren, hätte ich jetzt ein Boot und sie würden mir erlauben weiterzufahren. Was glauben die denn, was ich mache, wenn ich ankomme? Den Australiern Staatsgeheimnisse anvertrauen? Etwa, dass die Holländer uns nicht mögen? Dass die Deutschen Papier, Ordnung und Bürokratie mehr lieben als die Liebe selbst? Was macht es für einen Unterschied, ob ich hier bin oder in Australien? Was soll *ich* schon Gefährliches anrichten?«

Sie hatten die Brücke bereits weit hinter sich gelassen, und Oskar merkte, wie heiß sich sein Kopf anfühlte.

»Was *würdest* du denn tun, wenn du es bis nach Australien schaffst?«, fragte Gili, ohne eine Miene zu verziehen. »Wenn du dein Boot zurückbekommen und weiterfahren könntest?«

Er sah sie regungslos an. In der Ferne schickten Suchscheinwerfer ihre Strahlen gen Himmel, irgendwo hinter den Wolken dröhnte ein Flugzeug.

»Es geht doch gar nicht darum, was du vorhast oder nicht. Du bist Deutscher, das reicht. Oh«, sie blieb plötzlich stehen, »hier endet wohl Peng Longs Reich.«

Sie entdeckten eine Lücke im dichten Gebüsch, schlüpften hindurch und fanden sich auf einem staubigen, nur vom Mond beleuchteten Pfad wieder, der sich zum Horizont hin im Dunkel verlor. Einen Moment lang überlegten sie, in welche Richtung sie gehen sollten. Gili deutete nach links, wo es ihr heller erschien. Am Wegesrand konnte sie eine Reihe Reitställe erkennen. Dahinter begann der Dschungel.

Nur noch leise drangen die summenden Töne der Musik durch Longs Orchideenzucht und mischten sich mit dem Klang ihrer Schritte.

»Diese Lieder, wie schön. So etwas bekommt man in Deutschland nicht zu hören. Das klingt alles so weich. Komm, wir tanzen mal«, sagte Gili und baute sich vor Oskar auf.

Der Hamburger wog die Kamera des Japaners in seinen Händen.

»Ich kann nicht.«

»Zu viel getrunken?«

»Nein, ich ... Ich kann es nicht. Ich kann nicht tanzen.«

»Du kannst nicht tanzen, du kannst nicht schwimmen und einen Betrieb führen kannst du auch nicht. War nicht übertrieben, als du gesagt hast, dass du nichts kannst.«

Wieder spürte er Wärme in sich aufsteigen.

»Ich kann ein bisschen Mandoline spielen. Und paddeln.«

»Dann wollen wir mal«, sagte Gili und steuerte auf eine kleine Tür am Ende der Ställe zu. Mit einem lauten Klacken schob sie einen Riegel zur Seite, verschwand im Dunkel und kehrte nach wenigen Augenblicken mit einem Besen in der Hand zurück, den sie, um seine Festigkeit zu prüfen, zweimal wie ein Schwert in ihren Händen wendete.

»Keine Schaufensterpuppe, aber besser als nichts. Hier, bitte.«

»Was soll ich damit?«

»Tanzen.«

»Du machst dich über mich lustig.«

»Oskar Speck, ich werde dir jetzt beibringen, wie man tanzt. Werden ja gleich sehen, ob du Talent hast oder nicht.«

Sie legte seinen Arm in einem Bogen um den Besen, schloss seine Finger um den Stiel und erklärte ihm, wie er seinen Körper und die Füße zu bewegen hatte.

»Und jetzt, psst, hör auf die Musik. Wiege ein wenig deine Hüften, und bewege deine Beine dazu, genau wie ich es dir gerade gesagt habe.«

Oskar schielte auf Gili, während er sich hölzern im Kreis drehte, die Füße durch den Staub schob, eine Hand am Besen, mit dem anderen Arm ungeschickt einen Halbkreis formend.

»Das ist schon ...« Ihre Stimme machte einen Bogen: »Ja. Wir probieren es mal mit einem lebenden Probanden.«

Oskars Herz und Magen verschmolzen zu einem Klumpen, als sie auf ihn zuging.

Sie riecht nach süßer Erde. Nach feuchter, süßer Erde. Ist das Sandelholz? Es ist der schönste Geruch der Welt.

Er zitterte. Ihr Griff war fest und bestimmt. Während Oskar in den Abendhimmel schaute, der stolz seine Sterne zeigte, ließ er sich von ihr führen, versuchte sich zu konzentrieren.

Entspann dich, du lieber Himmel. Du tanzt wie eine Statue.

»Genau so«, sagte sie leise und korrigierte ihn mit kaum spürbaren Bewegungen.

Ich tanze. Ich tanze mit Gili Baum.

Seine Wangen glühten. Dann schloss er die Augen und küsste sie lange auf den Mund.

Zögernd löste sie sich von ihm, wich etwas zurück.

»Das hat ja gedauert.«

»Ich ...«, er sah zu Boden. »Ich brauche für alles etwas länger.«

Nur das Knirschen unter ihren Schuhen war zu hören, als sie weitergingen.

»Deine Lippen«, brachte Oskar irgendwann leise hervor, »sind weicher als alle Lippen, die ich bisher geküsst habe.«

»Wie viele hast du denn schon geküsst?«

»Na, vielleicht zehn, zwölf, wenn man Ober- und Unterlippe getrennt berechnet. Und Verwandte mitzählen darf.«

»Spinner. Wieso Australien?«

Irritiert holte er tief Luft, überlegte, und sie ließ ihm Zeit.

»Weil es weiter nicht geht. Einfach ... Weil das niemand wiederholen kann. Nicht mal Hradetzky. Der vor allem nicht. Nach meiner Olympia-Pleite habe ich einen Entschluss gefasst: Ich will die erstaunlichste sportliche Leistung aller Zeiten vollbringen. Egal, wie.« Die Musik verebbte in ihrem Rücken. »Diese Fahrt ist das Härteste, Schlimmste und Beste, was mir je passiert ist. Ich liebe es so sehr zu paddeln. Außerdem, wie du weißt, kann ich nichts anderes.« Er kratzte sich an der Stirn. Überlegte. »Vielleicht hat auch meine innere Unruhe damit zu tun. Ich hab so eine Angst, ich kann das schwer beschreiben. Ich habe manchmal einfach eine Angst. Vor Verlust oder vorm Verschwinden, was weiß ich? Vor einer tiefen Sinnlosigkeit.«

»Hast du in meinem Tagebuch gelesen?«, unterbrach ihn Gili, und Oskar sah sie entsetzt an. »Vergiss es, red weiter.«

»Es fühlt sich an, als würde ich mich selber einen Baum hochjagen. Als müsste ich ganz nach oben in die Krone des Baumes klettern, um zu sehen, wie die Aussicht ist. Ich will einfach wissen, wie sich das anfühlt. Ich will wissen, wie das ist da oben. Was dann kommt. Ergibt das irgendeinen Sinn?«

»Nur Idioten würden behaupten, dass alles einen Sinn ergeben muss. Kannst du mal den Arm um mich legen?«

Er versuchte es, und nach wenigen Metern befreite sie sich sanft.

»Das üben wir später.«

Sie gingen die staubige Straße entlang und setzten sich auf eine zu einem kleinen Bach abfallende Wiese am Wegesrand.

Vorsichtig lehnte sie sich an seine Schulter. Er rührte sich nicht.

»Heute darfst du mich küssen. Aber mehr nicht. Sugar spielt doch auf der großen Silvesterfeier im Simpang Club. Das ist ein guter Zeitpunkt, um neu anzufangen. Um Altes zu vergessen und Türen zu öffnen. Und Knöpfe, wenn du mich verstehst. Was ist?«

»Nichts.«

»Wärst du offen für ein paar unkeusche Gedanken? Wie wär's, wenn wir uns einen geheimen Kodex oder so ausdenken? Dann könnten wir auch am helllichten Tag unter Leuten ein bisschen frivol sein. Ich könnte zum Beispiel – lass mal überlegen –, ich könnte ein Ypsilon sein. Jedes Mal, wenn dich der Hafer sticht, könntest du mich mit ›Ypsilon‹ anreden. Ich glaube, das fände ich entsetzlich aufregend.«

»Ypsilon?«

»Ja, natürlich. Denk doch mal nach. Welche Form hat ein Ypsilon?«

»Na, wie ein Ypsilon halt.«

Gili rollte die Augen, zog mit nach unten deutenden Händen eine sich verengende Form in ihrem Schoß in der Luft nach.

»Also gut. Noch mal zu Silvester. Würdest du dann gern meine Knöpfe öffnen?«

Oskar atmete schwer, musterte seine Fingernägel.

»Würdest du ...?«

»Bitte?«

»... meine Knöpfe öffnen, schläfst du schon?«

Er richtete sich auf.

»Gili!« Oskar war den Tränen nahe. »Würde Wind gerne wehen? Würde Gras gerne wachsen? Würden Schwalben gerne in den Süden ziehen?«

Sie musste lachen, und Oskar blinzelte, so überrascht war er von seinen eigenen Worten.

Mit einem lauten Stöhnen sank er ins Gras, streckte seine Arme und Beine aus und drückte den Hinterkopf in die Erde, so fest er konnte. Sie setzte sich wieder zu ihm, sah ihn besorgt an, war kurz davor, etwas zu sagen. Dann legte sie ihre Stirn in Falten und starrte in den Nachthimmel.

Oskar wartete auf einen Moment, der nicht kam, auf ein Wort, das es nicht gab. Ab und zu sah er zu ihrem vom Mond beschienenen Gesicht hinauf.

»Behalt das mal im Kopf jedenfalls«, sagte sie schließlich leise. »Ich bin dein Ypsilon. Wann immer du willst. Yp-si-lon, verstanden?«

Im Dunkel hörten sie den abgehackten Ruf eines Tokehs.

»Glaubst du, dass ich es noch schaffen kann?«

»Dass du was schaffen kannst?«

»Nach Australien zu fahren. Irgendwann mal. Da ankommen.«

Sie nickte.

»Nein.«

Selbst im Dunkeln konnte er ihre Zahnlücke sehen.

BONDOWOSO

»Eindeutig!«, rief Gili, zündete sich eine weitere Kretek an und blies den Rauch zur Seite weg. »Das zählt auf jeden Fall als Dach und gehört somit zum Haus.«

»Aber es sind nur Tücher, die sie senkrecht an die Markisen ihrer Läden gehängt haben«, wandte Oskar ein. »Du willst sie mitrechnen, weil es sechs in einer Reihe sind und du damit gleich zwölf Punkte auf einmal ...«

»Tja, Pech gehabt, mein Lieber. Und wir sind schon auf der Kembang Djepoen, also fast da. Es sieht schlecht für dich aus. Es steht bereits zweihundertdreiundvierzig zu zweihundertelf.«

Tatsächlich würde er diese Runde von *Hut, Helm, Haus* verlieren. Es ging bei dem selbst ausgedachten Spiel darum, zu ermitteln, wie sich die Menschen auf einer bestimmten Strecke in der Stadt am häufigsten vor der Sonne schützten: mit Hüten, mit Tropenhelmen oder unter Hauseingängen. Auch bedachte Becaks oder Sonnenschirme zählten als Behausung. Am Anfang musste man sich für Hut oder Haus entscheiden, für gesichtete Helme bekamen beide gleichermaßen fünf Punkte.

Oskar wendete die Packung Kopfschmerztabletten in seinen Händen, die sie von der Simpang-Apotheke für Sugar geholt hatten. Er musste sich, was ihr Spiel anging, auf Gilis Wort verlassen, denn er hatte, statt mitzurechnen, die Zigaretten gezählt, die sie seit dem Frühstück geraucht hatte; dies war bereits ihre sechste, und es war noch nicht einmal Mittag. Sie schien merkwürdig nervös.

Seine Augen wanderten im Gehen ihren Arm entlang, und er bemerkte den dunklen Schatten, der mal eine Schramme gewesen war. Die Nacht im Reich des Peng Long lag bereits zwei Wochen zurück, und über die folgenden mit Gili hatte Oskar fast die Schnittwunde vergessen, die ein Limettenzweig ihr an jenem Abend zugefügt hatte. Sie war über das dornige Gestrüpp gerollt, als Oskar unbeholfen versucht hatte, sie zu necken. Zunächst war sie erschrocken aufgesprungen, zurückgewichen, dann verstand sie, stolperte lachend die Böschung entlang, fiel hin, drehte sich viermal um die eigene Achse, und gerade als Oskar hinterhereilend Küsse auf ihren Hals und ihre Wangen, auf Arme und Ohren legen wollte, als gelte es, dort Brände zu löschen, hatte etwas unter Gilis Körper geknackst und sie fluchend und mit Tränen in den Augen aufspringen lassen. Notdürftig und Oskar ernste Blicke zuwerfend, hatte wenig später ein auf Peng Longs Feier anwesender Arzt ihren von Stichwunden übersäten Rücken und den Arm in Binden gewickelt, und dann waren sie nachts im Schritttempo mit dem Motorrad zurückgefahren.

Jetzt waren sie unterwegs zu Sugars Haus und suchten die Straßen nach Menschen mit Hüten ab.

Alleine, da war sich Oskar sicher, würde er so etwas nicht tun. Auch mit einer anderen Frau wäre das nicht möglich. Mit der schüchternen Fàni nicht, mit der er vor Jahren einen verregneten Abend auf Andros verbracht hatte; nicht mit der Inderin Shilpha, einer unberechenbaren Zwanzigjährigen, die ihn unter anderem in die Geheimnisse ihrer Heimatstadt Kumta eingewiesen hatte, und schon gar nicht mit der lichtscheuen Lala aus Semarang, aus deren Leben er sich, so fiel ihm jetzt ein, eigentlich noch ordnungsgemäß abmelden müsste. Lieselotte, wurde ihm mit Genugtuung klar, käme hierfür schon gar nicht infrage. Durch Surabaya schlendern und kichernd *Hut, Helm, Haus* spielen war nur mit Gili Baum möglich. Er sah sie an, doch sie merkte es nicht.

Dieses Wesen ist nicht nur auf eine seltsame Art hübsch, sie ist auf eine hübsche Art seltsam. Wenn ich bei ihr bin, ist es, als würde es knistern in meinen Ohren.

Als sie bei Sugars Haus ankamen, fanden sie den Musiker auf der Veranda, träge in der Nachmittagssonne in einem Schaukelstuhl wippend. In seinem Glas mit Limonade klimperten ein paar Eiswürfel. Hinter Lampions rieselte im Haus Chopins *Prélude* aus einem Radio leise durch die Stille.

»Da seid ihr ja.« Sugar bot ihnen Getränke an und wies ihnen zwei leere Korbstühle zu. »Ich muss mit euch sprechen.«

»Klingt nach Ärger«, sagte Gili und schnüffelte einer dünnen Rauchspirale hinterher – den Überresten eines Mückenschutzmittels –, die neben ihr aus einer Untertasse emporstieg.

Oskar wischte mit dem kalten Glas an seiner Stirn entlang.

»Es geht um eine Überraschung«, sagte Sugar. »Aber dafür müsst ihr morgen sehr früh mit mir mitkommen. Sehr früh! Raus aus Surabaya.«

»Im Leben kann's nicht genug Überraschungen geben«, sagte Gili. »Ich bin dabei. Aber übermorgen ist Silvester, hast du da nicht deinen Auftritt im Simpang Club?«

»Bleibt genug Zeit. Wir sind rechtzeitig wieder zurück.«

»Kannst du das versprechen?«

»Spätestens abends werde ich im Club erwartet.«

»Tut mir leid«, sagte Gili ernst. »Das reicht leider nicht. Ich muss früher wieder zurück. Mittags!«

»Mach dir keine Sorgen, das schaffen wir.«

»Warum? Was hast du vor?«, fragte Oskar an Gili gewandt.

Eine Katze schlängelte sich durch ein paar neben Oskars Korbstuhl stehende Topfpflanzen. Den Kopf vorsichtig geduckt, starrte sie eine imaginäre Beute im Dunkel der Magnolien an.

»Wirst du schon sehen. Können wir über was anderes reden?«

Die Scheinwerfer des Ford Eifel stanzten zwei große, hellgelbe Lichtkegel in die Dunkelheit. Der Tag war noch nicht angebrochen, das Auto wurde von Schemen umschlossen, huschenden Schatten, dämmrigem Wald. Stumm lenkte Sugar das Gefährt über buckelige Feldwege. Erwischte ein kräftiger Morgenschauer das Auto, klang der Angriff des Himmels wie geworfenes Schrot. Benommen ließ Oskar seinen Kopf auf das Polster des Beifahrersitzes sinken.

»Nicht mal einen kleinen Hinweis?«

Sugar schüttelte nur den Kopf. Wenig später parkte er den Wagen an einem steilen Hang am Waldrand. Hastig stieg er aus, sprang über eine Pfütze und öffnete erst Gili, dann Oskar die Tür wie ein Chauffeur.

»Ich weiß nicht, ob das die richtige Schuhe sind«, sagte er und deutete durch den milchigen Nebel auf Gilis Sandalen. »Aber fürs Umziehe ist es jetzt zu spät.«

Schon lief er voraus, auf einen Trampelpfad im Dickicht des Urwaldes.

Der schwere Geruch der Flora, matt schimmernde und jahrzehntealte, riesige Pflanzen umschlossen die drei Wanderer, als der gerade erst anbrechende Tag hinter Vorhängen aus Blättern und Büschen verschwand. Sie waren bereits eine Weile gegangen, als Sugar an einer Liane anhielt, die er aus dem Weg beförderte, indem er sie um einen Ast legte, und Trinkflaschen verteilte.

»Ich führe euch in die Nähe von Bondowoso.«

Der Regen hatte aufgehört, und auf seltsame Art konnte man seine Abwesenheit hören. Die Hitze drückte durch die dicken Blätter des Urwalds, und Oskar spürte, wie sein kurzärmeliges Hemd und die Hose an ihm klebten, Haarsträhnen hingen in sein Gesicht. Das Marschieren setzte ihm zu. Seine Kräfte waren noch nicht vollständig wieder zurückgekehrt, außerdem hatte er kein gutes Gefühl bei den Überraschungen, die Sugar und offenbar auch Gili für ihn bereithielten.

Nach einer weiteren Stunde gelangten sie in ein Dorf, das durch dicht stehende Holzpflöcke und Palisaden vom Rest des Dschungels abgegrenzt wurde. Schwarze Borstentiere verzogen sich grunzend unter auf Pfählen errichteten Hütten, zwischen denen die grauen Dunstschwaden einer nahe gelegenen Feuerstelle strichen, was dem trägen Treiben des Lagers eine geisterhafte Stimmung verlieh.

»Also gut!« Sugar atmete durch. »Ich habe euch hierher mitgenomme, um ... Meine Urgroßeltern hatten früher in dieser Gegend eine Hütte. Jetzt ist natürlich niemand mehr aus meiner Familie hier. Aber ich war als Kind ab und zu in diese Dorf. Ich habe gehört, es soll eine wunderbare Hochzeitszeremonie geben, die sie in Ausnahme auch an Paare vollziehen, die von außerhalb kommen. Aber nur an eine Tag im Jahr. Heute.«

Oskar fragte sich, ob er richtig gehört hatte. Er starrte zu Boden, wartete auf Gilis Reaktion. Sugars Gesichtsausdruck nach zu urteilen, schien auch er auf einmal nicht mehr sicher, ob seine Idee so gut war.

Gili zündete sich in aller Seelenruhe eine Kretek an, kratzte sich am Hals und schenkte Oskar ein Lächeln, das man für kein Geld der Welt kaufen kann.

»Worauf warten wir?«

Junge Wasserbüffel, Buckelrinder und kleine Batakpferdchen schlurften zwischen den Dorfbewohnern umher. Ein paar Frauen, um den Kopf bunte Tücher gewickelt, schauten von ihren Webstühlen auf, während sich die nackten, nur mit ein paar Ketten ausgestatteten Kinder eilig vor den Fremden versteckten. Ein dürrer Mann mit der klapprigen Haltung einer windschiefen Tür tippte Sugar auf die Schulter. Der Musiker begrüßte den Mann freudig auf Javanisch, erklärte ihm, weswegen sie gekommen waren, und verneigte sich.

»Das ist unser Bon. Die einzige Person, die ich hier kenne. Er wird für uns übersetzen.«

Die Hütte des Häuptlings war geräumiger, als sie von außen aussah. Auf dem Boden des kreisrunden Raumes lagen geflochtene Binsenmatten um ein Loch in der Bodenmitte verteilt. Einzig vom Eingang her strömte etwas Licht sowie von einigen mit Djaraköl gespeisten Lampen, deren schwacher Rizinusgeruch und rötlicher Schein Oskar an die Beleuchtung eines Bordells in Kamathipura, einem Bezirk von Bombay, erinnerten, in das er einst verzweifelt hinein- und ebenso schnell wieder hinausgestolpert war.

Neben dem Häuptling, der einen opulenten weißen Rock mit silbernen Knöpfen trug, hatten sich dessen Familie und einige Dorfbewohner eingefunden. Das Oberhaupt des Dorfes gab Oskar, Gili und Sugar die Hand, hielt die rechte dabei mit der linken am Gelenk fest. Der Bon erklärte, er tue dies zum sichtbaren Zeichen, dass er keine Waffe vor ihnen verberge. Auf einmal kam eine Frau in gebückter Haltung mit einem kleinen Binsensäckchen und einem an den Füßen zusammengebundenen Huhn auf die Besucher zu. Beides überreichte sie dem Hochzeitspaar in spe, und kaum hatten ihre Hände die Gaben losgelassen, verfiel sie in das Stakkato einer Litanei, die der Bon Sugar und Sugar wiederum seinen Freunden leise und respektvoll übersetzte.

»Ihr seid von große, reiche Volk der Weißaugen, wir sind nur arme Schwarzaugen, elend und niedrig. Haltet es uns nicht für ungut, wenn unsere Hütte alt und gebrechlich, es hier dunkel und schmutzig ist. Seid nicht böse, wenn ihr merkt, wie schwach und dumm wir sind, wie leer unser Gehirn. Nehmt vorlieb mit dem, was wir arme Diener euch bieten können, nehmt dieses kleine magere Vögelchen und diese Handvoll Reis. Wir wissen, er ist hart und klein, denn unsere Felder sind dürr ...«

Noch eine Weile fuhr die Frau fort, alles herabzusetzen, was sie zu bieten hatte. Selbst der inzwischen dampfend vor ihnen stehende Kaffee sei »nichts als heißes Wasser«, die Hütte »schlimmer als eine Höhle«. Die Sitte, erklärte der Bon, verlange es so.

Als sie fertig war, hafteten die Blicke aller Anwesenden auf Gili und Oskar. Der Bon beeilte sich, Sugar eine Anweisung zuzuflüstern, die dieser an seine Freunde weitergab.

»Er sagt, ihr sollt es ihr gleichtun.«

Mit einem entschiedenen Kopfnicken bedeutete er Oskar, keine Zeit mit langen Überlegungen zu verschwenden.

»Wir stammen von einem Volk, das laut und grob ist«, kam ihm Gili zuvor, sanft und ohne zu zögern, und sie senkte dabei ihren Kopf. »Einfältig und hochnäsig. Womöglich sind die Weißaugen unseres Stammes reich, aber sie sind im Herzen arm im Vergleich zu euch und eurer Gastfreundschaft. Die Worte unserer Anführer sind hohl wie Bambus, unsere Männer und Frauen sind blind und dumm wie die Steine im See, die heimlich davon träumen, einmal das Ufer zu sehen. Und auch wir beide, Oskar und ich, kommen auf Knien, bitten mit Demut darum ...« Sie stockte und linste zu Oskar hinüber. »Wir bitten euch, zwei verirrte Seelen wie uns zusammenzuführen.«

Am Abend ließen sich Gili und Oskar im Freien auf Matten neben einem Lagerfeuer in der Dorfmitte nieder. Am Nachmittag hatte man an selbiger Stelle während der Zeremonie einen auf einem kleinen sogenannten »Dämonenhaus« festgebundenen Ziegenkadaver verbrannt. Anschließend hatten sie zahlreiche Geschenke erhalten, darunter einen zu einem weichen Bündel verschnürten Kalong, eine große Fledermaus, die der Häuptling mit einem donnernden »Eure Gesundheit nehme zu!« überreicht hatte. Zum Abschluss wurde die Eheschließung mit dem Verspeisen von getrockneten Schildkröteneiern und Termitenköniginnen gefeiert.

Jetzt war der Dorfplatz menschenleer, nur hinter einer der Wände vernahm Oskar den geseufzten letzten Satz des Bons, »Saja banjak lelah, slamak tidor, tuan«, und Sugar, der ihm antwortete: »Ich bin auch todmüde.« Es folgte das metronomisch getaktete Flügelschlagen einer Nachtschwalbe, dann hörte er nur noch seinen Magen grummeln und sank langsam in den Schlaf.

»Kannst du ein Haus bauen?«, fragte Gili plötzlich, und ihre Stimme klang wieder heiser, belegt.

»Was?«

»Ein Haus? Oder ist das auch etwas, das du nicht kannst? Wir könnten uns in Somerset oder auf Saibai oder in Surabaya ein Haus errichten.«

»Ja«, sagte Oskar schläfrig. »Krieg ich schon hin. Bauen geht, müsste gehen.«

»Auf einem Berg, mit Blick auf einen Hafen. Weit oben, was meinst du?«

»Klar, weit oben.«

Nach einer kurzen Pause sagte sie: »Ich glaube übrigens nicht, dass du nichts kannst. Nur untertreiben, das kannst du gut.«

Irgendwo kreischte ein Pfau, gefolgt von dem hohen Schrei eines Kalongs, dann kehrte Stille ein.

Der Urwald dampfte in der Hitze des anbrechenden Tages, als der Bon mit den beiden Deutschen und dem Javaner den Weg ins Tal antrat. An einer Weggabelung verabschiedete er sich mit einer schnellen Verbeugung und war sogleich hinter einem Bündel frisch geschälter, aufgestapelter und festgezurrter Rotangrohre verschwunden.

»Ist gut gelaufe«, sagte Sugar irgendwann, als sie einen Bach passierten. »Ich fahre uns jetzt nach Hause, dann holt ihr Schlaf nach, und ich fahre zum Simpang Club, und abends feiern wir dort alle zusammen das neue Jahr, niet waar?«

»Mich kannst du an der Werfststraat rauslassen, beim Hafenkantor«, schaltete sich Gili ein, und Oskar sah sie besorgt an.

An einem Trockenriss führte der Weg das Trio jäh ein paar Hundert Meter nach unten. Auf einer großen Grasnarbe entdeckte Oskar schon von Weitem eine verfallene Hütte. Vor der Tür saß eine alte Frau, ihr Blick war starr auf eine Pfanne gerichtet, in der über einem offenen Holzfeuer ein dicker, dunkler Saft kochte.

Sugar kratzte Kindheitserinnerungen an die Sprache der Ureinwohner zusammen und begrüßte die Alte, die ihrerseits ein paar Silben murmelte.

»Deine Gesundheit nehme zu«, wandte sich Sugar an seine Begleiter.

»Ach, solange sie nicht abnimmt«, flüsterte Gili.

Oskar konnte seinen Blick nicht von der Behausung abwenden. Die Wände waren aus Pappe und brüchigem Treibholz gezimmert. Das Dach bestand aus dürrem, langem Gras, bräunlich schimmernde Palmblätter hingen morsch über die Ränder.

Leise unterhielt sich Sugar mit der Frau, ohne die Konversation ins Deutsche zu übertragen. Dann zeigte er auf Gili und Oskar. Die Falten der Greisin schienen tiefer zu werden, als sie das Hochzeitspaar musterte. Mit einer Hand, die mehr an einen Zweig als an eine menschliche Extremität erinnerte, winkte sie die beiden zu sich. Aus einer rostigen Kelle bot sie ihnen etwas von ihrer Brühe an und Sugar bedeutete ihnen, sie sollten trinken.

»Das ist der Saft einer Zuckerpalme«, flüsterte er, »man kann nie genug Gesundheit haben.«

Während beide nacheinander bedächtig daran nippten, stand die Alte auf, hinkte prüfend um sie herum und besah sich das Paar von allen Seiten. Mit einem Ruck griff sie plötzlich nach Oskars Arm, begann aufzuheulen und ihn zu beschimpfen. Der Deutsche wollte sich entziehen, doch die kalten und harten Finger der Frau waren erstaunlich stark. Aus dem Jaulen und Zetern schälten sich die Worte »Kickääh, Kickääh« heraus, und genauso abrupt, wie ihn die Alte gepackt hatte, ließ sie ihn mit einem Mal wieder los, vergrub ihr Gesicht in den Händen und verfiel in heisere Klagelaute, die dem Geräusch von schabenden Fingernägeln auf einer Schultafel ähnelten.

»Lasst uns gehen, wir müssen weiter, kommt, kommt«, rief Sugar.

Das Gejammer und Gekeife der Frau verfolgte die kleine Hochzeitsgesellschaft, während sie panisch durch die Schlucht rannten. Blätter, groß wie Autotüren, schlugen ihnen ins Gesicht, auf einem schmalen, kaum erkennbaren Pfad ließ der matschige Untergrund ihre Schuhe zu Klumpen verkommen, bis ihre schmatzenden Füße auf gelbbraun verdorrtes Gras trampelten und der Trupp schließlich auf eine Lichtung stieß. Sugar hob die Hand und blieb, nach Luft japsend, stehen.

»Nehmt es ihr nicht übel, aber sie meint«, er stockte, keuchte, »uns würde Unheil erwarten. Sie war offensichtlich selber erschrocken. Ich habe nicht alles verstande, aber ich meine, sie hat von eine kleine, unfreundliche Scheusal gesprochen, ein Scheusal, das zetern und schielen und Kinder verachten würde und das gegen das Gute im Leben kämpft.«

»Wenn du mich fragst, rennen wir davor gerade weg«, stieß Gili auf ihre Knie gestützt hervor, und alle drei mussten so sehr lachen, dass ihnen Tränen die Wangen herunterkullerten.

Nach einer kurzen Pause setzten sie stumm ihren Weg durch den Wald fort. Als Gili durch die Büsche das Dach des Ford Eifel erkannte, ergriff sie Oskars Hand.

»Bis dass der Tod uns scheidet, was?«

HOUDINI

Ein Skandal, wenn man es genau nimmt. Wie soll eine Frau vom Schlage Luise Rainers mit Augen groß wie Untertassen eine Asiatin spielen? Darüber machen sich die Leute aus Amerika keine Gedanken und verleihen ihr am Ende sogar noch einen dieser neumodischen Preise.«

Gunther Makeprenz' Worte gondelten aus seinem Mund. Er war in Fahrt gekommen und musste sich immer wieder mit einem Lappen Schweiß von seinem kugelrunden Kopf tupfen.

Oskar und er liefen an der Modderlustkade entlang, inmitten Hunderter anderer Spaziergänger, die samt und sonders in weiße Anzüge oder elegante helle Kleider gehüllt waren. Wenige Stunden vor dem Jahreswechsel wollten alle das Jahr mit etwas Bewegung unter der baumbestandenen langen Straße in Wassernähe beschließen. Der Tag war herrlich mild. Oskar grübelte über seine Zukunft nach, während der Präsident des Deutschen Klubs angetrunken fortfuhr.

»War eine gute Idee, dich bei deinem neuen Heim abzuholen. Da können wir uns endlich mal wieder unterhalten. Du verbringst deine Zeit ja nur noch mit Gili.« Er stieß Oskar in die Seite. »Da läuft doch was, gib's zu.«

»Ehrlich gesagt, wir haben gestern Nacht geheiratet. Im Busch. Bei sehr freundlichen Ureinwohnern.«

Gunther Makeprenz sah Oskar an, als hätte der ihm eröffnet, dass er sich an der nächsten Straßenecke entkleiden wolle.

»Halt mich fest. Immer so still, aber du hast's faustdick hinter den Ohren, mein Lieber. Schnappt der einem die seltenen Bräute weg. Bei uns in Paderborn kann man an jeder Ecke vom weiblichen Geschlecht naschen. Aber hier? Pustekuchen. Ich muss heute eine zum Vögeln finden, Oskar. Ich hab Druck aufm Kessel. Wo ist Gili eigentlich?«

»Sie will mich nachher am Eingang vom Simpang Club treffen, hatte noch irgendwas vor. Weißt ja, sind manchmal rätselhaft, die Frauen.«

»Aber nur, wenn man so ein Schrat ist wie du. Bei mir wissen die Damen immer gleich, wie der Hase läuft. Übrigens: Kommst du nachher noch mit in die Tabarin Bar? Meinetwegen auch ins Shanghai Restaurant. Irgendwohin, wo es nicht so etepetete zugeht wie im Simpang Club.«

Er rempelte sanft gegen einen Mann, der einem am Wegesrand stehenden Schwertschlucker bei der Arbeit zusah.

»Wenn du so weitertrinkst, liegst du noch vor zwölf schnarchend in der Ecke.«

»Ach, Oskar, ich hab doch versucht, von dem Zeug wegzukommen. Mit allem hab ich es probiert. Später aufstehen, später zu Bett gehen, mehr essen, mehr Koks. Nichts hat geholfen. Aber ich glaube, jetzt hab ich die Lösung gefunden. Und natürlich heißt sie Siti.«

Sofort schob er, Oskars skeptischen Blick konternd, die Erklärung hinterher.

»Ja, der gutmütige Javanese aus dem Hellendoorn. Er meint, er kann mir helfen. Wir müssten nichts weiter tun als reden, sagt er. Er würde mir erklären, wieso ich so gerne Alkohol trinke. Und wie ich davon loskomme. Ich weiß, auf den ersten Blick macht der Kerl einen idiotischen Eindruck, aber ich kann jeden Satz unterschreiben, den er sagt. Auch politisch sind wir, glaube ich, auf einer Wellenlänge.«

Makeprenz starrte einer jungen Frau hinterher, die große, aus Lontarblättern gedrehte Pflöcke in den Ohren trug.

»Siti hat mich vor ein paar Tagen mal aufgeklärt. Über den Handel und das Finanzwesen, das die Chinesen kontrollieren. Sitis Familie ist übel mitgespielt worden, Stichwort Enteignung. Aber weißt du, was der Mann macht? Geht er auf die Barrikaden? Bewaffnet er sich, startet er einen Rachefeldzug, wie wir es aus der Weltgeschichte kennen, Stichwort Europa? O nein, alles, was er tut, ist beten.« Ein irres Falsett-»Ja« erklang aus seinem Mund. »Ich habe ihm bereits angeboten, mit ihm zusammen eine Kebatinan-Schule zu eröffnen. Er meint, er überlegt es sich.«

»Keba-was?« Oskar verzog Hilfe suchend sein Gesicht.

»Kebatinan. Eine animistische Religion. Nicht Buddhismus, nicht Islam, viel genauer und entspannter. Du musst dich mit Siti unterhalten, der wird dir die Augen öffnen. Gerade du, Oskar, könntest eine Dosis seiner Weisheit vertragen. Der Mann könnte dir deine Reise in zwei Sätzen erklären und dich von deinem verrückten Ehrgeiz abbringen. Und Stichwort Ehrgeiz: Ich werde nach der Silvesterfeier im Simpang Club eine Zeit lang aus Surabaya verschwinden. Siti hat mir angeboten, mit ihm im Westen der Insel einen Haufen Kohle mit der Gewinnung von Chinin zu machen, mit Chinarindenbäumen. Ich sag's dir. Gold wert, der Junge. Wir unterschreiben nachher die Verträge. Wenn du willst, leg ich ein gutes Wort ein für dich, dann nehmen wir dich mit.«

Sie kamen am Kroesen Park vorbei und steuerten auf die große Kreuzung zu, an der sich der Simpang Club befand.

»Aber mal was anderes: Wenn du mich fragst, also mal unter uns gesagt, Sugar ist doch schwul, oder?«

»Bitte? Was redest du da?«

»Sind dir noch nie die ganzen Jungs aufgefallen, die immer bei seinen Auftritten erscheinen? Ein paar von denen könnten als Tunte Karriere machen. Alles so weichgesichtige Kollegen, die ihn andauernd anhimmeln. Sugar hat nie Weiber im Schlepptau. So ein gut aussehender Kerl und keine einzige Braut im Windschatten.«

»Du spinnst doch. Worauf willst du eigentlich hinaus?«

Sie waren am überdachten Eingang des in strahlend weißem Marmor gebauten Clubs angekommen. Aus den verschiedenen Räumen waren bereits Grammofone und Klaviermusik zu hören, und Makeprenz deutete auf ein Schild, das neben der Tür angebracht war.

»Punkt eins: In den Club dürfen keine Einheimischen und keine Hunde, steht sogar hier auf der Tafel. Punkt zwei: Schwuchteln hacken die hier mir nichts, dir nichts den Schwanz ab. Und Punkt drei: Die Mischlinge sind überhaupt nur per Gesetz mit den Chinesen, Japanern, Arabern und Europäern gleichgestellt. Es ist absolut verpönt, sich mit denen zu zeigen, ganz zu schweigen davon, seinen Lümmel in so jemand reinzustecken. Die Humorlosigkeit der Insulaner ist in solchen Dingen ebenso legendär wie die Inzucht von Hayam Wuruk, dem König des Majapahit-Reiches. Siti kann dir ein Lied davon singen, der kennt alle Sitten auf der Insel. Alle!«

Oskar erklärte Makeprenz, er werde am Eingang auf Gili warten.

»Ganz wie du willst, Meister, aber steh nicht zu lange rum. Die haben hier eine Billardhalle, ein Kaminzimmer und sogar eine Kegelbahn im Freien.«

Schon war der Präsident des Deutschen Klubs zwischen zwei Fahnen verschwunden, die in dieser Paarung überall in der Stadt verteilt hingen: die des Vereinten Königreiches, flankiert von der holländischen Flagge.

Oskar war müde. Träge verfolgte er, wie die feine Gesellschaft Surabayas an ihm vorbei in den Club strömte. Er amüsierte sich über die Mode, die den Männern auferlegte, weite Anzughosen zu tragen, unter denen nur die Spitzen ihrer Lackschuhe hervorschauten.

Er sah auf seine Uhr. Es war bereits nach halb zwölf, und er hoffte, Gili würde wenigstens noch vor Mitternacht eintreffen, sodass sie zusammen auf das neue Jahr anstoßen könnten. Dann dachte er über das nach, was Makeprenz über Luise Rainer gesagt hatte, und überlegte, wann er das letzte Mal im Kino gewesen war. Und gerade als er meinte, sich an eine Vorführung in Bushir zu erinnern, hielt an der Straße, nur wenige Meter entfernt, eines der städtischen Fiat-Balilla-Taxis. Der Fahrer öffnete erst die hintere Tür, dann den Kofferraum und blieb am Heck des Wagens stehen. Oskar musste zweimal hinsehen, um die Person zu erkennen, die aus der Fahrerkabine ausstieg. Gilis Lippen waren üppig rot bemalt, unter einem eng anliegenden Pullunder trug sie eine sandfarbene Bluse mit Spitzenmanschetten, dazu einen hellblauen Rock, der mit einer Organzablüte verziert war. An ihrem Unterarm hing ihre Handtasche, in einer Hand hielt sie eine zusammengerollte Zeitung.

Sie baute sich fröhlich, aber fahrig vor Oskar auf und gab ihm einen flüchtigen Kuss auf die Wange.

»Entschuldige, ich musste noch etwas erledigen. Hör zu. Ich war in letzter Zeit etwas nervös, weil mir vor einigen Wochen die *Berliner Illustrirte* abgesagt hat. Einfach so. Ich habe keine Ahnung, was da los ist. Und ich habe es nicht übers Herz gebracht, dir davon zu erzählen.«

Sie sah einem lachenden Pärchen hinterher.

»Aber ich habe es wiedergutgemacht. Der *Berliner Lokalanzeiger* ist nämlich freudig eingesprungen. Die werden nicht nur *einen* Artikel über dich veröffentlichen, auch nicht zwei, nicht drei oder vier, sondern eine ganze Serie mit sieben, in Worten: *sieben* Teilen.« Gili sprach schnell, als müsse sie sich beeilen. »Der Vorschuss von zweihundertzwanzig Reichsmark ist bereits auf dem Weg. Ich lege dir das aus, habe alles mit dabei.«

Sie holte die Scheine aus der Handtasche und drückte sie ihm in die Hand, bevor sie ihm die Zeitung überreichte.

»Außerdem war ich etwas angespannt, weil ich nicht wusste, ob sie rechtzeitig den ersten Teil schicken würden. Hat aber alles geklappt.«

»Rechtzeitig?«

Oskar bemerkte, wie sie plötzlich große Mühe hatte, ihre ausgelassene Fassade aufrechtzuerhalten, wie sie sich mit ihrer Zunge hinter den Lippen über die Zähne fuhr.

»Kannst du behalten. Mitnehmen. Ich habe noch zwei Exemplare im Klub.«

»Danke. Aber wohin soll ich die mitnehmen?«

»Jetzt lies schon«, sagte sie tonlos.

Vorsichtig streckte er seine Hand aus, um ihre Wange zu berühren, doch sie wehrte ihn ab, deutete auf die Zeitung.

»Die Idioten haben meinen Titel geändert, aber das ist jetzt egal.«

Oskar sah sie lange an, dann las er den Vorspann des die gesamte Seite ausfüllenden Artikels.

»Abenteuer in der Sundasee
Von Gili Baum

Das ist er also. Der Mann, vor dem sich Joseph Goebbels fürchtet. Der Mann, der in Arabien friedliche Bauern erhängen ließ. Der eine Horde Eingeborener in Indonesien ohne erkennbare Gründe der Justiz und somit einem endgültigen Schicksal ans Messer lieferte. Der lebende Schlangen isst, Whiskey in Form von Pillen vertilgt; der über Waffen verfügt, die die Welt noch nicht gesehen hat, dessen Kontakte, so erzählt man sich, in die geheimsten Zirkel der Partei reichen und wie Röntgenstrahlen den Körper der Weltpolitik durchdringen; der allerorten und nirgendwo zu Hause ist, der über mehr Namen verfügt, als es Rollen für Hans Albers gibt; jener Teufelskerl, der hinter der Bezeichnung ›Spion‹ verschwindet wie ein Elefant im Zelte des Houdini, dem das Britische Königreich gar einen Orden verliehen hat; und nicht zuletzt sitzt hier in einem Spital in Surabaya jener Deutsche vor mir, der, so wie er jetzt stoisch und konzentriert von seinen Abenteuern erzählt, eigentlich längst tot sein sollte und der doch weithin sichtbar lebendig, wenn auch ausgezehrt und mitgenommen, von einem nervösen österreichischen Arzt auf die Folgeschäden eines Mordanschlages auf ihn untersucht wird. Dieser Mann wollte von Deutschland bis nach Australien in einem Faltboot fahren und hat es bis ins ferne Surabaya geschafft.

Doch wie entwirren sich all diese Geschichten? Wer ist dieser Mann, und was ist dran an den unglaublichen Gerüchten? Dies ist die Geschichte von Oskar Speck.«

»Nicht böse sein«, sagte sie leise. »Der Anfang muss ein bisschen wilder klingen. Aber später im Text erkläre ich alles.«

»Das liest sich wunderbar, Gili, da will man gleich mehr erfahren.«

Sie erschraken, als Sugar sie mitten im Satz von hinten mit einem lauten Schrei überraschte.

»Ihr müsst mitkomme. Ist gleich zwölf Uhr! Wir treten auf. Wir haben heute einen neuen Akkordeonspieler aus Toendjoengan dabei. Das hast du noch nicht gehört, was der macht. Und einen Sänger, der heißt King Koloma. Kennt ihr den *Lambeth Walk*?«

Sugar bemerkte, dass etwas nicht stimmte, Gili die Arme verschränkte, und abrupt wurde er ernst. Sie flüsterte ihm etwas ins Ohr, und Sugar legte Oskar eine Hand auf die Schulter.

»Na dann. Viel Glück, Mister.«

Als er verschwunden war, ging Oskar zu dem Fiat Balilla, warf einen prüfenden Blick in das Heck und, nachdem er den darin befindlichen Koffer geöffnet und die Einzelteile der *Sonnenschein* erkannt hatte, entgeistert auf Gili.

»Das ist nicht wahr. Wie hast du Vock überredet?«

»Er hat sie mir, nun ja, nicht ganz freiwillig gegeben.«

»Was hast du bezahlt?«

»Nichts.«

»Du wirst doch nicht zu ihm ins Arbeitszimmer gegangen sein und mit ihm verhandelt haben?«

»Verhandelt? Nein, aber in seinem Arbeitszimmer war ich sehr wohl.«

»Ich verstehe nur Bahnhof.«

»Du musst los, bevor er etwas merkt.«

»Sag mir zumindest ...«

»Ich habe Vock und seiner Frau Karten für *Madame Butterfly* geschenkt. Erinnerst du dich, wie dringend er die Oper sehen wollte? Ich bin zu ihnen hin und habe so getan, als müsse ich mir unbedingt sein Fahrrad leihen. Zum Ausgleich habe ich ihm die Karten angeboten. Ich wusste, dass er sich die Chance nicht entgehen lassen konnte. Und keine zwanzig Minuten später war das Vock'sche Haus leer wie eine Kirche am Montag.«

Gilis Wangen glühten, unsicher sah sie beiseite.

»Deine Taschen musste ich dalassen. Ich habe Äste und ein paar Steine aus seinem Garten hineingestopft, damit er den Verlust nicht gleich bemerkt. Die *Sonnenschein* steckt jetzt in meinem Koffer und in ein paar Taschen aus dem Klub. Und jetzt musst du los.« Sie sah auf die Uhr an ihrem Handgelenk. »Butterfly wird ihrem Kind gerade die Augen verbinden, Ende dritter Akt. Und sollte Vock morgen doch etwas merken, sitzen wir binnen Stunden beide im Gefängnis.«

»Und wo willst *du* hin? Er wird dich genauso suchen.«

»Das fallende Blatt, erinnerst du dich? Wird sich alles ergeben. Außerdem weiß der gar nicht, wo ich wohne. Schreib mir und adressier deine Briefe einfach an den Klub. Sobald du in Australien angekommen bist, treffen wir uns wieder. Und Vock wird es in ein paar Tagen schon egal sein.«

»Aber ich werde um Papua herumfahren müssen.«

Vielleicht bin ich am Buß- und Bettag schon wieder zurück.

»Weiß ich.«

»Das ist ein Umweg von acht oder neun Monaten.«

»Weiß ich auch.« Sie musste fast ein wenig lachen. »Sag mir nicht, dass du Angst davor hast, das ist unglaubwürdig. Los jetzt. Der Fahrer bringt dich zum Hafen.«

Sie boxte ihn ohne Kraft gegen die Brust, schubste Oskar in Richtung Taxi. Er wollte etwas sagen, doch sie hatte sich schon umgedreht und eilte mit geducktem Kopf in den Simpang Club.

Die Taxi- und Rikschafahrer Surabayas waren gemeinhin auskunftsfreudige Gesellen, aber Oskars Chauffeur schien zu spüren, dass dies nicht der richtige Zeitpunkt für oberflächliches Geplapper war. Still glitten sie durch die dunkle Stadt, vorbei an den erhabenen Marmorkolossen, zu denen palmengesäumte Wege führten. Der Fahrer nahm ein paar Umwege, um etwas mehr verlangen zu können, und Oskar war es recht.

Sie passierten matt beleuchtete Gebäude, Oskar sah die bunten Lichter der Bars, Hotels und Theater, die Soerabajasche Kunstkring (die holländische Kunstakademie der Stadt), das riesige Haus, in dem die Simpangsche Apotheek auf der Simpangplein beherbergt war, und schließlich bogen sie auf das südliche Ende Toendjoengans ab, fuhren am Hellendoorn mit seiner runden Terrasse entlang, dann am Oranje Hotel und dem arabischen Viertel. Oskar erkannte Gemblongan, die dort angesiedelten, in die Jahre gekommenen Geschäfte. Von der Rückbank aus sah er die Schilder der Bloemen-Läden, Whiteaway Laidlaw, das englische Kaufhaus, auf der Ecke Gentengkali, die Niederländisch-Indische Handelskammer und die von Türmen flankierten Gebäude, die einem gewissen Toko Aurora gehörten. Und mit einem Mal wurde ihm klar, dass die schönste Zeit seines Lebens so unwiderruflich zu Ende ging, wie ein Feuerwerk, das in der Nacht ertrinkt.

MITTEILUNG

Liebste Gili,

wie leid es mir tut. Nie, niemals hätte all das passieren dürfen. Wie war das nur möglich? Ich bin auf der Suche nach einer Erklärung.

Als wir uns geküsst haben, war ich mir so sicher, dass unser beider Leben sich von einem auf den anderen Tag ändern würde. Es fühlte sich so richtig an. Und ich dachte, auch für dich!?

Wenn ich wieder zurück bin, wird sich alles finden. Wie oft soll ich es noch schreiben? Wieso höre ich nichts von dir? Ich weiß, es ist schwer, mich zu erreichen, weil ich ständig woanders bin. Können wir nicht noch mal neu anfangen, wenn ich zurückkehre? Ganz von vorne? Liebste Gili, es zieht mich so zu dir hin.

Ich hoffe, du vermisst mich ein wenig. Ich jedenfalls vermisse dich sehr. Sehr!

Aber ich möchte nicht mehr darüber lamentieren, was gewesen ist, was vielleicht nicht hätte geschehen sollen, sondern nur noch darüber, was ist, was sein wird. Alles wird gut, glaub mir.

Wie geht es Sugar?

Eines wollte ich dir schon früher sagen, bezüglich deines

Artikels. Ich habe ihn jetzt ein paarmal gelesen. Er ist hervorragend geschrieben, vorzüglich geradezu, wenn auch übertrieben. So eine wunderbare Angelegenheit war Oskars Reise dann doch nicht, findest du nicht auch?

Ich muss mich leider beeilen, Siti ruft mich. Du glaubst gar nicht, wie riesig die hiesigen Chinarindenplantagen sind. Es ist, als wäre die Arbeit endlos. Wir schuften in tausendfünfhundert Metern Höhe, Gili, auf dem Bergrücken Passir Tjibodas. Mich hat man bisher zum Ablösen der Rinde eingesetzt. Entsetzlich anstrengende Plackerei.

Aber ich lerne viel von Siti. Ich ahne, dass seine spirituellen Einsichten mir noch zum Vorteil gereichen werden. Er redet ständig von Javanismus und Kepercayaan, vom tiefen, inneren Frieden. Wenn er spricht, sieht er aus, als würde er glänzen. Gili, ich wünschte, wir könnten das zusammen erforschen!

Die Holländer betrachten allerdings mit immer größerem Argwohn, dass ein Deutscher wie ich mit den Rinden Geld macht, auch wenn es nur ein karger Lohn ist. Daher habe ich beschlossen, früher zurückzukommen, schon Anfang März. Die schwere Arbeit ist es nicht, du weißt, ich bin ein harter Hund, aber die ständige Abwertung meiner Person ertrage ich nicht mehr. Sollen die Käsköppe doch selbst ihre blöde Rinde trocknen.

Ach, eines noch. In den letzten Wochen habe ich nach Berichten über Oskar Ausschau gehalten. Habe sogar Freunde im asiatischen Raum angeschrieben, ob sie etwas wüssten. Leider nur abschlägige Antworten.

Doch dann entdeckte ich selbst eine Mitteilung in einer der indonesischen Postillen. Oskar war abgebildet, sonst wäre ich gar nicht darauf aufmerksam geworden. Ich bat Siti, mir den Text zu übersetzen. Ich habe seine Worte noch mal ins Reine gebracht und dir hier beigefügt. Es ist ein Albtraum.

Aber vielleicht ist es auch ein Zeichen für uns, Gili?
Ich muss los.

Tausend Küsse, dein dich liebender
Gunther

PATRONEN

Konstantys Spaziergänge führten ihn in immer neue Viertel Londons. So wie heute lief er inzwischen oft umher. Selten achtete er noch darauf, wo er sich genau befand. Er wusste, er vernachlässigte die Arbeit, doch es war ihm egal. Was konnte schon passieren? Was konnte noch Schlimmeres passieren, als dass nichts passierte? Absoluter Stillstand. Die Welt drehte sich, Konstanty konnte förmlich spüren, wie andere an anderen Orten die großen Themen verhandelten, und er saß weiterhin in London und trauerte seinen zerronnenen Möglichkeiten nach.

So weit wie Speck inzwischen gekommen ist, würde seine Rückkehr eine Sensation sein. Da müsste die Beinhorn schon mit der bloßen Bewegung ihrer Arme fliegen, um mitzuhalten.

Bald würde es einen zweiten, einen dritten Egon Lex geben, mächtiger und durchsetzungsfähiger, und der würde Oskar Speck entdecken und ihn an seiner statt zurückholen.

Von den größeren Straßen zweigten immer wieder kleinere Gassen ab, zur Themse hin. Es war Sonntag, und sie waren menschenleer. Und doch fühlte Konstanty sich beobachtet. Er hörte Kinder schreien und blieb stehen. Am Ende einer der Sackgassen sah er den riesigen Schornstein eines Dampfers in den Himmel ragen, der dick und dunkel am Greenland Pier lag. Es war ein außergewöhnlich warmer Spätsommertag, und eine Reihe Grundschulkinder spielte auf dem Asphalt Cricket. Sie rannten auf dem Kopfsteinpflaster umher. Ein Junge hatte sich in Erwartung des Balles hinter einer aufrecht platzierten leeren Obstkiste aufgebaut, direkt davor ein Mädchen, die ein Gemüsebrett oder etwas Ähnliches an einem Griff umklammerte und damit versuchte, den Ball zu treffen.

»Los, komm mit.«

Jemand zupfte Konstanty am Ärmel, lief die Hauptstraße hinab, und bevor er realisiert hatte, dass es Diana war, war sie auch schon einige Schritte voraus.

»Was machst du hier?«

Er hatte aufgeholt.

»Das könnte ich dich fragen. Ich bin dir gefolgt. Eigentlich bin ich ganz froh. Hier wird mich niemand kennen, und es wird niemanden interessieren.«

»Was wird niemanden interessieren? Wovon sprichst du?«

Jetzt war er es, der Diana am Arm packte, und er erschrak, als er ihr Gesicht sah. Die großen hellen Augen blickten müde aus tiefen Höhlen. Schattige Ränder, kaum Make-up, ihr Teint farblos. Unter ihrem Hut waren die Haare ungekämmt.

Sie ging weiter und massierte dabei nervös ihre rechte Augenbraue.

»Unity hat versucht, sich umzubringen. Oder jemand anders. Im Englischen Garten, mit ihrem Perlmutt-Revolver. Ist alles etwas unklar. Sie hat überlebt, ist in ein Krankenhaus gebracht worden, aber ... Es wird sich einiges verändern ... Hier!«

Sie hielt ihm einen Briefumschlag entgegen.

»Was ist da drin?«

»Ein Empfehlungsschreiben. Von Hitler unterzeichnet. Direkt aus dem Braunen Haus. Sieh ruhig nach. Ich habe mich dafür wirklich ins Zeug gelegt. Leider hat ein Mitarbeiter deinen Namen falsch verstanden. Du heißt jetzt Konstantin Stab. Mehr kann ich nicht tun.«

»Britischer Humor«, erwiderte Konstanty. »Weltberühmt. Wieso nur?«

»Hör auf damit.«

Sie waren stehen geblieben. An dieser Stelle der breiten Straße fuhr zum Hafen hin nur selten ein Auto.

»Sieh es dir später an. Das sollte dir Respekt verschaffen, egal, wo du landest. Hitler sagt, der Krieg sei in greifbarer Nähe.«

»Wo ich lande?«

Konstanty hasste, wie schwach er klang.

»Oswald und ich werden in den nächsten Tagen verhaftet. Da gibt es keinen Ausweg mehr. Und dich werden sie auch einsperren, wenn du nicht tust, was ich dir jetzt sage.«

Ein schnaufender britischer Lastwagen fuhr an ihnen vorbei.

»Nach Deutschland kommst du nicht mehr. Aber hier im Gefängnis wirst du auch nicht lange bleiben.« Ihr leerer Blick fiel auf die Themse. »Die meisten verschiffen sie nach Kanada.«

»Diana, bitte, ich ...«

»Psch. Ich muss wieder gehen. Ich habe mich informiert. Oswald sagt, sie bereiten große Dampfer wie die *Dunera* vor, um Flüchtlinge, Gefängnisinsassen, Juden, Deutsche aller Art zu verschiffen. Eingepfercht, im Unterdeck.«

»Ich bin kein Flüchtling.«

»Ich will mir gar nicht vorstellen, wie du in dem überfüllten Bauch eines solchen Schiffes mit tausend anderen Gefangenen so eine lange Fahrt überleben sollst. Aber es gibt noch eine andere Lösung.«

»Ich höre.«

»Die Fairbridge Society bringt regelmäßig Kinder außer Landes, die woanders in neuen Familien untergebracht werden. Ebenfalls per Schiff. Oswald war so nett, dafür zu sorgen, dass du als Aufsichtsperson bei einem solchen Transport mitkommen kannst.«

»Mit Kindern.«

»Ich werde jetzt nicht lange mit dir darüber debattieren. Ich weiß nicht, wohin sie dich bringen und was dann geschieht. Aber es ist besser als alles andere. Wenn du willst, holt dich heute um sieben Uhr jemand an deiner Wohnung ab. Ach ja, ich hab noch etwas für dich.«

Nervös kramte sie in ihrer Manteltasche und zog die Pfeife und ein kleines Samtsäckchen hervor.

»Hier. Wie sie funktioniert, habe ich dir ja gezeigt. In dem Beutel sind Patronen. Versuch nur nicht, damit zu fliehen. Mit den paar Schüssen wirst du nicht weit kommen.« Erneut sah sie die Straße hinab, dieses Mal in die Richtung der nur noch dumpf zu hörenden Kinder. »Im schlimmsten Fall wird sie deine Erlösung sein.«

Sie war schon einige Meter entfernt, als sie sich noch einmal zu ihm umdrehte, rückwärts weiterlief.

»Es gibt noch eine schlechte Nachricht.«

Konstanty hob beide Hände, und Diana musste wegen eines heftigen Windzugs lauter sprechen.

»Ich habe in der *Picture Post* einen Artikel über deinen Oskar gelesen. Du kannst die Sache ruhen lassen, Konsty. Er ist ertrunken. In einem Sturm. In der Arafurasee. Komischer Name, isn't it?«

TEIL DREI

Immer mächtiger der Wellen Arm und Hand
Warn des dunklen, großen Meeres Kommandant
Fürchteten niemand, niemals, nichts, nur trocknes Land
Nur Sand

PORZELLAN

Blitzlichtgewitter.

Er sieht nichts. Hält die Hand vor die Augen, um sich vor den grellen Strahlen zu schützen. Neben ihm gluckst ein geschmeidiges Lachen aus Schmeling heraus. Der Boxer legt vor dem Eingang des Filmtheaters seinen Arm um ihn, wechselt dann in eine gespielte Kampfhaltung – alles mit einem Gewinnerlächeln, die Rufe der Journalisten ignorierend. »Max, können Sie Oskar einmal hochheben?«, »Herr Speck, lachen Sie doch mal«, »Bitte beide einmal nach rechts drehen.« Dann gehen sie hinein, um den Film über ihn, Oskar Speck, anzusehen. Auf dem Weg zu den Logen erzählt ihm Schmeling eine Anekdote von Joe Louis und offenbart ihm in einem Nebensatz das Geheimnis einer langen, glücklichen Ehe. Und als sie sich auf wohlig knisternden, dunkelroten Samt setzen, berichtet Schmeling ihm von dem Tag, an dem er die charmante Lücke zwischen Anny Ondras Zähnen bemerkt hat, und dass er in jenem Moment wusste, die Person fürs Leben gefunden zu haben, Frau und beste Freundin in einem. Kurz bevor das Licht ausgeht, dreht er sich zu Max Schmeling um, zwinkert ihm geheimnisvoll zu und hört sich sagen: »Max, ich weiß genau, wovon du sprichst.«

Fanfaren erklingen. Zusammen starren sie auf die Leinwand, die aus einem unerfindlichen Grund direkt über ihnen schwebt. Fanfaren. Nichts. Die grellweiße Leinwand. Fanfaren. Sein Nacken tut weh vom Hinsehen.

Und tut immer noch weh, als Oskar die Augen öffnet, aus einem Dämmerschlaf erwacht. Die Morgensonne strömt durch die gekippten schmalen Fenster genau in sein Gesicht. Die anderen Männer grunzen auf ihren Strohmatratzen und unter den Pferdedecken. Sein Mund ist trocken, sein Po und sein Rücken schmerzen, die Hitze in dem Wellblechmonster ist bereits unerträglich. Er weiß nicht, wie spät es ist, seine Sinne sagen ihm: vor sechs. Welcher Wochentag? Es fällt ihm nicht ein, was ihn ärgert, umso mehr, da es egal ist. Oskar beschließt, sich, bevor die ersten Männer wach werden, am Wasserhahn hinter der Baracke frisch zu machen.

Vorsichtig schlurft er durch den Mittelgang. Feine, gelbe Staubpartikel schweben in der Luft. Es riecht muffig. Nach Schweiß, Dachboden und alter Wäsche. Er spürt noch die Druckstellen über seinen Knöcheln, wo gestern schmiedeeiserne Ketten gegen das Fleisch pressten, die sie ihm für die Fahrt auf der *Black Mary* angelegt hatten, einem jener Gefangenenwagen, mit denen die Australier die Deutschen in die Lager bringen. Sein Blick wandert über die Dachsparren, an den Querbalken entlang und zu den darunter hängenden Blechlampen, die aussehen wie Chinesenhüte.

Draußen landen Fliegen auf seinem Kopf, auf den Armen, im Nacken und auf den Beinen, landen und starten wieder, sobald er sich bewegt.

Hinter dem Wellblechhaus steht ein anderer Gefangener mit dem Rücken zu ihm und putzt sich die Zähne. Als der Mann sich umdreht, erkennt Oskar den deprimierten Genossen wieder, mit dem er am Vortag hier ankam und der offensichtlich dieselbe Idee hatte wie er. Sie nicken sich zu, während Oskar den Hahn aufdreht, der mit widerwilligem Quietschen und Sprotzen lauwarmes Wasser von sich gibt. Er wirft sich eine Handvoll ins Gesicht und verteilt es ausgiebig im Nacken, bis er merkt, dass er beobachtet wird.

Der andere spuckt ins Blechbecken aus.

»Q61«, sagt er und mustert Oskar.

»Ja, und Sie sind Q68, richtig?«

Sein Gegenüber bestätigt die ihm von den australischen Behörden zugewiesene Gefangenennummer und tupft sich mit einem Taschentuch so vorsichtig den Mund ab, als hätte er gerade etwas Delikates gegessen.

»Irgendjemand wird dafür bezahlen.« Nicht der geringste Anflug von Humor ist dem Inhaftierten anzuhören, als er auf Haus 54 deutet. »Das ist doch alles eine Komödie. Was sollen wir hier? Wo sind wir hier überhaupt? Da drinnen stinkt es wie im Affengehege. Und zu Hause hängen sie bereits die Christbaumkugeln auf, und alles duftet nach Zimt.« Frustriert steckt er seine Zahnbürste in ein kleines Etui. »Und wen können wir dafür zur Rechenschaft ziehen? Niemand!« Die Übellaunigkeit des Kerls hat etwas Reizendes, fast Rührendes, sodass Oskar insgeheim beschließt, sich in seinen ersten Tagen an ihn zu halten, auch wenn es keine Anzeichen dafür gibt, dass die Sympathie auf Gegenseitigkeit beruht.

Der Mann beginnt, sich eine Zigarette zu drehen, und er schafft dies, ohne dabei auch nur einen Tabakkrümel fallen zu lassen.

»Was halten Sie von unseren Mithäftlingen?«, fragt Oskar.

Q68 bläst die Backen auf.

»Mir reicht, was ich gesehen habe. Vielleicht lungert hier ja jemand mit so etwas wie Charakter herum. Aber wenn mich nicht alles täuscht, benutzt das Gros der Insassen den Handrücken als Serviette.« Behutsam leckt er das Blättchen, zündet den Tabak an. »Man kann nur beten, dass sie den deutschen Kehricht in dieses Lager verfrachtet haben und ein paar gescheite Männer unser Vaterland vertreten, während wir hier plaudern. Ffff.«

Rauch strömt aus einem seiner Mundwinkel.

»Morgen«, brummt ein korpulenter Mann, der mit einem Lappen auf der Schulter um die Ecke gestapft kommt und sich dabei am Hinterkopf kratzt. Oskar hat sich die Namen der Inhaftierten in seiner Baracke noch nicht eingeprägt, sie am vorigen Abend zum ersten Mal gehört, meint aber das verquollene Schlafgesicht

Otto Ricklischs vor sich zu haben. Schon gestern hatte er sich gefragt, ob die Scham des untersetzten Kerls so weit ging, selbst hier in der Wüste ein Toupet zu tragen, oder ob die etwas zu makellosen, holzig braunen Haare ohne erkennbaren Ansatz tatsächlich die seinen sind.

»Scheiße, eine Affenhitze ist das. Immerhin hab ich einen Ort entdeckt, wo ich meinen Morgenständer auswringen kann.«

Direkt hinter Ricklisch erscheint eine müde Ausgabe des Gefangenen Schönborn, der schläfrig seine Brille aufsetzt, sich wortlos dazustellt und mit offen zur Schau getragenem Desinteresse sein Antlitz in einem Handspiegel überprüft.

»Ganz im Süden«, fährt Ricklisch fort, »kurz hinter den Mülltonnen. In der Nähe der Sickergrube. Da ist so ein Mulga-Busch. Das einzig richtig hohe Gewächs in Camp Tatura: dichte Blätter, schräg gewachsen, hängen alle breit genug und so quer über den Boden. Perfekt. Einfach perfekt. Also nicht weitersagen.«

Er dreht einen Hahn auf und grunzt, als seine Hände sich das Wasser ins Gesicht peitschen. Schönborn schielt mit gekräuselter Oberlippe zu ihm hinüber – ein Ausdruck zwischen Abscheu und Amüsement –, hält einen Kamm unter das Wasser und beginnt, sich damit einen Scheitel zu ziehen.

»Klingt so ein Mann, auf den man sich verlassen kann, wenn's drauf ankommt?«, fragt Schönborn die anderen beiden. »Was meinst du, Ricklisch, braucht Deutschland jetzt ordinäre Wichte oder doch Kerle? Wir befinden uns übrigens in einem Krieg. Der über unser aller Zukunft entscheidet. Und du denkst an nichts anderes als ans Onanieren. Allerhand, Ricklisch, allerhand.«

»Jetzt lass mir doch das bisschen Vergnügen«, versucht ihn der Angegangene kleinlaut zu beruhigen. »Die Klebe muss raus, sonst dreh ich noch durch.«

Leiser Ekel spiegelt sich in Schönborns Gesicht, als er wieder aufbricht, doch hält er wie auf ein Stichwort hin an und wendet sich noch einmal um. Einen Moment lang tätschelt er mit seinem

Kamm gegen ein Bein, sieht bodenwärts und scheint nachzudenken.

»Ich werde euch schon noch Disziplin beibringen, nicht wahr? Und dann wird euer Schwanz nicht das Einzige sein, was strammsteht. Menschenskind, wir sind doch nicht auf Urlaub hier. Wir müssen zusammenrücken. Alle aus einem Holz sein; ruhig das Blut, der Wille aus Stahl. Wir sind doch nicht im Puff.« Seine gefrorene Mimik bleibt auf Ricklisch gerichtet. »Ja?«

Dann tritt er den Rückzug an.

Mit einem lauten »Fffüüü« pustet Q68 Rauch aus, mustert Ricklisch amüsiert.

Jetzt erst fällt Oskar auf, was an ihm so merkwürdig ist. Der Mann, mit dem er gestern in das Lager gebracht wurde, ist nicht nur von geringer Körpergröße, er mutet an wie ein Geist, hat etwas Ätherisches. Goldenes, eng an der Kopfhaut anliegendes Haar umrahmt ein Gesicht aus Porzellan. Seine Augen wirken außergewöhnlich durchsichtig, strahlen wie die hellste Stelle eines Sees. Er spricht leise, doch bestimmt, und die Höflichkeit in seinen Sätzen, der Reichtum seines Vokabulars und die Gewandtheit seiner Ausdrucksweise wirken auf Oskar in der sie umgebenden Ödnis sonderbar fehl am Platz. Und diese Stimme ...

»Der hat ein bisschen was Kaltblütiges«, resümiert Q68, laut über Schönborn nachdenkend, »findet ihr nicht?«

Feinster, rieselnder Sand.

»Der wird auch noch ruhiger«, schnauft Ricklisch. »Wartet's mal ab, nach dem Krieg wächst da beim Mulga 'ne schöne deutsche Eichel.« Ein buttriges Lachen. »Oder Pilze. Angenehmen Tag euch beiden.«

Oskar schlägt nach einer Fliege.

»Auch kein lupenreines Genie«, seufzt Q68, als Ricklisch um die Ecke verschwunden ist.

Er drückt seine Zigarette im Waschbecken aus, pustet den letzten Rauch in die Luft und steckt den Stummel in seine Brusttasche.

»Entschuldige, ich habe mich noch gar nicht vorgestellt. In diesem entsetzlichen Sträflingsbus gestern war mir nicht nach Konversation. Ich bin Konstantin Stab.«

»Oskar ...«

»Freut mich. Soweit man das hier sagen kann. Ich kann kaum erwarten, das Frühstück zu probieren. Ob die Eier wohl pochiert sind?«

»... Speck, Oskar Speck.«

Eine Fliege landet auf Konstantys Wange, und mit einer sehr langsamen Bewegung wischt er sie mit seinem kleinen Finger beiseite, ohne Oskar aus den Augen zu verlieren.

»Noch mal.« Seine Stimme hat jeglichen Klang verloren. »Sag das bitte noch einmal.«

»Entschuldigung. Sollte nicht witzig sein, hat auch nichts mit dem Frühstück zu tun. Ich heiße wirklich so.«

Konstanty wendet sich von ihm ab, fährt mit den Händen an Hemd und Hose entlang, ganz so als suche er etwas. Er atmet schwer, hebt sein Kinn und dreht sich wieder um.

»Ah«, sagt er nach einigem Zögern. »Markanter Name.«

Sein Lächeln ist wolkig, als er Oskar mit einer offenen Hand zum Gehen auffordert.

»Dann sind wir jetzt wohl Freunde. Frohe Weihnachten, Oskar.«

STAUB

Tatura, australische Wüste, 16. Januar 1940

Liebes Ypsilon,

hast du all meine Briefe aus Papua erhalten? Einen wenigstens? Ich fürchte nein. Leider konnte ich meine Post erst abschicken, als ich in Fak-Fak angekommen war. Falls dich also nichts erreicht hat, in aller Kürze: Ich habe auf den Inseln viel gefilmt, die Menschen waren sehr nett; lediglich die Holländer haben in Artikeln schlimme Lügen über mich verbreitet. Sie waren wohl gekränkt, dass ich sie so hinters Licht geführt habe – dabei gebühren eigentlich dir diese Lorbeeren. Einmal erzählte mir jemand, sie hätten sogar in die Welt gesetzt, dass ich in einem Sturm ertrunken sei. Was für ein Blödsinn!

Gili, ich bin in Australien angekommen – und noch am Strand verhaftet worden. Im Gefängnis auf Thursday Island durfte ich dir in den ersten drei Monaten nicht schreiben. Nun hat man mich in ein Internierungslager mitten in die Wüste verfrachtet, aber ich hoffe, bald wieder frei zu sein, und dann werde ich dich suchen und finden. Versprochen!

Ich will dir kurz meine ersten Wochen hier schildern.

Ich bin mit über eintausend anderen Deutschen in Haft. Erinnerst du dich, was du über Frauen und Männer gesagt hast? Das Schicksal scheint mir deine Theorie in Bezug auf die Männer auf besonders perfide Art beweisen zu wollen. Es gibt keine einzige Frau im Lager und, soweit ich das überblicken kann, kaum einen Kerl, mit dem man ein paar nette Worte wechseln kann. Aus allen Teilen der Welt hat man die Leute hierhergebracht. Dennoch ist viel Platz im Camp, es ist so weitläufig, dass ich längst noch nicht jede Ecke erkundet habe. Aber will ich das? Alles sieht gleich aus. Eigentlich gibt es hier nur die Wellblechbaracken, in denen wir wohnen. Und wo man geht und steht, surren einem Fliegen um den Kopf, entsetzlich.

Mich haben sie in Haus 54 gesteckt, das aussieht wie ein improvisiertes Lazarett. In jedem unserer Wohnkästen stehen um die zwanzig Feldbetten, die mit den Fußenden aufeinander zeigen, in der Mitte nur einen schmalen Gang übrig lassen. Ansonsten stapelt sich hier auf selbst gezimmerten Regalen der traurige Krempel der Inhaftierten: angestoßene Koffer, ausgebeulte Jacken, Rasierer und Pinsel, Seifenstücke und krumm geschrubbte Zahnbürsten, Päckchen mit Briefen. Immerhin eine Schallplatte hab ich entdeckt. Die Hülle war zerknickt und gerissen, aber die Worte »Odeon« und »Tango« konnte ich erkennen. Auch ein gerahmtes Foto ist mir aufgefallen. Mit lachenden Menschen, die aus einem sommerlichen Garten winken. Weiter entfernt als der Mond.

Das Lager an sich ist schnell beschrieben: Stacheldraht, hohe Zäune, Männer in Uniform auf Wachtürmen, Dutzende Reihen von Hütten, verteilt auf ein kilometerlanges Stück karges Land. Kiesel, Staub, Beete, Nichts. Nur weil es im fruchtbaren Goulburn Valley liegt, können wir hier Obst und Gemüse anbauen.

Von den Wachhabenden werden wir gut behandelt. Die Australier haben jedem Gefangenen eine Nummer gegeben, und je nach Benehmen und Status wird man von den anderen mit Nummer oder Namen angesprochen.

Es ist verpönt, länger für sich allein zu bleiben. Gruppen, wohin man schaut. Na, das ist was für mich, wie du dir vorstellen kannst.

Auch die Tage in Tatura sehen alle gleich aus, eineiige Zwillinge in einem Spiegelkabinett: Um sechs Uhr früh schrillt eine Alarmglocke, alle Männer müssen draußen auf dem Platz zum Morgenappell antreten. Jeden Morgen, jeden Abend und bei j edem Wetter (bislang immer brütend heiß). Dann überprüft ein deutscher Hutleader, das ist so eine Art Hausmeister, für jede Baracke die Anwesenheit der Insassen. In unserem Fall ein Kerl namens Schönborn, furchtbare Nervensäge. Eine halbe Stunde später gibt es in drei staubigen Hallen – den Kantinen des Lagers – ein spärliches Frühstück, und danach verteilen sich die Männer auf die anstehenden Arbeiten. Diese beschränken sich auf das immer gleiche Hantieren und Basteln in Werkstätten, auf das Ausschenken im Coffee Shop, sinnlose Tätigkeiten in einem der vier Büros der deutschen Lagerverwaltung oder das Anpflanzen von Gemüse, Obst oder Mohnblumen in ein paar Dutzend Beeten.

Nach dem Mittagessen setzen wir fort oder wiederholen, was wir am Vormittag getan haben. Um sechs gibt es Abendessen und anschließend einen zweiten Appell, bei dem erneut die korrekte Anzahl der Insassen geprüft wird. Um zehn Uhr abends wird in allen Baracken das Licht gelöscht. Und das ist die Zeit, in der ich dich am meisten vermisse. Außer natürlich am Vormittag und am Nachmittag. Und am frühen Abend.

Wer Interesse hat – ich habe es nicht –, kann sich abends im Gemeinschaftshaus den zahlreichen Nationalsozialisten anschließen, die dort laut und mit Schmiss deutsches Liedgut schmettern. Ein paar der Lieder erkenne ich wieder. Ich meine sogar, ein oder zwei vor Jahren in meinem Zelt auf der

Mandoline gespielt zu haben. Aber jetzt, so, gefallen sie mir nicht mehr. Manchmal empören sie sich auch bei wilden Diskussionen über Polen, Engländer, Australier und alle anderen, die am Lauf der Dinge schuld sind. Dies, liebste Gili, ist in Freiheit wie in Gefangenschaft der große gemeinsame Nenner unserer Landsleute, vielleicht aber auch der gesamten Menschheit: Die Quelle allen Übels ist immer der andere, oder besser noch, die anderen. Woher kommt das nur? Ich bin mir sicher, du könntest es mir sagen.

Täglich übersetzt ein Häftling namens Langenbach englische Radiomeldungen, die dann krächzend aus den Lautsprechern des Gemeinschaftshauses dröhnen. Macht Deutschland im Krieg Fortschritte, johlen alle, wenn nicht, kann man im Lager den Wind denken hören.

Müsste ich schätzen, würde ich sagen, nahezu alle im Camp sind Nazis. Aber mit etwas Aufmerksamkeit erkennt man die menschlich Denkenden. Liest jemand Adalbert Stifter, hat er mit den Braunen vermutlich nichts am Hut. Auch ein gewunkener oder sonstwie übertriebener Hitlergruß verrät eine vaterlandskritische Gesinnung. Dementsprechend selten sieht man so etwas hier.

Ich halte mich aus allem heraus, und nach dreiundzwanzig Tagen bin ich nun einer von vielen. Anfangs schienen die Männer Abstand zu mir zu halten, der Hutleader sagte, es gäbe Gerüchte über mich. Doch inzwischen werde ich nur noch selten argwöhnisch beäugt.

Von den anderen Gefangenen weiß ich wenig. Schönborn ist jedenfalls ein besonders misslungenes Exemplar. Aber auch unter den übrigen kann ich mich gar nicht entscheiden, wen ich am wenigsten ausstehe.

Immerhin die Embritz-Brüder aus Berlin sind zwei lustige Figuren. Sie waren es, die mir erklärt haben, wie das Lager funktioniert. Alles wird hier von strammen, parteitreuen Deutschen organisiert. Wie wir Insassen untereinander auskommen, ist komplett uns überlassen. Die australischen Wachmannschaften scheint es nicht zu kümmern. Von der Metzgerei bis zur Krankenstation funktioniert Tatura wie ein vergleichbares Gemeinwesen in der alten Heimat – nur eben unter den wachsamen Augen australischer Soldaten.

Mein Bettnachbar heißt Konstantin Stab, er sieht aus wie ein Primaner, weiß aber, wie man sich Respekt verschafft. Vielleicht weil er sich so geschliffen artikuliert. Du, liebste Gili, hättest deine Freude an dem Knaben.

Ach, einen hätte ich fast vergessen, ein weiterer, schwacher Lichtblick im germanischen Allerlei: Francesco Fantin, ein Neapolitaner, der einzig Fremdländische im Lager, arbeitet in der Kantine, schenkt dort Kaffee aus. Er ist hier, weil er Deutsch spricht, wenn auch mit deutlich hörbarem Akzent. Die Engländer haben ihn auf der *Dunera* mit ein paar Tausend anderen, zumeist deutschen Häftlingen nach Australien und dann hierher ins Camp verfrachtet. Er ist wahnsinnig komisch.

Es gibt Tage, an denen spreche ich kaum ein Wort.
Die Fähigkeit, Freundschaften zu schließen – wenn ich sie je hatte –, ist mir abhandengekommen. Außerdem erscheint es mir sinnlos, ausgerechnet im Internierungslager nach Freunden Ausschau zu halten.

Mein Gesundheitszustand ist nicht gut, liebes Ypsilon. Ich leide weiterhin unter Durchfall und Fieber. Der Camp-Arzt weigert sich, eine Blutprobe zu nehmen. Bekomme ein Gramm Chinin pro Tag. Seit Anfang Dezember habe ich Rheumaanfälle in den Schultern. Die Sanitäter haben mich mit einer Salbe eingerieben, vermutlich Butter, bringt gar nichts. Leide auch unter Anfällen, eine merkwürdige Symbiose aus psychischer Unruhe und Schmerzen in Kopf und Rücken. Na, dir würden bestimmt ein paar schöne Worte einfallen, was für ein Waschlappen aus mir geworden ist.

Besitz habe ich keinen mehr. Ich bin also da, wo ich vor acht Jahren, am Anfang meiner Reise, begonnen habe, abzüglich des Bootes und der Freiheit.

Die Wayang Kulit haben sie mir abgenommen, dabei hätte ich sie derzeit lieber als alles andere. Ein erwachsener Mann, der gerne eine Puppe zum Einschlafen hätte. Sag es bitte niemandem weiter. Was ich ebenso wenig habe, ist Geld. Also werde ich eine Möglichkeit finden müssen, um für den Tag meiner Freilassung finanziell ausreichend bestückt zu sein. Ich habe bereits angefangen, anderen Insassen Gebrauchsgegenstände zu basteln und zu verkaufen. Doch ich brauche noch mehr, um eine Dampferfahrkarte kaufen zu können.

Wieso zittert jetzt meine Hand? Ich höre auf. Die ersten Häftlinge kommen von der Arbeit.

Ich hoffe es nicht, aber vielleicht werde ich diesen und alle folgenden Briefe an dich sammeln müssen, und wenn ich wieder frei bin, schicke ich sie dir in einem Bündel. Oder besser noch: Ich übergebe sie dir persönlich. Ich will kein zweites Mal einen Packen Post an einen Geist aufbewahren.

Eines wollte ich noch sagen, Gili: Ich habe die Krone des Baumes erreicht. Ich bin ganz oben angekommen. Und weißt du, was dort ist? Du wirst lachen. Ein neuer Baum. Ich war auf dem letzten Ast, und die Aussicht waren endlos viele neue Wurzeln.

Schlaf gut, wo auch immer du bist.
Dein Oskar

ANGST

Als sie die Tür öffnet – der Nachhall der Glocke hängt wie eine Nebelschwade in der Luft –, hat Lydia Kupfer ihren Satz noch nicht beendet. Im Halbdunkel hinter ihr stehen zwei javanische Dienerinnen, von denen eine behutsam Orchideenblüten von einer Rispe zupft, um sie in ein mit Wasser gefülltes Steinbecken zu legen. Die andere untersucht einen schmalen Zweig in ihrer Hand, an dem ein paar stachelige Früchte hängen. Das Gegenstück mitsamt einer weiteren Frucht klemmt zwischen Lydia Kupfers Fingern, die es mit einiger Abscheu von sich hält.

»... wenn es doch riecht wie gammeliger Käse, Mädchen?«, beendet sie ihre Einlassung und muss zweimal hinsehen, bevor sie erkennt, wer da vor ihrer Tür steht.

Skeptisch mustert sie die junge Dame. Sie ist blasser, als sie sie von Peng Longs Feier in Erinnerung hat. Ihre Ausgelassenheit an jenem Abend ist einer beunruhigenden, stillen Nervosität gewichen; Staub und Gras hängen an Rock und Jacke, in ehemals schicken, schwarzen Schuhen haben sich Beulen eingenistet, und ihre Finger umschließen den Henkel einer langsam sterbenden Handtasche.

Sekunden vergehen, in denen niemand spricht, bis Gili ein kaum hörbares »Kennen Sie mich noch?« herausbringt.

Einen Moment lang ist Lydia wie vom Donner gerührt, doch dann fängt sie sich und nimmt die Frau entgegen, wie man ein außergewöhnlich wertvoll aussehendes Paket entgegennimmt, das versehentlich an die falsche Adresse geliefert wurde. An Gili vorbei wirft sie einen Blick in beide Richtungen die Straße hinab und bedeutet ihr einzutreten.

Sie sagt nicht ein Wort, doch Gili versteht auch so: *Kommen Sie herein und bleiben Sie – solange Sie wollen.*

Als sie wenige Minuten später im Salon der Kupfers sitzen und einen dampfenden Tee vor sich stehen haben, bittet Lydia ihr kauend ein Stück der faserigen Frucht an, die, von Zweig und Hülse befreit, in gelbe Stücke geschnitten auf einem Teller liegt.

»Durian, wurde mir gesagt, heißt das. Schmeckt tatsächlich mehr als leidlich, fast wie Vanille.«

Gili lehnt dankend ab.

»Ich bräuchte ein Bett«, sagt sie vorsichtig, die Hände im Schoß. »Und etwas Ruhe.«

»Kindchen, da sind Sie hier genau am richtigen Platz gelandet.«

»Tja. Wie oft ich das schon gedacht habe. Darf ich?«

Lydia nickt, und Gili zieht eine Kretek hervor, zündet sie an einer Öllampe an, neben der eine Schale mit vor sich hin glimmendem Harz und geschnittenem Sandelholz für einen angenehmen Geruch sorgt. Eine Weile sitzen sie sich schweigend gegenüber, Gili kaut an ihrem Daumennagel, bis sie sagt: »Ich bin dieser Männer so überdrüssig …«

Lydia will etwas Heiteres einwerfen, doch Gili spricht einfach weiter, ohne davon Kenntnis zu nehmen.

»… die ihre Fehler mit immer neuen Fehlern auszubügeln versuchen. Kaum hat man in all dem Fallobst mal einen gesunden Apfel entdeckt … Und ich blöde Kuh schmeiße ihn einfach weg.« Sie sucht nach einem Aschenbecher, und Lydia beeilt sich, ihr eine Schale zu reichen. Gili raucht, schüttelt kaum merklich den Kopf, atmet aus, raucht weiter, sagt, wie zu sich selbst: »Am ganzen Körper hat er gezittert, als er mir an die Wäsche ging.«

»Entschuldigen Sie, aber ich kann nicht ganz folgen. Sprechen Sie von ein und demselben Mann, dem Ruderer?«

»Nein, Pardon, der mit der Wäsche ist ein anderer. Ein gewisser Herr Makeprenz. Der wollte mich ›trösten‹. Zumindest sagte er das. Nachdem Oskar mit dem Boot weitergefahren war. In der Neujahrsnacht 38 auf 39. Ich musste ihm in die Schulter beißen. Einen Augenblick lang hat es sich so angefühlt, als würde ich in ihm stecken bleiben. Aber noch einen Zahn wollte ich nun wirklich nicht verlieren.«

Gili berichtet Lydia Kupfer davon, wie sie spätnachts mit Gunther Makeprenz in einer Rikscha vom Simpang Club zum Deutschen Klub gefahren war, wie er sie dort im Aufenthaltsraum überwältigt hatte, jedoch zu betrunken war und sie sich, bevor es zum Äußersten kam, befreien konnte. Wie sie Tage später zurück in ihr Zimmer schlich, sich vom Hausmeister versichern ließ, dass Makeprenz mit Siti zum Arbeiten auf der Chinarindenplantage die Stadt verlassen hatte, und wie in den folgenden Wochen nach und nach Briefe von ihm, jedoch kein einziger von Oskar eintrudelte. Wie sie schließlich, als ihr Peiniger seine Rückkehr ankündigte, ein paar Kleider und ihr Geld zusammenraffte und sich monatelang in kleinen Hotels in Tuban und Rembang versteckte, aus Angst vor einer möglichen Vergeltung des Klubpräsidenten, der ihr an jenem Neujahrsmorgen wilde Drohungen hinterhergerufen hatte. Sie traute dem zärtlichen, apologetischen Tonfall, den er später in all seine Zeilen steckte, nicht. Also blieb sie Surabaya fern – bis das Erbe ihrer Eltern aufgebraucht war.

Lydia Kupfer faltet behutsam eine Serviette.

»Sie müssen mir hier weiß Gott keine Auskunft über Ihr Liebesleben geben, aber waren Sie mit dem deutschen Faltbootmann, mit diesem Oskar, nicht sogar liiert?«

»Der ist tot. Ertrunken.«

»Du liebes Lieschen«, flüstert Lydia. »Das ist ja furchtbar.«

»Ja, ist es«, entgegnet Gili matt. »Makeprenz hat mir die Zeitungsmeldung geschickt, wenig später habe ich einen kurzen Bericht dazu in einer lokalen Postille in Surabaya gefunden: ›Deutscher Abenteurer im Sturm umgekommen‹.« Und dann, als wolle sie sich selbst ein wenig ablenken: »Ich hab nicht mal mehr meinen schönen Marcelle-Lély-Hut. Im Klub vergessen, so schnell bin ich da verschwunden. Meine Schreibmaschine und ein paar andere Sachen auch. Aber den Lély vermisse ich am meisten. Ich weiß, irgendwann wird Makeprenz mich finden. Der ist verrückt, wissen Sie? Ich mag verrückte Leute, wirklich, wenn sie ein paar schöne Schrauben locker haben, aber der ist ... der ist zu viel verrückt, verstehen Sie, zu viel, ein Ekel einfach, ein richtiger ... Meine Mutter hätte dem ...«

Sie drückt zitternd mit Daumen und Zeigefinger auf ihre Augen.

Lydia Kupfer seufzt und wirft ihr einen mitfühlenden Blick zu, während Gili nach einem langen Atemzug fortfährt.

»Und jetzt dachte ich: Vielleicht kann sich ja einmal mehr meine Handtasche als zuverlässige Hüterin meines Schicksals erweisen?« Sie liegt in ihrem Schoß, und Gili klopft sachte darauf. »Die Visitenkarte Ihres Mannes war noch darin, ganz unten auf dem Boden. So. Nun sitze ich hier in Ihrem Haus in Semarang und bin nicht mehr als eine Spielfigur auf einem Brett, und Sie sind diejenige, die mich umherschieben kann. Machen Sie mit mir, was Sie wollen. Ich gehöre Ihnen.« Sie hustet. »Mir selbst möchte ich mich nicht mehr anvertrauen.«

Die ältere Dame trinkt einen langen, genüsslichen Schluck. Die kleine Ader unter ihrem Auge wird sichtbar.

»Willkommen im Hause Kupfer. Ich bin Lydia.«

GESTALTEN

Müde tritt Oskar auf das Blatt seines Spatens. Mit trockenem Knirschen gibt die Erde unter ihm nach.

»Mangold, Salat, Bohnen ...«

Frederick Embritz überprüft alles im Vorbeigehen und zeigt auf die zu erwartenden Erträge ihres Beetes.

Oskar stützt sich auf den T-Griff und sieht die Anhöhe hinab, beobachtet das Flirren der Hitze über den Dächern der Wellblechhütten in der Ferne. Die schweißnassen, muskulösen Arme von Hans Embritz tauchen in seinem Blickfeld auf. Fredericks Bruder kommt unter andauerndem Wegpusten von Fliegen mit zwei Eimern Wasser und stellt seine schwappende Fracht stöhnend auf den Boden.

»Nur dit beste Tröpfchen für unsere kleine Landwirtschaft, wa?«, sagt Frederick. Er schnappt sich eines der Behältnisse und gießt dessen Inhalt behutsam über die Erde. »Abwasser, ihr armen, kleinen Pflänzchen, leider nur Abwasser, aber besser als wie nüscht.« Scheppernd lässt er den Bottich fallen und blickt Oskar an. »Na, was sagste zu unserer Pflanzenenklave? Wir haben extra ein bisschen abseits von den anderen angesiedelt, wo wir unsere Ruhe haben. Sind ja nich auffer Wurschtsuppe angeschwommen gekommen, wie man bei uns sagt.«

Der untersetzte, x-beinige Berliner mit dem schütteren Haar, das Yin des Yang seines sportlichen Bruders Hans, sieht spöttisch auf seine Armbanduhr.

»Jetzt haben wir März. April, Mai spätestens gönnen wir uns mal 'n richtiges Festmahl von dem Grünzeug. Ein saftiges Blätterschnitzel. Mir läuft schon dit Wasser im Munde zusammen.«

Hans, dessen Hände bereits wieder im Beet herumfuhrwerken, unterbricht ihn leise.

»Nu mecker ma nich, im Mai sollen wir von der Lagerleitung zwei Zugpferde, 'n Pflug und 'n zweirädrigen Rollwagen kriegen.«

»Die sollen mal lieber was von der Destillerie hierherschaffen. Den ganzen Tag hat man hier dit Hochprozentige in der Nase.«

Eine Weile arbeiten die drei Männer vor sich hin, reißen kleine Büschel Traubenhafer aus, wühlen in der trockenen Erde und entfernen Federgräser, bis Oskar seine Neugier nicht länger im Zaum halten kann.

»Wieso seid ihr hier?«

Fredrick Embritz wischt sich mit dem Ärmel Schweiß von der Stirn.

»Wirste nich glauben, aber wir waren mit den Wiener Philharmonikern unterwegs. Die hatten Gastspiele in ganz Australien, und wir waren die Begleitung für die Truppe. Vor Ort alles organisieren und so. Was so anliegt. Ein Frack muss in die Reinigung, neue Saiten angeschafft werden, Koffer von A nach B, die janze Rutsche, Logistik und so. Und da Hans von Haus aus Klavierstimmer ist, haben sie uns gleich im Doppelpack einjekooft, wa.«

Er verscheucht eine Fliege.

»Wir hatten so was schon in Berlin gemacht, für Varietés und auch mal für 'n Zirkus. Und dann sind wir eingesprungen, als die Wiener in Berlin gastiert haben und der zuständige Mann krank jeworden ist.«

»*Ick* bin eingesprungen und hab deine Wenigkeit dazugeholt«, korrigiert Hans, ohne von seiner Arbeit aufzusehen.

»Die waren so begeistert von uns, dass sie uns vom Fleck weg engagiert haben. Und wo geht die erste Reise hin? Nach Australien. Hans und ick, wir haben uns natürlich gefreut wie Bolle. Wir waren vorher, wenn's hochkommt, mal bis nach Zehlendorf zu Tante Helga ausgeflogen, dit war's.«

Bevor er weiterspricht, greift Frederick nach dem zweiten Eimer, stolpert, und mit einem blechernen Geräusch ergießt sich das restliche Wasser auf die rissige Erde neben den Beeten. Fluchend greift er nach dem leeren Behältnis, während Hans Embritz sich abwendet und beginnt, den Boden mit einer kleinen Hacke zu lockern. Frederick stemmt seine Arme in die Hüfte, mit den Augen blinzelt er Schweißtropfen weg.

»Und kaum sind wir hier und die Jungs haben die ersten zwei Konzerte in Adelaide und Sydney gespielt, heißt es auf einmal, es is Krieg. Wir waren gerade auf der Pferderennbahn in Randwick, mitten als die am Rennen waren, wa. Da liefen zwei Gäule ganz nach unserm Geschmack. Ick sah uns schon die Herren Philharmusiker auf Getränke einladen, als so zwei Offiziere auf uns zukommen. Keine zwölf Stunden später sind wir im Lager. Ick sag zu Hans: Ick gloob, mir streift 'n Bus, wir fahren an den Arsch der Welt, nur um in den Knast zu wandern. Nie 'ner Fliege was zuleide getan, zwei Seelen von Mensch und dann so was. Dit is 'ne ganz miese Nummer von der Hitler-Flitzpiepe.« Erschrocken sieht er Oskar von der Seite an. »Oder von den Polen, je nach Sichtweise, wa?«

Während sein Bruder stoisch weiterarbeitet, murmelt Frederick: »Also, so hab ick dit nicht gemeint.«

»Ich hab nichts gesagt«, erwidert Oskar, ohne ihn anzusehen.

»Ja. Nein. Ick meine, wie du vielleicht mitbekommen hast, wird hier im Lager viel getratscht. Und ick will nicht, dass ick als Gegner der Partei oder so dastehe, verstehste? Die Hutleader kriegen dit alles mit. Und die vergeben dit Geld und die Strafarbeiten.«

»Wenn du Geld brauchst, musst du was verkaufen. Von deinen Sachen, oder bau was in der Werkstatt. Es gibt hier einen ganz ordentlichen Handel. Ich habe neulich ein Schachspiel geschnitzt und es an einen Häftling aus Haus 28 verhökert.«

Hans Embritz wirft seinem Bruder einen Blick zu, der besagt:

Ich habe dir tausendmal erklärt, du sollst nicht so viel reden. Dann wendet er sich an Oskar.

»Dit is 'ne gute Idee. Und du, Frede, hab nich immer so viel Schiss.« Hans, dessen Latzhose vom Schweiß dunkel gefärbt ist, schiebt eine Schubkarre an Frederick vorbei zu dem Beet mit den Melonen. »Erst die Klappe aufreißen, und dann ...«

Frederick greift mürrisch nach einer Harke, tritt versehentlich auf die Zinken, woraufhin der Stiel des Geräts gegen seinen Arm schmettert. Oskar versucht ernst zu bleiben, doch Hans Embritz schüttelt sich bereits vor Lachen.

»Na, Dickerchen, greifen dir die Elemente wieder an?« Japsend wendet er sich Oskar zu. »Ungeschickt wie 'n Elefant bei der Traubenernte. Unsere Mutter sagt immer, der schafft es noch, nackt an der Türklinke hängen zu bleiben.«

Plötzlich stürzt sich sein Bruder auf ihn, die Karre kippt zur Seite. Frederick nimmt Hans in den Schwitzkasten und zerzaust ihm mit seiner Faust die Haare. Hans lässt keine Anzeichen von Abwehr erkennen, gleichwohl er keine Mühe hätte, seinen Bruder in die Knie zu zwingen.

»Dit is mein Kleener«, ruft Frederick, »der Muskelmann von Spandau. Frech wie Rotz, aber im Herzen 'ne richtige Prinzessin, janz feiner Kerl, sag ick euch.«

Die letzten Worte klingen, obgleich gespielt und übertrieben, so aufrichtig, und Frederick Embritz sieht seinen Bruder dabei so stolz an, dass Oskar von einer eigenartigen Rührung ergriffen ist.

Kaum hat Hans sein Werkzeug wieder in der Hand und Frederick seine das Gemüse prüfende Haltung mit den in die Hüften gestützten Armen eingenommen, beginnen die Berliner, von ihrer Heimatstadt zu schwärmen. Vom Ku'damm, dem Wannsee und einem Stadtteil namens Wilmersdorf, der Oskar nichts sagt.

Als die drei Gefangenen unter dem heißen Atem des Nordwinds anfangen, ein Karottenbeet zu bearbeiten, zeichnen sich in einiger Entfernung plötzlich zwei kräftig gebaute Figuren in der flirrenden

Hitze ab. Behäbig und langsam, kleine, arrhythmische Schritte setzend, schieben sie sich voran. Einer von ihnen führt einen Koffer mit sich, der andere mehrere lange Bretter. Nach wenigen Metern bleiben sie stehen, scheinen sich zu beraten, dann setzen sie ihren Weg fort, nur um erneut stehen zu bleiben.

Frederick Embritz stößt seinen Bruder an, der gerade den Henkel eines Eimers gerade biegt.

»Kiek ma.«

Hans Embritz holt ein Taschentuch aus seiner Hose und wischt sich über sein Gesicht.

»Dit gibt's ja nich.«

Oskar kommt zu den beiden herüber und lehnt sich auf seinen Spaten.

»Was ist?«

»Klaphake, dit lichtscheuste Wesen seit Erfindung des Maulwurfs«, sagt Frederick und deutet den Hügel hinab. »Ick hätte meinen Allerwertesten drauf verwettet, der würde eines Tages Australien verlassen, ohne je einen Sonnenstrahl gesehen zu haben.«

»Man munkelt, dit is'n hochdekorierter Ingenieur«, bemerkt Hans Embritz. »Wissenschaftler oder so was. Deswegen hockt der auch die ganze Zeit in seiner Werkstatt. Erzählt aber keinem, was er da macht. Schräge Type. Hat 'n Klumpfuß und meistens 'ne Laune zum Teerkochen, deswegen lassen ihn die anderen Gefangenen auch in Ruhe. Apropos, sag mal, wieso haben se *dich* eingebuchtet?«

»Lange Geschichte«, sagt Oskar, um Zeit für eine Antwort zu gewinnen, und betrachtet das von ihm bearbeitete Kartoffelbeet. Er denkt an seine Verhaftung zurück. An den Nachmittag, als er auf Saibai gelandet war. An die drei Polizisten am Strand, die jemand über seine Ankunft unterrichtet haben musste. Zu Oskars Erstaunen hatten sie ihn zu seiner außergewöhnlichen Reise beglückwünscht, nur um ihm im selben Moment Handschellen anzulegen. Vom Wasser aus hatte es so ausgesehen, als würde jemand

Blitze auf ihn schießen, aber es war nur ein Jugendlicher, der den Moment mit einer Kamera festhielt. An die Tage danach im Gefängnis hat er dank der Malaria kaum eine Erinnerung. Ebenso wenig an die Überstellung nach Thursday Island. Nur verschwommen an die freundlichen Polizisten. Doch irgendwann hatte sich die Stimmung unter den Beamten gedreht. Barsch hatten sie ihm mitgeteilt, er käme in ein Internierungslager, wohin er am nächsten Tag mit einer Black Mary gebracht werde.

»Ich bin mit einem Faltboot in Australien gelandet«, sagt er leise. »Das Segel mit dem Hakenkreuz und die Pistole in meinem Notfallbeutel waren natürlich nicht so hilfreich bei meiner Ankunft. Vorher bin ich viel rumgekommen, war hier und da. Und am liebsten würde ich auch schnell wieder weiter.«

»Du weißt aber schon, dass du hier in Tatura bist?« Frederick nickt in Richtung der Wachen. »Dit einsamste, ödeste und sicherste Gefangenenlager der südlichen Hemisphäre. Sind dir schon mal der Stacheldraht, die zwei Meter achtzig hohen Zäune und die Scherzkekse in Uniform aufgefallen? Die bewaffnete Garde? Die riesigen Scheinwerfer? Hier kommt nich ma 'ne schwarze Katze bei Nacht raus.«

»Ich war schon oft im Gefängnis. Irgendwie kommt man immer raus. Es wird auch dieses Mal klappen. Wirst schon sehen.«

»Na, dein Wort in Gottes Gehörgang. Aber wenn du türmst, nimmst du uns bitte schön mit. Wir haben zwei Mädels in der Heimat sitzen. Die warten. Aber wer weiß, wie lange.«

»Draußen fällste auf wie 'ne Zitrone im Kohlenkeller, Frede.« Hans zeigt mit seiner Harke über die Gefängnismauer. »Freunde dir besser mit dem Gedanken an: Hier kommste nicht weg, dit kannste vergessen.«

Frederick klatscht nach einer Fliege an seinem Hals und deutet die Steppe hinab.

»Es sei denn, Klaphake kann dir unsichtbar machen.«

»So lang wird der Krieg schon nicht dauern«, murmelt Oskar.

»Ick hab mal von einem gehört, der lief dreißig Jahre lang. Na ja, knapp vier Monate haste ja schon hinter dir.«

Gili, überlegt Oskar, würde den Berlinern jetzt vermutlich einheizen, an ihren Willen und ihre Fantasie appellieren. Doch er behält es für sich, wandert mit seinem Spaten zurück auf die andere Seite des Beetes.

»Kennt ihr den Mann neben Klaphake?«

»Bertram?« Frederick Embritz spuckt Staub aus. »Bertram Hayden, wie der Komponist, nur mit E. Dit is 'n ganz armer Kerl. Kann so gut wie nüscht arbeiten. Geisteskrank, wa. Aber 'ne treue Seele. Klaphake kümmert sich um ihn, weil der wegen seiner eigenen Behinderung zusammen mit Bertram 'nen Werkzeugschuppen bekommen hat. Aber meist klempnert Klaphake da alleine vor sich hin. Bertram gibt er andauernd Aufträge; der is immer im Lager unterwegs und besorgt dem Herrn Professor irgendwelches Material. Nur der Francesco, der Italiener in der Kantine, ist noch dicker mit Bertram, weil der an dem Itaker 'n Narren jefressen hat. Armer Kerl, der Hayden. Man sagt, dass se ihm Beruhigungspillen geben. Wohnen tut der in 'nem Einzelzimmer in der Verwaltung, damit er niemanden stört in den Baracken. Und ab und zu isser ganz weg, dann bringen sie ihn ins Waranga Internee Hospital. Zu Untersuchungen, sagen sie.«

»Wenn es einem schlecht geht, kommt man ins Krankenhaus nach Waranga?«

Der ältere Embritz legt seine Stirn in Falten.

»Denk nicht mal dran. Bertram is die goldene Ausnahme. Unsereins wird hier behandelt. Von dem Quacksalber inner Krankenstube. Und der wittert Simulanten fünf Meilen gegen den Wind, wa.«

Während die beiden Gestalten langsam näher kommen – Klaphake hat Bertram inzwischen an die Hand genommen, und Oskar sieht, dass sein Koffer eine Werkzeugkiste ist –, gehen die Berliner und Oskar unter ständigem Wegwischen von Fliegen weiter ihrer Arbeit nach.

»Wieso warste denn so oft im Gefängnis?«, fragt Frederick auf einmal und schielt zu Oskar herüber.

»In Nis, in Mazedonien, haben sie mich eingesperrt, weil ich kein Visum hatte. In der Nähe von Karatschi hat man mich erst für einen Außerirdischen gehalten, dann für einen Spion, und im Iran wäre ich auch beinahe eingebuchtet worden, weil ich einem Richter an die Gurgel gegangen bin. Der hatte meine Klageschrift nicht zugelassen.«

»Bist ja janz schön rumgekommen.«

Das pfeifende Geräusch von Bertram Haydens Atem unterbricht die Unterhaltung, und die Männer legen eine Pause ein. Um Klaphakes breite Schultern hängt, den Temperaturen zum Trotz, eine dunkle Jacke. Aus dem langen, grau melierten Vollbart des groß gewachsenen Wissenschaftlers tropft der Schweiß ebenso wie aus seinen schulterlangen zerzausten Haaren. Eine schwarz umrandete Hornbrille sitzt auf seiner Nasenspitze und wird nur durch ein unbewusstes Zucken seiner Wangen immer wieder in Stellung gebracht. Klaphakes gekrümmte Haltung, die allem Anschein nach seinem Klumpfuß geschuldet ist, der am Ende eines zu kurzen Beines in einem übergroßen Schuh steckt, lässt seinen Schatten aussehen wie ein in den Staub gemaltes, mächtiges Schreibschrift-C. Neben dem behäbigen und stoischen Hünen zappelt Bertram Hayden, als wolle er sich seiner Hände entledigen. Sofort fallen die unter seine Achseln geklemmten Bretter zu Boden. Klaphake stellt stöhnend die Werkzeugkiste ab.

Oskar begutachtet Bertram Haydens ausgebeulte, in kreischendem Gelb angemalte Schuhe und sein pockennarbiges Gesicht.

Keiner der beiden Neuankömmlinge sagt etwas. Klaphakes Augen wandern zwischen den Embritz-Brüdern und Oskar hin und her. Mit der Sonne in seinem Rücken erscheint der Kopf des Wissenschaftlers übermächtig.

»Wir wollten fragen …«, knurrt er schließlich und deutet mit seiner Riesenbirne auf die Beete. »… Bert und ich wollten Sie fragen, ob wir heute eine Weile bei Ihnen mitmachen können. Ich habe in meiner Jackentasche noch ein paar Samen einer Japanischen Wisteria gefunden. ›Blauregen‹ sagt man wohl in Deutschland. Wenn Sie noch eine Ecke dafür haben, könnten wir das einpflanzen. Da es sich …«, er deutet auf die am Boden liegenden Bretter, »… um eine Rankpflanze handelt, haben wir Baumaterial und Werkzeug mitgebracht. Ich könnte daraus mit einem von Ihnen so etwas wie eine Pergola zimmern.«

Oskar tritt vor, besieht sich die Mitbringsel, hält ein paar der Planken aneinander und nickt.

»Wenn Sie Hammer und Nägel dabeihaben.«

»Ja, natürlich, haben wir. Viel nützen werden wir Ihnen aber leider nicht. Mein Rücken und meine Beine sind nur missglückte Experimente der Evolution, und der Kollege Hayden … nun ja. Aber wir können Ihnen assistieren, ein wenig Bewegung wird uns guttun. Und Bert kann ohnehin nicht stillsitzen.«

Bertram Hayden stiert die Männer mit offenem Mund an, Spucke rinnt sein Kinn hinab.

Frederick Embritz vergewissert sich mit einem Blick bei seinem Bruder und sagt: »Wieso nich? Ihr zwei könnt erst mal die Kartoffeln überprüfen, da drüben, wo Marco Polo schon angefangen hat.«

KLAPHAKE

Hauke Schönborn hält mit seinem rechten Arm die Fliegengittertür bis zum Anschlag geöffnet, sieht jedoch nicht hinaus in die Steppe, sondern ins Innere von Haus 54, auf einen unbestimmten Punkt über den Köpfen der Männer. Alle lauschen den Worten des Mithäftlings Langenbach, die aus den Lautsprechern des Gemeindehauses zu ihnen herüberdringen. Mit einer Stimme, die nach Züchtigung klingt, berichtet der Mann aus Norderstedt von deutschen Einheiten auf Bornholm, von der Besetzung Dänemarks und Norwegens. Als er fertig ist, weht entfernter Jubel aus den anderen Baracken und von den Werkstätten herüber, und auch in Haus 54 johlen einige und klatschen erleichtert Beifall.

Schönborn lässt die Tür klappernd ins Schloss fallen und nickt. Er wirft seinem auf einer Pritsche sitzenden Stellvertreter Truchses die Hausschlüssel zu, reibt sich die Hände, spitzt süffisant die Lippen und bringt sich in Position.

»Ihr habt es gehört, Männer. Wir können zufrieden sein. In der Heimat haben sie alles im Griff.« Seinen üblichen Befehlston hat er eingetauscht gegen eine Stimme, die zu Ohrensessel und Kamin passt. »Dann können wir uns bald über ordentlichen schwarzen Filterkaffee freuen und auch mal über 'ne richtige Dame von Welt, nicht wahr, Ricklisch?« Er sieht seinen errötenden Bettnachbarn milde lächelnd an. »Aber wo ich euch schon mal hier beisammenhabe, Kameraden – noch ist der Krieg nicht gewonnen, und wir dürfen nichts schleifen lassen, nicht lasch werden, nicht wahr? Gestern hatten wir eine, wie schimpft sich das hier, eine Hutleader-Versammlung und ...« Er zögert. »Allein diese Bezeichnung ist untragbar. Bei uns wäre das ein Hauptscharführer, nicht wahr? Daher werden von nun an alle Hutleader bitte schön mit *Führer* angesprochen. Haben das alle verstanden?«

Nicken, gemurmelte Zustimmung.

»Das heißt *Jawohl, Herr Führer*«, brüllt Schönborn ohne Vorwarnung und erhält nach einer Sekunde der Überraschung die gewünschte Antwort. »Na also, geht doch. Auch noch mal für alle Neuankömmlinge ...«, er fixiert Konstanty und Oskar, »... ihr merkt schon: Ich bin eigentlich ein ganz umgängliches Tierchen, solange sich alle an die Regeln halten. Je früher ihr das begreift, desto Hauptgewinn, wie der Lateiner sagt.«

Langsam schlendert er den Mittelgang entlang, bleibt vor Oskar stehen. Der sitzt auf seinem Feldbett, neben sich Frederick Embritz, der verstohlen einen Brief verstaut, an dem er gerade geschrieben hat.

»Speck, du darfst jeden zweiten Mittwoch unser Schmuckstück hier reinigen. Haus 54. So habe ich das jedenfalls im Putzplan eingetragen. Und Achtung, ich bin da ein wenig genau. Muss ich sein. Nicht pedantisch, nur genau. Also bitte einprägen.« Dann holt er etwas hinter seinem Rücken hervor. »Die Lagerleitung hat mir übrigens das hier für dich gegeben. Beutekunst, was?«

Er händigt dem überraschten Oskar die Wayang Kulit aus, bevor er sich wieder der Allgemeinheit zuwendet.

»So. Aber das ist noch nicht alles. Jeder Insasse muss ab sofort Lebensmittel wie Kartoffeln und Haferbrei von seinem eigenen Geld kaufen.« Schönborn hält eine Münze in die Luft. »Das ist ein sogenannter Königsschilling. Den erhaltet ihr ab jetzt jeden Montag.«

»Wie viele?«, erkundigt sich der Gefangene Konstantin Stab leise, gemütlich auf seiner Pritsche liegend.

»Einen, hab ich doch gerade gesagt. Hörst du schlecht?«

Konstanty lächelt.

»Wie viele Montage?«

Heiteres Schmunzeln summt durch das Wellblechhaus.

»Ach, haben wir hier einen Spaßvogel unter uns, ja? Mal sehen, ob du es auch komisch findest, dass dir lediglich drei Stücke Brot am Tag kostenfrei zugebilligt werden. Aha, dacht ich mir. Die Führer sind von diesem Dekret selbstverständlich ausgenommen. Das muss ich euch nicht eigens erklären, ihr seid ja erwachsene Menschen. Ach ja, wenn ihr ein Beet bewirtschaften möchtet, müsst ihr das ab sofort anmelden, in der Lagerverwaltung. Die schönsten wurden natürlich schon reklamiert, also beeilt euch. Gut, das war's.« Er grinst die Männer an. »Fast hätte ich gesagt: *Rührt euch*. Einen schönen Tag euch allen, Sieg Heil.«

Frederick deutet auf das Blatt Papier in Oskars Schoß.

»Auch Flaschenpost nach Hause?« Er reckt seinen Hals. »Ypsilon? Na, du kennst Leute. Übrigens, wenn du noch kein Beet hast, kannste bei uns weitermachen. Hans hat dit früh spitzgekriegt und unseres gleich gesichert. Sind sonst fast nur noch so ausgedörrte Flecken zu haben. Ick verwette meinen Arsch drauf, dass da gemauschelt wird bei der Vergabe.«

»Das ist nett, ich brauche kein eigenes Beet. Aber ich helfe euch gerne.«

»Wo biste eigentlich abgeblieben, sag ma? Seit Wochen haben wir dich tagsüber nich mehr gesehen. Arbeitest wohl an 'nem Fluchtplan, wa. Vergisst uns aber nicht, ja?«

»Ich arbeite bei Klaphake, in seiner Werkzeugkammer«, sagt Oskar und verstaut den Brief in seiner Gesäßtasche.

»In der kleinen Datsche hinter Haus 36? Is dir dit nicht unheimlich?«

»Nee, Klaphake ist in Ordnung. Der isst auch nicht gerade Buchstabensuppe zum Frühstück, das passt ganz gut zu mir.«

»Und was macht ihr da den lieben langen Tag?«

»Wir basteln herum. Gestern habe ich einen Putzhobel aus Rotem Eukalyptus gebaut. Und davor Hacken oder Blechscheren aus Autofedern und Schrott von alten Lagertrucks. Ich verkaufe das an Leute mit Beeten, läuft gut. Neulich habe ich gelernt, wie man Stahl schmiedet, wie man ihn schmilzt und formt.« Oskar sieht auf seine Uhr. »Mensch, ich muss los, ich will heute an einer neuen Sache weiterbauen – mal was Eigenes.«

Die Aprilluft ist erstaunlich frisch an diesem Morgen in Tatura, gerade mal sechzehn Grad zeigt das Thermometer am Gemeindehaus. Oskar knöpft das größere über seinem kleineren Hemd zu und schlägt beide Kragen hoch. Im Vorbeigehen hört er durch die dünnen Wände der Halle, wie der Anfängerchor des Lagers versucht, die Noten des Horst-Wessel-Liedes einzufangen, als wären sie entflohene Schmetterlinge.

Kurz dahinter kommt er an dem kleinen Beet des Häftlings Leopold Zimmer vorbei, den alle nur »den Blauen« nennen, weil eine mysteriöse Krankheit die Adern unter seiner Haut wie Pinselstriche aus dunklem Cyan erscheinen lässt. Zimmer fungiert als Postbote des Lagers, weswegen sich der Kontakt zwischen ihm und Oskar bislang auf stumme Erkennungsgesten beschränkt hat. Vorsichtig nicken sie sich eine Begrüßung zu.

Wann hast du endlich einen Brief für mich?

Wie immer in den letzten Wochen lässt Oskar das Frühstück ausfallen, holt sich lediglich einen Kaffee, als die meisten der Häftlinge bereits mit ihrer Arbeit begonnen haben.

An der Kantinentür begegnet er Schönborn.

»Mein Führer.«

»Mein Oskar, wie schön. Ich sehe, du lernst schnell. Na, auch Sehnsucht nach Koffein?« Er hält ihm die Tür auf. »Wollen mal sehen, was der Itaker heute so zusammengebrüht hat.«

»Es tut mir leid-e«, deklariert Francesco Fantin, als die beiden

Männer vor der Essensausgabe stehen, und lässt etwas Kaffeepulver durch seine Finger rieseln, »aber mit diese braune Sand kann ich euch keine echte Kaffee bieten. Wie soll ich machen- eh?«

Um seine Aussage zu unterstreichen, zieht Fantin seine Mundwinkel theatralisch nach unten, kippt die Schultern nach vorn, wendet seine Handflächen nach oben und formt mit Daumen und Zeigefingern zwei Kreise. Dann zwinkert er Bertram zu, der, wie so oft, neben ihm steht, ihm hilft, und der Oskar und Schönborn schließlich doch zwei dampfende Tassen zuschiebt.

»Meine blinde Schwester kann aus Zweigen eine bessere Kaffee machen, eh.«

»Na, dann bring sie mal her, deine Schwester«, sagt Schönborn ausdruckslos. Er zieht sich den Hosenbund nach oben und mustert dabei angewidert Bertram.

»Würde gerne, aber sie ist in Livorno in Gestalt.«

»Anstalt meinst du. Eine Gestalt ist jemand, der ulkig aussieht, viel mit den Armen herumwedelt und ständig lamentiert.«

»Danke, Francesco«, sagt Oskar. »Und mach dir keine Sorgen: Wenn man sich stark konzentriert, schmeckt es im Abgang ein bisschen nach Weinbrand.«

Fantin legt die Handflächen aneinander und schüttelt sie wie zum Gebet, lächelt Oskar beim Abschied zu.

»Das ist schon eine ganz schöne Scheiße hier, was?«, sagt Schönborn, als sie zusammen durch das Lager gehen. »Wie soll man denn in der Wüste eine Truppe bei Laune halten? Und meine Frau hockt mit Thrombose in Uerdingen.«

Oskar bemerkt, wie zwei Wachen mit Gewehren über den Schultern sie von einem der Türme aus beobachten.

»Aber mal was anderes. Du hast ja sicher mitbekommen, dass die Männer immer wieder über dich reden. Alle möglichen Gerüchte hört man da. Weißt ja, wie das läuft, Stille Post und so. Da ist von den unglaublichsten Abenteuern die Rede. Stimmt das denn? Hinrichtungen und Orden, irgendwas mit einem fliegenden Boot, und was weiß ich noch alles.«

Oskar sieht beim Gehen auf seine Schuhe.

»Nee, fliegen konnte mein Boot nicht. Ich hab einfach ein paar Sachen erlebt.«

»Na, wo denn, was denn? Lass dir nicht alles so aus der Nase ziehen, Mann.«

»Ich bin mit einem Faltboot nach Australien gepaddelt. Von Ulm aus. Aber wen interessiert das jetzt noch?«

»Mein lieber Freund und Kupferstecher, nicht so bescheiden. Das ist ja noch besser, als ich dachte. Mir ist da nämlich eine Idee gekommen. Wieso erzählst du nicht ein paar deiner Geschichten? So ein Abenteuerabend in einer netten Runde. Und weißt du was ...?« Schönborn sieht sich um und klatscht seinen Handrücken gegen Oskars Brust. »Ich kenne den Lagerkommandanten ganz gut, der ist in Ordnung. Ihm und seinen Leuten ist doch auch langweilig hier. Die würden für so was glatt Eintritt zahlen. Und unsere Leute sowieso. Ich lade den und ein paar seiner Männer ein, organisiere einen Dolmetscher, und wir machen halbe-halbe. Schon mal ein bisschen was beiseiteschaffen für später. Schad' nix. Hast es vorhin ja gehört, der Krieg nähert sich dem Ende. Wenn das gut läuft, denken wir uns noch mehr Geschichten aus. Machen das einmal die Woche. Und der Name Speck muss auch nicht ewig auf dem Putzplan stehen. Unter meinem Bett träumt übrigens ein Fläschchen Danziger Goldwasser vor sich hin.« Schönborn verzieht sein Gesicht. »Kriegt man gleich Durst, was? Sollte ein Schlückchen für dich drin sein.«

Sie sind vor Klaphakes Hütte angekommen, und Oskar hält an.

»Hier muss ich rein. Viel Glück für deine Frau. Und wegen dem Vortrag ... ich weiß nicht recht.«

»Jetzt zier dich nicht so.« Schönborn schielt zur Tür. »Du arbeitest bei dem Krüppel?«

»Der hat gutes Werkzeug.«

»Das hat man von den Juden auch immer gesagt. Na ja, musst du wissen.« Er sieht Oskar erwartungsvoll an. »Ich würde jetzt gerne gehen.«

Oskar braucht einen Augenblick, bis er versteht.

»Schönen Tag, mein Führer.«

Erschöpft von den Nachwirkungen der Malaria, betritt Oskar Klaphakes kleines Refugium. Er hat seine Ration Chinin für diesen Monat längst aufgebraucht. Wie jeden Tag gewöhnen sich seine Augen nur langsam an die Dunkelheit in der Werkzeugkammer, einem Schuppen mit einem frontseitigen Fenster und einer von der Decke baumelnden Glühbirne. Schiefe Regale biegen sich an den Wänden, darin Dosen mit Leim und Schmirgelpapierfetzen, Einweckgläser mit Schrauben und Muttern, Bohraufsätze, Hämmer, Zangen und Pinsel. Es riecht nach Lack, harzig, aber nicht unangenehm, wie Oskar findet. Im Gegenteil, es erinnert ihn an die Zeit, als der Ingenieurbetrieb Speck & Gerlich noch Gewinn abwarf, eine Zeit, die ihm vorkommt, als hätte er sie nur geträumt, vor Jahrhunderten.

»Morgen«, brummt Klaphake und deutet, ohne hinzusehen, auf den zwischen zwei Farbeimern und ein paar alten, mit Planken gefüllten Holzkisten versteckten Hocker.

Oskar rückt ihn vor seinen Arbeitsplatz, einen aufgeklappten alten Sekretär, den eine ganze Reihe von Besitzern vor seiner Zeit in Tatura besessen und weitergegeben haben müssen und der das Gewicht unzähliger Werkzeugutensilien erduldet. Lediglich eine kleine, ovale Fläche hat Oskar sich freiräumen können. Darauf steht das eckige Grundgerüst seiner neuesten Arbeit, und er macht sich sogleich ans Werk.

Klaphake dreht mit einer winzigen Zange an seinem eigenen Gerät herum und schiebt dabei immer wieder seine Brille nordwärts, während der speckig gesessene Drehstuhl unter ihm bei jeder Bewegung sinfonisch quietscht und heult.

Wie jeden Tag der letzten Wochen arbeiten die beiden Männer stumm nebeneinander her, nur leises Klopfen, Hämmern, Schnarren oder Schaben ist zu hören. Eine halbe Stunde muss vergangen sein, als sich Oskar zu seinem Nachbarn umdreht.

»Entschuldigung, haben Sie wohl eine Tischklemme für mich?«

Klaphake sieht sich suchend um, rollt hinüber zu einem Regal, hebt sein Kinn, um besser durch seine Brille sehen zu können, bleckt dabei die Zähne und zieht ein paar lose ineinander verhakte Werkzeuge hervor. Unter ihnen segelt ein Blatt Papier zu Boden. Der Wissenschaftler hebt es auf, überfliegt missmutig die Zeilen und legt es seufzend auf seinen Tisch. Als er Oskar das Gewünschte überreicht, betrachtet er zum ersten Mal dessen Arbeit. Seine Worte sind kaum zu verstehen, so wenig öffnet der Wissenschaftler beim Sprechen den Mund.

»Und das wird ...?«

»Ich hoffe, es wird einmal eine Opal-Schleifmaschine.«

»Fehlen Ihnen dafür nicht die Opale?«

»Fehlt es hier nicht an allem?«

Klaphake kratzt sich an der Nase und starrt sein eigenes Werk an. Oskar kann es anfangs nicht zuordnen, hört dann aber deutlich, wie der Wissenschaftler kichert. Erst leise und fast so, als würde er weinen. Doch schließlich hält er sich die Hand vor seinen Bart, kneift die Augen zusammen und lacht hemmungslos. Klaphake sieht Oskar mit nassen Augen an.

»Sie sind wirklich das optimistischste Wesen, das mir je begegnet ist. Wir sitzen zwischen den Pobacken der Welt, gefangen in Sand, Fliegen, Dreck und ohne jede Aussicht auf Freiheit, kränklich und umgeben von Nationalsozialisten – und Sie bauen eine Schleifmaschine für Opale.«

»Es soll in der Nähe Minen geben.«

Klaphakes Mund ist eine Höhle, ein Spuckefaden verbindet Ober- und Unterlippe, doch es kommt nur ein hohler Laut heraus, so sehr biegt er sich, fehlt ihm die Luft.

»Es soll Minen geben«, wiederholt er fiepend und wischt sich mit einer Faust Tränen aus dem Augenwinkel: »Dann fragen Sie doch mal die Lagerleitung, ob wir nicht einen Ausflug dahin machen können.«

Oskar entgegnet nichts, blickt den Langhaarigen unsicher an, beobachtet, wie sich der Wissenschaftler langsam beruhigt. Gerade als er sich wieder seinem Gerät zuwenden will, lässt sich Klaphake zurück in seinen Stuhl fallen, er verschränkt die Arme vor der Brust und fixiert einen Punkt hinter dem Fenster. Leise knurrt er jetzt seine Worte hervor.

»Wissen Sie, wir wohnen in Melbourne in der Nähe des Meeres. Ich weiß nicht, ob Sie ... Sie reden ja nicht sehr viel, aber Sie werden doch schon mal einen Strand gesehen haben?«

Oskar macht eine verständnisvolle Geste.

»Selbst ein so unsentimentaler alter Klotz wie ich vergisst bei dem Anblick der perfekt geraden Linie des Horizonts den ganzen verdammten Quatsch, der hier veranstaltet wird. Ich meine nicht das Lager. Alles, einfach alles.« Er macht eine Pause, zeigt auf Oskar. »Seeluft ist etwas Herrliches, Herr Speck. Sie sind noch jung. Sie sollten so viel reisen wie möglich. Lassen Sie sich das von einem sagen, der dies als ein Versäumnis seines eigenen Lebens erkennt. Sie haben vollkommen recht mit Ihrer Maschine. Bauen Sie eine Opal-Schleifmaschine«, er untermalt seine Worte, indem er die Silben dirigiert. »Bauen Sie die Maschine, planen Sie eine Weltreise, komponieren Sie eine Oper. Für mich ist es zu spät. Ich kann nur hoffen, dass diese Aussicht ...«, er deutet auf die Ödnis jenseits des Fensters, »... nicht das Letzte ist, was ich in meinem Leben zu sehen bekomme. Und diese ... diese Kretins.«

Klaphake setzt seine Brille ab und reibt sich die Stirn, während er weiterspricht.

»Ich war lange nicht mehr in Deutschland, aber dass es so schlecht um unser Volk bestellt ist, hätte ich nicht vermutet. Alle folgen sie dem Reich und dem Führer, kritiklos wie die Lemminge.

Halten sich für was Besseres. Aber bei Licht betrachtet sind das nicht mehr als kriechende, kleine Gauner. Ich habe neulich zufällig mitbekommen, wie Schönborn und dieser schmierige Truchses ganze Kisten mit Tabak aus den Lagerräumen getragen und mit den australischen Lastwagenfahrern gegen besseres Essen getauscht haben. Und das verkaufen sie dann an ihre Mithäftlinge. Es schüttelt einen vor Abscheu. Am Zwanzigsten wollen alle mit Fackeln und Fahnen auf dem Platz aufmarschieren, nur weil ihr großer Anführer Geburtstag hat. Wir können nur hoffen, dass sie aus diesem Anlass nicht wieder anfangen zu singen.«

Vorsichtig setzt er die Brille auf, vergräbt seine Hände in den Hosentaschen und streckt die ungleich langen Beine aus, tritt sachte mit seinem gesunden gegen den Klumpfuß.

»Wann immer man sich auf der Seite der Mehrheit wiederfindet, ist es an der Zeit, innezuhalten und zu reflektieren. Wissen Sie, wer das gesagt hat? Mark Twain.«

»Ich meine, ich hätte es irgendwo mal gelesen.«

»Smart man, dieser Mark Twain, und, wenig verwunderlich, kein Deutscher.« Ein rasselndes Husten durchfährt Klaphakes Körper, dann sieht er Oskar finster an. »Ich kann Ihnen doch vertrauen, Speck? Sie stehen diesen geistig immobilen Leuten doch nicht etwa nahe?«

Oskar schüttelt den Kopf und stellt resigniert fest, wie sehr man Klaphake selbst in dem schummrigen Licht der Kammer mit jeder vergehenden Minute beim Altern zusehen kann.

»Das ist gut. Wir beide haben uns bisher noch nicht wirklich ausgetauscht, schon gar nicht über Politik. Eigentlich weiß ich nichts von Ihnen. Aber ich muss mich auf Sie verlassen können, das kann ich doch? Gut. Denn ich würde Sie gerne etwas fragen. Ihre Maschine sagt mir, dass jetzt der richtige Zeitpunkt dafür ist.«

Klaphake steht auf und beginnt, trotz der Enge des Schuppens, humpelnd hin und her zu wandern.

»Ich möchte Sie nicht von der Arbeit abhalten, aber ich muss dafür etwas ausholen, Sie verzeihen, bitte. In Melbourne hatten wir, also meine Frau Trude und ich, Kontakt zu deutschen Emigranten. Nette Leute. Ein paar von ihnen habe ich hier wiedergesehen.« Er hält schützend eine Hand vor seine Nase, um sich mit der anderen genant ein Haar auszureißen. »Im Grunde könnte man Tatura fast als interessantes Experiment begreifen, würde es nicht unter so schrecklichen Vorzeichen vollzogen. Alle sind sie hier: Handelsvertreter, Touristen, reichsdeutsche Missionare, Lehrer, die bürgerliche Mittel- und Oberschicht, Reiche und Arme, Professoren und Nobodys, Weise und Arrogante, from all stations of life. Leute wie Sie und ich. Nur Frauen gibt es keine. In anderen Lagern schon. Hier nicht.«

Die Hand des Bärtigen greift nach einer Kaffeekanne, er füllt seine Blechtasse und spricht unterdessen weiter.

»Haben Sie schon mal von den Templern gehört?«

Oskar schüttelt den Kopf.

»Sie nennen sich auch Deutschländer. Ihre Vorfahren sind Mitte des letzten Jahrhunderts von Schwaben nach Palästina ausgewandert und haben dort Zitrusfrüchte angebaut. Erst in den letzten zehn Jahren haben sie ihre Söhne wieder zurück nach Deutschland zum Wehrdienst geschickt. Serving, immer serving. Sie hat das Commonwealth ebenfalls in diese gottverlassene Gegend verschifft. Tatura Camp 3, nicht weit von hier.«

Klaphake trinkt und verzieht angewidert das Gesicht.

»Und nun veranstaltet dieser germanische Apparat im Niemandsland Australiens, in the middle of the desert«, bei ihm klingt es wie *in se middel of se dessat*, »Kameradschaftsabende und Uniformappelle. Sie organisieren sich, als lebten sie nicht in Tatura, sondern in Tübingen. Ich habe gehört, in einem der anderen Lager in der Nähe, in dem ausschließlich besagte Templer untergebracht sind, gibt es sogar BDM und Hitlerjugend. Aber vor allem, und das bringt mich zur Weißglut, haben sie dort verdammt noch mal ganze Familien interniert. Männer, Kinder *und* Frauen.«

Klaphake lässt sich resigniert in seinen Drehstuhl fallen. Seine Hände machen beim Aneinanderreiben ein schabendes Geräusch. Für einen Moment ist er in Gedanken versunken. Oskar wagt nicht, etwas zu sagen, bis der Wissenschaftler seine Brille zurechtrückt und sich zu ihm herüberlehnt.

»Als ich von dem Camp mit den Familien erfuhr, wusste ich, es gibt vielleicht doch noch eine Möglichkeit, Trude wiederzusehen. Das ist mein einziger Wunsch, Herr Speck, noch einmal Zeit mit meiner lieben Frau zu verbringen. Die Australier könnten mich und Trude ohne Mühe in eines der Familienlager verlegen. Aber sie wollen es nicht. Derzeit zumindest. Ich weiß, Trude würde, ohne mit der Wimper zu zucken, aus Melbourne in ein Lager gehen, wenn sie so mit mir zusammen sein könnte. Ich, für meinen Teil, würde behaupten, Anhänger der tibetischen Sekte Dukpa zu sein, die dem Dämonenglauben nachhängt und im Ruch schwarzmagischer Fähigkeiten steht, wenn es mich in ein anderes Lager und zu Trude bringen würde. Ich habe der Lagerleitung bereits dreimal geschrieben. Auf meinen Zustand aufmerksam gemacht, habe jedes Argument aufgebracht: mein Alter, dass ich schon über zwei Jahrzehnte hier in dem Land lebe, quasi ein Australier bin. Der letzte Wunsch eines Versehrten. Nichts.«

»Sie dürfen den Mut nicht verlieren.«

»Ich halte das nicht mehr aus, werter Herr Speck. Das Lager, die Hitze, diese Einöde, die Trennung von Trude. Ein Leben ohne die eigene Frau ist ... Nun, im Grunde ist es genau das, ein Leben ohne seine Frau.«

Klaphake steht auf und kippt den restlichen Kaffee in ein kleines, mit Farbspritzern übersätes Waschbecken. Oskar riecht den säuerlichen Schweiß des Wissenschaftlers.

»Was ist mit Ihnen, haben Sie auch eine Frau?«

»Ja«, sagt Oskar leise.

»Wo?«

»In Surabaya. Glaube ich zumindest.«

»Wollen Sie sie nicht herholen? Ich meine, Sie könnten auch einen Brief schreiben. Ein Gesuch. Je mehr wir sind, desto gewichtiger unsere Stimme.«

»Es ist ... ein wenig kompliziert.«

Klaphake schiebt Haarsträhnen aus seinem Blickfeld.

»Werter Herr Speck, natürlich ist es mit Frauen kompliziert. Aber haben Sie keine Sehnsucht nach ihr?«

Oskar spürt einen Kloß im Hals.

»Sehnsucht trifft es nicht ganz.« Er sieht den Bärtigen mit leeren Augen an. »Es fühlt sich mehr an wie körperliche Schmerzen.«

»Na also, lassen Sie uns etwas dagegen unternehmen.«

»Ich ... Ich weiß nicht, wo sie ist.«

Klaphake ist außer Atem.

»Schon merkwürdig, die Liebe, finden Sie nicht?«

Oskar lächelt zu ihm herüber, dann sagt er: »Früher habe ich gar nicht gewusst, was das ist, Liebe. Immerhin das weiß ich inzwischen. Liebe ist mehr, als man aushalten kann.«

»Tja, da sind wir also«, seufzt Klaphake. »Zwei gestandene Kerle, hart wie vollgeheulte Taschentücher.« Der Wissenschaftler faltet erneut die Hände vor seinem Bauch. »Ich werde die Behörden so lange bearbeiten, bis ich Erfolg habe, und wenn ich meinem Schreiben ein Gesuch des Königs von China beilegen muss.«

»Vielleicht klappt es nächste Woche mit Ihren Anfragen. Man darf die Hoffnung nie aufgeben.«

Klaphakes Widerspruch ist ein kurzes Husten.

»Ich weiß Ihren Trost zu schätzen, Herr Speck, aber Hoffnung hat in diesem Camp die Überlebenschancen von Eiscreme. Rein stochastisch gesehen, kann ich mich von dem Gedanken an ein Wiedersehen mit meiner Frau verabschieden. Jedoch gibt es da eine Sache, und über die wollte ich mit Ihnen sprechen.«

Zögerlich zeigt Klaphake auf das Blatt Papier, das er vor wenigen Minuten mit den Klemmen aus dem Schrank gezogen hat.

»Wie ich hörte, haben jegliche Anträge eine weit größere Chance auf einen positiven Bescheid, wenn man den Australiern kriegswichtige Hilfe anbieten kann. Ich habe vor Kurzem angefangen, einen entsprechenden Brief zu formulieren. Ich vermute, ich gehe denen langsam auf die Nerven, daher muss mein nächster Versuch sitzen.«

Klaphake lugt aus dem Fenster, um sicherzustellen, dass niemand vor der Tür steht. Er stöbert in einer Kiste, aus der Papierrollen ragen. Dann breitet er eine der Rollen auf dem Tisch aus und beschwert sie an einer Seite mit Steinen, an der anderen mit einer alten Vase. Er winkt Oskar heran, und mit einem Knall landet seine flache Hand auf dem Papier.

»Ein tragbarer Apparat zur Produktion von Trinkwasser. Nehmen wir an, ein Pilot muss auf einer einsamen Insel notlanden ...«, der Riese tippt auf einen zentralen Punkt seiner Zeichnung, »... mit diesem Gerät kann er binnen vierundzwanzig Stunden und mit wenigen Handgriffen trinkbares Wasser erzeugen. Oder hier«, er fischt eine weitere Rolle aus der Kiste, zieht sie auseinander und hält sie gegen das Licht, »die Konstruktionspläne für ein Leuchtspurgeschoss«, schon tritt er mit dem Fuß gegen eine Kiste mit Töpfen und verschlossenen Gläsern, »oder ich könnte denen preisgeben, wie sich das medizinisch wertvolle Präparat Cardiazol herstellen lässt.«

Dann zeigt er auf das Blatt Papier.

»Ich habe Sergeant Jeffries und dem Lagerleiter geschrieben, dass ich Zugang zu einer ordentlichen Bibliothek oder zu einem Labor brauche, um nützliche Hilfe leisten zu können. Stattdessen muss ich hier das Leben eines Rindviehs führen. Aber das kann ich so natürlich nicht abschicken.«

Seine Zähne mahlen auf etwas Unsichtbarem.

»Ich hätte nicht das geringste Problem damit, die Kraft meiner Gedanken und Ideen in die Dienste der Australier zu stellen. Ganz egal, wie gefährlich das an diesem Ort ist. Um das zu unterstreichen, würde ich gerne noch eine Anweisung hinzufügen, wie sich flintstone, Feuersteine, Sie verstehen, aus Mineralien herstellen lassen.« Klaphake zeigt auf das Skelett von Oskars Maschine. »Sie scheinen davon mehr Ahnung zu haben als ich. Daher würde ich Sie gerne um einen Gefallen bitten. Könnten Sie sich meine Pläne einmal ansehen, sie auf ihre Richtigkeit prüfen? Womöglich können Sie auch den beleidigten Tonfall aus meinem Brief eliminieren. Aber ich möchte Sie nicht in die Bredouille bringen, wenn Ihnen das zu heikel ist.«

Gili könnte seinen Brief im Handumdrehen schreiben.

»Mach ich gern«, sagt Oskar. »Vielleicht können Sie sich ja irgendwann mal revanchieren.«

HUT

Stop! Berenti!

In alle vier Himmelsrichtungen weisen die hoch an einem Metallpfahl prangenden kleinen Schildchen mit der eindeutigen Mahnung an die Verkehrsteilnehmer. Darunter, mitten auf Toendjoengan, leitet ein uniformierter Polizist den Verkehr, hebt den Arm mal in die eine, mal in die andere Richtung.

Lydia Kupfer studiert ausführlich den mit seltsamen Gamaschen bekleideten Offiziellen und sein in einem Gürtel steckendes Buschmesser, dann lässt sie ihren Blick über die javanischen, englischen und holländischen Schmöker im Schaufenster des Van Ingens Boekhandel schweifen. Es ist kurz vor 13 Uhr, *er* müsste jeden Moment kommen.

Hinter ihr, im Schatten der Kolonnaden, tippelt eine sichtlich angespannte Gili neben Paul Kupfer rauchend von einem Fuß auf den anderen. Alle drei sind noch etwas mitgenommen von der kleinen Feier zu Paul Kupfers fünfundsiebzigstem Geburtstag am Vorabend. Der Jubilar erklärt Gili gerade in sonorem Tonfall, dass es der armenische Geschäftsmann L.M. Sarkies war, der 1911 das beeindruckende Oranje Hotel in der Stadt etablierte. Lydia schüttelt den Kopf über die Ignoranz ihres Mannes, der nicht merkt, wie wenig passend seine Lektionen in diesem Augenblick sind, wie wenig Beachtung Gili ihm schenkt.

»Diese moderne Fassade hier, zur Straße hin, haben sie erst vor ein paar Jahren errichtet. Auch schön, aber etwas zu glatt für meinen Geschmack.«

Plötzlich greift Gili nach Paul Kupfers Arm. »Da ist er!« Am vereinbarten Ort, in der Einfahrt des benachbarten Hotels keine fünfzig Meter entfernt von ihnen, ist ihre Verabredung erschienen. Zu dritt beobachten sie, wie Gunther Makeprenz glatt rasiert und elegant gekleidet, in einer Hand einen Strauß Blumen, vor den Türen des strahlend weißen Baus stehen bleibt und auf seine Uhr sieht.

»Eigentlich ganz fesch«, rutscht es Lydia heraus.

Gili zischt empört.

»Mag sein. Aber als Mensch eine gnadenlose Fehlbesetzung. Du kannst gerne mitkommen und die Krücke mal ansprechen. Wenn er den Mund aufmacht, wünschst du, du wärst taub.« Sie reicht Lydia ihre brennende Kretek und wendet sich Paul Kupfer zu.

»Bringen wir's hinter uns.«

Der alte Mann, den Gili in den vergangenen Wochen als freundlich, aber etwas weltfremd und wenig zugänglich kennengelernt hat, brummt ein »Schaffen wir schon« und hakt ihren Arm bei seinem unter.

Lydia weiß einen Moment lang nicht, wohin mit der Zigarette, dann hält sie sie hinter ihren Rücken, versteckt sich bei einem der Pfeiler und beobachtet, wie ihr Mann mit Gili in aller Seelenruhe Richtung Makeprenz schlendert. Auch sie ist angespannt. Nichts wünscht sie sich mehr, als dass Gili diese Episode ihres Lebens endlich beenden, wieder die sein kann, die sie seinerzeit im Garten der Familie Long kennengelernt hatte. Dass Gili die Idee zu dem Treffen hatte, dass ihr Scharfsinn seit langer Zeit erstmals wieder etwas zu tun bekam, scheint ihr ein gutes Zeichen.

Schon sieht Lydia, wie sich der Ausdruck auf dem Gesicht des Klubpräsidenten wandelt: Binnen einer Sekunde wechseln seine Züge von heller Freude zu einem Gemisch aus Überraschung und Empörung.

Und dann beginnt das Spiel. Ähnlich wie *Madame Butterfly* kennt Lydia auch dieses Stück in- und auswendig. Sie kann es aus der Entfernung nicht hören, weiß aber: Ihr Mann führt das Wort, erklärt, dass Gili zwar das Telegramm geschickt und um das Treffen gebeten habe, jedoch lediglich, damit er, Paul Kupfer, die Gelegenheit habe, ihm, Gunther Makeprenz, in aller Deutlichkeit ein paar Dinge einzubläuen. Erstens (sie sieht, wie ihr Mann seinen Zeigefinger hebt) sei körperliche Gewalt, und dazu zähle auch sexuelle Nötigung, eine Straftat, die in diesem Lande eine drakonische juristische Vergeltung nach sich ziehen könne. Gewiss martialischer als in der Heimat, und das wolle etwas heißen. Zweitens mache obszönes Nachstellen und schriftliches Zu-Leibe-Rücken die Sache nicht besser. Drittens seien aufgrund der beschriebenen Handlungen für Gili immense Kosten entstanden, unter anderem für Hotelaufenthalte, die – streng genommen – er, Gunther Makeprenz, erstatten müsste. Viertens könne man vor Gericht sicher auch Honorare für Aufträge erstreiten, die Gili aus Angst in den letzten Monaten nicht habe wahrnehmen können. Fünftens sei die junge Dame inzwischen mit ihm, Paul Kupfer, verheiratet und jede weitere liebestolle Avance nicht nur ein Affront und ehrabschneidend, sondern gewiss nicht minder strafbar. (Lydia wusste, dass ihr Mann an dieser Stelle sein berühmtes »siehe oben« einfügen würde.) Die Mühe, Letzteres zu recherchieren, um es mit Bestimmtheit sagen zu können, habe man sich jedoch nicht gemacht, denn man habe sechstens einen Vorschlag, den abzulehnen nicht mal der Dümmste der Dummen imstande wäre, und so vermutlich auch kein Mann wie er, Makeprenz, der doch zumindest mit Erfolg einst der Volksschule entkommen sein müsse.

In der Pause, die ihr Manuskript für diesen Moment vorsah und die, soweit Lydia das von ihrem Posten aus feststellen kann, auch tatsächlich entsteht, scheint der vorbeitosende Verkehr für ein paar Sekunden eingefroren. Makeprenz lässt seinen Blumenstrauß sinken.

Er beginnt etwas zu erwidern, doch Paul Kupfer wiegelt jede Entschuldigung, jede Entgegnung des verdatterten Makeprenz, mit zwei wedelnden Händen ab. Mit ausgestrecktem Zeigefinger deutet ihr Mann, wie vorher penibel von ihnen geplant, in Richtung des Deutschen Klubs, hebt zum Ende des ersten Teils des Schauspiels an. Alles, was er, Makeprenz, tun müsse, um sich reinzuwaschen und ein gerichtliches Inferno zu vermeiden, sei, den noch im Gebäude befindlichen Hut der Marke Marcelle Lély, den Gili dort vergessen habe, zu holen und ihnen auszuhändigen.

Dies, das war der Laiendarstellertruppe bewusst, war eine kleine Schwachstelle ihrer Planung. Keiner konnte mit Gewissheit sagen, ob der Hut nach all den Monaten noch dort war und ob Makeprenz ihn überhaupt finden würde. Er könnte es sich auf dem Weg dorthin auch anders überlegen und womöglich sogar zum Gegenschlag ausholen. Sollte es dazu kommen, wären sie gezwungen, sehr spontan umzudisponieren und gleich zum letzten Teil überzugehen.

Lydia betrachtet die Kretek, nimmt einen tiefen Zug und muss husten. Vorsichtig lugt sie hinter dem Pfeiler hervor, beobachtet, wie Makeprenz mit aufflackernder Erregung etwas sagt, als eine Reaktion des Paars ihm gegenüber jedoch ausbleibt, nur mit den Schultern zuckt, Gili enttäuscht den Blumenstrauß aushändigt und der Aufforderung Folge leistet. Als er verschwunden ist, dreht Paul Kupfer sich zu Lydia um, nickt vielsagend und legt dann seine Hand auf Gilis Schulter.

Lydia atmet erleichtert aus, als Makeprenz wenig später mit der schwarzen Kopfbedeckung in der Hand zurückkommt und sie Gili übergibt. Ihr Mann geht nun zum Finale über. Er erklärt Gunther Makeprenz, dass es leider noch ein paar Punkte gebe, die er zu beachten habe. Von dieser Stunde an werde er Gili ein für alle Mal in Ruhe lassen. Dies möge ihm umso leichter fallen, da er, Paul Kupfer, mit ihr, seiner Frau Gili, nicht beabsichtige, in Surabaya zu leben. Verstecken werde sich Gili jedoch nicht. Und zu guter Letzt solle er sich jetzt bei der jungen Frau bitte in aller Form entschuldigen, dies sei, das wisse er wohl selbst am besten, das Mindeste.

Gunther Makeprenz' Miene ist versteinert. Lydia ahnt, wie sehr es in dem Präsidenten des Deutschen Klubs brodeln muss.

Zwischen zusammengekniffenen Lippen scheint er dem Wunsch nachzukommen. Kupfer legt seinen Arm um Gili, aber die schiebt ihn beiseite. Und dann sieht Lydia, wie Gili einen Schritt nach vorn macht, wie sie das Blumengebinde einer zufällig vorbeigehenden Passantin in die Hand drückt und sich dann wieder Gunther Makeprenz zuwendet, um ihn mit Schwung anzuspucken.

FÜNFZIGTAUSEND

Er versucht sich zu konzentrieren. Zu erinnern. Er hat schon oft vor einer Gruppe von Menschen gesprochen. Vor Wildfremden im Madras Port Staff Club. Vor den Aga-Khan-Pfadfindern in Belutschistan oder jenen in Madras und Kalkutta. Vor Geschäftsleuten in Bombay und Singapur, vor Scheichen, Strandjungen, Gangstern, Politikern, vor Deutschen Klubs voller Nationalsozialisten, vor Kommunisten und Revolutionären, vor Hindus, Katholiken und Moslems. Doch das hier ist anders.

Gerade erst ist auf der Bühne des Gemeindehauses durch einen Wettbewerb ermittelt worden, wer am längsten mit ausgestrecktem Arm einen Stuhl und später einen Tisch an einem der vier Beine halten kann. Der Sieger, ein Hüne namens Waldemar Kalbach, hat bei seinem Abgang Oskar einmal kurz angehoben, um sich dann kichernd unter das Publikum zu mischen. Die Luft auf dem Podium ist noch erfüllt von Aggression und Anspannung.

Oskar spürt Hitze in sich aufwallen. Muss ausgerechnet jetzt, im »Haus der Braunen«, wie Klaphake den sozialen Mittelpunkt des Lagers nennt, die Malaria neuen Schwung holen? Er kneift die Pobacken zusammen – sein labiler Verdauungstrakt hatte bereits in den letzten Tagen zu Spott unter den Mithäftlingen geführt –, und schließt die Augen, um nicht in die sechshundert neugierigen Gesichter der Gefangenen zu starren. Die »gemütliche Zusammenkunft«, die Schönborn ihm skizziert hatte. Es riecht nach Schweiß und Zigarettenrauch.

Um sich zu konzentrieren, betrachtet Oskar die gut ein Dutzend Hängelampen, die die Halle in erbarmungslos grelles Licht tauchen. Draußen ist es nahezu dunkel. Durch die offen stehende Eingangstür sieht Oskar, wie ein letzter greller Lichtstrahl am Horizont schmilzt.

Konstanty hat sich in der ersten Reihe ganz rechts platziert und wedelt sich mit einem der in den letzten Tagen überall in Tatura verbreiteten Flugblätter Luft zu. Wenige Plätze neben ihm, direkt vor Oskars Pult, hocken die Embritz-Brüder. Selbst Klaphake hat sich aus seiner Werkstattisolation gewagt und lehnt weiter hinten missmutig an einer Wand.

»Ich«, räuspert sich Oskar, während Francesco Fantin noch ein paar Kaffeebecher durch die Reihen reicht, »ich konnte mich leider nicht so gut vorbereiten wie auf frühere Vorträge.«

Sein Satz geht im allgemeinen Gemurmel unter.

»Wie ihr ja vielleicht schon mitbekommen habt, bin ich mit ...«

»Lauter«, brüllt jemand aus den hinteren Reihen.

Oskar räuspert sich erneut.

»Jedenfalls bin ich mit einem Faltboot von Ulm aus hierhergekommen.«

Tuscheln und Gelächter sind zu hören. Kalbach ruft: »Und ich mit 'nem fliegenden Teppich, hahaha«, ein anderer: »Wie war der Wellengang in der Wüste?«

»Nach Australien, meine ich. Über sieben Jahre hat das gedauert. So ein Faltboot wiegt ohne Proviant und Kleidung schon knapp dreißig Kilo. Es ist fünf Meter achtundvierzig lang, einundachtzig Zentimeter breit und hat ein Freibord, also eine Seitenhöhe, von sechsundzwanzig Zentimetern. Mein Segel hatte eine Fläche von einem Quadratmeter achtundvierzig.«

Oskar sieht Konstanty an, der sich stirnrunzelnd die Nase reibt und lächelt, als sein Blick den des Redners trifft.

»Das Boot trägt bis zu dreihundertzwanzig Kilo, es hat sieben Querspanten und ist aus Eschenholz.«

Unmut macht sich breit, ein Papierflieger segelt über die Köpfe hinweg.

»Alle Metallteile«, fährt Oskar so ruhig wie möglich fort, »sind rostfrei und aus Messing, die Nieten aus Kupfer, Steven- und Heckbeschläge sind hochglanzverchromt. Die Außengummierung ... also die Außengummierung ist ...«

Er muss schlucken, und seine letzten Worte gehen in Buhrufen unter. Der Inhaftierte Heribert Bohlen ruft aus dem Rückraum: »Hört sich eher an, als hättest du sieben Jahre in einer Schraubenfabrik gearbeitet!«

Lachen steigt flatternd von den Sitzreihen auf.

Oskar versucht sich zu sammeln, seine Zunge klebt trocken am Gaumen. Wäre wenigstens einer der Pfadfinder von Aga Khan hier, die damals an seinen Lippen gehangen hatten. Er spürt Fieber und Feuchtigkeit auf seiner Stirn, widersteht jedoch dem Impuls, sie sich abzuwischen. Frederick Embritz gibt ihm ein Zeichen, und Oskar beugt sich zu ihm vor.

»Ick glaube, du musst deine Geschichte 'n bisschen aufpeppen, sonst wird dit nüscht.«

»Wie viel Proviant hattest du dabei?«, ruft aus der Mitte der Gefangene Truchses, ein Mann mit wellig am Kopf klebendem Haar, der beim Sprechen ständig sein linkes Auge ein wenig zukneift.

»Wie viel Proviant, lieber Oskar?«, wiederholt Hauke Schönborn, dem der Tumult ganz offensichtlich nicht behagt. »Sehr gute Frage.«

Oskar sieht ihn einen Moment lang an und holt tief Luft.

»Am Anfang, also losgefahren bin ich mit Nahrung und Wasser für zehn Tage.«

Dieses Mal deutet Oskar das erstaunte Gelächter als Zustimmung. Er berichtet von seinem prismatischen Kompass und getrocknetem Fleisch, und erneut setzt Unruhe ein.

Wolf Klaphake verdeckt, immer noch an der Wand lehnend, mit einer Hand seine Augen.

Oskars Hinweis auf die Zeit, in der er an der Westküste Indiens wochenlang nur von Austern lebte, geht im allgemeinen Tumult unter. Stühlerücken, »Ich will mein Geld zurück«-Rufe, Papierbällchen fliegen durch das Gebrüll der Männer.

Als sich die ersten Gefangenen erheben, um den Saal zu verlassen, sieht Oskar an der Tür drei Wachmänner, die gestenreich mit einem Dolmetscher diskutieren, und er ruft mit einer Stimme aus geschliffenem Stahl: »Joseph Goebbels hat mir Schokolade geschickt!«

Sein Kinn zittert.

Von einem auf den anderen Moment verstummt die Meute. Die Männer verharren in ihren Positionen, erstarren auf ihren Sitzen oder im Stehen, Köpfe drehen sich nach ihm um.

Und dann packt Oskar alles in einen ruhigen, langen Atemzug: Zypern, Fílippos, die Maharadschas und Hagenbeck, den Angriff auf Lakor. Weit entfernt hört er das Tuscheln des Dolmetschers.

»Ich bin einfach immer weitergefahren«, geht Oskar zum Schlusswort über, und tatsächlich klingt es wie das Ende eines Plädoyers.

Er spricht deutlich und konzentriert und doch so, als würde er mit sich selbst reden.

»Ich bin mit weniger Geld und Verpflegung losgefahren, als man für ein Picknick nach Winterhude mitnimmt. Ich hatte weder Schwimmwesten noch sonst eine lebensrettende Ausrüstung dabei. Meine Pläne waren weder Teil eines ausgeklügelten Systems, noch dienten sie einem höheren Ziel. Ich habe tausend Dinge gelernt, Leichen gesehen und Kugeln um meinen Kopf fliegen hören. Freunde gewonnen und wieder verloren. Bin fast verhungert und verdurstet. War Gott und Gülle. Tot und wieder am Leben. Bettler und König. Mit nur einem einzigen Gedanken im Kopf: Oskar, du wirst ankommen. Du wirst ankommen. Mit der Haut einer

Wasserleiche, mit strähnigen, verfilzten Haaren, Pusteln, Stichen, blauen Flecken, Kopfschmerzen, Fieber, einsam und erschöpft, mit zerschundenen Gelenken, flackernden Erinnerungen, endlosen Wellen und Stürmen entkommen, Haien, Krokodilen und Würfelquallen, müde und am Ende. Genau *so* wirst du ankommen, habe ich mir gesagt. Aber ankommen wirst du.«

Vorsichtig hebt er seinen Kopf. Der Saal ist mucksmäuschenstill.

»Und ich *bin* angekommen. Ich habe fünfzigtausend Kilometer in einem Faltboot zurückgelegt, in dem schon meine kleine Schwester mit ihren Puppen gespielt hat. Hat jemand Fragen?«

Sechshundert betretene Gesichter starren ihn an. Während Oskar langsam ausatmet, geht ihm ein Spruch von Karol durch den Kopf: *Gerade noch mal an der Klippe mit Rückwärtssalto vom Pferd gesprungen, Spargel.*

Hans und Frederick Embritz sind die Ersten, die zögerlich applaudieren. Andere folgen ihrem Beispiel. Francesco Fantin steht neben Bertram Hayden, beide strahlen über das ganze Gesicht und klappern ihre Tassen aneinander, bis sie von Truchses unterbrochen werden, der aufsteht und mit einer Hand die anderen zur Stille gemahnt. Das aufkommende Wohlwollen verebbt.

»Das ist ja wirklich wunderbar. Hört euch Q61, den Dünnpfiff-König, an. Jetzt wissen wir, dass dein bester Freund ein Globus ist.«

»Jack London habe ich auch gelesen«, gibt der schwäbische Häftling Ellwanger kleinlaut von sich und amüsiert sich über seine Aussage.

»Angeber«, murrt Heribert Bohlen.

»Aber eine Frage hätte ich da noch«, ergänzt Truchses. »Gibt es auch nur einen einzigen Beweis für diese märchenhafte Fahrt im Ruderboot?«

»Kanu«, korrigiert ihn Schönborn und versucht, Herr der Lage zu bleiben. »Herr Truchses hat zu lange unter Tage malocht, Oskar. Wenn er *Boot* sagt, meint er Kanu.«

»Eigentlich ist es ein Faltboot und kein Kanu«, antwortet Oskar, »ein Kanu ist etwas ande...«

»Es reicht.« Truchses schiebt mit den Beinen seinen Stuhl demonstrativ weit zurück. »Meinst du, wir sind doof oder so was? Fünfzigtausend und eine Nacht. Von Ulm bis nach Australien in einem Kinderboot. Kannst du mir mal verraten, wie das gehen soll? Und dann sollen wir ernsthaft glauben, dass Joseph Goebbels dir Schokolade geschickt hat? Wieso nicht gleich Adolf Hitler?«

»Welcher Idiot würde dir überhaupt irgendwas schicken?«, pflichtet Wettkampfgewinner Kalbach ihm bei.

Erneut setzt entrüstetes Gemurmel ein. Oskar sieht, wie Francesco Fantin versucht, Truchses zu beruhigen, doch der Deutsche schubst ihn beiseite, spuckt ihm hinterher. Weitere Häftlinge erheben sich zum Gehen, der Inhaftierte Ellwanger verharrt mit verwirrtem Gesichtsausdruck, mustert Oskar, als wäre er ein mathematisches Rätsel. Doch es ist Schönborns leere, enttäuschte Mimik, die für Oskar unter allen Gesichtern heraussticht. Während die Embritz-Brüder betreten aufstehen und auch die übrigen Gefangenen sich wieder in Bewegung setzen, ertönt ein gellender Pfiff.

»Ich!« Jeder im Saal hört den Insassen Konstantin Stab, obwohl seine Stimme in diesem Moment aus Pergament zu sein scheint. »Ich war das. Ich bin der Idiot, der Joseph Goebbels seinerzeit Schokolade geschickt hat, und Joseph war derjenige, der sie an Oskar weitergeleitet hat. Ich habe damals beim Reichssportbund gearbeitet, unter Hans von Tschammer und Osten. Unseren Reichssportminister dürftet ihr ja kennen. Und warum haben wir Oskar Schokolade geschickt? Warum haben wir uns überhaupt für ihn interessiert? Weil Oskar euch die Wahrheit erzählt. Dieser Mann hat eine einmalige Leistung vollbracht.« Er sieht Oskar an. »Ich habe ihn später aus den Augen verloren und das immer bedauert. Umso schöner, dass wir uns hier, wenn auch unter nicht so schönen Umständen, getroffen haben. Oskar ist ein deutscher Held, Truchses. Bevor du hier das Wort ergreifst, solltest du seine Fahrt mit den Bäumen vergleichen, die du bislang in deinem Leben ausgerissen hast.« Dann zieht er einen Zettel aus seiner Gesäßtasche und schüttelt ihn auf. »Und wenn ihr mir immer noch nicht glaubt, könnt ihr gerne nach vorne kommen und euch dieses Empfehlungsschreiben des Führers ansehen, das er mir höchstpersönlich ausgestellt hat. Ja, *der* Führer.« Er sieht Schönborn an. »Vielleicht hat noch jemand ein von Hitler unterzeichnetes Dokument dabei, und wir halten sie mal nebeneinander. Truchses? Bohlen? Kalbach? Keiner?« Er wartet. Dann haucht er: »Schade. Der Vortrag ist vorbei.«

Mit einer knappen Geste entlässt er die Zuhörer.

Schweigend schlurfen die Männer aus dem Gemeindehaus, und Oskar reicht Konstanty seine Hand.

»Mensch, danke. Die hätten mich sonst vermutlich gelyncht. Ich wusste gar nicht, dass du ...«

»Und ich nicht, dass du ... Und so weit, viel weiter als ... Wie dem auch sei. Gern geschehen.« Er sieht in den Saal, der sich langsam leert, und fügt wispernd an: »Vielleicht kannst du dich ja irgendwann mal revanchieren.«

VERLUSTE

Das trübe Licht der australischen Wintermonate ist längst verschwunden. Der November zieht sich zurück, die Sonne steht bedrohlich über der Steppe, als Lagerleiter Backler an einem Dienstag ohne Vorankündigung einen Morgenappell an alle Gefangenen richtet. Seine über die Lautsprecher übertragene Botschaft fällt denkbar kurz aus. Der Italiener Francesco Fantin, so berichtet er, sei am Vortag bei einem Streit erschlagen worden. Zeugen hätten bestätigt, dass er Tabak aus der Vorratskammer entwendet habe und dabei erwischt worden sei, wie er diesen mit deutschen Häftlingen gegen Essen tauschen wollte. Oskar beobachtet Hauke Schönborn und Heribert Truchses, die teilnahmslos den Himmel über dem Lager studieren.

Gegen den Willen der internierten Nationalsozialisten wird Francesco Fantin einen Tag später auf einem winzigen improvisierten Friedhof am nördlichen Ende des Lagers begraben. Die Trauergemeinschaft besteht aus Wolf Klaphake und Oskar. Bertram hatte wild kopfschüttelnd abgelehnt und sich schluchzend unter seiner Decke vergraben, als sie ihn aus seinem Zimmer abholen wollten.

Keiner der beiden Männer ist in der Stimmung, eine lange Rede zu halten, also murmelt Klaphake ein »Friede seiner Asche«, und zusammen brechen sie in der Gluthitze wieder zu den Baracken auf.

Der Rückweg durch das Lager verläuft schweigend, keiner von ihnen sagt ein Wort, und Klaphake verweigert zunächst sogar

Oskars Hilfe, der ihn stützen will, da ihm der Gang des Wissenschaftlers heute noch schwerfälliger erscheint als sonst. Schließlich ergreift der hinkende Riese doch noch Oskars Arm, wendet sein Gesicht aber von ihm ab.

Als sie am Beet der Embritz-Brüder vorbeikommen, fragt sich Oskar, ob Francesco Fantin tatsächlich eine Schwester hat, ob sie wohl wirklich blind ist und wie sie auf die Nachricht seines Ablebens reagieren, ob sie überhaupt davon erfahren wird. Von weiter unten im Lager hören sie das unbestimmte Kläffen von Langenbachs Stimme aus den Lautsprechern dröhnen, und lautstarker Jubel bricht aus. Irgendwo ruft jemand: »Essen fassen!«

»Die Sonne ist relentless«, knurrt Klaphake.

»Haben Sie verstanden, was Langenbach verkündet hat?«

»Wie bitte? Nein. Es interessiert mich auch nicht.«

»Aber eben haben sie besonders euphorisch gejubelt, das könnte bedeuten, dass der Krieg bald vorbei ist. Und dann sind wir freie Männer.«

Klaphake fährt mit einer seiner Pranken durch seinen bereits bis zur Brust reichenden Bart. Er schielt zu Oskar herüber, sein Gesichtsausdruck ist der eines mitleidigen Clowns.

»Ich weiß nicht, welche Ihrer Hoffnungen geringere Aussichten auf Erfolg hat. Ich habe gestern gehört, wie Langenbach jemandem in der Kantine erzählt hat, die deutsche Armee habe schwere Verluste im Luftkrieg über England erlitten. Es war die Rede von zwei Dutzend Bombern und mehreren Jägern. Es scheint sich eine Pattsituation anzubahnen. Gleichzeitig sieht es so aus, als ob sich der Krieg jetzt auch in Afrika ausbreitet.«

»Sie dürfen die Hoffnung ...«

»... an der Garderobe abgeben, ich weiß.«

»Was ist mit Ihren Erfindungen? Haben Sie Ihr Gesuch eingereicht?«

Klaphake lacht abschätzig, und es klingt, als würde in seiner Mundhöhle eine Nähmaschine arbeiten.

»Wenn Sie mich nicht andauernd angetrieben hätten ... Ich hätte es beinah nicht abgegeben. Wollen Sie wissen, was ich als Antwort erhalten habe? Sowohl das Inventions Board als auch der Australian Intelligence Service, sagte man mir, sind überzeugt, ich würde in Freiheit mein Wissen früher oder später dem Feind, Deutschland, meinem Heimatland, zugutekommen lassen. Ich habe es gestern sogar bis ins Offiziersbüro geschafft, habe ihm erklärt, mein einziges Ziel sei es, mit meiner Frau zusammenzukommen, egal, ob hier oder woanders. Er hat freundlich gelächelt und mich fortgeschickt. Mitleid ist wohl das einzige Sentiment, das ich noch erwarten darf.«

Der Blaue kommt ihnen mit seiner Posttasche entgegen, nuschelt ein »Sieg Heil« und geht vorbei.

»Ich hoffe, Bertram kriegt sich wieder ein«, sagt Oskar, um Klaphake auf andere Gedanken zu bringen.

»Das wird schon.«

»Er hat Francesco richtiggehend geliebt.«

»Ja, das hat er.«

»Wir werden nicht erfahren, wer es war, oder?«

»Herr Speck, eher erfahre ich in diesem Lager, wer Jack the Ripper war.«

Oskar tastet beim Gehen mit seinem Blick den Himmel ab.

»Übrigens: Wenn Sie mal wieder von jemandem hören, der für handwerkliches Geschick etwas berappen würde, ich stehe zur Verfügung. Schönborn hat mich in den letzten Wochen verschiedentlich darauf hingewiesen, dass ich ihm noch reichlich Geld für die zurückgeforderten Eintrittskarten schulde. Es hat gar keinen Zweck, ihn darauf aufmerksam zu machen, dass er es war, der mich zu dem Vortrag überredet hat. Ich könnte mich schon wieder aufregen.«

»Lassen Sie's. Geben Sie ihm, was er will, damit fahren Sie besser. Es ist überhaupt ein Wunder, dass nicht längst noch mehr Männer hier durchgedreht sind. Die Leute sind angespannt wie Taue bei den schottischen Highland Games.«

Als sie vor Klaphakes Kammer stehen, verabschiedet sich der Wissenschaftler von Oskar, um sich zu Bertrams Zimmer aufzumachen. Er drückt ihm den Schlüssel in die Hand. Oskar sieht dem hinkenden Riesen eine Weile hinterher, bevor er sich der Hütte zuwendet, um vor dem Abendessen eines seiner Konstrukte einem kurzen Test zu unterziehen. Er ist gerade dabei, die Tür aufzuschließen, als er eine Bewegung in seinem Rücken spürt. Der Blaue lässt seine Posttasche in den Staub fallen und hält Oskar zwei Umschläge entgegen.

»Hätte ich fast vergessen«, sagt er außer Atem. »Da sind zwei Briefe für dich angekommen, Speck. Hier. Musst du mir aber quittieren.«

WALI

Oskar hat die Kammer von innen abgeschlossen. Das Licht nicht angeknipst, obwohl es bereits langsam dunkel wird. Er sitzt auf Klaphakes kreischendem Stuhl, das letzte diesige Sonnenlicht fällt durch das Fenster. Seine Finger zittern. Er versucht sich zu beruhigen. Legt seine Hände auf die Umschläge, atmet langsamer.
Nicht draufschauen. Sieh nicht drauf.
Er reißt den ersten auf, zieht vorsichtig ein dickes Papier heraus und beginnt zu lesen.

15.X.1940, Bombay

Sehr geehrter Herr Speck,

Sie werden sich womöglich nicht in der Art an mich erinnern, wie ich mich an Sie erinnere.

Mein Name ist Eduard Stein. Wir sind uns vor Jahren bei verschiedenen Gelegenheiten im Hause John Hagenbecks begegnet. Die Welt war eine andere damals. Und Sie werden seitdem mehr Menschen getroffen haben als ich in meinem gesamten Leben.

Es hat mir einige Mühe bereitet herauszufinden, wo Sie sich aufhalten. Das Letzte, was mir in Bezug auf Ihre Person mitgeteilt wurde, erfuhr ich von dem guten Hagenbeck, der mir schrieb, Sie hätten nicht an den Olympischen Sommerspielen teilgenommen. Ein Jammer. Aber – und ich hoffe, ich beleidige Sie damit nicht – als er mir dies sagte, war ich gleichfalls erleichtert. Gott allein weiß, wo Sie heute wären, hätte Sie Ihr Weg zurück nach Berlin geführt. Wer weiß, in welcher und in wessen Mission Sie jetzt in der Welt unterwegs wären.

Als ich erfuhr, dass man Sie inhaftiert hat, bin ich erschrocken. Doch als ich hörte, wo Sie in Gefangenschaft sitzen, musste ich schmunzeln. Sie haben es also geschafft. Sie sind bis nach Australien gerudert, wie Sie es sich vorgenommen haben. Nur fürchte ich, wird das Echo auf Ihr Abenteuer, das Sie sich so sehnlichst gewünscht haben, tonlos im Tal dieser undankbaren Welt verklungen sein. Verzweifeln Sie nicht, lieber Herr Speck, die Welt wird dereinst von Ihrer Leistung erfahren! Auf welchem Wege und wann auch immer.

Wissen Sie, Herr Speck, ich habe Sie seinerzeit um Ihr freies Leben wirklich beneidet. Wenn man täglich unter Zwang steht wie unsereins, verliert man leicht die Sehnsucht nach den Schönheiten dieser Welt aus den Augen. Diese finden sich, glaube ich, über den gesamten Planeten verstreut, und nur wenigen wird es zuteil, so viel zu sehen wie Sie. Ich wünschte, die Vorsehung würde Sie weiter damit bevorzugen.

Der eigentliche Grund meines Schreibens ist aber ein trauriger. John Hagenbeck wurde vor einigen Monaten in ein britisches Gefangenenlager gebracht und ist dort bereits nach kurzer Zeit schwer erkrankt. Der arme Mann konnte den Engländern im letzten Krieg noch entkommen, doch nun haben sie ihn erledigt. Vorigen Monat ist er mit vierundsiebzig Jahren in der Haft verstorben.

In seinem letzten Brief sah John sein Ende herannahen und bat mich, Ihnen zu schreiben, Ihnen explizit für Ihre Verbundenheit und Freundschaft zu danken und Sie, egal wo, aufzuspüren und zu ermutigen, unabhängig davon, womit Sie gerade beschäftigt seien. Ein Spruch aus einem Buch, welches Sie damals mit sich führten, schrieb er, sei ihm besonders im Gedächtnis geblieben. Der Amerikaner Mark Twain sei dessen Urheber: *Es scheint, als gäbe es nichts, was heute nicht passieren könnte.*

Ihnen möchte ich jedoch gleichfalls Johns eigene Devise in Erinnerung rufen. Er sagte mir einst, er würde sie unter jedem Brief an Sie vermerken. *Nur immer mutig voran!*

Dem schließe ich mich an, Ihr
Eduard Stein

P.S.: Wussten Sie, dass dieser Österreicher, Hradetzky, in Berlin zwei Goldmedaillen gewonnen hat? Ich dachte, das könnte Sie interessieren.

Auf dem zweiten Umschlag wimmelt es nur so von kleinen, mit Tinte gezeichneten Sternchen, während Name und Adresse des Absenders offenbar einem Regenguss zum Opfer gefallen sind und Oskar außer einem einsamen G und einem krummen A nichts erkennen kann.

G ili B A um?

Das Kuvert ist, genau wie das erste, geöffnet. Jede Postsendung, die der Blaue zur Weitergabe von den Australiern ausgehändigt bekommt, wird vorher kontrolliert. Die Schrift auf den Briefseiten ist zittrig, das Papier dünn und rissig.

oskar

* tapa pati-geni! *
    * wenn du das hier liest werde ich bereits tot sein * der gute alte makeprenz wird tot sein * aber ein neuer wird leben * subuh

wird leben *** dieser brief ist ein letzter gruss * ich schreibe dir auch um reinen tisch zu machen oskar! *

* tapa ngadam! *

* du glaubst nicht was alles geschehen ist seit du hier aufgebrochen bist *

* die letzten anderthalb jahre waren für mich ein schöner murks das sag ich dir * nachdem ich von der plantagenarbeit mit siti zurückkam hatte ich ärger im klub * über monate haben sie versucht mich abzusetzen jemand anders zum präsidenten zu küren * ständig habe ich mich mit den idioten gestritten * und auch unsere liebe gili war nirgendwo zu finden ** oh wali **

ich muss dir etwas gestehen * ich hatte mich in gili verliebt * habe sogar mit ihr geknutscht nachdem du weggefahren bist * und um sie ganz für mich zu gewinnen habe ich später in der presse die information gestreut du seist im meer ertrunken * oh wali vergib mir **** oskar verzeih **** doch es hat alles nichts genutzt * irgendwann hat sie kurzen prozess mit mir gemacht kam vorbei mit einem neuen ehemann * steinalt war der kerl ich habe nicht schlecht gestaunt * auch du kannst sie also aus deinem testament streichen oskar * die feine dame greift stets nach dem dicksten fisch * glaub mir auch ich war rasend vor zorn ***** oh wali *

** und doch hatte ich noch ein fünkchen hoffnung dass ich noch einmal mit der süßen lieben gili würde reden sie zur vernunft bringen können **

* damals betrank ich mich immer öfter * wali * dukun vergebt mir * und in so mancher woche hätte ich mich am liebsten mit einem der kris dolche des sabudayan museums erstochen *

der sommer 39 war der absolute tiefpunkt * sie haben mich aus dem klub geschmissen * siti war noch bei der chinarinde ich auf einmal ohne ort ohne heimat ohne arbeit ohne gili und ohne einen einzigen freund ** und dann kam es über mich *

ich nahm gilis artikel über dich und schickte ihn im suff und wut an die australischen behörden warnte vor dir als feindlichem subjekt * oskar * wali * ich war nicht ich selbst *****

   * auch surabaya ist seit dem krieg nicht mehr wiederzuerkennen * im radio wurde die ankunft von amerikanischen bombern angekündigt * alle fühlten sich sicher und gewappnet * doch dann sind die japaner in java eingefallen wie die termiten * breitbeinige grimmige gelbe stehen jetzt vor dem hellendorn und dem simpang club * alle hier haben an die macht der holländer geglaubt dann an die der briten und der amis * jetzt kriechen sie vor den asiaten auf dem boden *

   *** nachdem die kämpfe begonnen hatten ließ ich mich immer öfter volllaufen und hörte den musikern im hellendorn zu * eines tages sprach mich dort ein mann an * er musste sich zweimal vorstellen bis ich in ihm den hausmeister des deutschen klubs erkannte * er hatte sich einen Bart wachsen lassen um nicht aufzufallen * er spendierte mir getränke und eine weile plauderte er auf mich ein und ich wollte schon gehen als er beiläufig erwähnte dass fräulein baum ja wohl nicht mehr zurückkomme * auch ihre letzten dinge seien tags zuvor nun abgeholt worden *

   * ich habe mehrmals nachgefragt * doch in dem gesicht des hausmeisters lag nichts als ehrlichkeit * ihre sachen sollten allerdings nicht an eine andere adresse in surabaya überhaupt gar nirgendwo in java sondern nach sydney verschifft werden * ich wollte natürlich mehr wissen als ein sirenenalarm losheulte * die vorhänge wurden zugezogen alle verkrochen sich unter die tische * die männer auf der bühne begannen auf einmal holländische lieder zu spielen zu denen ein teil des publikums hollands flagge pries * sie ließen den volkshelden piet heyn und seinen sieg über die spanische silberflotte hochleben * und ich lag starr auf dem boden alles drehte sich * ich erinnere mich wie freundlich mich zwei seltsame männer aufhoben *

sie waren in helle tücher gewickelt und nickten andauernd *
ich delirierte * dann wurde ich ohnmächtig * als ich wieder
zu mir kam lag ich in den armen eines anderen mannes der
dasselbe gewand trug wie die zwei männer im hellendoorn *
alles war nass *** etwas plätscherte * wir befanden uns unter
einem wasserfall und ich war mitten in einer tapa kungkum
meditation * es war als wäre ich wiedergeboren worden oskar *

   oh wali *** wie sich herausstellte hatte siti mich mit den
seinen gerettet *

   *** der dukun sagt alles geschieht wie es geschieht * mein
zorn ist vergangenheit oskar * und siti predigt ich solle die
wahrheit aussprechen und hinter mir lassen * wie gut das tut
oskar *

   * über den konsul hier auf java habe ich inzwischen erfahren
wo du gelandet bist * und so gelten meine letzten zeilen als
gunther makeprenz dir * danach werde ich subuh sein * ich
werde schweigen * und büßen * tapa ngadam * ich habe bereits
in vielen tapa ngalong buße getan * stunden von einem baum
gehangen * tränen blut und schweiß fielen unter mir auf den
boden *

   * ich hoffe dass dich dieser brief erreicht und nicht irgendwo
in der torres strait versinkt *** wali wali ***

dein subuh

Als Oskar die Blätter beiseitelegt, sind die Kammer und das Lager
jenseits der Werkzeughütte in ein dunkles Grau getaucht.

   Er schaltet eine Feldlampe an, die Klaphake auf seinem Tisch
platziert hat, und liest den Brief ein zweites Mal. Ein drittes.
Schließlich nur noch eine Stelle.

   Dann schaltet er die Lampe wieder aus und bleibt reglos sitzen,
bis die Dunkelheit allumfassend ist.

DURST

Mit zwei Büchern unter dem Arm verlässt Gili die Fähre in Darling Harbour und macht sich auf den Weg in die Elizabeth Street. Die Sonne über Sydney ist, wie schon seit Wochen, ihre Verbündete, wärmt täglich ihr mit dem Umzug auf den neuen Kontinent leicht gewordenes Herz. Wie seltsam diese innere Ruhe ist. Sie kann sich an keine Zeit erinnern, ausgenommen vielleicht ihre Kindheit, in der sie so gelassen, so wenig in Aufruhr war.

Ist das fallende Blatt doch noch liegen geblieben.

An einem Zeitungsstand entdeckt sie eine Schlagzeile zu den kriegerischen Handlungen in Europa, und sie wundert sich über sich selbst, darüber, wie wenig sie mit den desaströsen Meldungen aus ihrer Heimat anfangen kann. Außer Onkel Gero und Tante Bertha kennt sie dort so gut wie niemanden mehr, der ihr etwas bedeutet, und bei den beiden ist sie sich sicher, dass sie sich schadlos halten, sich im Zweifel rechtzeitig davonmachen oder einfach die Seite wechseln.

Sie biegt in die Kent Street und steuert Bathurst an, setzt auch heute ihren Plan um, jeden Tag eine andere Route zur Arbeit zu wählen, um möglichst viel von dieser aufregenden Stadt mitzubekommen. Hatte sich diese Vorgehensweise doch bereits auf hervorragende Art ausgezahlt: Letzte Woche erst hatte sie den edlen Keller des Romano's in der Castlereagh Street entdeckt, wo sie mit Lydia und Paul Steak Diane aß. Auch dem Flanieren auf der King

Street ging eine ihrer kleinen Erkundungstouren voraus. Vor ein paar Tagen hatte Gili Lydia sogar dazu überreden können, sich auf eines der Francis-Barnett-Motorräder zu setzen, die in einer glänzenden Reihe auf dem Bürgersteig vor einem Zweirad-Geschäft an der Goulburn Street, Ecke Elizabeth aufgestellt waren. Entferntere Ziele und Ausflüge wie jene mit der Kameruka-Fähre oder zu der Trabrennbahn von Randwick wurden ihr von Faye oder Cliff empfohlen. Und schließlich gab es ja auch noch das Bootshaus auf Snapper Island, das die Kupfers günstig erworben hatten und zu dem sie regelmäßig übersetzten. Das winzige Eiland lag nur wenige Hundert Meter von Drummoyne House entfernt, dem kolossartigen Gebäudekomplex, in dem Paul Kupfer eine großzügige Wohnung für sie gefunden hatte.

»Hey!«

Gili ist gerade dabei, den Laden aufzuschließen, als Faye, die Besitzerin von Mansfield Park, heranstürmt.

»Erste«, sagt Gili und grinst.

»Ich bin schon froh, dass du überhaupt kommst.«

»Wieso?«

»Ach, ich habe immer die Befürchtung, du heuerst bei Angus & Robertson auf der Castlereagh an, weißt du? Da, wo alle hingehen.«

»Also bitte, ich würde niemals zu einer anderen Buchhandlung wechseln«, sagt Gili mit empörtem Gesichtsausdruck und bittet Faye, vor ihr einzutreten. »Es sei denn, sie bieten mir viel Geld, dann bin ich natürlich sofort weg.«

»Ha! Sollte Verity Hewitt eines Tages hier hereinspazieren und deinen Charme erkennen, bin ich dich ein für alle Mal los. Die kennt jedes Antiquariat der Ostküste und würde dich vom Fleck weg mit nach Canberra nehmen. Hast du den Artikel im *Morning Herald* über sie und ihr Geschäft gelesen?«

»Nein, hab ich nicht. Aber mein Charme liegt irgendwo auf dem Boden des Korallenmeers. Wenn den jemand wiederfindet, gebe ich einen aus. Keine Angst, meine Liebe, ich bleibe hier.«

Tatsächlich hätte Gili jedem, der es wissen wollte, das lange, dunkle Ungetüm von Laden, in dem sie von Faye vor einem halben Jahr angeheuert wurde, als zweites Zuhause beschrieben. Obwohl Mansfield Park kaum mit außergewöhnlicher Schönheit prahlen konnte, mochte Gili die unheimliche Atmosphäre von dem Moment an, als sie das erste Mal hier hereingestolpert kam. Die zwei schlauchartigen, von düsteren Literaturwäldern umgebenen Gänge, deren Wipfel sich bedrohlich über jeden Besucher neigen. Das Knarren der Dielen, das alte Sprossenschaufenster mit dem Säulenrahmen oder das Duftgemisch aus Druckerschwärze und Staub, das nur zu schätzen weiß, wer einen Sinn für Vergangenes hat.

»Heute müsste ich allerdings etwas früher gehen, wenn das in Ordnung ist«, sagt Gili, als sie beginnen, die eingetroffenen Bücher der letzten Tage zu sortieren. »Lydia und Paul haben am Abend für Cliff und mich ein Motorboot organisiert. Eine Art Chauffeur wird uns von Snapper Island nach Watsons Bay fahren, wo die beiden auf uns warten werden. Du weißt ja, was Lydia immer sagt: ›Da gibt es den besten Fisch des Kontinents.‹ Paul hat wohl eine Überraschung für uns geplant. Mehr wollten sie mir nicht verraten.«

»Kein Problem. Aber vielleicht kannst du vorher noch diesen Stapel von Reiseführern durchsehen. Der Inhaber von Blue Mountain hat ihn mir vorbeigebracht; er hat sie ausgemistet, damit sie heute Abend nicht bei einer Lesung herumliegen, zu der angeblich Dulcie Deamer kommen soll. Das wäre ihm peinlich, hat er gesagt. Irgendwann geht die Welt noch zugrunde an diesen Speichelleckern, die jeder halbwegs bekannten Persönlichkeit vor Ehrerbietung die Zehennägel küssen. Schau dir das an, nicht mal die Notizzettel, die der Vorbesitzer als Lesezeichen reingelegt hat, hat der Tölpel aus den Büchern entfernt. Tut mir leid, das ist jetzt dein Job.«

»Bis heute Nachmittag ist alles gesäubert und einsortiert.«

Gili mag die Art, wie sich ihre Chefin über alles und jeden in Sydney beschwert; diese rustikale Hassliebe, stets gepaart mit einer herzlichen Offenheit.

Sofort macht sie sich mit einer Tasse Kaffee an die Arbeit, glättet die Umschläge von zwei Bildbänden über die Hochebenen von Peru, sortiert die Bücher nach Ländern und schmeißt von den beigelegten Zetteln – meist sind es Zeitschriftenartikel – nur jene nicht weg, die sie für relevant oder bemerkenswert hält. Als sie einen dicken Wälzer aufschlägt, der sich mit den Ureinwohnern Papua-Neuguineas befasst, fällt ihr auf einem der zusammengefalteten Blätter, die hinter dem Index stecken, eine Schlagzeile ins Auge.

»Verheerender Taifun kostet Menschenleben«

Plötzlich ist es wieder da. Dieses Gefühl, das aus dem Inneren ihres Magens zu kommen scheint. Als gäbe es dort ein Loch, in das ein heftiger Windstoß fährt.

Vielleicht sollte es so sein. Er war mir die Wohnung eines Sommers, mehr nicht.

Ein dunkler, pochender Schmerz in ihrer Brust beschwert sich über die falsche Lakonik dieses Gedankens.

Der Artikel scheint aus einer englischsprachigen Übersee-Zeitung zu stammen, und ein Blick auf das Datum bestätigt ihr, dass in dem Beitrag jener Sturm thematisiert wird, in dem vermutlich auch Oskar umgekommen ist. Doch außer der Angabe, dass dem wütenden Meer im September 1939 zwischen Papua und Australien ein gutes Dutzend lokale Fischer, zwei Engländer, ein Deutscher und drei Holländer zum Opfer fielen, enthält der Bericht für sie nichts Neues.

Sie wirft den Ausschnitt in den Papierkorb und muss beim weiteren Sortieren unweigerlich an Cliff denken. An die vielen kleinen Geschenke, die ihr der blonde Möbelpacker jeden Tag der vergangenen Wochen vor die Tür gelegt und die sie jeden Morgen beim Verlassen des Hauses vorgefunden hat. Ausgerechnet heute, an ihrem Geburtstag, hatte es so ausgesehen, als ob er das tägliche Präsent vergessen hatte. Doch nachdem sie eine Weile die Einfahrt auf- und ab geschlendert war, hatte sie zwischen den Zweigen der Grevilleen ein wunderschönes, langes Lesezeichen gefunden, auf dem unter einem geprägten Landkartenausschnitt handschriftlich ein mysteriöses »Wart's nur ab!« vermerkt war.

»Na, denkst du an Cliff?«, fragt Faye im Vorbeigehen, und es ist nicht das erste Mal, dass Gili findet, ihre Chefin könnte auch gutes Geld mit Wahrsagerei verdienen. »Der große Cliff Durst, wie lange wird er noch gequält werden von unserer attraktiven Heldin?«

»Im Grunde hat er mich längst herumbekommen. Andauernd macht er mir Komplimente. Wie schön meine Augen wären, wie herrlich mein Eckzahn, der neue, etwas hellere. Wird höchste Zeit, dass ich auch mal was Nettes zu ihm sage. Aber eigentlich reicht's, wenn Lydia und Paul ihn ständig über den grünen Klee loben.«

Ihre Ersatzeltern hatten den hilfsbereiten Endzwanziger zunächst ignoriert. Als er des Öfteren in Drummoyne House auftauchte, fing Lydia jedoch an, ihm ganz beiläufig ein paar Fragen zu stellen, ihn ein paar Prüfungen zu unterziehen. War sie anfangs noch seltsam streng zu ihm, da sie vermutete, der Jungspund sei womöglich mehr in die Villa, die vor dem Eingang thronende Statue und den ausladenden Garten verliebt, ließ sie Gili schon bald wissen, dass bis auf mangelnde Finanzkraft an dem Kerl eigentlich nichts auszusetzen sei. Und schließlich sprachen sie und Paul von kaum etwas anderem mehr als von diesem zuverlässigen, klugen Cliff, den man sich nicht besser backen könnte.

Cliff Durst war an einem grauen Dienstag im August 1940 das erste Mal in Mansfield Park aufgetaucht. Schnell waren Gili und er in ein Gespräch vertieft, es stellte sich heraus, dass er Deutsch-Amerikaner war, seine germanischen Wurzeln aber in diesen Zeiten geschickt unter den Tisch fallen lassen konnte, wenn es darauf ankam. Wirklich ungewöhnlich für einen Kerl, der seine Tage damit verbrachte, Schränke und Couchgarnituren Treppenhäuser hinab- und wieder hinaufzutragen, war sein Faible für Literatur im Allgemeinen und Schriftstellerinnen im Besonderen, weswegen er überhaupt erst auf die nach Austens Roman benannte Buchhandlung aufmerksam geworden war. So hatte er plötzlich vor Gili gestanden und sie nach diesem neuen Werk der Amerikanerin Carson McCullers gefragt, das in den USA für gehörig Wirbel sorgte. Den Titel habe er vergessen, *Mich jagt mein Herz* oder so ähnlich. Später würde Gili ihn ständig damit aufziehen, wenn er irgendeine Aufgabe zufriedenstellend erledigt hatte: »Hervorragend! Hat dich wohl wieder dein Herz gejagt, was?«

Insgeheim fand sie seinen kleinen Fauxpas natürlich rührend, umso mehr, da Cliff ihr das Buch, nachdem sie es ihm ausgehändigt hatte, umgehend schenkte und ein zweites Exemplar für sich bestellte.

»Gili?«

Ihr Blick hängt an den abendlichen Lichtern der Großstadt, der Kopf seitlich gewandt, fast so, als wolle sie einem Gespräch in ihrem Rücken lauschen. Wie Sprühregen umkreist beide die Gischt des Motorbootes. Cliff wiederholt seine Frage, doch als Gili auch beim zweiten Mal nicht reagiert, muss er erkennen, dass dies kein Moment für ein romantisches Tête-à-Tête ist. Schweigend lassen sie sich eine Weile durch den Sydney Harbour kutschieren, bis er endlich ein passendes Thema gefunden hat.

»Habt ihr, also du, Lydia und Paul, habt ihr eigentlich gar keine Angst, dass euch die australischen Behörden für enemy aliens halten könnten? Ihr seid doch schließlich auch Deutsche«, fragt er vorsichtig.

Gili sieht ihn lange an. Wie sein hübsches, blondes Haar ihm ins Gesicht weht.

Dann sagt sie: »Ein guter Freund von mir hat mir mal von

seiner Angst vorm Verschwinden erzählt, von der Angst, jemanden zu verlieren, und dass nichts wirklich Sinn ergibt, was man tut. Solche Angst, die kenne ich. Alles andere lässt sich aushalten.«

Als Cliff offenkundig nicht versteht, was sie meint, lässt sie den Gedanken ziehen und berichtet ihm pflichtgemäß von Paul Kupfer, der, wenngleich Sohn deutscher Eltern, doch in Australien geboren und aufgewachsen sei. Nach einer in jungen Jahren gestarteten Diplomatenkarriere hatte er eine Professur an der Columbia University inne, arbeitete als Legationssekretär an der Botschaft in Washington sowie in Vorder- und Südasien. Ein legendäres, in seinen eigenen Augen jedoch komplett überbewertetes, flüchtiges Aufeinandertreffen mit Churchill habe seinen Ruf schließlich auf ewig zementiert.

»Als Diplomat genießt Paul immer noch gewisse Freiheiten und Immunität. Und seine exzellenten Beziehungen lassen uns hier erst mal eine Weile bleiben. Ein normales Leben führen.« Sie muss fast lachen. »Ein normales Leben ... Ich weiß nicht, aber das klingt für mich zum ersten Mal nach einer schönen Sache.«

Eine Welle versetzt dem Boot einen Stoß, und Gili erinnert sich plötzlich an das Lesezeichen.

»Was soll das eigentlich heißen, ›Wart's nur ab‹?«

»Genau das! Ich muss noch ein paar Dinge klären, aber ich habe eine größere Überraschung für dich. Ich will nicht zu viel verraten, aber ich hoffe, du wirst nicht so leicht seekrank.«

Als sie an der Spitze von Watsons Bay ankommen und das Boot auf den kurzen Strand gezogen wird, steht Paul Kupfer bereits mit einer Flasche Champagner bereit, und auch Lydia eilt herbei.

»Ich habe im Doyles schon Bescheid gegeben, dass wir gleich an unserem Tisch Platz nehmen werden«, ruft sie und fährt, als sie sie erreicht hat, außer Atem fort: »Die haben da den besten Fisch des gesamten Kontinents! Letztes Mal hatte ich ... na, ich hatte ... Paul, hilf mir doch mal. Wir waren doch erst im September hier. Oder war das ...?«

»Ist doch egal. Erst mal, liebe Gili«, Paul Kupfer schenkt den Alkohol in breite, auf einem Tisch bereitstehende Gläser, »herzlichen Glückwunsch! Alles, alles Gute! Als Geschenk würden wir dich und Cliff gerne in ein paar Wochen auf einen Ausflug nach Melbourne einladen. Na, was sagst du?«

»Das passt perfekt zu meinen Plänen!«, schaltet sich Cliff euphorisch ein. »Ich glaube, wir müssen einen Tragegriff an dir anbringen, Gili, damit wir dich einfach immer einpacken können, wenn wir eine schöne Reiseidee haben.«

Gili lächelt verlegen, als alle anstoßen.

Wohl kaum, sprach der Ochse, als er gemolken werden sollte.

»Danke, aber momentan hab ich mich zum ersten Mal ganz gut selber im Griff. Prost!«

OSCHKAR

*E*s ist tatsächlich Musik.
Oskar schleicht um den dichten Mulga-Busch herum, wundert sich über die dumpfen Töne, die an sein Ohr dringen. Als würden sie aus der trockenen Erde aufsteigen. Doch hier ist niemand. In einiger Entfernung sieht er das Verwaltungsgebäude und die letzten Wellblechbehausungen; er steht plötzlich in einem unbebauten Teil des Camps, der von trockenem Gras und Emusträuchern übersät und, so mutmaßt er, womöglich für künftige Bauten reserviert ist, schließlich werden immer noch neue Gefangene in Tatura untergebracht. Bertram Hayden hatte ihm am Vorabend von der längst stillgelegten Sickergrube berichtet, zu der Klaphake ihn des Öfteren schicken würde, damit er in Ruhe und ohne die Hänseleien der anderen Gefangenen ertragen zu müssen Pläne schmieden könne. Sein Mentor habe ihm eine kleine Leiter gebaut, damit er sicher hinein- und wieder hinauskomme. Es hatte ein wenig gedauert, bis er Bertram richtig verstanden hatte. Doch dann erschien ihm diese neue Information äußerst wertvoll.

Vielleicht ist sie tief genug. Und nah genug an der Mauer.

Oskar versucht auszurechnen, wie viele Meter er pro Tag mit einem halbwegs anständigen Spaten vorankommen, wo er die ausgehobene Erde unauffällig hinschaufeln könnte.

Gerade hat er die Grube neben einer alten Öltonne ausfindig

gemacht, da drängt erneut eine sich windende Melodie durch seine Gedanken.

Er folgt den Klängen, um einen weiteren Busch herum und stößt auf einen alten Schuppen. Vorsichtig nähert er sich, bleibt vor einem Fenster stehen. Mit der Hand wischt er eine Glatze in die verstaubte Scheibe und späht hinein. Im Inneren sitzt, ihm mit dem Rücken zugewandt, ein Mann und spielt auf einem alten Klavier, das einst von einer Axt malträtiert wurde; zumindest lässt eine klaffende, splittrige Wunde in der Flanke des Instruments auf eine derartige Vorgeschichte schließen. Soweit Oskar erkennen kann, fehlen ein paar Tasten am oberen Ende der Klaviatur. Der Pianist wiegt seinen Körper zu der Musik. Eine Zeit lang bleibt Oskar stehen und hört dem nach Scherben, Wehmut und vergangenem Glück klingenden Spiel zu. Das Lied erkennt er nicht, dafür jedoch den Musikanten, der mit geschlossenen Augen seinen Kopf im Takt hin- und herschwenkt. Siegfried Ellwanger sieht in diesem Moment anders aus als sonst. Seine Unsicherheit und sein nervöser Charakter scheinen zufriedener Sanftmut gewichen. Unter seinem schmutzigen Jackett formen die Schulterblätter des Schwaben zwei knochige Dreiecke.

Ohne Vorwarnung beendet Ellwanger sein Spiel, wendet sich erst dem Raum, dann dem Fenster zu.

»Ach, der Oskar«, sagt er, und es klingt wie »Oschkar«.

Er winkt ihn herein.

»Ich wollte dich nicht stören«, sagt Oskar, als er in der Mitte des Schuppens steht. »Schön, was du da spielst.«

»Meine Oma hat mir das beigebracht. Früher habe ich es gehasst, aber jetzt zehre ich davon.« Mit einer Hand streicht Ellwanger über die Tasten und lächelt seinen Besucher verschämt an.

Oskar sieht sich um. Die hintere Wand des Schuppens ist von oben bis unten mit Kisten zugestellt, unter zwei Fenstern ducken sich verschmutzte Regale, die vor Lampen, Drähten, ölverschmierten Fahrzeugteilen, löchrigen Filzdecken, Sprungfedern und alten Lappen strotzen.

»Das habe ich tatsächlich am meisten vermisst. Früher habe ich jeden Tag in der Stube gesessen und gespielt. Gisela hat immer gesagt, ich würde mehr auf den Tasten herumdrücken als auf ihr. Und dann war sie weg. So läuft das manchmal. Bitte, setz dich, wenn es dir nicht zu eklig ist.«

»Da hast du tatsächlich noch ein Klavier gefunden.«

»Ja, verrückt, oder? Und weißt du, wem ich das zu verdanken habe? Schönborn! Er hat mich dazu verdonnert, den Australiern beim Müllsortieren zu helfen. Und kaum komme ich hier rein, fallen mir fast die Augen aus dem Kopf. Steht da glatt dieses Klavier! Natürlich habe ich alles getan, um möglichst lange hierzubleiben. Ich versuche, langsam zu arbeiten. Schönborn gegenüber sage ich, wie schwer die Aufgabe ist. Das gefällt ihm. Also verpetz mich bitte nicht! Mit den australischen Soldaten, die für den Müll zuständig sind, bin ich schon befreundet. Ich kenne sogar das Lieblingsessen ihrer Kinder.«

»Von mir erfährt er nichts.«

»Leider wird das ohnehin bald ein Ende haben. Dann ist alles sortiert und der ganze Plunder ...«, er deutet auf die Kiste, auf der Oskar sitzt, sowie auf zwei weitere daneben, »... wird abgeholt und meine Klavierstunden sind dahin.«

»Spiel weiter, ich wollte dich nicht unterbrechen.«

»Tust du nicht, außerdem ist der alte Kasten sowieso verstimmt. Ich wollte gerade aufbrechen. Der Appell.«

»Da musst du mal die Embritz-Brüder fragen. Die bringen dir das Instrument wieder auf Vordermann.«

»Menschenskind, natürlich. Die Wiener Philharmoniker ... Da hätte ich auch selbst draufkommen können.«

»Na los, spiel etwas, ich kann ein wenig schöne Musik gerade gut gebrauchen.«

Der Schwabe wird rot, verschränkt seine Finger, biegt sie, bis ein leises Knacken zu hören ist, und beginnt behutsam von Neuem.

»Eine Ode von Debussy«, kündigt er schwelgerisch über die ersten Klänge hinweg an.

Oskar schließt die Augen und lehnt sich gegen das Regal hinter ihm. Die Töne klingen, als würden sie aus dem tiefen, hallenden Bauch eines leeren Schiffes dringen. Als würden sie aufsteigen und sinken. Die Melodie erinnert ihn an Java, an Sugar. Sein Atem wird ruhiger, die Terzen und die Brechung der Oktaven des französischen Komponisten, die einfühlsame Interpretation Ellwangers umgeben ihn wie eine schwere Decke.

Oskar steht auf, nimmt sich einen von Termiten angegriffenen Besen und beginnt, ihn im Arm zu wiegen. Kurze, zunächst verhaltene Bewegungen. Wie im Schlaf gleitet er mit dem Feger durch den Raum. Ellwanger blickt über seine Schulter, und wieder lächelt er. Seine schwarzen, vermutlich von ihm selbst geschnittenen Haare wippen, als er das kränkliche Elfenbein unter seinen Fingern fester bearbeitet. Ungelenk dreht Oskar sich hinter ihm im Kreis.

Hör nicht auf, kleiner Schwabe, hör jetzt bloß nicht auf.

Der Raum um Oskar beginnt zu kreisen: Karosserieteile, Schleifpapierreste, ein Spielzeugaffe, eine rostige Säge, Kartons mit Werkzeugmüll.

Ein wohliger Schwindel.

Gili würde sich vor Lachen biegen. Und ich würde ihre Zahnlücke sehen. Oder nein, leise applaudieren, das würde sie.

Debussys Geist schwebt durch Ellwanger, und Oskar steht auf einer Lichtung im Urwald. Alles ist still, nur die Musik spielt, Ellwanger am Klavier mitten im Dschungel, und er daneben. Licht sammelt sich über den Baumwipfeln, der Himmel ist klar und blau und endlos tief, ein kreisrunder Ausschnitt über ihnen. Langsam mischen sich die Geräusche des Urwalds mit der Melodie des Franzosen.

Und dann, als würde jemand immer neue Kulissen herbeischieben, sieht er Gili, wie sie durch den Busch vor ihm herrennt; sie rennt und rennt, ist verschwunden, sitzt auf dem Motorrad; er sieht es, als würde er neben der Ariel herlaufen, sieht, wie sie die Maschine steuert, steuert und dabei eine Kretek in ihre Zahnlücke klemmt, wie sie die Kretek raucht und lacht.

Sie konnte rauchen und gleichzeitig laut lachen.

Auch Bilder von Sugar steigen in ihm auf. Hinter ihm seine in fahles Licht getauchte Veranda, die schaukelnde Bank mit der Markise darüber, die die Einheimischen Canopy Swing nannten, und sein Freund mit gelockertem Schlips und einer ins Gesicht baumelnden Haartolle. Und dann, wie er angetrunken mit dem Fahrer des Fiat-Balilla-Taxis Späße macht, während die Band in ihrem Rücken eine hawaiische Version von *Auld Lang Syne* anstimmt. Das Motorrad. Eine Ariel Square Four. Das Balilla-Taxi.

Als er die Augen öffnet, bleibt Oskar abrupt stehen.

Ellwanger *ist* jetzt Debussy, zuckt vor Ekstase.

Mit einem lauten *Klack* fällt der Besen zu Boden, der Gefangene am Klavier verlangsamt das Tempo und hört schließlich, mit einem verunsicherten Blick auf seinen zu Stein gewordenen Kameraden, ganz auf zu spielen.

»Was ist los? Soll ich lieber etwas anderes vortragen? Ich habe auch Chopin auf Lager. Oder was Zeitgenössisches.«

Doch Oskar hört ihn nicht, spricht, als würde er seine eigenen Worte in der Hand wiegen: »Ellwanger, mein lieber, kleiner Schwabe, darf ich dir eine Frage stellen?«

ENDEN

Zweihundertsiebenundsiebzig.

Bis zum Gemeinschaftshaus. Ebenso bis zum Beet des Blauen. Mehr als letzten Donnerstag. Vor einigen Wochen hatte Oskar damit angefangen, seine Schritte zu zählen, sie an den Markierungen des Lagers abzumessen, an den immer gleichen Wegen zur Kantine und Cafeteria, zur Latrine und zu den Beeten, oder wie jetzt zu Klaphake.

Ich brauche mehr Schritte als in der vergangenen Woche, in der ich mehr brauchte als in der davor. Nur eines von vielen Zeichen, wie sehr meine Kraft nachlässt.

»Ich hoffe, ich störe nicht?«

»Nein, nein, kommen Sie herein, Speck. Ich musste nur gerade etwas zu Ende bringen.« Klaphake verstaut ein Blatt Papier in einer Schublade und widmet sich sofort wieder seinen Aufgaben.

Oskar hält sich an einem der Regale fest, nestelt an einer rostigen Zange herum. Die stickige Luft, das stille Chaos in der Hütte, der jaulende Drehstuhl, der jede von Klaphakes Bewegungen kommentiert, all das ist wie immer. Erst als Oskar sich setzt und räuspert, wird Klaphake auf seinen nervösen Arbeitskollegen aufmerksam. Er streckt sich, stöhnt, und für einen Moment herrscht eine unangenehme Stille, während das schräg durch das Fenster fallende Sonnenlicht der Kammer eine diesige Atmosphäre verleiht.

Draußen vor der Tür ziehen drei Häftlinge vorbei. »... dann kannst du sicher auch darauf blasen, Mädchen«, gefolgt von polterndem Gelächter.

»Ich ...« In den letzten vierzehn Stunden hat Oskar diesen Moment Dutzende Male durchgespielt, doch jetzt, da er gekommen ist, hat er Anlaufschwierigkeiten. »Ich muss Sie um etwas bitten.«

»Was Ernstes?«, fragt Klaphake und verschränkt die Hände vor seinem Bauch.

Nicken.

»Sie wollen fliehen und ich soll Ihnen dabei helfen.«

Oskar sieht ihn erschrocken an.

»Du lieber Himmel, sieht man mir das an?«

»Ich hatte eigentlich erwartet, dass Sie schon früher mit so einer Idee aufwarten würden.«

Oskar schluckt und nickt erneut.

»Sind Sie mir böse?«

»Nein, weswegen? Weil Sie türmen wollen und mir hier keine Gesellschaft mehr leisten? Das ist in der Tat schade, aber ehrlich gesagt, Sie stöhnen bei der Arbeit. Wichtiger ist: Sind Sie vorbereitet?«

»Ich habe die ganze Nacht wach gelegen und bin alles durchgegangen.«

»Ihr Plan ist erst wenige Stunden alt?«

Entrüstung liegt in Klaphakes Stimme.

»Ja ... Nein. Im Grunde habe ich seit meinem ersten Tag hier überlegt, wie ich ausbrechen kann. Aber jetzt muss ich. Und gestern kam der perfekte Plan ganz von allein zu mir. Ich musste nur alle losen Enden zusammenknüpfen. Doch ich benötige Ihre Hilfe, sonst geht es nicht.«

Klaphake sieht ihn lange unverwandt an. Dann beugt er sich vor.

»Sie brauchen mich für die Appelle.«

»Kann ich von Ihnen verlangen, mich an ein, besser an zwei Morgen und Abenden krankzumelden?«

»Können Sie. Wann soll das Ganze stattfinden?«

»In zwei Tagen! An Silvester.«

Klaphakes Augenbrauen heben sich wie ein Theatervorhang.

»Ich hatte gehofft, Ihre Gegenwart noch etwas länger genießen zu dürfen. Aber es ist, wie es ist. Das Datum ist hervorragend. Alle werden abgelenkt sein. Wie ich hörte, ist eine große Feier im Gemeindehaus geplant. Ich nehme an, es wird nur einen Versuch geben?«

Oskar bejaht und sieht Klaphake ernst an.

Das Licht in der Kammer ist trüb geworden, ein unter der Türritze hindurchpfeifender Wind ist Vorbote dunkler Wolken.

»Für die nächsten Tage ist ein Sturm angekündigt.«

»Von mir aus könnte ein Erdbeben angekündigt sein, ich muss trotzdem hier weg.«

»Verstehe.«

»Leider gibt es da noch etwas.«

»Raus damit.«

»Ich brauche für meinen Plan einen kräftigen Mann. Es müssen unauffällig einige schwere Dinge aus dem Schuppen geschleppt werden, Sie wissen schon, das kaputte Häuschen bei der Sickergrube. Dort stehen derzeit drei große Kisten, und aus einer davon müssen die Gegenstände entfernt und entsorgt werden. Die Grube ist dafür perfekt geeignet, genauso wie die alte Öltonne, die gleich daneben steht. Es ist wichtig, dass alles möglichst unsichtbar verschwindet. Ich selber werde leider nichts beseitigen können, ich habe Putzdienst und darf unter keinen Umständen auffallen. Schönborn hat mich ohnehin schon auf dem Kieker. Das Geld vom Vortrag ...«

Klaphake klopft seine Fingernägel aneinander.

»Das könnte ein Problem werden. Ich bin dafür, weiß Gott, nicht geeignet. Meine Wirbelsäule quietscht, wenn ich einen Eimer Farbe auch nur ansehe. Tut mir leid, da werde ich Ihnen nicht helfen können.«

»Natürlich«, flüstert Oskar und vergräbt sein Gesicht in den Händen. Durch seine Finger sieht er, wie auch Klaphake seinen Schädel massiert.

Plötzlich schreckt der Wissenschaftler hoch.

»Bertram! Er wird uns helfen. Ich gebe ihm andauernd derartige Aufträge, um ihn bei Laune zu halten. Er wird den Unterschied gar nicht bemerken.«

»Es muss jemand sein, der nichts ausplaudert.«

»Zeigen Sie mir einen Gefangenen, der sich gerne mit Bertram unterhält, und ich zeige Ihnen einen Lügner. Außerdem: Bertram hat Mühe zu verstehen, wann es Essen gibt, wie sollte er etwas so Diffiziles wie einen Fluchtplan begreifen? Ich werde ihm sagen, es wäre ein Gefallen für Sie. Wenn ich recht darüber nachdenke, eignet sich der Mann sogar perfekt. Niemand wird ihn ansprechen, wenn er etwas durch die Gegend karrt. Womit wir aber zu der interessantesten Frage kommen: Wie bitte, verflucht, wollen Sie fliehen?«

Oskar lächelt entschuldigend.

»Es gibt leider noch einen dritten Gefallen, den Sie mir erweisen müssten.«

Damit man sie so kurz vor der Ausführung des Plans nicht zusammen außerhalb des Schuppens sieht, wankt Klaphake gute einhundert Meter vor Oskar durch die um sie herum aufwirbelnden Staubwolken des Lagers. Das Humpeln des Wissenschaftlers erinnert ihn an jenen Tag vor knapp einem Jahr, als Klaphake mit Bertram die Anhöhe zu den Beeten der Embritz-Brüder heraufgestolpert kam. Jetzt tanzt sein langes Haar um seinen Kopf, seine schwarze Jacke und die ausgebeulte Hose flattern wie Fahnen und lassen ihn von hinten aussehen wie ein Ungeheuer, das den tosenden Wind selbst heraufbeschworen hat. Oskar spürt Sentimentalität in sich aufsteigen.

Ein weißhaariger Arachnologe aus Haus 17 eilt an ihnen vorbei, die Augen wie immer auf den Boden geheftet in der Hoffnung, endlich eine Rotrückenspinne zu finden. Ansonsten kreuzen kaum Mithäftlinge ihren Weg, die wenigsten wagen sich bei dem an Wucht gewinnenden Sturm vor die Tür. Der Wind fegt ihnen den stinkenden Atem der nahen Destillerie ins Gesicht.

Als sie in der Kammer stehen, sieht Klaphake sich um.

»Und?«

»Gestern war ich zufällig hier«, sagt Oskar, »und als ich diese drei Kisten gesehen habe, wurde mir schlagartig klar: Wenn ich an den Wachen nicht vorbeikomme, wenn ich also nicht gewaltsam türmen kann, dann muss ich *mit* ihnen fliehen.«

»Ich fürchte«, Klaphake wischt sich Haare aus dem Gesicht, »ich kann Ihnen nicht ganz folgen. Soll ich Sie als australischen Wachmann verkleiden?«

Oskar winkt ab.

»Ellwanger, unser kleiner Schwabe, arbeitet derzeit jeden Tag hier und spielt nebenher ein wenig Klavier. Gestern hat er mir erzählt, dass viermal im Jahr Schrott aus Tatura abgeholt und mit einem Laster nach Wangaratta transportiert wird.« Er hebt den Deckel einer Kiste an und wühlt mit den Händen in ihrem Inhalt, dass es scheppert. »Niemandem wird etwas auffallen, wenn anstelle dieses Unrats ein Mensch in einer der Truhen liegt und wenn dieser Mensch mitten auf der Fahrt vom Laster springt.« Oskar räuspert sich. »Ich habe mich gestern Abend davorgelegt und es ausprobiert. Wenn ich die Beine anziehe, passe ich mit einer kleinen Tasche hinein.«

In der Ferne kräht leise Langenbachs Stimme.

Klaphakes Blick gleitet nachdenklich über die Kisten, dann knurrt er: »Und eine davon soll Bertram für Sie leerräumen?«

»Korrekt.«

»Sie werden auf der Fahrt ersticken.«

»Werde ich nicht. Sehen Sie die großen Nägel, an denen der

Rahmen befestigt ist? Ich habe die Spitzen an der Innenseite heute Vormittag abgefeilt. Einmal auf dem Laster und in voller Fahrt, werde ich sie von innen herausstoßen und so Luftlöcher schaffen.«

Klaphake krault seinen Bart, während Oskar weiterspricht.

»Einziger Nachteil ist, dass ich mich bereits mindestens eine halbe Stunde vor Abfahrt in die ungemütliche Position werde begeben müssen. Ellwanger hat gesagt, die Fahrer, die die Kisten abtransportieren, kommen um elf. Ich werde mich um zehn Uhr dreißig hineinlegen und eine Decke über mich ziehen. Sie müssten dabei sein, um etwas von dem kleineren Müll auf mir zu verstreuen und den Deckel zu schließen. Dann haben Sie ausreichend Zeit zu verschwinden.«

Der Wissenschaftler nimmt seine Brille ab, betrachtet sie, pustet ein Haar von einem der Gläser und putzt sie anschließend.

»Was ist? Was sagen Sie?«

»Ihr Plan«, er setzt die Brille behutsam wieder auf, »ist nicht besonders gut ...« Ohne es zu wollen, lässt Oskar seine Schultern sinken. »... aber ein besserer fällt auch mir nicht ein, also sehen wir mal, wie weit Sie damit kommen.«

»Mit einer solchen Einstellung vermutlich bis zur Tür.«

»Nun seien Sie nicht beleidigt, nur weil ich meine Bedenken äußere und überlege, wie man aus einem gewagten einen brauchbaren Plan machen könnte. Ich habe nicht gesagt, es ist unmöglich. Und ich werde Ihnen helfen. Aber es gibt einige Unwägbarkeiten. Zunächst muss ich Bertram erklären, warum er den Müll in die Sickergrube werfen soll. Er führt penibel einen Kalender über seine Aufgaben, weil er sich an die meisten nicht lange erinnert. Aber das sollte ich hinbekommen. Ahnt Ellwanger etwas?«

»Ich habe ihm erzählt, ich würde für meine Frau gerne ein Lied einstudieren, um es ihr nach dem Ende der Gefangenschaft als Geschenk vorzuspielen. Dafür bräuchte ich Zeit zum Üben, habe ich ihm gesagt. Er hatte nichts dagegen, mir den Schuppen für einige

Tage zu überlassen. Zumal ich angedeutet habe, dass ich bei Schönborn ein gutes Wort für ihn einlegen würde. Ich schäme mich etwas für die dreiste Lüge.«

Klaphake macht eine Wischbewegung durch die Luft, die Nichtigkeit dieses Gedankens verdeutlichend.

»Sie werden draußen auffallen.«

»Ich nehme saubere Ersatzkleidung mit. Außerdem habe ich noch eine Lesebrille von Francesco.«

»In unserer Kammer«, sagt Klaphake, weiterhin nachdenklich, »liegt ein Filzhut herum. Den können Sie gerne haben.«

Als Oskar ein amüsiertes Kopfschütteln des Wissenschaftlers wahrnimmt, der weiterhin die Kiste betrachtet und damit eindeutig den Plan – oder vielleicht auch nur die Chuzpe – honoriert, ist er sich zu einhundert Prozent sicher, dass seine Flucht keine achtundvierzig Stunden später reibungslos verlaufen wird.

Bis die Sache mit Schönborn passiert.

LAKRITZ

Sie sprechen über Frauen. Während er sich anzieht, hört Konstanty den Männern des Hauses 54 eine Weile zu, bis sein Gehirn ihn auf eine seltsame Analogie hinweist: Die deutschen Häftlinge reden über Frauen, wie sie über Fußball sprechen. Es geht um Angriff, um rüde Fouls, um Tore und Spielgewinn als einziges Ziel, um schmutzige Tricks und Schweiß, den Schulterschluss mit anderen Männern und die Notwendigkeit, nach dem Abpfiff möglichst schnell zu duschen und in die nächste Kneipe zu verschwinden, um wieder unter ihresgleichen redseliger werden zu können. Wobei für die meisten, so hört er heraus, eine körperliche Reinigung nach dem Liebesakt keine Notwendigkeit darstellt.

Mürrisch schreitet er durch das Lager, flucht innerlich vor sich hin.

Vermutlich sollte ich froh sein.

Hatte man ihn nicht, seit er vor Monaten im Gemeindehaus das falsche Empfehlungsschreiben Hitlers in die Luft gehalten hatte, in Ruhe gelassen? Ihn von nichtigen Aufgaben verschont und im Gegenteil fast wie einen der sogenannten Führer behandelt? Er konnte sogar den ganzen Tag im Lager umherspazieren, statt zu arbeiten, ohne dass jemand dies mit Murren quittiert hätte.

Aber was nützt es? Konstanty, du Tor! Hier, an diesem Ort? Dabei könnte es so einfach sein. In Deutschland könntest du mit Speck abendelang im Reichssender über dessen Erlebnisse sprechen.

Spannend und unterhaltend zugleich und eine hervorragende Werbung für das Reich. Zerstreuung für die kriegsgeschundenen Gemüter, für die Daheimgebliebenen. Du könntest dir gemeinsam mit dem Kerl die Bälle zuspielen, wie ihr das alles eingefädelt habt.

Er würde, überlegt Konstanty, gute Miene zum Spiel machen müssen und all den Ärger vergessen, den der Mann ihm eingebrockt hatte. Doch sobald ihn und Speck ganz Deutschland, ja ganz Europa kennen würde, könnte man den Ruderer formidabel in den Krieg schicken. Womöglich würde er ein paar Monate überleben, dann bühnenreif eine letzte Märtyrertat begehen und schließlich schlagzeilenträchtig krepieren. Er selbst, dann längst wieder Konstanty von Stäblein, würde als Heldenmacher reüssieren und sogar diesen abgebrochenen Sellerie von Tschammer würde er auf diesem Weg hinter sich lassen.

Konstanty sieht sich um und stöhnt, schaut auf seine Uhr. Bis zum Mittagessen sind es noch über drei Stunden. Metallischer Lärm dringt an sein Ohr.

Die einzige Voraussetzung, dass sich dein jahrelanges Ausharren bezahlt macht, ist, dass Oskar gesund bleibt. Das ist alles. Mehr muss er nicht tun. Nur nicht sterben. Himmel, das ist doch nicht so schwer!

Alle paar Wochen hört er diesen ansonsten so verschlossenen Mann über die letzten Ausläufer seiner nicht enden wollenden Malaria sprechen. Und das fehlte nun wirklich noch, nach all der Zeit: Oskar Speck stürbe im Nirgendwo beim Nichtstun!

O nein, der Kerl muss gesund bleiben.

Träge bewegt sich Konstanty auf das leise Scheppern zu, schlendert um einen Busch herum und steht auf einmal neben Bertram, der, umringt von einem Hofstaat an Fliegen, Überreste wertlosen Krempels aus einer Schubkarre abwechselnd in eine Tonne und ein Erdloch gleich daneben wirft. Der Behinderte greift nach zerschlissenen Sandalen, zersprungenen Töpfen und anderem Unrat und befördert alles in die Sickergrube oder das Metallfass, wo die Dinge mit einem tiefen, metallischen Wummern aufschlagen.

Als er Konstanty sieht, erschrickt Bertram, hebt den Arm zum Hitlergruß, wendet dabei aber seine Handinnenfläche gen Himmel, sodass es aussieht, als wolle auf etwas am Horizont deuten.

»Lass mal gut sein«, sagt Konstanty erschöpft und setzt sich auf einen ein paar Meter entfernten, vor Rost krummen Stuhl.

»Kannst du mir helfen? Hier mir hiermit helfen?«, brummt Bertram.

»Nein.«

Konstanty zündet sich eine Zigarette an.

»Komm schon, Konst-Konstantin, hilf mir«, insistiert er und schmiert Stirnschweiß in seine Haare.

»Nein.«

Wütend schleudert Bertram das abgetrennte Bein einer Zange in die Tonne.

»Was machst du da eigentlich?«

»Darf ich nicht sagen.«

»Aha. Geheimauftrag des Führers, was?«

Bertram konzentriert sich, immer noch wütend, greift nach dem verbeulten Scharnier einer Tür.

»Ist sicher enorm wichtig, wenn sie *dich* dafür abgestellt haben.«

Der Angesprochene lächelt verlegen.

Von weit weg dringen die nicht zu entziffernden Worte Langenbachs durch die Wüstenluft.

»Sag mal, du siehst doch den Klaphake und Oskar des Öfteren in eurer Kemenate. Ist der Speck da auch immer so verschlossen? Mit dem kommt man ja kaum ins Gespräch.«

»Weiß nich.«

Er wirft das Scharnier in die Tonne.

»Weißt du nicht. Toll.« Konstanty sieht sich um. »Der Oskar hat ja nun einiges erlebt, viel durchgemacht. Dem muss man eigentlich helfen, findest du nicht?«

Bertram zuckt mit den Schultern.

»Ich schon. Am besten wäre, man hilft ihm mit einer Sache, bei der er Hilfe wirklich gebrauchen kann. Was sind denn seine Schwächen? Wie kann man ihm denn mal was Gutes tun?«

»Weiß nich.«

»Ah ja, hatte ich vergessen.« Konstanty drückt seine Zigarette aus und steht auf. »Also gut. Ich helfe dir. Aber denk noch mal drüber nach. Irgendeine Sache muss es doch geben, etwas, bei dem wir ihn unterstützen können. So wie ich dich jetzt. Also, was soll ich machen?«

»Müll muss hier in die Grube. Aus Kiste im Schuppen. Muss vom Schuppen hierher.«

Auf einmal muss Bertram lachen.

Konstanty schnappt sich die Schubkarre.

»Lustig, was? Der kleine Konstanty mit der Fistelstimme muss richtig ranklotzen. Weißt du was? Ich fühle mich heute formidabel. Ich hol dir deinen Müll aus der Kammer, und du überlegst in der Zeit, was wir für Oskar tun können.«

Das Singen in seinen wenigen Muskeln bereitet Konstanty tatsächlich Freude. Ladung um Ladung schiebt er zu dem die Sachen abwechselnd in die Tonne und in die Sickergrube schleudernden Bertram.

Als sie fertig sind, lässt er sich auf den Stuhl fallen, schnauft durch.

»Also? Sag's mir: Was braucht Oskar? Wie wollen wir ihm helfen?«

Bertram erstarrt. Mit offenem Mund scheint er nachzudenken. Doch es kommt keine Antwort, und Konstanty wendet sich zum Gehen.

»Hätte ich wissen müssen.«

»Ich glaube, er ... Ich glaube, ich weiß was. Eine Sache will er g-g-ganz dringend.«

»Ja?«

»Ja.«

Bertram dehnt die Antwort.

»Raus mit der Sprache.«

»Aber keinem verraten.«

»Ehrenwort. Komm schon.«

Bertram sieht sich um.

»Der mag gern Lakritz. Kannst ihm Lakritz besorgen. Da freut er sich-ch-ch.«

Konstanty blickt die Steppe hinauf. Nickt. Im Gehen sagt er: »Das ist exzellent, Bertram, wirklich! Lakritz, klasse Idee.«

»Bist du böse?«, ruft ihm Bertram hinterher. »Nicht böse sein, bitte. Ist nicht schlimm, wenn du kein Lakritz, kein Lakritz hast. Du hast doch Oskar schon geholfen.«

»Natürlich habe ich kein Lakritz«, ruft Konstanty, ohne sich umzudrehen. »Wo zum Teufel soll ich ...«

»Nein, nein, hast du doch, hast doch Oskar schon geholfen.«

Bertram schmeißt einen kleinen Karton mit alten Schrauben in die Grube, und als er sich zur Schubkarre umdreht, bemerkt er, wie Konstanty stehen geblieben ist und nachdenklich hinüber zu der Müllkammer blickt.

GRANDEZZA

Wo einen Tag zuvor der tobende Sturm noch feinen Staub und Dreck von den Balken der Wellblechbaracke rieseln ließ, herrscht nun wieder drückende Hitze, die Luft in Haus 54 klebt. Oskar legt sich auf seine Pritsche und tut so, als überprüfe er die Funktionalität seiner Armbanduhr. Frederick Embritz fächelt sich mit einem nassen Lappen Luft zu. Zwei der drei Ventilatoren sind defekt, ein Techniker wurde für den Nachmittag des 2. Januar angekündigt.

Ein Mann, den ich nie kennenlernen werde.

Waldemar Kalbach unterhält sich mit Truchses und Ricklisch leise über den von Langenbach verkündeten Beitritt Rumäniens zum Dreimächtepakt und das verheerende Erdbeben, das die Bevölkerung der neuen Partnernation kurz zuvor heimgesucht hat.

Oskar dreht ein weiteres Mal lustlos die Uhr in seiner Hand herum, als er eine Gestalt am Fußende seines Bettes erkennt.

»So, Pinocchio, Zahltag«, sagt Schönborn und stemmt dabei beide Hände in die Taille. Seine Stimme ist gelassen, geschmeidig, aber gerade laut genug, um die Aufmerksamkeit der gesamten Baracke auf sich zu ziehen.

»Bitte?«

»Jetzt tu nicht so. Ich habe es dir schon ein paarmal gesagt. Du schuldest mir immer noch das Geld von deinem Vortragsabend. Ich habe mir das mal ausgerechnet. Müssten zweihundertdreiundzwanzig Königsschillinge sein.« Er lacht. »Oder du gibst mir einfach all deine Fressalien für die nächsten einhundertsechzig Tage. Also?«

»Tut mir leid. So viel hab ich nicht. Ich könnte es ansparen, aber ...«

»Dafür ist es ein bisschen spät, nicht wahr? Ansparen. Wie lange soll ich mir das noch gefallen lassen?«

Als Oskar nicht antwortet, zieht Schönborn eine Kiste mit Oskars Habseligkeiten unter der Pritsche hervor, wühlt lustlos darin herum. Er greift ein Unterhemd und dann eine kurze Hose heraus.

»PoW, überall diese Stempel mit PoW. Prisoner of War, als ob unsereins das nicht wüsste. Bei mir waren es zwei Hemden, zwei Unterhemden, zwei Schlafanzüge, drei Taschentücher und ein Paar Socken. Das müssen die mir ersetzen. Die Stempel sind säurehaltig, das geht nicht mehr raus.«

»Wir könnten uns in den nächsten Tagen ja mal zusammen beschweren. Vielleicht ...«

Während er spricht, wühlt Hauke Schönborn weiter, holt die Wayang Kulit aus der Kiste.

»Ah, das Schmuckstück. Keine Ahnung, was das ist, aber als Anzahlung soll es mal gut sein. Drei, vier Königsschillinge, was meinst du? Besser als wie nüscht, würden unsere zwei Berliner Goldstücke sagen, wa?«

Oskar setzt sich aufrecht hin.

»Nein, entschuldige, aber das kann ich dir nicht geben.«

Der Führer fängt schallend an zu lachen, zeigt mit dem Daumen auf Oskar.

»Kann er mir nicht geben, der Witzbold. Würde es dir wehtun, das mit einem Lächeln zu sagen?«

»Ich kann dir die Puppe leider nicht geben, Hauke.«

»Ich kann *Ihnen* das nicht geben, Herr Führer«, bellt Schönborn. »Und was du mir gibst oder nicht, entscheidet nur einer, und das bin ich. Du scheinst es wirklich nicht zu begreifen, was?

Weil ich ein netter Mensch bin, belassen wir es heute mal bei einer kleinen Lektion. Los, hoch mit dir.«

Schönborn hat sich im Mittelgang postiert. Die übrigen Insassen verfolgen seine Rede reglos auf ihren Betten sitzend.

Lass die Tirade über dich ergehen. Bald ist Nachtruhe. Einmal noch.

Ächzend zieht Schönborn den Gürtel aus seiner Hose und fährt mit einer Hand der Länge nach über das Leder.

»Mauern genug, um jemanden wie dich daran zu richten, gibt es hier ja eigentlich. Aber leider fehlen uns die Mittel. Nehmen wir also, was wir hier vorfinden. Stell dich in den Gang, Speck, und zieh die Hose runter.«

»Hauke, hör mal ...«

»Das heißt *Mein Führer*, verdammte Scheiße«, brüllt Schönborn plötzlich, und Spucketropfen fliegen aus seinem Mund. »Beweg deinen Arsch in den Gang, Q61!«

Vorsichtig drückt sich Oskar an Schönborn vorbei. Der Führer von Haus 54 lässt den Gürtel einmal zur Probe gegen eine Pritsche knallen.

»Die Hose!«

Oskar wagt es nicht, die anderen Häftlinge anzusehen, die das Geschehen starr und betreten verfolgen. Nur Ricklisch macht seiner Erheiterung durch die Nase Luft. Langsam tastet Oskar den Bund seiner Khakihose ab, öffnet den Knopf, als er aus den Augenwinkeln eine Bewegung wahrnimmt.

»Lass das.«

Ein Mann kommt hinter ihnen den Mittelgang entlang.

Schönborns Blick ist auf Oskars Rücken geheftet. Falls er ihn überhaupt gehört hat, ignoriert er den Störenfried.

»Los, Speck, weiter«, knurrt er.

»Hör auf damit.«

Konstantys Stimme klingt, als hätte er seine Worte vorher durch ein Sieb rinnen lassen. In aller Seelenruhe schlendert er auf die beiden Protagonisten des Schauspiels zu, seine Finger schieben geduldig braune Tabakfussel auf ein Blättchen.

»Was soll der Quatsch?«, faucht Schönborn seinen Hausgenossen an. »Leg dich hin und halt dir die Ohren zu, wenn du den Angeber nicht schreien hören willst.«

»Zieh dir den Gürtel wieder an, du siehst albern aus.« Wäre es nicht so still in Haus 54, liefe Konstanty Gefahr, nicht gehört zu werden. »Leg die Puppe zurück und lass uns alle einen ruhigen Abend haben, ja?«

»Halt die Klappe, Stab, sonst kannst du dich gleich dazustellen.« Konstanty stellt ein Bein auf eine der Pritschen, lehnt sich darauf, leckt an dem fertigen Produkt seiner Arbeit und klopft seufzend die Zigarette auf seinem Handrücken fest.

Einen Moment lang sieht Schönborn Konstanty an wie zufällig neben ihm gelandeten Taubendreck. Dann beginnt er ehrlich erstaunt zu nicken. Seine Zähne greifen nach seiner Unterlippe, und das Nicken wird ein erheitertes Kopfschütteln.

»Du glaubst mir nicht, was? Du meinst, ich hätte nicht die Courage, neben diesem Feigling auch noch so eine aufgeblasene Puderdose wie dich zu vermöbeln. Da hast du dich leider geschnitten.«

Der Führer von Haus 54 versucht, Konstantys entspanntem Blick standzuhalten und gleichzeitig mit winzigen Bewegungen seiner Iris nach seinen Verbündeten Bohlen, Truchses und Kalbach zu fahnden.

»Ach, Hauke, reg dich nicht so auf. Leg dich hin, schlaf ein wenig. Ist 'ne anstrengende Zeit für uns alle.«

Ohne weitere Vorwarnung greift Schönborn nach Konstantys Kragen und zieht ihn zu sich.

»Ich bin nicht dein Lakai, Stab. Im Gegenteil, *ich* führe hier das Regiment. Und wenn du es darauf anlegst, dass ich dich vor allen Leuten rundmache, dann tue ich das. Da kannst du einen drauf lassen, du kleine, miese Tunte. Dein Hitler-Brief ist hier nichts wert, verstehst du?«

Kein Laut, nicht einmal das Summen einer Fliege, ist in Haus 54 zu hören.

Konstanty schielt auf Schönborns Faust, die sich langsam lockert und ihn schließlich loslässt. Dann richtet der Kleinere von beiden seinen Kragen, streicht sich eine in Unordnung geratene Strähne glatt und verstaut seine Zigarette in der Brusttasche seines Hemdes. Mit aufreizender Grandezza schreitet er hinüber zu Schönborns Bett. Ein lässiger Tritt unter die Pritsche bringt die Kiste des Führers von Haus 54 zum Vorschein. Der Hutleader ist verstummt und verfolgt mit bebendem Kinn, wie sich Konstanty hinabbeugt, einen Taschenspiegel herausnimmt, ihn aufklappt und sich, sein Konterfei musternd, über sein makellos glattes Kinn streicht. Dann legt er den Spiegel zurück und fischt ein Buch aus dem Holzkasten.

»*Die Elenden.*« Überrascht und nachdenklich zeigt er die Lektüre in die Runde. »Victor Hugo. Hat die Trauerrede auf Balzacs Beerdigung gehalten, wusstest du das, Schönborn?«

Der Angesprochene sagt kein Wort, seine Augen brennen Löcher in Konstanty.

Als Nächstes zieht der Blonde eine zerknickte Kladde aus der Kiste, die aussieht wie ein Tagebuch, und als er sie aufklappt, fällt eine Fotografie zu Boden. Er hebt sie auf, wendet sie zweimal und runzelt die Stirn.

»Ist das ...? Das kann doch nicht ...?« Konstanty tut so, als müsse er ein Lachen unterdrücken. »Ist das deine Frau?«

Schönborn macht einen Schritt nach vorne.

»Lass Else da raus, um die geht es hier nicht.«

»Die sieht aus wie herannahendes Gewitter. Hat sie etwas Falsches gegessen vor der Aufnahme?«

Zwei Männer grinsen, doch keiner wagt es zu lachen.

»Leg das Foto wieder in mein Heft und das Heft zurück in meine Kiste, Stab. Ich warne dich, sonst ...«

»Sonst?«

»Sonst bekommst du Ärger, wie du ihn noch nie hattest.«

»Sonst bekomme ich Ärger. Vom Schönborn. Oho. Haben dich meine Worte gekränkt? Das wollte ich nicht. Oder wollte ich es doch? Wie mir scheint, wird der zarte Fehdehandschuh Ironie manchmal auch von Minderbemittelten aufgelesen. Du darfst mir diese kleine Invektive nicht übel nehmen, Schöni.«

Oskar verfolgt ungläubig die Vorstellung und wie der zierliche Mann einen theatralischen Laut von sich gibt.

»Und jetzt will Schöni also Ärger machen.« Konstanty von Stäblein klingt, als würde er mit sich selbst sprechen. »Weißt du, meine Arroganz hat nichts Zufälliges. Sie keimt immer dann in mir auf, wenn sich jemand besonders dämlich anstellt, und vor allem, wenn diese Dämlichkeit in meine Richtung weist. Persönliche Beleidigungen und körperliche Drohgebärden, wie du sie dir gerade geleistet hast, stehen auf meiner Sanktionsskala leider ganz oben. Also, Hauke Schönborn, sag mal, wie sieht das denn aus, wenn man mit Hauke Schönborn Ärger bekommt?«

Zwei Schritte, und der Führer steht vor Konstanty, in einer Hand immer noch der Gürtel, die andere zur Faust geballt, die Handknöchel weiß vor Anspannung, nur noch Zentimeter von Konstantys Gesicht entfernt. Dessen Mimik ist die eines gelangweilten Bibliothekars.

»Komm schon, Hauke, lass gut sein.« Heribert Bohlen versucht, von der Seite beruhigend auf Schönborn einzuwirken. »Das hat doch keinen Sinn.«

»Der hat meine Else beleidigt. Dem hau ich eine rein.«

Bohlen fasst Schönborn vorsichtig am Arm, doch der Hutleader reißt sich los, ohne Konstanty aus den Augen zu verlieren. Dann flüstert Heribert Bohlen ihm etwas zu, das Oskar im ersten Moment nicht hören kann, bis Konstanty es für alle Anwesenden phonetisch ins Reine überträgt.

»Heribert hat recht. Mit Fäusten löst man keine Probleme.« Seine Worte klingen, als würden sie aus dem Jenseits in die Weltblechbaracke schweben. »Fäuste schaffen nur welche, Hauke. Macht ist, wenn man nicht drohen muss.«

Der Angesprochene ist einen Moment lang verwirrt, was Konstanty ausnutzt, um ihm mit einer gezielten, schnellen Bewegung sein Knie zwischen die Beine zu rammen. Mit einem dumpfen Laut geht Schönborn zu Boden, und Konstanty tritt ein zweites Mal an dieselbe Stelle. Anschließend ordnet er mit zwei kaum erkennbaren Gesten in Richtung des Häftlings Ricklisch die Beschaffung eines Stuhles an, der wenige Sekunden später neben Schönborn platziert wird.

»Quid verba audiam, cum facta videam?«, resümiert Konstanty mitleidig, als der Stuhl neben Schönborn steht. Der Hutleader krümmt sich auf dem Boden und legt schützend eine Hand auf seine Genitalien.

»Was das heißt, kannst du später mal mit deiner linken Hand in einem Latein-Wörterbuch nachschlagen. Auch Klavier spielen lässt sich einhändig, Schönborn, die *Nocturne für die linke Hand* von Alexander Skrjabin zum Beispiel.«

Ein Kopfnicken Konstantys, und Waldemar Kalbach und Heribert Bohlen treten hervor, greifen sich Schönborn, zwingen ihn, seinen Arm auszustrecken und breiten seine rechte Hand flach auf dem Boden aus. Um Erbarmen flehend, versucht der Führer sich zu wehren, wohl wissend, dass es längst zu spät dafür ist. Konstanty nimmt sich Hugos Roman vor, befeuchtet seine Fingerspitzen, blättert und reicht, als er eine passende Stelle gefunden hat, das Buch mit einem winzigen »Bitte« an Kalbach, zieht es jedoch sofort wieder zurück, nachdem er mit einem raschen Blick Otto Ricklisch als korpulenter einstuft, und händigt stattdessen ihm das Werk aus.

»Otto, lies doch bitte die Passage in diesem altruistischen Schmierenstück, in der Valjean am Krankenbett dieser Frau ...«, er kratzt sich an der Innenseite seines Ohres, »... ah ja, wie er bei Fantine verhaftet wird. Am besten, du setzt dich dafür. Na komm, mach's dir gemütlich.«

Betont höflich klopft der kleine Blonde auf die Sitzfläche des Stuhles. Dann wendet er sich von den Geschehnissen ab, als wolle er etwas so Abstoßendes nicht mit ansehen, und schenkt stattdessen Oskar ein Lächeln, das dem so Bedachten den Magen umdreht.

Schönborn winselt, Hand und Kopf auf dem Boden liegend. Tränen der Empörung, der Angst rinnen von seiner Wange und verschmieren den Staub. Ricklisch rückt ein Stuhlbein auf Schönborns Handrücken zurecht, bis es genau in der Mitte platziert ist. Er richtet seinen Blick unsicher auf Konstanty, wartet ein knappes Nicken ab, konzentriert sich auf die Buchseiten, seufzt laut auf und lässt sich mit Aplomb auf das Möbelstück unter ihm fallen.

INSEKT

Statt Schönborn führt an diesem Morgen Konstanty von Stäblein, routiniert und mit heiterer Ruhe, um zwanzig nach sechs den Morgenappell für das Haus 54 durch. Oskar schafft es nur unter größter Anstrengung, in der aufkommenden Hitze gerade stehen zu bleiben. Zwei Tage zuvor noch, auf dem Rückweg von der Kammer und Ellwanger, hatte er sich vorgenommen, die Nacht vor der Flucht früh, tief und möglichst lange zu schlafen.

Als die Männer nach dem Appell ihren Beschäftigungen nachgehen, legt jemand von hinten eine Hand auf Oskars Schulter: »Die haben für nachher schon wieder einen Sturm angesagt. Ein Glück, würde der jetzt schon toben, wäre ich mit meiner Fistelstimme gar nicht zu den Männern durchgedrungen. Ich war gestern nicht zu ruppig zu Schönborn, oder?«

»Konstantin, Morgen. Ich ... ehrlich gesagt ...«

»Nein, es war einfach genug. Ich finde, Hauke trägt selbst ein gerüttelt Maß Verantwortung für seine Situation. Oder wie meine Oma zu sagen pflegte: Schuld eigene. Ab und zu muss man auch mal den Advocatus diaboli spielen.«

Schon hat ein anderer Häftling Konstantys Aufmerksamkeit erregt, und der gibt Oskar einen Klaps auf die Schulter und eilt davon.

Ich muss raus aus diesem Wahnsinn, aus diesem Irrenhaus.

Mit einem wehmütigen Gefühl im Bauch steht Oskar wenige Minuten später vor Klaphakes Schuppen.

Ein letztes Mal.

Er vergewissert sich, dass er unbeobachtet ist, klopft an und wartet, bis der Wissenschaftler ihm öffnet.

Einen Moment lang stehen sie sich gegenüber, keiner von beiden weiß etwas zu sagen.

Klaphake legt sein Kinn auf die Brust und mustert Oskar über den Rand seiner Brillengläser, die, wie immer, mit einem matt klebrigen Fettfilm bedeckt sind. Dann bittet er ihn stumm hinein.

»Habe gehört«, sagt Klaphake und schlurft hinter Oskar her, »es gab gestern Abend einen Tumult bei Ihnen in der Baracke. Man munkelt, der kleine Stab habe sich Schönborn vorgenommen, sei nicht gerade zimperlich mit ihm umgegangen.«

»So kann man es formulieren. Es würde zu lange dauern, Ihnen das zu erklären. Fest steht, die Männer sind abgelenkt, es kann alles wie geplant stattfinden. Mehr müssen Sie nicht wissen.«

Klaphake gibt einen zufriedenen Laut von sich.

»Kaffee?«

Stumm lehnt Oskar ab, nimmt auf seinem angestammten Hocker Platz und legt seine Hände zwischen die Knie.

»Ich wollte mich von Ihnen verabschieden. Wir werden später keine Gelegenheit mehr dazu haben.«

Klaphake schweigt und blickt ihn lange unverwandt an. Als er zu sprechen beginnt, klingt seine Stimme müde.

»Als Sie vorgestern zu mir kamen, hier hereintraten, hatte ich gerade einen Brief an meine Frau beendet. Ich habe vom guten Essen hier geschwärmt, von den wundervollen Gesprächen mit allen Insassen und wie oft ich über den geistreichen Humor der anderen Häftlinge lachen muss. ›Trude‹, habe ich geschrieben, ›ich habe eintausend neue Freunde fürs Leben gefunden.‹«

Ein bitteres Lächeln legt sich auf Oskars Gesicht.

»Meine Frau hat einen fabelhaften Sinn für Humor, es wird sie amüsieren – und hoffentlich ein wenig trösten. Allerdings, was Ihre Person betrifft, habe ich keinesfalls übertrieben. Und ich würde

Sie, wenn Sie es erlauben, gerne als Freund über diese Zeit hinaus ansehen. Ganz gleich, was heute, morgen oder danach mit uns beiden geschieht.«

Verlegen mustert der Hamburger den Boden, der ihm schmutziger vorkommt als an den meisten Tagen der letzten zwölf Monate.

»Vor einigen Wochen«, fährt Klaphake fort, »habe ich erfahren, dass Trude schwer erkrankt ist und Melbourne, wie es scheint, nicht mehr verlassen wird. Ich habe es Ihnen ja schon gesagt: Ich werde meine Frau nicht mehr wiedersehen. Nicht lebend und auch nicht tot.«

Oskar bemerkt, wie Klaphake nervös mit seinen Fingern auf die Armlehne tippt. Der Wissenschaftler hat Mühe, seine Sätze zu Ende zu bringen.

»Den australischen Behörden bin ich mit meinen Vorschlägen, Erfindungen und Maschinen längst suspekt geworden. Vor zwei Wochen hat man mir jeden weiteren Briefkontakt untersagt. Als kleine perfide Überraschung hat mich die Lagerleitung nur Tage später zum Assistenten des Blauen gemacht. Fortan darf ich also mit ihm *anderer* Leute Briefe im Lager verteilen. Und mein Klumpfuß ... Aber darüber wollte ich gar nicht mit Ihnen sprechen.« Er wirft Oskar einen eiligen Blick zu. »Bitte, machen Sie nicht so ein Gesicht. Derlei Bestrafungen, all diese spitzfindigen, billigen Kindereien ziehen an mir vorbei wie Nebel. Mich bekommt diese Bande nicht klein. Die Australier nicht und die Unsrigen gleich gar nicht. Jetzt, wo ich weiß, dass Sie bald ein freier Mann sein werden. Womöglich widersetze ich mich dem Befehl einfach. Denn wissen Sie, junger Freund, wenn die Tage, die einem bleiben, in so deutlicher Unterzahl denen gegenüberstehen, die man bereits auf der Erde verbracht hat, lahmt der Gehorsam manchmal etwas.«

Klaphake kichert, dann bleibt sein Mund kurz offen stehen, und Oskar sieht, wie ein Spuckefaden im Windzug seines Atems vibriert.

»Schon bei unserer ersten Begegnung, oben bei den Embritz-Beeten, dachte ich mir, dass Sie vermutlich mehr können, als nur eine Pergola aus Schrott zu bauen. Es ist erstaunlich, wie schnell man sich ein Urteil über Menschen erlaubt, nicht wahr? Ich möchte gar nicht wissen, was Sie von mir gedacht haben in jenem Moment.«

»Nun, ich ...«

Klaphake hebt seine Hand.

»Wir haben keine Zeit. Ich habe Ihnen das nie so deutlich gesagt, aber ich glaube Ihnen die Geschichte Ihrer Reise. Wieso sollten Sie so etwas erfinden und eine Blamage riskieren, wie Sie sie im Gemeinschaftshaus erlebt haben? Sie waren bescheiden genug, nie damit anzugeben, haben aber, zu meinem Bedauern, nach Ihrem Vortrag nur wenig von den interessanten Dingen erzählt, die hinter Ihnen liegen müssen. Sie werden Ihre Gründe dafür haben. Ich wünschte, wir hätten uns an einem anderen Ort und unter anderen Umständen kennengelernt, und ich könnte Ihren Ausführungen über Ihre Abenteuer lauschen, während ich Trude bei einer Tasse Tee in Mah-Jongg schlage.«

Mit geübtem Griff befördert Klaphake den Bügel seiner Brille in den Mundwinkel. Er kaut darauf herum, dann zeigt er damit auf Oskar.

»Ich werde Sie wie besprochen unterstützen, das Werkzeug drapieren, die Kiste schließen, alles kein Problem.« Eine Pause entsteht, mit zittriger Hand setzt er die Brille wieder auf. »Im Gegenzug würde ich Sie gerne um einen einzigen Gefallen bitten. I know, it's keine Kleinigkeit, aber es ist das Einzige, was mir noch wichtig ist. Und es ist mir sehr wichtig. Extremely sogar.«

Der Wissenschaftler schiebt stumm einen länglichen Umschlag an den Rand seines Schreibtisches.

»Bringen Sie meiner Frau diesen Brief von mir. Bitte.«

Das Dokument liegt zwischen ihnen wie ein seltenes Insekt.

»Es ist mein letzter Wunsch. Ein letzter Kontakt mit Trude. Auch wenn er einseitig ist. Mehr erwarte ich nicht von diesem Leben.«

In Freiheit wachsen Menschen über sich hinaus, erinnert sich Oskar an Mark Twain, *in Gefangenschaft werden sie klein und unbedeutend.*

»Die Adresse habe ich außen vermerkt, eine Zeichnung, wo sich unser Haus befindet, gebe ich Ihnen mit. Ich weiß, es steht mir nicht zu. Aber ich würde mich freuen, wenn Ihr erster Weg in Freiheit zu ihr führt. Ich weiß nicht, wie lange sie noch hat.«

Stumm nimmt Oskar den Brief an sich. Als er die Adresse studiert, schließt er die Augen. Dann öffnet er sie wieder und lächelt Klaphake an.

»Versprochen.«

»Aber ich möchte Sie auf Ihrer Flucht auf keinen Fall in Gefahr bringen, in Melbourne wimmelt es zurzeit vermutlich von Polizisten und Soldaten ...«

»Ihre Frau wird meine erste Anlaufstation sein. Sobald ich einigermaßen in Sicherheit bin.«

Vorsichtig steht Oskar auf.

»Eigentlich bin ich auch gekommen, um mich zu bedanken. Also bringe ich es besser schnell hinter mich: Vielen Dank, werter Klaphake, und alles Gute. Ich werde Ihnen von meiner Reise erzählen, bei einer Tasse Tee. Sie ahnen nicht, was alles passieren kann. Glauben wir beide daran. Es ... Es war mir ein Vergnügen und eine Ehre.«

Oskar nimmt das Schreiben an sich, öffnet die Tür und tritt ins Freie. Sofort pfeift ihm heftiger Wind um die Nase.

»Speck!« Der Wissenschaftler eilt humpelnd und mit erhobenem Finger hinter ihm her, drückt ihm einen weiteren gefalteten Zettel in die Hand und schließt seine Finger darum.

»Was ist das?«

»Das sollten Sie nicht verlieren. Nachdem Sie Trude den Brief gebracht haben, gehen Sie zu der hier vermerkten Adresse. Es handelt sich um das Haus eines Freundes von mir, dem man vertrauen kann. Sein Name ist Ted Neasham. Er ist Australier und in der Lage,

Sie außer Landes zu bringen. Sie erwähnten einst, Sie würden am liebsten nach Surabaya zurückkehren.«

»Momentan tendiere ich eher zu Sydney.«

»Neasham ist einer der Männer, die im Hafen von Melbourne die Strippen ziehen, es wird ihm keine große Mühe bereiten, Sie auf das richtige Schiff zu verfrachten, ganz egal, wohin Sie wollen. Auf der einen Seite steht seine Anschrift, auf der anderen habe ich ein paar Zeilen an ihn gerichtet. Womöglich kann er Ihnen sogar einen gefälschten Ausweis besorgen.«

»Wenn ich«, Oskar sieht sich um, senkt seine Stimme, »also, wenn ich es nicht schaffe, kriegen Sie mich morgen mit Messer und Gabel zum Frühstück. Wenn wir scheitern, übernehme ich die Verantwortung. Wenn es schiefgeht, ist dies *meine* Flucht, Sie sind zufällig im Schuppen, oder besser noch, Sie haben versucht, mich von einem Ausbruch abzuhalten. Haben Sie verstanden? Wiederholen Sie es. Wenn … Na los: Wenn…«

Klaphake lacht trocken in sich hinein, erst leise, dann lauter.

»Wenn. Mein lieber Herr Speck, das ist wirklich gut: Wenn!«

»Was meinen Sie?«

»Als Philipp der Zweite mit seinem Heer kurz vor Sparta stand, hat er, der Legende nach, folgende Botschaft in die Stadt gesandt: *Wenn ich euch besiegt habe, werden eure Häuser brennen, eure Städte in Flammen stehen und eure Frauen zu Witwen werden.*«

Oskar runzelt die Stirn.

»Und wissen Sie, was die Spartaner geantwortet haben?« Ein Lächeln erscheint auf Klaphakes Gesicht. »*Wenn!*«

REISSZWECKE

Oskar schließt die Augen und hofft, die Welt um ihn herum ist verschwunden, wenn er sie wieder öffnet.

Irgendwo in weiter Entfernung vermeldet Langenbach in zackigem Ton, dass im Atlantik deutsche U-Boote neun Schiffe des britischen Geleitzugs HX-90 sowie den Hilfskreuzer *Forfar* versenkt haben, und aus den Baracken brandet Jubel auf. Doch nichts davon nimmt Oskar wahr. Er steht in der Müllkammer, vor ihm die drei geöffneten Kisten.

Er zuckt zusammen, als Klaphake hinter ihm hereinkommt. Mit der flachen Hand deutet er auf die Truhen – jede von ihnen so leer wie das Innere eines Luftballons –, stemmt die Hände in die Hüften und wendet sich ab.

Klaphake sieht sich um.

»Oh, da, da muss er ... Er muss wohl irgendetwas durcheinandergebracht haben«, stammelt er. »Ich habe Bertram eindeutig gesagt, er soll nur den Inhalt der einen Kiste in die Sickergrube werfen.« Er krault seinen Bart. »Kommen Sie, wir müssen einen Teil des Mülls wieder zurückschaffen. Wenn Sie tragen, fülle ich...«

»Dafür haben wir keine Zeit mehr«, sagt Oskar, ohne ihn anzusehen.

Der Wissenschaftler streicht mit seinem Mittelfinger wiederholt eine Augenbraue glatt.

»Was ist mit den Sachen, die auf den Regalen und auf dem

Boden liegen? Könnten wir nicht sie anstatt der entsorgten Dinge in die Kisten schmeißen?«

»Nein, die sind alle zu leicht. Außerdem würde das auffallen. Wenn ich Ellwanger richtig verstanden habe, kennen die Fahrer den Schuppen sehr gut. Eine komplett leere Kammer würde sie misstrauisch machen.«

»Wie spät ist es?«

Beide Männer schauen auf die Uhr. Neun Uhr und zweiundfünfzig.

»Haben Sie den Brief an Trude?«

»Ja, ich habe den Brief an Trude«, stößt Oskar durch zusammengepresste Lippen hervor, »aber das nützt mir gerade herzlich wenig.«

»War nur eine Frage. Also, was machen wir? Wir haben keine Zeit!«

»Das weiß ich, werter Herr Klaphake, und Sie sind es, der...«

»Sie wollen doch nicht etwa aufgeben? So kurz vorm Ziel.«

»Ich hätte es alleine planen sollen«, murmelt Oskar.

Klaphake hat es gehört und schnauft: »Ja natürlich, ein Genie wie Sie hätte das alles alleine im Handumdrehen hinbekommen. Und jetzt schieben Sie das Fehlschlagen Ihres hanebüchenen Plans einem geistig Behinderten in die Schuhe.«

Unter Klaphakes letztem Wort fliegt hinter ihnen, vom Wind zusätzlich gestoßen, die Tür auf und zwei Männer stürmen herein.

»Pünktlich wie die Nutten am Zahltag. Wo ist denn der Patient?«

Seinen Bruder im Schlepptau, steuert Frederick Embritz direkt auf das Klavier zu, stolpert über einen leeren Karton, flucht und wischt, am Klavier angekommen, etwas Staub vom Korpus. Er greift einen Akkord.

»Aua, klingt wie gesalzener Kaffee, da hat Ellwanger nicht übertrieben. Aber Hans macht daraus in 'ner halben Stunde 'n Bechstein, wa, Hanse?«

Sein Bruder, der hinter der geschlossenen Tür stehen geblieben war, bemerkt, wie der Wissenschaftler Oskar anstarrt, als wolle er ihn hypnotisieren. Beide wenden sich von den Berlinern ab, und Klaphake gibt Oskar mit dem Kopf ein Zeichen, auf das der mit sanftem Kopfschütteln reagiert.

»Stören wir?«, fragt Hans Embritz leise.

»Einen Moment!«

Klaphake macht einen Satz und greift Oskar am Arm. Humpelnd zieht er ihn an den Brüdern vorbei ins Freie. Im lauten Wind vor der Kammer packt er Oskar an beiden Schultern.

»Ich weiß, dass Sie dasselbe denken wie ich«, ruft Klaphake.

Keine Reaktion.

»Zwei Fliegen mit einer Klappe.«

Oskar schüttelt den Kopf: »Das Risiko ist zu hoch.«

»Haben Sie eine andere Lösung?«

»Haben Sie bemerkt, dass Frederick keinen Schritt machen kann, ohne etwas in Unordnung zu bringen oder zu zerstören?«

»Was kann er in eine Kiste gepfercht schon anstellen? Außerdem wird Hans auf ihn aufpassen.«

Klaphakes Haare wirbeln über sein Gesicht.

»Was, wenn die beiden gar nicht fliehen wollen?«

»Sie wissen genauso gut wie ich, dass die Kerle hier rauswollen. Wie alle anderen auch.«

»Ich kann das nicht. Mit anderen zusammen. Das geht nicht. Ich ...«

»Sie haben keine Wahl, Speck. In einer Stunde kommen die Wärter und holen alles ab, Sie haben keine Zeit, einen anderen Plan umzusetzen, den Sie noch nicht einmal kennen. Alles wäre wahnsinniger, als diese beiden gutmütigen Berliner mitzunehmen.«

Oskar duckt sich vor umherwirbelndem Dreck, dem tosenden Wind, legt schützend eine Hand über seine Augen, auch um den Blickkontakt mit dem Wissenschaftler zu vermeiden.

»Auf keinen Fall.«

Klaphake starrt ihn an, dann wendet er sich ab, läuft humpelnd davon.

»Moment. Jetzt warten Sie doch.«

Der Riese macht kehrt und streckt Oskar seine offene Hand entgegen.

»Geben Sie mir den Brief an Trude. Die Kisten haben sich gerade vor Ihren Augen mit genau dem Gewicht gefüllt, das wir benötigen. Aber Sie sind ja stur wie eine Brandungswelle.«

Oskar greift nach dem gefalteten Papier in seiner Gesäßtasche. Erwidert Klaphakes Blick.

»Sie werden drei Leute beim Appell krankmelden müssen.«

»Hat es alles schon gegeben. Die Sommergrippe.«

Als sie in die Kammer zurückkehren, stehen Hans und Frederick Embritz am Klavier und tun so, als würden sie sich mit dem Instrument beschäftigen.

Oskar hustet trocken.

»Also gut, wir haben nicht viel Zeit, daher muss ich direkt zur Sache kommen. Ich werde fliehen und ich würde euch gerne mitnehmen.«

Frederick bedenkt seinen Bruder mit einem »Siehste«-Blick.

»Ich will ehrlich mit euch sein, so war das eigentlich nicht geplant. Aber ich hoffe, ich kann euch vertrauen, und ... und ihr würdet mir damit gewissermaßen einen Gefallen tun.«

Einen Augenblick lang herrscht Stille im Schuppen. Dann meldet sich Frederick vorsichtig zu Wort.

»Also, ick wär dabei. Seit gestern Abend leg ick wirklich keinen Wert drauf, auch nur eine Minute länger hierzubleiben. Hanse, du doch auch nicht.«

»Wann?« In der Miene seines Bruders liegt Skepsis.

»Jetzt. Sofort«, sagt Oskar.

»Der Plan von Herrn Speck ist hervorragend«, mischt sich Klaphake ein und vermeidet Blickkontakt mit den Berlinern. Eilig setzt er hinzu: »Ich werde Ihnen helfen, dass alles gelingt.«

»Wie?«, fragt Hans stoisch.

»Herr Klaphake«, sagt Oskar, zeigt auf die leeren Kisten und muss fast ein wenig lächeln, »wird mir unsichtbar machen, wa. Und euch auch.«

»Du bist ja wohl 'n total ausgekochter Fuchs, du schlitzohriger Schweinehundbandit, ist dit dein Ernst?« Mit einem Satz ist Frederick bei Oskar und knufft ihn in den Arm. »Aber ick hab noch ja nich gepackt.«

»Bitte?«, zischt Oskar.

»War 'n Scherz, Mensch, lass dir in Watte wickeln. Von mir aus kann's losgehen, ick sitz wie auf Kohlen.«

Ein misslungenes Zwinkern mit zwei zugedrückten Augen.

»Hans?«

»Normalerweise wäre ich dagegen ...«

»Hanse, Mensch ...«

»Aber ...« Er sieht seinen Bruder an. »... jetzt kann ich's ja sagen: Frede und ick haben auch schon an einem Plan gearbeitet. Aber bisher is nüscht Konkretes bei rumgekommen. Mein Bruder würde nämlich seine Ilse gerne wiedersehen. Und ick meine Kleene auch. Also von mir aus, versuchen wir's.«

Klaphake atmet erleichtert aus, während Oskar sich seine Stirn mit dem Ärmel trocknet. Er erklärt den Berlinern, wie alles ablaufen soll, und wirft anschließend einen Blick auf die Uhr. Acht Minuten nach zehn. Aus einer Ecke zieht er ein paar alte Decken hervor.

»Herr Klaphake wird diese hier über uns legen und darauf einige kleinere Sachen verteilen, sodass wir, sollte jemand die Truhen öffnen, nicht zu sehen sein werden. Fängt aber jemand an, in den Kisten zu wühlen, sind wir Geschichte.«

Von draußen sind ein Knarren und das Heulen des Windes zu hören. Sie lauschen, und als nichts passiert, fährt Oskar fort.

»Ich erwarte, dass wir um spätestens zehn nach elf außerhalb der Lagermauern sein werden. Sobald es einige Minuten ordentlich unter uns rumpelt, können wir die Nägel von innen wegstoßen. Leider ist die Zeit zu knapp. Ich werde für eure beiden Kisten nur noch ein oder zwei Nägel abfeilen können. Aber um etwas Luft zu bekommen, sollte es reichen. Ich würde dafür plädieren, weitere zehn bis zwanzig Minuten zu warten, bevor wir dann auf dem Laster die Kisten verlassen. Wie ich herausgefunden habe, werden wir zu einer Müllhalde ein ganzes Stück nördlich von hier fahren, wir dürften also reichlich Zeit haben. Am besten, wir springen getrennt voneinander ab und laufen dann in verschiedene Richtungen. Auf diese Weise werden sie mehr Mühe haben, uns zu finden.«

Eilig beginnt Oskar, die Nägel in den für die Berliner vorgesehenen Kisten abzufeilen, während Klaphake und die Embritz-Brüder Plunder zusammensuchen, den der Wissenschaftler über sie ausstreuen wird. Als alles bereit ist und die Brüder in ihren Truhen liegen, hilft Oskar, die beiden Kisten zu präparieren. Er hebt die an der Seite angebrachten Griffe an, um das Gewicht zu prüfen, legt bei dem schlankeren Hans noch zwei zerbrochene Backsteine hinzu und anschließend sich selbst in die eigene Kiste.

Gerade will der Wissenschaftler auch über ihm die Klappe schließen, da schiebt Oskar seine Decke ein paar Zentimeter beiseite, drei rostige Tischbeine aus Metall kullern von seinem Bauch.

»Danke. Wir sehen uns bei einer Tasse Tee und Mah-Jongg.«

»Viel Glück, Sie werden es brauchen.«

Ein Schweißtropfen gleitet aus seinen Haaren, als Klaphake den Deckel über Oskar zufallen lässt.

Die Luft in seiner Kiste ist stickig und so heiß, dass es Oskar schwerfällt, auch nur einen langen Atemzug zu nehmen. Außerdem hat er brennenden Durst. Klaphake ist gerade erst verschwunden, da spürt er bereits keine trockene Stelle mehr an seinem Körper. Alles klebt, und dort, wo es nicht klebt, juckt es. Oskar versucht sich zu entspannen, durch die Nase zu atmen, doch die gedrungene Haltung, die Konzentration und die Ungewissheit lassen seine Beine zittern, als er ein Geräusch hört.

Die Ladebracke des Lasters.

In der makellosen Dunkelheit schließt er die Augen. Er spürt ein Husten in sich aufkeimen, das er in der über ihm ausgebreiteten Decke zu ersticken versucht.

Nach einer weiteren Minute – oder sind es zwei? – hört er, wie die Tür ins Schloss fällt.

Sie sind zu früh, ein Segen. Wie gut, dass auch wir rechtzeitig hier waren. Kaum auszudenken, was passiert wäre, wenn …

Klaviertöne.

Ach du Scheiße, Ellwanger.

Eine kaum vernehmbare Melodie.

Verschwinde, kleiner Schwabe, hau einfach wieder ab.

Das Instrument verstummt. Noch im selben Moment hört Oskar das Quietschen der Scharniere. Das grelle Tageslicht schmerzt seine Augen, als der Deckel seiner Kiste aufgerissen wird. Auch die anderen beiden werden eilig geöffnet. Jemand zieht die Decken beiseite, Metallspulen, Schrauben, Unrat kullert unter die Männer in die Kisten. Langsam steigt Oskar aus seiner Truhe, Hans und Frederick tun es ihm gleich.

»Herrschaften, wir haben ein Problem.«

Wenn eine Reißzwecke sprechen könnte.

»Oskar, Herr Klaphake war so freundlich, mir von deinem Plan zu erzählen. Zumindest das Wichtigste.«

Konstanty lächelt priesterlich. Er hat auf dem Klavierhocker Platz genommen, die Beine übereinandergeschlagen, die Hände sorgfältig darauf drapiert, in seiner Rechten eine merkwürdige Pistole in der Form einer Pfeife. Er ist allein.

»Das Lager konveniert dir also nicht. Hätt ich wissen müssen, dass du mir schon wieder davonrennen willst. Sapere aude, nicht wahr?«

Oskar deutet auf Konstantys Pistole.

»Wo hast du die her?«

»Es ist immer besser unter- als überschätzt zu werden, findest du nicht? Der alte Schrat hat gesagt, sie würden euch um elf Uhr abholen, also müssen wir uns etwas sputen. Er war etwas maulfaul, aber ich brauchte gar nicht so viele Informationen. Ich kenne dich nämlich, Oskar, ich kenne dich besser, als du denkst. Du schuldest mir übrigens noch zehntausend Reichsmark von deiner misslungenen Wettfahrt nach Zypern. Sagt dir der Name Gerlich etwas?«

»Woher kennst du Karol?«

Die Embritz-Brüder verfolgen gebannt das Geschehen, und Konstanty fährt fort.

»Karol, genau, so hieß er, der sanfte, rote Rebell. Wie heißt es so schön: Den hat der liebe Gott mit einem Lasso geholt. Und seitdem sind seine Schulden die deinen. Ich bin euer Vermieter, Oskar. Du kannst mir glauben, ich war erstaunt, dich hier zu treffen. Und alles nur, weil dein Kamerad zu feige war und du zu dämlich, deinen Vorsprung ins Ziel zu retten.«

»Spinnst du? Was erzählst du da? Karol war nicht feige. Und ich war als Erster auf Zypern.«

Oskar spuckt seine Worte.

»Warst du nicht. Der Sieger hieß Henri May.«

»Er hat betrogen!«

»Leider haben wir keine Zeit, darüber zu debattieren.« Konstanty wischt mit seiner freien Hand etwas Staub vom Klavierhocker. »Du hättest alles haben können. Und jetzt? Niemand wird jemals von deiner Rekordfahrt erfahren, und niemand wird je wissen, dass ich …« Er ist aufgestanden, zieht mit der Pistolenhand sein Hemd gerade und beginnt dozierend durch den Raum zu wandern. »Du bist so ein Ahnungsloser. Ich habe für dich bei den Reichen und Mächtigen antichambriert, Oskar. Ich hatte alles unter Kontrolle, nur deine maliziösen, geisteskranken Aspirationen nicht.« Er öffnet die Tür des Schuppens einen Spaltbreit, späht hinaus – pfeifender Wind dringt hinein –, schließt sie wieder und wendet sich erneut den Männern zu. »Es hätte ein Märchen werden können. Die Leinwand deiner krankhaften Ich-Bezogenheit, die du über die Jahre aus mir nicht ersichtlichen Gründen auf einen immer größeren Rahmen gespannt hast, hätte ich mit Hochachtung für das Geleistete bemalt, in ein Kunstwerk verwandelt. Aber du hast es vorgezogen, sie mit weißer Tünche für immer zu löschen. Und ich Blödmann rette dich selbst hier im Lager noch zweimal vor dem Mob. Naiv, wie ich bin, habe ich noch immer an das Gute im Menschen geglaubt, dachte: *Natürlich, der Oskar, das Mindeste, was er tun wird, ist, dich mitzunehmen, wenn er flieht.* Denn dass du fliehst, war mir sonnenklar, nur nicht, wann und wie. Ich kenne dich ganz genau, Oskar.«

Verachtung blitzt aus seinen Augen, als er die Brüder begutachtet.

»Stattdessen willst du diese zwei Paradiesvögel mitnehmen, die nicht mal imstande sind, einen geraden deutschen Satz zu formulieren. Das ist bitter, das muss ich sagen. Noch habe ich die Hoffnung nicht aufgegeben, dich zur Vernunft zu bringen, aber das können wir besprechen, wenn wir draußen sind.«

Mit einem plötzlichen Griff packt Konstanty Oskars Handgelenk und schaut für ihn auf die Uhr.

»Euch bleiben drei Minuten, um zu entscheiden, wer von den Brüdern die Reise absagt. Dann haben wir noch vierzehn, um uns in die Kisten zu legen. Ich sage es euch besser gleich, ich scheue nicht davor zurück, einen, zwei oder euch alle drei zu erschießen. Oskar wird bei der Flucht am nützlichsten sein, er muss mit! Also ...« Mit flatternder Hand bedeutet er den Brüdern, ihre Wahl zu treffen, während er sich abwendet und zum Klavierhocker zurückkehrt.

»Ick bleibe hier«, sagt Hans und verzieht dabei keine Miene. »Du kannst in meine Kiste.«

»Sehr weise«, kommentiert Konstanty.

»Hanse, schweig stille, dit wirste nicht tun.«

»Und ob ick ...«

Ein lautes Gepolter vor der Tür unterbricht ihn. Die Männer sehen sich an, und Konstanty bedeutet ihnen, sich ruhig zu verhalten, schleicht zum Fenster und späht vorsichtig hinaus. Er stöhnt. Schließlich dreht er sich um.

»Ihr entschuldigt mich einen Moment. Ich bin gleich wieder da, und dann möchte ich euer Votum hören.«

»Den schnapp ick mir, wenn er wieder reinkommt«, zischt Frederick Embritz leise, als Konstanty, die Tür weit aufgerissen, ins Freie verschwunden ist, doch sein Bruder hält ihn fest.

»Nix wirste, wir regeln dit schon. Auf friedliche Weise.«

Plötzlich hören sie eine dunkle, heiser gebrochene Stimme von draußen.

»Bei der Grube. Ich habe ...«

Und dann, leiser, zwei Halbtöne über dem Klang des Windes: »Bertram, wir sind da drin gerade in einer Besprechung, sei so lieb und ...«

»Oskar? Ist Oskar da?«

Schon tapert Bertram nass geschwitzt, nach Atem ringend, mit hochrotem Kopf und erdverschmiert in die Kammer, bleibt zitternd hinter der Tür stehen. Tränen laufen seine Wangen hinab.

»Hab falsch gemacht. Wolf ist böse mit mir. Spricht nicht mehr mit mir.«

»Ganz ruhig«, sagt Oskar, »das wird schon wieder. Rede einfach noch mal mit ihm.«

»Nein«, jault Bertram, während Konstanty sichtlich genervt hinter ihm zurückkehrt. »Klaphake ist böse. Liegt in der Sickergrube, spricht nicht mit mir. Ist mir wieder eingefallen. War nur *eine* Kiste, war ...«

»Ruhig Blut«, interveniert Konstanty. »Dich trifft keine Schuld, du armer Wicht. Der Greis hat sich quasi selbst gerichtet. War einfach am falschen Ort zur falschen Zeit. Irgendwann wird eben auch der Nützlichste unnütz.«

Oskar macht eine Vorwärtsbewegung, die von Konstanty mit einer verneinenden Geste mit der Pistole unterbunden wird.

»Am besten ...«, Konstanty versucht, die drei Männer vor den Kisten nicht aus den Augen zu verlieren, »... am besten, du gehst wieder in dein Zimmer und ruhst dich ...«

Weiter kommt er nicht. Ein greinender Laut quillt aus Bertrams Mund. Er stolpert einen Schritt nach vorn, greift blind nach einem Gegenstand, zieht diesen – einen mit Farbe und Leim verklebten Spachtel – ungelenk durch die Luft, hackt mit der Waffe auf den blonden, kleinen Mann ein, trifft ihn am Scheitel und reißt mit der Rückwärtsbewegung die scharfe Kante des Werkzeugs diagonal durch Konstantys Gesicht. Der Getroffene stößt einen hellen Schrei aus, hält seine Hände abwehrend vor sich und erkennt so nicht, wie Bertram den Spachtel fallen lässt, um ein auf dem Boden liegendes Rohr zu greifen. Oskar und die Embritz-Brüder kommen den Bruchteil einer Sekunde zu spät. Dickes Metall kracht auf den Hinterkopf des Verletzten, und ohne eine weitere Regung sackt Konstanty von Stäblein zu Boden.

»In Ordnung, Bertram. Ruhig, ganz langsam, beruhig dich.«

Oskar legt seine Arme um ihn. Einen Moment lang tut das seine Wirkung, dann sinkt Bertram schluchzend auf den Klavierhocker.

Oskar sucht den Boden ab, nimmt Konstantys Pistole an sich und wirft sie in seine Kiste. Nur mühsam kann er dem Impuls widerstehen, nach draußen und zur Sickergrube zu laufen.

Hans Embritz kniet neben Konstanty, fühlt seinen Puls.

»Na?«, flüstert sein Bruder.

Hans nickt.

»Und nu?«

Oskars Arm zittert, als er auf die Uhr sieht.

Dreizehn Minuten vor elf.

»Packt mit an«, befiehlt er und greift Konstanty unter den Achseln.

Die Berliner gehorchen, nehmen beide ein Bein des Bewusstlosen.

»Hinters Klavier, wa?«, fragt Frederick ächzend.

»Nein, wir nehmen ihn mit.«

»Was?«

»Der Mann wiegt weniger als ein Grammofon, den legen wir zu mir, in meine Kiste. Er kann nicht hierbleiben. Hinter dem Klavier ist nicht genug Platz, und wir haben keine Zeit mehr. Außerdem wird er zu sich kommen. Braucht vielleicht eine Weile, aber er wird. Und dann ist er besser bei uns als hier.«

»Biste dir da sicher?«

»Nein. Aber so wird es gemacht. Los.«

Hans schüttelt nachdrücklich den Kopf.

»Der wird nicht mit dir zusammen da reinpassen, dit kannste vergessen, Oskar.«

Vorsichtig legen sie den schlaffen Körper auf den Boden. Bertram wimmert leise hinter ihnen.

»Du hast recht. Wir brauchen eine Entscheidung«, sagt Oskar. »Jetzt.«

Ratlos und erschöpft sehen sich die drei Männer an.

»Ist ja längst gefallen«, sagt Hans und verzieht dabei keine Miene. »Ick bleibe hier, wie ick es gesagt habe. Wir stecken den Kerl in meine Kiste.«

»Quatsch. Dit is doch Quatsch is dit doch.«

Fredericks Stimme schwingt wie ein Pendel zwischen Wut und Angst. Sein Bruder packt ihn am Nacken.

»Hör zu, Frede. Ick bleibe hier. Und wenn de dir jetzt wieder in die Hosen scheißt, gibt's Lack. Rinn in deine Kiste.« Er gibt Frederick einen Schubs, hebt Konstantys Füße alleine hoch und fordert Oskar auf, den Oberkörper zu fassen. »Los, rinn mit ihm. Ick sorge schon dafür, dass Bertram wieder in Ordnung kommt.«

Die Männer legen von Stäblein in eine der Truhen, und Oskar sieht sich hastig im Raum um. Als er eine Rolle aufgewickelten rostigen Draht entdeckt, dreht er, so viel und so schnell er kann, davon ab und umwickelt damit Konstantys Handgelenke. Von einer Stoffplane reißt er ein Stück für seinen Mund ab, verknotet den Knebel am Hinterkopf und bückt sich, so dicht er kann, zu dem Gefesselten herab, um sicherzugehen, dass er noch durch die Nase atmet.

Hans wendet sich indes Bertram zu und legt so viel Sanftmut wie möglich in seine Stimme.

»Wir zwei spazieren jetzt zu den Beeten, ganz nach oben, jut?«

Bertram sieht ihn mit geröteten Augen an und nickt.

»Eine Sache noch.« Oskar geht in die Knie, dreht sanft Bertrams Gesicht zu sich. »Das hier muss unser Geheimnis bleiben. Schaffst du das? Wirst du es niemandem erzählen? Niemandem, verstehst du? Dieses Mal ist es wichtig.«

»Warum?«, fragt Bertram, immer noch tränenerstickt, und es klingt wie ein Bellen.

»Wolf«, sagt Oskar und muss schlucken, er lächelt bitter, »Wolf Klaphake hat sich das gewünscht. Es soll unser Geheimnis bleiben.«

Bertram verzieht das Gesicht.

»Ah so.«

Hans drapiert über seinem Bruder, Konstanty und Oskar die Decken und den Müll, schließt die Kisten, schiebt einen mit Kieseln gefüllten Blecheimer über eine blutige Stelle auf dem Boden und bedeutet Bertram, mit ihm zu kommen.

Aus seiner Truhe hört Oskar, wie die Schuppentür geöffnet und, dem entfernten Schnippen eines Fingers gleich, wieder geschlossen wird. Das letzte Bild in hellem Tageslicht, seine Armbanduhr, schwebt vor seinem inneren Auge: vier Minuten vor elf.

Eine Fliege hat sich in seine Kiste verirrt und landet nun, kleine Schleifen drehend, alle paar Sekunden auf seinem Gesicht.

»Oskar«, zischt Frederick aus seiner Truhe.

»Halt die Klappe«, flucht Oskar so leise wie möglich.

»Meinste wirklich, dit klappt?«

Oskar schließt die Augen und verschränkt seine Hände zu einem Gebet. Endlich hört er dunkle Männerstimmen vor dem Schuppen. Dann erneut den Klang der sich öffnenden Tür.

Er verspürt den Drang zu husten, schließt die Augen und hofft inständig, dass Frederick die Ankunft der Fahrer ebenfalls mitbekommen hat. Die Anspannung lässt ihn erstarren. Plötzlich ein Geräusch, dessen Ursprungsort nur Fredericks Kiste sein kann. Deutlich vernimmt er einen metallisch klingenden Stoß, der ein helles Klimpern nach sich zieht.

»Was ist denn jetzt schon wieder, Mike?«, fragt jemand auf Englisch.

Dann ruft ein anderer Mann von weiter hinten, vermutlich von außerhalb des Schuppens: »Geh rein und sieh nach. Ich hab es doch gehört. Laut und deutlich.«

»Du bist so ein verdammter Angsthase, als ob die Viecher dir etwas anhaben können.«

»Halt dein Maul und sieh nach. Du magst kein Rugby, und ich steh nicht auf Ratten, wo ist das Problem?«

Die Fliege landet auf Oskars Nase, zuckt und surrt weiter zu seinem Ohr, wandert ein paar Fliegenschritte hinein. Das Kribbeln ist unerträglich, als er das Schlurfen der Schritte vor seiner Kiste und das Kichern des Mannes vernimmt. In der Dunkelheit wendet er instinktiv seinen Kopf – so langsam er kann – hin zu der Rückwand der Kiste, weg vom Geschehen, ganz so als würde er dadurch besser mitbekommen, was jenseits seiner Truhe vor sich geht.

Was war das?

Es klingt wie ein Tritt gegen eine leere Terpentindose, gefolgt von einem Ächzen, das von einem sich Bückenden herrührt. Oskar zuckt zusammen, als seine Kiste ein paar Zentimeter verschoben wird. Der Geruch kalter Asche und Zigaretten dringt zu ihm vor, dann die Stimme des Mannes, der sich eben noch über seinen Kollegen lustig gemacht hatte, in unmittelbarer Nähe, nur wenige Zentimeter von seinem Kopf entfernt.

»Keine Ratten, keine Schlangen, und deine Alte seh ich auch nirgendwo, kannst reinkommen, du Schisser.«

RANDWICK

Der leise Knall eines Auspuffs.
Jetzt.

Als der Lärm des Motors laut genug ist, schiebt Oskar behutsam die auf ihm verteilten Gegenstände beiseite, befreit sich aus der Decke und hebt, Millimeter für Millimeter, den Deckel an, der ihm zunächst zentnerschwer vorkommt. Sein Arm vibriert im Takt der Straße. Mit zugekniffenen Augen späht er durch das gleißende Tageslicht in wirbelnden Staub, ins Nichts, in die Freiheit.

Vorsichtig lässt er sich auf die Ladefläche gleiten, vergewissert sich, dass in die Wand der Fahrerkabine kein Fenster eingelassen ist, bleibt wie ein toter Käfer auf seinem Rücken liegen und versinkt im Anblick des Himmels, den er noch nie als so schön empfunden hat. Die Adern an seinen Schläfen pulsieren, etwas schlägt an die Innenseiten seines Schädels, sein ganzer Körper klebt, wird fürsorglich von einem Fahrtwind gestreichelt, der sich, wenngleich dick und warm, anfühlt, als wäre er ein riesiger Fächer aus Federn. Am liebsten würde Oskar für immer hier liegen bleiben, das Firmament über sich entlangziehen lassen und nur dieses Blau ansehen, das dem des Meeres in seiner Unendlichkeit, seiner Unergründlichkeit so ähnlich ist.

Das Lagertor hatten sie vor etwa einer halben Stunde passiert. Niemand hatte ihre Kisten kontrolliert, und auch die Nägel konnte Oskar, wie geplant, mühelos nach außen drücken. Er war erleichtert, dass sein Plan aufging. In seiner Kiste schwitzend und keuchend, hatte er zudem inständig gehofft, dass es auch Frederick gelungen war, die Metallstifte zu entfernen, und er und Konstantin Stab genügend Luft bekamen. Der Gedanke an den vermutlich ebenfalls gekrümmt, aber tot in der Sickergrube liegenden Klaphake versetzt ihm einen Stich ins Herz.

Vorsichtig krabbelt Oskar zu Embritz' Kiste, lugt hinein und sieht die Decke, auf ihr lose, rostige Schrauben, ein verbogenes Stemmeisen, zerbrochene Bretter und einiges mehr. Kein Frederick. Er blickt sich um – niemand, nichts außer der restlichen Ladung. Oskar ist verwirrt. Hatte sich der Berliner schon vor ihm befreit? War lautlos abgesprungen? Er dreht sich zu der dritten Kiste um.

Wenn ich Stab hierlasse, wird er ersticken. Doch je eher sie ihn lebendig finden, desto schneller führt er sie zu mir.

Er öffnet die Truhe des Gefesselten, der immer noch ohnmächtig und gekrümmt unter der Decke und einer Armada an Müll liegt. Konstantys Haar ist verklebt wie das eines fiebrigen Pennälers. Eines Pennälers, dessen Kopf mit Blut verkrustet ist. Den Blick auf das Führerhaus gerichtet, zieht Oskar Konstanty vorsichtig auf die Ladefläche. Langsam schiebt er den Bewusstlosen zum Ende des Wagens. Das Buschwerk am Straßenrand ist üppig und dicht, dahinter erstrecken sich Bäume. Er löst die Haken an beiden Seiten der Pritschenbordwand und lässt die Bracke vorsichtig nach unten gleiten. Dann zieht er Konstanty mit einer Hand an dessen Hüfte, hält mit der anderen Hand seine Tasche fest und stößt sich mit den Füßen an einem ausrangierten Amboss ab, sodass ihre Köpfe über die Brüstung des Lasters hängen. Sand, Kiesel und Schotter fliegen knapp einen Meter unter ihren Gesichtern vorbei. Es ist immer noch windig, und Oskar ist froh, dass der Staub des Weges vom langsam abklingenden Sturm und dem Laster ordentlich aufgewirbelt wird.

Ein Ruck und es ist geschafft. Lass dich einfach fallen.

Plötzlich packt eine Hand Oskars Fuß. Er dreht sich um und blickt in das grinsende Gesicht von Frederick Embritz. Der Berliner ruckelt auf Knien neben ihn und Konstanty und legt eine Hand an Oskars Ohr.

»Wollteste wohl stiften gehn, ohne mir Adieu zu sagen, wa?«

»Wo warst du?«

»Hab mich aus meiner Kiste geschlichen und unter der Plane da versteckt. Da hab sogar ick drunter gepasst. Bisschen mulmig war mir aber schon, wär fast an einem deiner Nägel hängen geblieben, den ick nich richtig lösen konnte.«

»Los, spring«, befiehlt ihm Oskar.

»Nix da, du zuerst, Meister. Watt machste mit dem?«

Er deutet mit dem Kinn auf Konstanty.

»Den nehm ich mit. Von der Straße aus muss er dann alleine zurechtkommen.«

»Na, du bist mir 'n Kunde. Also jut. Ick kieke jetzt vorsichtig, ob auf der Gegenfahrbahn ein Auto zu sehen ist, dann geb ick dir 'n Zeichen, und hopp.«

Oskar hebt seinen Daumen.

»Danke, gute Idee. Viel Glück, Frederick.«

»Eens noch.«

»Was?«

»Randwick Pferderennbahn. Kennste die?«

»Frederick!«

»Lass uns da treffen. Dit is in Sydney.« Ratternd wird er seine Idee los. »Ick kenn da Leute. Ick hab mir dit gerade in meiner Kiste überlegt. In vier, fünf Wochen, verstehste? Immer Samstag versuchen wir uns da zu finden. Wenn einer nich da is, kommt er am nächsten Samstag wieder.« Frederick kämpft gegen den Lärm der Schotterstraße an. »Randwick Pferderennbahn, watt sachste?«

»Mensch, Frederick!«

»Da red ick mir 'n Zahn locker und du kiekst bloß dämlich aus der Wäsche.«

»Ja, Randwick, meinetwegen. Schluss jetzt.«
»Ick seh dir wieder!«
Nicken.
Embritz packt ihn an der Schulter.
»Was denn jetzt noch?«, faucht Oskar.
Über dem Krach und dem Rütteln des fahrenden Wagens sieht Embritz ihn ernst an.
»Mach keen Zimt. Die Welt braucht dir noch.«
Dann schleicht er geduckt über die Ladefläche und späht für den Bruchteil einer Sekunde über die Fahrerkabine. Als er sich umdreht und mit einer Handbewegung die Freigabe signalisiert, schiebt sich Oskar mit Konstanty und seiner Tasche noch ein Stück weiter vor, holt tief Luft und lässt sich dann rollend, den Bewusstlosen und sein Gepäck haltend, vom Laster fallen.

Alles dreht sich. Oskar spürt einen brennenden Schmerz in seiner linken Hand und im selben Moment einen von spitzen Kieseln gewürzten Schlag gegen sein Auge, gefolgt von aufflammenden Feuern an Knöchel, Schulter und Becken und einem lauten, widerlichen Knacken.

Der Aufprall ist um einiges heftiger, als er gehofft hatte.

Schwer atmend, braucht Oskar einen Moment, bis er sich wieder bewegen kann. Füße, Arme, sein Becken, sein Kopf – alles tut entsetzlich weh. Seine Verwundungen so gut es geht ignorierend, rappelt er sich auf, kneift das beschädigte Auge zu und zieht eilig, hustend und humpelnd, seine Tasche und Konstanty hinter sich her.

Noch ist genug Staub in der Luft, um darin zu verschwinden.

Er erreicht ein Gebüsch am Straßenrand, lehnt vollkommen erschöpft den Bewusstlosen an einen Baum und bleibt dann selbst daneben liegen.

Einmal noch hievt er seinen stechenden Brustkorb hoch und versucht dem Laster und Frederick hinterherzusehen, doch außer einem leiser werdenden Motorengeräusch ist nichts auszumachen.

Einäugig wendet sich Oskar Konstanty zu, zuckt zusammen und muss unweigerlich eine Hand auf seine Lippen legen. Zum ersten Mal begutachtet er im grellen Licht des Tages das Ergebnis der beiden Katastrophen, die in der letzten Stunde über den kleinen, goldenen General von Tatura hereingebrochen sind. Während der blonde Jüngling in der ummauerten Wüste stets so aussah, als warte er auf seinen Chauffeur, hat Oskar Mühe, in seiner jetzigen Gestalt überhaupt einen Menschen zu erkennen. In Konstantys zerrissenem und verschmutzten Hemd stecken von dem Aufprall seltsam verformte, gefesselte Arme. Die Knochen in seinen Beinen eine eigene Landschaft. Doch es ist vor allem sein Gesicht, das Oskar den Magen umdreht. Kaum mehr als ein verschmierter, braunroter Brei, durch den diagonal ein blutiger Schnitt verläuft. Der Stofffetzen über seinem Mund ist verschwunden und mit ihm, so schätzt Oskar, als er vorsichtig die Oberlippe des Malträtierten anhebt, mindestens sechs oder sieben Zähne.

Angeekelt legt Oskar ein Ohr auf Konstantys Brust, hält eine Hand dicht vor seinen zerklüfteten Mund.

Er tastet die Kleidung des Bewusstlosen ab und findet in einer Hosentasche dessen silbernes Zigarettenetui, verbeult und mit einigen Kratzern. Auf der Vorderseite zieren zwei Blitze den Deckel, in die Rückseite sind in das blanke Metall die Initialen *KvS* eingeprägt. Zitternd hält er die glatte Seite des Etuis an Konstantys Lippen, verharrt, bis sich ein winziger, matter Nebel auf dem Metall ausbreitet.

Bevor Oskar aufbricht, wickelt er die Fesseln von Konstantys Händen ab, stopft sie in seine Tasche und prüft sicherheitshalber noch einmal den Puls des wie leblos Daliegenden. Dann zieht er ihn noch etwas weiter von der Straße weg in die Nähe eines Feldweges, wo er ihn gegen einen Zaun lehnt. Oskar reißt beide Ärmel eines seiner mitgebrachten Hemden ab, knotet sie zusammen und bindet sich den Lappen zu einem schiefen Turban um seinen Kopf, diagonal über das verletzte Auge, die aufgeschürfte Haut des

Jochbeins. Er wirft einen letzten einäugigen Blick auf den ehemaligen Mithäftling und stutzt. Ein paar Meter weiter an einem Pfahl lehnt ein Fahrrad. Er betastet es, prüft die Reifen, kurbelt an den Pedalen, dann steigt er auf, klemmt seine Tasche unter den Arm und fährt, sich nach rechts und links umblickend, unter Stöhnen los, ohne zu wissen, in welche Richtung.

Er ist schon eine Weile unterwegs – immer wieder musste er auch das gesunde Auge schließen, um etwas Erholung zu verspüren, und glitt dann schlingernd und blind auf Feldwegen und an Böschungen entlang –, als Oskar eine Lichtung erreicht, auf der eine Gruppe Blaugummibäume wie aus der Zeit gefallene Straßenlaternen stehen. Hinter einer Reihe Silbereichen erkennt er ein senfbraunes Feld, an dessen Ende unüberschaubares, dichtes Gestrüpp beginnt. Er sieht auf seine Armbanduhr, zielt mit dem Stundenzeiger auf die Sonne und bestimmt die südliche Richtung, die er in der Mitte zwischen dem Zeiger und der Zwölf-Uhr-Markierung ausmacht. Irgendwo dort muss Melbourne und circa einhundertzehn Grad linker Hand Sydney liegen. Eine Grasnarbe, die in ein Waldstück mündet, scheint den Weg dorthin zu weisen.

Er reibt sich die Stirn.

Trude Klaphake oder Gili. Jetzt musst du dich entscheiden. Gili hat wieder geheiratet, sie hat dich längst vergessen. Und es war Klaphakes letzter Wunsch.

Er beginnt, Hautfetzen von seiner Lippe zu ziehen.

Oskar schiebt das Rad zögernd Richtung Gras, Richtung Wald und Sydney. Nach einigen Metern hält er an, dreht um und steigt auf den Drahtesel, tritt fluchend in die Pedale, fährt und fährt, bis es dunkel ist und er schließlich das Fahrrad und sich selbst ins Gras fallen lässt. Und zum ersten Mal seit sehr langer Zeit fühlt Oskar Speck eine tiefe, alles verschlingende Einsamkeit, die er im gleichen unendlichen Maße verabscheut, wie er sie vermisst hat.

CLOCHARD

Misses Adolf Topperwein konzentriert sich. Sie steht auf dem Rasen des Camberwell Clay Target Club mit dem Rücken zu ihrem Gatten, der gute dreißig Meter entfernt einen Lehmbecher mit ausgestrecktem Arm von sich hält. Die korpulente Amerikanerin hebt die Pistole und scheint direkt auf ihren Mann zu zielen, während sie ihr Gesicht weiterhin von ihm abwendet. Ihren Blick hat sie auf einen winzigen Handspiegel gerichtet, in dem sie das hinter ihr befindliche Ziel fixiert. Ein Schuss kracht mit einem fulminanten Echo durch die Parkanlage, der Becher zersplittert, und nach einem Herzschlag angespannter Stille johlt die Menge über den Volltreffer.

Auch Gili klatscht, knufft Lydia gleichzeitig in die Seite und ruft ihr durch den Lärm die Frage zu, wieso man den Vornamen dieser Dame nicht kenne.

»Immerhin«, plärrt Lydia, »wohnen wir hier dem Schauspiel der ›Fabulous Topperweins‹ bei und nicht ›Adolf Topperweins Schieß-Matinee‹. Wir Frauen haben noch einen langen Weg vor uns, Gili.«

Auch Paul Kupfer und Cliff Durst haben sichtlich Freude an dem Spektakel, doch ihr Freund macht auf Gili einen nervösen Eindruck, und schon kurz darauf mahnt er zum Aufbruch.

»Wir haben erst drei Stationen auf unserer Melbourne-Liste abgehakt, Leute! Für Dandenong müssen wir ganz in den Südosten fahren. Und wolltet ihr nicht zum Sonnenuntergang am Albert Park Beach sein? Das schaffen wir nie und nimmer. Es sei denn, ich fahre.«

Cliff bedenkt Paul Kupfer mit einem Hundeblick.

»Jaja, schon gut. Du weißt ganz genau, dass du mit mir machen kannst, was du willst«, sagt Kupfer und schickt ein heiseres Kichern hinterher.

Die heiße Januarsonne brät die kleine Reisegruppe auf dem Weg zum Auto. Sie schlurfen langsam durch den Park, und Cliff nutzt die Gelegenheit, um mit Gili etwas vorauszugehen.

»Was macht Mansfield Park?«

»Na ja, die Bücher haben angefangen zu sprechen, und Faye hat mir eröffnet, dass ein paar Koalas aus der Gegend das Geschäft übernehmen wollen. Was soll der Laden schon machen, Cliff? Und wieso warst du die letzten Wochen nicht mehr da?«

»Darüber wollte ich mit dir reden. Es hat auch mit meinem Geburtstagsgeschenk an dich zu tun. Aber ich weiß nicht, wie ich's anfangen soll.«

»Du redest, ich höre zu. Ganz einfach.«

»Also gut.«

Durst bemerkt, wie die Kupfers aufholen, und er beugt sich zu Gili hinüber, um ihr etwas zuzuflüstern.

»Das ist nicht dein Ernst«, sagt Gili, ohne eine Miene zu verziehen. »Glaubst du an Schicksal? An Geister oder Vorsehung?«

»Nein, wieso? Warte doch mal, das Wichtigste kommt erst noch.«

Erneut hält er Mund und Hand an Gilis Ohr, bis ihre Augen groß werden.

»Gili!« Lydia Kupfer tippt ihr von hinten mit dem zum Sonnenschutz umfunktionierten Regenschirm in den Rücken. »Paul meint, er habe es vorne an der Anzeigetafel gelesen, wie sie heißt, die ... na ...« Sie bleibt stehen und fletscht ihre Zähne. »Verdammt, verdammt, verdammt. Vor einer halben Minute hast du es mir noch gesagt. Nicht mal der Nachname fällt mir mehr ein, dabei hat die Frau noch vor zehn Minuten fast auf uns geschossen.«

»Elizabeth«, murmelt Paul Kupfer, »die Schützin heißt Elizabeth Topperwein. Sei nicht so streng mit dir, wir sind alte Leutchen.«

Gili blickt Lydia besorgt an, dann wieder Cliff.

»Und jetzt?«

»Jetzt weiß ich nicht, was ich tun soll.«

Gili strahlt ihn an.

»Ich schon.«

Es ist kurz vor fünf, und obwohl der Ausflug zum Tontaubenschießen alle etwas müde gemacht hat, gleiten sie in einem rubinroten Hudson zu viert eine breite Straße Richtung Innenstadt. Gili sitzt neben Cliff auf dem Beifahrersitz und knabbert an ihren Fingernägeln. Die Sonne tüncht die Bäume, Häuser und die gelegentlich auftauchenden Geschäftsfassaden in ein helles Orange. Einmal nur durchbricht Gili das Schweigen im Wagen, als sie Cliff auf das Straßenschild mit der Aufschrift »Heidelberg Road« aufmerksam macht und ihm erzählt, dass sie nicht weit entfernt von der deutschen Stadt aufgewachsen sei. Lydia Kupfer lehnt auf der Rückbank an ihrem Mann, der leise schnarcht. Cliff bemerkt es im Rückspiegel.

»Lydia«, sagt er laut und hofft, dass das Signal Paul Kupfer aufweckt, doch der Fünfundsiebzigjährige taucht so tief in seinen Träumen, dass sein Kopf zur Seite kippt, als Lydia sich interessiert nach vorne beugt. »Ich wollte euch etwas fragen.«

»Nur zu. Paul kann ich es nachher erzählen. Wenn ich mich daran erinnere.«

»Also gut, dann hole ich erst mal nur deine Meinung ein.« Er sammelt sich einen Moment, blickt angespannt zwischen Lydia und der Straße hin und her. »Ich wollte immer schon mal nach Amerika, das hatte ich, glaube ich, schon erwähnt. Aber mit dem bisschen, was ich in dem Umzugsunternehmen verdiene, ist da nichts zu machen.«

Er umkurvt ein stehendes Taxi und wendet sich wieder der alten Frau hinter ihm zu.

»Jetzt pass auf. Ich habe mich erkundigt, in den USA kann man mit Umzügen gutes Geld machen. Es gibt viel mehr Städte, und weil es mit der Wirtschaft ständig auf und ab geht, müssen die Menschen oft ihren Wohnort verlegen. Das Verrückte ist: Ich nehme seit drei Jahren an einem Gewinnspiel teil, das jeden Monat eine Reise nach Amerika verlost. Und nun habe ich tatsächlich gewonnen. Gerade als ich mich entschieden hatte, das Land zu verlassen! Ich fahre im März nach Los Angeles.«

Gili applaudiert leise, und auch Lydia Kupfer gratuliert.

»Und was ist die Frage?«, erkundigt sie sich.

»Nun, die richtet sich eigentlich an euch beide: Ich würde Gili gerne mitnehmen. Sie schwärmt doch immer von der großen, weiten Welt. Aber ich weiß auch, wie sehr sie an Mansfield Park hängt. Mir ist schon klar, dass ich weder eure Erlaubnis benötige noch über Gilis Zukunft entscheiden kann. Aber es ist mir wichtig, die Sache mit euch abzustimmen. So, jetzt ist es raus.«

Noch bevor Lydia Kupfer ihre Gedanken sortiert hat, schaltet sich Gili ein.

»Ich wollte dir das vorhin schon sagen: Mich brauchst du nicht zu überzeugen. Aber ich muss dich enttäuschen ... Los Angeles wird nur eine Durchgangsstation werden. Wir beide ziehen nach New York.«

»Was?«, ruft Cliff und muss laut lachen, sodass Paul Kupfer neben Lydia im Schlaf ein tiefes Stöhnen entfährt.

»Faye hat schon seit einiger Zeit Geld beiseitegelegt, um ein zweites Geschäft in New York zu eröffnen. Ist ihr Lebenstraum oder so. Aber sie will ihren Laden in Sydney natürlich nicht aufgeben, der läuft ja prächtig. Also hat sie mich gefragt, ob ich nicht ihre Statthalterin dort werden möchte.«

»Du machst Witze?« Cliff Dursts Mund steht offen, für einen Augenblick hebt er die Hände vom Lenkrad, um seiner Überraschung Ausdruck zu verleihen. »Von mir aus New York. Von mir aus Florida oder Chicago. Ich folge dir ans Ende der Welt, Gili.«

Die Buchhändlerin setzt sich auf ihre Knie und dreht sich zu Lydia um, die sich eine Strähne aus der Stirn streichelt, und sagt: »Ihr zwei. Wie schön, wenn man das Leben noch vor sich hat.«

Gili greift nach ihrer Hand.

»Aber das alles geht nur, wenn du auch dafür bist.«

Cliff hat sich wieder gefangen und schenkt Lydia einen Blick, von dem er hofft, dass er Seriosität ausstrahlt.

»Du und Paul, ihr müsst ...«

»Achtung!«, schreit Lydia, ihre Augen weit aufgerissen, doch als Cliff seine Nachlässigkeit erkennt, ist es schon zu spät. Er hat einem Fahrradfahrer den Weg abgeschnitten, den Ärmel des Mannes gestreift und ihn damit auf den Asphalt geschickt. Eilig kurbelt er am Lenkrad, das Auto kommt ins Schlingern, die Reifen quietschen, und als er den Wagen einige Meter weiter abrupt zum Stehen bringt, ist von dem Aufruhr sogar Paul Kupfer wach geworden.

»Was ist denn los?«

»Menschenskind«, ruft Cliff, und dann gleich noch einmal. »Der ist doch verrückt. Sah aus wie ein Obdachloser.«

Gili hat sich als Erste wieder gefangen. Sie erkennt, dass Lydia lediglich auf ihren Gatten gerutscht und unversehrt ist, und steigt aus, um dem Radfahrer zu helfen.

Cliff bleibt schwer atmend sitzen, ihm kommt der Schaumwein in den Sinn, der aufgrund irgendeines Jubiläums in Camberwell freizügig ausgeschenkt worden war, und versucht zu rekapitulieren, wie viele Gläser er sich davon genehmigt hatte. Auch er steigt aus und ruft Gili hinterher: »Pass auf! Das ist ein Clochard. Der konnte kaum fahren.«

»So ein Quatsch. Das glaube ich nicht«, sagt Gili, ohne Cliff anzusehen, und geht vorsichtig, aber zügig auf den Umgekippten zu.

Der Mann sieht aus der Entfernung tatsächlich etwas ungewöhnlich aus. Er scheint ungepflegt und dürfte sich seit Wochen nicht rasiert haben. Mehr kann sie nicht erkennen, da ihm sein Hut tief ins Gesicht gerutscht ist. Seine Hose hat einen Riss, vermutlich vom Sturz, und während er sich langsam aufrichtet, sucht er auf dem Asphalt nach einer Brille, die ihm beim Sturz von der Nase gefallen ist.

»Sind Sie in Ordnung? Warten Sie, ich helfe Ihnen.«

Ein Ruck durchfährt den Fremden, doch statt ihr zu antworten oder sie auch nur anzusehen, springt er zu seinen Augengläsern, steckt sie ein, schwingt sich auf sein Fahrrad und tritt in die Pedale, steuert eilig eine Seitenstraße an.

»Halt! Warten Sie mal! Wenn Sie Hilfe brauchen ... Vielleicht ist was gebrochen?«

Der Mann ignoriert ihre Rufe, und Cliff taucht neben ihr auf.

»Lass ihn fahren«, sagt er erleichtert. »Vermutlich ein Verrückter.«

»Hoffentlich holt er nicht die Polizei.«

»Glaube ich nicht. Sieh dir an, wie der fährt. Als wäre der Teufel hinter ihm her.«

Gili nickt und sieht der verschwindenden Silhouette eine Weile nach.

»Wird höchste Zeit, dass wir nach Amerika kommen, was?«

MEER

Er hört seinen Atem lauter als den Rest der Welt. Oskar keucht, weit über den Lenker gebeugt, auf den Pedalen stehend, und versucht beim Fahren zu ergründen, ob der Drahtesel bei dem Unfall Schaden genommen hat. Nach fünfzig Metern stellt er erleichtert fest, dass er problemlos vorankommt, Lenker, Reifen, alles scheint ausreichend in Form geblieben.

Das war knapp. Aber du hast schon so oft in deinem Leben Glück gehabt, Oskar Speck, wieso nicht auch jetzt?

Als er sich weit genug vom Ort des Geschehens entfernt hat, holt er einen gefalteten Prospekt aus seiner Tasche, den er vor dem Zusammenstoß aus dem Straßenständer eines Tourismusbüros entwendet hat. Auf der Rückseite einer riesigen Werbeanzeige für den städtischen Zoo ist der Stadtplan von Melbourne abgebildet. Das Haus der Klaphakes im Stadtteil Kew befindet sich, wenig überraschend, in der Nähe einer Universität.

Jetzt muss die alte Dame nur noch zu Hause sein. Aber so hinfällig, wie Klaphake sie beschrieben hat, wird sie das. Sie muss.

Die letzte richtige Großstadt, in der er haltgemacht hatte, war Singapur. 1936. Doch dort hatte er im Grunde nur den Hafen kennengelernt. Wie hatte sich die Welt in den letzten Jahren verändert! Die Mode ist ihm fremd. Die Menschen scheinen ihm lauter und bewegen sich schneller. Es gibt von allem mehr: Autos, Geschäfte, Restaurants.

Und noch etwas fällt ihm auf: Was auch immer an kriegerischen Handlungen in der Welt passiert, hier scheint es niemanden zu verunsichern, obwohl reichlich Uniformierte herumlaufen. Alle sind ausgelassen, lachen, sitzen in Cafés, flanieren durch die Straßen, wissen nichts oder wollen nichts wissen. Alle außer ihm, dem entlaufenen Häftling.

Ich muss die breiten Fahrbahnen und Alleen mit vielen Passanten meiden. Das kann nicht ewig gutgehen.

Klaphakes Hut tief, aber nicht verdächtig tief in sein Gesicht gezogen, radelt er langsam durch die Stadt Richtung Kew. Seinen Bart und seine Haare hatte er am Tag zuvor, so gut dies möglich war, im Goulburn River gewaschen. Auch den Verband hatte er abgenommen, sich anschließend in der Scherbe eines Spiegels betrachtet. Ein müder Mann sah ihn an, dessen verfilztes Haar sich im Nacken wellte, dessen Augen von fahler Haut umrahmt waren. Ein löchriger Bart überwuchs die kahle Stelle auf seiner linken Wange.

Scheißidee, Zypern.

Plötzlich taucht an einer Kreuzung vor ihm ein Armeefahrzeug auf, kurz dahinter ein Polizeiauto. Hastig setzt er wieder Francesco Fantins Brille auf, durch die die Welt um ihn herum verschwommen, fast kaleidoskopisch wirkt.

Während er das Rad durch Seitenstraßen schiebt, muss er an die letzten zwei Wochen denken, in denen er sich über trockene Felder, auf sandigen Wegen im Nirgendwo, am Saum von Landstraßen und an Obstplantagen entlangbewegt hat. Zumeist in Stille, nur umgeben von den gelegentlichen Rufen von Eulen und dem Kreischen der Zikaden.

Um nicht aufzufallen und keine ungewöhnlichen Spuren zu hinterlassen, hatte er das Rad durch die Wälder getragen, den Polarstern im Rücken, den selbst gebauten Turban noch eng um den Kopf gezurrt, seine kleine Tasche in der Hand und die Beine nur mühsam an ihre Aufgabe gewöhnend.

Wo sich Frederick wohl gerade aufhält?

Erst jetzt wird ihm bewusst, dass der Berliner im Grunde zu unförmig und zu ungeschickt war, um erfolgreich von einem fahrenden Laster zu springen. Vermutlich auch zu feige. Und doch ist Oskar überzeugt, sein Fluchtpartner sitzt irgendwo auf einem richtigen Stuhl an einem richtigen Tisch, schläft in einem richtigen Bett und isst Dinge, die für ihn zubereitet wurden. Und keine Beeren, Pilze, Blüten, Heuschrecken, Ameisen und Larven, wie er selbst sie die letzten Tage zu sich genommen hatte. Es will einfach kein Bild von Frederick Embritz vor ihm auftauchen, der unbekannte Pflanzen auf seinem Unterarm zerreibt, sie vorsichtig auf seine Lippen legt, um Reizungen abzuwarten, oder Kastanienblätter zum Waschen oder Moos für den Toilettengang sammelt. Nein, Frederick spricht längst wieder mit Menschen aus Fleisch und Blut und sagt zu ihnen Dinge wie: »Mach keen Zimt« oder »Fühle mir sehr jebumfiedelt«.

Den werde ich nie mehr wiedersehen.

Einmal hatte er auf seiner Flucht in der Ferne einen Zug heulen hören. Der Klang erinnerte ihn an die Perak-Haltestation in Surabaya, das Wehklagen der Züge, das man vom Café Taman aus hören konnte. Und an Gili.

Er rechnet aus, wie lange er wohl bis Sydney durch das Inland wird fahren müssen, und schüttelt den Kopf.

Wenn ich den Brief übergeben habe, will ich unbedingt das Meer sehen. Einmal nur. Irgendwo an einem Strand sitzen und auf den Horizont schauen. So, wie Wolf Klaphake es tun würde, wenn er jetzt hier wäre.

Es ist kurz nach sechs Uhr abends, als Oskar vom Fahrrad steigt, es hinter eine Hecke schiebt, Fantins Brille abnimmt und durch die Zweige und Blätter hindurch das dunkle, edwardianische

Backsteingebäude mit den zwei Giebeln auf der anderen Straßenseite betrachtet, zu dem ihn Klaphake geschickt hatte. Zum x-ten Mal überlegt er, was er der alten, kranken Frau sagen wird. Bei einer Tasse Tee könnte er ihr von seiner, wenn auch seltsamen, so doch innigen Beziehung zu ihrem Ehemann erzählen, von seinem besten Freund des letzten Jahres, und wie tapfer der sich in den unwürdigen Verhältnissen von Tatura geschlagen hatte. Ihr etwas Aufmunterndes sagen, bevor er ihr erklärt, was geschehen ist.

Es hat bereits zu dämmern begonnen. Oskar holt tief Luft, überquert die Straße, schleicht, um kein Aufsehen zu erregen, seitlich um das Haus herum und klopft an einer zum Garten weisenden Verandatür.

»Jim?«, ruft eine zerbrechliche Frauenstimme, dann noch einmal, »Jimmy?«

Als nichts geschieht, macht sich Oskar erneut bemerkbar, dieses Mal etwas lauter. Er tritt ein paar Schritte zurück, bis unter die tief hängenden Zweige eines Feuerbaumes, um zu sehen, ob er jemanden in einem der Zimmer erkennen kann. In diesem Moment geht die Tür zur Terrasse auf.

»Ah, ich dachte schon, es sei niemand ...«, sagt Oskar und kommt hinter den Ästen hervor, als sich, begleitet von einem heiseren Schrei, das stumpfe Ende eines Besenstiels in seine Brust bohrt.

»Was zum Teufel machen Sie hier?«

Die Frau am anderen Ende des Stiels ist höchstens Anfang fünfzig, auch wenn ihre kratzig hervorgestoßenen Worte klingen, als wäre sie gerade erst aus einem hundertjährigen Schlaf erwacht. Ihre dunklen Haare sind zu einem strengen Knoten zusammengebunden, die Lippen schmal. Scharf blickt sie Oskar an, und der hebt instinktiv die Hände.

»Entschuldigen Sie«, antwortet er, »dass ich mich von hier hinten heranschleiche, aber ... Sind Sie Trude Klaphake? Ich habe etwas für Sie.«

»Vielleicht stellen Sie sich erst mal vor.«

»Natürlich, entschuldigen Sie, ich ...« Auf einmal fällt Oskar ein, wie gefährlich es ist, wenn er sich zu erkennen gibt. »Das kann ich nicht. Und ich kann es Ihnen auch nicht erklären, das würde zu lange dauern.«

»Wie lange kann es dauern, seinen Namen zu nennen?«

Verlegen zieht Oskar Klaphakes Brief hervor, während sie streng weiterspricht.

»Sie sind Deutscher. Es gibt nicht mehr viele deutsche Männer in Melbourne.«

»Ich soll Ihnen diesen Brief hier geben. Aber nur, wenn Sie Trude Klaphake, die Frau von Wolf Klaphake, sind. Er ist von Ihrem Mann.«

Der Gesichtsausdruck der vermeintlich schwer kranken Frau lockert sich, ganz so, als hätte sie sich in warmes Wasser gelegt.

»Wer zum Teufel sind Sie?«, fragt sie ton- und atemlos, macht vorsichtig einen kleinen Schritt auf ihn zu und schnappt sich den Umschlag aus seiner Hand.

»Das ist nicht wichtig. Lesen Sie, dann werden Sie verstehen. Auf Wiedersehen. Entschuldigen Sie, wenn ich Sie erschreckt habe.«

Oskar hat bereits halb das Haus umrundet, als er hört, wie das Ende des Besenstiels, der eben noch auf seiner Brust ruhte, mit einem leisen, hell hölzernen Ton auf dem Boden der Terrasse aufschlägt.

Auf dem Weg zum nächstgelegenen Strand – St. Kilda, Albert Park Beach oder Elwood sagt ihm die Karte, wären leicht zu erreichen – geht Oskar die Begegnung mit Trude Klaphake nicht aus dem Sinn. Vielleicht hätte er noch bei ihr bleiben, sich nach ihrer Gesundheit erkundigen sollen.

Da Ted Neasham zu dieser Uhrzeit nicht mehr in seinem Büro sein wird, beschließt er, an einem der Strände in der Nähe zu übernachten und Klaphakes Freund am Vormittag aufzusuchen.

Der Fahrtwind ist angenehm, zischt wohlig und leise an seinen Ohren vorbei. Die Straßen sind jetzt leerer. »Orrong Road« liest er auf einem Straßenschild. Oskar tritt in die Pedale. Er meint, das Meer schon riechen zu können, wie damals vor Thessaloniki, mit etwas Glück wird er im letzten Licht des Tages den Strand erreichen.

Plötzlich spürt er, wie ein Auto in seinem Rücken näher kommt, langsam mit ihm Schritt hält. Hitze steigt in ihm auf.

Radel einfach weiter. Es sind nur noch ein paar Straßen bis zum Meer.

Langsam zieht Oskar Fantins Brille aus seinem Hemd und setzt sie sich beim Fahren auf.

Nach etwa einhundert Metern überholt ihn das Fahrzeug, schwenkt nach links und zwingt ihn anzuhalten. Über den Brillenrand hinweg erkennt Oskar die Worte »Wireless Patrol« auf der Windschutzscheibe.

Eine Ewigkeit, die nicht viel länger als fünf Sekunden gedauert haben kann, vergeht, bis sich die Türen des Wagens öffnen.

»Sir?« Der Fahrer, ein korpulenter Mittvierziger mit Glubschaugen und einem Schnurrbart, mit dem man den Boden wischen könnte, steuert auf Oskar zu, streicht sich dabei über die Haare und setzt sich seine Polizeimütze auf. »Darf ich fragen, wo Sie herkommen?«

Oskar zögert, verarbeitet den auf Vokale weitestgehend verzichtenden Akzent des Beamten.

»Shepparton.«

»Wie heißen Sie?«

»Smith«, sagt Oskar selbstbewusst. »Ich bin froh, dass ich Sie treffe, hab mich verfahren. Ich wollte eigentlich zum Hafen.«

Noch nie in seinem ganzen Leben, weiß Oskar, hat er einen derart perfekt klingenden englischen Satz hervorgebracht.

Auch der zweite Polizist baut sich neben ihm auf. Soweit er es durch seine Brille erkennen kann, hat er eine rundliche Nase und ein gutmütiges Gesicht.

»Könnten wir bitte mal Ihren Ausweis sehen?«
»Tut mir leid. Habe ich leider zu Hause vergessen.«
»Ihre Arbeitserlaubnis?«
»Ebenfalls.«
Der Beamte nickt und blickt seinen Kollegen unsicher an. Gemütlich schlendert er zurück zur Fahrerseite des Wagens, steigt ein und spricht etwas in ein Funkgerät.

»Darf ich Ihnen etwas zeigen?«, fragt der Polizist mit der Knollnase und zieht eine zusammengerollte Zeitung aus seiner Gesäßtasche. Er schlägt sie auf, blättert versonnen, faltet sie schließlich auf das halbe Format und legt das Ergebnis auf Oskars Lenker. Unter der Überschrift »Still at large« blickt Oskar auf eine frühere Version seiner selbst. Dann setzt er die Brille ab und sieht in die freundlichen Augen des Polizisten.

Im Auto klärt der Fahrer Oskar darüber auf, dass sie ihn zum C.I.B., dem Criminal Investigation Branch, bringen werden. Danach fahren sie stumm durch die Straßen Melbournes, an den Häusern rechts von ihnen sammelt sich der tiefrote Widerschein der untergehenden Sonne. Als sie an einem großen Park vorbeikommen, dröhnt aus der Funksprechanlage eine Stimme, die darüber informiert, dass der deutsche Häftling Oskar Speck gefangen genommen wurde.

Eine Weile schaut Oskar aus dem Fenster, in der Hoffnung, wenigstens noch einen Blick auf das Wasser werfen zu können, doch der Beamte lenkt den Wagen um eine Rechtskurve in Richtung Stadtzentrum. Die Zeitung liegt neben Oskar auf der Sitzbank. Er hebt sie mit den in Handschellen steckenden Händen auf und beginnt zu lesen.

»Die deutschen Häftlinge Frederick Embritz und Oskar Speck befinden sich noch immer auf der Flucht. Bislang konnte die Polizei erst einen der drei Tatura-Flüchtlinge festsetzen. Konstantin Stab wurde vor vier Wochen schwer verletzt in das

Waronga Militärhospital gebracht. Eine Befragung über den Verbleib seiner zwei Komplizen sei weiterhin nicht möglich, teilte ein Beamter den Reportern mit. Stab sei zwar bei Bewusstsein, aber nicht vernehmungsfähig. Von Speck und Embritz fehlt, wie es heißt, jede Spur. Die Sorgen der Bevölkerung, kommentierte ...«

»Sie haben Glück«, ruft der dicknasige Polizist Oskar über seine Schulter hinweg zu. Als eine Reaktion ausbleibt, fährt der Mann fort: »Wie wir gehört haben, sind Ihre Landsleute in Tatura nicht besonders glücklich über Ihren Ausbruch. Aber keine Angst, dorthin werden Sie nicht zurückkehren.«

Der Wagen gleitet über ein Schlagloch in der Straße, was alle drei von ihren Sitzen hüpfen lässt.

»Ich fürchte, das sind dann aber auch schon alle guten Neuigkeiten für heute.« Er wendet sich an seinen fahrenden Kollegen. »Wie heißt noch gleich das Camp, wo sie ihn hinbringen wollen, Dave?«

Der Beamte am Steuer leckt sich die Lippen.

»Loveday. Sie bringen ihn nach Loveday. Sie wollen gar nicht wissen, wo das liegt.« Der Wagen hält an einer Ampel, und der Fahrer nutzt den Moment, um sich zu Oskar umzudrehen. »Wenn Sie es schaffen, von dort auszubrechen, können Sie vermutlich auch über Wasser laufen.«

TEIL VIER

Das Wasser dann gebar ein Tosen blau und hell
Rollte tief, beruhigte sanft des Meeres Fell
Stieg hinauf, zerbrach am Ufer, nur: zu schnell
Zu schnell

KLEIN

»Mehr haben Sie nicht?«

Die Stimme des Mannes könnte etwas Öl vertragen. Er erntet ein Kopfschütteln.

»Sie können froh sein, dass Ihr Freund da draußen für Sie bürgt. Er hat mir gesagt, Sie werden die restlichen Gebühren innerhalb der ersten drei Monate abbezahlen. Können wir uns darauf verlassen?«

Nicken.

»Unterschreiben Sie hier.«

Der Alte schiebt ein staubiges Stück Papier über den langen Holztresen und wischt sich mit einem verschmierten Lappen über seinen Nacken. Eine Katze läuft maunzend über den Lehmboden und wird ab und zu von den Sonnenstrahlen getroffen, die durch die zahllosen Ritzen und Löcher des aus Holz und Blech gezimmerten, fensterlosen Büros strömen. Am anderen Ende des Raumes hüpft sie auf das einzige Regal der Behausung, springt aber gleich weiter, als die dort verbeultes Geschirr sortierende Frau sie mit einer Kelle verscheucht.

»Ich wünschte, der Sommer wäre vorbei und würde nicht erst anfangen«, murmelt der ausgemergelte Greis und fährt sich zwischen den Worten mit der Zunge über schiefe, braun-gelbliche Zähne. »Ich bin zu verbraucht für diesen Ort«, er zieht am Revers seines Hemdes, »durch mich pfeift der Wind. Aber einmal

Lightning Ridge, immer Lightning Ridge. Edna, reich mir mal die Wasserflasche. Wie lange wollen Sie bleiben?«

Die Frau stellt zwei Schüsseln am Ende des Tisches ab, bringt ihrem Mann humpelnd die gewünschte Erfrischung und kehrt zu ihrer Arbeit zurück.

Oskar zuckt mit den Achseln. Ohne sich die Zeilen durchzulesen, setzt er seine Unterschrift ans Ende der Seite und schiebt das Blatt zurück über den Tresen.

»Verstehe«, sagt der Alte und blinzelt ihn an wie jemand, der aus Gründen der Sicherheit gelernt hat, Menschen nicht zu lange zu mustern. »Sie sind nicht von hier, was?«

»Mm-mh«, verneint Oskar.

»Australier sind Sie aber auch nicht.«

»Lass ihn in Ruhe«, maßregelt ihn die Frau. »Er will sein Glück machen, wie alle. Sie haben Schacht Nummer neunzehn, Ihr Freund draußen kennt den Weg, ist ihn ja oft genug gegangen.«

Der Alte lächelt sein Gegenüber aus schmalen Augen abschätzend an.

»Sie sehen aus wie jemand, der im Krieg gewesen ist. Dann werden Sie hier bestens zurechtkommen. Das Geschirr erhalten Sie von meiner Frau.« Er nickt ihr zu. »Edna.«

Als Oskar sich in ihre Richtung in Bewegung setzt, hört er den Mann hinter sich husten und grübelnd weitersprechen.

»Sind Sie Deutscher? Sie sehen aus wie ein Deutscher.« Die nächsten beiden Worte spricht der Alte auf Deutsch und auf eine Weise aus, als sei er verrückt: »Nazi, ja?«

»Joe«, ermahnt ihn die Frau erneut.

Ein heiseres Kichern.

»Bin nur neugierig, bin nur neugierig. Wie kommt ein Deutscher dazu, hier mit Bill Klein aufzutauchen?«

Oskar überlegt, ob er von Loveday erzählen soll.

»Kleins Eltern sind deutsch«, sagt die Frau müde und faltet ein Handtuch.

Ihr Mann zieht die Brauen hoch.

»Hab ich nicht gewusst, sieh mal an. Kennen Sie ihn gut, Mister, äh ... Mister«, er blickt rätselnd auf das Blatt vor ihm, »... Speck? Bill ist eine Legende. Wissen Sie das überhaupt? Haben Sie schon mal von dem berühmten Opal *Light of the World* gehört?« Die Miene des Mannes verfinstert sich, als ginge es um eine ernste Angelegenheit. »*Light of the World*, das war ein Edelstein der Güteklasse. Kurt Stephens und er haben den gefunden. Kurt Stephens und er.« Sein Zeigefinger wippt Richtung Ausgang. »Bill Klein erkennt einen Opal selbst dann noch, wenn jemand mit den Füßen darauf steht. *Light of the World*. Das war ein Stein. Finden Sie nirgendwo anders. Nur hier. Nirgendwo anders.«

»Hören Sie nicht auf ihn«, sagt die Frau leise und drückt Oskar eine Blechschüssel, ein Sieb, zwei Eimer und zwei Tücher in die Hand. »Die Chancen, dass Sie hier etwas finden, stehen eins zu eintausend. Sollte ich vermutlich nicht sagen, aber so isses nun mal.«

»Eine verdammte Legende«, murrt der Mann, während seine Augen auf dem Lehmboden die Vergangenheit suchen.

»*Du* bist eine verdammte Legende«, ruft Bill Klein vom schiefen Eingang der Hütte aus. Die Silhouette des untersetzten Mannes mit den stets nach oben gekrümmten Mundwinkeln füllt den Türrahmen aus. Er tritt ein und nimmt seinen breitkrempigen Hut vom Kopf. »Oskar, was hältst du von Joe M.M. Slinger? Der Mann stand hier schon hinter diesem Tisch, als sie in Ägypten noch nach einem Architekten für die Pyramiden gesucht haben.«

»So sieht er jedenfalls aus«, ergänzt Slingers Frau und schenkt Klein ein mattes Lächeln.

»Und wo wir gerade dabei sind«, Klein kommt näher und klopft Oskar auf die Schulter, »der hier wird ebenfalls bald eine Legende sein.«

Oskar bedankt sich bei Slingers Frau und bedeutet Bill Klein, gehen zu wollen.

»Der Mann hat eine Schleifmaschine für Opale entwickelt, ein Wahnsinnsgerät. Und nicht etwa an einem dieser modernen Arbeitsplätze in der Stadt mit schicken Apparaturen und Werkzeugen. Nein, Sir, Oskar hat seine Maschine in einem Gefangenenlager zusammengeflickt.«

»Bill ...«, stöhnt Oskar.

Sein Freund macht eine beschwichtigende Geste.

»Das kannst du hier sowie nicht geheim halten. Schaut euch das knochige Ungetüm draußen vor der Tür ruhig an. Könnt ihr allen von erzählen. Ich werde für Oskar in Sydney ein Patent darauf beantragen.« Er blickt Joe und dann Edna Slinger an. »Wir waren zusammen in Loveday, im Internierungslager. Der Krieg ist seit über fünf Monaten vorbei, aber ihn«, er deutet auf Oskar, »haben sie erst vor vier Tagen als letzten Häftling dort entlassen. Haben quasi hinter ihm abgesperrt. Und das ist nicht die einzige Geschichte, die der Kerl euch erzählen kann.«

Als sie unter einer monströsen Sonne an den verrosteten Wellblechhütten des Opalminenörtchens entlangschleichen, tastet Oskar mit der Zunge nach seinen ewig aufgeplatzten Lippen. Er versucht zu schlucken. Spürt, wie ihn das Licht schon jetzt schmerzt. Fünfzig Grad, hatte Slinger gesagt, nachdem er die Schleifmaschine vor der Tür des Anmeldebüros inspiziert und dann gen Himmel geblickt hatte, fünfzig Grad würden sie hier draußen regelmäßig haben. Im Schatten. Der Alte hatte ihm dabei seinen ledernen Nacken präsentiert, ganz so, als müsse er nachweisen, dass er den Großteil seines Lebens im Kampf mit der Sonne verbracht hat.

Klein sieht sich mit dem gierigen Blick eines Börsenmaklers um.

»Hat sich kein bisschen verändert«, sagt er und schiebt seinen Hut tiefer ins Gesicht. »Hast du gemerkt, wie Edna und Joe gestaunt haben? Joe hat das Zahnrad und die Schneidevorrichtung angefasst, als würde er ein Küken streicheln.«

Vor einem der zahlreichen Schächte bleiben die beiden Männer stehen.

»Da wären wir, Nummer neunzehn. Bist du sicher, dass du es versuchen willst?«

»Sicherer als sicher«, sagt Oskar und blickt Klein entschlossen an.

»Ich hoffe, du hältst es aus. Sieh dich um. Lightning Ridge ist ein riesiger Hintern mit Lepra. Hügel aus Staub und Unkraut, unter denen diese ganzen Verrückten in einer Höllenhitze arbeiten. Nur, um eine Unze Glück zu finden. Ein Steinschürfer hat mir einmal gesagt, dass Ridge ein Monument des hartnäckigen und zähen Optimismus der Menschheit sei, und das ist nicht weit von der Wahrheit entfernt. Auch wenn sich der Optimismus einiger Gestalten hier kaum von Dummheit unterscheiden lässt.«

Klingt vertraut.

Gemächlich gehen sie an zwei leeren Öltonnen vorbei, den engen Gang hinab, hinein ins Dunkel von Oskars künftiger Behausung, während Klein weiterspricht.

»Ich war in Coober Pedy, in Andamooka und White Cliffs, aber nirgendwo sind die Chancen größer als in Lightning Ridge.«

Am Ende des Schachts angekommen, bleiben sie neben einem Feldbett und einer kleinen Waschschüssel stehen.

»*Big Ben*, achthundertzweiundzwanzig Gramm, oder *Flame Queen* wurden hier gefunden. Weltberühmte Opale.« Kleins Augen verengen sich. »Die *Queen* wurde für mickrige achtzig Pfund verkauft, weil der Finder schon drei Wochen keinen festen Happen mehr zwischen die Zähne bekommen hatte. Solch tragische Geschichten gibt es in Ridge dutzendweise. Bist du okay? Du hast keine vier Worte gesagt, seit wir hier sind.«

»Alles perfekt«, sagt Oskar und prüft mit einer Hand die Elastizität der Pritsche.

Klein stupst ihn in die Brust.

»Du wirst es erleben, Oskar, ich weiß es. Wenn du einmal in

das monolithische Auge eines schwarzen Opals schaust ... Nichts gegen die anderen Opale, aber die schwarzen haben sowohl Spurenelemente von Karbon- als auch von Eisenoxiden in sich. Wenn du so einen in der Hand hältst, sieht er dich mit seiner schattenhaften Iris an wie ein Zyklop.«

Zum ersten Mal an diesem Tag erscheint ein Lächeln auf Oskars Gesicht. Obwohl er während der letzten vier Jahre hinter den Mauern von Loveday Hunderte von Gesprächen mit Klein geführt hat, ist er erst jetzt, in diesem Moment, felsenfest davon überzeugt, dass er ihn gefunden hat. Den richtigen Mann zur richtigen Zeit, der ihn an den richtigen Ort geführt hat.

Bill Klein erkennt einen Opal selbst dann noch, wenn jemand mit den Füßen draufsteht.

»Was ist los?«, fragt Klein.

Oskar fixiert ihn.

»Kann ich dich was fragen?«

»Alles!«

»Glaubst du, es gibt so etwas wie einen geheimen Blick?«

KILLCARE

Es tut ihm leid. Natürlich. *Immer tut allen alles leid.* Und schuld ist natürlich jemand anders. Jemand aus seinem Büro, der mich mit einem anderen Kunden verwechselt hat. Dabei hatte ich es zweimal wiederholt: Hardy's Bay, drei Stunden Autofahrt nördlich von Sydney. Ein Grundstück abseits der anderen Grundstücke. Und ja, es darf etwas kosten. Aber nein, es sollte nicht unten in der Bucht sein, sondern auf einem Berg, man muss das Meer sehen können. Was ist daran so schwer zu verstehen?

Der Makler hinter ihm gibt sonderbare Laute von sich, greift an dem steil ansteigenden und eng mit Bäumen bewachsenen Hang in den Boden, um nicht der Länge nach hinzufallen, versucht Schritt zu halten.

»Können wir nicht doch die Straße nehmen?«, keucht er und hält sich an einer aus dem Erdreich ragenden Wurzel fest.

Oskar schielt hinter sich, ohne sich umzudrehen, und biegt den bauschigen Zweig eines Busches beiseite.

»Nein.«

»Sie können doch gar nicht wissen, ob dies der kürzeste Weg ist.«

»Da oben ist die Spitze des Berges, wir bewegen uns gerade darauf zu.«

»Es tut mir ja leid, aber ...«

»Das sagten Sie bereits.«

»Lassen Sie uns etwas langsamer gehen, es ist doch sehr steil.«

»Das liegt in der Natur der Sache. Es ist ein Berg.«

»Also, viel Zeit haben wir nicht mehr, die Fähre legt um sechs ab, ansonsten werden wir hier nicht mehr wegkommen.«

»Ist nicht meine Schuld, dass wir uns beeilen müssen.«

Der Mann im Trenchcoat spürt das weiche Fleisch eines Frosches unter seinem rechten Schuh, macht einen raschen Schritt aus dem Heidekraut, sieht auf seine Uhr und stößt innerlich einen Fluch gegen Deutsche aus, ohne dieses besonders penetrante Exemplar vor sich aus den Augen zu verlieren.

»Wir haben sehr hübsche Apartments in Sydneys Innenstadt. Seit letztem Herbst, seit September 49, geben wir monatlich einen gedruckten Katalog nur mit Immobilien im direkten Umkreis von Sydney heraus. Ich kann Ihnen den gerne ... Wo, sagten Sie, liegt Ihr Diamantenladen?«

»Castlereagh Street, ich verkaufe geschliffene Opale aus Lightning Ridge. Und nein, danke. Ich lebe jetzt seit vier Jahren in Sydney. Ich möchte etwas Ruhiges weit außerhalb. Deswegen sind wir hier.«

»Opale«, wiederholt der Makler, und er fragt sich, warum er heute Morgen aufgestanden ist. Niemals wird er diesem Pedanten ein Grundstück verkaufen können. Unten in Hardy's Bay sind sie schon so günstig, dass er kaum etwas verdient. Hier auf dem Hügel ist nichts zu holen, da müsste man jemandem noch Geld dazugeben.

Hinter einer Ansammlung junger Teebäume stoßen sie auf eine Schotterstraße. Oskar willigt ein, ihr bis auf den Bergkamm zu folgen. Nach dreihundert Metern, die in steilen Serpentinen bergauf führen, bleibt er stehen.

»Hier.«

Der Makler hustet trocken in den Ärmel seines Trenchcoats.

»Was ist hier?«

Ohne zu antworten, dreht sich Oskar um neunzig Grad und verschwindet hinter den dicken Blättern eines Eukalyptusstrauches.

»Nicht schon wieder«, stöhnt sein Begleiter und folgt ihm.

Auf einer kleinen Lichtung bleibt Oskar stehen.

»Was kostet das?«

Der Makler sieht sich um und muss passen.

»Mr. Speck, das hier ist kein Grundstück. Das ist ein Berg. Sie können aus ihm nicht einfach eine Ecke herausschneiden und diese dann erwerben.«

»Was muss ich tun?«

»Das alles hier gehört der Gemeinde. Sie müssten den ganzen Hügel kaufen.«

»Wir sind im Geschäft.«

»Einen Moment mal. Sind Sie sich sicher? Wie wollen Sie hier ein Haus bauen? Es gibt nicht einen einzigen ebenen Quadratmeter!«

»Das lassen Sie meine Sorge sein. Was bin ich Ihnen schuldig?«

Kopfschüttelnd stöbert der Mann in seinen Unterlagen und murmelt etwas von Bestimmungen und Tabellen. Bei Grundstücksverkäufen weit außerhalb des Zentrums erzählt er seiner Klientel normalerweise etwas vom unmittelbar bevorstehenden Aufschwung der Region – doch das hier ist lächerlich. Indes, die Aussicht, diesen Vogel loszuwerden und nicht noch ein Dutzend weitere Gegenden zu inspizieren, in die noch kein Mensch einen Fuß gesetzt hat, scheint ihm verlockend.

»Fünfundzwanzig Pfund«, sagt er schließlich und klappt seine Mappe zu, »der ganze verdammte Berg. Einhundertachtzig Hektar. Das geht hinüber bis Wagstaffe. Vollkommen unbrauchbares Gelände.«

»Ich nehme es.«

Auf dem Rückweg passieren sie ein Ortsschild, der Name ist mit einem roten, diagonalen Balken durchgestrichen. Sie sind drei oder vier Schritte daran vorbei, als Oskar abrupt anhält.

»Was ist los?«, fragt der Makler und möchte die Antwort nicht hören.

Oskar tut ihm den Gefallen und geht stumm zurück. Grübelnd bleibt er vor dem Schild stehen. Der Makler nutzt die Pause, um auf seine Knie gestützt zu verschnaufen.

»Glauben Sie an Vorsehung?«, fragt Oskar schließlich, immer noch gedankenverloren das Schild betrachtend.

»Ich ... Ich verstehe nicht, was meinen Sie?«

Die Hexe im Urwald bei Bondowoso, am Tag nach der Hochzeit. Kii-kääh, Kii-kääh.

»Mister Speck, wir müssen, die Fähre ...«

Geistesabwesend nickt Oskar und folgt dem Makler, der sich bereits in Bewegung gesetzt hat.

»Ich nehme es«, wiederholt er leise und dreht sich noch einmal zu dem Schild um.

Killcare.

SPRACHFEHLER

»Hallo?«

Wehmut überkommt Oskar, als er, mit zwei Einkaufstüten bepackt, die Tür aufschließt.

Wer soll dir schon antworten, Dummkopf? Benimmst dich wie einer, der zu seiner vielköpfigen Familie heimkehrt. Wirst schon langsam weich in der Birne.

Er lässt den Schlüsselbund klirrend auf den Beistelltisch fallen, streichelt den an ihm emporspringenden, dünenbraunen anatolischen Hirtenhund und stellt die Papiertüten neben die Garderobe.

»Na, Salt«, widmet er sich dem Kangal, »ist Minnie schon gegangen?«

In der Küche holt er sich ein Bier, stützt sich auf die Spüle und sieht aus dem Fenster. Über Putty Beach kreisen eine Handvoll Möwen. Sie schweben in der Luft, als würden sie dort schlafen. Sein Blick wandert von Broken Bay über das Meer bis zum Gipfel des gegenüberliegenden Bergvorsprungs, hinter dem Maitland Bombora und die dazugehörige Bucht liegen. Weiter draußen wippen die Masten von zwei Segelbooten wie Metronome im Wasser. Es ist vollkommen still.

Oskar nimmt einen Schluck aus der Flasche und löffelt Salt etwas Futter in den Napf. Dann schaut er kurz in alle Räume und gibt einen leisen Pfiff von sich.

»Hat Miss Minnie wieder ganze Arbeit geleistet, was?«

Wieso beschäftige ich eine Putzfrau, wenn nichts dreckig ist?
Langsam öffnet er die Schiebetür zu einer der Terrassen und bleibt in ihrem Rahmen stehen. Er liebt die Ruhe hier auf seinem Hügel. Und er liebt den Rundumblick. Wenn er auf einer der Terrassen steht, kann er hinter dem Haus den Beginn eines Kontinents sehen und vor ihm den Ozean, der kein Ende kennt und, wenngleich auch unbeteiligt, so doch jeden Tag mit ihm zu sprechen scheint. Es gibt ihm ein sonderbar warmes Gefühl der Geborgenheit, dieses Leben in gebührender Entfernung zu der Handvoll Menschen, die sich etwas weiter weg am Fuße und Saum seines Berges angesiedelt haben. Er mag die Einsamkeit von Hardy's Bay und Killcare, die Ausläufer von Box Head auf der einen und den Nationalpark und Putty Beach auf der anderen Seite.

Salt läuft wedelnd um ihn herum und stößt kleine, heisere Bekundungen der Zuneigung aus. Oskar streichelt seinen Hund, stöhnt zur eigenen Entspannung laut auf und reibt sich mit einer Handfläche den Hals.

Zeit, den Tag und die Witterung mit etwas Wasser abzuspülen.

»Nachher setzen wir uns auf die Terrasse, verabschieden die Sonne, und ich werfe ein Paar Bälle, o.k.?«

Salt springt an ihm hoch, versteht.

»Heute Abend kommen die Japaner, da müssen wir einen guten Eindruck machen, Salt. Wenn wir Glück haben, verkaufen wir ihnen gleich mehrere Steine.«

Und dann, erst dann, gönne ich mir zum Ausklang zwei John Collins.

Auf dem Weg zum Bad schnappt sich Oskar ein Handtuch von einem penibel zusammengefalteten Stapel, als ein lauter, schriller Ton erklingt. Salt fängt an zu bellen.

»Schon gut, Salt. Ein Anruf. Ist nur das Telefon. Müssen wir uns noch dran gewöhnen. Wollen wir wetten? Zehn zu eins, dass sich jemand verwählt hat.« Als Oskar abnimmt, meldet sich am anderen Ende ein Mann, der sagt, er sei vom New South Wales Canoe

Club. Nachdem er sich vergewissert hat, den richtigen Mann an der Strippe zu haben, erklärt der Anrufer, er wolle seine Zeit nicht unnötig beanspruchen und lediglich fragen, ob Oskar etwas dagegen habe, Ehrenmitglied des Clubs zu werden.

»Sind Sie sicher, dass Sie mich meinen?«, fragt Oskar und wirft das Handtuch über eine Schulter.

»Absolut, Sir. Es ist mir etwas peinlich, das zu sagen, aber wir sind nicht selber auf diese Idee gekommen. Selbstverständlich erscheint es uns inzwischen auch als das Natürlichste der Welt, Ihnen die Würdigung zuteilwerden zu lassen. Aber der Mann, der Sie vorgeschlagen hat, ist gar kein Mitglied hier im Club.«

»Verzeihung?«

»Ja, nun, es verhält sich so: Vor einigen Wochen hat uns ein Herr angerufen, der sagte, er sei auf der Suche nach Ihnen. Er habe bereits alle Kajak-Clubs der Ostküste abgeklappert in der Hoffnung, Sie zu finden. Sie müssen schon entschuldigen, aber ich war selbst am Apparat und etwas überfordert, habe ihn kaum verstanden. Zudem hatte ich Ihren Namen noch nie zuvor gehört. Auch sonst kannte Sie niemand im Club. Bis auf Carl. Carl Toovey.«

»Ich kenne Carl, wir unternehmen häufig Ausflüge zusammen.«

Oskar erinnert sich. Carl hatte ihn vor Monaten, an einem der seltenen Tage, die er in Gesellschaft verbrachte, gefragt, ob er nicht einem solchen Club beitreten wolle. Carl hatte gerade den Einhundert-Meilen-Marathon auf dem Hawkesbury River gewonnen und angenommen, Oskar bei seinem Ehrgeiz packen zu können. Doch der hatte nur knapp geantwortet, er sei für so etwas nicht der Richtige und auch nicht für gesellige Zusammenkünfte mit vielen Menschen.

»Carl sagte uns bereits, Sie würden sich in Vereinen nicht sonderlich zu Hause fühlen, und wir respektieren das. Aber für eine Ehrenmitgliedschaft müssen Sie nicht regelmäßig vor Ort sein. Tja, und sehen Sie, an dieser Stelle müssen Sie uns helfen, denn nachdem mir der Anrufer erzählt hat, welch erstaunliche Leistung

Sie vollbracht haben, hat er mir etwas mitgeteilt ... wie soll ich sagen ... etwas Kryptisches, das keinen Sinn ergibt.«

Eine Pause entsteht, Oskar hört, wie sich der Mann am Kinn kratzt.

»Ich hoffe, ich habe das richtig verstanden, sein Englisch war, nun ja, es hörte sich an, als sei er entweder jemand, ich würde sagen, aus dem europäischen Raum oder ein Mann, der seinen Mund nicht gescheit auseinanderbekommt. Aber nicht schüchtern oder so, vielleicht ein Sprachfehler.«

Oskar merkt, wie sich sein Puls beschleunigt. Er hat sich nie die Mühe gemacht herauszufinden, was aus Konstantin Stab geworden ist. Ob er je das Krankenhaus verlassen hat. Ob er wieder ein normales Leben führen konnte. Insgeheim hoffte er stets, sein kleiner Landsmann würde in einem Pflegeheim unterkommen und dort niemandem zur Last fallen. Doch was, wenn er gar keiner Pflege bedurfte?

»Das, *was* ich verstanden habe«, fährt der Mann am Telefon fort, »war, dass er, wie er sich ausdrückte, wohl noch eine Rechnung mit Ihnen offen habe.«

»Aha«, sagt Oskar tonlos. Er legt das Handtuch beiseite, greift sich Salt, tätschelt ihn.

»Nun, ich möchte mich da nicht einmischen, wirklich. Es mutete an wie ein Scherz, den ich nicht verstehe. Der Mann sagte, er warte jetzt seit über neun Jahren jeden zweiten Samstag an der Rennstrecke von Randwick auf Sie. Können Sie damit etwas anfangen?«

In der Leitung ist nichts außer einem Rauschen zu hören.

»Sind Sie noch dran?«

»Ja«, sagt Oskar leise und hört, wie heiser seine Stimme klingt.

»Jedenfalls sagte uns der Mann ... Moment, ich habe mir hier aufgeschrieben, wie er heißt ... warten Sie, er hieß ...«

»Embritz, Frederick Embritz.«

»Genau! Mister Embritz sagte, wir müssten Sie zum Ehrenmitglied machen, sonst würde er ein paar unangenehme Typen aus Berlin vorbeischicken. Immerhin diesen Scherz habe ich verstanden. Glücklicherweise stand Carl in der Nähe, als Mister Embritz anrief, denn er tat dies offensichtlich von einem Münztelefon aus, und sein Geld ging zur Neige. Als ich erwähnte, dass eines unserer Mitglieder Oskar Speck kennen würde, johlte er laut in den Hörer und sagte, er würde übernächsten Samstag um zehn Uhr früh am verabredeten Ort sein und ob wir Ihnen das ausrichten könnten.«

Die Trabrennbahn in Randwick geizt nicht mit Prunk, als Oskar, nervös seinen Filzhut in den Händen knetend, vor ihrem Eingang steht. Fahnen knattern im Wind, Menschen drängen sich zwischen den schmiedeeisernen Toren, den Ställen und der hoch emporragenden Tribüne, und immer wieder ertönen blechern klingende Anweisungen und Kommentare zu den Rennen des Tages aus den Lautsprechern, die Oskar an Langenbach erinnern, den er, so fällt ihm jetzt auf, in Tatura nie gesehen, stets nur gehört hatte.

Der alte, zerbeulte Hut ist Oskar peinlich. Aber er möchte auf Nummer sicher gehen, für den Fall, dass Frederick ihn nicht erkennt, sich die letzten Jahre allzu nachdrücklich in sein Antlitz geschlichen haben und ihn tatsächlich zu dem mittelalten, unauffälligen Mann haben werden lassen, der ihn seit längerer Zeit jeden Morgen im Badezimmerspiegel so skeptisch ansieht.

Oskar beobachtet jede einzelne Person, die ihn passiert, und drei- oder viermal pro Minute schaut er auf seine Uhr. Er mustert die Männer, die in passendem Alter sind, und prüft Blicke, Haare und Gang. Plötzlich taucht ein heulender Junge mit einem Luftballon neben ihm auf, der seine Mutter sucht. Oskar beugt sich zu ihm herab, will gerade eine Frage stellen, als jemand den Kleinen von der anderen Seite am Arm packt.

»Der Onkel hat 'n Jesicht zum Eierabschrecken, wa?«

Beide Männer richten sich auf, während das Kind verstört von einem zum anderen blickt und seinen Luftballon dabei versehentlich loslässt.

Keiner der beiden Erwachsenen sagt etwas.

Schließlich geben sie sich, die Lippen fest, die Gesichter ernst und gefasst, die Hände. Dann packt Embritz Oskars Unterarm und der tut es ihm gleich. Sekunden später liegen sie sich in den Armen und wollen einander kaum mehr loslassen, klopfen sich steif auf die Rücken. Der Junge starrt die neben ihm Stehenden an, wie sich ihr Griff nicht lockert und die Augen feucht werden.

In wenigen Metern Entfernung erkennt Oskar hinter Embritz eine weitere Gestalt, die ihm bekannt vorkommt. Ein Mann, dessen Haut goldbraun schimmert und der für einen Augenblick so aussieht, als würde ihm die Rennstrecke gehören.

»Hans«, sagt Oskar und lässt dessen Bruder mit einem Klaps auf die Wange stehen. »Hans Embritz, verdammt.«

Frederick Embritz' Flucht war besser ausgegangen als seine eigene. In einem Gartenlokal vor den Toren der Rennbahn berichtet der Berliner davon, wie er am dritten Sonntag des März 1941 tatsächlich an genau jener Stelle stand, an der sie sich kaum zehn Minuten zuvor getroffen hatten.

»Damals hatt ick noch Haare aufm Kopp«, sagt Frederick und schielt verlegen in Richtung seines glänzenden, kahlen Schädels.

Ruhiger, als Oskar ihn in Erinnerung hat, erzählt er von weiteren Samstagen in Randwick, verregneten Rennen, denen er keine Beachtung schenkte, sondern lediglich seine Blicke durch die Zuschauerreihen schweifen ließ, während alle anderen Augenpaare auf die trappelnden Pferde gerichtet waren. Es schüttelt ihn kurz, als er auflacht und berichtet, er habe sich in einem Kostümladen drei verschiedene Bärte besorgt, um sich zu tarnen, habe damit aber eher genau das Gegenteil erreicht.

Zu jener Zeit sei er untergetaucht und habe nach zwei Jahren den Rat eines befreundeten Australiers befolgt und einen Antrag auf Haftverschonung gestellt, dem man tatsächlich nachkam. Wenig später ließ man auch Hans aus dem Internierungslager frei, da Frederick für beide eine Anstellung als Hausmeister einer Schule ergattert hatte.

»Nachm Krieg ham wa uns langsam hochgearbeitet. Wir waren zu erschöpft, um nach Deutschland zurückzukehren. Außerdem ...«

Er blickt seinen Bruder immer noch genauso verlegen an wie damals.

»Man schrieb uns, Hanses Frau und meene Freundin hätten sich inzwischen andere Typen besorgt.« Er nimmt einen Schluck von seinem Bier. »Ick bin jetzt an der University of Western Australia in Perth inna Verwaltung, und Hans arbeitet als Lehrer.«

»Hast du dich verletzt, als du von dem Laster ...?«

»'ne Trümmerfraktur. Nüscht Schlimmes, aber ernst genug, dass ick nur langsam vorangekommen bin. Später hat mir dit geholfen. Die dachten bestimmt, die Pfeife kann eh nüscht mehr ausrichten.«

Hans zieht die Tischdecke gerade.

»Haste von den anderen noch mal watt gehört? Von Ellwanger oder dem ollen Schönborn?«

Oskar schüttelt den Kopf.

Die Embritz-Brüder berichten ihm von einigen lustigen und weniger lustigen Possen ihres Werdegangs.

»Wie lange bleibt ihr in Sydney?«, fragt Oskar und streicht über den Hut in seinem Schoß. »Ich habe oben in Killcare auf einem Hügel ein Haus gebaut, nichts Pompöses, aber es reicht, um angenehm zu leben. Wenn ihr Zeit habt, kommt vorbei. Ich habe genug Platz, ihr könnt dort übernachten. Auch länger.« Metallisch dringt die Stimme des Ansagers von Randwick zu ihnen durch, der die Ergebnisse eines Rennens verkündet, und Oskar fragt sich, ob er zu aufdringlich war.

»Dit würden wa gern, Oskar, aber wir fliegen heute Abend

zurück und werden nächsten Monat das Land verlassen. Wir ziehen wieder nach Deutschland.«

»Ach ...«

Altbekannte Gefühle von Schmerz, Einsamkeit und Schuld durchströmen Oskar, und er bemüht sich, ihnen mit seiner Mimik kein Ventil zu bieten.

»Natürlich«, ergänzt Hans nachdenklich, »haben wir Australien viel zu verdanken. Aber Berlin bleibt Berlin, wa?«

»Unsere Schwester schreibt, es soll sich viel getan haben in der Stadt. Es gibt Arbeit. Aufbau. Und irgendwie haben wa doch langsam Heimweh. Mal wieder übern Ku'damm laufen, wa? Egal, wie kaputt der inzwischen is.« Dann legt sich ein milder Ausdruck auf Fredericks Gesicht, als er nach Oskars Hand greift. »Aber dich wollten wa unbedingt noch ma wiedersehen, Marco Polo.«

»Unbedingt«, wiederholt Hans.

Keiner sagt, was alle wissen. Es wird das letzte Mal sein.

»Wenn wa uns beeilen«, sagt Frederick und beobachtet, wie ein Rennpferd wenige Meter entfernt in einen Anhänger verfrachtet wird, »kriegen wa in Berlin noch 'n anständiges Leben mit Familie und Ruhestand hin. Du kennst doch dit alte Volkslied«, sein Blick fliegt zu Oskar: »*Schön is die Jugend, nu kommt nüscht mehr.*«

PUSTEBLUME

Sie biegen um eine Straßenecke, und als er wieder Gas gibt, verfinstert sich Oskars Miene; bedächtig klopft er mit einem gebogenen Finger auf das Hartplastik der Anzeige.
»Mist.«
Carl blickt seinen Freund mitleidig an.
»Was ist los?«
»Der Tank. Das Benzin ist fast alle.«
Der Fahrtwind spielt mit Carls Haaren, sie fliegen in sein Blickfeld, bedecken seine braun gebrannte Stirn sowie die Augen, die jetzt vorsichtig Oskar begutachten.
»Wird schon reichen«, murmelt der und wird dann lauter, damit Carl ihn hören kann. »Sieh mich nicht so an. Ist nicht das erste Mal, es wird, wie immer, genau hinkommen.«
Carl Toovey beginnt zu pfeifen, als sie die Blackwall Road und die neuen, in der Sonne leuchtenden Ladengeschäfte passieren. Kieselsteine prasseln an die Unterseite des Wagens. Nach einer Weile dreht sich Oskars Beifahrer zu ihm um.
»Hab gehört, dass sich in Ettalong neuerdings die Strandschönheiten aus Sydney versammeln. Ist ein echter Geheimtipp.«
»Der Geheimtipp ist die Brandung. Das ist das, was uns interessiert.«
Carl sieht aus dem offenen Fenster, seine Stimme klingt betont gelassen.

»Da hast du recht. Mit so einem zauseligen Bart wirst du den Damen ohnehin nicht auffallen. Zumindest nicht in der Art, dass sie uns ansprechen werden.«

Oskar fährt sich mit der Hand über sein unrasiertes Gesicht und fühlt mit einem Finger nach der altbekannten kahlen Stelle an seiner Wange. Dann greift er hinter sich auf die Rückbank, fischt eine Schirmmütze und eine Sonnenbrille hervor und setzt beides auf.

»Die sollen sich um ihren Kram kümmern.«

»Natürlich«, sagt Carl, der sich festhalten muss, als Oskar den Wagen zu schnell in die Memorial Avenue lenkt. Und dann, dem Fahrtwind zugewandt: »Wer braucht schon Frauen?«

Die langen Schatten einer Reihe Winterlinden fließen über das Auto, Sonnenlicht flackert zwischen ihnen auf.

»Können wir von etwas anderem reden?«

»Ja, klar«, sagt Carl in einem Tonfall, der wenig überzeugend klingt, und kaum zehn Sekunden später: »Was ist mit deiner Haushälterin?«

»Was soll mit ihr sein?«

»Sie sieht nett aus, wie heißt sie noch gleich, Malory oder Millie?«

»Minnie. Ja, sehr nett. Zuverlässig, hübsch auch.«

»Aber?«

»Aber was?«

»Willst du mal mit ihr ausgehen?«

»Mit ihr ausgehen? Ich finde kaum etwas, über das ich mit ihr reden kann und das nicht mit Haushalt oder Reinigungsmitteln zu tun hat. Außerdem: Ich glaube, sie hat einen Freund. Jim oder John. Jack? Ich weiß es nicht. Vielleicht ist es auch ihr Bruder. Außerdem ist sie sehr vergesslich und lässt immer ihre Handtasche bei mir liegen. Gestern schon wieder. Ich lebe quasi mit ihrer Handtasche zusammen.«

»Oh, schlimme Sache.« Carl rollt übertrieben mit den Augen.

»Mit so einer würde ich auch nichts anfangen. Hast du schon mal überlegt, ob sie das absichtlich macht?«

Oskar zuckt mit den Achseln.

»Ernsthaft: Vielleicht solltest du einfach deine Auswahlkriterien überdenken. Sei nicht so wählerisch. Du willst keine über vierzig, gut, schon gar keine deutsche Frau in dem Alter, die sind zu ...« Carl sucht nach dem Wort.

»Trutschig.«

»Zu trutschig. Meinetwegen. Und die Australierinnen um die dreißig oder drunter waren dir nicht ...«

»Die sind nur auf mein Geld aus.«

»Du hast gar kein Geld. Zumindest kein wesentliches, soweit ich weiß.«

»Trotzdem.«

»Du benimmst dich wie ein achtzigjähriger Griesgram.«

»Das ist nur knapp vierzig Jahre an der Wahrheit vorbei.«

»Du wirst doch irgendwann mal in deinem Leben jemanden getroffen haben, in den du verliebt warst. Selbst für jemanden wie dich gibt es Frauen. Es muss doch ...«

»Können wir jetzt bitte von etwas anderem sprechen?«

Der Motor gibt ein lautes Surren von sich.

»Ich dachte, das ist ein BMW.«

»Das ist der erste BMW, der in Australien verkauft wurde«, gibt Oskar trotzig zurück und will, dass man ihm seinen Stolz anhört.

»War das Geräusch im Preis inbegriffen? Wieso gibst du eigentlich immer alles Geld aus, das du in die Finger bekommst?«

»Damit man es mir nicht wegnehmen kann. Du klingst wie meine Mutter selig.«

Das Surren wird leiser. Eine Weile fahren sie schweigend weiter. Kurz bevor das Meer in ihr Blickfeld gerät, entschließt sich Oskar, laut zu denken.

»Eine Pastorentochter könnte passen.«

»Eine Schaufensterpuppe könnte passen.«

Auf dem Parkplatz eines kleinen Krämerladens bringt Oskar den Wagen zum Stehen, dreht den Zündschlüssel um und lässt mit einem Stoßseufzer die Schultern sinken.

»Ich bin merkwürdig, oder?«

Er blickt starr auf das Geschäft vor ihnen.

»Ich möchte nur wissen, wo meine Courage abgeblieben ist. Natürlich hast du recht, Carl. Ich bin nicht reich und werde es nie sein. Ich war so lange darauf aus, reich zu werden, und als ich mir endlich ein kleines Vermögen erarbeitet hatte, habe ich es ausgegeben. Wohlstand macht feige und ängstlich, findest du nicht? Man riskiert nur dann etwas, wenn man nichts zu verlieren hat. Und was Frauen angeht ... Der Teufel weiß, was mit mir los ist. Ich glaube, es soll nicht sein, sollte es noch nie.«

Als er Carl ansieht, bemerkt er dessen sorgenvolles Gesicht.

»Hey, du hast recht. Wer braucht schon Frauen, wenn er Ausflüge mit Carl Toovey machen kann? So, und jetzt holen wir uns Sandwiches und Wasser, o.k.?«

Sie laufen durch ein kurzes Waldstück auf flache Dünen zu, auf denen ein Holzbau mit mehreren kleinen Geschäften thront. Als sie am Ende des Waldpfades ankommen, stößt Carl in Anbetracht der Wellen von Ettalong und Umina Beach einen erstaunten Pfiff aus. Auf dem letzten Stück des schmalen Weges vor ihnen und über die gesamte, von Bäumen eingerahmte Bucht hinweg herrscht reger Betrieb. Zahlreiche Menschen haben sich auf die Strände zu beiden Seiten verteilt, lachen auf ihren Handtüchern, spielen Federball mit ihren Kindern oder stürzen sich in die weiße Gischt.

»Woah«, ruft Carl, »hier ist ja die Hölle los. Jetzt sieh dir das an. Meinst du, wir schaffen es über diese Wellen hinaus?«

»Das sind doch keine Wellen.«

Oskar lächelt wissend, und Carl ahnt, er hat einen Volltreffer gelandet. Womöglich kann er seinem älteren Freund beiläufig eine jener Geschichten entlocken, mit denen er sonst so geizt.

»Heute sind sie etwas ruppiger«, sagt Oskar. »Aber du hast keine Wellen gesehen, wenn du nicht ...«

Der Beginn der folgenden Anekdote geht in dem Lärm zweier Jugendlicher unter, die die Männer johlend überholen. Im selben Moment taucht vor ihnen ein Gatter aus Maschendraht auf, das den Wald vom Strand abgrenzt. Die Jugendlichen sprinten hindurch und lassen es scheppernd hinter sich zufallen. Direkt nach ihnen schiebt sich ein Kind mit beiden Armen voller Plastikspielzeug vor Oskar und Carl durch das Gatter. Von der anderen Seite stapft eine müde wirkende Frau mit einer Strandtasche und gesenktem Kopf auf das Tor zu, gefolgt von einem alten Ehepaar, das sich missgelaunt angiftet.

»Das hättest du ihm doch genauso sagen können«, blafft der Mann seine Frau an und bekräftigt seinen Vorwurf mit einer fordernden Geste.

Oskar schenkt ihm keine Beachtung, ist in der Episode seiner Reise gefangen. Durch den Wind und den Streit des Ehepaars kann Carl nicht alles verstehen, was er sagt. Es hört sich an, als würde Oskar ihm gerade in seinem britisch gefärbten Englisch etwas erklären wollen.

»... when you get hit ...« Der Rest des Satzes geht im Gezanke der Alten unter.

Sowohl Carl als auch das Ehepaar und die Frau bleiben für eine Sekunde irritiert stehen. Kurzes Zögern, niemand weiß, wer den Vortritt hat, bis die Frau einen Entschluss fasst und erst Oskar und Carl und dann dem Paar das Tor aufhält. Die Ruderer bedanken sich, die Eheleute scheinen die Geste nicht einmal bemerkt zu haben und gehen, sich gegenseitig Vorhaltungen machend, weiter.

Der kleine Junge hat inzwischen den Saum des Strands erreicht, lässt sein Plastikensemble fallen und dreht sich nach seinen Eltern um, die ihm winkend und deutlich langsamer gefolgt sind.

Carl und Oskar marschieren stoisch auf eine weniger belebte Stelle zu, die sie in der Nähe des Ettalong Creek ausgemacht haben.

Der Jüngere von beiden ist sichtlich beeindruckt von dem, was Oskar ihm berichtet. Der springt wahllos von Anekdote zu Anekdote, erzählt von einem alten Mann in einem Restaurant in Banyuwangi, von der Überfahrt nach Latakia mit dem Hirtenhund Fílippos und im nächsten Moment von seiner schwierigen Seepassage vor Neu-Guinea. Kurz vor dem Ufer lassen sie ihre Taschen fallen und beginnen unverzüglich mit dem Aufbau ihrer Boote.

Die Frau mit der Strandtasche ist mittlerweile auf dem nahe gelegenen, aus einem einzelnen Steig bestehenden Bahnhof angekommen. »Woy-Woy« steht in dunkelroten Lettern auf einem Holzschild. Erst gestern hatte ihr ein Kellner erzählt, dass dies in der Sprache der Ureinwohner so viel heiße wie »jede Menge Wasser«. Sie muss trocken schlucken. Bei der Suche nach einem Geschäft versucht sie, sich so weit wie möglich von den zeternden Greisen zu entfernen, die ihr gefolgt sind und immer noch die Umstehenden mit ihren Tiraden unterhalten, als sie das Rattern von Rädern auf Gleisen hört.

Ich bin doch wirklich eine blöde Kuh! Ich hätte etwas zu trinken kaufen sollen. Wie soll ich es bis in die Stadt hinein und zum Hotel ohne einen einzigen Tropfen Wasser aushalten?

Der kleine Junge am Strand klopft sich wie Tarzan auf die Brust und rennt um sein am Boden liegendes Spielzeug herum, als wäre es eine wertvolle Beute, die er gerade erlegt hat. Seine Eltern schürzen belustigt die Lippen und breiten ihre Handtücher aus.

Carl versucht, während des Aufbaus der Faltboote keine Pause entstehen zu lassen, Oskar nicht abzulenken, um den seltenen Redefluss seines Freundes ja nicht zu stören. Die Geschichten, die er heute hört, kennt er noch nicht und findet sie ebenso interessant und unglaublich wie jene, die ihm Oskar in einem anderen unbeschwerten Moment letztes Jahr zu Weihnachten offenbart hat.

Im Abteil ist es stickig. Kurz nachdem sich der Zug in Bewegung gesetzt hat, haben sich die Alten beruhigt und schweigen. Sie blicken beleidigt blinzelnd in unterschiedliche Richtungen.

Die Frau sitzt einen Wagen weiter, ihre Hand greift nach dem Fensterhebel. Sie kippt das schmale, obere Fenster nach innen und steht auf, um den Fahrtwind einzuatmen. Sie muss an die Begegnung vor wenigen Minuten denken und fragt sich, von wem der Mann am Gatter wohl geschlagen worden war, was passierte, »when you get hit«.

Wie viel man im Leben nie erfährt. Wie oft Momente an einem vorbeifliegen wie die Samen einer Pusteblume. Der Mann sah ein wenig verwahrlost aus.

Der Junge beschwert sich bei seinen Eltern. Er wolle ins Wasser, lässt er sie patzig wissen. Dieser Wunsch dulde, so wird den Erwachsenen mit jeder Silbe deutlich gemacht, keinerlei Aufschub.

Oskar runzelt die Stirn, scheint den Faden verloren zu haben, und Carl beeilt sich, ihn an die letzten Worte des vorangegangenen Satzes zu erinnern, sie ihm auf die Nadel seiner Erinnerung zu schieben, auf dass er seine Geschichte zu Ende stricken kann.

Dann wird der Frau schlecht. Ihr Blick fliegt hektisch durch das Abteil, bis sie ihn entdeckt: Einen kleinen roten Griff, mit dem man den Zug anhalten kann. Sie stürzt auf ihn zu, über die Beine eines Mannes mit aufgeschlagener Zeitung hinweg, greift danach, und schon hört sie das Schrillen der auf den Gleisen quietschenden Räder. Viel früher und abrupter, als sie es erwartet hat, steht der Wagen still, und sie schleudert gegen die Scharniere der Verbindungstür zum nächsten Abteil.

»Komm schon«, ruft der wild planschende Junge seinem zögerlich ins Meer steigenden Vater zu. »Huu-huu, komm her, ich bin ein Wal, ein Mörderwal, Killerwal, rrrr.«

Carl fummelt an einer Spante herum, die sich nicht wie gewohnt einfügen lässt. Oskar baut stoisch weiter an seinem eigenen Boot. Wo war er stehen geblieben?

Für einen Moment ist sie weggetreten, kommt nur langsam wieder zu sich. Um sie herum schreien die Menschen, sie sieht Hosenbeine, Schuhe, alles fließt ineinander. Sie liegt auf dem Boden, ihr Kopf dröhnt. Sie versucht sich zu orientieren und kriecht Richtung Tür. Ein Mann steht dort, überfordert mit der Situation und dem Bild der sich unter seinen Beinen hindurchschiebenden Frau mit der blutenden Stirn. Er will ihr helfen, drückt gegen die Tür, um sie zu öffnen. Ihr ungebremster Freiheitsdrang lässt beide hinaus in ein Bett aus Kies und Unkraut fallen. Der Mann bleibt verwirrt liegen, doch sie rappelt sich auf und beginnt mit den eckigen Schritten eines frisch geborenen Fohlens entgegen der Fahrtrichtung zurück zum Bahnsteig zu laufen, den sie in einigen Hundert Metern Entfernung zu erkennen glaubt.

»Ma'am«, hört sie eine Stimme hinter sich rufen. »Ma'am, warten Sie.«

Der Kerl am Gatter hat nicht von einem Überfall gesprochen. Ja, der Wind war laut. Das streitende Ehepaar war laut. Aber er hat nicht »when you get hit« gesagt. Es klang anders. Weicher. Er sagte »Wayang Kulit«. Er hat von unserer Puppe gesprochen.

Ungelenk taumelt sie weiter.

Doch der Stoß an die Wand des Abteils hat Gili Baum einiges an Kraft gekostet.

KUPFER

Der schattige Weg durch das Waldstück zum Strand erscheint ihr jetzt doppelt so lang wie zuvor. Sie versucht, laut und tief zu atmen, um einer aufkeimenden Übelkeit vorzubeugen. Sobald ihre Konzentration nachlässt, fängt ihr Kopf an zu dröhnen. Sie bemerkt, dass sie ihre Tasche im Zug vergessen, nur noch den Hut bei sich hat, und sie setzt ihn sich auf.

Der Strand ist, als sie ihn erreicht, kaum mehr als ein unübersichtlicher Rummelplatz aus Sand, bunten Schirmen und Menschen. Sie schließt die Augen und holt tief Luft.

Der Mann am Gatter sprach von der Puppe. Niemand wird in dieser Gegend eine Wayang Kulit erwähnen. Und er hatte ein Loch im Bart. Oder nicht? ... Was redest du da? Wie kann ein Ertrunkener einen Strand besuchen? Oskar ist tot!

Ihr ist schwindlig, als sie das große Holzhaus mit den Geschäften erreicht. Mühsam reckt sie sich, um besser sehen zu können. Es ist zwecklos, selbst wenn er hier wäre, würde sie ihn inmitten der vielen Leute nicht erkennen. Also macht sie sich mit schweren Beinen, schmerzendem Kopf und einer schwelenden Übelkeit auf und befragt Strandgäste, ob sie zwei mittelalte Männer gesehen hätten, einer davon mit Bart und Sonnenbrille.

»Mit Sonnenbrille?«, gibt ein junger, gut aussehender Rettungsschwimmer die Frage zurück und wendet sich seinem Freund zu, »dann *muss* er uns doch aufgefallen sein.« Als er zum Lachen ansetzt, bemerkt er das Blut, das an ihrer Wange hinabrinnt, doch Gili ist schon weitergegangen.

Im Zickzack streicht sie zwischen den Menschen hindurch und behelligt jeden, der ihr über den Weg läuft. Ihr fällt ein, dass beide schwere, große Taschen trugen, betont das Detail in ihren Fragen, doch niemand hat die gesuchten Personen gesehen. Eine Frau bietet heiter ihre Brüder an und jeder Zweite seine Hilfe. »... brauche keinen Arzt, danke«, sagt sie jedes Mal und läuft weiter.

Kurz vor dem Ende der Bucht vergräbt Gili ihren Kopf in den Händen, als plötzlich ein kleines Mädchen an ihrem Hemd zupft.

»Suchen Sie diese seltsamen Kerle?«

Sie starrt die Kleine durch ihre Finger an, dann packt sie sie an den Schultern.

»Hast du sie gesehen?«

»Na ja, die sind mir mit ihrem ganzen Zeug gleich aufgefallen.«

Gili kniet sich vor das Kind.

»Wo sind sie hin?«

»Lady, Sie bluten.«

»Wo sind die beiden hin?«

»Ich kann meine Mama holen, die wird Sie versorgen.«

»Die Männer, sag mir, wo du sie gesehen hast«, insistiert Gili und ist kurz davor, das Mädchen zu schütteln.

Zögernd zeigt die Kleine hinter sich, dorthin, wo am Ende der Bucht der Wald beginnt – bevor sie in Fahrt kommt.

»Dort drüben haben sie zwei Boote aufgebaut, die sahen merkwürdig aus, wie Paddelboote, aber länger, und dann sind sie damit losgefahren. Gerudert. Ich schwöre Ihnen, Sie haben noch nie zwei Leute so rudern sehen, Ma'am. Hat kaum einer hingeguckt, weil sie so schnell weg waren. Aber ich hab sie gesehen. Mann, wie die losgelegt haben, unglaublich. Pamm-pamm-pamm.« Die Arme des Mädchens rudern in der Luft. »Und weiter, Pamm-pamm, ruckzuck waren die hinter den Bäumen verschwunden.

Als hätten sie einen Motor an Bord. Hatten sie aber nicht, das schwöre ich Ihnen. Meine Eltern haben mir das nicht geglaubt, aber ich ...«

»Vielleicht waren es Kajaks? Oder Faltboote? Und bist du sicher, dass es zwei Männer waren?«

»Tod-tod-sicher, Ma'am. Die Typen sind mit Booten weg, in die mein Onkel mit seinem dicken Bauch nicht reingepasst hätte.«

»Danke«, sagt Gili abwesend und merkt nicht, wie ihr Kinn zittert, »hast mir sehr geholfen.«

Langsam trottet sie zurück zu dem Holzbau und lässt sich daneben in den heißen Sand fallen. Schweiß und Blut mit den Händen verwischend, bleibt sie dort sitzen und wartet, wehrt jede Frage, ob man ihr helfen könne, schweigend ab.

Sie werden zurückkommen. Irgendwann. Sie müssen.

Langsam leert sich der Strand. Immer noch beäugen einige der Badegäste Gili misstrauisch, bieten Hilfe an. Sie steht auf, geht ein paar Schritte in die eine, dann in die andere Richtung, die Augen auf das Meer geheftet, doch weit und breit sieht sie keine Boote. Ihr Kopf tut weh, pocht unter ihrem Stirnbein.

Am späten Nachmittag macht sich Gili durch das kurze Waldstück auf, um das örtliche Polizeirevier zu suchen. Ein klein gewachsener Mann beschreibt ihr den Weg, und noch bevor er ihr anbieten kann, sie zu begleiten, wandert sie davon.

Zwei Straßen weiter sieht sie, wie ein uniformierter Beamter ein Gebäude auf der anderen Straßenseite verlässt. Es kostet Gili Mühe, die steinernen Stufen zu erklimmen. Im Flur des Polizeireviers holt sie tief Luft. Ihre Finger gehorchen ihr kaum, als sie versucht, mit etwas Spucke und einem Taschentuch rasch das getrocknete Blut von Schläfe und Backe zu wischen.

In dem zarten Flaum über der Oberlippe des Beamten hinter dem Tresen erkennt sie die Hoffnungslosigkeit ihres Vorhabens. Entschuldigend hebt der gerade erst der Schulzeit entkommene junge Mann seine Hände, während Gili ihm klarzumachen versucht, wie wichtig es ist, Oskar Speck zu finden. Schließlich holt der Polizist ein Telefonbuch der umliegenden Gemeinden hervor, doch auch darin findet sich der Gesuchte nicht.

Gili ist gerade dabei, sich resigniert zu bedanken, da eilt ein älterer Beamter mit energischen Schritten zur Tür herein. Kurz bevor er im Hinterzimmer verschwindet, fällt sein Blick auf die Besucherin.

»Hast du der Dame etwas Wasser angeboten? Ma'am, geht es Ihnen gut?«

»Sie sucht einen Mann namens Oskar Speck.«

»Ethan, du bist Polizist und kein Hellseher, und als Erstes solltest du darauf achten, in welchem Zustand sich dein Gegenüber befindet.«

Ethan lächelt Gili verlegen an.

»Oskar Speck«, wiederholt der Ältere für sich selbst, während er nach einem Glas sucht. Dann dreht er sich abrupt um. »Ich kenne den Mann zwar nicht, aber oben in Killcare gibt es eine Gegend, die die Leute Speck's Corner nennen. Wenn Sie wollen, kann ich Sie bis zur Fähre mitnehmen, die bringt Sie rüber nach Hardy's Bay, von da aus ist es nur den Berg hinauf.« Sein Gesicht unterstreicht seine Aussage mit einem Lächeln, das zu sagen scheint: *Einen Versuch ist es wert.* »Aber sind Sie sicher, dass Sie körperlich dazu in der Lage sind?«

»Lassen Sie uns fahren.«

»Ich ...«, Gilis Entschlusskraft scheint den Beamten zu überrumpeln. »Ich würde Ihnen gerne erst ein Glas Wasser besorgen. Ethan, verdammt noch mal, wo ist die Gallone, die hier heute Morgen noch stand? Ma'am, Sie sehen nicht so aus, als könnten Sie ...«

»Wir fahren. Mir geht's gut.«

Gili ist selbst von der Vehemenz ihrer Stimme überrascht, ihr Blick hält dem des Polizisten stand, der insgeheim einräumt, dass die Frau an ihrem Bestimmungsort womöglich besser und eingehender versorgt werden kann, als er es zu tun vermag. Außerdem würde er, wenn er sich dieses Falles ausgiebig annähme, garantiert das Rugbyspiel seines Sohnes verpassen.

»Also gut, aber ich werde Ihnen eine Skizze anfertigen, wo Sie hinmüssen.«

Die Fahrt dauert zehn Minuten, in denen keiner von beiden spricht. Der Polizist vermutet, dass hinter dem Auftreten der Frau neben ihm eine nicht unkomplizierte Beziehungsgeschichte steckt, über die er nichts erfahren möchte. Gili sieht unter ihrem Hut erschöpft und angespannt aus dem Beifahrerfenster und sortiert ihre Erinnerungen an Surabaya, an Oskars Gesicht und die interessante, unerträgliche Einsamkeit, die von diesem Mann ausging. Ihre Gedanken wandern weiter zu Lydia und Paul, nach Semarang und Sydney, zu Cliff Durst und nach Amerika.

Cliff hatte wie auf Wolken geschwebt in den Wochen, bevor ihr Schiff nach Los Angeles ablegte. Nie zuvor war ihr ein Mann derart ergeben gewesen. Der Deutsch-Amerikaner konnte es kaum fassen, wie sich sein berufliches und privates Glück zu einem Amalgam aus purem Gold zu formen schien, und das ließ er Gili zu jeder Stunde jedes Tages spüren.

Ihr war es schwergefallen, sich von Lydia und Paul zu trennen, wusste sie doch, dass sie beide womöglich nie wiedersehen würde. Doch schon nach wenigen Wochen im sonnigen Los Angeles hatte sie ein Telegramm aus Sydney erreicht.

Sie sagen, ich habe Alzheimer. Gili, das kenne ich gar nicht.
Paul überfordert. Kannst du kommen?

Cliff bat Gili inständig, bei ihm zu bleiben, und war entsetzt, als sie sich anders entschied. Doch sie brachte es einfach nicht übers

Herz, die zwei Menschen, die sie aufgefangen hatten, als sie sich im freien Fall befand, nun selbst fallen zu lassen.

Also kehrte sie zurück nach Sydney und durchlebte einige der schlimmsten und zugleich seltsamsten Monate ihres Lebens. Lydias Krankheit war spät entdeckt worden und schritt ungewöhnlich rasch voran. Bereits kurz nach ihrer Ankunft musste Gili zusehen, wie die alte Dame nachts im Garten von Drummoyne House stand und mit einer Harke sprach oder wie sie zum Frühstück, Unverständliches nuschelnd, vier Liter Milch auf den Küchenboden goss. Da Paul Kupfer zu alt und tatterig war, pflegte Gili sie zu Hause, bis es nicht mehr ging, und besuchte sie dann oft im Pflegeheim in Rozelle, so auch an jenem Tag im Juni 1947, an dem Lydia nicht mehr aufstand, um mühselig den Unterschied zwischen Sinn und Unsinn zu ergründen. Wie Lydia Kupfer es sich gewünscht hatte, verstreute Gili ihre Asche zu gleichen Teilen in der Bucht vor Snapper Island und in Watsons Bay, wo es schließlich den besten Fisch des Kontinents gab.

Und als kurz darauf auch Paul Kupfer – ohne seine Frau seltsam entfremdet vom Leben – an einem Aneurysma starb, saß Gili allein in Drummoyne House.

Lydia und Paul hatten fast ihr gesamtes kleines, aber relevantes Vermögen Gili vermacht. Ein zweites Mal konnte sie mit einem Erbe tun und lassen, was sie wollte. Also beschloss sie, das Land erneut zu verlassen, endlich die Welt zu sehen, und zwar richtig und mit der Muße, die ein solches Unterfangen verlangte, und ihrem Leben erst dann wieder einen Sinn zu geben, wenn sich ihr ein solcher aufdrängen sollte.

Ruckartig muss der Polizeiwagen bremsen, als ein Wombat aus dem Gebüsch bricht und über die staubige Straße schleicht. Das tapsige Tier reißt Gili für einen Moment aus ihren Gedanken, bis ihr plötzlich klar wird, dass sie Oskar bereits all die Jahre hätte suchen und finden können, ja, dass sie sogar eine Zeit lang in unmittelbarer Nachbarschaft wohnten. Sie lässt ihren Kopf gegen die Scheibe sinken, und fast hätte sie sich dem Polizisten zugewandt und gesagt: »Meinen Sie nicht auch, die Losung für ein glückliches Leben lautet: Erwarte nicht zu viel, und du wirst nie enttäuscht werden?«

Sie begann ihre damalige Reise in Bahia, Brasilien, sah sich Rio de Janeiro und São Paulo an, fuhr nach Uruguay und Buenos Aires, gelangte über Chile und Fiji nach Japan und von den Philippinen nach Neuseeland. Sie bewegte sich auf den Spuren von Elly Beinhorn, hatte das Gefühl, als hätte sie mit ihren Jugendträumen noch eine Rechnung offen.

Erst vor wenigen Wochen hatte sie Sehnsucht nach einer stärkeren Erdung verspürt und sich vorgenommen, ein letztes Mal die schönsten Strände der australischen Ostküste zu besuchen, bevor sie einen Dampfer nach Indien besteigen würde. Von dort sollte es weiter nach Ägypten und schließlich nach Europa und Deutschland gehen, wo sie entscheiden wollte, ob sie dieses Land wiederentdecken oder für immer ad acta legen würde.

»Da wären wir. Etwas schneller als gedacht«, durchbricht der Polizist die Stille und zeigt auf einen schmalen, leeren und endlos langen Holzsteg am anderen Ufer des Binnenhafens, der von vertäuten Segelschiffen und Fischerbooten flankiert wird. »Da müssen Sie hin und dann geradeaus die Straße hinauf. Die Fähre kommt in zwanzig Minuten. Aber vielleicht sollten Sie das wirklich auf morgen verschieben. Der Weg ist unangenehm steil und ...«

Gili nickt und drückt dem Mann zwei Geldscheine in die Hand, ohne auf deren Wert zu achten. Bevor er ihr etwas hinterherrufen kann, ist sie ausgestiegen und verschwunden. Sie läuft zu dem Pier und blickt sich um. Eine Frau mit Sonnenhut packt gerade die

Zeitungen ihres Kiosks ein, als Gili auf sie zugeht und sie fragt, ob sie ihr etwas Scotch verkaufen könne. Über einen Zeitungsstapel gebückt, begutachtet die Frau die Kundin. Gili sieht ihr an, dass sie ihren Wunsch für keine gute Idee hält. Die Budenfrau bietet ihr stattdessen einen Schluck aus ihrem Flachmann an. Den Kopf in den Nacken legend, leert Gili die kleine Metallflasche mit einem Zug.

BROMBEERNACHT

Es ist ein anstrengender Marsch, genau wie es der Polizist gesagt hat. Sie ist keine zweihundert Meter gelaufen, vom Fährhafen aus vorbei am Old Killcare Store, die Schotterstraße hinauf, die erst leicht und kurz darauf schroff ansteigt. Das Atmen fällt ihr schwer. Sie bleibt stehen und betrachtet den Zettel in ihrer Hand. Die Skizze des Beamten verschwindet für einen Moment hinter Wolken, einer diffusen Ansammlung kleiner Punkte und Schleier vor ihren Augen. Der Wind vom Meer lässt die Banksien und Teebäume am Straßenrand leise winken, doch für Gili tanzen sie, hüpfen von einer Stelle zur nächsten.

Ich werde es nicht schaffen.

Auf der anderen Straßenseite kommt ihr ein älterer Mann entgegen. Sie hustet. Der Alte sieht zu ihr herüber und fasst sich an die Brusttasche seines Cordjacketts. Kaum hat er seine Brille aufgesetzt, leuchten seine Augen auf. Im selben Moment rattert ein schwarzer Ford Pick-up nur wenige Zentimeter an Gili vorbei und kommt ins Schlingern. Der Fahrer hupt, als wolle er seinem Ärger eine Nachricht hinterherschicken, während über seinem Wagen ein Schwarm Vögel unter Kreischen aus einem Baum aufsteigt.

»He, Misses.«

Der Wind und die Vögel nehmen seine Worte mit.

»Miss.«

Langsam hebt sie den Kopf, sieht benommen, wie der alte Mann zu ihr herübereilt.

»Sind Sie in Ordnung? Sie müssen achtgeben. Die Halbstarken nutzen die Straße hier als Rennstrecke. Wohnt kaum jemand hier, wissen Sie?«

Er kneift die Augen zusammen.

»Ist das ein Marcelle Lély? Dann kommen Sie bestimmt aus der Stadt. So was trägt hier niemand. Meine Frau wollte früher immer so einen schicken Deckel haben, aber ...« Er starrt Gili an, dann deutet er mit einem Nicken auf die dunkelrot verklebte Stelle an ihrer Schläfe. »Geht es Ihnen gut?«

Ohne ihn anzusehen, nimmt sie den Hut ab und streicht sich durch ihre windwüsten Haare.

»Sagen Sie ...« Sie sammelt Kraft, um den Satz zu Ende zu bringen, und deutet mit der Huthand auf den Zettel des Polizisten. »Können Sie mir zeigen, wo das Haus von Oskar Speck ist?«

Der Mann blickt missmutig auf das Stück Papier. Für einen Moment sind nur die in der Entfernung rauschenden Wellen zu hören.

»Was wollen Sie denn von dem Nazi?« Seine Miene ist versteinert. Dann erhellen sich seine Züge, er klopft mit der Rückseite seiner Hand auf die Notiz.

»War ein Scherz, Ma'am. Speck ist in Ordnung. Ein echtes Unikum. Ziemlicher Eigenbrötler. Kennen Sie ihn von früher? Kann äußerst charmant sein, wenn er sich doch mal mit Menschen unterhalten muss. Trudy ist ganz verzweifelt deswegen, sie ... Verzeihung, Trudy ist eine meiner Töchter. Hab insgesamt drei. Katy und Tyler haben schon Kinder, die zur Schule gehen, aber Trudy ... Jedenfalls: Sie hat alles bei Speck probiert, ohne Erfolg. Und neulich erzählt uns der Hund doch, er sei verheiratet. Einfach so, wie aus dem Nichts. Es gäbe eine Miss Speck in Sydney, wo er arbeitet. Sie würde nur selten den Weg hier heraus schaffen. Na, Sie können sich vorstellen, wie Trudy reagiert hat. Sie ...« Er bemerkt, wie sich die Frau ihm gegenüber langsam abwendet. »Oh, entschuldigen Sie, ich komme ins Plaudern, passiert manchmal. Cheryl, meine Frau, wirft mir das seit Jahren vor. ›Sam Robbins‹, sagt sie – wenn sie streng mit mir ist, muss es immer der volle Name sein –, ›Sam Robbins, du sprichst mit einem Fremden an der Kasse in unserem Laden mehr als mit mir in einem ganzen Monat.‹ Nach den Gründen fragt sie nie. Aber ...« Er muss sich linkisch nach vorne beugen, um ihr Gesicht zu sehen. Dann deutet er mit dem Daumen den Berg hinauf. »Es ist noch ein gutes Stück entfernt, ganz oben, kurz bevor Wards Hill und Scenic aufeinandertreffen. Etwas abseits der Straße. Zeigen Sie mal!«

Er nimmt Gilis Zettel, holt einen Kugelschreiber heraus, versucht der Skizze etwas hinzuzufügen und schüttelt dann fluchend den Stift.

»Verdammt, wenn Sie mich fragen, füllen die diese neumodischen Dinger immer nur bis zur Hälfte.«

Ein Buschhuhn zischt durch das Unterholz und verschwindet im engmaschigen Gestrüpp aus Ästen und Blättern. Gili erschrickt, und der Mann sieht für einen winzigen Augenblick ihre grün leuchtenden Augen, die unter normalen Umständen die Männer um den Verstand bringen müssen.

»Es ist Ihnen wichtig, was? Hören Sie, Speck ist manchmal tagelang nicht zu Hause. Kein Licht in den Zimmern. Wahrscheinlich bei seiner Frau in Sydney. Oder sonst wo. Wer weiß. Wie geht noch dieses Sprichwort? ›Jeder Mensch hat eine dunkle Seite, wie ein Mond ...‹ Verdammt, wie war das noch gleich? Es war so schön formuliert.«

»Twain«, flüstert sie.

»Bitte?«

»Das Zitat, es ist von Mark Twain.«

Der Mann kneift ein Auge zu, hat nur die Hälfte ihres genuschelten Satzes verstanden. Zweifelnd betrachtet er ihren gesenkten Kopf.

»Sie sollten das von einem Arzt ansehen lassen. Aber hier werden Sie keinen finden. Ach, Twain sagten Sie, richtig, von dem ist das. So, jetzt warten Sie mal, warten Sie.«

Der Alte drückt ihr den Stift und den Zettel in die Hand und entfernt sich die Straße hinab. »Bleiben Sie einfach hier stehen. Ich hole einen funktionierenden Kugelschreiber, etwas Wasser, Verbandszeug und einen Snack aus meinem Laden. Dann sehen wir weiter. Zur Not«, ruft er über seine Schulter hinweg, »übernachten Sie bei uns. Cheryl macht einen fantastischen Apfelkuchen. Und morgen bringe ich Sie nach Sydney, und wir suchen nach seinem Geschäft. Von Speck, meine ich. Specks Laden. Ich kann mich an die Adresse nicht erinnern, meine Vergesslichkeit. Noch so etwas, was mir meine Frau vorwirft. Aber wenn ich die Straße finde, finde ich auch sein Geschäft. War erst einmal da, aber ... Also gut, ich bin gleich wieder bei Ihnen.«

Das Herz des Alten schlägt schneller mit jedem Schritt. Er stellt den Kragen des Jacketts in eine aufrechte Position. Es wird frisch. Nächste Woche soll es Regen geben. Die steil abfallende Straße macht ihm zu schaffen. Auf dem Geröll muss er vorsichtig gehen, um nicht zu fallen. Der Himmel, der sich vor ihm über Hardy's Bay spannt, wird den eben noch heißen Tag schon bald in eine träge, dicke Brombeernacht verwandeln. Endlich etwas Wind, er tut ihm gut, belebt seine Lunge. Kurz bevor er seinen Laden erreicht, dreht er sich noch einmal um und sieht die menschenleere Straße hinauf.

WOY-WOY

Stotternd und krächzend meldet sich das Auto zu Wort.
»Na toll.«

Oskar wackelt in seinem Sitz von hinten nach vorne, ganz so, als könne er den Wagen dadurch anschieben, ihn überreden, doch noch den Berg hinaufzufahren.

Dann blickt er in den Rückspiegel, sieht den Eingang des Old Killcare Store und dahinter den langen Steg, der gute sechzig Meter in Hardy's Bay hineinragt.

»Komm schon«, flucht er und überlegt, wie er jetzt an Benzin kommen soll. Sieht sich bereits mit einem leeren Kanister im Bus Richtung Woy-Woy sitzen.

»Was ist los mit deinem Einschätzungsvermögen, deiner Präzision?«, seufzt er und spürt, wie der Wagen langsamer wird. Kurz vor der scharfen Biegung zur Nukara Avenue erstirbt das Motorengeräusch endgültig, der BMW rollt leise aus und fällt in einen tiefen Schlaf.

Auf dem Weg die Straße hinab bemisst Oskar die Chancen, hinter der Kasse des Gemischtwarenladens nicht dem redseligen Alten zu begegnen, sondern vielleicht seiner stupiden, aber in ihrer Schlichtheit freundlichen Enkelin Tess.

Nur nicht Trudy, bloß nicht Trudy.

Er versucht, sich zu erinnern, was er neulich im Laden erzählt hat, hatte er sich als verheiratet oder nur als liiert ausgegeben? Er tippt auf Ersteres, die stärkere Lüge, damit Trudy ihn endlich in Ruhe lassen würde.

Wenn ich sie bitte, mir einen Kanister Benzin zu leihen, werde ich nicht unter einem Viertelstundengespräch davonkommen. Wenn sie und ihr Großvater mich zu einer Tankstelle mitnehmen, bedeutet das eine volle Stunde belangloses Geplapper. Sechzig Minuten Schmal Talk. Dann lieber den Bus nach Woy-Woy.

PUDDING

Nur langsam kommt sie zur Besinnung. Schmeckt Erde auf ihrer Zunge, sieht die Welt verkehrt herum.

Wie lange liege ich schon hier? Wo ist »hier«?

Die Sonne schickt Strahlen in ihr Gesicht, greift mit langen Armen durch das Dickicht nach ihr. Es dämmert Gili, dass sie kopfüber an einem steilen Abhang inmitten von Laub, Zweigen und Kieselsteinen liegt. Ihren Hut, einen Stift und einen Zettel hält sie fest umklammert.

Mühselig dreht sie sich auf den Bauch, rappelt sich auf und bleibt, ihre Schenkel neben dem Po, eine Hand aufgestützt, sitzen. Mit festen Fingern massiert sie ihre Stirn, schließt die Augen, als würde Pressen helfen, ihre Benommenheit zu lindern. Dann hebt sie den Blick. Die Straße über ihr liegt nur wenige Meter entfernt.

Los, du musst es versuchen.

Ihre Finger krallen sich in Schotter und Kiesel, ächzend zieht sie ihren Körper auf die Fahrbahn, setzt fahrig ihren Hut wieder auf.

Weiter.

Wieder auf der Straße, bleibt sie nach ein paar Kurven stehen. Ihr dehydrierter Körper befiehlt ihr, die Suche aufzugeben.

Wasser, Feuchtigkeit, irgendetwas Nasses. Rette dich, verdammt noch mal.

Ein paar Schritte bergab befindet sich das Eingangstor zu einem Grundstück. Sie öffnet es, schleicht die dahinter liegende, leicht abschüssig verlaufende Einfahrt hinab, beachtet nicht den wunderbaren Ausblick, nicht das flache Haus zu ihrer Rechten, hört nur den darin bellenden Hund, der ihr signalisiert, dass niemand zu Hause ist.

Ein Wasserhahn, eine Gießkanne, eine Pfütze. Bitte.

Und tatsächlich, am Rand einer Vielzahl am Hang angelegter Beete und Sträucher erkennt sie ein steinernes Vogelbecken, für dessen Schönheit sie unter anderen Umständen womöglich einen Blick übrig hätte. Gierig trinkt sie, saugt zwei oder drei Schlucke abgestandenes Wasser und beobachtet dabei die Umgebung. Dann hält sie inne. Den Kopf immer noch über das Becken gebeugt, erkennt sie unter einer Akazie eine Hundehütte. Über dem rund ausgeschnittenen Eingang prangt ein selbst gemaltes Schild »Salt House/Fílippos Gardens«.

Ein plötzlicher Brechreiz überkommt sie. Bei dem Versuch, sich in ein Gebüsch zu übergeben, taumelt sie, gibt erst das Wasser, dann saure Galle von sich. Als sie etwas zum Abwischen sucht, bemerkt sie den Zettel des Polizisten, den sie, ebenso wie den Stift des Alten, die ganze Zeit über weiterhin in den Händen gehalten hat.

Ihre Waden zittern, und sie schleppt sich zu einem der Fenster; ihre Beine fühlen sich an wie Pudding. Gili legt ihre Hände wie Scheuklappen an die Schläfen und späht hinein. Ein aufgeräumtes Esszimmer, dahinter eine offene Küche. Kaum persönliche Gegenstände. Bis auf ... eine Frauenhandtasche, die demonstrativ auf der Anrichte thront.

Das Haus ist groß genug für zwei. Er hat längst eine Ehefrau, ein eigenes Leben. Ein anderes. Neues. – Aber er lebt!

Langsam sinkt sie zu Boden, lehnt sich an die Hauswand und versucht nachzudenken. Oskar Speck lebt. Und zwar genau hier.

Was habe ich eigentlich erwartet? Wen suchst du hier, du

dumme Gans? Einen Menschen, den es nicht mehr gibt, selbst wenn er putzmunter am Leben ist. Verstehst du das nicht?

Gili sieht, wie in der Ferne ein Motorboot geräuschlos über den Ozean gleitet.

Vorsichtig legt sie den Zettel des Beamten auf ein Bein, setzt an, verharrt und will gerade das erste Wort schreiben, als sie merkt, dass die Mine leer ist.

Verzweifelt ritzt sie auf dem Papier herum und gibt schließlich auf.

Lass es. Es wird nur wehtun. Was, wenn er ein viel leichteres Herz hat als du? Fahr nach Sydney und dann weiter. Lass es gut sein.

Sie versucht aufzustehen und erschrickt selbst von dem quälenden Laut des Wehleidens, den sie dabei in den weit verzweigten Garten entlässt.

»Können wir über etwas anderes sprechen?«, flüstert sie und gibt sich einen Ruck.

TICKEN

»Eigentlich haben wir schon geschlossen.«

Unter Sam Robbins' Worten verklingt leise das kristallklare Klingeln der Glocke, die bei jedem Öffnen und Schließen von der Kante der Eingangstür wachgerüttelt wird. Der Ladeninhaber hält einen Stapel Comics in den Händen und versucht zu ergründen, ob in diesem Monat Danny Hale, Secret Agent X9 oder lieber Johnny Hazard im Regal vorne stehen sollte. Kopfschüttelnd tastet er nach seiner auf der Glatze ruhenden Brille.

»Ach, das ist ja eine Überraschung. Ich hoffe, sie hat Sie gefunden. Sind Sie ihr begegnet?«

»Wem bin ich begegnet?«

»Der Frau. Hier war eine Frau, die ... Also nicht hier, ich habe sie draußen auf der Straße getroffen, sie suchte nach Ihnen.«

»Nach mir? Sind Sie sicher?«

»Zu einhundert Prozent. Einhundertzehn Prozent!«

Minnie. Ihre Tasche.

»Wo ist sie hin?«

»Das wüsste ich auch gerne. Sie sah mitgenommen aus, als hätte sie einen Unfall gehabt. Ich wollte ihr helfen, aber kaum drehe ich mich um, schwupp, ist sie weg. Hier draußen auf der Straße, keine hundert Meter von hier. Vor etwa einer Stunde. Sie fragte nach Ihnen, ich sage: ›Einen Moment‹, will ihr etwas Wasser holen, sie sah wirklich nicht gut aus, also sie sah gut aus, verstehen

Sie mich nicht falsch, aber eben nicht gesund. Jedenfalls stiefele ich die Straße hinab, dreh mich um, und weg ist sie. Hab nach ihr gerufen, nichts. Ich wollte noch mal zurück, aber da stand Trudy schon vor dem Laden und ... Hätte ich bei der Aufregung fast vergessen, wir waren verabredet, ich musste Trudy hier im Laden ablösen, sie wollte noch etwas in der Stadt besorgen, Schmuck, Make-up, was weiß ich, Sie wissen ja, wie sie ist, sieht etwas und muss es gleich besitzen.«

»Kein Problem, Mr. Robbins.«

Hat der Mann so etwas wie einen Ausschalter?

»Wenn ich zurückgehe, werde ich die Augen aufhalten. Sagen Sie, hätten Sie zufällig etwas Benzin für mich?«

»Benzin? Scheint, als wollte mich heute alle Welt veräppeln. Ich habe Limonade, Süßigkeiten, die üblichen Spirituosen, Modemagazine, Comichefte, sogar Nähzeug kann ich Ihnen anbieten. Aber ich bin keine Tankstelle, Mr. Speck.«

»Nichts für ungut«, Oskar hebt verständig die Hände, »dachte ich mir. Schönen Feierabend.«

»Gleichfalls«, sagt der Alte und scheint über das Gespräch nachzusinnen. »Bitte achten Sie doch darauf, ob Sie die Frau irgendwo herumirren sehen. Ich würde es selber tun, aber ich muss auf Tess warten. Sie und Sally waren heute in diesem neuen Reptilienpark drüben in, Sie wissen schon, in Somersby. Müssten bald kommen, aber ihre Mütter wollen, dass ich sie nach Hause begleite.«

Milde lächelnd öffnet Oskar die Tür, die Glocke klingelt. Er hört Robbins hinter sich weitersprechen, während er Verständnis und Entschuldigungen heuchelnd den Laden verlässt.

»Wie ich die beiden kenne, werden sie bleiben, bis der Park schließt«, ruft Robbins ihm hinterher und runzelt wieder die Stirn über den Heften. »Sie wissen nicht zufällig, ob die Kids diesen Danny Hale bevorzugen. Oder The Sea Hound? Speed Gordon?«

Auf dem Weg zu seinem Auto sieht Oskar sich um, ob Minnie tatsächlich hier draußen nach ihm sucht.

Würde sie das tun? Wegen ihrer Handtasche?

Oskar vergisst sie wieder. Wahrscheinlich hat der Alte ihn verwechselt.

Er holt tief Luft, öffnet die Fahrertür, steigt ein und versucht, den Wagen ein letztes Mal zu starten. In seinen Ohren klingt ein lautes Sirren, das in ein mechanisches Stottern übergeht und erstirbt.

Entnervt drückt er auf die Hupe, die sich lautstark beschwert.

Für einen Moment hört Oskar nichts außer dem kaum vernehmbaren Ticken des Sekundenzeigers seiner Armbanduhr, als würde sie ihm eine Geschichte erzählen. Dann schaut er auf das Zifferblatt. Kurz nach sieben.

Also gut. Laufen. Die Abkürzung durch den Busch, zu Hause den Busplan heraussuchen, Kanister aus dem Schuppen, zur Not ein Taxi, ja, Taxi ist besser, kostet mich ein Vermögen, aber der Fahrer wird wissen, wo die nächste Tankstelle ist. Ich lasse mich hinbringen, wieder zurück, hole das Auto, verflucht, ich werde nicht umhinkommen, heute noch das Salzwasser von der Außenhaut des Bootes abzuspülen. Also gut, dann eben auch das. Um spätestens zehn, halb elf sitze ich mit einem John Collins auf der Terrasse.

PLANKEN

Ein Tröten! Und dann noch einmal. Irgendwo unter ihr, schräg hinter den Bäumen und Büschen, ein jämmerliches Geräusch. Sie bleibt stehen, dreht sich am Rand der Straße um, aber es kommt kein Auto. Kein Motorengeräusch. Weder vor noch hinter ihr.

Weiter. Nicht anhalten. Kostet zu viel Energie.

Sie versucht, sich auf ihre Füße zu konzentrieren, auf jeden Meter, den sie zurücklegt. Als ihr Kopfschmerz sich zurückmeldet, versucht sie, die Bäume und Büsche neben sich zu identifizieren.

Hibiskus. ... Kapokbaum. ... Wieder Hibiskus, bestimmt. ... Kenn ich nicht. ... Kenne ich auch nicht. ... Den? ... Mir ist schlecht. ... Orchideen? Sieht aus wie Orchideen.

Ein gestreiftes Eichhörnchen flitzt neben ihr einen Baum hoch.

Wieso fällt mir das Atmen auf einmal so schwer? Nicht drauf achten. ... Tasmanische Winterrinde. ... Der? Keine Ahnung. ... Ruhig, atme ruhig. ... Winterrinde. ... Mein Gott, ich muss mich setzen.

Auf einmal, hinter einer Biegung, erkennt sie die lange, schnurgerade Straße, die sie vorhin hinaufgelaufen ist und auf der sie den alten Mann traf. Von der sie den Abhang hinunterfiel. Ganz unten, am Fuß der Straße, kann sie den Steg in Hardy's Bay erkennen. Ein ewig langer Strich, der in die Bucht hineinragt.

Eine Fähre. Heute wird doch noch eine Fähre gehen. Eine würde reichen. Irgendwohin. Bis zu dem Steg werde ich es schaffen.

Niemand ist zu sehen, als sie endlich unten ankommt. Die Straße, die nach beiden Seiten um Hardy's Bay herum verläuft, ist leer. In zwei Häusern am anderen Ende der Bucht sieht sie Licht in Fenstern. Das Rollo des Old Killcare Store ist hinuntergezogen.

Vorsichtig lenkt sie ihre Schritte auf den Steg, der zwar über einen Meter breit sein dürfte, ihr aber so schmal vorkommt wie ein umgekippter Baumstamm. Langsam die Mitte abschreitend, bewegt sie sich auf das Ende zu. Schlurft stoisch voran. Setzt einen Fuß vor den anderen.

Wieso bauen die einen so langen Steg? Ich muss mich setzen. Aber erst da hinten, am Ende. Darf die Fähre nicht verpassen. Wenn sie jetzt kommt ...

Fast erschrickt sie, als Minuten später die letzten Planken vor ihr auftauchen. Zwei dicke Poller grenzen die Ecken des Steges ab. Sie klammert sich an einem fest und lässt ihren Körper daran hinabgleiten.

Sie tastet nach ihren Socken, zieht sie aus, setzt sich an den Rand des Steges, lässt die Füße über den Rand baumeln.

Ein bisschen noch, gleich kann ich es spüren. Wie gut das tut. Sehr gut.

Sie muss sich ungemütlich strecken, aber das Wasser ist zu verlockend. Ihr Kopf fühlt sich so schwer an. Sie lässt ihn nach hinten gegen einen Poller fallen. Atem.

Dann wird ihr schwindelig.

Y

Salts Bellen lässt ihn aufhorchen. Oskar steht mitten im Gestrüpp auf jenem Pfad durch die Büsche, den er seinerzeit mit dem Immobilienmakler genommen hat. Da ist es wieder.

Salt bellt nie. Nicht mal, wenn ich nach Hause komme. Irgendjemand ist am Haus.

Vor einem halben Jahr, erinnert sich Oskar, hatten sich zwei betrunkene Jugendliche nachts auf einer der Terrassen niedergelassen und sich glucksend Geschichten erzählt. Noch als sie, von Salts Alarm verunsichert, längst das Weite gesucht hatten, konnte der Hund sich nicht beruhigen, bellte alle paar Sekunden, wedelte, winselte, wollte hinaus zu seiner Beute.

Das fehlt mir gerade noch.

Er steigt über eine große Wurzel, rutscht auf modernden Blättern aus, gewinnt wieder Halt, duckt sich unter einem Ast hindurch und läuft das letzte Stück über die Straße zum Haus.

Salt springt an ihm hoch, als er die Tür aufschließt, drückt ihn an die Wand.

Prüfend blickt Oskar sich um, während er sich zu dem Hund hinunterbückt. Als er alles inspiziert hat, nimmt er sich eine Bierflasche aus dem Kühlschrank, öffnet sie, schlendert zur Terrassentür und lässt seine Stirn gegen das kalte Glas sinken. Mit geschlossenen Augen fühlt er nach dem Hund, der um seine Beine flirrt und laut hechelt.

»Ich muss noch mal los, Salt«, stöhnt er und streicht sich mit der Hand über sein Gesicht, drückt seine Nase zusammen, »kann dich leider nicht mit ...«

Bamm-Bamm.

Ein trockenes Klopfen, direkt neben seinem Kopf. Oskar erschrickt furchtbar, Bier schwappt aus der Flasche, Salt beginnt von Neuem zu bellen. Oskar starrt hinaus, braucht einen Moment, um zu begreifen, wer da vor ihm steht.

»Meine Güte, das kann doch nicht wahr sein.«

Dumpf erklingt die Antwort von draußen.

»Jetzt lassen Sie mich schon rein. Schimpfen können Sie später. Ich hoffe, Sie haben sie nicht wieder versteckt. Ich habe keine Lust auf Spielchen. Außerdem bin ich spät dran.«

»Minnie«, versichert sich Oskar tonlos.

Dann öffnet er die Tür.

»Entschuldigen Sie die Störung. Reichen Sie mir meine Tasche einfach raus, ich bin gleich wieder weg. Jack wartet vorne an der Straße im Auto. Er überprüft gerade noch das Öl. Wir wollen ins Kino.«

Oskar blickt sich um und sieht ihre Handtasche auf der Anrichte. Als er zurückkehrt, hält sie ein knittriges Stück Papier und ein schwarzes Stück Stoff in die Höhe.

»Ich bin keine vierundzwanzig Stunden weg, und schon ist Ihre Terrasse ein verlassener Campingplatz. Haben Sie gefeiert? Sieht Ihnen gar nicht ähnlich. Bitte, habe ich da vorne gefunden.«

»Nein, ich ... Ich weiß nicht, das gehört mir nicht.«

Sie reicht ihm ihren Fund und winkt zum Abschied.

Müde schlendert Oskar zur Küchenzeile, schmeißt den Zettel in den Mülleimer, dreht den schwarzen Lappen, der eher aussieht wie ein Hut, achtlos in seinen Händen und legt ihn beiseite, auf die Anrichte, wo eben noch Minnies Tasche stand. Dann widmet er sich seinem Hund.

»Also, Salt, willst du mit zur Tankstelle? Du willst raus, richtig?

Was machen wir ...«, er hört seine Stimme verebben, die Worte kommen nur noch langsam aus seinem Mund, »... wenn der Taxifahrer keine Hunde ak...zep...tiert?«

Er greift nach dem Lappen und dreht ihn auf links. Ein Etikett. *Marcelle Lély.* Er ist bereits auf dem Weg zur Terrasse, als er an dem Stoff riecht, der einen leichten Hauch Sandelholz verströmt. Hastig macht er kehrt, angelt den zerknüllten Zettel aus dem Mülleimer und faltet das Papier auf, während er erneut nach draußen eilt.

Auf einer Seite erkennt er Gekritzel, eine Art Wegbeschreibung vielleicht. Die Rückseite ist leer.

Er läuft noch einmal um das Haus herum. Wieder auf der Terrasse angekommen, untersucht er das Stück Papier ein weiteres Mal im Gegenlicht, verengt die Augen. *Irgendetwas scheint in das Gewebe geritzt. Ein Kreuz womöglich, mehr hineingedrückt als geschrieben. Nein, ein halbes Kreuz. Oder ... Ein Y.*

»Minnie!« Seine Stimme zittert. »Minnie, Jack, Minnie, warte, wartet mal.« Der Freund seiner Haushälterin hat den Wagen bereits rückwärts aus der Einfahrt bugsiert, muss seinem Fuß gerade den stillen Befehl gegeben haben, das Gaspedal auf den Boden zu drücken, als Oskar mit seinem Oberkörper auf die Kühlerhaube knallt. Ein lauter, blecherner Schlag, ein trillernder Schrei aus Minnies Mund. Oskar rollt auf die Straße, ist schnell wieder auf den Beinen und öffnet Minnies Tür.

»Entschuldigung, bitte, ihr müsst mich mitnehmen, wir müssen jemanden suchen.«

Jack starrt erst Minnie, dann Oskar fassungslos an.

»Es wird nicht lange dauern. Wahrscheinlich. Ich ... Ich gebe euch das Geld für das Kino, wenn ihr den Film verpasst. Trinkt etwas, geht in eine spätere Vorstellung. Bitte. Danke.«

Ohne eine Antwort abzuwarten, klettert Oskar an Minnie vorbei auf die Rückbank. Salt bellt und winselt am Straßenrand.

»Was ist denn los?«, fragt Minnie, immer noch erschrocken.

»Dauert zu lange, es zu erklären. Jack, fahren Sie los, erst mal in diese Richtung, einfach geradeaus, den Berg hinauf, Manly View rein, dann bis Hats Street, wenn wir wieder auf Scenic stoßen, wenden wir.«

»Also, Moment mal ...« Jack, in Schlips und Anzug, Haare ordentlich gescheitelt, hebt die Hände. »Immer schön der Reihe nach. Was soll das alles? Wo ist Manly, wovon reden Sie? Wir haben uns wirklich aufs Kino gefreut.«

»Jack«, ruft Oskar und packt den Angesprochenen fest an der Schulter, »fahren Sie einfach geradeaus, bis ich Ihnen sage, dass Sie abbiegen sollen. Wir müssen beim Fahren auf eine Frau achten, die hier irgendwo herumirrt. Eine Frau, dunkle Haare, vermutlich ... Kommen Sie. Wenn Sie nicht endlich Gas geben, entlasse ich Ihre Freundin.«

Einen Augenblick verharrt Minnies Begleiter entgeistert auf dem Fahrersitz, scheint weder die Dringlichkeit noch die Ironie zu begreifen, bis Oskar seine Augen zukneift und ein ohrenbetäubendes »Fahr endlich« in die Kabine brüllt. Das Auto macht einen Satz, Jack kurbelt am Lenkrad und steuert den Wagen, so schnell und gleichzeitig so vorsichtig er kann, um die Kurve, den Berg hinauf. Niemand sagt ein Wort.

»Stopp«, ruft Oskar, als sie an der Kreuzung Hats Street und Scenic Road angekommen sind. Er steigt aus und öffnet die Fahrertür. »Raus. Ich fahre.«

»O nein.«

»O doch, raus mit Ihnen. Und wagen Sie es nicht, mir jetzt noch einmal zu widersprechen. Jack, ich weiß, Ihr Wagen kann schneller fahren als eine rollende Zitrone, und genau das will ich jetzt sehen. Nur hinab bis Hardy's Bay, dann dort ein, zwei Straßen entlang, vielleicht drei, danach dürfen Sie wieder ans Steuer. Versprochen.«

Das mit mühseliger Beherrschung unterdrückte Beben in Oskars Stimme und ein flüchtiger Blick auf Minnie, die schmallippig nickt, lassen Jack einlenken.

»Bis Hardy's Bay«, insistiert er, als er widerwillig aussteigt, »keinen Meter weiter.«

»Genau«, entgegnet Oskar, und noch nie hat er etwas so wenig gemeint.

Kaum sitzt er hinter dem Lenkrad, gibt er Gas, schenkt dem fluchend auf der Straße zurückbleibenden Jack nur einen kurzen Blick im Rückspiegel, während Minnie auf dem Beifahrersitz stumm Luft holt, ihre Handtasche festhält und aus dem Fenster sieht.

»Eine Frau, ja?«

Er nickt.

»Ist wichtig.«

Auf der kurvigen Straße hinab zum Old Killcare Store hat Oskar kaum Augen für den Verkehr, sein Blick wandert in der angehenden Dämmerung über den Straßenrand, durch die Büsche, in abseitige Wege. Nichts, keine Spur, keine Bewegung. Kein Mensch, nicht einmal ein Tier ist zu sehen.

Sie biegen gerade um die Kurve der Scenic Road, als sich ein Bus, aus der Nukara Avenue kommend, schnaufend vor sie drängelt.

»Was macht der denn?«, schreit Oskar. »Was soll das? Dann fahr doch wenigstens. Zieh an, los.«

»Da sind Kinder im Auto«, versucht Minnie, ruhig auf ihn einzuwirken.

»Da sind ... Deswegen muss er doch nicht stehen bleiben. Jetzt fahr doch.«

Seine Stimme klingt bittend.

Quälend langsam schiebt sich das große Gefährt die schnurgerade Killcare Road hinab, während Oskar an den Straßenrändern nach jeder Regung Ausschau hält und gleichzeitig überlegt, ob Hupen die Sache beschleunigen würde.

Direkt vor dem Old Killcare Store hält der Bus, öffnet seine Türen, und zwei Mädchen steigen aus.

»Verdammt. Verdammt, verdammt, verdammt.« Oskar drückt auf die Mitte des Lenkrads und ein öliges Tuten erklingt. Eilig dreht

er am Lenkrad, will sich gerade vorbeimanövrieren, als er, schon halb auf der Gegenfahrbahn, Jacks Wagen zum Stehen bringt. Er steigt aus, lässt die Tür offen und geht zögerlich auf die Kreuzung zu.
Da.
Zwei weitere Schritte.
Am Ende des Steges.
Er kann es nicht genau erkennen. Könnte ein Seesack sein, ein paar aus dem Wasser gezogene Bojen.
Es hat sich bewegt. Oder nicht?
Vorsichtig geht er weiter.
Das ist ein Mensch. Mit längeren Haaren. Eine Frau. Eindeutig.
Der Bus setzt sich wieder in Bewegung, schiebt sich vor Oskar und biegt quietschend um die Ecke. Der Hamburger legt seine Hände an die Wand des Busses, als wolle er ihn wegschieben, springt an ihm hoch, um durch die Scheiben zu blicken. Dann hat er wieder freie Sicht auf den Steg, doch es ist nichts zu erkennen. Nichts und niemand. Mensch, Boje, Seesack, was auch immer da war, ist verschwunden.
Eben war sie noch da. Sie war da. Ich habe sie gesehen.
Erst zögerlich, dann schneller beginnt Oskar zu laufen.

Tess steht vor dem Laden ihres Großvaters und händigt ihrer Freundin Sally einen Kaugummistreifen aus.
»Na ja, Reptilien, schön und gut, aber die Wucht war das nicht gerade.«
»Besser als zwei Stunden Erdkunde bei Miss Walker.«
Oskars Schritte auf dem Holz hallen laut durch die Bucht, untermalt von leisem Keuchen.
»Hey! Ist das nicht dieser Deutsche vom Berg?«
Sally gibt Tess mit dem Ellenbogen einen Stups, schmatzt laut mit ihrem Kaugummi, macht eine Blase und lässt sie zerplatzen.
Ihre Freundin dreht sich um und sieht, wie der Mann beschleunigt, Meter um Meter des Steges hinter sich lässt.

»M-mh, kann sein, glaube schon.«

»Der wird doch nicht ...?«

Tess zuckt mit den Schultern.

»Wieso nicht? Weißt doch, was sie über ihn sagen. Der ist verrückt, bisschen irre, seltsam, plemplem.« Sie kaut. »Ist allerdings nicht sonderlich tief da vorne.«

»Mein Dad meint, der kann nicht schwimmen.«

»Zum Schwimmen reicht's. So tief isses schon.«

»Aber der kann's nicht.«

Die Mädchen schmatzen. Sie grinsen sich an, dann wandern ihre Blicke wieder gemeinsam Richtung Steg.

Sally kichert und beobachtet, wie der Mann ungebremst auf das Ende der Holzplanken zuhält.

»Natürlich kann der schwimmen. Jeder kann schwimmen.«

»Nein ...«

Tess' Freundin hält den Atem an, als Oskar Speck, die Arme wie Ruder in der Luft, mit den Beinen zuerst ins Wasser springt.

»... der nicht.«

»Anything approaching the full story
of my 30 000-mile voyage
and the seven years it occupied,
would fill a thick novel.«
Oskar Speck

NACHBEMERKUNG UND QUELLEN

Oskar Speck lebte bis zu seinem Tod am 28.3.1993 in dem von ihm errichteten Haus in Killcare Heights. Bis ins hohe Alter verdiente er sein Geld mit eigenhändig geschliffenen Opalen, die er in Australien und ins Ausland verkaufte. Er kehrte noch zweimal nach Deutschland zurück und traf bei diesen Besuchen auch seine Geschwister wieder. Auf dem von ihm erworbenen Berg nördlich von Sydney plante er, der Stadt Killcare eine Altersresidenz zur Verfügung zu stellen. Die nötige Erlaubnis erhielt er jedoch nicht. Teile aus Oskar Specks Hinterlassenschaft befinden sich im Australian National Maritime Museum in Sydney.

Nach dem Krieg kehrte Gregor Hradetzky zu seinem ursprünglichen Handwerk, dem Orgelbau, zurück und übernahm die Werkstatt seines verstorbenen Vaters in Krems an der Donau. Als Orgelbauer erwarb er internationales Renommee und Anerkennung. Von ihm erbaute Instrumente sind noch heute in Ländern wie Polen, Großbritannien, Italien, Japan und den USA zu begutachten. Seine wohl wichtigste Arbeit ist jedoch die im Opernhaus Sydney errichtete Orgel mit 131 Registern auf fünf Manualen und Pedal. Ein während der Installation des Instruments anberaumtes Treffen zwischen ihm und Oskar Speck ist nicht überliefert.

Die in diesem Roman wiedergegebenen Geschehnisse haben sich zu einem großen Teil wie beschrieben ereignet, und zwar sowohl Oskar Speck als auch einige andere Figuren betreffend. Gleichwohl habe ich mir gewisse Freiheiten genommen. Hier und da mussten zeitliche Abläufe ein wenig nach vorne geschoben oder nach hinten verlegt, Tatsachen leicht angepasst oder komplett erfunden werden.

Ein Großteil der Informationen entstammt Oskar Specks persönlichen Unterlagen, seinen Briefen, Tagebüchern, Artikeln, Fotografien, Interviews mit ihm und Material, das ich dank freundlicher Unterstützung des Australian National Maritime Museum einsehen und studieren konnte.

Nützliches über die Donau entnahm ich Claudio Magris' Donau – Biographie eines Flusses und Algernon Blackwoods Die Weiden, das mir Gregor Mirwa dankenswerterweise ausgeliehen hat (ich schwöre, ich gebe es irgendwann zurück).

Die Geschichte der Geschwister Mitford habe ich in Mary S. Lovells Buch The Mitford Girls *nachgelesen, in dem große Teile des Briefverkehrs zwischen den Schwestern abgedruckt sind.*

Vorbild für Sugar Cane Siwaletti war die Geschichte von Han Samethini, die ich im Internet fand. Details über Gebäude, geografische Gegebenheiten und das Leben in Surabaya in jener Zeit habe ich unter anderem dem Buch Soerabaja 1900–1950 *von Asia Maior entnommen.*

Mottogeber der vier Teile des Buches ist der kanadische Musiker Afie Jurvanen, genannt Bahamas. Seine Liedtexte sowie die Sprüche von Mark Twain wurden von mir frei übersetzt.

DANK

*F*ür die Unterstützung über viele Jahre des Schreibens und einige wichtige Lektionen möchte ich zunächst Michael Neher danken.

Das National Maritime Museum in Sydney erlaubte mir, Oskar Specks umfangreichen Nachlass zu durchforsten. Der Museumsleitung, vor allem aber Penny Cuthbert und Georgia Cunningham möchte ich hierfür von Herzen meinen Dank aussprechen.

Ebenso hilfreich waren bei meinem Besuch in Sydney Hertha und Wolf Gruber, die mich nicht nur eine Nacht in Oskars Haus übernachten ließen, sondern auch großartige Gastgeber und Vermittler einiger Zeitzeugen waren. Zu Letzteren gehörten Mary Daviel und Brian Green, die mich mit unglaublichen Details zu Specks Reise versorgten. Oskars ehemaliger Gärtner John Ferguson klärte mich über Eigenheiten und Charaktereigenschaften seines ehemaligen Chefs auf, während mir Carl Toovey telefonisch über Oskar Auskunft gab. Peter Rattenbury und Peter Osman brachten mich mit Faltboot-Experten zusammen, Osman baute mit mir zudem ein 30er-Jahre-Faltboot der Marke Klepper auf und weihte mich auf dem Wasser im Sydney Harbour in ein paar Geheimnisse der Faltbootfahrt ein. Ihnen allen gebührt gleichfalls ein großer Dank.

Eine besonders tiefe Verbeugung schulde ich Boris Erdtmann, der mich nach Australien begleitet und die Recherchereise über-

haupt erst möglich gemacht hat. Dank auch an den Fotografen Thorsten Jochim, der dort alles in Bildern festhielt.

Dr. Lothar Berndorff bekommt leider keine Stunde jener Lebenszeit zurück, die er mit gut einem Dutzend unterschiedlicher Friedrich'scher Romananfänge verbracht hat. Dafür, aber auch für so vieles mehr kann ich nicht oft genug meine Wertschätzung zum Ausdruck bringen.

Für historische Einordnungen und Aufklärungen stand mir Dr. Joachim Staron jederzeit Rede und Antwort.In Fragen griechischer Folklore und Geschichte habe ich Maria Nikiforou zurate gezogen, die mir bereitwillig und fachkundig Auskunft gab. Frank Swoboda und Tobias Kniebe gaben ihr Wissen über Mineralien und Gold weiter, Martin Heise das seine über das Zusammensetzen eines Pionier-Faltbootes, und Marco Schrader erklärte mir, was er über alte Motorräder wusste. Medizinische Belange erläuterten mir über die Jahre stets Dr. Gonza Ngoumou und Dr. Joachim Schulz. Als es um Hintergrundinformationen zu den englischen Schauplätzen und dem Geist jener Tage in London ging, konnte ich auf meine englischen Zulieferer Ed Harcourt und vor allem Jim Murdoch und Fiona Monk zählen. Von seinem Allgemeinwissen ließ mich Florian Pelka profitieren, der mir mit seiner Familie zudem eine ruhige Schreibkammer zur Verfügung stellte. Tausend Dank allen Genannten für ihre Hilfe.

Als ich das erste Mal selbstbewusst genug war, einige Kapitel preiszugeben, waren folgende Probanden gütig genug, mir ehrlich ihre Meinung zu sagen: Mareile Metzner, Kristina Müller, Silke Lambeck, Ebi Schunk, Niels Frevert, Markus Berges, Ronald Kruschak, Dr. Benjamin Creutzfeldt, Alex Cafetzakis und Dr. Lutz Engelhardt. Auch Bianca Künzel las mit Langmut und ermutigte mich zudem, die Arbeit fortzusetzen, als mir mein Inneres stark davon abriet. Die intensive Prüfung einer der ersten »ernsthaften« Versionen nahm Judith Holofernes vor. All diesen Freundinnen und Freunden sei auf diesem Wege gedankt. Danke auch an Hermann Müller, der mir für die Recherche nützliches Videomaterial vermittelte.

Ferner möchte ich nicht unerwähnt lassen, dass mir die Kanzlei Berndorff, namentlich Gunnar und Barbara Berndorff, aber auch Knut Eigler und Martin Thiele, stets juristisch und freundschaftlich zur Seite standen – vielen Dank. Finanzielle und seelische Unterstützung während einiger dunkler Momente des Schreibprozesses leistete Janina Bäder, der ich hiermit ebenfalls danken will.

Ein riesiges Dankeschön geht ferner an die Literaturagentur Ruge, an Elisabeth, Lina Dieckmann, Mimi Wulz und Moritz Glasner. Ohne ihre Hilfe und Unterstützung wäre dieser Roman ein anderer, säße noch friedlich auf einer Festplatte und würde mich verständnislos anstarren.

Eric Wrede gebührt als Kontaktmann ebenso ein Dankeschön.

Sollte sich die Geschichte des Flussregenpfeifers spannend und interessant lesen, ist dies das Verdienst meiner Lektorin Angelika Schedel, bei der ich mich für ihre Arbeit, aber auch für viel Rat und Tat außerordentlich herzlich bedanke. Ebenso gilt mein Dank Susanne Krones. Beide haben mich bei C. Bertelsmann mit einer Begeisterung aufgenommen, die mich verlegen macht. Nicht minder herzlich sei allen anderen Menschen von C. Bertelsmann gedankt, die sich so für mein Buch eingesetzt haben, unter anderem Sabine Kwauka, Stefanie Leimsner, Barbara Romeiser, Regina Wille und Annette Baur. Und nicht zuletzt großen Dank an Nadja Pia Schroeckh für die tolle Cover-Illustration und an Peter Rigaud für die schönen Fotos.

Nicht zuletzt möchte ich jenen Menschen aus tiefstem Herzen danken, die mir über Jahre tapfer glauben mussten, dass meine Abwesenheit mal ein Buch wird, meinen Kindern Holly und Jonah und meiner Frau Susi! Das nächste wird kürzer. Versprochen. Also, ich versuch's.

INHALT

TEIL EINS

Birkenblut 11 · Reisetage 18

Stäblein 25 · Bedingungen 32 · Kchh 38

Das erste Gespräch 44

Romer 50 · Neweklowsky 59

Das zweite Gespräch 68

Schlamm 74 · Loch 78 · Nis 87

Els 90 · Axios 96

Das dritte Gespräch … 100

Fílippos 107

… Das dritte Gespräch 118

Kreuze 119

Das vierte Gespräch 125

Macedonia 128 · Nirgendwo 140

Schokolade 147 · Adieu 155

Das fünfte Gespräch 160

Schrben 166 · Erregung 170 · Carter 178

Das sechste Gespräch 183

Globus 194 · Krkuk 202 · Tuan 209

TEIL ZWEI

Hitler 225 · Taman 231 · Konfetti 239

Peng 248 · Lex 258 · Vock 263

Bondowoso 278 · Houdini 288

Mitteilung 297 · Patronen 300

TEIL DREI

Porzellan 307 · Staub 313 · Angst 319

Gestalten 323 · Klaphake 332 · Hut 347

Fünfzigtausend 352 · Verluste 359

Wali 363 · Durst 369 · Oschkar 377

Enden 382 · Lakritz 389 · Grandezza 394

Insekt 402 · Reisszwecke 408

Randwick 423 · Clochard 429 · Meer 435

TEIL VIER

Klein 445 · Killcare 451

Sprachfehler 455 · Pusteblume 463

Kupfer 471 · Brombeernacht 479

Woy-Woy 483 · Pudding 485

Ticken 488 · Planken 491 · Y 493

Nachbemerkung und Quellen 503

Dank 505

Dieses Buch ist ein Roman.

Als literarisches Werk knüpft es in vielen Passagen an
reale Geschehen und an Personen der Zeitgeschichte an.
Es verbindet Anklänge an tatsächliche Vorkommnisse
mit künstlerisch gestalteten, fiktiven Schilderungen und schafft
so eine ästhetisch neue, künstlerisch überhöhte Wirklichkeit.
Dies betrifft auch und insbesondere vermeintlich genaue
Schilderungen von privaten Begebenheiten oder
persönlichen Motiven und Überlegungen.

Penguin Random House Verlagsgruppe FSC® N001967

2. Auflage
Copyright © 2022 C. Bertelsmann
in der Penguin Random House Verlagsgruppe GmbH,
Neumarkter Straße 28, 81673 München

Vignetten, Umschlag- und Vorsatzillustration:
Nadja Pia Schroeckh – Blackbooze Illustrations
c/o Kombinatrotweiss GmbH
Umschlaggestaltung: Sabine Kwauka
Satz: Leingärtner, Nabburg
Druck und Bindung: GGP Media GmbH, Pößneck
Printed in Germany
ISBN 978-3-570-10433-0
www.cbertelsmann.de

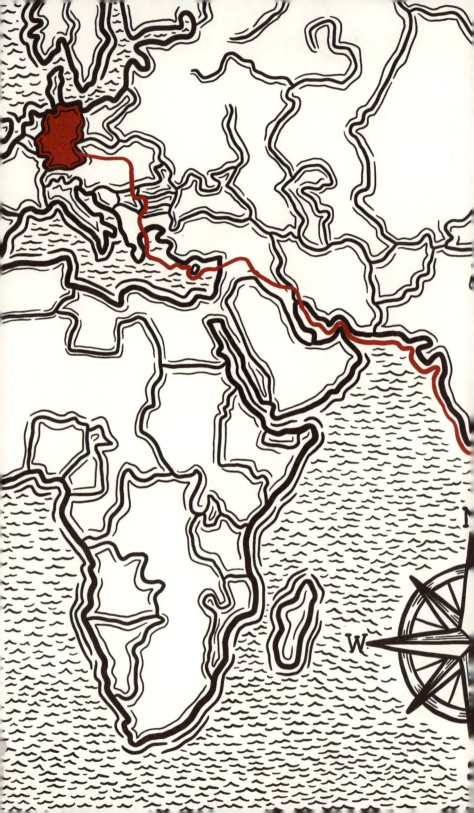